杨仁恺 日记

杨仁恺 著

董宝厚 整理

辽宁人民出版社

图书在版编目（CIP）数据

　　杨仁恺日记/杨仁恺著；董宝厚整理.—沈阳：
辽宁人民出版社，2025.1
　　ISBN 978-7-205-11063-5

　　Ⅰ.①杨… Ⅱ.①杨… ②董… Ⅲ.①日记—作品集
—中国—当代 Ⅳ.① I267.5

　　中国国家版本馆 CIP 数据核字（2024）第 057862 号

出版发行：辽宁人民出版社
　　　　地址：沈阳市和平区十一纬路 25 号　邮编：110003
　　　　电话：024-23284325（邮　购）　024-23284300（发行部）
　　　　http://www.lnpph.com.cn
印　　刷：辽宁新华印务有限公司
幅面尺寸：185mm×260mm
印　　张：30.25
字　　数：580 千字
出版时间：2025 年 1 月第 1 版
印刷时间：2025 年 1 月第 1 次印刷
策划编辑：那荣利
责任编辑：盖新亮
助理编辑：辉俱含
装帧设计：丁末末
责任校对：吴艳杰　冯　莹　耿　珺
书　　号：ISBN 978-7-205-11063-5

定　　价：198.00 元

前　言

　　整理杨老的日记始于2004年，当时杨老因身体原因在沈阳军区总医院住院，辽宁省博物馆安排我到医院陪护。在陪护期间，杨老将整理其日记的任务交给了我。我当时按照杨老的意思，将各时期的日记文字输入电脑，遇到不识之字和不解之事随时向杨老求教，杨老当即操着浓重的四川口音一一讲解。那时的情景在日后的整理工作中时时泛于脑海之中，令我难以忘怀。就这样一面陪护杨老，一面录入日记文字，从沈阳军区总医院到北京肿瘤医院，再到解放军三〇一医院，整理陆续进行着。后来杨老回到了沈阳金秋医院，我没有继续在医院陪护，而是回到馆里边工作边整理。是时，有关方面鉴于杨老在文化上、学术上的杰出贡献，计划为其出版全集，曰《杨仁恺集》，并初步规划了框架以及每卷册的具体内容，《杨仁恺日记》即为其中一卷。然岁月无情，渐渐地，大家发现杨老的身体每况愈下，盖杨老也有时日不多的感觉，所以每当在医院见面，杨老都要询问全集的进展情况。实事求是地讲，我和戴立强老师确实很尽力，但由于诸多原因，全集的编辑工作并非一帆风顺。随着杨老的病情日渐严重，我们当时真担心杨老无法看到自己全集的出版，最后留有遗憾。不幸的是果真如此，我作为曾经参与过全集编辑的人员之一，未能让杨老满足人生的最后一个心愿，至今仍无限愧疚。杨老去世后，全集的编辑工作虽然名义上仍在继续，但实际上是暂停了。后来，辽宁省博物馆马宝杰馆长、辽宁人民出版社那荣利编辑等联手重新牵头规划了杨老著作的编辑出版工作，日记也是其中之一，因为前期整理我曾经做过，所以这项工作仍交由我完成，甚幸。

　　杨老作为一代文博大家，一生游历，过目书画无数。从1983年访日起，直到

2006年病重之前，杨老一共写下了83本日记，总字数240万左右。其中60本为1983年至1990年间全国古书画巡回鉴定日记，经过诸多同仁的共同努力，早在2015年已以《中国古代书画鉴定笔记》为名编辑出版。如今整理出版的这部《杨仁恺日记》分为1983年2月至1983年4月、1991年4月至2006年4月两个时间段，即国家组织的8年巡回鉴定之外的日记，总计23本。这些日记记载的与杨老有关的人和事，同我们平日所读各种杨仁恺传记或其他纪念文章完全不一样：一方面，杨老交往广泛，朋友多为海内外知名学者、艺术界著名人物，如刘九庵、启功、徐邦达、谢稚柳、冯其庸……都是其多年好友，日记中记载了许多和他们有关的鲜为人知之事；另一方面，杨老作为一代"国眼"，各地公立机构及私人藏家纷纷延请其鉴定书画，对待工作极为认真的杨老每每事后都在日记中将过目书画一一记录，有的详加描述，为我们留下了一批宝贵的学术资料；还有就是杨老在日记中对参加过的各类学术活动也多有记叙，其中不乏各种掌故，亦是弥足珍贵。

2006年，我有幸陪杨老外出访问，其间曾目睹过杨老写日记的全过程。杨老外出，日记从不间断，且多写于早晨。杨老的视力不好，一只眼睛几近失明，另一只眼睛高度近视，写日记时脸部与桌面贴得很近，静悄悄的屋里只能听到笔头与纸张接触时所发出的沙沙之音，今天读者见到的《杨仁恺日记》就是这样汇聚而成的。

杨老的日记我读过无数遍，每每读之，仿佛日记中的每个字都在迸发着杨老那极具智慧的四川口音，于我而言，这种声音非常亲切、受用、悦耳、动听！

董宝厚

2024年3月

出版说明

　　《杨仁恺日记》是根据我国著名古书画鉴定家杨仁恺先生从20世纪末至21世纪初的日记手稿整理而成的。全书以时间为脉络，展现了杨仁恺先生不同时期访问国内外各文博单位、参加各种学术会议活动、与世界各地公私藏家交往之见闻。全书内容涉及广泛，包括世界各地的观画笔记、国内外参观走访的感受、有关人物与事件的评述，等等。全书蕴含了杨老对古代书画鉴定的独特见解，记录了那段时间文博艺术界所发生的重大事件，讲述了其与当时书画界友人之间的情感逸事，展示了改革开放以来文化界发展、变迁的过程，具有很高的文献价值。

　　本书是杨仁恺先生日记手稿的首次整理出版，特将需要向读者说明的情况简述如下：

一、关于文字修订

　　日记是具有私密性质的特殊文体，在表述上具有一定的随意性。为了使读者获得更为流畅的阅读体验，也使全书文字质量整体上得到一定完善，我们在充分尊重作者写作意图的前提下，按照国家规定规范了全书的语言和文字。同时，为保留作者写作风格，在文字表述基本不影响阅读理解的前提下尽量保持作品原貌。

二、关于特殊语词使用

　　为尊重作者、尊重事实，在不会产生歧义的前提下，对日记中如"汉城"等带有历史色彩的词汇予以保留，"辽博""上博""美院"等大量简称未作改动。

三、关于部分内容的删改

本日记涉及的人物太多，数以千计，各领域皆有。为保护日记所提及的当事人合法权益，我们做了必要删改，敬请读者理解。

特此说明。

目 录

1983年

1983年2月25日—27日
沈阳—北京

我和徐秉琨、小健25日晚离沈，26日晨抵京。小健是到清华联系科研项目的，我们则是应泛亚细亚文化交流中心邀请由京启程访问日本的。

26日，我前往国家文物局与孙轶青局长就文物事业如何发展话题交换意见，一小时间所谈内容不少。此公非常关心博物馆工作，等4月初我来北京出席全国文物工作会议时我们还要继续交谈。孙局长对胡乔木在学会春节座谈中的发言很重视，给了我一份打印件，说是回头送新华社全文发表。座谈会期间孙氏撰七绝两首，当面念给我听，要求和之。

从孙办公室出来到文物出版社，与高履方商谈法书选出版一事。原计划3月3日开会研究，得知我是时身在东京，她表示与上海、南京商量一下，日期延后几天。

1983年2月28日
北京—上海—东京

晨4时即起，写信交苏、庞转中央电视台王有财和陆京生，为前日播放我馆藏画事提出五条意见，请酌情修改。

6时稍过，苏、庞来接，驱车前往机场。在机场与启功、黄苗子、董寿平相见，甚欢。我们四位老人能同乘一机东渡，纯属偶然，殊不易得。他们是由西园寺公一邀请，赴东京参加以其夫人命名的雪江堂创立20周年庆典的。活动结束后，启继续留在日本，出席荣宝斋为之在西武百货举办的书法展；黄、董则于9日返国，届时我们可能又将同机而行。

郁风送丈夫，小健送父亲，侯恺等人也来了，对外友协的肖、洪亦至机场送行。王景芬代表书协催问稿件，并希望我出席4月的兰亭之会，答以是时全国文物工作会议可能召开，时间上若不冲突可以参加。

波音707飞抵上海即发生故障，晚7时抵东京成田机场。

1983年3月1日
东京

森住先生带三人与我们在酒店同住。晨8时送去礼物，随即前往餐厅一起早餐。用餐形式如同美国旧金山星期旅馆，凭券进入，菜品、主食不少，品种、数量任食客自选。尽管学自欧美，但早餐还是很有日本特色，如主食既有面包，又有米饭，东西兼顾。煎好鸡蛋，倒点酱油，捣碎拌入米饭之中，调匀而食，颇为可口。各种饮料也是应有尽有，不受限制，随意自取。据告，日本别处早点，或欧式，或日式，模式固定，不由人选，殊为不便。

9时半，同往泛亚细亚文化交流中心会议室研究日程安排。森住先生要去九州，当研究到第4天日程时即起身告辞前往机场，由其夫人代他继续工作。会谈时的女翻译名冈岛珠子，其为中心会员，40岁左右，生长在吉林延边，念书到高中，1965年回到日本。她父亲原是延吉医院院长，病故在客乡。她有个妹妹现在在美国读书。她本人曾在美国学习英语一年半，待人很有礼貌，处理问题比较沉着老练。她的中国话说得很好，有这样一个翻译，使我们交流毫无障碍。由此可见，森住先生的安排很是周到。

到出光美术馆已是10时过了。由那里的理事、东京大学名誉教授三上次男先生出面接待，又有两位学艺员陪同。最难得的是遇到两年前由故宫来此学习的贺利，她对我们极为热情，说是杨伯达对之鼓励有加。我们先将薄礼送给三上先生，并告知他的老友李文信先生的善后事宜已逐步解决。之后叙旧，一起回忆老友往事。三上对金史颇有研究，又是瓷器专家，他把自己的作品送我们一套，又将该馆大型图录见赠，还将去年冯先铭在该馆举办的古代窑址展图册赠予，情谊殷殷，欢洽之至！我在纪念册上题词，上面已有任质斌、郭劳为、史树青、冯先铭诸人留字。

三上陪同参观陈列，代理馆长也出面迎接，礼节隆重。展室沿墙作通廊式，中间陈柜子，采光亦佳。展品主要是中国陶瓷，先是彩陶、汉陶、魏晋瓷、唐三彩，到两宋瓷更为精彩。展品中有一件辽瓷，极似叶茂台七号墓出土的白瓷杯口雕牡丹花瓶。还有高句丽、朝鲜之李朝瓷器也颇为精美。76岁的三上先生精力特别旺盛，非常健谈，话语不断，我们一边参观一边交流，时不时引来旁

边年轻朋友的欢声笑语。

午饭后前往大使馆去见文化参赞蔡子民同志。蔡50岁开外，礼节性地接待了我们，表示欢迎来访日本，并告知启、黄、董昨晚已经见到，今天下午也要来大使馆。

离开大使馆，由广冈纯先生陪同来到学习研究社。广冈是这里的国际部部长，在长春出生，小学在沈阳的日本学校读书，中学在上海和北京度过，50年代末回到日本。我和他曾在北京、沈阳见过面。在学习研究社见到西谷和杉本，旧友重逢，彼此欢喜。在会客室，古冈社长和美术部负责人出面接见，我们将薄礼呈上。看过他们为台北故宫出版的宋元画册，又看了清代官窑画册，洽谈甚欢。古冈社长与我们交流很久才起身离开。

昨晚由成田机场入住酒店之时夜幕已降，除灯光外，没有什么景物入眼。今日乘车出行，得见东京市容。此地绿化很好，公路极佳。街上的茶花鲜艳，冬青树仍有光泽，竹丛犹绿翠可爱。过天皇之宫，绕一道御河，树木葱茏，建筑旧式，时隐时现。街上骑车者极少，所见骑行者，骑的大多是摩托而非自行车。

1983年3月2日
东京

晨6时开始下小雨，但还是到外面街道上去跑步一圈。早上人不多，车子亦少。东京人出门打雨伞，私人汽车不如美国普遍。

上午9时半，冈岛珠子陪同前往东京国立博物馆参观，研究室杉山二郎先生接待。杉山是三上次男的门生，为人谦冲和善。这个博物馆建在世界知名的上野公园内，是世界性的艺术馆，印度、柬埔寨、埃及、伊拉克、伊朗等许多国家的文物皆有，其中以中国古代艺术品为好，汉武梁祠画像、天龙山石刻、宋元名窑等特别引人注目，大谷光瑞在新疆盗取的文物亦在该馆之中。我在美国看过埃及的大批文物，这里远不如美国丰富，只见到一具木乃伊，还是一般平民的。东京国立博物馆展馆很多，许多馆无暇浏览，只好忍痛离开。

中午在上野公园的精养轩就餐，不忍池就在眼前，池内有大量的黑天鹅、大雁、鸳鸯等珍禽。这里是人们赏花之地，此时桃花已放，樱花待发。这里还有"文化森林"之称，东京艺术大学、国立科学博物馆、国立西洋美术馆、东京都美术馆、宽永寺、东照宫、弁天堂、清水堂等都在园内。

从上野公园前往阳光60大厦去古代东方博物馆，途中看到许多平房，是明治以前的古建，散杂于洋楼之间，风景独特。据说这些建筑政府下文保护，很有必要。

古代东方博物馆是私家财团经营的，由江上波夫先生出任馆长。江上先生外出不在，我们抵达时由其学生林俊雄负责接待，颇为殷勤，送了我们不少印刷品。

林先生年轻有为，是研究匈奴、鲜卑、突厥诸少数民族历史的，甚愿与我们合作，并领我们入修复室和图书室参观。他们有不少新工艺，照相技术亦精，值得学习。如今我国理工科派出深造者较多，其实博物馆、文物考古领域亦应适当派一些人出国留学。

晚饭后一起去一个地下商店逛逛。共有六个出口，商品充足，看来日本似乎没有受到世界经济不景气的影响。从我的角度审视，物价确实贵了一些，但以日本人的收入较之，东西则非常便宜。这个地下商店面积很大，据告新宿区的商场规模更大。

古代东方博物馆在阳光60大厦之内。此大楼建于1978年，60层，高240米，质量很高，据说地震时可以波动2米而不倒。楼里的商场设计非常新颖，采光亦好。商店货物极丰，计算器、电子表、衣物等商品都明面摆放，无人看管，也没有失窃之事发生。东京国立博物馆、古代东方博物馆等处，保卫人员身着华丽制服，笔直站立，几乎和美国一模一样。我一直有一个感觉，日本无论在哪方面都在学习美国，但有自己的东西，可贵之处即在于此。

1983年3月3日
东京—横滨—东京

晨7时半早餐。8时过关西旅行社的翻译来接，一起乘地铁前往横滨。此车通过东京市区时在地下行驶，到了郊区则奔驰在地面之上，与美国从波士顿去康桥的情况正同。车厢整洁，座位舒适，乘客两侧对面而坐，中间站人，和过去北京、沈阳的电车一致。40多分钟后我们到达了目的地。

横滨是日本第一大港，车辆同样很多，但高楼建设则远不及东京。需要说明的是横滨之"滨"字，这里皆作"浜"，习以为常，就见怪不怪了。

抵达后先由泛亚细亚文化交流中心理事渡边先生陪同拜访神奈川县涉外部部长武井先生，我们去年在沈阳见过面。武井很客气，彼此交流显得比较亲切，谈话内容涉及辽宁省与神奈川县5月缔结友好省县和10月举办书道展之事。我此次受托有先行看看书道展展室的任务，于是由参事宇野先生等陪同一起到新建文化馆了解一下情况。这里有可供使用的两个展室，总计400平方米左右，展室装有电门，相对比较安全，不会出事。

考察完展场，县府和文化馆负责人约在会议室商谈书道展的具体问题。我当时有点被动，觉得不应由我代表中方，但事已至此，只得参加。日本人办事认真，我们也绝不能马虎，他们对所有事项一一发表意见，我全部记了下来，表示回国后尽快向决策机构转达。

中午由县民部部长设宴招待，边吃边谈。部长先生是书道展的负责人，他代表政府说话，一再强调书道展对增进彼此友谊的作用，不仅要办"辽宁省书道展"，同时还要办"神奈川书道展"，召开中日书法家座谈会，辽宁介绍特展亦在此时举行。听部长先生的讲话，这些事似乎都已经谈妥了似的，我有点丈二和尚摸不着头脑的感觉。

午餐之后参观县立博物馆。首先映入眼帘的是自然资源部分，然后是绳文时代的陶器，再之后是不同历史时期的文物，直至大正、明治，每个时代都有一些。

下午1时半前往县政府与知事长洲一二先生会面。日方很郑重其事，县政府大门口左右两个旗杆上插着中日两国大国旗各一面，会议室桌上也摆有两面中日两国小国旗，他们竟然把我当成辽宁派来的先遣使者了！我一再解释，我们是应泛亚细亚文化交流中心之邀来访日本的，顺便受托到此看看书道展展场，并无商谈书道展具体事宜之任务。可他们似乎充耳不闻，我们只好假戏真演，这也是外交礼节的需要。

知事先生是个学者，举止文雅。他说辽宁与神奈川缔结成友好省县，今后不断友好往来，关系就会越来越亲密。他还说去年5月来辽宁访问时到辽博参观，当时我正在成都开会，彼此未能见面，非常遗憾。涉外部部长插话说日本平凡社的出版物专门介绍过我，说我是世界闻名人物，一时间让我有无地自容之感！

礼节性会面半个小时结束，之后由宇野参事陪同参观三溪园。这是个日式传统庭院公园，林木葱郁，园内仍有池塘流水，除池中荷花、蒲草枯萎外，其他景物毫无冬寒之意。公园梅花盛放，上海赠送的绿萼梅亦已开放，整个环境令人陶醉。特别是几处古建，巧夺天工，四季生辉。如临春阁，已有300多年历史，房中隔扇上的狩野派古画被保存下来。有一明人作品，图章款"叁松"，有可能为蒋三松之笔。还有芦雁屏扇，亦属原迹，与建筑历史等同，也很珍贵。由于时间关系，听秋阁、旧天瑞寺寿塔覆堂、旧矢筐原家住宅、春草庐等古迹，一概望之而去。除梅林外，此园还有樱花树2000多棵，惜为时尚早，无缘欣赏花开盛况了。

1983年3月4日
东京

下午2时到泛亚细亚文化交流中心与学习研究社西谷先生研究《辽宁省博物馆藏缂丝刺绣》出版事宜。适东京大学教授户田祯佑先生来会，告知今年10月23日至31日在京都召开国际交流美术史研究会（第二回），并出示会议日程表，邀我届时出席并做关于"辽代绘画艺术"的学术报告。户田代表会长岛田修二郎向我致意，说他现在外地，不能拜见为歉。又说铃木敬先生患病，我们也许在下半年的会上能够晤面。户田教授送我三大册中国绘画在北美、南亚、欧洲的图录和日本的博物馆藏品图录三本，计划中还有日本寺院和私人藏品图录两本，今年秋天可能问世，出版之时一定赠送。我表示铃木先生和户田先生的工作值得称道，作为同行必须向他们致敬。户田教授请我推荐几位中国学者参会，尽早告知与会者姓名、工作单位、学术成就等，我答应回去周全考虑之后奉告。

送走户田，即与西谷等人研究《辽宁省博物馆藏缂丝刺绣》所有问题。校样中的汉字已经审阅完毕，外文我们不管，由他们负责校对。有关撰稿人、翻译者姓名的编排问题，说好下星期二由京都回东京看纸样再发表意见。

我们提到学习研究社曾出版过《台北故宫博物院缂丝刺绣》一书，据说是四开铜版纸印刷，过去只见过小册文字说明复印件，请西谷下次见面时将大册图录带来。台湾的是四开，大陆的是八开，两相比较，很显然已经有了高低之别。森住不同意有精制与普通之分，然我们的每册定价48000日元，价格非常昂贵了。

接下来商谈的是英文稿费问题。森住认为合同已经写明，由甲方提供中英文稿，由乙方按版税支付稿酬。我说当初合同未写英文稿酬另付是事实，但签合同时森住先生说日本的英文翻译费很高，由中国人译成英文可以节省费用。他承认说过此话，唯未形成合同条款，致使英文稿酬由谁支付没有明确。最后商议结果为：英文译者姓名必须列入作者名单之中，图书出版后无偿赠送样书一册，至于英文稿费可以题外研究。

最后研究的是中、日、英三种文字排序问题。他们认为图书在日本出版发行，主张将日文放在前面；我们则认为这是中国的作品，日、英都是译文，因此，不同意日方意见。后来他们提议序言将中文放在首位，其他按日、中、英为序，这是原则问题，我们仍不同意。此问题暂时搁置，下周再议。

在泛亚细亚文化交流中心为西谷写字一方，同时应渡边先生要求为其母亲学习茶道书一"茶"字。

晚上泛亚细亚文化交流中心宴请于北浜酒家，以日本饭菜招待，很有特色。生鲜颇多，口味清淡，虽然不合我们的饮食习惯，但这是主人的一番心意，盛情可感。餐桌上大家谈笑风生，尽兴而散。

晚9时前回到旅馆，徐秉琨朋友之子陈春谋来会。他是日比谷医院外科医生，35岁，中国医大博士毕业。他的父亲现在台湾，也是学医的。我请他回台湾见到炎昌时代为致意。

已征得森住先生同意，各方赠书统由泛亚细亚文化交流中心交海运发至中国沈阳。

1983年3月5日
东京—奈良—京都

上午古山先生应约而来，我们同乘东京至广岛新干线前往奈良参观。

下午1时半火车抵达京都，站内换乘电车奔赴奈良，到达后参观奈良国立博物馆。先是滨田隆馆长出面接见，彬彬有礼一番，之后派学艺室主任陪同我们参观。博物馆分新旧两处，由地道相通。旧馆1894年完工，新馆1972年建成。展品皆为佛教文物，有铜像、木器、石雕、水陆画、写经卷等传世之物，还有一部分是寺庙遗址的出土之物。这是个专题性博物馆，所展之物皆很精美，且时代脉络非常清晰。展柜为通景式，玻璃超大，采光甚好。

由于时间安排颇紧，奈良国立博物馆匆匆浏览一过即赶到了东大寺，由一位和尚（细看着和服，穿木屐，头无戒疤，想必是居士）负责接待。承其介绍，得知东大寺已有1200多年历史，中间因地震、兵燹受损而重修数次。东大寺香火很旺，前来参拜者络绎于道。有一支数十男女组成的队伍，人员多为老者，一概身穿白布短衣裤，上衣背面印有朝拜菩萨的文字，他们在佛前跪拜，并投硬币，极为虔诚。另还有一事值得一记：东大寺中有鹿群逐游人乞食，有专人销售鹿食，游客可买而喂之，情景颇为有趣。

离开东大寺，乘车抵达法隆寺。时已暮色沉沉，不能入内，只好绕寺一周，借灯光看看外观，亦算到此一游。一个下午，竟参观了三个地方，很合我们心愿。

由奈良返抵京都时已近晚上10时，朱捷君在车站迎接，随即入住新都酒店。此酒店为新建，设施更为先进，与克利弗兰旅馆比较，有过之而无不及。

佛教是从印度传至中国再经朝鲜传到日本的，如今在日本非常盛行，后来居上。在科学高度发展的今天，日本却佛教信徒广众，这中间大有学问，应当作为一个专题来研究之。

日本的气候条件比较优越。3月初的东京仍可赏梅，桃花、杏花已经盛开，常绿的冬青树、松柏树则比比皆是。我们从东京乘新干线一路向西南而行，沿途多是丘陵，穿洞无数，长短不一，无法计量。庄稼在休耕中，冬小麦少见，皆稻田块块相连。此外，薄膜温床亦偶尔见之，当属菜农所为。城市与村落接壤，车行中很少见到空阔地带，或城市，或村落，以是否建有高楼区分两者。有人说日本森林密布，有山皆绿，无水不清，我倒觉得丘陵地带确实如此，然城市里的河渠则不敢恭维，我们所住的茅场町珍珠酒店旁的河水污染比较严重。

奈良人口几十万，市区无高楼大厦，多历史遗迹。日本在文化名城保护上措施得当，成绩显著，若是政府管理不当，奈良今日面貌很难想象。

1983年3月6日
京都—东京

我们8时半到达岚山山麓龟山公园周总理诗碑矗立之处。四周空无一人，红梅早已放花，杂于苍松翠柏之中。山下有一小河，上建水坝，汽船可以通过。有桥可到对面山麓，桥名"渡月"，殊觉雅致。据说日本关西气候多变，岚山常见雨雪，而我们此次拜观总理之诗碑，晨光熹微，天气难得。

在龟山公园盘桓一小时后即驱车前往京都国立博物馆。今天周日，无人接待，我们自己购票进入新馆（旧馆在旁未开）。新馆建设式样颇有民族风格，实则与几大寺唐式建筑相近。整个馆的防火、防盗、防尘、采光、通风、恒温等设施都很现代化，展厅靠墙柜架采用大玻璃横通式，中间展柜则随器物形状以及大小而特制。藏品基本按类陈列，有中国和朝鲜的陶瓷、雕塑、书画、漆器、铜器等。日本展品单独陈列，从绳文时代开始，几乎各个时期文物皆有，他们甚至将皇宫做成模型展示，皇室所用金器、银器赫然在目。此外还陈列有佛教器物，木雕、石雕佛像不少。所有展品皆为原件，没有复制品一说，唯个别文物不无可商之处，如馆藏宋瓷的真正时代、明代仇英等人画作真赝等。

京都国立博物馆接待观众的一些细节很值得一记。如入口处有一寄存柜，投入硬币，柜门即开，放入寄存之物，锁上，把钥匙带走；参观结束，打开柜门，取出自己的东西，关上门，原投入之硬币退还不误。再如门外走廊有一铝制伞架，下雨时观众来此参观，需将雨伞放在架上锁上，将钥匙带走，离开时开锁取伞，不取分文。从几处博物馆的售票窗口得知，参观门票一般为成年250元，学生半价，价格是我国的20倍！几乎每个博物馆都设有出版物销售处，另配有餐馆、咖啡厅，客至如归。

离开京都国立博物馆前往南禅寺游览，中午时分我们在南山寺之听松院午饭，吃的是白水豆腐，果然名不虚传。此豆腐很有日本特色，味道颇鲜，但与成都邱佛子比较似乎在料上稍差一筹。

饭后沿山下小径步行，一路领略京都风光。这里比杭州要好，民房绿化，小巧玲珑，花树增色。有人谓此小径为"哲学之路"，说附近大学里很多师生来此散步思考问题，于

前往京都岚山风景区瞻仰周恩来诗碑
杨仁恺

是步行平添了许多文风雅趣的想象。走到银阁寺时天开始下雨，原想由银阁寺再去清水寺看看的计划只好作罢，赶忙离开，奔车站而去。

关西气候多变，晴雨瞬间转换，等我们赶到车站之时太阳又出来了。回东京仍乘新干线，途中看到了富士山，还能远远看见太平洋海岸一段。

晚上冈岛珠子与其丈夫森繁先生来见。冈岛为人热情开朗，对在延吉20多年的生活特别怀念。森繁先生曾是东北民主联军一员，回日本后出访中国已有百次。今年2月27日，中央电视台为他举行了庆祝晚会，有各方人士参加，特别是电影界的名人几乎全都参与了联欢。他在日本是搞电影发行的，我国放映过的好几部日本电影都是由他经办的。

1983年3月7日
东京

上午9时，贺利来陪同前往赤坂区的家电商场选购电视机。回来时川上景年已在酒店等候许久，老先生已80岁高龄，真让我有点过意不去。川上先生为人平易，1980年5月访问沈阳时我曾接待过他，以后彼此一直保持联系。他是日本前首相的老师，一生热爱书道，喜欢游历，曾有过到人迹罕至的地方考察之经历。他说还想到中国三峡一带去看看，我答以意愿确定之时请通知我，以便我与有关方面交流沟通。又告知他与宋之光大使每月都要会面几次，为中日文化交流竭尽心力。还说今年5月他想在中国搞一个书道展，曾有计划书寄给中国文化部对外展览公司陈大远和谢德萍，至今未给回复，我答应回到北京代为了解一下。

老先生精神极佳，讲话很有激情。他认为所谓日本文化都是从中国传入的，不能忘记这一点，彼此必须友好往来。分手之际，川上先生说9日中午请我们吃饭，届时派汽车来接。陪同来访者仍是其女弟子圆山小姐，我们曾在一起留过影。

下午2时半到泛亚细亚文化交流中心，见到广冈先生，他让学习研究社另一位先生就购买照相机配件事宜与我们沟通商量。此人有备而来，热情可感。其带来一本最新的照相机资料汇编，说如要购买，可照单挑选，若是依据我所提供的名称，他们有点犯难。

最后决定托他代买万次闪光灯一个，同时再买一个温湿度表。

晚餐讲谈社加藤先生请客，畑野先生在座，我们边吃边聊。加藤非常健谈，又风趣幽默。他说《中国博物馆丛书》推出八部只是开始，以后还要继续编辑出版。对王仿子等五人来访，他表现出极大兴趣，准备热情接待。又说文物出版社与讲谈社已有25年友好历史，必须保持下去。

席间我为他们写了字块，也为女主人写了一幅。她一直陪在旁边斟酒，举止端庄，据告店里许多器物上的书法都是她自己写的。店里的服务人员都是温文尔雅，犹见古风。

晚9时过回到酒店，于千君以及徐秉琨之友人子媳陈春谋夫妇携二女孩早已在此等候，我与陈夫妇打过招呼后即引于千到卧室详谈。于千今年7月进修期满，两年来一直生活在日本，对日本的国情还是比较了解的。

今天去赤坂路过皇宫，围绕皇宫之树木花草确实引人入胜，唯整个东京空旷之处少见，绿色覆盖之地不多，不能不是一个缺憾。

1983年3月8日
东京

森住先生与我们同进早餐，之后陪往东京书道博物馆。到了之后才知道这里是中村不折先生的故居，任人购票入室参观，只有一位老太太负责管理。

中村先生是日本著名油画家、书法家、

参观东京书道博物馆
徐秉琨　森住和弘　杨仁恺

收藏家。他早年留学法国，后来从事中国碑刻、墓志、青铜、甲骨收藏。展室中有他自己的书法作品以及个人收藏的名人之物，如明代杰出画家文徵明《自书诗》卷、日本知名作家夏目漱石给他的手札等。特别值得一记的是《熹平石经》的一些碎块，虽然块小，却极珍贵，想必是过去白坚从中国带到日本来的。此外，还有几块稍大的三体石经（即曹魏正始石经）以及若干件汉刻、墓表，也是不可多得的重要文物，从中我们可以看到书法发展的脉络、轨迹。整个博物馆地方不大，文物不多，但确是研究日本、中国书法史料的重要场所。据森住说，附近还有一处某戏剧家故居纪念馆，与书道博物馆一样，也有展室，因为闭馆，故未得进入观赏。

中午之前，我们专门赴新宿商业区游走一段。据说东京过去以银座最为繁华，今则新宿取而代之了。的确，新宿高楼栉比，商场林立。我们到一家照相机器材商店看了一下，满是各种各样的照相机和相关器材，过道上则堆放着各种胶卷，营业员寥寥无几，都是客人自己去挑选，选好到柜台交款。这样近于无人售货的商店，在我国目前还无法开办。这不仅仅是生活水平与思想觉悟问题，同时法律因素也起着重要作用，据说日本对小偷处罚很重，故极少有人盗窃。

下午1时应约到新宿中心大厦51层，与全日本书道联盟秘书长田中冻云夫妇同进午餐，高桥静豪、青山杉雨诸先生在座。他们都是日本颇有声望的书法家，据告正在筹办纪念空海大师书法展，展览明日午前开幕，约我出席。遗憾的是已定明午启程回国，不能参加，于是午饭后他们特邀提前观展。展室作品很多，内容不一，可谓集现代日本书法之大成也。

从新宿中心大厦51层俯瞰东京，与我在美国帝国大厦102层上看纽约有同样的感觉。不过此大楼为新建，工程质量肯定优于美国。

参观完空海纪念展，我们回到泛亚细亚文化交流中心就彼此合作事宜与森住夫妇、大沼、西谷继续交换意见。

关于齐白石书画赴日展览一事。据告办展方东急百货公司认为齐白石在日本名气不大，费用不肯多拿，预算不能超过1000万元，其中包括场租费、运输费、保险费、随展人员费等全部在内。他们要我们考虑一下，我们说等他们商定之后再议。

关于《辽宁省博物馆藏缂丝刺绣》出版事宜。此书的三种文字排序以及译者稿费问题3月4日商议未果，此次商谈日方意见是序言中文放在前面，以下内容按日、中、英顺序排列文字，以方便日本读者阅读。他们说《台北故宫博物院缂丝刺绣》王云五序言就是日文在前的，为此我们坚持主权，绝不让步，中、日、英三种文字顺序不能更改，仅是为了合作需要，在个别字词的使用上做出一些调换。彼此说定，本书5月15日正式出版。西谷把《台北故宫博物院缂丝刺绣》样书带来请我们翻阅，四开，铜版纸印制，表面看令人震撼，但书中内容确实存在许多待商榷之处，特别是断代，问题很大，等我们的书出来，此事一定会引起学术界关注的。至于译者劳动报酬问题，他们的意见是不再支付稿酬，英文译者送样书一本，日文译者不给样书，我们表示回国与译者商量后再定。此事当按合同来办，只是我们事先未在文本上写明谁家支付译者稿费，这确实是个工作疏漏。或以折扣价买书赠送，或酌情支付一点现金，译者费用待图书出版后、版税到手时再予以解决。

泛亚细亚文化交流中心晚间宴请聚会。参加晚宴的副会长马渊通夫先生是位名医，他研究长生学，是断食疗法研究所所长，讲辟谷术，很有学识。又有太平洋学会理事长、东海大学教授茂在寅男先生，他专门从事海洋考古工作，自己还制造了一套观测海底的新型设备。他到中国泉州考察过宋、明沉船，之后做出模型，反复研究，对海航与河航船只之不同结构有过精辟论述。此公风趣至极，中国话说得特好。他说他在中国时穿中国服装，别人根本就看不出他是日本人。有一年到美国考察，接待者以为他是中国人，听他说一口流利日语，夸赞他日语说得好，逗得大家都乐了！这个人的确对中国友好，值得交往。

1983年3月9日
东京—上海—北京

早餐后到泛亚细亚文化交流中心与江上波夫、森住和弘面晤。先是江上先生说他计划今年6月去中国东北走访考察一次，希望我们先行与有关方面沟通协调一下。之后森住与江上告知，他们打算明年在日本搞一个辽瓷特展，征求我方意见，若同意请提供有关资料。关于齐白石书画展事宜要与东急百货公司商议，森住认为如果费用能够控制在千万以内，这个展览可在今年年内举办。还有就是这次出访日本的费用问题。森住说学习研究社一直未同意增加预算，问涉及徐秉琨的开销可否由双方各负责一半。为了实现彼此当初的合作计划，考虑到双方的实际情况，我们研究后认为不必如此计较，徐秉琨往返机票钱由我方自付，学习研究社日前交给我们的飞机票款如数退还。森住以为此意见可行，如此办理双方都能认可。

上午10时后回酒店收拾东西。我的随身之物已于昨晚11时由贺利代为装好，但各方赠送图书需要托运，尚待打包。所幸侯晓平来此帮忙，还有大沼先生、关西旅行社富田小姐参与，很快包装完毕。

江上波夫先生来酒店送行，并说两次宴会都因故未能参加，想请吃一次午饭略表心意。我因为有约，婉辞谢绝。川上景年先生如约而来，接我们去吃涮羊肉，12时20分又将我们送回酒店。80多岁高龄的老人不辞辛苦，如此重情，委实可感。

由侯晓平负责送我们至机场。他给爸妈写了一封信，买了一些香烟，让我回国转交。据告他现在不学画了，改学政治经济学了，说是为了将来好找工作。我劝他不要读政治经济学，改学工商管理，祖国很需要这方面的人才。至于绘画，千万不能扔掉，作为业余爱好亦可。从他表情上看，我的建议他似乎接受了。

办理手续，登上飞机，竟又碰到董寿平、黄苗子二兄。同机而来，又同机而返，真是缘分啊！启功元白在西武百货开办书展，还要多留数日，已移入大使馆居住。在飞机上看了他们在各处所拍照片，色彩特好，以箱根、大阪景色最引我注目，因为两地我未能前往。苗子送我两张富士山下箱根之照，我则送他横滨三溪园照片一张。

天将入暮之时飞机停于上海机场。办理入境手续，夜里10时左右抵达北京。

1983年3月10日
北京

中午到侯恺家,把老三晓平所写之信和捎带的香烟转交,同时将所借西服一套还了。他这套衣服对我用处很大,因为在日本着西服普遍,我则必须入乡随俗。当然,我在日本也曾穿中山装出行两次,虽然有些另类,但路人似乎也没有什么特殊反应。父母总是为儿女而忧,但当侯恺夫妇看了晓平的书信,又听了我亲眼所见的情况介绍之后,他们好像放心了很多。

下午2时半到文物局出国文展办见到于坚、张庸等人,了解一下近年文物外展的情况,看来事情并不那么简单,主要是上边领导对外展持有不同意见,下边具体工作不好办。我询及我馆西德、比利时明清画展之事,于坚说尚无回信,等等再说。他说反正有许多国家都有办展需求,不用着急。又问我辽宁还有哪些可展展品,可否寄一些辽阳壁画摹本资料。张庸告知美国底特律美术馆要办宫廷生活展,如果北京故宫不去,可让沈阳故宫前往,或先在深圳特区办展搞一次尝试。

从出国文展办到外事处与金枫谈访日情况。金枫说孙轶青局长去南博参加建院50周年庆典活动去了,回头由他将情况转告。我们谈及森住所言齐白石书画今年在东京办展之事,我将直接了解到的情形如实做了介绍,他说此事已行文正在与辽宁省文化局沟通,其中关于经费问题由外事处负责协调,他们

掌握情况,可以进行比较。还有就是江上波夫要在明年举办辽瓷展览一事,他说只要省里同意即可,他那里无新的意见。我们又向其咨询西德、比利时画展进展情况,他说尚无回音,又不便催问,只好等待,但准备工作仍须照常进行,如果西德、比利时取消了,还有别的欧洲国家承办。最后又与他谈了今年10月在富山、神奈川举办"辽宁省书道展"以及我将应邀出席京都"国际美术史年会"之事。

下午5时前先到了李长路家看看,之后去了谢辰生家一起晚餐,我们边吃边谈。谢告知,全国文物工作会议延迟至五六月召开,说中宣部认为所拟报告同时提两个中心不好,还是应以文物保护为中心,报告需要重新修改,因此会议后延。我们又谈了一些其他工作以及养生之道等话题。

晚9时左右,张庸来接,乘车回驻京办事处。

1983年3月11日
北京

上午到对外友协与洪处长谈江上波夫计划今年6月初来东北考察之事,他要我先与辽宁省外办沟通协调一下。他对森住夫妇印象很好,向我介绍了森住的一些情况,主要是去年中日建交10周年活动细节。

正在与洪处长交谈之时接到庞书田电话,知董彦明、朱贵也在京,朱去了乃兄家,于

是我们约好在办事处相会，一起谈谈《中国书迹大观》出版事宜。因无纪要在手，大家见面也只能随便聊聊，之后一同前往四川饭店共进午餐。

午饭后董回旅馆，下午3时半与朱一并回沈。我则前往侯恺家，与其一起乘车到徐悲鸿纪念馆参观。展室陈列的作品比原先少了一些，但由于建筑设计新颖，采光较好，展览效果还算可以。与廖静文面晤，谈到我馆两幅徐氏油画修复之事，她意见是请外国专家来修，我担心费用太高，但从她表情上看似乎满有把握。

告别廖静文，我与侯恺去董寿平家坐了一会儿。董留晚饭未吃，侯将我送至西海周怀民家离去。在怀民家晚饭，吃饭时请他将利玛窦画作彩色照片洗印数张，之后分送给白凤阁转菲奥雷、黄苗子等人。饭前看了几件藏品，其中赵孟𫖯《临兰亭序》乃吴荣光藏本，其据杨士奇一跋认为乃赵氏晚年手笔，我则以为作者款欠佳，且印章不该重复（当然也有例外）。此为陶北溟故物，我过去似曾见到过，就是印象不深。又朱耷《松鹿图》一件，鹿之眼神形态殊好，几笔松干别有韵味，堪称晚年佳作。还有八大山人一幅，地子已灰，画亦欠精神，不佳。周家墙上挂有新退还的《四喜图》，时隔几十年再看，越发觉得此乃南宋人手迹无疑。吴湖帆题谓马远父子之笔，我看不当如此肯定。

晚9时左右到侯家打个招呼而别，10时过回到驻京办事处，文物出版社俞筱尧和庞书田在此等我，专门商谈《中国书迹大观》出版事宜。他们的意思是让我馆四五月完成拍照、提交上下册目录，而故宫博物院交稿时间则定在12月，时间较为仓促。

1983年4月10日
于返沈火车上补记

2日，与战力光同志同车赴本溪，参加庙后山遗址考古发掘报告定稿座谈会，见到了贾兰坡先生。因翌日接待日本富山县代表团来访，当天返回沈阳。

3日，与日方商谈今年10月17日起始的为期五天的"辽宁省书道展"具体方案，辽宁省外办陶处长和小陈参加。双方谈得很细，直到下午6时完毕。

5日晨抵京，文物局郑广荣将我接至万寿宾馆，见到沈竹、谢辰生、高履方等人。由沈、谢、高主持开会两天半，我们几个老头（包括谢稚柳、启功、徐邦达、刘九庵）所谈内容不少，详情可见纪要。这三天没有离开宾馆，白天大家认真参会，各抒己见；晚间则天南海北，古往今来，高谈阔论，有如神仙之会也。此次会议重要，所记应多，唯无暇笔记，俟日后补写。

7日下午4时，邓力群、周巍峙两位部长到宾馆来见，由沈、谢、高将我们几个人的姓名一一介绍。邓说虽为初次见面，但闻名已久。我们与其交谈，起初稍显拘谨，后逐渐放开，从文物保护、人才培养，直至今后工作计划，畅所欲言，直到6时分手告别。所谈内容已被记录在案，兹不赘述。

8日上午一起去故宫看画，中午由谢辰生招待大家。午饭后我与谢稚柳移住华侨大厦，启功则返回师大家中。

8日下午到中央电视台，与王有才、陆京生同观录像并发表意见，据告书法内容5月尚能定稿。晚间到侯恺家聊天，谈至9时回华侨大厦。

9日上午9时，黄胄来，与谢稚柳同往藻鉴堂，参观新建之中国画研究院。

9日下午2时半，与谢稚柳前往文物局，与沈竹、马济川、谢辰生见面。

北京颐和园藻鉴堂中国画研究院

杨仁恺　黄胄　谢稚柳

1991年

1991年4月22日
沈阳—香港

晨4时半即醒，6时徐英章同志前来送行，6时40分驱车至桃仙机场。

飞机平稳，上午11时3刻直达香港启德机场。在行李提取处等候了近一个小时仍不见我的行李，于是到机场查询处了解情况。工作人员让我将行李号码留下，说查到后第一时间送达。我经常外出，此种事情首次发生。

常万义和中文大学所派之人前来接机，汽车直驶沙田学校本部。高美庆馆长迎候，住校内雅礼宾馆。

晚间去高住处拜访。其先生姓杨，中文大学中文系教师，在此的张光裕先生亦在该系教古文字，于是一起至九龙大商场内一家广东馆用餐，万义同行。

1991年4月23日
香港

早8时半，张光裕博士来宾馆同用早餐，饭后驾车游览校园。校园紧邻吐露港，依山傍海，环境甚为优美。据告学校由四大书院组成，有学生5000余人，大陆学生不多。

上午高美庆馆长陪同参观中大文物馆。陈列之古玺非常可观，书画则多为广东名人之作。其中陈白沙诸人之作以及李文田旧藏《华山碑》《兰亭序》殊佳。观展之时与韩天衡夫妇不期而遇，甚欢。

中午在校内食堂用餐时与莫家良相见，得知其一年前由香港大学转来中文大学艺术系任教。

午饭后与万义略事休息，即去张光裕家看其藏品。张博士所藏乃师台静农书画遗作特精，去年《名家翰墨》所出"台静农启功专辑"，张本人仅提供两件，如将其历年所得台氏手迹编排出版，大有可观。张先生夫人瑞云女史有花卉写生册，画学南田，台先生为之逐页题句，难得。

下午驱车去八仙岭郊野公园，顿有出世之感；而转回香港岛、九龙半岛，则瞬间进入喧嚣繁华之地。郊野公园与商业中心，同在香港，两重天地也。

晚上在一家潮州馆用餐，菜肴殊美。同席者有出版商张应流，我与其在广州结识，他主动表示将上博的《四高僧画集》以及日本朱葆初藏画册送我。朱是书画收藏家，其藏画册有我撰序。

晚饭后驱车抵达太平山山顶，俯瞰香港夜景。返时乘缆车而下，抵中环码头乘渡轮到九龙。中环为银行集中之地，摩天大楼鳞次栉比。铜锣湾两次经过，晚上灯火通明，如同白昼。

在文物馆得悉，己千父女与邦达夫妇由台北同来香港。彼此通话，说好明日中午晤面。

1991年4月24日
香港

晨起为张光裕夫妇画册题字，张本人应约来取。请张光裕与马悦然（瑞典汉学家）联系，告知我为方冰带致书信和礼物，需要面交。对方答曰忙甚，又夫人（四川人）生病，容后再约时间见面。

9时过高美庆来接，先到中国文化研究所与陈方正所长以及饶宗颐教授晤面，之后同到文物馆库房一起看画。利荣森先生所捐文物不少，据说展馆展品一半都是利氏原藏，翁万戈提议将之编一期《艺苑掇英》专辑出版。其中高翔山水两开裱为一件，失群之物，佳。另一件高翔立轴山水可商。宋拓《汝帖》残册4本，李文田故物。日本东大寺旧藏日人写经册（唐朝末年）、汪士慎梅竹横幅，佳。此外，黄慎所绘老人立轴亦好。

新加坡油画家洪志腾（仙碧画廊）和刘德超来文物馆见面，时正与陈方正、饶宗颐诸先生交流，聊了几句后离去。

11时，文物馆副馆长林业强先生、研究员王人聪先生（原是北京故宫搞青铜器的，1979年来港）陪同前往利园酒店聚餐。利氏做东，宴请翁万戈夫妇、王己千父女、徐邦达夫妇、葛士翘先生（敏求精舍主席，陶瓷收藏家，成都人），汉雅轩黄仲方先生以及万义与宴。大家不期而遇，自然格外高兴，席间高谈阔论，气氛融洽，相约后天己千处再聚。

香港半山区吴悦石家客厅
吴悦石　杨仁恺

午餐后各自归去，我则由万义陪同前往半山区去见吴悦石先生。此人为董寿平徒，北京人，现年47岁，与万义友好，做古玩成功，在港落籍。在吴宅见到印尼华侨钟先生，开胶合板加工厂发家致富，现在拥有私人飞机。钟热爱收藏，听说我到吴家，特来交流。起初我们谈古籍善本，他说话还挺专业，据告所藏宋元版本数种，明本较多。之后看王铎绫本行书郦道元《水经注》数则，50多岁书写，米法显明。吴悦石、常万义以为上次拍卖未能成交，皆以为不真之故，实则乃王氏佳作也。据告此件卖家喊价2万元，估计1万元即可拿下。最后吴悦石出示朱光曾藏之郭熙早年山水卷照片，说卖家计划出手，索要200万美元，钟先生想买，求我鉴定一下。见到此郭熙山水，瞬间惊喜过望！此乃我多年寻找之物，竟在香港得见照片，殊属意外！

晚上在吴先生家享用家常便饭，很合口味。饭后打出租车送我回到中文大学。

1991年4月25日
香港

早上张光裕偕长子同来，7时半一起前往九龙敦煌餐厅食用粤式早茶。小吃颇多，味道可口，较内地为优。张先生之子今年16岁，正在念国际学校高中二年级。其计划高中卒业后到出生地澳大利亚继续读书，据说大学免费。

上午9时过，高美庆偕研究生唐锦腾来谈，询问杜琼《南村别墅图》之真伪。原图《中国古代书画图目》所注专家意见不一，而吴宽跋中提及杜氏与陶南村有过交往，余谓吴氏跋真，应从第一手资料。

高、唐告辞，由文物馆黎小姐帮我收拾行李，之后移住香港利园酒店1805房间。

黎小姐曾随屈志仁学习艺术史论，又去英伦进修两年，文物鉴赏有一定基础，曾有文章在报刊上发表。其与《名家翰墨》许礼平曾经共过事，彼此相识，许打来电话，约我们中午与吴悦石、常万义一同进餐。

办理完入住手续后即应约抵达翰墨轩。许将张择端《清明上河图》吴子玉摹本出示，看过之后觉得水平不及冯忠莲，线条笔触不够自然。可是据告启功见之称道不已，并为之题跋。吴为谢稚柳弟子，1987年我们在广州时见过面，其子女皆能书画。

中午简餐，我们边吃边谈。万义意见，吴先生不应将郭熙卷介绍给印尼华商钟先生，一旦成交，势必外流。我认为200万美元索价实在太高，内地之人无力出手。此卷现在香港，若是利荣森能够收购，之后捐赠给中文大学文物馆，而1997年香港将回归祖国，此无异于楚弓楚得，堪称良策。究不知此种愿望能否实现，有待于事情发展再说。

下午许礼平送来董其昌书画三卷过眼。其中水墨山水小卷专家意见不一，启功看伪，谢稚柳题真，刘作筹以为赵左代笔，实则董氏稍早亲笔，同意谢说。

1991年4月26日
香港

上午翰墨轩主人许礼平再次送来一些明清书画求鉴，大都为董其昌之作，其中泥金书唐诗五绝散册真而不精，所谓滥董是也。据告日本董氏书画价格极廉，但古玩市场管控甚严，外国人不易进入。香港比内地价低两至三成，一般书作三五千、绘画七八千，古代书画有回流内地之势也。

11时前抵达己千香港寓所。此房面临海湾，环境幽静，交通方便，室中悬挂王氏本人大字新作。王氏晚年喜写大字，去年10月南戴河之会，曾主动送余联对，时隔半年，书法又见长进。邦达夫妇住在王宅，我们一起观赏己千所藏陈老莲《水浒叶子》。

中午万义在上海饭店请客，我与王氏父女同往。邦达胃不舒服，又滕芳外出办理留港延期手续，夫妇二人没有参加。饭菜咸淡适中，本色突出，昨日四川饭店无法与之比拟也。吃饭期间我们商谈辽博举办"二王"书画联展一事，时间初定于今年9月，作品托裱即可，不用装轴，随身携带，不必保险。先到沈阳办展，之后再飞黄山。己千前年去过黄山一次，因天降大雾，未见真面而归，故有再游之念。所谈事项，己千5月7日返美与王方宇面商之后再给明确答复。据王氏告知，纳尔逊艺术博物馆所办之"董其昌国际学术研讨会"明年4月举行，他决定届时参加。我表示如得邀请，亦将前往。

午饭后回到酒店，高美庆女士应约来见。我将郭熙卷照片取出请其过目，并说明若是利先生能够出资收购原件，之后转赠中文大学文物馆，1997年后此卷无异于留在了中国。高表示一切等利先生从广州回来面议，不过此卷早已为人所知，还是谨慎一些为好。我意先看利先生态度，若利先生无意于此，再送王己千过眼。

晚间与万义出席敏求精舍在会址举行的宴会，高美庆陪同前往。此为民间收藏机构，成立已有30多年，在国际上颇有声誉。今届主席葛士翘其收藏的元、明、清瓷器居香港藏家之冠，邀请我29日到家里做客。席间副主席钟华培告知，其与关善明、邹纪新、关肇颐等人定于5月16日飞赴沈阳看红山玉器，之后前往牛河梁文化遗址参观，请求提供帮助。我将此事电话通知馆里班子，请转告考古所予以接待。晚宴时结识谭志成先生，50多岁，画家，现任香港艺术馆总馆长，据告其每年都从国外引进各种艺术展览，葛士翘主席让他与辽博携手合作。我已邀请中文大学文物馆派人参观我馆，同时向谭先生和同事朱女士申明，欢迎届时一同前往沈阳。

万义把近日所拍照片冲洗、取回，分送给有关人员。今晚又拍了几张，留作纪念。

1991年4月27日
香港

上午9时，新加坡画家洪志腾由刘德超陪同而来，为之题傅抱石仕女轴，高兴而去。

与徐伯郊通电话，随即来晤。两年多未见，各道别后情况。徐带来李方膺画册和翁方纲手札，俱真。徐说李画可值港币10余万元，然据日前许礼平所提供的交易信息，价格不会如此昂贵。坐聊一小时而去，约好中午同餐再叙。

中午在一家潮州菜馆进餐，由洪志腾做东。与洪同来的年轻人是佳士得的，姓邱，他说黄君寔已去美国，6月末返港，有可能7月底随上海之友旅行团去敦煌看看，徐伯郊也将同往。

午间小憩，即为万义所藏新罗山水、齐白石山水题字。新罗之作原无图名，根据内容定为《邂居茅茨图》；白石老人一幅在佳士得拍卖时名曰《舟山帆影图》，似嫌欠妥，于是改称《湖光帆影图》，以大字书于轴端，下为之跋，指出此轴作于1926年，时年62岁，

香港利园酒店客房
徐伯郊　杨仁恺

意见相同。还有傅山书札一卷，魏裔介引首，上款为同一人，完整无缺，殊佳。此外王武花鸟册、王铎临阁帖轴、中唐敦煌写经卷等，俱真。值得记录者是金笺董其昌水墨山水一轴，极精新可宝，可算叶氏家之尤物。至于沈周山水卷，仿倪，无款，拖尾诸跋大都不真，画本身亦属明末旧伪，刘作筹、启功未看好，而刘九庵则看真。

1991年4月28日
香港

早8时半，叶承耀医生来，共进早餐。餐后为之题跋傅青主手札卷，计18通。随后同去富丽华酒店参观苏富比拍卖展品，张洪及两位很年轻的女士（说是张学生）接待。近代和现代绘画总计数十件，赝品甚多，其中齐白石、张大千诸作皆需商榷。由此联想到3月佳士得拍卖，两相比较，觉得佳士得似乎较苏富比好些。至于所见数十件瓷器，亦乏精品。倒是珠宝翡翠耀眼夺目，佳品颇多。

在苏富比展场与葛士翘先生及其公子相见，据告其公子在深圳管理一家生产家用电器的公司，每周回家一次。又见到了敏求精舍的徐展堂先生，年方50岁，仪表堂堂，1988年随敏求精舍来我馆参观，近几年事业发展异常迅猛。其在九龙办有"香港徐氏艺术馆"，邀我参观，并一再说可由中大文物馆林业强副馆长陪同前往。

中午在吴悦石家用餐，其间就郭熙卷如

为左宗棠之哲嗣而作也。之后万义又嘱为吴悦石之女友亚君书一横条，于是信笔书唐诗一首（杜牧《泊秦淮》），并题。

晚6时左右，黄贵权医生打来电话，说已接到叶承耀先生约其与我一起晚餐的邀请，临时有事不能赴约，并询问我老伴病情，建议先取一些药物试服，看看效果再说。之后将诊所及家中电话相告，近日可随时联系。又说日前去深圳为陆俨少看病，气管老疾待治。

晚7时，叶承耀医生驾车载我去他家吃饭，满室檀木明式家具，相当珍贵。饭后叶医生出示所藏书画过目。有徐邦达旧藏祝允明小草一件，弘治年款，书法拙笨，钤有高士奇等前人印章俱伪，道光时多人题跋则皆真。此卷归蒋谷孙后带到台湾，叶氏从蒋手中买来后再次请徐过目，徐认为佳作，而刘九庵看过之后则认为是同时人伪作，我与刘何归回国家一事大家各抒己见。吴建议由我致函李鹏，指明郭熙卷重大价值，请国家出资购回。此议甚善，我可考虑。回想50年代由徐伯郊经手、周总理批准回归郭黼斋、张大千所藏几件国宝的历史过程，既然有先例可循，郭熙卷回归祖国也许多少有些希望。

饭后回酒店休息。下午2时半新加坡王德水夫妇由广州来港，同住利园，面晤畅言。

晚6时半，与徐伯郊同往老正兴去吃上海菜。饭庄主人沈有国，40余岁，热心现代书画收藏，办有"六通画廊"，只买不卖。数年前举家移民加拿大温哥华，做地产生意，香港仅留下老正兴菜馆继续经营。沈先生原籍常州，少年时随父亲由上海到香港谋生，从学徒做起，后来开饭店发迹，对食谱甚有研究。

1991年4月29日
香港

上午9时，中大文物馆研究助理李志纲来接，一起前往香港艺术馆，虚白斋藏中国书画馆馆长朱锦鸾、助理馆长邓海超接待。稍事寒暄，朱有会离去，邓陪同参观。展室共计两层，展品分类陈列。陶瓷器室之物东拼西凑，可观者无。风俗画室皆为19世纪之作，展现当时生产与生活景象，无艺术价值可言。让人欣慰的是刘作筹先生去年捐赠的200余件明清书画，其中不少佳作，过去曾在上博办过展览，《艺苑掇英》为之出版了两辑专刊。朱女士负责整理这批东西，记得《名家翰墨》

香港葛士翘宅
杨仁恺　葛士翘

第1期有过报道，虚白斋藏中国书画估价亿元以上，刘氏对香港艺术馆贡献着实不小。据告位于尖沙咀香港文化中心的艺术馆新馆今冬将落成使用，届时刘氏书画可全部展出，面貌会有所改观。

下午去徐氏艺术馆参观。此馆设在九龙徐展堂所办工厂之内，有楼两层，展品以陶瓷器、青铜器为主。徐氏所藏瓷器品类较全，且精品颇多，宋代官、哥、钧、定诸名窑皆有代表作，唯不见汝窑之物，至于元、明、清官窑瓷器亦多十分珍贵。据告，如此众多精美瓷器徐氏购藏时间不足5年，令人惊叹。惜未能与其见面，不便索要资料，空手而归。

下午3时，葛士翘先生及其公子驾车来接往其府上。浅水湾一座公寓18楼一整层皆归他家所有，一半作为瓷器展室，一半用于生活起居。在风景如此优美之处开办家庭藏品展览，殊令人为之钦佩。据告，葛氏1948年来港办厂，他以工厂所得利润先是购买书画，30年前更改爱好，专心收藏元、明、清瓷器，如今藏品有2000件以上。其中元代青花19件，明初制品30多件，清顺治、康熙、雍正、乾隆官窑瓷器应有尽有，且件件皆精。葛氏部分藏品曾在台、港等多地办展，好评如潮。汪庆正、冯先铭等人参观之后赞叹不已，国外专家见之则更是倾倒。

晚餐由其长女掌勺，做了一桌川菜，味道纯正，口感甚好。临别赠送所藏瓷器、书画图录两大册，皆精印，极为珍贵。葛氏年过80，状态颇佳。我邀请其来沈参观，向香港推荐辽博，葛表示作为香港各个艺术馆之评议员，其一定要为我馆文物在港展出尽力，意颇诚恳。

1991年4月30日
香港

上午电话通知许礼平可以为之鉴定旧画。携来东西不少，唯多赝作，仅唐云原藏八大树石小横尚可，晚年款又一题，吴湖帆为之跋，唐云题送友人者。

商务印书馆何副总经理由广州乘船回港来访。据告，与徐秉琨曾研究出版辽博馆藏文物精品一书，又拟出版历代陶瓷一册，皆文图并茂。此两种图书，回去商量后即通知他本人，之后其与有关人员再到馆里进一步落实实施。我以为只要编印精良，读者一定欢迎。他说北京故宫《国宝》一书为各界称道不已，如果为辽博出版一部类似之作，肯定会拥有市场。

中华书局陈副总经理晨时来访，是时我们在楼内早餐，他等了近一个小时而去，留有字条，晚上在服务总台见到。同时见到徐伯郊约后天再次到老正兴聚会的字条。

文物馆黎小姐打来电话，告知电视台计划5月3日采访我，征求意见，我表示同意，是日早7时在酒店等候，他们派车来接。

文物馆高美庆馆长电话告知明日下午2时半派车来接，讲演时间不变。

已商得许礼平同意，代我将所有图录寄往沈阳辽博收转。请其转告刘作筹（现在新加坡），欢迎再次访问沈阳。许表示即刻致电，并愿意陪同前往。许原在中大中国文化研究所从事《中国语文研究》编辑工作，单位距文物馆很近，经常前往参观，天长日久，逐渐喜欢上了古玩书画。虽然不懂鉴定，但家中富有，他请别人为之把关，启功、谢稚柳、刘作筹诸人为之鉴定题跋。此人很有头脑，创办《名家翰墨》去实现自己心愿，虽然内容不尽如人意，但总算说得过去。据告，每月固定订户2000余，零售2000多本，总数5000本左右，杂志本身不赚也不亏。

1991年5月1日
香港

今天的主要任务是到中大文物馆讲演。上午在酒店做些讲演前的准备工作，除王德水夫妇来房间辞行之外，凡打电话意欲来访的客人皆由万义代为婉言回绝。

11时半，台湾长流画廊经理黄承志偕同广告公司谢义鎗应约而来，同进午餐。此二人做书画生意，手面不小，与不少知名画家都有往来。据告黄曾收入白石十二景大屏，又将购买元王振鹏《龙舟竞渡图》（《佚目》物），此外还对宋徽宗赵佶《临怀素书》（亦《佚目》物）颇感兴趣。我表示后两件尚未得见，若有照片方好发表意见。

中午王德水夫妇返回新加坡，因接待台北客人，未能送行，由沈阳驻港小全陪同前往机场。当我由中大文物馆演讲结束回到酒店时，德水从新加坡家里打来电话，告知已平安抵达。

下午2时半，文物馆李志纲来接至高美庆办公室，由张光裕先生引见瑞典汉学家马悦然教授，彼此站立交谈片刻，马告知外出有会，报告会不能参加，又对前几天未能看望致歉，要我代向方冰先生问好。

下午4时1刻，演讲开始，高美庆主持，黎小姐负责幻灯片配合。我起初照本宣科，后来发现念稿效果很不理想，且准备的材料1个半小时内也无法念完，于是改变报告形式，只念纲要部分，有关内容予以讲述，再留一些时间互动交流。如此一变，演讲流畅了许多，特别是最后的问答环节，气氛非常活跃。与会者踊跃提问，我一一认真作答，场内笑声不断。如此看来，照稿宣讲远不如相互交流为佳，如果采用由我主要发言、大家参与讨论的座谈方式，可能效果会更好些。

演讲会场见到中大中文系的常宗豪主任、张光裕教授等人，还有《明报》杨映波、《文汇报》黄洁玲等几位女记者。与中大中国文化研究所版本专家沈津交谈，得知其一年前来港，原是上海图书馆善本部主任，顾廷龙先生的学生。再就是刘健威（霜阳）先生，搞美术评论的，在多家报刊发表文章，撰写的谢稚柳专访发表在《极品》刊物之上。他怀疑书画鉴定的科学性，认为有的人现代作品尚不能辨别真伪，岂能鉴定古代书画？我向其做了必要的说明，他赠送我个人文集一册。

今晨早起，草拟请国家收购郭熙山水卷致李鹏函稿。原文如下：

李瑞环并李鹏总理

倾应中文大学之邀，我于今年4月来香港讲学，偶然在吴悦石先生（原北京人，现住香港）处发现已故前广州市市长朱光同志生前收藏之北宋大画家郭熙山水画及金人任询（君度）长跋照片。是卷于"文革"前在朱光北京寓所多次与谢稚柳、徐邦达、侯恺诸位展观，咸以为传世郭氏数件名作中仅有之早年真迹，对研究中国古代绘画史具有极为重要之价值。唯朱光同志"文革"中在安徽省副省长任内受摧残致死，郭氏画卷随之不明下落，曾多方探问，均无结果。原以为国宝从此泯灭，均为之慨叹不已。孰知此次来港，竟意外发现原画照片，有人求售原件。为使祖国文物精华发扬光大，拟请参照50年代周总理批示从香港购回五代名画《潇湘图》《韩熙载夜宴图》之先例，勿使国宝外流。幸甚！幸甚！

　　此稿正式缮发时有数处改动，原件复印本留存。

1991年5月2日
香港

　　早上商务印书馆何副总经理、商先生同来共进早餐，之后即去三联书店，由一位姓

香港利园酒店餐厅
利荣森　杨仁恺　林业强　高美庆

区的总经理助理接待。据告总经理不在，他是管销售的，只略知已出版的《辽宁省博物馆藏宝录》市场不佳，未出版的是否按原计划印刷不得而知。至此方知上海文艺出版社为《辽宁省博物馆藏宝录》事一直秘而不宣，殊令人不解。由此看来，想来此咨询确切出版时间，进而研究一下在港举办首发式一事均已失去了前提。我对区先生表示，希望三联早日做出决定，之后尽快通知我方，如有问题，设法解决。

　　利园酒店董事长利荣森先生中午宴请，约中大文物馆高美庆和林业强作陪，为我后天离港提前饯行。我将郭熙山水照片给他过目，利氏兴趣不大。

　　午后2时半，与万义同往富丽华酒店参观苏富比拍卖书画展览，抵达时王己千父女、徐伯郊等人已经在场。我请己千过目郭熙山水照片，并向王介绍了此卷流传前后经过。万义则告知原件暂不能提供，对方索价300万元，若有意购买，须先支付部分价款而后才能见到实物。王很欣赏此卷，说可出资百万，要万义为之放大照片，之后寄去，可以找美国博物馆商榷，但过200万很难成交。分手时又谈到9月辽博办展事宜，王的女儿表示由其负责联系，送她老关制作的小瓷缸一个及致方宇之信一封。

　　回酒店接待来访之徐伟达。徐告知，上博在苏富比拍卖赵之谦等书画8件，成交价300万，95%归卖家，净得285万，为馆里改陈提供一笔不小的经费。又说如果辽博同意，

也可挑一些藏品照此办理，届时可派苏富比的张洪或朱咏仪前来办理，双方认可后即可交付拍卖。

许礼平又携一大包字画来酒店，其中有张大千在日本学印染时作品一件，金地，日本裱，上有高美庆父亲高岭梅一题，定为大千早年之笔；还有一人题跋，不识何许人也。高氏是摄影师，为大千好友，手里存有大千作品不少，我在高美庆家就看到大千为其结婚而创作的一横幅画作。我将各方赠送之图书资料交给许礼平，请其代为寄往沈阳馆里收转。

晚上徐伯郊约徐伟达、常宗豪、邱先生等在老正兴聚会，老板沈有国以特色菜招待大家。

午夜，台北黄承志来酒店为其所藏元人王振鹏界画求题，上已有金息侯、吴湖帆诸跋，应允之。

黎小姐转告，中大饶宗颐教授来过电话，告知其已返回香港，约定见面时间。晚间致电，饶本人已经入睡。翌晨饶先生打来电话，约请共餐，婉辞道谢。

1991年5月3日
香港

早上7时15分，与万义乘电视台所派之车前去接受采访。这是一个现场直播的访谈节目，开始前主持人李先生就采访内容、问答形式进行了10多分钟的沟通。8时30分，直播正式开始，我说四川普通话，李用粤语传播，访谈过程总计8分钟。己千先生诸人即时收看，采访结束后他就打来电话，说《夏山图》乃燕文贵笔，非屈鼎之作，此图由梁清标题签，与《宣和画谱》无关。我以采访时间已到，话未说完以答之。实则应属燕文贵门人屈鼎作品无疑。

上午11时去九龙黄贵权医生处，为文秀病情事前往当面说清，已先有电话联系。黄医生依据我的介绍，给开了可服三个月的药，说先服用一个疗程看看效果如何再说。我付药费，他坚决拒收，为之心感。黄医生喜买现代画，与荣宝斋香港分店的王大山、孙日晓都很熟。我来此之前先到荣宝斋与孙日晓、王大山见了一面，他们送我三本拍卖图录，约请午饭没有答应。

下午3时，在酒店接受《文汇报》《明报》两位女记者采访，交谈了一个多小时。她们说回去整理成专访札记，刊出后将报纸邮寄给我。

晚间在吴悦石先生家用饭，其间将今天电视台录像又放映一次，我们几人都认为效果不错。饭后为朱光原藏郭熙山水卷给李鹏、李瑞环写信。在此之前两日，吴已致电湖南省副省长陈彬藩，向其说明情况，今又将此信复印一份寄往湖南，请陈设法帮忙。此外，吴还联了香港实业家霍英东，请其出面收购，之后转赠国家。此乃美好意愿，若能实现，诚乃好事一件。我的信在吴家复印一份带回沈阳。

已请中航孙艳华女士代发电报给重庆九

妹，先知明日飞渝航班时间。

三联书店刘云先生打来电话，就《辽宁省博物馆藏宝录》与上海文艺出版社之间存在的问题做了一番解释，我再次将昨日与区先生阐明的观点重申一遍。三联书店依据香港市场需要，希望压缩文字、增加图版，而上海文艺出版社则谓已经定版，不得改动。矛盾何时解决，不得而知。电话交谈半小时以上，感觉此人似能承担责任，俟与三联书店总经理直接沟通后再最后表达意见。

1991年5月4日
香港—重庆

行李已于昨晚整理完毕，一个行李箱，一个手提包。

今晨起床较早。6时半万义来陪吃早餐，自助，甚饱。

8时半乘朱楚珠所驾之车抵达启德机场。中大文物馆高美庆馆长先我们而至，特来送行，由衷感谢。

办理登机手续，走过安检通道，在飞往重庆的第三登机口椅子上刚刚坐下，就见炎昌在前、八妹跟后向三号口走来，我赶紧先行招呼。原来的计划得以实现，大家自然欣喜万分。更巧的是登上飞机入座之后发现，炎昌是9排，我是10排，我们的座位前后相邻，交谈起来十分方便。

飞机降落于重庆江北机场，九妹一家来接。先到江北荷花饭店办理入住手续，之后前往九妹家一起晚饭，再之后回饭店休息。

1991年5月5日
重庆

上午先到九妹处，何烁迦夫妇由成都赶来见面。我们让汪亚东转告姐姐，说下午前往看望。

下午3时，我们齐聚汪家。八妹与姐姐已经分别了46年，此次见面，二人喜极而泣，一起回忆件件往事。

炎昌、八妹原有意同去岳池参拜祖茔，因飞机班次不许以及10日前必须赶至上海参加亲戚婚礼，故只好等待下次。不过将先父母骨灰移至重庆涂山公墓安葬一事，大家意见一致。

重庆杨仁瑶家亲人相聚

杨仁瑶　杨仁恺　杨仁贵　杨仁琼

1991年5月6日
重庆

冒雨赴歌乐山、磁器口、沙坪坝等地寻找旧日痕迹。八妹的前中央护校地址已不能确指，文秀读书的教育学院原貌尚存，现为重庆28中学校址，原学院早与女师合并为西南师范学院，迁往北碚。

所有人一致同意将父母骨灰和祖坟旧土装来重庆，与仁玉三姐之墓同葬一地，便于日后扫墓。

1991年5月7日
重庆

大家一起游解放碑，逛百货公司，八妹一直兴致勃勃。

刘德超、杨敏夫妇由成都而来，约往其成都家里小住几天，因沈阳有事，早已定好机票，婉谢。

1991年5月8日
重庆

下午3时送炎昌、八妹去机场，姐姐、九妹两家各租一辆面包车一起前往。原本不想让姐姐去机场送行，毕竟近80岁了，但其坚持要去，只得同意。姐姐精神头颇足，前日在九妹处午饭后也不休息，不停讲话，口若悬河，八妹坚持不住去躺了一会儿，我觉得很累又不好离开，只有炎昌一直陪其聊天。

1991年5月9日
重庆—沈阳

上午到九妹家整理行李。因晓青与岳池石垭雇请的女孩黄小英乘火车经京转沈，携带东西过多途中多有不便，尽可能装箱交飞机托运。

10时过，刘德超夫妇来接我们共进午餐，饭后到扬子江假日饭店休息，再之后送至机场。适九妹一家、何烁迦夫妇同来机场送行，姐姐那里已经通知不必来了。

飞机是从昆明来的，原定下午5时10分从重庆起飞，延误一小时，我与文秀抵达沈阳桃仙机场已是晚上9时半。行李漏取一件，此事回头再办。

接机的陆宏告知，意大利一位摄影师和白凤阁先生在中山大厦等候商谈利玛窦展览一事，两位客人一直未进晚餐。赶紧前往见面，深表抱歉。据白凤阁告知，菲奥雷先生已向意大利总统、总理面陈在其家乡马切拉塔市举办"利玛窦在中国"文物展计划，得到认可，展览定于今年9月18日开幕，有音响公司为其后盾。白凤阁此次陪同摄影师专程来沈，是为拍摄一些与利玛窦有关之文物照片的。

1991年5月17日
沈阳—朝阳

杨伯达与香港敏求精舍关善明、邹纪新、钟华培、关肇颐来沈，我与郭大顺、辛占山一起陪同前往牛河梁，之后经义县奉国寺、北镇庙回沈。

香港敏求四人都是玉器收藏者，为研究红山玉器专门赴实地考察。接待大体还可以，客人兴致很高。

1991年6月28日
沈阳

接到中国国际书店打来的电话，说是日本二玄社社长渡边隆男偕美术部部长高岛义彦持启功先生介绍信来访辽博，想看馆藏的唐摹《万岁通天帖》、李成《茂林远岫图》、宋徽宗《瑞鹤图》。我当即表态同意接待，并转告了班子成员和郭大顺同志。今天，外文书店经理陪同渡边、高岛等来到我馆，见面时将彼此做了介绍。

先按要求看了三件藏品，随后又提出欧阳询《仲尼梦奠帖》、宋徽宗《草书千字文》请他们过目。

据渡边告知，二玄社计划复制出版全世界所有的中国北宋以前的书画名迹，纳尔逊艺术博物馆之李成《晴峦萧寺图》、许道宁《渔父图》即将问世。渡边自云其在大学是学物理的，但对中国书画笃好。先是与台湾林

辽博会议室
蔡敦达　渡边隆男　杨仁恺　高岛义彦　郭大顺

柏寿先生认识，为之复制名作两件，林氏兴奋不已，介绍台北故宫蒋复璁院长与其结识。蒋承认法书名画复制很有必要，但对二玄社的能力与水平起初并无信心。尽管二玄社一再承诺，但第一批书画复制蒋仅同意拿出3件，待看到这3件足以乱真的复制品之后，蒋一下子提出再复制30件！随后渡边为此特订设备，3年后大功告成。

又据渡边云，二玄社将复制的王羲之《快雪时晴帖》送蒋复璁过眼，蒋以为此即原作，说想看他们的复制品，答曰此即复制之物。蒋赶紧让人提取原件，两相比较，难辨真伪，为之叹服。

看来渡边已将复制中国法书名画作为一生事业了，此精神着实可嘉。二玄社现已复制古代书画300余件，计划明年复制品种增加一倍以上，届时将来中国举办第二次复制品

销售展览。

随同而来担任翻译的是蔡敦达，原籍浙江，家住上海，与朱捷为复旦大学外语系前后同学，现为东京大学工学在读博士。其与二玄社高岛先生熟识，特被请来同行。

1991年7月17日—20日
沈阳—大连

17日下午，为参加韩美林制作的老虎滩巨型群虎雕塑落成典礼，随林声同志乘车前往大连。先到棒棰岛宾馆与文化部高占祥副部长和城建部一位副部长（浙江人）见面。

18日上午10时，仪式正式开始。出席者百余人。揭幕仪式后即由文艺工作者现场演出，节目十分精彩。此次典礼场面之大、来客身份之高，超出了主办方预先设想。

石雕总重量2000多吨，为世界最大之巨型虎群，极具民族气魄。南有五羊，北有六虎，随着时代之推移，其影响将会更加深远。

19日上午8时半，与林声同往马驷骥根艺美术馆参观，殊佳。

19日下午6时，韩美林与赵华胜、宋雨桂同车抵沈。

20日上午，接韩美林到馆里为辽博作画。

1991年7月25日
北京

昨日下午接国家文物局流散文物处穆文斌电话，谓郭熙画卷照片文物局已经收到，刘九庵已经看过，认为极好，留下意见后去了长春。又说，文物局定于26日在北京邀请谢稚柳、启功、谢辰生、傅熹年等人开鉴定会议。谢先生因去新疆不能参加，但留下了郭熙早年之作的鉴定意见。启先生在小汤山疗养，同意参会。

今日乘飞机下午6时20分抵达北京，穆文斌在机场迎接。

入住工人体育场东门对面京武宾馆2028室，随即电话鹏生。冯告知龚继先来京办事，明晨飞回上海，失之交臂为憾！与鹏生约定，明早送继先之后，请来宾馆一晤。

又与韩美林通话，韩谓明早7时飞往济南，后天中午返回北京，待其归来后请我一定前往其工作室看看。

1991年7月26日
北京

上午9时，国家文物局副局长马自树与穆文斌来接，前往国际文化交流中心开会。与会者有沈竹、启功、徐邦达、苏庚春，以及文物局办公室主任郭旃、外事处处长王立梅等人，原流散文物处处长刘巨成和公安部的几位同志也列席参加。大家一起观看郭卷照片，咸认为是件国宝，至于索价200万美元，这个数目确实不小。国家今年华东水灾严重，在呼吁国际社会援助中国的当下，申请这么一大笔钱回购一件古画，总理可能不会签批。

有人提议用一般文物将之换回，也有人说可请香港爱国富豪收后捐赠国家。研究来研究去之最后意见：先去看作品是否原件，再向上面行文请示报告。

晚饭后去白凤阁家谈"利玛窦在中国"文物展一事。白说展览计划延至10月以后，让我们根据对方邀请函的内容回复意见，之后双方皆派负责人来北京洽商具体事宜。王立梅说这个展览国家已经立项，唯展目应报一份给文物局备案。王又讲述了意大利社会治安情况，说罗哲文前往考察就遭到了黑手党抢劫。

晚9时半，吴志攀来见，邀请明晚去家里吃饭。

文物出版社苏士澍打来电话，告知《辽宁省博物馆藏法书选集》（第一集）又再版300部，问馆方需要的数量，七五折优惠。

1991年8月20日—29日
沈阳

8月20日，辽博为日本雪心会会长今井凌雪及其会员举办的"日本雪心会书法作品展览"开幕，同时印制图录发行，我为图录撰写了序言并在开幕式上致词祝贺。

8月21日，参加在辽博举办的"辽宁91中日友好活动周开幕仪式"。

日方8月20日有25人出席了书法展开幕式，27日又来了20多人参加友好周活动，28日中日双方各出10人笔会，29日学术座谈、晚

辽博日本雪心会书法作品展览开幕式
杨仁恺　今井凌雪　唐宏光　祁茗田　等

上聚餐，书法作品展、友好活动周宣告结束。

1991年9月13日—15日
沈阳

13日晚去桃仙机场接王己千、王方宇两位先生。同行者有己千女儿王娴歌、女弟子徐振玉以及方宇侄媳余琳（重庆人，中央电视台《墨舞》编导）。

15日上午9时半，"王己千王方宇教授书画联展"在辽博小会议室宣布开幕，出席仪式者百余人。辽宁省对外友协举办招待晚宴，唐宏光、刘异云、朱川等人出席。

为此联展，特印制了二人简历及作品说明书，彩色折叠，美观大方，为辽宁印刷技术研究所冷所长承办，数日内赶制，难得！

辽博会议室

王方宇　杨仁恺　王己千　宋雨桂　李连仲

大连丽景大酒店合作山水

杨仁恺　宋雨桂　王己千

1991年9月16日
沈阳

上午在辽博展室参观。中午请客人家中便饭。下午陪往故宫游览，铁玉钦等出面接待。晚间去宋雨桂家看画。

1991年9月17日
沈阳

全天看馆藏书画。己千认为：欧阳询《行书千字文》卷虽有同行疑为填本，但确为欧阳氏所书；李成《茂林远岫图》卷有燕文贵之作一说，此图笔头圆，而燕氏则笔尖，可能为李成真迹；传为李思训《海天落照图》卷之房屋属南宋人笔，仇英曷克臻此。

1991年9月18日—23日
大连

18日晨，与宋雨桂陪同二王一行乘"辽东半岛号"前往大连。

19日，一整天在旅顺博物馆观陈列之物、看馆藏珍品，颇有兴致。

20日晨，送走王方宇及其侄媳余琳。白天创作书画一天，晚上观赏老虎滩夜景。

21日，高广志陪同中央电视台主任记者马靖华（《九洲方圆》编导）和姓宋的女编辑为采访王己千以及给宋雨桂拍专题片而来，我等配角也入了镜头。

是日晚，程与天、辛鹏等人来求鉴书画并题字，之后陪我去罗继祖家看看罗氏夫妇。

22日，中秋，全天继续书写绘画，己千画了不少小幅送人，又与雨桂合作两幅，我写了不少字。

王娴歌所作《月照秋林图》山水一卷，经乃父和雨桂补笔而成，我为之长题，说明前后经过，予以鼓励。又己千赠娴歌《春山晚霁图》一卷，自题引首并长跋，其对古代山水画之见解，为从来少有者，于是我应邀题跋，未起草稿，信笔而书，己千在侧赞叹不已。

23日晨，大家在美好的印象中于机场握别，各自而去。

1991年9月28日—29日
沈阳

28日夜，关宝琮夫妇与王卓茹夫妇领中国国际广播电台意大利人加博列拉女士来访。加博列拉与王卓茹曾在中央工艺美院一同听美术史课，其对中国文化艺术热爱，对利玛窦更为敬仰。

29日，按照昨晚约定，陪同加博列拉到辽博看了利玛窦所绘《两仪玄览图》，还看了二玄社复制的郎世宁画多件。又满足其要求，介绍去沈阳故宫看了两件郎氏真迹。

1991年10月2日—5日
沈阳

荷兰国立博物馆东方部鲁克思来访。他是搞高其佩作品研究的，看过英、美、日等国，以及中国台湾、香港等地区所藏的高氏

之作，有意明年12月在阿姆斯特丹举办高其佩指画艺术展。为其提出藏品17件过目，其中包括甘士调、傅雯、李士倬诸人之作各一件。又介绍其去沈阳故宫看了高其佩指画10件。鲁克思非常满意，他表示还要去北京、上海看看，特别想看上博所藏涂克为高氏所作《洗聪明图》。

分手之前商定，高氏指画展由我馆负责与之合作，他处展品由我方统一经手办理，其返荷后即将意向书寄来。

1991年10月10日—12日
沈阳

"纪念沈阳故宫建成355周年暨沈阳故宫博物院建院65周年"学术讨论会10日—12日在沈召开，邀请国内外同行参加，我与北京故宫魏文藻、朱家溍、刘九庵、耿宝昌等人与会。此间北京故宫李辉柄等三人先来我馆参观辽瓷，随即赴赤峰考察辽代官窑。

学术座谈一天，学术报告半天，我作了关于如何培养业务人才的演讲。

为刘九庵题王己千为之所作的《云山图》，谢稚柳已有跋在先。

1991年12月30日
沈阳

上午9时半，辽宁省人民政府在辽宁大厦召开享受政府特殊津贴证书颁发大会。五大

班子的一把手到齐，全省各界发给特殊津贴者170余人。我的证书编号（91）921166，盖有国务院印章。

1992年

1992年1月2日
沈阳

岳岐峰省长由文化厅所有厅长陪同前来辽博视察工作。参观了新楼陈列，欣赏了书画、缂丝六件馆藏绝品。听取情况汇报期间，岳省长谈了文化建设之重要性，也讲了辽宁经济不景气之根源。

1992年1月16日
北京

昨晚乘火车离沈，今早达京，汪洋、马学鹏接站，入住天伦王朝酒店。这是一家新建酒店，电话线路莫名其妙出现故障，整个上午无法与外面联系，如困危楼一般。

和我们同去新加坡的刘德超由成都飞至北京，因飞机误点12时始达。赶紧托人购买机票，问题总算解决。

下午薛永年、冯鹏生来酒店晤面，甚欢。赠鹏生《国宝沉浮录》一册；将纳尔逊艺术博物馆补邀老伴前往的信函原件及所附说明材料一页托永年交国强，之后再转文物局外事处。

晚间为汪洋所藏傅抱石、张大千画作三张题字。

夜里致书文秀，附给纳尔逊艺术博物馆回函一封。

1992年1月17日
北京—新加坡

晨7时前往机场，上午9时半飞机起飞，中午12时降落广州办理出境手续，下午1时半继续南飞，晚6时半抵达新加坡。洪志腾夫妇来接。

初来乍到，一切新鲜。新加坡机场设施很先进，不亚于日、美等国。从机场到酒店，一路树木葱绿，百花盛开，热带风光感觉特别优美。

1992年1月18日
新加坡

晨6时起床，沐浴。周树楠来晤，一起早点。

此地7时过天亮，是时雨季，天降小雨，气候湿润。

上午周颖南打来电话，谈日程安排事宜。约好明天9时来接，同去拜访潘受，中午共餐。

与许勇夫妇通话，得知画展于下午4时整在友谊画廊开幕。提前到达，结识刘抗、史马，一见如故。史马南人北相，善写作，笔调诙谐犀利，人如其文，引为知己。

晚间与洪志腾夫妇、二子及二儿媳在中国酒家用餐，菜肴丰盛，潮州味道尚可。饭后去仙碧画廊与洪太太晤谈时间较长，得知其颇有经营本领。

1992年1月19日
新加坡

上午9时，周颖南驾车如约前来，在酒店坐聊一阵之后到他家去看于右任《民治校园诗》原作。此作1949年11月书于香港，具（蒋）抱一上款，为于氏之代表作。又看刘海粟临《散氏盘铭》一卷，前后本人一再题之，同时人亦跋。

潘受先生家距周宅很近，同往造访。我将林声诗册与土产面交，并代约访沈。周、潘两家占地宽阔，设施齐全，布置雅致，环境美观。

中午前往周氏经营的餐馆之一"湘园"进餐，洪志腾、史马、刘抗同席。席间与潘受谈抗战时期重庆往事，话题彼此皆感兴趣。饭后随潘一起参观当地杨启霖先生所藏书画

新加坡潘受宅
周颖南　杨仁恺　潘受

展，所见展品以清中晚期及近代者为多。据说谢稚柳上次来曾看了一天。我与潘一边观看，一边交换意见。他涉猎比较宽，有见地。在展场上见到王翰之等人。

下午4时返回酒店休息半个小时，之后与马学鹏、刘德超同去洪志腾家。应邀为洪氏所藏傅抱石山水两件、人物一件题字，洪氏夫妇家里招待晚餐。

此前为德超题张大千摹敦煌壁画一件，似为其门人描制。

1992年1月20日
新加坡

上午在酒店与新加坡新闻及艺术部高级政务次长何家良通话，请其24日上午出席书画展开幕式，已经答应，并约好星期三上午前去拜访。

11时到联合报社大楼，由史马陪同与《联合晚报》总编辑陈正晤面，同时见到《联合早报》副总经理胡先生，同在肥仔饭庄共进午餐。他们计划25日（星期六）安排由我作"谈古论今"专题讲座，并准备刊发消息照片等。

下午回酒店与史马、陈正、王翰之夫妇交谈，其间陈正友人求鉴字画，唯林则徐册真，有康南海、徐悲鸿等人题跋。晚上翰之请客，一起用餐。

已与蔡斯民通电话，择日面晤。

1992年1月21日
新加坡

　　上午刘德超来告别飞去香港，之后前往北京，29日随杨敏再到新加坡。展览24至26日在新加坡文物馆举办，我初步计划31日飞至香港，不过要在港逗留三天才有班机，然后才能返回沈阳。

　　文华艺苑佘奕村先生到酒店来访。佘先生对国内画坛新秀特别重视，为之出书、办展并购藏其佳作，目光远大，此法可取。

　　中午东方私人有限公司杨启霖先生邀请我和潘受、周颖南、陈正在某俱乐部一起吃饭。据陈正面告，杨为企业家，本人不懂书画，曾遂友人心愿，将齐白石画轴以赠，友人归国写来长信，对如此重礼感激不已，是时杨方知齐氏之作价值超金。自此之后，杨氏请人做顾问，开始收购古今书画，看好即买。据说中国"文化大革命"期间，有人将书画成捆运来贩卖，杨以袋论价购进。这批书画据说后来谢稚柳看过，虽良莠不一，但字好于画。

　　下午与余国郎到王翰之家看画。其中文徵明粗笔山水小轴颇精，新罗46岁花鸟一轴尚可，陈居中款《东坡洗砚图》为明初人作。

　　为余国郎题董其昌评书册。余向往中国，有心回到故国学习书画鉴定，放弃一切在所不惜，其志可嘉。

1992年1月22日
新加坡

　　上午10时，与洪志腾、马学鹏同去拜访何家良。我送《国宝沉浮录》一本，马送图录一册以及由我题字的山水画一幅。交流过程愉快，我们诚邀其访问沈阳，何表示有机会一定前往。

　　告别何家良，来到刘抗教授家看望。相谈亦好，我们邀请其在辽博举办画展，并告知已与潘受先生有约。

　　下午《联合晚报》记者黄叔麟来酒店采访。此人颇有才华，学识渊博，我们交谈话题不少。

　　蔡斯民也来酒店面晤，共进晚餐，之后同往吴在炎府上拜望。吴为新加坡指画开派大家，书法亦用手指，作品风格独具。承赠

新加坡刘抗宅
杨仁恺　刘抗夫妇　马学鹏

画册，其中佳作不少。面约辽博办展，初步同意。吴为潘天寿门生，与张大千友善，今年81岁。其在此地成立"三一指画会"已近10年，男女会员30多人。

新加坡东西长近50公里，南北宽20多公里，人口300多万，华裔占75%，人均国民生产总值14000多美元。原以为当地人交流以华语为主，实则英语排列第一，中国文化在此不如外传美好。

1992年1月23日
新加坡

今天布置展室。因为举办的是我之"诗书画"与马学鹏之"山水画"联合展，故作品混合陈列，宣传材料则独立成册，大体还可以。文物馆外廊为新加坡全国画展，同日开幕。

布展期间接受《联合早报》吴先生采访，问答顺畅。该报今天第1版已经刊出我将于元月25日下午在联合报社大楼礼堂作"谈古论今"专题讲座的广告。

为蔡斯民藏吴在炎指画荷花题字。

史马将我的眼镜修好送来，同时另配一新款眼镜以赠。

王德水来展场参观，之后随德水到其公司看看，与其同仁合影后再到他家里做客。王有两个儿子、一个女儿，长子美国凤凰城大学本科毕业，次子工程学院毕业（正服兵役中），女儿念国立大学计算机专业二年级，可以说家庭幸福美满。

潘受先生打来电话，约好明天上午由蔡斯民陪同来酒店回访并赠书与我，之后再一起出席展览开幕仪式。

1992年1月24日
新加坡

上午10时前，潘受由蔡斯民开车接来酒店，送我著作多种，由衷感激，随后我们一起抵达展场。是时何家良、周颖南等人先至，王翰之夫妇、余国郎偕郑有慧（郑逸梅孙女）、王德水与黄廷蛟、许勇夫妇、佘奕村先生等等陆续到场，刘抗夫妇后至。现场摆放花篮不少，场面颇为壮观。

我与潘受、何家良、周树楠、周颖南、洪志腾、马学鹏前面就座，何家良主持开幕仪式并讲话，我说了几句感谢之词，周颖南致词祝贺。

文物馆同时举办新加坡300人画展，盛况空前，我们有附骥之美。

晚上蔡斯民载去与徐松生、郑应荃共餐，饭后去南洋艺术学院参加收藏家组织的第一次"艺雅"集会。徐松生是组织者，先是一位姓邓的中年人主讲，介绍李可染、陆俨少二人的经历及作品，之后与会者自由交谈。

1992年1月25日
新加坡

早晨应佘奕村夫妇之邀同进早餐，吃地方菜肴，风味别致。

上午9时半，《新明日报》记者黄女士来访，10时半同去文物馆展场。吴在炎偕弟子林秀鸾同来观展，一起合影留念。

中午12时，应何家良之邀去吃火锅，有刘欣秀女士陪同。刘为何先生之弟子，有意到中国学习书画鉴定和装裱，我表示愿意帮忙。

下午1时到联合报社礼堂作"谈古论今"专题讲座，听者满屋，其中吴冠中之子吴可雨在场。先是由我联系实际讲书画鉴定的一些专题，之后台上台下互动，由我回答听者问题，再之后当场鉴定书画，其中清周荃一件为真，范仲淹一件为伪作。有人持我以前的著作两种求取签名，唯未见新近出版的《国宝沉浮录》，盖此地尚未发行。

讲演后再去文物馆展场。来此参观人数尚可，就是无人问津，看来展品销售难如人意。虽然不能以卖出多少展品作为标准来评判展览是否成功，但市场行为毕竟也在计划之内。

晚间在佘国郎家为郑逸梅孙女有慧的画展题额。

1992年1月26日
新加坡

上午在文物馆为大使馆大使、参赞、一秘以及评论家黄廷蛟、黄之朋友李湘各写字一幅，为"艺雅"题字。为黄氏所书有"自古文章推司马，海外舆论有班头"一语，因其笔名"史马"之故也。为藏家鉴定现代作品7件。

中午与马学鹏出席吴在炎夫妇以及三一指画会全体成员的聚餐，宴会上宣布聘请我为该会顾问。

下午3时去王翰之宝艺轩参观郑有慧画展，结识修辞学家郑子瑜教授。

文物馆我与马学鹏联展宣告结束，最后总算卖出5件。剩余展品撤至仙碧画廊，由洪志腾负责销售。

1992年1月27日
新加坡

上午由佘国郎开车陪往热带植物园参观游览。这里日本游客很多，我们拍了一些照片后回到酒店。

休息片刻，11时到仙碧画廊，将文物馆撤展作品悬挂在墙壁之上，继续展销。为藏家过眼黎雄才松泉一轴，加上昨日所看作品总计8件，分别题字盖章。

下午蔡斯民接我与潘受、马学鹏到其摄影室照相，拍摄照片不少。适刘作筹从澳洲墨尔本打来电话问候，据告心脏病颇重，劝其休养身体。在蔡家看董其昌七绝中堂一件、张二水五律两轴，一般，事后告知藏品为郑应荃所有。

晚上《联合晚报》总编辑陈正宴请，出席者有马学鹏、许勇夫妇、史马、邢宝庄（中国香港画家）、姚先生（马来西亚画家）、唐近豪（新加坡画家）、赖瑞龙（新加坡画家）、陈女士（龙门画廊女主人）。潘受先生颇为幽默，席间聊天时竟背诵了吴稚晖为人看画时所作的一首顺口溜："远看一朵花，问他画的啥？答说是山水，哎呀我的妈！"

1992年1月28日
新加坡

上午余国郎陪我与马学鹏去飞禽公园游览。抵达后先是乘电车环游整个公园一圈，之后下车近距离观赏飞禽。所有鸟都呈散养状态，不畏游人，自由自在。最后看雄鹰表演，大开眼界。

回酒店为藏家鉴定书画，其中有李可染早年《羲之爱鹅图》一件，已面目全非，所幸有郭沫若一题，诗堂有唐云跋。

中午周颖南宴请，在一个法国饭店内就餐，高档考究，牛肚锅让人难忘。饭后去宝艺轩与王翰之晤谈。

晚7时，蔡斯民陪同赴郑应荃之约与徐松生夫妇一起吃饭，饭后到郑家看其所藏古画。郑氏藏品曾经启功、谢稚柳过目，精者颇多，

赝品也有。

1992年1月29日
新加坡

晨起为何家良、何国豪写字，并为吴在炎指画菊石横披题跋。

早餐后由何家良陪同到何国豪家看其所藏清宋湘书《文心雕龙》屏。佳作，将要捐献，请我书写评语。据告，徐悲鸿与何父光耀1939年同在星洲，曾为之作马、鹰等作品数件。

上午11时到仙碧画廊看画题字，皆为主人洪志腾所藏傅抱石、张大千之作，总计10余件。

午饭后返回仙碧画廊，刘欣秀女士来会，我们就其中国留学一事交换意见。其间与何家良通话一次，告知计划将部分作品分别捐赠给文物馆、博物馆。

晚间余国郎、郑子瑜请在同乐海鲜吃饭。饭后去王翰之家书写一纸荐函，未打稿，信笔而成，愿其在海外从事书画鉴定立定脚跟。

半夜12时回酒店，适刘德超、杨敏由北京来访，无暇交谈。

1992年1月30日
新加坡

上午随文华艺苑佘奕村到他家看所藏书画。其中从伦敦购买的盛茂烨《古松图》大

轴颇佳，王云界画大轴亦好。

中午，香港徐展堂来新加坡文物馆举办陶瓷展，我应邀前往参加，开幕仪式搞得极为隆重。在展场结识新闻及艺术部部长杨荣文准将，彼此交谈了一阵儿。葛士翘先生坐着轮椅来展场参观，由其子师科推行。据告生有脑瘤，手术后刚刚出院，不过看气色还好。其前天抵达新加坡，从报纸上知晓我现在狮城。除葛先生外，香港敏求精舍好几位朋友皆在此见面。

晚上新加坡文物馆主席杨胜德（贸易发展局局长，收藏瓷器等文物）宴请徐展堂等于中国酒家，我被邀入首席，王翰之、佘奕村也在邀请之列。席间与徐展堂谈到郭熙卷一事，其有意深入了解有关情况。听说我经港返沈，徐告知其明日由新赴美，不能亲自接待，届时可由其秘书接机，并入住他所经营的酒店。与杨胜德商谈在新加坡文物馆举办辽博文物展一事，其很感兴趣，问我可否提供一些出版物，可先行了解一下。

晚饭后回酒店接待王德水夫妇，我将和宋雨桂合作之荷花赠送给他。

1992年1月31日
新加坡—香港

上午忙于离新前所有事宜，清理物品，装箱打包，一一道别。

蔡斯民与于女士12时前赶来以午餐饯行，同时将昨天拍摄的与徐展堂、葛士翘、杨荣文、杨胜德之合影送我，最为难得者是蔡还为我特别放大了两张布地照片，非常珍贵，友情难忘。饭后到其家中为郑应荃所藏一幅高其佩画钤盖鉴定印章。各方所送图录数量颇多、分量很重，蔡先生主动请缨代为海运，铭感于心。蔡说在2月中旬将赴哈尔滨拍摄冰雪景观，彼此相约，届时沈阳相见。

12时50分返回酒店，王翰之、王德水、洪志腾前来送行，同往机场。

办理手续，登上飞机，晚7时半抵达香港。杜先生（徐氏艺术馆）与周树楠在机场迎接。

1992年2月1日
香港

上午与中华书局出版部钟经理通话，得悉戴进《达摩至慧能六代祖师图》已经印出并寄给了辽博样书一本。得知我现在香港，又马上派人送来一册，请我发表意见。看过之后，我认为确实存在问题，诸如画面颜色红重，原作绢纹不清，印刷纸张偏薄，前言排版不应两栏而当以通栏为好，等等。钟经理电话告知此册订户不多，但仍愿意再选一件辽博藏品出版，嘱我考虑一下他们的想法。

给三联书店打电话，接电话者是一位姓刘的先生，告知总经理去上海出差不在，询及《辽宁省博物馆藏宝录》一事，答曰南京博物院的今年能出，陕西省博物馆的尚未见稿，辽宁省博物馆的打样稿仍在上海。我请他将《辽宁省博物馆藏宝录》的真实情况详细说明，答以待询问设计人员之后再电话交流。

中午电话馆里刘金库，告知3日返沈时间与航班，之后又与家里通话一次。

又许礼平来访，看过中华书局所送戴进《达摩至慧能六代祖师图》，也认为美中不足。许带来《名家翰墨》最近一期的李可染专号，告知下一期仍为李可染。谈及香港书画市场，许曰古画不景气，部分新人之作也不被看好；齐白石作品滞销，吴冠中之作可以。

附记

离新前日，潘受先生撰书七绝一首相赠：墨迹能干泪不干，网罗盗失抹殚残；一编国宝沉浮录，辛苦辽东管幼安。并题：仁恺先生远自辽宁来游新加坡，枉过敝庐，相晤甚欢，出所著《国宝沉浮录》一书见赠，感成小诗一首奉报，即乞请诲。辛未岁暮，弟潘受。

又何家良先生书赠"松涛"两个大字，仁恺道兄上款，辛未冬日家良下款。

1992年2月2日
香港

晨起翻看《达摩至慧能六代祖师图》一书，发现引用的周绍良、徐秉琨文章之文字皆有几处错误。看来必须认真审读，唯时间不够，只好回去再阅。

上午10时半，周树楠陪我出去逛逛百货公司，购买衣服、鞋子。

1992年2月3日
香港—沈阳

上午整理物品，之后前往启德机场离港。机场较乱，乘客不可计数，工作人员异常忙碌。据告此机场每年客运量千万人次以上，每天有数百架飞机起降。幸亏有中航孙艳华女士相助，一切顺利。

飞机中午12时起飞，晚5时半抵沈，绵厚、陆宏来接，送我到家时为晚上7时左右。

除夕之夜，家里案头邮件、图书堆积很多，大致翻阅一过，10时左右上床睡觉。

此次南行总计19天，新朋旧友皆热情友好，印象殊深，难以忘怀。

1992年4月11日
北京

昨晚与老伴乘54次列车离沈，今晨7时1刻抵京，入住北京国际饭店。

上午9时到中国历史博物馆，出席中国国际图书贸易总公司举办的日本二玄社"台北故宫博物院藏书画复制展览会"开幕式。展场见到启功、邦达等人，始知启患腹泻已1个月，不能同往美国。与二玄社渡边隆男夫妇相见。

1992年4月12日
北京

上午为季观之出画册事偕老伴与夏景春、

姚志忠、吕凯同去荣宝斋，与冯鹏生、米景扬、韩度权晤谈。

冯忠莲因白内障手术住院，离开荣宝斋前去探望，在医院见到小爱夫妇。中午在鹏生家用餐。

下午给韩美林打电话，知其两日前已赴香港，一周始归。

晚间与老伴偕杨敏看望启功，相晤颇欢。启同意为杨敏藏张大千、傅抱石画卷题字。请其为湖社画会题名，晏少翔之托也。

1992年4月13日
北京

上午去王世襄家。王将近年所写葫芦、蛐蛐书稿给我翻阅，又将历代有关蟋蟀书籍详加校注，另成一集，王氏研究成果对民俗之学大有裨益。

下午先去周怀民家，周说无锡市博物馆计划出版他的藏品画册，求己千予以支持。之后前往香山黄胄别墅，晤谈两小时而返。

晚上为湛友丁鉴定并题跋旧画一帧，又为其助手苏平写字一幅。

今天分别与孙轶青、丁一岚、吴方、何流等人通了电话。

1992年4月14日
北京

上午炎黄艺术馆来车接往参观，黄胄在门口迎接，郑闻慧陪同讲解。如艺术馆建筑尚可，颇为新颖，陈列设计不尽如人意。展品以黄胄之作为中心，其他画家如李可染、蒋兆和、李苦禅、董寿平等人作品只是陪衬而已。我们谈到辽博在炎黄艺术馆举办特展一事，彼此约好，待我回国后黄去沈面议具体事宜。

晚上杨敏送来启功题过的傅、张二人画卷求题，当即跋就携去。

1992年4月15日
北京—上海—旧金山—堪萨斯城

早上5时动身前往机场。同机者有徐邦达、杨伯达、薛永年、单国强、杨新、汪世清，大家一起离京飞沪，与谢稚柳、单国霖、任道斌（浙江美术学院，曾为谢国桢研究生）会合，一同由上海飞往旧金山。据谢稚柳告知，此次其计划与夫人陈佩秋于堪萨斯城相会，会议结束后同去洛杉矶儿子处，留美两个月再返回中国。

在上海机场进行出国例行检查时，海关人员认真查看乘客每件物品，对所带送人书画（无论是本人的还是他人的）皆拿去研究，虽然最终放行通过，但行李已被翻得混乱不堪。

飞机由沪正点起飞，美国时间早上7时抵达旧金山，旧金山亚洲艺术博物馆贺利、吴素琴以及高居翰夫人曹星原（正在斯坦福大学念博士，论文以辽代绘画为题）来机场接待，情谊殷切。办理完入境手续，稍事休息，

10时40分乘美航班机飞至堪萨斯城。

从北京到堪萨斯城，总共耗时23个钟头，其中除了在上海、旧金山办理出入境手续时停留在地面之外，其他时间都是在空中度过的。

1992年4月16日
堪萨斯城

中午，纳尔逊艺术博物馆馆长武丽生请我与谢稚柳、徐邦达、杨伯达、杨新吃饭，何惠鉴夫妇作陪。

下午，参观纳尔逊艺术博物馆古代书画、铜器、瓷器、家具等文物陈列。

晚上，日本总领事和田请中、日、韩三国代表吃日式自助餐，武丽生、何惠鉴夫妇陪同，我与谢、徐为之题字。

晚9时，与方闻、高居翰、李铸晋、谢稚柳、徐邦达等参加主席团会议，武丽生、何惠鉴主持，张子宁翻译，研究会议日程安排，最后董慧征做了补充说明。何先生将其助手吴安丽女士介绍给大家认识，会务工作由她负责。

屈志仁、何慕文、黄君寔、高美庆、朱楚珠、翁万戈、班宗华诸人已经相见，上海人美沈揆一、北京龚继遂亦曾晤及。据说王己千已到，明天去看他。

1992年4月17日
堪萨斯城

纳尔逊艺术博物馆"董其昌世纪展"将董氏《婉娈草堂图》悬挂于展室入口处，采取与同时代相关人物作品对比之法陈列，设计者颇费心思。作为专题特展，有如此众多董氏之作被集中展示，此为首次。据告，《婉娈草堂图》现归台北蔡氏所有，经何惠鉴亲往动员，方得以借出展览。

上午9时，"董其昌国际学术研讨会"正式开始。全天发言者大都以英语报告学术内容（没有现场翻译，以华语讲话者寥寥无几），所发之文章材料亦为英文，不懂语言，又不识文字，会议于我而言非常枯燥无味，奈何！

与王己千相见。彼此寒暄几句之后，己千说到了纽约可住其闲置的一间公寓，此公寓距他家仅几分钟路程。我深表谢意，并表示到他家主要任务是为看其藏品。

谢稚柳夫人陈佩秋、儿媳庞沐兰从洛杉矶来此，会议结束后他们将同返洛杉矶，谢要在那里住上两个月。

晚间出席主办方的招待酒会。

1992年4月18日
堪萨斯城

今天下午的研讨会由我和高居翰主持。几个报告者皆用英语讲述，让我这个主持者不知如何开口，所幸有高居翰夫人曹星原在侧当即以汉语转告，使我勉强获知发言内容一二。最后高居翰一定要我用中国话讲上几句，我只好以客套语词应酬了之。

龚继遂就中国书画如何鉴定这一话题与我交流。他收集资料的途径、阐述观点的方法是对的，彼此可以合作在这方面进行深入研究。

已买好21日去华盛顿的机票，电话告知小健、小军。小健说届时他到机场迎接，之后住何炳堂家；又说郭继生询问在马里兰大学讲座题目，告知尚未最后确定。

1992年4月19日
堪萨斯城

研讨会三天，今天是最后一日。晚间主办方在一家中国饭店宴请与会代表，之后大家相互道别。

纳尔逊艺术博物馆花费200万美元举办如此大规模的"董其昌世纪展"暨"董其昌国际学术研讨会"，作为中国学者，我个人非常赞同，其积极意义确实重大。但会议讨论的范围未免过于宽泛，没有重心，甚至将毫不相干的《康熙南巡图》也和董氏拉上关系，生拉硬扯，实在可笑。这是个给董其昌"平反"的会议，但学者中仍有对董氏鉴定大肆攻击者，班宗华即为其中之代表。

已与弗利尔美术馆馆长罗覃晤面，告知将去馆里看画，罗覃表示欢迎。

劳继雄由洛杉矶打来电话，得知为其画

册所写序言已经收到。告诉继雄，谢近日将去洛杉矶，我的行程尚未最后确定。

1992年4月20日
堪萨斯城

上午到纳尔逊艺术博物馆库房看明清书画。

下午与董慧征（何惠鉴夫人）结清老伴来回机票款，交付现金1578元。

晚上与傅申、龚继遂以及香港艺术馆朱锦鸾馆长在酒店餐厅一起吃饭，边吃边谈书画鉴定等有关话题。

写好致姜念思之信两页，请出国文展办石女士带回北京航寄沈阳。又复姜斐德女士一函，交朱惠良带转。

1992年4月21日
堪萨斯城—华盛顿

晨早起来整理好所有物品。10时半携行李至大厅等候傅申，11时半离开酒店，12时10分到达机场，傅申代为办理登机手续后离去。傅申迟行几日，约好华盛顿再见。

从堪萨斯城飞至华盛顿时为下午4时25分，两地时差1小时，实际飞行时间2小时1刻钟。

见到到机场来接的何炳堂、杨健，倍感亲切，乘何所驾之车来到何家。何母75岁，身体不错，讲一口顺德话。

1992年4月22日
华盛顿

　　早餐后由何先生驾车前往美国国家航空航天博物馆参观。适值美国复活节放假时间，家长领孩子来此游览者很多，在此既能学到知识，又能从中得到娱乐，偌大博物馆显得拥挤不堪。进入室内，首先目睹的是阿波罗登月舱，随后可见一系列航天器实物，辅之以各种照片，还有航天电影播放（观者需要排队买票）。关于火箭发展历史中的人物与事件（包括中国四大发明之一的火药），此馆都有文字以及图片介绍。

　　中午在美国国家美术馆吃自助午餐，餐厅格局与7年前情况一样，唯食客人数颇多。餐后参观旧馆中世纪及文艺复兴时期西方油画。达·芬奇《吉内夫拉·德本奇像》仍挂在第七展室之中，丢勒、鲁本斯以及其后的著名画家之作陈列也和从前一样，不见变化。总之，此馆展览依旧，没有改观。

　　离开美术馆，在市区内逛了一圈，白宫、华盛顿纪念碑、中国城……整个城市景点很多，又处处花木繁茂，确实很美，只是汽车太多。

　　晚间在一家广东面馆吃云吞，4.5元一碗，口感不错，食者也多。

　　已与杜瑜、黄供约定，明日下午3时来接去他家看看。

1992年4月23日
华盛顿

　　早晨饭后，与何先生户外漫步，映入眼帘的是一片乡村景色，房屋稀稀落落，草坪如坛，幽静至极。

　　上午9时半，老伴偕小健与过去同住一处的张先生相会，我则随何先生前往其马里兰大学办公室与郭继生先生面谈。11时，艺术系郭先生应约而来，我们愉快交谈并共进午餐，餐后步行至艺术系的办公大楼。今日天清气朗，阳光明媚，所见男女学生有的躺在草坪上晒太阳，有的坐在椅子上看书，校园里各有所为，此番闲适景象，令人欣羡。

　　到艺术系幻灯播映室参观。他们的卡片是以作者出生年月为序排列编号的，据云有上百万张，中外古今，基本都有，教学必备。接着又去了计划下星期三（29日）举行座谈会的地方看看，至此得知薛永年3日后到达，届时一起交流，为之欣慰。

　　下午3时，黄供来接，从马里兰大学到他家开车40分钟。此地小楼鳞次栉比。黄供与杜瑜对我们热情招待，他们有两个孩子，大的会说中国话，小的不会，都很活泼可爱。

　　晚6时半，八妹、炎昌自台北打来电话，向我们表达不能在美等待之歉意。

1992年4月24日
华盛顿

上午应约前往弗利尔美术馆，馆长罗覃接待甚殷。该馆正在整体装修，已为时一年有余，计划明年5月将重新开馆。目前库房改造基本完毕，面貌已经大为改观。全部费用预计700万美元，包括展厅的陈列设施、设备在内。美术馆前新增一花园，由一位老太太捐资200万美元建设而成。

随罗覃馆长到库房看画，适逢昨日返回之傅申正陪同东京国立博物馆的富田淳观赏书法。富田淳乃筑波大学学生，从今井凌雪学习书法，曾在浙江美院进修两年，能讲汉语。据告，赛克勒夫人今年10月将前往北京大学，出席以赛氏命名的考古与艺术博物馆开馆仪式，同时第二届赛克勒杯中国书法竞赛在中国历史博物馆举办，届时傅申可能与罗覃同去北京。

过眼书画之前，罗覃先让我们看了几件商周时期的青铜器，其中有一件商朝饕餮纹卣，内有族徽，新由伦敦拍得，价20万美元，罗覃以为非常便宜。

中午与老伴、罗覃、傅申、富田淳、何炳堂在美术馆旁边的理事会俱乐部一起午餐，自助。饭后在馆前花园散步时与新任馆长见面，彼此寒暄数言分手。

下午继续入库房看画，4时半工作结束。离开库房经过书画装裱室时与室主任见面，上海博物馆顾祥妹小姐就在此工作，她在上

华盛顿弗利尔美术馆
何炳堂　杨仁恺　罗覃　富田淳　刘文秀

博搞装裱10余年，与戴立强相识。

回到住处，接到小军电话，说二玄社邀请电传已经收到，唯东京日程安排尚未明确，故暂不答复。初步议定，明天老伴先由小健陪同乘汽车前往纽约，我下周三到马里兰大学艺术系讲座，周四接受文学院宴请，星期五与何先生同赴纽约。

附：弗利尔美术馆书画过眼录

1. 元赵孟頫《书太上老君说常清静经》卷。早年书。款下"画"改为"书"字，因原卷有李耳老子像，后画佚，仅存经文，故挖改之。此书法有赵构影响。康里巎巎跋精。

2. 宋李公麟《醉僧图》卷。纸本，墨笔。《石渠宝笈续编》（宁寿宫）著录。"李伯时画"款后添，画为南宋人手笔，书法以米字为法；南宋元明人诸跋皆佳妙。

3. 元吴镇《渔父图》卷。纸本，墨笔。图上分段配书唐人张致和《渔父词》。

4. 元钱舜举《来禽栀子图》卷。纸本，设色。赵孟頫中年跋。接纸骑缝印不全，似有缺失。

5. 北宋李公麟《陶渊明归隐图》卷。绢本，设色。整幅分段书、画，政和年款。书法近苏、米，以苏成分为多。确是北宋画。

6. 南宋龚开《中山出游图》卷。纸本，水墨。无印记，龚璛诗题。极妙！傅申以为伪，余则看真，前后元人跋俱真。

7. 元邹复雷《春消息图》卷。杨瑀分书引首，杨维桢书记。

8. 金李山《风雪杉松图》卷。绢本，墨笔。王庭筠、王曼庆父子跋，高士奇长题。

9. 王献之《保母帖》卷。纸本。董其昌题为唐拓。《佚目》物。

10. 元赵孟頫《二羊图》卷。纸本，水墨。从题款观之，当属晚年之作。

11. 元何澄《下元水官图》卷。纸本，墨笔。无作者名款、印章。拖尾有元初张仲寿跋，元明人题跋最盛。此卷与《归去来兮图》相较，风貌迥异，行笔豪放，以战笔和兰叶兼之，心手相印，不愧大家手笔。有可能是稿本，初不经意，而效果非常突出。《归去来兮图》之循规蹈矩，似不能类比也。

关于冯承素《兰亭序》以及几种"兰亭"本，徐邦达在香港《书谱》第八卷第一期有专文发表（未完待续），认为故宫博物院所藏"神龙"本最接近原迹。然"神龙"一印宋以前不见，乃南宋驸马杨镇所钤，其家前后出现的两本"兰亭"上均钤有此年号印。至于北宋许将诸题，乃从他处移来者，赵子昂跋似伪。所谓"兰亭"，有冯、褚、欧、虞之说，不可确指。故宫博物院之冯承素本当改为唐人摹本，据潘吉星对唐纸研究之成果，冯本纸应为唐时制造。

1992年4月25日
华盛顿

上午10时左右，由阿娣驾车送文秀、小健前往车站，之后乘坐长途大客，走高速公路，下午4时半前可抵纽约。事前已告知小军，让其接站。晚10时电话问询，说顺利抵达，文秀已睡。

午饭后无事去街上闲逛。许多商店顾客寥寥无几，给人一种经济很不景气之象。倒是有一家家用杂货铺人气较旺，有不少人在此购买花盆、花土、肥料等。旧物市场出售有陶瓷、玻璃、首饰、玩具、家具之属，还有部分画片，标价颇高，购者很少。

1992年4月26日
华盛顿

早饭后，何先生带我和他母亲驱车前往宾州阿米什人生活的地方参观。

这里的居民是200年前移来的日耳曼人后

裔，他们信奉基督新教再洗礼派教旨，与外界不相往来，对外围新生事物视而不见，仍然按照200年前从欧洲移来时的模式生产、生活，世代相传，不加改变。如耕地使用牛，外出驾马车，祷告在家里，每个人只念8年书，女的起床就戴上发罩，衣服没有纽扣，也不使用牛皮带……他们拒绝自来水，抽井水饮用或灌溉；也拒绝电力，一直使用煤油灯照明。他们以耕种土地为生，丰歉靠天，国家不管，但从表面上看，庄稼长得不错，堪称自然经济的典范。他们自食其力，物资并不匮乏，生活井然有序，牛、猪、羊、鸡、鸭都有人家饲养，还有各种各样的手工作坊。他们内部交谈讲德语，如必须与外界接触也说英语。阿米什人自18世纪始从欧洲移民以来，200多年时间里由原来的几千人已繁殖到10万人左右，目前分散在美国各地居住，一直照原来方式生活。宾州这个地方聚集的阿米什人为数较多，我们在路上看到他们驾马车来往，年轻男女在途中边走边谈，生活非常闲适。

我们参观了允许游览的典型房屋、手工作坊、畜牧场、饮水系统，并听导游逐一介绍说明。在现代科学如此发达的时代，竟在头号超级大国之中有10万阿米什人过着"葛天氏之民"的"桃花源生活"，让人不可思议！由此看来，民族血脉、宗教信仰的力量确实强大，其可以几百年一直支配着阿米什人的思想、行为，无论外围如何现代，他们不屑一顾，无动于心。这一现象很值得我们深入思考。

回何先生家已是下午6时，许荣初鲁美同学王嘉琳先生（在政府教育部工作，兼华盛顿大学数学客座教授）接去他家吃饭。王家房子为木石结构，使用的材料特优，配置设备亦佳，居住环境优美，一般富人别墅不及。王先生是60年代移居美国的，太太为福建人，他们有一儿一女。晚餐时与原交通大学学水利的徐先生同席。徐现年84岁，是王嘉琳父亲的朋友，抗战时期也在重庆生活，我们交谈起来比较亲切。

1992年4月27日
华盛顿

今天没有外出安排，在居所一边翻阅阿米什人图册，一边联想昨日所见所闻。此事于美国人而言固不为怪，但在我这个中国人看来确属奇闻异事。

上午为何先生所藏许勇、马学鹏、李连仲诸人作品题字，还为何先生母亲教友和在香港之兄写了几件横幅。

《严几道诗文钞》将严复《送朝鲜通政大夫金沧江泽荣归国》诗只刊行两首，实则原诗四首，墨迹在何先生之手，我在原件上补跋一笔，并签名盖章。

何先生学士、硕士、博士皆毕业于麻省理工，对母校特有情感，念念不忘，年年捐款，以表心意。他提出资助一名国内中国美术史研究生之想，计划每年捐款600美元，三年为限，成绩优异可助其到美国留学深造。我对其心愿表示赞同，不过物色人选尤为关键，当尽量发现人才，争取不负所望。我请其出具致辽宁大学研究生部一函，表明意向，回国后予以落实。

今日无事，抄写于右任对联几副如下。

一、挽孙中山：总四十年胼手胝足之工，直是为生民立命，为天地立心，历程中，揖让征诛举同尘土；流九万里志士劳民之泪，始知其来也有因，其生也有自，瞑目后，精神肝胆犹照人寰。

二、挽黄兴：谤满天下，泪满天下；创造共和，再造共和。

三、赠蒋经国：计利当计天下利；求名应求万世名。

四、挽杨虎城夫人罗培兰之一：有灵为我促杨虎；多难思君吊木兰。

五、挽杨虎城夫人罗培兰之二：是杨虎夫人应习战马；为革命子女等死沙场。

1992年4月28日
华盛顿

上午没有外出安排，在居所静心阅读《世界日报》。该报标榜客观公正，可一旦涉及中国大陆与台湾事宜，编者就露出偏颇之马脚，立场观点极为显明。

堪萨斯城几天会议，终日忙碌，了无诗情，今日偶成四绝，近于顺口溜，聊以纪实，供来日回味：

一、八方俊彦聚堪城，旧雨新朋分外亲；各道七年别后意，文章事业费艰辛。

二、莫道盖棺成定论，真知尚待后人评；董家功罪迄难说，众口至今犹纷纭。

三、演说台前抒己见，褒多贬少一边倾；突来班氏发奇论，惹起群公意不平。

四、盛会耗资二百万，大块雄文仔细看；怪论奇谈颇费解，自圆其说又何难。

午后随何先生及其母亲先去附近公园游览，景色相当一般，少见自然之美。随后逛商店一处，说是华盛顿近郊最大的市场，商品比较齐全，只是购者寥寥，美国经济不景气之传闻于此可见一斑。

英保守党获胜，梅杰继续组阁。香港总督卫奕信即将任满，新总督彭定康7月到任。据介绍，彭氏为保守党领袖，助梅杰有功，由于未能当选议员，因而不能入阁，被任命为港督，工薪15万英镑，高出首相1/3以上。

何先生处有香港《书谱》第八卷第一期，刊有熊秉明《疑〈张旭草书四帖〉是一临本》一文，从运笔上判断此帖有临本迹象，至于是否张氏真迹则又是另一回事了。文后将我在《书法》创刊号上的文章题目引入，又沈尹默、谢稚柳二人文章题目亦引。何先生觉得熊文据印本研究得出结论，说服力不够。

1992年4月29日
华盛顿

上午10时过，与何先生同往阿灵顿国家

公墓参观，遇刺身亡的美国总统肯尼迪即葬于园中。肯尼迪墓碑背面没有碑文，仅正面刻有姓名和生卒之年，如是而已。碑前燃烧着不灭的火焰，左右两侧陪葬着儿女，再左则为其弟罗伯特之墓，对面水泥女墙上刻有演说词一篇，别无他物。公墓埋葬之人主要是为国捐躯的将士，墓碑数以万计，以碑之大小定死者地位之高低。虽为墓地，亦为旅游景观，游人络绎不断。

离开国家公墓，前往华盛顿故居游览。此地为一庄园，占地8000英亩，与波托马克河相毗邻。故居为两层小楼，英式建筑风格，是华氏生前居所，逝世后遗体在此停灵三天。该建筑已有200年历史，起居室、餐厅、书房等共有10多个房间，生前用品基本完好无恙，总体感觉陈设一般，朴素简单。据悉华氏后人已将遗产出售，现由私人管理，入门收费，观者甚众。

下午回到马里兰大学何先生办公室，丁铁男君偕小儿子来见，共进晚餐。铁男现在一家小公司工作，暂无回国意愿。小儿子20岁，刚由长春抵美，读大学二年级，计算机专业，颇为聪颖。丁妻来美较早，在一家照相馆从事摄影工作。铁男弟弟铁夫工作的公司较远，弟媳亦来美生活，据告早晚要回中国。

晚间出席由马里兰大学艺术系组织的学术座谈会。与会者多为研究生、中国人，只有一位美国女生、中文系宋教授、艺术系王教授夫妇也参加了座谈。有一位男生，是哲学系研究美学的，对艺术很感兴趣。还有一位从英国剑桥大学来的女士，原是学国际金融的，现在的专业是中国美术史。座谈会由郭继生教授主持，先让我介绍一下纳尔逊艺术博物馆董其昌研讨会概况，之后请薛永年做"中国扬州八怪研究"专题讲座。整个过程由我们主讲，工作人员播放幻灯片配合，大家边听、边看、边议，座谈会效果还算说得过去。

据薛永年告知，密歇根大学武佩圣博士希望我能前往底特律，他手中有一笔经费，愿以之与中国方面专家进行交流。此事可以答应，到纽约后与之联系。

给屈志仁打电话，约好5月1日下午前去纽约大都会艺术博物馆拜访他和何慕文。

再与王娴歌通话，得知邦达3日将由纽约飞回北京，己千现不在家；我告知抵达纽约的时间，请其转告她的父亲。

又与小健通话，得知文秀身体恢复尚可；小健说10日将来华盛顿，与驻美使馆教育参赞谈深圳招聘事宜；又说王翰之原计划等我在纽约见面，得知其在中国的一位亲戚故去信息后提前回国了。

1992年4月30日
华盛顿

上午9时半，应约到郭继生家面谈马里兰大学艺术系所需馆藏书画照片事宜。时薛永年与昨天见面的王教授在屋外吸烟，剑桥大学一位女博士、台北故宫周女士、马里兰大学艺术系一位本科女生则在室内。

剑桥大学女博士原在中国大陆是学国际金融的，后来得到香港某航运公司一笔奖学金到英国留学，改学中国美术史，且专门研究20世纪初中国画家留学法国的历史和人物（如徐悲鸿、林风眠、颜文樑、潘玉良、吴冠中等）。

艺术系王教授，纽约大学中国美术史博士毕业，研究董其昌颇有成就，现正在研究赵千里《江山秋色图》，已撰成6万字文稿。王先生还写有关于马远《水图》的文章，认为宋为火德，马远画水与此有关。我则认为此结论未免偏颇，前有唐人孙位等人也以水为主题创作，建议在宋人《百花图》上可以多下些功夫研究一番。

台北故宫展览部主任周女士，巴黎大学博士毕业，英语特别流利。周主任是搞版画研究的，正在探索《十竹斋画谱》与木刻的渊源关系。

11时半，马里兰大学文学院副院长招待午餐，我和薛永年、周女士、郭继生夫妇参加，马里兰大学国际处主任夫人出席，席间大家交谈还算可以。

下午小健打来电话，询问明日抵达纽约车次。何先生与之约定，明天10时40分到车站来接我们。

1992年5月1日
华盛顿—纽约

晨6时20分出发，于教授驾车将我与何炳堂送到华盛顿火车站。列车7时45分启动，经过三个州的地界。中间一大站即费城，为华盛顿建市前的美国首都，1985年去普林斯顿时曾经过此地。整列车厢，乘客寥寥，据说亏损经营，由政府补贴。全程耗时3个钟头，10时40分抵达纽约。中间吃汉堡包一个，饮茶一杯。

文秀、小健乘小军之车来接，之后同到鲤鱼门饭庄进餐。饭菜可口，分量亦大。午饭后即去纽约大都会艺术博物馆，下午2时许到达，与东方部主任屈志仁见面。据告，近几日每天都有不少人来此看画，他们大都是堪萨斯城董其昌研讨会与会人员，且所有客人仅有何慕文一人接待，确实有点应付不开局面。彼此约定，下星期二上午与王己千等人来此同观馆藏。分手之时，屈将修改的即将在《辽海文物》发表的关于缂丝之样稿交我，请我转编辑部将错误之处予以更正。为此，我当写一说明附上。

与屈志仁握别，同何先生、文秀、小健一起到展厅参观。先看中国书画以及中国新石器时代至唐代文物展，精品确实不少，陈列未免草率。之后去埃及、希腊、罗马几个馆看看，文物精美绝伦，夺人眼球，仍然是展示不得其法，有堆砌之嫌。

参观结束，同何先生下榻曼哈顿区中国

旅馆。与王己千通话，约好明日上午10时前往，请其鉴定何先生所藏傅山字册和严复诗卷；己千说明晚王妙莲请客，邀我下午同去王妙莲家看画；王再次提议从下星期二起让我住在他女儿家，盛情可感。

从昨天起发生的洛杉矶黑人暴动事件死亡数十人，受伤千余人。旧金山已经开始戒严，全国各地的黑人群起呼应，致使事态越发严重。据纽约晚间电视新闻特别报道，警察局局长和市长已经出面，布什总统也发表了专门讲话。事件缘于4月28日，两名白人警官殴打黑人司机金恩，法院判决打人者无罪，于是引起黑人骚动，开始焚烧韩国人开设的商店和购物中心。细情见5月1日《世界日报》要闻版。

附：纽约大都会艺术博物馆陈列书画过眼录

1. 南宋赵子固《水仙图》卷。纸本，白描。王己千原藏。

2. 元王冕《墨梅图》轴。

3. 明沈周《百花图》卷。纸本，设色。卷首"长洲沈周"款。高士奇物。沈氏早年。

4. 清朱耷《莲塘戏禽图》卷。纸本，水墨。卷后书"山房涉事"款。早期。

5. 明陈洪绶《花卉》扇面。金笺。19至24岁之作。佳。

6. 明陈洪绶《花卉》册。工笔。壬戌（1622）夏款，对题数开。陈眉公题一开。

7. 明陈洪绶《花石图》卷。纸本，白描。前后画了5年。

8. 明陈洪绶《花鸟》册。绢本，重彩，工笔。展示两开，翁万戈藏。又纸本两开，说明似定为其子陈字之作。

9. 明马守真《兰石图》轴。壬申（1572）清和月。画上王穉登、薛明益两题。

10. 清金农《墨梅图》轴。73岁（1759）作。

11. 元李衎《双钩竹石图》屏对。绢本，设色。延祐戊午制。可研究。

12. 明沈巽《竹石图》卷。有《石渠》诸玺印，赐恭亲王者。

13. 元钱舜举《梨花图》卷。纸本，设色。自题七律。文徵明父子、项氏、梁氏、成亲王诸印。

1992年5月2日
纽约

上午10时，应约与何炳堂、小健乘车至己千家，与王己千、徐邦达、王娴歌见面，介绍他们相互认识。据徐告知，机票已经买好，明日11时飞往东京转归北京。

何炳堂将傅青主字册和严复诗卷呈上，己千为之题写观款。随后己千将个人所藏书画陆续展示，大家共赏。数量总计不少，其中之倪瓒《竹石图》轴，自题诗，很值得大作文章；其次为董源《溪岸图》轴，堪称珍品；再就是张大千签题刘道士《山水》大轴，应是巨然之作，与《溪岸图》并挂观之，董巨风流尽现眼前。此次应邀前往东京，拟向二玄社推荐复制出版。

下午4时，随王己千、徐邦达等前往任职于哥伦比亚大学的王妙莲家，碰见故宫杨臣彬、上博钟银兰、香港朱楚珠夫妇，大家同观妙莲所藏书画。全部藏品唯董其昌81岁所书描金笺条幅和黄易五言对联为好，余则欠真；又溥心畬两件，一真一伪。由此可见，妙莲研究书法、教授学生为其所长，鉴定古书画水平尚待提高。

晚上在妙莲家一起用餐，边吃边聊。王的丈夫生于北京，16岁离开中国，现为美国学者，曾出任过东方各国使节。

晚8时过，小健、小军、小孟驾车到王妙莲家接我，第一次住在小军居所。己千一再邀请我搬至娴歌家居住，甚感。

附：王己千家书画过眼录

1. 黄子久《山水》册。纸本，水墨，推

纽约王己千宅
杨仁恺　王己千　徐邦达

篷装。"子久"单款。钱大昕嘉庆丁巳五古长句并题。著英、宋葆醇题。吴其贞《书画记》著录。待研究。

2. 颜辉《五祖授六祖衣钵图》卷。绢本，墨笔。卷后原有"秋月"圆印，现存南堂比丘清韵（杭州寺僧）、如砥（太白比轩），灵隐比丘普得、黄闻，会稽比丘心秦、廷俊（至正二十二年腊月）、奇泽，端阳比丘昙缋（正统十年乙丑），南屏比丘道联，华亭王纶（康熙丁丑上元）跋。卷后嗣祖两处被挖空，于是有后人改为贯休作，罗天池道光年题即认为作者为贯休。王己千卷后题定为颜氏，理由充分，令人信服。有人以为元僧跋为后配，戴进《达摩至慧能六代祖师图》与此有关。

3. 董源《溪岸图》轴。绢本，水墨。

4. 倪瓒《竹石图》轴。纸本，水墨。作者自题，城南曹恕伯等二人诗题。倪氏自题最佳。

5. 吴历《陶圃松菊图》大轴。纸本，设色。康熙甲申，自题图名并记。

6. 倪云林《自书诗稿》册。纸本。诗为定稿，有个别修正处。伊秉绶题签，何昆玉最后藏。有真本、抄本争议。

7. 项圣谟《山水》册。纸本，浅色。己丑夏，为友醇写，每开有题。谭敬曾藏，真迹。

8. 王鏊《行草书登阳山绝顶诗》卷。纸本。

9. 陈道复《国色天香图》卷。纸本，水墨。道复单款。梁山舟、张维屏两跋。曾藏赵子绳处。

10. 石涛《兰竹图》卷。纸本，水墨。辛未，自题为慎翁作。张锦芳隶书引首。

11. 钱杜《坐看云起图》卷。纸本，设色。道光己丑三月，自题图名。

12. 王翚《仿李成关山雪霁图》卷。纸本，浅色。癸亥岁暮，自题图名。汤雨生、温忠教、小蓬道人等跋。

13. 刘贯道《梦蝶图》卷。绢本，浅色。高士奇书目误定为刘松年。吴湖帆、铁厓两跋。

14. 刘彦冲《临丁云鹏洗象图》轴。纸本，设色。诗堂果朗题。

15. 王鉴《仿黄鹤山樵溪山仙馆图》轴。纸本，设色。戊戌。

16. 宋宁宗、马远诗画合册。绢本，设色。马氏绘画，个别页有臣字款；宁宗对题诗，其字保留了赵构风格，唯结体散一些，有可能为真迹。

17. 侯懋功《山水》册。纸本，浅色。丁丑仲冬作。袁尊尼、周天球、许初、文嘉、吴湖帆跋。

18. 马和之《诗经图》卷。绢本，设色。每图篆书篇名。经文及毛注已佚，图亦不全。

19. 陈洪绶《眷秋图》轴。绢本，设色。作者印款，自题"唐人有《眷秋图》，此本在董尚家，水子曾观之，极似。洪绶老矣，人物一道，水子用心"。

20. 周臣《松泉濯足图》轴。绢本，设色。东村周臣款。绢似为双拼。画精，较纳尔逊艺术博物馆一件为新，从中可以看出仇、唐作品之源。

21. 王原祁《仿大痴山水》轴。纸本，水

墨。两件，每幅上均有长题。

22. 虚谷《猫与菊花图》轴。纸本，设色。辛卯，自题仿新罗。

23. 虚谷《河豚柿子图》轴。纸本，设色。己丑二月。

24. 沈周《雪山图》卷。纸本，浅色。粗笔，后十年另纸追题七古长句。日本木匣套装，大村西厓题木匣，说明流传经过，书法秀美。

25. 张雨、郑元祐《游仙词七首》卷。纸本。有杨维桢诸元人跋，张丑、刘蓉峰等人藏印。

26. 巨然《山水》大轴。绢本，水墨。大千故物。签题刘道士，实为巨然笔，与《溪岸图》对比，可验。

27. 宋元名贤集册。纸本。四明、金湜"翰墨菁华"分书引首。

（1）苏轼《游虎跑泉诗帖》，附陈继儒一札。

（2）赵子昂《致絷堂提举札》，瓷青纸。

（3）元人《行书七律》，至正辛卯中元日。仿赵。

（4）释辅良诗简，至正辛丑夏六月。仿赵，真。

（5）释觉隐《行书诗》，至正六年。仿赵。

（6）杨维桢《元夕与妇饮诗》，附致宗唐秋官一札。

（7）元史可伯《中秋贺寿札》，瓷青纸，岩翁上款。仿赵，真。

（8）元人《跋周德友所藏养直帖》，项氏诸印。

（9）元张雨《奉陪山居牧山载酒诗二首》，项氏印记。佳。

（10）元顾禄（吴郡）《七绝诗》。书法欠佳。

28. 倪云林《致寓斋帖》。纸本。真而精。弗利尔一帖为摹本。

29. 赵子昂《古木竹石图》大轴。绢本，水墨。"至治元年三月廿日子昂画"款。董其昌己酉重阳日边跋推许甚高。

30. 王翚《仿惠崇溪山清远图》卷。绢本，设色。77岁作，作者长题。

31. 董其昌《行书自书诗》册。纸本。泰昌元年十月之晦。

1992年5月3日
纽约

今天是星期日，拟了两个电传，分别发给新加坡何家良先生、日本二玄社渡边与高岛先生，前者了解小健工作事宜，后者询问东京如何安排。

密歇根大学武佩圣打来电话，初步商定20日之后前往底特律，并说原订机票可以更改日期，薛永年就改了，昨天去了旧金山。武佩圣表示，可由其代与中国国际航空公司交涉，改为由底特律飞旧金山。

西雅图龚继遂电话咨询书画鉴定材料事宜并邀请前往，语气客套，委婉谢绝。

考虑再三，决定还是不去王己千女儿王娴歌家住食为好。在小军家住，虽然条件差些，拥挤一点，但在自己儿子家没有拘束之感。当然，如此也给他们带来诸多不便，好在时间短暂。

晚上张晓朋、孟友群请去外面吃饭，一再推却不允。据告以往星期天都要到外面去吃。

晚饭后驱车前往万国博览会旧址参观。这里占地很广，可游览的景点也多，上午去的植物园无法与之相提并论。

翻阅报纸，得知洛杉矶黑人暴动事件已经平息，纽约等城市亦随之趋于平静。与劳继雄通话，告知洛杉矶一切恢复如常。

王琦打来电话，知张震泽教授故去，随发电传悼念之。

与黄君寔通话，约好6日来接，去看他们6月拍卖的书画。

致电己千和他的女儿，告知我选择与儿子同住，对其做出的盛情邀请，表示由衷感谢。

1992年5月5日
纽约

晨早杜敏打来电话，请我们星期日（10日）前往康州，届时由小军送到耶鲁大学，再由他们接至家里。

上午9时半，到纽约大都会艺术博物馆与王己千、汪世清、钟银兰、杨臣彬、卢辅圣、任道斌同观馆藏明清之作，何慕文负责接待。何先生热情友好，我将宋仲温《草书韩偓七绝》释文交他留作参考。中午何慕文请大家一起进餐，饭后回博物馆顺路浏览了部分展品，随即继续看画。

全天过眼书画不少，其中部分藏品观者意见不一。如谢环《杏园雅集图》，纽约大都会艺术博物馆与镇江博物馆两家皆有，三杨序、杨荣后跋以及诸家题句（包括李时勉等）大体一致，文字亦相同，只是前后顺序不尽相同，因此有人认为除杨士奇分书序外，余跋皆为临钩者，唯杨荣后序看不出摹钩痕迹。此外，文徵明书画册，晚年佳品，然钟银兰、杨臣彬二人有疑，视之为仿本，盖用新而尖之笔书画之故也。余坚持己见，不但真，且精。己千附之，最后钟亦认同。

附：纽约大都会艺术博物馆书画过眼录

1. 王孟端《江山渔乐图》长卷。纸本，水墨。图前钤作者"王氏孟端""游戏翰墨"两印，下角钤金琮"元玉之印"，画后下角沈氏藏印。拖尾莆田林勤正统丙寅嘉平月跋，会稽岑琬（正统）长跋，同治方梦园观款之前有王武一跋，端方（光绪戊申四月）、吴湖帆等近人题。王己千原藏。

己千云：起初美国人不认中国画，更不知王绂为何人。承方闻宣传并出面购进，中国画才逐渐被重视起来。王绂作品传世不多，此卷为其晚年之作，比辽博《湖山书屋图》卷要晚。己千手边还有王绂一短卷。

2. 沈度《致镛翁书》页。纸。十二月廿四日。安仪周藏印。

3. 唐寅《致若容札》。纸本。安仪周印。

4. 石涛《山水》页。纸本，水墨。大千、顾洛阜递藏。

5. 叶欣《白鹤岭图》页。纸本，水墨。印款。张尔唯题跋，秦铨小字题诗。

6. 项圣谟《秋江红叶图》页。纸本，设色。甲午九月画款。

7. 戴本孝《山水》页。纸本，水墨。左角戴氏"本孝"一印，右下施雨咸一印。翁陵小楷长题，栎园（周亮工）上款。施氏名见《读画录》，翁陵名见《印人传》。有人认为此为戴、施合作。

8. 恽冰《牡丹图》两页。纸本，设色。行楷款。稍早，淡雅。

9. 戴本孝《山水》册。纸本，水墨，12开。每开自题诗并记。翁万戈原藏。晚年，精！

10. 姚绶《文饮图》卷。纸本，水墨。陆恢题签。引首隶书自书"文饮"二字。项氏诸印。姚氏行楷书《文字饮诗序》（乙巳四月），接着章草书五古两首，其中韵脚空一字，补书一行，以为古人亦有之。梁鼎芬、陈三立、余肇康长跋。画与石田相近。

11. 宋仲温《草书七律》卷。纸本。周天球印。顾洛阜曾藏。

12. 沈周《溪山秋色图》卷。纸本，水墨。行书自题引首，画长数丈，连纸后自题七绝诗并记"此卷仿倪云林意为之，云林以略，余以繁，略而意足，此所谓不可学者矣"。姚绶和沈诗两首赞石田，仙痴款，后有五绝，请石田文契和。道光陶赓、民国罗振玉跋。画潦草，但真。

13. 沈周、文徵明合作《溪山山水图》卷。纸本，水墨。文徵明丙午四月望后点染成图，邓㲼亦丙午跋谓文氏为海虞王氏虞卿补足。翁同龢癸卯冬题引首。翁万戈原藏，曾于1985年在其别墅见之。

14. 沈周《垂钓图》轴。纸本，浅色。为彭志刚父子画，乙未诗并记。大千原藏。画中人物极近大千，引观者质疑。

15. 唐寅《插嵩系胙图》轴。纸本，水墨。上题七绝。书法、画法俱粗拙，但真。台湾有一件摹本。

16. 唐寅《桂花仕女图》轴。纸本，设色。大字行书自题七绝。裱边溥儒、叶恭绰等人题。

17. 陆治《万壑争流图》轴。纸本，水墨。画伪，陆本人诗题伪，乾隆题伪；清道人、陈曾寿、康有为裱边题真。

18. 谢环《杏园雅集图》卷。绢本，设色。杨士奇乌丝栏分书《杏园雅集序文》，杨荣行楷书五古，杨荣又行书五古，杨溥行书五古，钱习礼、陈循、李时勉、临川王英、泰和王直、庐陵周述题诗，杨荣楷书乌丝栏《杏园雅集图》后序，最后录全谢环《杏园雅集图歌》。翁同龢抄。有人以为前面第三人杨荣开始为双钩或临本，与镇江博物馆藏本题跋人有前后顺序之不同（镇江本跋按官位排列）。又有人说原题两卷各分为二，真、摹相掺。

19. 文徵明书画册。纸本，水墨。辛亥（1551），82岁，对题诗并记，每一图内容与对题相应。张则之、安仪周递藏。书与图非同时作，钟银兰、杨臣彬认为伪迹。

20. 文徵明《东林避暑图》卷。纸本，水墨。43岁作，"雁门文壁写"大字款，钤"文徵明"印。吴奕为南洲尊宿篆引"东林避暑"四字。《石渠》三编印玺。拖尾文氏大字行草诗分别用黄、苏体书出，每首下有题，"文壁徵明甫书于钱氏西园之碧筠深处"，三年后再题。潘伯鹰跋。

21. 文徵明《楷书陆机文赋》卷。纸本。嘉靖甲辰三月过补庵书此。陆师道、王澍等跋。

22. 钱穀《兰亭图》卷。纸本，设色。嘉靖庚申，后临《兰亭序》并题诗，钱氏藏印。王穀祥篆书引首。《石渠》诸印。

23. 吴彬《十六罗汉图》卷。纸本，设色。万历辛卯作，篆书款。睡庵汤宾行书《多心经》。大司成印。秘殿珠林诸印。

24. 陈洪绶画册。纸本，水墨／设色，16开。戊午、己未、庚申作。有陈眉公题。

25. 陈老莲、陈小莲《山水人物昆虫》册。绢本，大小不一。老莲4开作于1627年，29岁；小莲5开。

26. 陈老莲《山水人物》册。扇面，金笺，水墨。一开有庚寅款。孔广陶咸丰己未跋。

27. 陈小莲《洗象图》轴。纸本，白描。无名氏敬写于狮子林款（陈字号无名）。查升小楷《多心经》。

28. 董其昌《仿古山水》册。金笺，8开。50至60岁之间作，每开题仿各家。其中《仿水村图》一开着色，对题草书诗。尚有8开在美西南部凤凰城博物馆。翁万戈原藏。

29. 赵左《仿子久溪山无尽图》卷。纸本，浅色。万历辛亥仿子久《溪山无尽图》，壬子春三月图成。

30. 石涛补景忍庵《临流图》卷。纸本，设色。大千原藏。甲子夏日，张子为写《忍庵居士像》。庐山钱陆灿行书像赞并序，石涛甲子五月八日于古长干大字七律，戴本孝为忍庵照题诗并记，吴暻、张尚瑗、何采、倪粲、胡任与等诗题，俱忍庵上款。

31. 石涛书画小册。纸本，水墨。画山水、兰、竹、荷、水仙，印款，对题。一开日本铁斋跋。

32. 梅清《清溪泛舟图》轴。纸本，水墨。1673年作，画宣城西南之"响山堂"，又名《游响山堂图》，自题诗，挖上款。画上梅庚、梅锏、施润章、沈泌等人诗题。

33. 石涛《山水》册。纸本，设色。大小2本，各8开，每开有题。陈仁涛一本较大。大千原藏。

34. 石涛《杂画》册。纸本，水墨／设色。画山水、竹、芋、桃花、茄子、兰石，每开有题。大千印记。

1992年5月6日
纽约

上午9时，马成名应约而来，随后与小军乘其所开之车去接黄君寔，一起前往佳士得。黄托我带致宋雨桂对联一副，书法颇佳。黄字米法，有独得之妙；又长于绘画，所临龚贤山水非同一般。黄请我为其作品题跋，我则求他赠与书、画各一件。

抵达公司之时正逢6月拍卖图录由香港寄到，于是按图录请马成名提出鲜于枢《石鼓文》、文徵明《双柏图》、董其昌书画合卷、丁云鹏《陆羽煮茶图》等作品过目。见有仇英之作一卷，拖尾王宠跋，俱赝。

在佳士得结识船业巨子何兆骥和郁先生。何先生曾是包玉刚的上司，已经退休，热衷收藏，颇为幽默。中午郁先生请吃日本饭菜，餐后回到公司继续看画。汪世清、钟银兰、杨臣彬亦来，再次相遇，同观拍卖之作。

晚饭后外出逛超级商场，孟序购买一些生活用品。

密歇根大学武佩圣打来电话，说是原定机票又不能改了。他初步计划为我们买25日由纽约飞底特律、29日转赴堪萨斯城的机票，如果日方同意按我的意见安排行程，则退掉旧金山飞往北京的机票，再买6月2日或3日前往日本的机票，否则，就照原定计划5月30日回国。

杜敏发来电传，说是10日晚11时让小军送我们到耶鲁大学，附上地图。可能"晚"字有误，应是上午11时，须电话沟通确认一下。

1992年5月7日
纽约

按照约定，前天看画之人今日同到纽约大都会艺术博物馆继续看画。今天所看藏品多为宋元之作，有的此前见过，有的首次过目。由于一些作品需要研究，故看画速度较慢。何慕文唯恐元代作品看不完，一再提议加速，然东西实在偏多，致使有些作品还是未能一阅。

今天发现的问题不少，已分别记入看画笔记之中。如李次山《西塞渔社图》卷，南宋名人题咏至多，但作品无作者名款。普林斯顿一博士生以此图为切入点撰写一论文，从诸多题中考知其为李次山之作，可供学者参考。高克明《溪山雪意图》卷，细看后面有景祐二年款及牟氏观款，墨色很旧，用红外线扫描也许能将全部文字显现出来，已请何慕文日后提供。总之，馆藏宋元作品有不少可大作文章，俟后细考。

据告杨伯达12日将来纽约，之后转赴普林斯顿，何慕文有意安排一起活动，我未置可否，以后电话联系。

午餐时见到方闻，彼此寒暄几句。方近日忙甚，对卢辅圣的行止颇为关心。

与己千约定，后天到他家里看画，并请其为友人书赠一横幅四大字，再画山水小幅一件卖给藏家，己千答应后天兑现。

下午6时半，看画结束，送己千回家，约好后日10时见，李慧闻女士（美籍，研究董其昌10年）亦将前往。

附：纽约大都会艺术博物馆书画过眼录

1. 戴文进《涉水返家图》轴。绢本，水墨。"钱塘戴文进写"款。

2. 刘节《鱼蟹图》大轴。绢本，设色。"直文华殿安成刘节写"款。克利夫兰有一张。

3. 朱端《松树孔雀图》大轴。绢本，设色。"直仁智殿锦衣指挥朱端"款。

4. 唐子华《摩诘诗意图》轴。绢本，水墨。"至治三年春三月吴兴唐棣子华写"款。

5. 唐子华《归渔图》轴。绢本，水墨。"至正二年春正月吴兴唐棣子华作"款。

6. 明人《婴戏图》大轴。绢本，设色。

7. 盛子昭《江乡渔隐图》卷。绢本，水墨。至正三年十月，仿仲美笔法，盛懋款（后加）。应是戴进临夏珪稿，广州美术馆有一件与此正同。

8. 王羲之《行穰帖》卷。纸本。金书题签，宣和、政和、内府图书玺。董其昌数跋，认为真迹。安岐、大千诸印。

9. 韩幹《照夜白图》卷。纸本，水墨。有张彦远签名（后加），前隔水绍兴戊午芗林向子諲观于凝香阁，拖尾诸元人跋。归希之、耿信公、安岐、大千递藏印。

10. 李龙眠《孝经图》卷。绢本，白描。一字一画。拖尾元人多题。董其昌称书、画双绝。

11. 李赞华《射鹿图》卷。纸本，设色。画上古印不识。拖尾朱德润至正十二年正月十日跋。明初南阳宋广、淮海马庆、四平山人刘以正、沈周诸跋。《佚目》物。

12. 赵孟頫《大字行书七绝》轴。绢本。无名款。湘林咸丰五年题诗堂。旧仿，与开封博物馆所藏一幅相近。

13. 吴镇《松石图》轴。绢本，水墨。元统三年冬十一月，因游云洞见老松屈曲遂写图之，梅花道人戏笔。

14. 倪云林《秋林野兴图》大轴。纸本，水墨。画上同时人陆继善书五绝，诗堂吴宽、王鏊、大千三题。张则之印。

15. 倪云林《江渚风林图》轴。纸本，水墨。至正癸卯九月望日为胜伯写。项子京、高士奇、王澍、顾洛阜诸印。

16. 倪云林《虞山林壑图》轴。纸本，水墨。辛亥十二月作，自题五言诗。《石渠》物，乾隆诗题画上。项氏、安岐、归希之递藏。佳妙！此图连同武宗元《朝元仙仗图》在30年前由王己千以六张画与犹太人侯士泰交换得到，后来侯本人翻悔，向法院起诉，打官司的最终结果是己千胜诉。

17. 陆天游《丹台春晓图》轴。纸本，水墨。自题图名并七律。己千原藏。

18. 赵原《晴川送客图》轴。纸本，水墨。莒城赵原为退轩刘广文画《晴川送客图》款。谭敬原藏，王己千转售纽约大都会艺术博物馆。其摹本曾被当原作收归故宫，后被张珩发现退回，换得文天祥谢昌元卷。现伪作已售台湾。

19. 张羽《松轩春霭图》轴。纸本，浅色。篆书"至正丙午三月十日张羽写"款。同时人吴珪五绝，乾隆题诗。《石渠》物。

20. 米芾《大字行草吴江舟中诗》卷。纸本。款署"朱邦彦自秀寄纸，吴江舟中作，米元章"。王铎题前隔水，万历辛卯重阳后十日余姚徐镳题。有稽察司半印。《佚目》物。顾洛阜曾藏。按，陆放翁《自书诗》与此卷接近。

21. 黄庭坚《廉颇蔺相如传》卷。纸本。《佚目》之物。项氏、大千、顾洛阜递藏。上有绍兴、贾似道诸印记。拖尾项氏题以百金购入。大千题丙申展曝时《经伏波神祠》卷已被人骗，何时延津相合，颇有遗恨存焉。

22. 郭熙《树色平远图》卷。绢本，水墨。画上"宣和中秘"玺一，有冯海粟、赵子昂、虞集、柯九思、柳贯、颜尧焕、祖铭（僧侣）等元人跋，明人王世贞题，梁清标诸印。大千、顾洛阜曾藏。就现存画面判断，前后必有缺失。

23. 燕文贵《夏山图》卷。绢本，水墨。前残，宣和玺印钤于后面画心和隔水。梁清标印。《佚目》物。方闻撰文定为屈鼎之作。

24. 燕文贵《秋山萧寺图》卷。绢本，水墨。拖尾钟陵余复、樗庵屠文、倪瓒、天游生陆广、钱唯善、罗纮、长沙萧规、彭城刘堪、蒲田黄守等元人诗题，明人陈继儒、袁楷跋。项子京嘉靖三十六年题卷尾，购自吴门王文恪济之。此亦《佚目》物，画风近纳尔逊艺术博物馆藏太古遗民《江山行旅图》卷，为北方金人之作。

25. 赵大年《江村秋晓图》卷。绢本，水墨。赵子昂、龚璛、吴讷（海虞）、陈敬宗（四明）、陈琏（宣德癸丑秋七月既望）诗并题，浚仪士桢万历十九年长跋，颍川汪元范（明人）观款，清李恩庆、周寿昌两跋。

26. 李唐《晋文公复国图》卷。绢本，浅色。《佚目》物。后钤宣和诸印不真，高宗"御书之宝"真，绍兴连珠印真，拖尾乔篑成跋伪。

27. 宋人《西塞渔舍图》卷。绢本,淡色。无作者款印。拖尾范成大淳熙乙巳上元长题,唯开头文字有"始余筮仕歙掾,宦情便薄……"之句,汪世清认为范氏未官歙。洪景卢淳熙戊申十月廿三日长题,周必大绍熙元年三月三日跋,王蔺绍熙二年五月既望跋,赵雄(四川资中人)绍熙庚戌长跋(为应友人李次山而作,跋中详叙李次山辞官归江南在西塞山下卜筑经过),太原阎苍舒绍熙二年正月跋(说明李次山归隐西塞山),尤袤绍熙辛亥暮春跋。董其昌跋定为王诜之作。

28. 马和之《鸿雁之什图》卷。绢本,设色。《佚目》物。

29. 米友仁《云山图》卷。纸本,水墨。卷首乾卦印,项氏编号。拖尾默庵圣舆庆元庚申跋(此书法与宋高宗极为接近),鲜于枢至元庚寅六月跋(草法佳妙),元初郭天锡、明初方勉诗题,金陵宋拯跋于正统戊子。《佚目》物。

30. 马和之《豳风图》卷。绢本,设色。有避讳字。《佚目》物。

31. 李公麟《豳风图》卷。纸本,水墨。董其昌、梁蕉林、安岐诸藏印。《石渠宝笈初编》(御书房)著录,《佚目》物。《佚目》著录为李氏作品,实为南宋中期之作。

32. 耶律楚材《自书诗》卷。纸本。元浦江戴良至正九年小楷题,明宋濂、清李世倬题。

33. 高克明《溪山雪意图》卷。绢本,浅色。卷首"高克明"三字显然后加。画后隐约可见"景祐二年少监簿臣高克明上进"署款,尾部有"□州牟氏书斋清玩"印,徐有贞、吴宽题诗。《佚目》物。

34. 赵子固《自书梅竹三诗》卷。纸本。赵子固景定元年良月六日款。汴阳钱应孙定之父跋,赵孟深(咸淳)戊辰中秋跋,天台董楷咸淳戊辰跋,赵子真咸淳戊辰小暑长跋,叶隆礼咸淳丁卯五月跋,吴亮采大德五年长跋。项氏"洁"字编号。《石渠宝笈初编》(御书房)著录,《佚目》物。

35. 钱选《羲之观鹅图》卷。纸本,青绿。自题七言。耿信公藏印。《佚目》物。己千购自台湾蒋谷孙。台北故宫有一赝本。

36. 钱选《归去来辞图》卷。纸本,青绿。钱氏自书五言句,鲜于枢草书《归去来辞》(大德庚子十一月十二日书于维阳客舍)。项氏诸印,"处"字编号。

37. 周东卿《鱼乐图》卷。纸本,水墨。"至元辛卯春仲临江周东卿作"款,卷后自题五言诗。《石渠》物,五玺不全,有"秋潭"古印一方。吴荣光道光丙申九月录文信国题周氏诗,录文天祥题周东卿诗,下钤蒙古押印前后卷上。吴氏两跋中误笔:"国"误为"图","濠上"误为"怀古"。

1992年5月8日
纽约

今日天气不佳,留在住处为黄君寔册录苏轼《韩幹马十四匹》诗,并说明此图现藏其家,殊可珍视。为晓朋补习学校题字,还为房东写唐诗一条。

小军带来的现代书画中有沈延毅和张震泽之作，二人前后去世，睹物思人，我在他们作品上题字抒发由衷感慨。其他作品也题了几件。有一本清朝画家李师中的山水花卉册，我为之题签并跋。

已与密歇根大学武佩圣博士约定，22日去该校，25日返纽约，27日赴旧金山，31日由旧金山乘中国国际航空公司飞机返北京。因为日本迄无消息，故决定不经转东京了。

放弃由堪萨斯城飞旧金山计划，改由纽约飞往，中途经凤凰城转换飞机。

1992年5月9日
纽约

上午小孟开车先接小健，之后到曼哈顿69号王家看其藏品，李慧闻先我而至。欣赏几件董其昌之作外，又看了倪云林致寓翁手札。其所藏宋元书法册，苏轼、赵子昂等人伪，苏大年以下真。己千已经写好横额三张，任我选得两幅。又应请昨夜画一斗方山水，申明下次用美元付酬。此乃夏景春一再嘱托之事，总算遂其所愿。

中午由金世海、王娴歌夫妇请客在附近一家中餐馆吃饭，饭后已千回家，我与夫妇二人去洛克菲勒基金会观看傅申筹办之张大千画展。规模不大，精品不多。展场遇上海张守成先生，其为吴湖帆门生，善山水、花鸟，来美已10年，在华美协进社教授国画。

观展结束，小健来迎，同去王娴歌家聊天。大家谈得投契，娴歌与金世海有意在大陆投标搞建筑设计和工程。

下午5时许，金世海驾车送我们回小军家，留坐交谈10多分钟后离去。

黄君寔打来电话，说罗恒年医生请在14日聚餐。是日将去苏富比拍卖行看画，晚上娴歌夫妇邀请去家里吃饭，究竟如何安排，等从杜敏处归来后再定。

1992年5月10日
纽约

今天按计划由小军、小孟驾车先去耶鲁大学，杜敏到指定地点接我们到她康州的家住一宿，第二天去波士顿再转回纽约。

早起下雨，一路上雨未停歇，一个半小时到达耶鲁大学，与杜敏、黄康元以及三个孩子相聚。本当乘他们的面包车前去做客，可交谈之时小孩把车门关上，钥匙留在车里，打不开车门，汽车无法乘用。今天是星期日，维修汽车的店铺大都关闭，一时间问题难以解决。我们在细雨中说东聊西，但黄康元此时的心情可想而知。先是杜敏亲自到街上到处去找能开车门者，终无结果而归。接着小军又驾驶他的车子和杜敏一起到远处寻找，仍未见有修车之所开门。最后他们用电话联系到了一位能人，来此将车上的一块玻璃起开，之后取出钥匙，一场虚惊至此总算了结。

问题解决，大家在一家中国餐馆吃饭，

是时已是下午3时了。杜敏为此表示歉意，我则认为人生总有意外之事，不可避免。既然已经见面，我们不妨改变计划，就此分手，不去她家了（与1985年时情形相同）。我请她转告对其父母的问候，同时将带去的纪念币、邮票、书画面交。

饭后雨停，我们在耶鲁大学校园内拍照10余张，之后由小军驾车返回。回程很顺，只用一个小时就到了小军家中。

小健今天到驻美使馆面谈深圳招聘人才之事，没想到我们又回来了。

1992年5月11日
纽约

今天无事，主要任务是看书读报。杨振宁《读书教学四十年》已经读完，书中不少事值得思考，尤其是在学习与研究上，当取法借鉴。

晚上刘宏偕其母亲（姓杨）来坐了一会儿。杨原在沈阳故宫工作，1989年底来美，为儿子刘宏看孩子。小军与他们很熟，来往频繁。

晚间蔡敦达打来电话，说是二玄社已收到我的电传，同意在日本停留一周，负责食宿费用和返回北京票款。关键问题是原中国国际航空公司5月31日返北京机票能否退掉。

王方宇打来电话，再次强调明天约会他家之事，我表示一定按时前往。

1992年5月12日
纽约

早饭后小军开车载我去王方宇家。车子由纽约向西行驶，过曼哈顿直接穿海底通道，行驶50分钟到达。此地为新泽西州工业区西边的小城市，在一个风景区内有许多民宅，王家即为其中之一，有"结庐在人境，而无车马喧"之感。

王方宇先生与夫人沈慧女士均年近八旬，儿女分居在纽约附近，各自成家立业，独立生活。昨天是母亲节，全都来此欢聚，上下三代，20多人，充满喜悦。平时偌大一个宅院，两位老人自在生活，幽静至极，诚乃读书写作之理想之所也！

王先生将颜韵伯旧物、现其友人所藏祝允明《行书黄州竹楼记》一卷交我过目。此卷祝氏用米氏笔法书写，清秀之气袭人，且为苏州刘定之装裱，堪称双绝。拖尾后有己千先生一跋，殊不多见。尚有黎民表分书引首及跋。周天球跋中认为为少年所书，实则据书年计之，是时祝氏已60多岁了。又见其个人所藏杨维桢《赠装潢萧生显序》一卷，至正二十六年书，晚年，精妙。此卷曾为张之洞旧物（有长题），后经张珩、谭敬递藏。遵主人嘱，我为之题跋。还看了一些八大作品原件以及照片，就大千作伪等问题彼此交换了意见。

分手之际，王先生将发表的有关文章复印送我，又赠以乾隆刻本《铁崖诗集》，盛情

新泽西王方宇宅
杨仁恺　沈慧　王方宇

可感。

此今之会，尚有皇冠画廊何先生（王氏门人）、香港《广角镜》李国强在侧，值得记忆。

附：王方宇家书画过眼录

1. 杨维桢《赠装潢萧生显序》卷。纸本。张之洞长跋。张珩、谭敬递藏。《三秋阁书画录》著录。

2. 祝枝山《行书黄州竹楼记》卷。纸本。黎民表分书引首并跋。周天球跋定为少年之作，误也（按，记后有作者自题，在友人处见米氏墨迹，因仿其意为之）。此卷接近友人所藏沈粲行草，在祝书中堪称上乘。刘定之裱，钤印于后。

3. 朱耷《山水》册。纸本，水墨，10开。篆书自题图名，2开无款印，8开有题。近晚年，精。

4. 朱耷残页4开。纸本，水墨。

1992年5月13日

纽约

读王方宇关于分辨八大作品真赝文章两篇。此公对八大作品研究有素，但有一些地方尚待商量。

晚间黄君寔请在一家广东馆进餐，小军、小孟陪同，黄的女儿及同乡友人邓仕勋（经营餐饮业）在座。邓对石鲁作品偏爱，手中藏有10余件。

黄君寔与我谈7月赴沈之事，又告知了计划在香港自办文物拍卖公司的设想。我把写好的画册面交，他将书写的黄山谷诗和绘制的墨竹（六尺对开）赠我。

收到日本二玄社电传，告知6月5日由东京至北京机票以及在东京食宿事宜已经安排妥当，离美赴日之前，要求电告日期与航班号。如今正在委托洛杉矶劳继雄办理原订机票的退票手续，此事相当麻烦，是堪萨斯城方面出的问题。

1992年5月14日

纽约

上午10时，由杨健陪同前往日本领事馆办理赴东京签证事宜，约好下星期二来此取证。

到华美协进社晤海蔚蓝小姐，与展览馆馆长钟美梨（纽约大学毕业）一同去看望社长王碚先生。王请吃午饭，席间交谈得知他生于大连，父亲抗战时期是重庆南温泉政校教授，他本人也是台湾政大卒业的。金克和在台湾担任过银行董事长，又担任过国际金融司司长，已退休；曹圣芬在台湾某报社担任过董事长，亦已退休。此二人已有好久未见了。

午饭后分手前与王先生谈到今年12月阿姆斯特丹举办高其佩指画展一事。王表态荷兰展览结束之后可将之移至美国，由华美协进社负责运费。我说待7月鲁克思到辽博拍照时一定转告此意，并请有关方面研究决策。

下午前往苏富比拍卖行与王己千、王方宇、张洪等看画。方宇有事先走，留下一份材料交张洪转我，我们则到附近一家古玩店专门过眼吴彬《十面灵璧图》卷。此乃牛腰大卷，纸本，水墨描绘，将一块奇石十面描写，每一图由米万钟题出其特色，尾部米氏以爱石之癖而大作文章。董其昌长跋，以流水形容画石之艺术效果。陈继儒、叶向高有跋，同时人黄汝亨引首并跋，邢侗引首（尺寸小，或为补入者）。是卷两年多前由苏富比拍卖，落槌价120万美元，这是拍卖行成立以来首次打破中国画超百万美元成交纪录也！

晚间王娴歌夫妇在家招待我和文秀、张洪夫妇，已千同往，由苏富比林诗韵小姐开车送往。林出自香港巨富之家，从小留学英国，自费来美工作，向己千学画。

1992年5月15日
纽约

晨起翻阅苏富比拍卖图录，对吴彬《十面灵璧图》卷反复观看。此图外国人之所以愿以120万美元购入，纯属图画墨染，极近西方素描之风貌，故而能获重价。此外，想不出别的理由。

密歇根大学邀请书和机票两张已经收到，定于22日上午11时前往底特律，25日飞回纽约。

已将由旧金山回北京机票两张寄给劳继雄，请他在洛杉矶原购买此机票之旅行社办理退票手续，之后再另购两张飞往东京的机票。

哥伦比亚大学朱扬明约明日下午来接往家里做客，其正在哥伦比亚大学攻读博士后，每周在纽约大都会艺术博物馆工作三天。

吴志攀明日由哈佛大学来纽约，转而去加州大学，6月回国，小军正在为他找住处。志攀本是北京大学应哈佛大学之邀的访问学者，其原计划留哈佛大学攻读博士，校方也同意，但托福成绩不够理想，拿不到奖学金，继续在美困难较大，因此决定回去。小健情况与之类似。

上午和晚间分别与小军、小孟倾心交流，要求他们必须夯实立足基础，要有吃苦精神，要坚定信念，拥有耐力。

1992年5月16日
纽约

上午与劳继雄通话，得知退票无法办理。之后小军再与中国国际航空公司联系，答复依然是旧金山到北京机票不能退掉，上次说可以退款一半的人是临时工，其无权决定。

如此，只好电告小劳把机票寄回，东京就不去了。

下午朱扬明应约来接，到他家无所不谈。此人头脑清醒，且有一定主见，对王己千请来的苏州装裱师张先生的情况介绍得较多。据告张先生是己千请来为其裱画的，已经来美将近一年，住在王家12层画室之中，每月聘金600美元。这只是朱扬明个人之说，属实与否，尚待日后求证。

1992年5月17日
纽约

今天星期日，虽天气晴朗，但时有凉风袭来。纽约是温带大陆性气候，尽管纬度与沈阳相近，但毕竟有所不同。

由孟友群陪同，参观晓朋办的长岛补习学校。学校设施大体具备，已具规模。此项工作既服务于社会，又能得到很好回报，假期学生数量增多，收入亦随之增长。

长岛位于纽约市东南，三面环海，是美国富人聚居之区，无高楼大厦，多花园小院，环境优美。

中午由我请客，邀小健以及小军一家、友群在鲤鱼门饭庄聚餐，饭后到一家百货商场闲逛。

晚间起草复日本二玄社电传，将因原机票不能退掉而无法前往东京的实际情况予以说明，对失约深表歉意。

1992年5月18日
纽约

上午给加州大学曹星原打电话，告知27日下午6时抵达旧金山，请其接机。同时亦将行程告知贺利、吴素琴、沈路等人知晓。

交小军代寄何炳堂照片、佳士得图目以及寄杜敏转杜瑜照片，均在内附致谢信一页。

王方宇打来电话，约21日上午再去他家看画交谈，届时携带印章，为日前所题杨铁崖卷补钤。

1992年5月19日
纽约

上午由小军陪同前往王己千公子守昆家聊天约一个小时。守昆认为美国的遗产税很高，乃父生前应将藏品中的最精者送回中国大陆，不然这些珍贵书画将来就会以税金的形式归属美国。他劝父亲早做准备。守昆还讲述了上海陈逸飞的有关情况。陈逸飞在哈默画廊举办个人画展，全部展品销售一空，名声大震，不久前陈氏油画在香港拍卖20多万美元一张。当初张贻义、陈逸飞两家先住己千处，后来又合租房屋，现在则各自独立门户。

中医罗恒年夫妇请我们吃晚饭。他原籍北京，与溥杰住前后院，同是爱新觉罗氏，今取爱新觉罗之罗字为姓，恒为辈分，在毓字下、启字上。太太姓刘，父亲是上海洋行经纪人，本人上海医学院卒业，与杜炎昇是先后同学。他们喜欢古董，特别是旧玉。饭后到他家看了不少藏品，房内布置高贵雅致，有中国风范。房外花园特别幽静，花木葱郁。

1992年5月20日
纽约

早饭后与小军、小健同去购买去大西洋城的巴士车票，已经售罄，无法前往，只好将来再找机会。

给劳继雄打电话，询问回寄机票一事。据告已交其学生邮寄，但仍未收到，心有不安。劳说等谢先生去纽约返洛杉矶时为其举办画展。

1992年5月21日
纽约

上午9时，由小军驾车前往王方宇先生府上。先看明清版本，随即出示胡适先生为借《野叟曝言》给他的几封书信，再看德国科隆博物馆所藏彩色套印本《西厢记》（朵云轩正在复制之中，此前考证问题未能解决，王氏对之有所补充，随后会将材料寄我）。见清初《剪霞集》版画书一套，是件由其日本友人之子来美抵借300美元，世无传本，作为民间女工之章本颇有可取之处。还看了齐白石为之制闲章之寿山石，白文，周彬刻钮；其在香港又购入亦为尚均款制钮印一方，朱文。最后看的是陈洪绶水墨山水轴一件，纸本，自题七绝，秋翁上款，早年之作。又八大字册散页，皆真而新。为日前跋杨维桢《赠装潢萧生显序》钤印。

与方宇谈及意大利利玛窦展一事，王极感兴趣，他表示与耶鲁大学联系，建议意大利展结束之后来美办展，要我寄材料给他。交谈时方宇提到他看好此次佳士得拍卖书画图录中一卷有我题的明人无款《溪山无尽图》，问我为谁而书，已不能记忆，于是同往佳士得，请马成名先生将拍品提出，原来是为常万义而题者。适何惠鉴夫妇在那里看画，问其何时飞往欧洲，答曰明日启程。

离开佳士得，刚回到小军处，就被罗恒年医生请去家里题字并跋藏品。罗的儿子启蒙已大学卒业，在一家公司工作，但性近古玩与书画，其父母有意让他回中国深造，学习文物鉴定。

午夜回来，收到二玄社电传，以我不能前往深表遗憾。

附：王方宇家书画过眼录

1. 陈洪绶《山水》轴。纸本，水墨。自题七绝。秋翁上款。明末僧诠修藏印。

2. 胡适手札数件。为借书事寄方宇者。

3. 朱耷《古松图》轴。纸本，水墨。

4. 朱耷《录唐人山水诗》册。7开。70岁左右作，间有按语。

5. 朱耷《鱼图》扇面。云母笺，墨已漫漶。乙亥作，录前一年诗作。

6.文彭、文嘉、周天球书诗合卷。纸本。用各种纸笺，为友人张某赠诗，合装一卷。

7.清初《剪霞集》。民间刺绣画谱，孤本。

1992年5月22日
纽约—底特律

上午10时，小军、小健送我至机场，乘11时30分飞机赴底特律，下午1时半到达，密歇根大学武佩圣博士夫妇迎接，杨伯达同来（他昨天刚从芝加哥到此），我们简单午餐后同往密歇根大学。

这个学校与马里兰大学相像，都是校园庞大，教师一万多，学生数万人。武佩圣领我们看了艺术系的图书馆、幻灯片室，又看了台北故宫藏品全部照片，总之，教学所用之全世界范围内资料基本齐备，且找起来也不费劲。还有，历届博士答辩论文在图书馆都有存档，可随时查阅。作为学术研究之所，这里资料丰富，条件优越，是密歇根大学历时百年积累的结果。武本人有金农研究成果三巨册（打印本），其对陶瓷亦有研究，且自己动手亲自实践。

晚间在武家用餐，武氏夫妇非常热情好客，我们边吃边聊。武氏山东临沂人，夫人江苏宜兴人，二人皆很小就到了台湾，在台湾受小学、中学、大学教育。又据武告知，他与傅申在台北是大学同学，武年级虽较傅为高，但同在一个寝室，后来工作又成为台北故宫的同事，因而感情甚笃。去年年

纽约罗恒年宅
罗启蒙　杨仁恺　罗恒年

底，傅申在美国华盛顿的弗利尔美术馆筹划了"张大千六十年回顾展"，同时举办了张大千学术研讨会。会上台湾师范大学巴东认为，把伪作古画视为张大千重要的艺术成就，这是观点上的极大扭曲。同时，巴东对高居翰、方闻、李铸晋、苏利文草草发言亦殊为不满。这位青年敢向西方大师宣战，并将其文章发表在《雄狮美术》第2期上，我当借来一读，之后才能表态。

1992年5月23日
底特律

上午到密歇根大学艺术博物馆库房观看馆藏玉器和书画。玉器不多，书画有些。艾瑞慈所捐之南宋人团扇两件，佳作。傅山、傅眉父子山水各三开，有友人丹枫阁主人戴

廷栻引首和题跋，少见；再后曾农髯（熙）、叶恭绰两跋，亦妙。据武博士见告，叶先生之女在底特律，手边有少量书画，归密歇根大学艺术博物馆收藏。

中午艾瑞慈、林维贞夫妇邀请至校园内"状元楼"吃日本饭菜，一位青岛青年掌勺，厨艺不高，唯热情感人。艾瑞慈、林维贞二人已老，一子三女均已成家立业，在美国各地独自生活。他俩追求"节俭""简单"，以"简斋"名自家居室！武佩圣是他的博士生，郭继生、高居翰也是他的门人。艾瑞慈性格温和，但脾气很大，学生对其非常敬畏。美国教授的权力很大，在校时论文能否通过、学位能否授予以及日后发展如何都与老师关系极大。

午饭后继续看画。最后武氏将过去在台北故宫所临范宽《溪山行旅图》、李唐《万壑松风图》展挂观赏，征求意见，由此而知此人不仅仅在文献上用力，在古人作品研究上也下功夫不小。

晚间在意大利饭店就餐，面菜乏味，但食客不少，生意蛮好。饭后再去武家，仍如昨夕漫谈至午夜，返回招待所时已近凌晨1时。海阔天空，无所不谈，诸如文物走私问题、贵州贫瘠地区（武太太宗女士母亲家）情况、台北故宫蒋复璁的历史往事……大家无拘无束，很有意思。

附：密歇根大学艺术博物馆书画过眼录

1. 无款《山水》轴。绢本，设色。明中期，与戴进同风，徐霖两件与此构图近似。

底特律密歇根大学
武夫人　林维贞　刘文秀　武佩圣　杨伯达　艾瑞慈　杨仁恺

以1000美元购入。

2. 盛茂烨《兰亭图》卷。绢本，设色，日本江户原装。天启元年秋七月既望写于盛湖田舍。细笔描，与平时不大一样。

3. 钱贡《渔父图》扇面。金笺，设色。庚戌（万历三十八年）秋作。上款擦改。克利夫兰博物馆有此人画卷，其中一段与此扇面近似。

4. 南宋《喷泉图》团扇。绢本，设色。无名款。宋荦一印，蒋谷孙印，溥心畬题。仍属马夏系统，较画院晚期草率之作为佳。

5. 宋人《钱塘观潮图》团扇。绢本，设色。有"千里"朱文印（后钤）。溥心畬和庄严两题，认为此乃千里真迹。实则南宋画院佳作也。

6. 黄慎《人物》册。纸本，淡色，4页。每开长题。天津杨建庵有同题一册（10开），署名黄盛，上海书画出版社作为黄慎之作出版。是册已然双胞，刘纲纪前言提及，但未说清，待查。天津一册书画欠老到，值得研究。

7. 傅山、傅眉父子《山水》册。纸本，金笺，水墨/设色，各3开。傅眉山水丙申三月作，其中雪景一开有现代派意，江柳一开为其本色。戴廷栻大篆引首并题，为申凫盟而作。申涵光壬子初夏跋，曾熙（农髯）、叶恭绰两题。

8. 王绂《竹深处图》卷。纸本，水墨。"毗陵王孟端为孟功写竹深处"。沈度乌丝栏行楷分书铭并序，颐庵（胡俨）行书诗题，朱逢吉、赵宗文长题，孔德成大篆观款，许汉卿、张伯驹递藏。朱孔阳引首"竹深处"三字钩填。傅申以为精品，未知何故。

9. 仇英《桃花源图》扇页。金笺，设色。仇氏印款。文徵明小楷书记。

10. 沈周《松下芙蓉图》卷。松树水墨（破补），芙蓉设色，兼工带写。"弘治己酉夏长洲沈周"款。汤夏民诗并题（成化十三年孟冬），诸生浦应祥诗题，同时人方训奉词，邹鸾、龚溪陈璜、默轩周诏、果庵陈毓、柽居杜董、姚绶癸卯五月十日诗并题，孙霖次（辛丑进士）诗，陈湖璃诗，清张晴岚题签并藏印。

11. 王翚《虞山秋色图》卷。绢本，设色。自题图名。翁同龢原藏。

12. 禹之鼎《汉使乘槎图》轴。绢本，设色。康熙丙午端午，分书款。

13. 李鱓《百合花图》册。纸本，设色。自题一段。失群册之一。

14. 倪元璐《行书诗句》轴。纸本，双钩。

15. 文徵明《细笔山水》轴。纸本，水墨。

无作者款，右下两水印（是否后加，待考）。有文嘉题跋："此先待诏早年笔也。万历丙子三月既望仲子嘉鉴定。"佳品也，文伯仁从此而出。

16. 高凤翰《临张飞荡渠碑》轴。纸本。左手。艾瑞慈原藏。

17. 金农《兰蕙图》页。纸本，设色。漆书题。

18. 顾鹤庆《摹吴墨井万柳图》轴。纸本，水墨。图很乱，看不明白。

19. 高凤翰《枯木苍石图》两轴。纸本，水墨/设色。两开各裱一小轴，每开有长题。左手。在日本时分散。

20. 陈容《墨龙图》卷。纸本，水墨。叶恭绰原藏。款伪。此画可能晚到清。

1992年5月24日
底特律

今晨7时半睡醒，昨日晚眠之故也。

杨伯达中午返芝加哥，由洛杉矶一基金会简小姐（台北人）陪同。上午彼此交谈得知，杨计划考察美国各地所有馆藏玉器，致信徐展堂请求支持，徐推荐这个基金会予以资助，总领馆已准其在美停留两个月。杨此次赴美就是想看各地馆藏，收集图文资料，日后将美国收藏的中国玉器编撰出版。感觉此人颇有抱负，唯对免去其故宫副院长一职不能去怀。

午饭后艾瑞慈、林维贞夫妇来接，驾车

游览校园。学校规模殊大，尤其是图书馆，仅东亚部就有图书800万册。

校园参观结束，应邀到艾家看所藏书画，仅几件而已，据说大都无偿捐给了学校。其中高其佩山水屏为近代赝本，高凤翰书画册为真迹，李方膺梅兰竹菊四开均佳（有大千、心畬对题）。

教授夫妇拿出芒果等物招待我与老伴，我们边吃边聊。据说江兆申早年困顿，后来艾瑞慈邀请其来密歇根大学进修一年，遍观美国各地公私所藏，眼界大开，声誉鹊起。

附：艾瑞慈家书画过眼录

1. 高其佩《四季山水图》屏。纸本，水墨。指画。近代新伪。

2. 高凤翰书画册。纸本，水墨。丁巳十一月朔，船泊无锡转苏州之日，请门人虹溪李乾瞻为之白描全身像，自补景。又同时舟中左手作《兰石图》一开，有题，涉及去官事。

3. 李方膺《梅兰竹菊图》册。纸本，水墨。推篷装，每开有题。有张大千、溥心畬题诗。

1992年5月25日
底特律—纽约

晨早武佩圣夫妇来接同进早餐，饭后驱车到湖边观看生活于此的野鹅、野凫。武佩圣对大雁生活规律有过研究，对来去时间以及交配、产蛋、孵化、抚育之过程如数家珍。

当地爱鸟人士为了留住可爱的飞禽，为之构建巢穴，提供过冬食物，于是有些候鸟果然不飞往他地了。看来如果条件适宜，鸟的习性也是可以改变的。

下午武佩圣送我们至机场，候机之时彼此依旧谈话很多。据武告知，密歇根大学设有博物馆专业，西安的陕西博、碑林博、秦俑博各派一位年轻的副馆长来此进修，为期一年，在这一年时间里为西安举办一次文物展览，三位进修者的开支以及办展所需经费全部由学校负责，都是武从有关方面筹集来的。谈及赴美留学一事，武说第一托福考试必须过关，第二必须要有专业知识，第三人品不能出现任何问题，第四只能支付两年助学金。武还说，其有位底特律老友（美国人），应常州之约在那里筹办生产旅游汽车企业，产品全部外销，现有意去沈阳开厂，唯相互不熟，希望我能从中帮忙介绍。

下午5时，飞机准点抵达纽约，小军、小孟和吴志攀来接。吴昨天由哈佛大学来此，6月下旬回国，要我代为转告家里。

晚间小健来，买了一些圆珠笔、计算器、胶卷，准备回去送人之用。

此次密歇根大学之行感觉殊佳，武佩圣夫妇之热情、坦诚尤为难得。

1992年5月26日
纽约

上午发电传给湛友丁，告知返北京日期、

航班，请其转告冯鹏生到机场接站、提前订房并代购6月3日53次列车回沈车票。

与吴志攀交谈得知，沈阳出版社出版的吴方《孙过庭书谱今译》一书将在沈阳举行首发仪式，届时其父母可能抵沈参加。

下午整理行李。原以为书籍很多，必须交付海运，整理后发现旅行箱能够装下，随身携带即可。如此则方便、快捷，还节约费用，岂不美哉。行李固然重了一些，但只要有人接送，还是问题不大。

电话王方宇、王己千，与之告别。

与朱扬明通话，托其到何慕文处取高克明《溪山雪意图》照片，答应拿到后寄沈。朱电话中告知，钟银兰、杨臣彬住在他家，诚乃孟尝君之流亚也。

1992年5月27日
纽约—旧金山

今天要完成的是一次贯穿美国东西的长途飞行。

上午11时半，飞机从纽约起飞，6个小时后到达凤凰城机场。同机者有两位台湾人，交谈得知他们是去洛杉矶的，也在凤凰城转机。找到去旧金山的B4登机口，环顾四周，一个中国旅客也未见到，只能耐心等候，1个小时后我随人流登上了前往旧金山的飞机。飞行4个小时左右，当地时间下午6时飞机平安降落。取行李时发现，由于书太多、太重，旅行箱被挤破了。

在机场出口处未遇接站的高居翰夫人曹星原，左瞧右看也不见人影，于是去旅客服务站请工作人员电话联系接站之人，一时间也是毫无结果。正当焦急之时，只见曹女士满头大汗向服务站跑来，为之欣喜不已。相互交谈得知，是此前电话航空公司名字告知有误，出此差错，责任在我，深以为歉。

先随曹星原到高居翰家看看。这是个花园居所，住处有桂花、李子、芭蕉等花木，还有一棵数百年的松树，环境相当幽雅。随后到附近一家家庭旅馆下榻，他们代付了两天的房费，真让我有点过意不去。再之后搞"接风"仪式，到一家新开的香港餐馆共进晚餐，同时商量这几天的日程安排。席间曹女士电话朱捷，请他与邓伟权明天上午过来陪同我们参观斯坦福大学。

1992年5月28日
旧金山

上午10时过，朱捷和高居翰弟子邓伟权到旅馆来见。曹星原今天有课，朱捷刚来美国地方不熟，于是曹安排朱与邓一起陪同在附近走走、看看。

我与朱捷已7年不见，他获取了京都大学比较文学博士学位，并担任了中京女子大学副教授，现作为斯坦福大学文学系访问学者来美深造，为期一年，工资原校照发。斯坦福要求他除搞研究之外，必须讲几堂课，授课费另付。总的说来，待遇相当优厚了。朱捷西来不到一个半月，第一件事是拿到美国驾照并花7000多元买了一辆德国新车。美国好些地方作息分布都较远，无车代步，极不方便，拿驾照、买汽车确实很有必要。他现在仍住在学校宿舍，第二件事当是租房独住，尽快寻觅一处幽静居所，之后静下心来进入研究与教学角色。据告这里的房子租金较贵，好一点的要在千元以上，已看房多处，尚未如愿。还有，在美国工作、生活必须学好英语。为了提高自己的英语水平，朱捷每每见到学校揭示牌上有人留条表示愿意学习日语之时便与之联系，互教互学，共同进步。

我与邓伟权在纳尔逊艺术博物馆董其昌会上见过，只是机缘问题彼此没有交谈。邓来此已6年，博士论文题目为"康熙时代画家的经济生活"（大意如此），正在草拟之中。

上午朱捷、邓伟权陪同先游校园。斯坦福有百年历史，占地面积很大，林木茂盛，建筑典雅。不少松柏都长得郁郁葱葱，可以入画。特别是棕榈树，高耸入云，他处少有。除学校有总图书馆外，各院系还有自己的图书馆，据说馆藏图书在千万册以上。藏书巨量，此乃著名大学共有之特点，如此才能服务好教学与研究。朱捷说，在这地方做不好学问，真是罪过。此言良是。

中午在一家名"新香港"的饭店午餐，饭菜味道尚可。由于旅行箱已经损坏，饭后我们在一家广东人开的商店重买一个。店主告知是韩国货，我发现实际是中国制造，真是挺有意思。

加州大学伯克利分校与斯坦福大学比邻，下午随邓、朱二人前往参观。我们登上伯克利山丘，远眺金门大桥与金门海峡，拍了几张照片。入暮前我们到因斯坦福大学而兴起的一座小城市逛逛。此地仅有几条街道，建筑大都为一两层矮房，高大者殊少。商店布置讲究，所售货物价格昂贵，灯光亦大有可观，显然这里是高档消费者光顾的场所。

游览结束，晚饭后返程途中，车子在路上被堵40多分钟，回到旅馆已是夜里10时半。到房间后即与曹星原通话，得知车上的纸袋已经在手，明晨她让其学生带来，并送我们去旧金山亚洲艺术博物馆，贺利在馆等候，上午看陈列，下午去库房。据告斯坦福大学也有博物馆，两年前被地震波及，目前正处于维修之中。

1992年5月29日
旧金山

高居翰早上来到旅馆，移交纸袋后一再问询我们住得如何、早餐怎样。对高居翰的关心、关照，我表示由衷感谢。双方商定，明天去其学校博物馆看馆藏书画。

10时半，高居翰博士生胡素馨和她的同学卢飞丽接我到旧金山亚洲艺术博物馆。馆长不在，贺利陪同在展厅参观。总体感觉陈列设计、藏品展示都比以前好了许多。除了中国的书画、铜器、陶瓷、雕刻之外，朝鲜、印度、日本、缅甸等国文物亦为数不少。中国文物中铜器不错，宋代几家官窑佳品都有，书画一般。展览的中国书画以王原祁作品为多，文徵明和陈元素字卷均好。

午饭后到库房看馆藏书画。赵孟頫《兰蕙图》卷，极妙。任伯温《职贡图》卷，可商。明人手札册，从明初到明末共10余开，邹臣虎集藏，佳作不少，其中刘珏一札涉及临倪迂和扬无咎画事，已请胡素馨拍照。王翚《夏山烟雨图》卷，作于康熙戊申（1668），为谒周亮工而绘，先请王时敏为之长题，全卷云气树色苍茫，诚乃壮年之笔、代表之作，与平日所见截然不同。

下午5时半返回住处，适高居翰博士生傅立萃女士来接，告知还邀请了一对夫妇，大家共进晚餐。吃饭聊天谈到在台湾的朋友金克和、曹圣芬时，一同在座的曹志涟应声答曰她就是曹圣芬之女，真是巧遇。曹说她从小就熟悉金克和，金的夫人阮定璧已于数年前逝世，留在大陆的所有孩子皆已接到台湾，各自成家立业。

附：旧金山亚洲艺术博物馆书画过眼录

1. 赵子昂《兰蕙图》卷。纸本，水墨。自题："王元章吾通家子也，将之邵阳，作此《兰蕙图》以赠其行。大德八年三月廿三日子昂。"钤"赵子昂""天水郡图书印""松雪斋"印。有"赵氏书记"朱印钤卷尾左上角，下为"合同"连珠印（是否赵印，待考）。耿昭忠曾藏，卷前隔水可能为耿氏所题。乾隆自题甲子临摹一过。卷前下钤"大雅"一印，

似与"合同"连珠印有关。拖尾赵孟吁、赵孟琳题，长沙张图南书五古，太初赵淇最后草书题。有"平初"椭圆印，"秀野书印"朱文印，又一明人印不识。《石渠宝笈初编》著录。画极好，少有精品。此卷由日本流出，数年前从佳士得以30万美元购来。

2. 陈颢《墨竹图》册。纸本，水墨。"陈颢""友芝"印款。清乾隆时人。

3. 任伯温《职贡图》卷。绢本，设色。卷后"伯温"款。拖尾文徵明跋，谓贞观有阎立本画，钱舜举临本与此图无异。

4. 王翚《夏山烟雨图》卷。纸本，设色。戊申（康熙七年，1668）八月画于苏台，自题图名。拖尾王时敏78岁长题，谓此乃石谷送周亮工之见面礼，请其为题，盖石谷与周氏一见如故，相许殊般也。画精妙，有余清斋藏印。

5. 明人手札册。纸本，邹臣虎藏印。分别为宋濂、宋璲、张凤翼（五律）、解缙（草札）、沈度（楷书诗）、祝允明（草书词）、沈周（自作诗《白云山樵歌》）、刘珏（谈及摹倪迂、扬补之画事）、王宠（谈鉴定王羲之《行穰帖》事）、文嘉与彭年（诗笺，在一纸中）、林希元（致乔箦成）、吴奕（诗笺）、俞琬纶（诗笺）。

6. 陈白沙《草书诗》轴。纸本。待考。

7. 陈元素《行书》卷。纸本。佳，学文徵明而加少许章草笔意。

1992年5月30日
旧金山

上午9时40分，高居翰来接至加州大学伯克利分校博物馆看馆藏书画。高居翰亲自将藏品一件一件提出、展示，直至中午12时过宣告结束。同观者有浙江美院来此访问的洪再新，其与黄振亮相熟，我的情况知道颇详。洪氏杭州人，王伯敏的研究生，两次来美进修。

卡希尔请在泰国饭店午餐，菜的味道尚可，多少带一点甜和辣，与中国菜近似。

下午高居翰和曹星原送我们回到住处，告知已经备好饭菜，晚上在他们家进餐。我一再表示回请一次，坚决不许，只得从命。

晚10时，朱捷应约来到旅馆。我请他代为办理小军转学之事，同时电话北京冯鹏生告知我的行程安排。朱说他已经谈好租房一处，两大间，有花园，月租金900美元。

附：加州大学伯克利分校博物馆书画过眼录

1. 宋人《山水》页。绢本，设色。此为册中早已散出之页，原册12开在故宫博物院，有2开在弗利尔美术馆。原为耿昭忠旧藏，有其对题，谓阎次平之作，实为赵令穰一派。襄平耿氏题跋少见。

2. 郭敏《风雪松杉图》轴。绢本，水墨。"伯达郭敏"款（后加）。孔广陶旧藏，裱边有其一跋。此画为北方山水，近李山一路。

3. 孙君泽《莲塘避暑图》轴。绢本，设色，界画。有作者名款，后人改为马远。

4. 元人《山中雨霁图》小轴。绢本，水墨。从日本来，可研究。

5. 宋人《葵花蝴蝶图》团扇。绢本，设色。无款。

6. 马琬《溪山行旅图》轴。绢本，水墨。有截割。

7. 任仁发《虬松平远图》轴。纸本，水墨。篆书款。款后加，明人，近吴门一派。

8. 戴进《夏木垂阴图》大轴。绢本，水墨。印款。画好，可能为屏幅之一。

9. 温日观《葡萄图》轴。纸本，水墨。印款，写生，自题七绝。日本裱，可研究。

10. 文徵明《灌木寒泉图》小轴。纸本，设色。自题"己酉端阳无事戏写"款。有项氏藏印。粗文。

11. 文徵明《治平寺图》轴。绢本，设色。正德乙亥写赠王宠，小楷五古长句。

12. 张风《秋景送客图》轴。纸本，水墨。庚寅九月，自题诗。向仲坚藏印。

13. 沈硕《秋林落日图》轴。纸本，设色。小楷自题嘉定甲辰为竹林先生作。上有文伯仁、沈仕两题。

14. 沈周《白云泉图》长卷。绢本，设色。卷后上部分书图名，成化辛丑秋九月画于碧梧轩。画中题各处景名，如天平山、范公祠、龙门……王渔洋跋，孔广陶藏。前部稍残，未印入《艺苑掇英》。

15. 张平山《归宴图》卷。纸本，浅色。画东坡故事，无作者款印，有梁清标藏印。

同治唐仲廉题并引首，光绪张璨跋。程琦伯奋题为吴小仙笔。此卷从日本做瓷的中国人处购得，原仅有画心。

16. 陈道复《西汀图》卷。纸本，水墨。陈氏篆引首。陈寰（进士、南京祭酒）嘉靖癸巳行楷撰《西汀记》（瓷青纸），文徵明、王毅祥诗题，王问诗跋。可能先有记，后补图。

17. 陈洪绶杂画册。绢本，设色，12开。每开印款。早年，留有蓝瑛痕迹。

18. 陈洪绶《苏李泣别图》轴。绢本，设色。署款粗笔，近晚年。高居翰以为与《水浒叶子》同时。

19. 崔子忠《杏园雅集图》轴。绢本，设色。自题"戊寅仲秋为渔仲先生画此"，并记经过。此事刊钱谦益文集中。

20. 元人《载驰图》扇面。绢本，设色。无名款，上篆书"载驰"二字，钤袁易通父章、马元驭印。画学马和之。

21. 弘仁《仿陆天游山水》轴。纸本，设色。戊戌四月，自题仿陆氏画。

22. 郑旼《秋林远岫图》轴。纸本，浅色。自题图名，木生道兄上款。

23. 王翚《仿子久山水》轴。纸本，浅色。王鉴辛丑题为王翚早年之作。唐宇昭壬寅题画上，另有道光李恩庆题诗堂。

24. 王原祁《山水》小轴。纸本，水墨。壬子作，自题仿子久。

25. 王石谷《仿江贯道长林陡壑图》轴。纸本，水墨。丁未十月。早年。

26. 黄慎《人物》册。纸本，浅色。雍正八年，每开题、印，最后一开有款。

27. 龚贤《为阮亭作山水》轴。绫本，水墨。画呈阮亭先生款。时王士禛在扬州知府任上。

28. 傅山《山水》轴。绫本。真山款，题诗两句。

29. 高其佩《花卉鸟虫》册。纸本，设色，12开。前一开山水似为笔画，余为指画。每开印款，后一开署癸卯（1723）长至后三日款。杨葆光对题，伊立勋分书引首及题签。

30. 李世倬《山水》两轴。纸本，水墨。均真。

1992年5月31日—6月1日
旧金山—上海—北京

早上饭后将行装整理完毕。

上午9时半，姚大钧、曹志涟如约而来，之后驱车送我们前往机场。我将手边的董其昌会议材料留给他们学习参考，同时将写给曹圣芬、金克和、杜炎昌信函委托夫妇二人便中代为邮寄台湾。

没想到的是登机前我们遇到了麻烦：旧金山机场验票，电脑中的乘客名单没有刘文秀这个人，无法通过。幸亏有送站的曹志涟、姚大钧，经过他们反复交涉，终于在飞机起飞前办完了登机手续。他们的热情相助，令我感念。

由旧金山飞往上海，正常10多个小时即可到达。然我们这班飞机起飞就晚点，再加上两地时差，最后抵达虹桥机场时已是6月1日下午5时50分了。原行程标明晚上10时到京，又因机器故障飞机在沪起飞延误，11时半始降落北京。半夜12时后见到苦苦等待接我的冯鹏生和司机小周，非常心感。

飞机向北绕太平洋飞行，最后经日本海、东海到达目的地。空中看到了满地皑皑白雪的阿拉斯加、亚洲与北美的分界线白令海峡，还俯视了山腰以下皆为白云所掩的日本富士山。以上景观只有乘坐飞机才能目睹。

1992年6月2日
北京

与浙江美院任道斌同机回国，昨日抵沪后分手告别。

上午在旅店休息。中午请冯鹏生和小周司机在饭店小酌。据鹏生告知，朱捷在电话中将我的行程说得非常清楚，此人办事非常认真负责。

午后去北京国际饭店找苏平取回沈车票，与湛友丁和陈总（土木工程师）相遇。湛问了我美国之行有关情况，邀请我参加他们晚上的酒会。

1992年8月9日
沈阳

广东省政协主席吴南生夫妇来沈相晤，欢甚！陪其看馆藏书画。

吴南生收有吴荣光旧藏文徵明小楷书《九歌》册，但据告上海神州国光社过去曾印有同样作品一件，现被上海某出版社翻印出版。吴怀疑为双胞胎，因无图片或实物比较，难下结论。已去信王运天，请代为查找印本。

1992年9月23日
沈阳

新华社香港分社副社长张浚生夫妇和武侠小说家金庸夫妇下午2时来馆，陪其观看书画精品展以及牛河梁红山文化遗址陈列，最后提出缂丝、刺绣数件请他们过目。便中向张氏说起去年邵逸夫来馆参观捐资筹建邵氏文物修复中心一事。

辽博院内

杨仁恺　吴南生　许英

辽博会议室
张浚生　杨仁恺　金庸

辽博会议室
江上波夫　杨仁恺

1992年10月13日
沈阳

　　日本考古学家江上波夫率团来访，第一次到辽博新展楼参观，展品看得很仔细，临行留言。我们是多次见面的老朋友，我请他代向三宅俊成、森住和弘诸先生问好。

　　他们此行到赤峰考察，回程经沈阳、转朝鲜返日本。江上已86岁高龄，犹能远行，并为随行的20多名考古爱好者现场讲解，不辞辛苦，可钦可佩。

1992年11月15日
北京

　　全天与谢稚柳同去故宫参观"古代人马画展""中国文物精华展"，刘九庵、单国强、

王南访陪同。

　　晚上与徐邦达、谢辰生、傅熹年在宾馆共餐。高履方来到宾馆住宿。

　　晚饭后冯鹏生、薛永年先后来晤，薛介绍上海"四王绘画艺术研讨会"和无锡"倪云林国际研讨会"的有关情况。

1992年11月16日
北京

　　上午9时开会。先是由文物出版社将关于编辑出版《中国古代书画文字目》和《中国古代书画图目》所涉及的文字、图片等诸多具体问题陈述一遍，之后请专家发言。整个上午与会者为此议论不休，莫衷一是。

　　下午会议继续，得知原"精品录"与"分类大全"编撰计划有变，改为出版《中国绘

画全集》《中国法书全集》各一套。《中国绘画全集》文物出版社与浙江人美社已开始工作，《中国法书全集》由启功出任主编。会议期间国家文物局副局长彭卿云到场，听取大家意见。

白凤阁打来电话，告知菲奥雷今日到京，约好19日下午6时在建国饭店230房间会面。

冯其庸送来曹雪芹墓石拓片，要谢稚柳、徐邦达诸人题跋，并赠阅《曹雪芹墓石目见记》一文。

1992年11月17日
北京

今天讨论《中国绘画全集》编辑出版事宜。讨论后达成的共识为本书不设编委会，仍用"中国古代书画鉴定组"之名，以保存历史的本面。由刘九庵、傅熹年代表鉴定组主持全书的作品遴选审订工作，由李凯、王南访、符昂扬等人组成编辑组负责作者与出版者之间的协调，如此角色与职责就明晰了。

1992年11月18日
北京

上午继续研讨，10时半邓力群、张德勤到会。再次谈起《中国绘画全集》出版事宜，计划编辑35—40卷册，需要经费200万元，邓让国家文物局打报告，并提出解决问题之法。

下午2时半去故宫看画如下：

达园宾馆中国古代书画组成员合影
谢辰生　刘九庵　杨仁恺　谢稚柳　启功　徐邦达　傅熹年

1. 沈周《舟行图》卷。《石渠宝笈三编》著录。此图有三件半之多，邦达说均有问题。香港刘作筹先生、叶承耀医生各一件，刘卷与此卷所题正同，唯题后无诗，名款在题跋下签印。叶卷技法、纸张较好，敏求精舍有印本。据说东京国立博物馆亦有一件，未见。

2. 倪云林山水、古木竹石各一件，皆有问题。

3. 任贤佐《三骏图》卷。任仁发第三子。题"至正壬午季秋叔九峰道人作此图拜进"。前有"稽察司"半印，无名款，可能被割为两卷，名款与题跋在另一卷上。是卷属任氏画风，应为元代任氏之作。

4. 赵子固《行书自书诗》卷。多首，前配水仙两株。故宫原以字真画伪，今再审阅，画亦真，当为后人装配成卷，应改名赵氏"书画合卷"。赵氏水仙唯此两株和美国弗利尔美术馆一卷三株为真品，天津艺术博物馆和纽约大都会艺术博物馆两件为一人伪作。

尚有被王世贞题为黄山谷《草书诗》一卷，书杜诗，旧而不真。

今天下午馆里打来长途，告知阿姆斯特丹方面要求12月6日抵达荷兰，让我早日返沈筹备起行事项。晚10时姜念思又打来电话，证实对方已将机票买好。

晚间刘蒨、茅子良来访。据茅告知，其已辞去上海书画出版社副社长一职，专心从事书稿编辑、书法篆刻。此人为人真诚，工作努力，办事认真，正在编校刘九庵《宋元明清书画家传世作品年表》一书。

1992年11月19日
北京

早餐后到谢稚柳房间与之话别。之后接待来访的冯其庸，听其介绍北京通县发现曹雪芹墓碑的有关情况。11时到吴方家拜访，中午一起吃饭，下午2时返回国谊宾馆休息。

下午5时，国家文物局来车送我到建国饭店与菲奥雷相晤，白凤阁翻译，意大利驻华使馆文化参赞卡萨齐参加，共进晚餐，边吃边谈。初步商定，利玛窦展在明年4至5月间举办，确切日期俟明年1月菲奥雷和承办人来沈确定，展品目录从已拍照片中挑选。至于意大利文物修复中心提出，正式开展之前，《两仪玄览图》需要提前运抵修复，如此方不误届时展览，卡萨齐对此完全理解。

1992年11月20日
北京—沈阳

上午9时，黄胄派司机小姚开车来接往炎黄艺术馆。我把绵厚托带上次在京与菲奥雷签署利玛窦展合同时的照片转交黄胄，黄谈了几个在炎黄艺术馆办展设想：第一，高其佩指画展纽约结束后在京展览一个月；第二，明年搞一个辽博馆藏辽瓷展；第三，适当时候搞一次明清画展。我表示回馆与姜念思研究后再给明确答复。

晚11时抵桃仙机场。

1992年12月4日—5日
沈阳—北京

这两天忙甚，为接待新加坡新闻及艺术部高级政务次长何家良先生昼夜奔波。4日晚乘54次列车离沈赴京，出发前一小时，何先生在宋雨桂陪同下来舍送行，礼数周到，令人心感。

5日晨7时抵达北京站，田力、李石杰迎接，随后入住亮马河大厦。在住处与汪庆正相见，始知我们同赴阿姆斯特丹。

据告签证护照于4日下午5时才拿到手里，交接工作已经办好，具体工作者相当辛劳。

晚间与汪庆正进餐时边吃边谈，诸如上博新馆筹建、人才培养、知识分子待遇诸问题均有所涉及。

1992年12月6日
北京—法兰克福—阿姆斯特丹

上午11时20分登上德航飞往法兰克福的飞机。整个飞行过程需要10多个小时，一直是白天，窗外晴空万里，阳光刺眼，与去美国时中间有一段黑夜有所不同。据告由欧洲返回中国时，飞机大部分时间将在夜里飞行。

德国与中国时差7小时，我们是当地时间下午3时多飞抵法兰克福机场。此机场为欧洲最大空港，很有规模，往来乘客亦多。下午4时过，换乘飞往阿姆斯特丹的飞机，一个多小时之后到达目的地。从北京到法兰克福再到阿姆斯特丹，此行单程用了12个小时。

晚上6时前，鲁克思在机场出口迎接，乘车径奔荷兰国立博物馆，参观正在布置之高其佩展。"怒容钟馗"大幅广告画已贴出，但展室展柜尚未完全做好，仍有大量工作待做。此博物馆成立于1808年，1885年建造了新馆，城堡式，很安静。

晚7时过，鲁克思在市中心的一家中国饭馆招待晚餐，适欧洲中华文化音乐艺术协会主席、北荷兰皇家音乐学院的黄隐先生在座，其热情好客，彼此结识。晚饭期间与鲁克思交谈得知，其在郊外居住，坐地铁上下班。又说全馆部门很多，但亚洲艺术部人才、经费都相对不足，高其佩展为荷兰国立博物馆今年重点工作，明年的工作重点则为伦勃朗画展。

行前听说阿姆斯特丹天气寒冷，实则与北京相差不多，临近大海，有风会冷一些，路面未见冰雪。

1992年12月7日
阿姆斯特丹

早晨5时钟起床，淋浴，收拾衣物，补写昨天日记。到了7时1刻，从楼上向外望去，仍旧不见天亮，也未闻汽车跑动、人行喧哗之声。也许欧洲的城市大都如此吧。据汪庆正见告，欧洲许多国家都上班较晚，此地人工作时间是上午10时至下午5时，中间有午休。

今天田力等人与荷兰博交接文物，对方仅出鲁克思一人，无他人相助。我提议人分两组：一组交接，一组布置。尽管一致认可，但工作起来并不顺畅。待明天将册页点交完毕，之后大家同心协力，也许效率会高些。

荷兰国立博物馆很大，办有好多展览。其中有一油画展室，伦勃朗之作不少，据告陈列之伦勃朗自画肖像以1000多万美元购入。又见十六七世纪木刻版画展，有套色作品，看来与中国发展当是同一时期。还有镶嵌金银的手枪、匕首等精美兵器展，回头另找时间再看。从大门进入，必须经过几个展室才能到达高其佩作品的陈列地点。

荷兰国立博物馆为办此展，在全世界范围内征集了高其佩作品。我发现从美国南方一位农民手中借来的扇面一册，有书有画，共12开，为醾使李松客书画扇面，录诗9首，其中丁丑五月、戊子三月、戊寅五月各一，又题鸟竹和墨竹各一，均松翁一人上款。

又见从日本借来高氏《夜郎图》卷，陈奕禧引首上行书李白夜郎七绝一首，并记陈本人曾在夜郎住一年，人以为苦，可以一往。画面有山有水，水面之上一叶孤舟载有一人，当属画家本人写照。书作于丁亥仲冬，即康熙四十六年，画亦为丁亥款。高、陈同时名家，时年48岁。

另有一高氏山水小册，纸本设色，每开题句，小楷近欧，作于早年，画风与新安派接近，真迹。张大千题引首。

还有一《花鸟》小册，为该馆原藏，绢本，工笔重彩，虽无名款，但效果殊工，当入珍品之列。

附：荷兰国立博物馆书画过眼录一

1. 高其佩指画扇面。美国南方某农民藏。

（1）《老翁持杖图》，萧条一丈是原引，自入愁魔倍失真；只要放回关岭去，居然唤作过来人。松翁先生老大人一笑。

（2）《墨竹图》，道人神会处，每多于指头无意中得之。

（3）《小舟运驴图》，行李轻勾漏，儿孙迈累升；有时安寨步，一味饮江水。

（4）《荷塘蜻蜓图》，再应命。

（5）《自书诗》，西风扫断肝肠路，荡漾黄绅笼玉树；太华千尺望莫穷，秦秦楚楚空朝暮；曹溪钵盂充佛库，殿螭吞人楹马怒；

稻花年年泣夜雨，酒浇不到刘伶土；苍洱太守素衣客，尚解赢蹄赠舟麦；曾识将军旧子孙，娇眼何看二千石；司寇家风陕州节，戟髯铁骨饶丹血；硵川拙牧狂小子，荷念先公骂贼死；五年一日提聋耳，绝口不说人间事；粤贩吴侬归似水，四顾相将乞珠米。俚言恭上松翁先生，时戊寅五月十二日。

（6）《自书诗》，戊子三月以赏，奏入觐。过维扬得晤醾使李松客先生，最相视不殊畴昔，感弗去怀。越三日，渡黄河北发，家人来送者，回武林讨粗扇作寄，口占谢之，博笑并跋。职守何期走觐臣，邗上三月正华春；风来倍觉情何好，拂拂吹吹爱故人。

（7）《山水图》，浅水深山一块天，呼呼风为雨涟涟；只余魂梦逃拘束，夜夜归鸿小似钱。于昆明客寓。

（8）《老人揖鹿图》，本来无世法，常亦遇仙翁；错使头半角，徒赢一肚穷。丁丑五月昆明旅中奉松翁先生。

（9）《自书诗》（文奇难录，鲁克思说回头赠送照片）。

（10）《鸟竹图》，天边谷雨打妊凤，妇人袖手无田工；四月五月山色红，年年椎鼓龙王宫；鸟头羽角声公公，飞来竹屋呼不穷；海水都从天上落，稻秧未插知年丰；丰收先应私需所，鸟声不灵归深峒。诗画所及述远人见闻而已。松翁先生一笑。

（11）《墨竹图》，瘦到竹竿没处去，寒成高士再无双；任他雪子严如棒，打破头颅不肯降。松翁先生一笑。

（12）《老翁看山图》，无题诗。

2.高其佩《花鸟图》册。绢本，工笔，重彩。名款，钤印。广东少唐藏印。精。

3.高其佩《夜郎图》卷。纸本，浅色。陈奕禧行书唐李白夜郎七绝并记，伊曾在夜郎一年，人以为苦，可以一往。陈书作于丁亥仲冬，而高氏此图亦有丁亥名款。

4.高其佩《山水图》册。纸本，设色。每开小楷题句，近欧体，当为早年作。张大千题引首。画风与新安派接近。

1992年12月8日
阿姆斯特丹

今天仍在荷兰国立博物馆看鲁克思负责的高其佩展品。田力等人与之点交书画完毕，大英博物馆东方部主任龙安妮送来作品后返回伦敦，日本大阪历史博物馆送来日人指画三件参展。

上午接受一家文化教育报社记者采访，由上博周志聪翻译。我从几个方面谈了指头画家高其佩的艺术成就，认为高氏已然成为世界性人物，可以与荷兰伦勃朗、梵高媲美，今有荷兰国立博物馆得到世界各地公私藏家的支持，举办高其佩专题展，意义深远。她还提了一些其他问题，我满足其心愿，一一回答。

下午看上博送展的两本高其佩指画杂画册，极精。记得1985年在该馆鉴定时曾抄写过册中诗文，为稳妥起见，再录一遍，日后

将有价值的史料补入高氏年表之中。

下午5时即已夜色笼罩城市，街道灯火通明，行人不多，轿车大都停在路边，有轨电车与公共汽车载客前行，也有骑自行车者路上往来。马路两侧店铺林立，房屋以三四层为多，无美国高楼大厦。时为冬季，但气温在零摄氏度以上，蒙蒙细雨中的树木虽枯，而草坪仍绿茵可爱。唯物价昂贵，一碗炒面需要20荷兰盾。

附：荷兰国立博物馆书画过眼录二

1.高其佩《杂画》册。纸本，水墨，12开，上博藏品。张少文表舅持完册来请，谓汉祝甥索指头画，此以冗夺未就，携之途中间，到平原旅中完之却寄。

（1）《老虎图》，白额生风恶，斑文坐地肥；而今无可畏，不及债家威。

（2）《行旅图》，望里西山意跃然，自矜行李若游仙；生嫌题坏邮亭壁，缥册图来只起年。

（3）《花鸟图》，浙中樱桃颇不佳，适赴京师，正值其候，以患痔不能啖，图之解嘲。

（4）《老妪小儿图》，前年元节宿桑林，比家张灯亦赏心；此会再过天热甚，儿戏尘垢媪掐针。

（5）《城廓图》，逢识烦离想愈重，钱逋画债想重添；只饶午夜天宁寺，梦逐铃声上塔尖。戊子四月写天宁寺口占题画。

（6）《冰盘图》，自三月抵京，啖冰已多，武林热甲天下，独恨无此。

（7）《蜀葵图》，风尘道路暂憩茶庵，老

僧饮我金银花，俾赏蜀葵之盛，画家每取作端阳景，今闰六月，故亦不必待五月后茂也。

（8）《鱼蟹藕图》，连日啖石首鱼，知来自天津者，怪平素居京师日未之见，潞水活鲤则南断无其比。蟹轻瘦，热时不乏芦笋荇，冰凉入肠腑。一种麒麟菜，唯天坛产之，莫轻谓莼鲈独擅其妙。

（9）《墨龙图》，向在报国寺见所翁画意有此，近似公务赴阙下，刻来敢他往，乃图向之见，可作报国寺又一到也。

（10）《白沟河图》，过白沟河，图其概。

（11）《渔民图》，郑州汪浸，而民遂织蒲捕鱼以为业，颇不减弄桑乐利，目之良可叹美。

（12）《蔬菜图》，客过平原热眼矇，时时喜雨怕冲风；旅舍尘封榻愁见，供盘谷米有□虫。

2. 高其佩《杂画》册。纸本，水墨，10开，上博藏品。

（1）《狐狸图》，狐狸岂欺人，虎伥教之媚；张相亦亡秦，郑宁少宁睡。

（2）《水妖图》，向闻友人说，水滨见美女子，忽来去其疾无比。后踪迹之，乃一妇人水中吞吐，女随气上下。嗟哉，此犹以相似者出，苟其美幻向人，绝离原相为妖孽也，宁勿传甚。

（3）《龙首人身图》，滇南祈百福皆龙神统之，其近江滨海都不闻此。

（4）《钟馗骑牛图》。

（5）《钟馗拉纤图》。

（6）《钟馗小鬼图》，万物静观皆自得。

（7）《钟馗降魔图》，癸未端午，同官潘东一方持页幅，命画钟馗，欣赏之极，曰：愿作画中拜者为谢，真有画癖者也。灵鹫洲先生更从之其说，当复何如。

（8）《洛神图》，印章款。

（9）《蝙蝠图》，鼠耗岂可尽除，倘只余此二三辈，亦日可矣。

（10）《观音图》，指头蘸墨，用吴道子墨法。

1992年12月9日
阿姆斯特丹

今天参观游览景观，有不少见闻值得记录下来。

第一站为荷兰旅游胜地风车村。这个村有居民居住，是一个开放式博物馆。古老的建筑展现了十七八世纪荷兰生活，一些房子门额上标有造建年月，大部分为木质结构，也有砖砌的，总的形式大体一致，一家一户，小桥流水，非常幽静。据说内部装饰非常讲究，但目前不是旅游季节，许多地方不开放，无法进去。风车村的风车数量很多，极具特色，高大宏伟，形状各异，金属制成，转动灵活，不用时将其锁上即可。

第二站为荷兰的拦海大坝。这个大坝据说是世界十大建筑奇迹之一，全长30多公里。荷兰在日耳曼语中叫"尼德兰"，意思是"低地之国"，因为其国土有一半以上低于或水平于海之平面。阿姆斯特丹原名"Amsterdam"，意指阿姆斯特尔水坝，看来荷兰人造坝的历史确实久远。所见拦海大坝，1927年开工，1932年完成，传闻第二次世界大战时希特勒曾计划毁掉大坝，幸未得逞，否则，荷兰人苦矣。坝顶为四车道高速公路，两端有水闸，建有数丈之高塔，登高远眺，荷兰人之创造精神让人赞叹不已。高塔内有壁画，描绘修堤场面。下有商场、饭店，荷兰国立博物馆公关部负责人玛琳女士请我们在此用餐，饭菜价格比城内廉1/3以上。陪同游览的黄隐先生推荐每人豆汤一份，味道确实不错，美国也有，但口感大不一样。

午饭后继续前行奔弗里斯兰省。据悉，荷兰有12个省，总人口1600万，平均每省人数100多万。阿姆斯特丹为首都，人口仅70万而已。车行一个多小时，我们来到莱瓦顿市，其为省会，人口10万，小巧玲珑，一切先进设施应有尽有，颇有现代繁华都市风貌。

我们先到刚从中国回来的梅旭华府上拜访。这是一个设计典雅的西式与中式结合之寓所，主人吉林大学历史系卒业，夫妻是同学，1964年来到荷兰，经过数十年奋斗，已然成为荷兰华侨领袖，是全荷华人社团联合会主席。因事业发达，声誉日高，被荷兰女王授予"皇家爵士"勋章。从交谈中我们得知，于省吾、金景芳等为其老师，姚孝遂教过他，佟冬、吕振羽诸人皆不陌生。我们在其饭店享用晚餐，就餐环境讲究，菜肴味道亦佳，这是来荷兰以来所吃到的一顿最好饭菜！

晚饭后我们参观公主瓷器博物馆。此馆在原公主府基础上改建而成，两层楼为中国瓷器（以外销瓷最引人入胜），其他各国瓷器陈列一部分，也有日本瓷器（亦以外销瓷为主，多仿自中国）。此外，地下陈列室还展有各种瓷砖，颇为别致。据汪庆正告知，此乃世界两大瓷器博物馆之一，另一处在土耳其，那家规模更大。

据说荷兰鲜花世界有名，花卉出口占国际市场40%以上，唯不产木材。荷兰老建筑以木为主料，这些木材基本取自北欧和菲律宾。我们所过之处，目睹树林绝少，常青乔木没有，松柏不易见，仅个别地方有盆栽少许。荷兰经济发达，平均两人拥有一辆汽车，不用时就在路边停放。政府提倡绿色出行，故街上有不少骑自行车者。

1992年12月10日
阿姆斯特丹

上午先到荷兰国立博物馆高其佩展室看看。见到德国柏林东亚艺术博物馆魏先生以及哈佛大学赛克勒博物馆毛瑞所派之人，全部展品已陈列80%，今日布展结束没有问题。展览前言中文、荷文并列，为鲁克思手笔，唯几处说法尚欠精准，当然，对一个外国人要求必须放宽，不过前言中未提作品向各地借陈一事，似乎不妥。

离开高其佩展室去看西方油画展。此地气候湿润，展室干净，油画带框露出陈列也不染灰尘。展品中的伦勃朗名作数件确实精彩，驻足者众，其中以老人、学生居多，工作人员耐心讲解，观众听得很投入、很认真。新从美国以1700万美元购入之伦勃朗自画像置于显要位置，两侧还有3件肖像小画，均为伦氏手笔，看守人寸步不移，唯恐失窃。若是窃贼光顾，小画极易得手。

午后天清气朗，大家一起上街逛逛。回旅馆后与铁玉钦坦诚交流，彼此就文物工作具体事宜交换了一些意见。

1992年12月11日
阿姆斯特丹

今天是高其佩画展开幕的日子。

上午10时过，还是先到荷兰国立博物馆高其佩展室。布陈基本完毕，效果还算可以。画册已经印出，唯彩版色调欠佳，好在它只是以文字为主的宣传册而非正式出版的图录。文字以荷、英两种对照，故而页码增多，分量偏重。无论是布置展览还是图册印制，鲁克思皆花费心血不少，确实辛苦。

接着继续参观荷兰国立博物馆的各种陈列。展室大大小小，就势布局，总计能有100个左右，荷兰国立博物馆积攒的藏品委实不少。荷兰曾为世界航海强国，有"海上马车夫"之誉，称霸世界百年，因而获取各国器物很多。荷兰国立博物馆建筑气势恢宏，馆藏文物丰富，在欧洲声誉很高，值得一看。不仅荷兰历史、西方油画、亚洲艺术，只是中国的外销瓷器就颇有可观。

晚6时，荷兰国立博物馆在馆内餐厅招待来自世界各地的参展人员，总馆长、两位分馆长以及有关人员出席，每人两菜外加一杯咖啡，不敬酒，分四桌而食，用中国待客习惯衡之，相当简单。鲁克思致词数语，之后分赠画册礼物。

晚8时，高其佩画展开幕，各地观众纷纷而至，多方来宾以及大使馆官员咸集。梅旭华先生以侨领身份偕夫人同来，送上贺礼。出席开幕仪式的有莱顿大学汉学院韩教授，天津人，是位著名学者。与之同来于此的山东师院仇先生，莱顿大学访问学者，已来荷一年，明年回国，其经韩教授介绍，为鲁克思办展助力不小。大使馆的王大使、王参赞、一等秘书、二等秘书亦来参加盛会，通过交流得知，他们对高其佩并不陌生。还有一些老华侨，虽已不能说汉语，但对中国国情以及绘画艺术非常关注。有位70多岁的老太太，学画多年，通过懂汉语的中年人翻译，向我了解国内的情况以及上海、北京、沈阳等地学习国画条件，等等。指画家刘中东，其与鲁克思相交有年，是他建议鲁氏找我筹办此次展览的。刘氏广州美院卒业，曾受教于关山月、黎雄才，现正在欧洲搞创作并传播指画艺术，计划不久的将来回国搞一次个人画展。

此次高其佩展之所以能成功举办，又开幕式盛况空前，主要原因是总馆长与主管馆长对中国艺术有着浓厚兴趣，大力支持。当然，鲁克思执着追求，不辞辛劳，更是功不可没。

1992年12月12日
阿姆斯特丹

今日阳光灿烂，是我们来荷以来第二个晴天。

汪庆正今天下午2时飞法兰克福转回北京，趁上午有时间，我与鲁克思陪其到古玩街逛了一圈。此街多少有点似北京琉璃厂，铺面一家接一家独立经营，大都为西方之物。东方的东西不多，但标价很贵，一件朝鲜青瓷碗竟索要1500美元。中国外销瓷这里不少，且较为精美，国内市场不易看到。

中午12时左右，汪庆正由上博周志聪和田力送往机场，我们则由鲁克思陪同去梵高美术馆参观。这是新建的展馆，梵高各个时期作品皆有陈列。梵氏早期之作，特别是所绘桃树、杏树、李树，以线为主，近似中国画风。有一幅学日本版画作品，将两边中国方块字亦一并摹出。早年学习时期的作品风格与日本相近，日本画风与中国有相通之处，故我说其与中国绘画颇近。展品按作者生活地点陈列，其在法国最后一幅作品——自杀前两天完成的风景画悬挂在展室之内。梵高后期创作的作品笔触色彩都极为粗犷，即所谓表现主义画风已经形成。

下午1时过回到旅馆，买些面包就着田力所煮稀粥作为午餐。田力、周志聪下午4时后送汪庆正归来，以余下的食物充饥。晚8时，田力送来一些面食、蔬菜，此为大家晚餐。既来之则安之，余下的几天必须到伦勃朗故

荷兰国立博物馆
杨仁恺　荷兰国立博物馆总馆长　汪庆正

居、莱顿大学汉学院看看，布鲁塞尔、海牙、鹿特丹也争取能得以参观。

晚上与刘楠通话，初步商定14日来接，之后前往海牙、布鲁塞尔参观。

晚10时过，指画家刘中东电话询问日程安排，答以荷兰国立博物馆尚未明确。他希望能见面详谈，并说此地有千桥之盛，可行船穿梭其中，极有风趣；又云可同往海牙、鹿特丹，那里有好几个博物馆，最好请鲁克思办一个团体参观证，如此比较方便。

1992年12月13日
阿姆斯特丹

上午阳光普照，下午阴云密布，时而天降小雨，时而出现太阳。阿姆斯特丹的天气实在让人捉摸不透，好在即使刮风也没有寒

气袭人的感觉，与北京、沈阳不太一样。

上午11时，刘中东先生与一位女翻译同来，送我几本画册，其中一本为1990年中国画报出版社出版的其个人画集，另两本为梵高百年纪念画集。两大册梵高图集非常珍贵，收入作品极多，据此可以系统地研究梵高艺术了。刘先生既搞创作，又在各大学讲授指画艺术，同时还对梵高进行深入研究，梵高的荷兰出生地，在法国的学习与创作经历，他都实地考察一番。这种精神，确实可嘉。刘先生现年52岁，广州美院卒业，先受业于黎雄才和关山月，后又师从李可染、潘天寿，曾任广东轻工业研究所所长，现租了一辆旅行汽车，驾驶之在欧洲大陆写生、考察，省时省钱，又十分方便。

中午刘先生请在新光酒楼吃饭。下午2时回旅馆与大家会合一起参观火车站、大教堂、老王宫，之后乘玻璃游艇游览市容。船经过的桥梁有1000多座，两岸十六七世纪古建筑尽收眼底，景物美丽无比。若说意大利威尼斯是水上都市，这里则堪称北方之威尼斯。

今天参观游览让我印象深刻的是中央火车站，其建于100多年前，时至今日，旧貌依然，非常壮观。车站两侧有很多餐馆、书店、杂货铺，井井有条，毫无混杂之象，与中国火车站大不一样。

阿姆斯特丹的小街独具特色，两边大都是十六七世纪留下来的建筑，任何人不准拆除，只能维修。我们穿过一条狭窄小巷，两壁皆为十六七世纪油画，描绘军人狂饮，未加任何保护措施，竟至今300年完好无损，任由路人欣赏。这才是真正的街头画廊，是别的国家难以看到的奇迹！

阿姆斯特丹大学，荷兰最大的综合性大学，国立的，17世纪初创建，设有经济学院、法学院、医学院等院系，有学生几万人，在欧洲颇有名气。

刘楠打来电话，告知明天上午到旅馆，10时后一同去海牙。

1992年12月14日
阿姆斯特丹—海牙—阿姆斯特丹

上午8时过，刘楠从比利时驾车来见。一别多年，刘楠已成一名颇有成就的画家。

上午10时许，荷兰国立博物馆玛琳女士先来，随后黄隐先生亦至，周志聪、田力、李石杰均到齐，于是一起乘车出发。

车行不到一个小时就到了荷兰名城海牙。海牙位于荷兰西南部海岸，现为王室居住之地，政府机关及各国使节驻此，城市道路较阿姆斯特丹为宽，多树木和草坪，亦多十六七世纪建筑。

先去拜会中桥社会服务中心会长蔡秀英女士和李博士，然后到楼上全荷华人社团联合会总部。梅旭华先生致欢迎词并介绍荷兰侨联情况，始悉经费每年70万盾由政府支给，会员不用交费，他们还在今年举办过运动会，美、英、加等国侨胞都有参加。总之，荷兰华侨很团结，工作很有起色。如将高其佩指画《怒容钟馗图》印在新出版的刊物封面之上，由此可见同胞对此次活动的重视程度。还是蔡女士说得好：不能让外国人说华人只会当饭馆老板，祖国也有像梵高一类的大画家！

同时被接待的还有刚从国内来的消费者协会代表团一行数人，他们是来考察法律事务的，大都是各省的工商行政管理局局长。茶话结束之后，中桥社会服务中心安排我们去大使馆拜会了杨参赞等人，使馆工作人员对这次画展评价很高，认为可喜可贺。

我们去一家油画馆参观，见到了一幅百年前的海牙全景画，其把海岸及王宫、浴场、船只、民居等如实绘制，观者如身临其境。国内锦州辽沈战役馆的全景画是由许荣初、宋惠民等人学习苏联后设计出来的，而此全景画则有创始之功，值得一提。

此地有个"微缩城"，其将荷兰的历史与文化高度浓缩于一处。"微缩城"汇集了荷兰120多座著名建筑和名胜古迹，参观此地，等于领略了荷兰的全部风光。据说一到夏季，游人如织，观者如堵，但我觉得其与迪士尼乐园比较，相差远矣。

晚6时，在一家颇大的中餐馆进餐，蔡女士、李博士等人作陪。饭店服务周到，菜味可口，所食冰激凌尤为独特。每盘菜量不大，每个人都吃得刚好，很实际，不浪费，国内这一点应向人家学习。

饭后参观胡泊画廊，实际上这里是个文房四宝店，店面看上去还说得过去。主人胡先生是贺文略的学生，香港出生，所作工笔

花鸟，水平一般。蛮诚实的，临别为之题字以赠。同时还为黄隐、中桥社会服务中心各写一条，又为国际大法官的孙子写"博爱"两字。法官之孙是上海人，周志聪介绍的，他是自费在此学油画的。

深夜11时返回阿姆斯特丹，刘楠留旅馆住下，准备明天同车前往布鲁塞尔。刘中东半夜打来问候电话，真情可感。

1992年12月15日
阿姆斯特丹—布鲁塞尔—阿姆斯特丹

早餐后乘刘楠所驾之车直驶布鲁塞尔。放眼望去，满目平原，景色有点类似中国江南。车子进入比利时，树木逐渐多了一些，少量为10多年成林的松树，余皆落叶白杨。

3个小时左右进入布鲁塞尔市区，顿时感觉与阿姆斯特丹存在差异：高层建筑颇多，城市设施现代，街道整洁宽阔。我们先到郊外的国际博览中心看看，接着参观1958年建造的布鲁塞尔原子塔。此塔由9个金属圆球构成，球由钢管相连，游客可乘电梯直达离地面百米的顶端球体，以望远镜鸟瞰比利时全部景观。遗憾的是今日雾大，视力受阻，但塔下的"小欧洲"还看得清楚，其与海牙"微缩城"类似，不过内容则以欧洲几大景观为主。

12时过在一家中国饭馆用餐。老板白品方，30多岁，先随乃父经营餐馆，现自己独立开店三家，很能赚钱。此店新开，规格高，调子新，内有刘楠作品三幅。白先生与刘楠

相识已久，又年龄相近，彼此无话不谈。白品方认为刘楠创作路子主要是以汉画像石为基础施以西洋油画色彩，建议其回国办展，到甘肃、山东、河南、辽宁等地多看看汉代砖石、壁画以及秦汉彩俑，如此必有所获。

饭后到比利时皇家美术博物馆参观。此馆不收门票，虽位于市区繁华处，却显得异常安静。展厅光线充足，宽敞明亮，按时代先后分室陈列展品。最早的是15世纪的宗教画，本地大画家鲁本斯和大卫的作品则重点展示。所有展品皆不罩玻璃，可以近距离观看，让人赏心悦目。中间也陈列部分石木雕刻，特别是序幕大厅中的几座石刻精美至极，唯时间仓促，未能记下作者为谁。皇家博物馆的新馆与旧馆相通，展品以新画为主，因时间紧迫，只好放弃观赏。

离开博物馆，前往古玩街逛逛。这里的中国外销瓷多少有一点，但不及阿姆斯特丹多。欧洲的东西对之陌生，一眼而过。倒是接着参观的布鲁塞尔皇宫甚是雄伟，颇有气魄。欧洲大都标榜民主，但几个君主立宪制国家却能维持到今天，说来也很奇怪。还有就是此地尚存14世纪的教堂，与皇宫并立，个中缘由似乎也值得探索。

虽然夜幕降临，但布鲁塞尔市区满是灯火，如同白昼，丝毫不影响我们参观始建于12世纪的布鲁塞尔大广场。所谓"大"，并不是真大，但从历史上考量，确实值得夸耀。广场周围全是古建高楼，雄伟壮观；中心轴射出多条街道，多钻石、珠宝、金银首饰商

店，珠光宝气在灯光下分外耀眼。据说比利时切割技术是全世界最好的，全球各地大件宝物都要来此加工。

刘楠原计划安排在其岳父饭店晚餐，饭后再驱车送我们回阿姆斯特丹。由于天色已晚，又途中往返需要6个小时，于是我们决定乘6时14分火车自行返回。列车途中经鹿特丹诸城市，夜景大有可观。

1992年12月16日
阿姆斯特丹—鹿特丹—阿姆斯特丹

上午10时，由玛琳女士驾车同赴鹿特丹市，一小时即达。

鹿特丹为世界上第一大港，第二次世界大战时曾遭到德国空军狂轰滥炸，几乎被夷为平地。战后开始重建，但一些老建筑已经无法复原。其为荷兰第二大城市，距阿姆斯特丹较北京到天津、沈阳到抚顺还要近许多。事实上，这两个市在未来发展中完全有可能连成一体，一个现代风格，一个古老气息，唯鹿特丹港为世界各国物资集散之地，具有独立的特色。

由华人商会黄音会长陪同，我们参观了新海洋乐园酒店。这家建筑是典型的中国风格，红柱黄琉璃瓦，内部陈设亦雅致，上面几层可作举办会议和展览之用。据说曾经辉煌一时，如今不如原来景气了。旁边有一个185米的高塔，乘电梯而上最高处，可眺望鹿特丹全市市容。我原以为这是个电视塔，上

去之后才知道其只有瞭望功能。塔顶能够旋转，人们可以一边在高空餐厅享用美食，一边欣赏鹿特丹的迷人景色。

经黄先生介绍，结识三年前由香港移民来鹿特丹的女作家林湄（原名梅，又名玫）。林氏祖籍福建泉州，祖辈为南洋华侨，1972年到香港当记者，能写文章、小说，一二十年来写了几本小说和许多专题报道，先后采访过巴金、谢冰心、沈从文、俞平伯诸老作家，并已结集出版。中国现代文学馆中存放有林湄撰写的有关巴金的作品、手稿、信札等资料。与女作家深入交谈，方知其此前人生也是坎坷多难。林湄现今住在鹿特丹，比较安定。林氏勤奋努力，在坚持文学创作的同时也在为香港报纸写专栏文章。如今有几本反映侨民生活的书想在荷兰翻译出版，我建议可找鲁克思帮忙，亦可明天下午同去莱顿大学汉学研究院拜访几位翻译家，她表示认可。

我们乘游船欣赏莱茵河两岸景观。船上座位舒适，点心、饮料随意享用，大家清谈、拍照，开心愉悦，十分惬意。离船上岸再驱车观赏城市风光，亦相当养眼，虽较布鲁塞尔稍逊，但丝毫不逊阿姆斯特丹。

下午4时在长城饭店进餐，华人商会会长黄音先生请客。适鲁克思到海牙看望父母路过此地，大家相聚甚欢。了解高氏指画展这几天情况，答说很好，一天有三四百人参观，书卖得很不错。看来展览还算是比较成功。

晚7时游览结束，我们回到了旅馆休息。

1992年12月17日
阿姆斯特丹—莱顿—阿姆斯特丹

上午10时后到荷兰国立博物馆看其所藏中国书画。藏品不多，也无重要之作，不过还是有几件可记之明清作品。马守真《竹石图》轴，作者本人题上款，"画于秦淮河畔"，裱边有端方、樊增祥等三人诗题，毕氏旧藏，画为明晚期作品，年代够，是否本人手笔则待考。黄慎《荷鹭图》轴，真迹。潘莲巢《山水图》轴，真迹。袁耀、袁江《山水图》各一件，真迹。陆暐《山水图》轴，真迹。朱鹤年《读书图》卷，有14位同时人跋，其中法式善等题于嘉庆八年，较制图时间稍后。七大开《妈祖圣迹图》册，民间作品，描写妈祖显灵助清兵战胜荷兰人、日本人等情节，实际原件当不止7页，可能缺失不少。还有就是高其佩《莲花图》轴，绢本，设色，单款，左下角有清后期收藏印两方，正在悬挂展览。鲁克思认为袁江《山水楼阁图》轴不真，实则此为袁氏具年款的粗线条界画。鲁氏还以为高其佩《荷花图》大轴不真，仔细观看，白、蓝两株荷花，工笔重彩，没骨，唯莲茎下根部则为指画，指笔合用（少见），高其佩单款，两印不清，下有清人鉴藏印两方。高氏有指画指书之作，难见笔指并用之画，故他人难以为真。此外，还有四开清人山水，亦真。据说以上几件作品，大都是在40年代从时任中国驻荷兰大使手中买来的。荷兰国立博物馆肯在油画上花钱，如以1700万美元买一件梵高自画像，却不肯在便宜的中国画上投资，这是文化观念上的偏颇也！

下午乘火车去莱顿大学访汉学院图书馆，主任吴荣子女士接待。馆藏新旧中国图书数十万册，在外国大学图书馆中，除哈佛燕京图书馆外，中国书籍以此馆为最多。

晚5时后夜幕降临，莱顿市灯火通明，不减他城。此亦荷兰古城，有渠水环绕，也有12世纪教堂和古堡，景色、风情与阿姆斯特丹大抵相近。

1992年12月18日
阿姆斯特丹

上午9时半，由荷兰国立博物馆卡什女士（行政人员）陪同去一个教堂参观庞贝古城出土文物展。展室陈列陶器、玻璃器、青铜器、金银器、壁画、建筑材料、雕像以及公元1世纪70年代火山爆发的模型，每一组均有电脑说明，并附图片，非常先进！庞贝古城遗址从18世纪开始发掘，现基本得见原貌，至今仍在清理之中。庞贝古城文物给我印象极深，其与中国文化有不少共通之处，值得研究。我花10荷兰盾买了一本说明书，按图索骥，略知大概。

中午在一家面包店进食，随后采购一点礼物，唯时间不多，赶着回旅馆去梅顿镇参观13世纪的古代城堡。梅顿距阿姆斯特丹为半小时车程，由鲁克思、玛琳陪同驾车前往。梅顿城堡内陈设着17世纪一位公爵的原物，客厅、宿舍、厨房、武库、储藏室一应俱全。城堡在当时既是贵族安身之处，也是抵御外侵的重要城池。其四面有濠，御敌设施随处可见，陈列之垒石、刀剑、头盔、铁甲已说明一切。这样的古城堡在欧洲不少，以德、法等国为多。不过，此堡形势险峻，面海临河，平时富有田园生活之趣，城堡附近的花园建设等颇为讲究。

晚间荷兰国立博物馆总馆长夫妇和副馆长夫妇在海城酒家宴请送行，中桥社会服务中心蔡女士、李博士应邀作陪，盛情可感。

鲁克思将展出费15000美元送来，由田力经手点好，交我带回。样书200本连同我和铁玉钦的各一本都交海运到沈，到此工作告一段落，明日中午即可离此飞法兰克福转回北京。

1992年12月19日—20日
阿姆斯特丹—法兰克福—北京

中午12时到荷兰阿姆斯特丹机场办理经德国法兰克福返中国北京登机手续。候机之时侨领梅旭华爵士驾车140公里赶来送行，盛情可感。

下午2时过飞机起飞，一小时后抵达法兰克福。晚5时乘上德国汉莎航空公司大型客机，机上中国旅客不少。德航服务周到，又机票便宜，中国民航竞争缺少优势。

回国飞机基本上是在夜空中飞行，与去时正好相反。时差7小时，航行时间11小时，

20日上午9时抵达北京机场。

1992年12月21日
北京

早上张锚、刘蔷、刘葵来宾馆见面。张锚上午11时的飞机前往上海，行色匆匆，我送他们至楼下握别。

上午冯其庸来访，送王己千画卷请写跋语。此卷有启功题跋在先，据告启题后即去了日本，行前将其置于保险柜内，故上月冯无法将之取出交谢稚柳、徐邦达题跋，只好再找机会了。冯有王铎《自书诗》卷，具《争座位帖》色彩，有人持否定意见，细审确为60岁之作，为其三子所书，应予肯定。引首唐云题，冯要我下次拖尾题跋。

中午张松龄来接往武英殿，与中国文物交流中心主任童正洪、联络处石处长见面，提到清朝服装目录事，告知已经收到，正在打印中，将送墨西哥一方，颇有把握。谈起交流中心承办台湾旅游业务，大家一致认为收费不能高于国旅。

下午2时半到文物出版社与杨瑾晗谈，告知改革方案正在设计之中，阻力很大。

晚间到苏士澍新居时见到一位学习书法篆刻的日本青年。旋即又来两位日本客人，书法家阪田玄翔、中滨慎昭，他们是淑德大学的教师，对碑拓很有研究，又写一笔好字，这些年常来我国收购碑拓，与庆云堂老尹相好。他们送我一本该校藏品目录，希望我馆能够提供隋唐以前的拓片，以使他们的教材得到补充，只要质量上乘，价格可以从优。他们计划明年夏天前来我馆，如能代与他馆联系则更好。再就是国家文物局外事处吴熙华处长对展出日本书画很是积极，希望早日将目录寄来（士澍春节前要去台湾），对方愿意承办，又开出优厚条件。我答复回去即将目录印好寄来，同时借私人藏品，能有多少算多少。关于书法办展数量，从古到今，以220件为限，一人重复三四件均可。还谈到士澍明年约台湾出版家到我馆研究出版辽博画册事宜，拍照时不收费用，印刷时再付价款。

1992年12月22日
北京

上午9时过，冯其庸如约而至，随即乘黄胄所派之车同往炎黄艺术馆参观"列宾及同时代画家作品展"。列宾之作4件，同时人为他画像1幅，还有苏里科夫的作品。据黄胄告知，展品原计划有列宾《伏尔加河上的纤夫》，因保险费80万元双方未能协调解决，最后只能选择放弃。12月18日举行开幕式，叶利钦曾出席，但各报未刊消息，故外人不知。与黄胄商定，明年7月，我们两家合办明清扇面专题展。又，"近百年中国画展"画家人数不够，需要再添加20余位。与李延声通话，李说原名单已收到，希望从新补名单中再选定一批作品，元旦前送来北京，这边派车迎接。

午饭后为炎黄艺术馆题字，又为冯其庸

藏王铎《自书诗》卷（赠三子无回之物，书于60岁，时在山西平阳）题跋。黄胄亦题字一段，隶书，我第一次目睹。

炎黄艺术馆司机小姚驾车送我回国谊宾馆，绕道去中央美院，将王式廓在日本的外孙女所需纽约大都会艺术博物馆藏谢环《杏园雅集图》（翁万戈旧物）全部照片交薛永年收转。

1993年

1993年6月23日
沈阳

晨7时抵达北京站，杨新迎接，入住竹园宾馆。此乃中国庭院式建筑，原为康生住宅，后改为宾馆。

上午8时半，与杨新同往国家文物局外事处与吴熙华处长见面，杨新为签证事，我为日本画展事，约定下午3时半与日本客人晤面。

上午9时过，到文物出版社见苏士澍未能如愿，与其通话约好下午见面时间与地点。

在文物出版社三编室致电冯其庸，冯即派车来接至其府上。为之题张二水字卷，加钤去冬题跋王铎《自书诗》卷印记，中午在沁心园餐厅一同进餐。

午饭后前往国家文物局与苏士澍面晤，石伟在座。石伟在日本从事着文化产业的经营，东京有公司，彼此商量日后在中日之间组织文物旅游以及委托其在日本举办中国画展等事宜，约好东京再见！

下午3时半，与吴熙华处长面谈日本画展事宜，他说已经联系《朝日新闻》筹办，但须在7月后来专家先审定真伪，之后再议有关条件。

下午5时半与香港马玉琪先生（京剧武生，叶盛兰弟子）见面。他原是鞍山京剧团演员，后定居香港，演剧出名，喜欢书画收藏，偏重成扇，通过流散文物处袁副处长介绍由文物出版社编印扇面集册。

晚间杨新偕女儿来宾馆面晤，说明明晨同往机场一事。据告其在东京会上宣读的论文题目为《胡廷晖作品的发现与〈明皇幸蜀图〉的时代探讨》，根据是王己千藏有胡氏小品一幅，印款、画风与此一致，又据记载胡氏曾为赵子昂临摹过此本。杨新女儿正在美院美术史系学习，父女衣钵相传也。

1993年6月24日
北京—大连—东京

早上到北京机场，日方为我买的951航班是大连出关。在大连停留1个半小时，办理出关手续。11时过飞机继续飞行，下午3时（日本时间4时）降落至成田机场。筑波大学博士生台北刘小姐来接，台湾傅申、王耀庭也同时抵达，一起前往上野公园旁的旅馆，我住312房间。

晚8时，由东京国立博物馆西冈康宏、凑信幸、富田淳陪同，与雷德侯、傅申、宫崎法子、杨新等人一同晚餐。

1993年6月25日
东京

昨晚被子太厚，出汗很多，未能安眠。晨起左眼流泪，鼻子流液，颇不安适。问题今晚必须解决，不然要出麻烦。

早餐后与二玄社蔡敦达通话，告知高岛义彦今天忙甚，下午5时见面一起晚餐。

上午10时许，宫崎法子、富田淳陪同步

行通过上野公园到东京国立博物馆，与西冈康宏、凑信幸诸人相见。见到了上博老丁，他是东京国立博物馆举办"上海博物馆展"的关键人物。又见到陈佩芬、周丽丽，陈近提为上博副馆长，周是上博陶瓷部研究员。参观了东京国立博物馆馆藏陈列，青铜器、陶瓷器、工艺品、佛像、书画等大都为精品，其意是与上博展品比拼，有势均力敌之势。

下午3时到东京国立博物馆地下参观"上海博物馆展"，青铜器、陶瓷器、漆器、书画之精美似高出东京国立博物馆一筹。有印制精美的展品图录，可供参考。

晚5时半，高岛与蔡敦达来见，共进晚餐，交谈欢洽。

1993年6月26日
东京

昨晚开着空调入睡，室温适度，一夜良好。

晨起与台北故宫王耀庭同往上野公园散步，所见绣球花最夺眼球，而杜鹃花则不够艳丽。园中晨练之人很多，老中青皆有，以跑步为主。遛狗者也为数不少，与北京、沈阳公园异趣。最引人注目的是一些睡在公园木椅上的乞丐，个别人身旁还有推车，堆满衣服被褥，他们未必是无家可归者，似应以"流浪汉"一词名之较为贴切。

由东京国立博物馆举办的"中国古代书画研讨会"今天开始。上午由筑波大学角井博、北京故宫杨新发言，二人报告题目分别为《宋元书法与日本》《胡廷晖作品的发现与〈明皇幸蜀图〉的时代探讨》。

中午在一家日本料理店午餐。此店为18世纪建筑，壁挂圆山应举屏风作品，内外皆为古迹。店中日式饭菜固有特色，唯跌坐进食，盘腿不易。我在台北故宫张临生对面而坐，席间交谈得知，其原为讲解员，后到哈佛大学深造，近升任副院长，接江兆申位子。张女士搞古器物研究，青铜器、珐琅器、陶瓷器等都有成果问世。她对老家山东黄县改名龙口市颇有异词，以为不妥。此人性情豪爽，颇有男子气概，与朱惠良相类。

下午先由王耀庭和富田淳两人做报告，最后雷德侯讲摩崖石刻。

晚6时半东京国立博物馆在上野精养轩举办招待酒会，上博馆长马承源出席。首先由东京国立博物馆、东京新闻社负责人、一家株式会社社长（出资方）发表祝酒词，接着是东京国立博物馆、上博代表致词，之后由我代表中国、何惠鉴代表美国、雷德侯代表欧洲之学术界讲话，最后是杨新、张临生分别代表北京故宫、台北故宫讲了几句。

晚8时45分回到旅馆，原朵云轩张学德和他的老板荣丰斋佐野先生来访。求鉴作品两件，均赝，唯其印制的赵之谦书札甚好。

1993年6月27日
东京

按照会序安排，今日上午由单国霖和宫

崎法子做学术报告，主持会议的西冈康宏要我在他们二人发言前做个简介、结束后予以总结，我本想推托，而西冈坚持，只好从命。于是今早到上野公园散步计划取消，晨起便拿起二人文稿认真阅读一遍，以免届时讲话跑偏。

8时半与傅申一同步行到会议室，见到户田祯佑，向其了解陈家紫近况。9时与会人员全部到齐，会议开始。单国霖所讲主题为元人隐逸山水，宫崎法子所谈是元王渊花鸟寓意，二人报告开始前、结束后我都被请上台讲了几句话，作为任务，必须完成。第三个发言者是傅申，他谈的是赵子昂早年书风。

下午先是学术报告，由何惠鉴评介王维画作和赵幹《江行初雪图》。之后开始座谈，自由发言，许多人对杨新《明皇幸蜀图》作者为胡廷晖之观点不予认同。

下午5时，与会者到东京国立博物馆地下室，上博将米友仁《潇湘图》卷及赵子昂《致石民瞻十札》卷提出来置于几案之上展开，供大家近距离阅览。

两天的学术演讲与讨论宣告结束。晚7时，主办方在上野公园内一家日本餐厅举办答谢晚宴，日式自助，我与马承源边吃边谈。上博筹建新馆的计划已经得到市委、市政府的批准，我表示祝贺，并诚请他到沈阳介绍经验，帮助策划我馆的建设与发展。

回旅馆给王运天写信一封，托小包代为转交，她陪同马承源7月4日返沪。据马告知，上博老馆8月底前所有展览一律撤陈，撤前请

东京国立博物馆中国古代书画研讨会
单国霖　杨仁恺

我再去参观一次，由他发出邀请。

1993年6月28日
东京

上午10时到东京国立博物馆展室看画，所观作品皆置于几案之上过眼。

1. 米友仁《潇湘卧游图》卷。纸本，水墨。前隔水董其昌题。乾隆卷首御题"气吞云梦"四字，画后丙寅夏至诗题，拖尾乾隆画竹枝，又辛卯一跋。乾隆诗后有明人题为李伯时作图。章深乾道庚寅题，认为舒城李生为云谷师作，故后人作李龙眠笔。此外，尚有南宋葛郛以下多人跋，最后内藤虎等人跋。作者究竟为谁？待考。此图乃《石渠》物，景朴孙曾藏，后流入日本，铃木敬所编《中国绘

画总目图录》著录。

2. 米芾《行书虹县诗》卷。纸本。小笔长毫写大字，有刷字痕迹，前谨后放，愈到后面愈精彩。米氏本人钤印数枚。跋尾大定十三年燕台刘仲游（景文）长题，金元好问跋，王鸿绪长跋。此亦景朴孙故物。王鸿绪、曹溶、裴伯谦曾藏，后流入日本。

3. 康里子山《行草书杂诗帖》卷。纸本。张雨跋，文璧弘治隶书分段题。

4. 文徵明《行草书千字文》卷。

5. 王宠《草书宋之问诗》卷。

6. 祝允明《草书前后赤壁赋》卷。

7. 朱熹《卜筑帖》卷。

8. 吴琚《急足帖》。纸本。翁方纲跋。

9. 钱穆父《跋颜鲁公帖一段》。元祐九年。

10. 黄庭坚《王史二氏墓志铭稿》卷。纸本。由《王长者墓志铭稿》与《宋卢南诗老史翊正墓志铭》合成。陈继儒、董其昌跋。

11. 鲜于枢《盛暑帖》。

12. 赵子昂《玄妙观重修三门记》卷。纸本，乌丝栏，楷书。

13. 冯子振《居庸赋》卷。

14. 范成大《尺牍》册。

15. 张即之《辈茗帖》册。

16. 莫是龙《山居杂赋》卷。纸本。行草书。近放翁《自书杂诗》，所见莫氏书法第一！

17. 赵子昂《致林道人尺牍》页。项子长、徐紫珊藏印。

18. 米芾《三帖》卷。即《叔晦帖》《李太师帖》《张季明帖》。项元汴长跋，犬养毅、

内藤虎两题。项子京多印，安仪周递藏印。

19. 赵子昂《寄右之二札》卷。纸本。河南王惟俭万历戊午谷雨跋，王鸿绪康熙戊戌冬跋，谓赵氏36岁之作。

20. 元人《书札》册。饶介、张雨（行草诗）、孙作、钱良右、张翥、赵子昂等。项子京旧藏。徐紫珊曾藏，后流往日本。

21. 宋元《书札》册。富直柔、钱惟善、邓文原、钱良右。

22. 莫云卿《子夜四时歌》卷。纸本。庚辰秋日，为圣卿兄书。

23. 《兰亭》火烧本。鲜于枢、赵子昂、柯九思跋同时烧残。残存10余片，每片下有翁方纲题。此乃赵氏北上舟中所书《兰亭》13跋，残甚，有蒋溥抄本可资对照。富田淳有文章。

24. 定武《兰亭》卷。张洎、王溶、吴炳、吴彦晖、危素、熊曼晖、张绅、倪瓒（壬子人日）、高启、稽岳王彝等元明人题跋。

25. 元人《书札》册。吕敏、方回、康里子山。项子京旧藏，安岐《墨缘汇观》著录。

26. 顾定之《双钩竹石图》轴。绢本。印章款。

以上所见是今天上午10时至下午5时东京国立博物馆提出的书画，晚10时小饮而散。同观者有何惠鉴与董慧征夫妇、傅申、美国大昌汽车集团董事长林秀槐及其侄女苏富比拍卖行东方部林诗韵，还有姜斐德、李慧闻两位美国籍女士。主方则有凑信幸、富田淳

以及帮忙的台湾留学博士生陈、刘、潘诸人，工作量很大，但都很愉快。

现在再记一下今天下午2时"上海博物馆展"开幕情况。日本前首相海部俊树出席开幕式并发表讲话，大意是说过去做文部大臣、总理大臣时只关心经济发展，对文化交流重视不够。本当来此祝贺，似在向大家检讨。唯此人确为政治家，演讲声音洪亮，举止做派不凡。发言者中有一日本新闻社的老板，其地方口音极重，即使日本听众也似懂非懂，且讲话冗长，听者难受，在我后面的一位老太太实在忍不住向其发出了嘘声……

开幕仪式上见到了二玄社渡边隆男、高岛义彦、蔡敦达，彼此寒暄一番。国家文物局马自树同志也应邀出席了开幕式，由于相隔较远，无缘交谈。姜斐德明天返回台北，彼此告别。李慧闻邀请30日晚5时到她东京家做客，届时有台北故宫张临生、王耀庭以及上博陈佩芬、钟银兰参加。

就寝前石伟打来电话，约好明日中午旅馆相见，与杨新等人一起进餐。

1993年6月29日
东京

早上刘蕾来旅馆晤面。她是晚我一天回到日本千叶家的，通过西岛慎一打听到我的住处，彼此相见，甚悦，约好明日上午同往东京国立博物馆参观。

上午国立国会图书馆收集部主查小野女

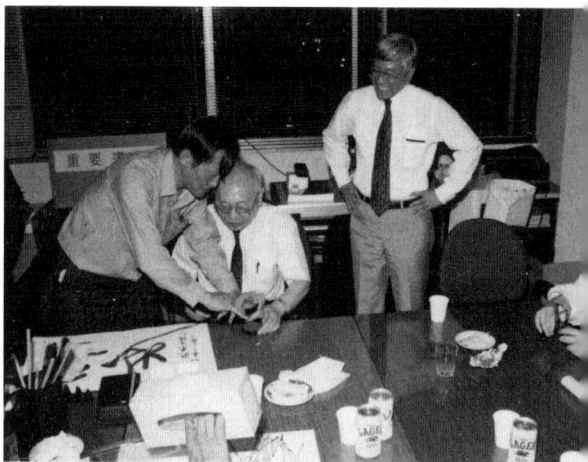

东京国立博物馆鉴定憩间
傅申　杨仁恺　林秀槐　何惠鉴

士来访。她研究恽南田，去过中国10多次，花费上千万元，到处收集资料、求教有关专家。做学问如此执着之人应该给予肯定，并尽可能提供帮助。我欢迎她到沈阳参观辽博，并告知她研究一个画家应从多方面综合了解为佳。

上午11时，华侨总会原会长陈先生与杨新来见，石伟与袁晓生小姐随后亦到，我们在一家中国饭馆共进午餐。交谈得知，陈先生是广东人，与廖承志父子感情甚笃。饭后到石伟文物公司为之写展览贺词，并在此与西岛慎一会面。我与石伟、西岛谈及文物交流、文物旅游等诸多事宜，他们很有兴趣。

晚9时过返回旅馆，适吉林省博物馆王海滨来见，谈8月26日日本书道访问团到辽博参观一事。王海滨现在福冈教育大学书道部念书，导师片山智士对他不错。

1993年6月30日
东京

　　早餐时与雷德侯话别。据告其正在筹办日本明治时期绘画展览，规模颇大。交谈中我提到利玛窦展明年将在意大利举办，他颇感兴趣，说举办辽代文物展也在考虑之列。

　　上午9时过，二玄社高岛义彦、蔡敦达来见，简单交流之后取走机票、护照去办理延期以及7月13日返程手续。

　　福冈教育大学王海滨与广岛制笔企业的两位先生来访，随后刘蕾应约而至，大家一起前往东京国立博物馆观看"上海博物馆展"。在东京国立博物馆又与何惠鉴以及林秀槐、林诗韵叔侄相见，他们下午去大阪，互相道别。

　　离开东京国立博物馆与刘蕾到新宿区走走、看看，梅雨季节逛街，别有一番情趣。中午在龙门饭店进餐，港式风味，殊佳。

　　下午4时，乘西冈康宏所驾之车前往出光美术馆。我将关宝琮瓷刻赠送该馆，并向三上次男教授致以哀悼之忱。交谈中我回忆了与三上先生交往的旧事，他们表示今后更当加强联系、合作。

　　下午5时，与张临生、王耀庭同往李慧闻居所，陈佩芬、钟银兰、周丽丽则由富田淳陪同而至，我们是依前日之约来此聚餐的。富田淳要去横滨接妻子和小孩回千叶家，未能留下吃饭。李慧闻家很大，配有花园，整体风格为东西合璧之式。李为美籍华人，其丈夫是英国人，原是太古轮船公司董事长，现已退休，二人在台北相识，最后结合，张临生功不可没。

1993年7月1日
东京—奈良—京都

　　按照张临生嘱咐，今晨4时半我以电话叫醒了她，之后才发现提前了一个小时，是我看错了表针，深表歉意。我给炎昌写了一封信托她带往台湾，同时交其小品两件，一件送她，一件转给炎昌。分手告别之际，发现张临生物品已经很多，再携带我的东西确实负担不小，王耀庭见状主动提出我的东西由其携带，只是他妻儿今天从台北飞来大阪，需要在日本耽搁数日，回去需要延迟几天。

　　与杨新夫妇等乘10时多的新干线离开东京，途经名古屋，12时半在京都下车转乘前往奈良的快速列车，半个小时抵达目的地。今井凌雪、池田大作还有几位雪心会的同人到车站来迎，相当隆重，简短寒暄问候之后我们一起到了今井居所。

　　今井家位于奈良市郊，交通便利，房屋为日本和式建筑，呈"凹"字形，花园颇为幽雅宁静。今天让我意想不到的是到了今井家等于参观了一家私人博物馆。今井家藏书满架，书法专业图书齐全，架上还置有各种瓷器。书画方面，今井藏品有吴昌硕12扇屏、石鼓篆书屏6条、水墨花卉屏12条，据告在大阪还有着色的屏12条（书画各半）；又见董其昌信稿，有沈荃（绎堂）钤印，属于草稿，

奈良今井凌雪宅
杨新　杨仁恺　富田淳　今井凌雪　鸟居美代子

名款见于稿中；还有王铎《自书诗》、董其昌《大字行书诗》（粉笺本）、傅山诗（曾为冀朝鼎之父所有，60年代被人携至台湾，现为今井所得，堪称傅氏佳作）。此外，今井还收藏有甲骨片若干，清人尺牍30余册（清中前期居多），近代曾国藩、左宗棠、李鸿章、何绍基手札不少。今井将董其昌、王铎两件复制品赠我，厚道可感。

鸟居美代子女士是今井的学生，为人处世确实令人称道。从东京陪同我们到奈良，一路细心关照；到了今井家，端茶送水等招待客人之事全由其一人来做；晚上今井夫妇在"百乐园"设宴招待，餐前餐后之事也是由她负责。今井先生说她是雪心会的"外办主任"，看来一点不错。

1993年7月2日
京都

今日下雨一天。

上午10时，与杨新夫妇等随东京国立博物馆凑信幸、富田淳驱车前往京都南禅寺附近的泉屋博古馆（宫崎法子曾在此工作过），何惠鉴夫妇、林秀槐叔侄也先后而至。据接待的工作人员介绍，此馆乃日本住友财团所建，成立于1960年，每年参观人数在1万人左右，日常经费即10亿日元基金运营之利润，人员开销则由住友财团支付。馆方为方便我们这些远方客人看画，特意安排一个房间，将所藏明清绘画置于几案之上，任由我们或远或近，或坐或立，随意过眼。

中午饭后，大家同往对面住友庭院游览。茂林青松，泉水游鱼，天趣盎然，置身其中，使人有一种出世之感。12时过，何惠鉴夫妇、林秀槐叔侄在古原宏伸陪同下返大阪乘飞机去北京，之后转沪杭作富春江之游，各道珍重握别。

下午继续看画，4时起参观青铜器。此馆所藏中国青铜器极为丰富，其中以商周酒具为多，铜镜亦为数不少。有一大型人面铜鼓，他处未见。又温侯酒器一件，形制与北京琉璃河、辽宁凌源出土品非常相近！

下午5时过前往京都最古老的寺院——清水寺参观。此寺始建于778年，绿树环抱，环境甚雅，虽然天在下雨，但游人如织，络绎不绝。清水寺正殿旁有一水井，井中之物即为山上流下的清泉，据说喝之可以延年益寿，许多游客持金属大勺排队等候饮此圣水。此外，有不少善男信女在佛前跪拜，祈求福祉。凑信幸亦颇虔诚，郑重其事向佛礼拜。

晚间在民间小馆吃日式火锅，美味营养，很有特色。

请凑信幸两次与岛田修二郎联系，家里人说是主人身体欠佳，意思是不宜会客。原计划专程拜访，已难如愿，于是具书信一封，附《国宝沉浮录》一册、吉林人参两盒，托凑信幸代为转交，以表一片心意。

附：泉屋博古馆藏画过眼录

1. 徐渭《花卉图》卷。水墨写生，并非代表作。

2. 石涛《黄山图》一卷、立轴一件、册页一本。皆是山水，俱真而不精。

3. 渐江《山水》两卷。一件署款为赵字，与其他近倪云林者有所不同（可参阅画册），值得研究。

4. 龚半千《山水》卷。真、精、新。另有一本册页，一般。

5. 石溪《山水》轴。真迹。

6. 石溪《达摩面壁图》。自题引首并跋。书画俱佳。

7. 八大山人《安晚图》。早年。精妙。王方宇多次引用之。

8. 八大山人写生册。佳品。晚年笔。

9. 其他：牛石慧、华嵒等人作品各有一立轴，真而不精。

1993年7月3日
京都—大阪—京都

今日与杨新、宫崎法子、富田淳等到大阪市立美术馆（位于天王寺公园之内，曾为住友家族的私宅）看其馆藏中国古代书画，笔记如下。

1. 徐渭《骑驴图》轴。纸本，水墨。伪。

2. 沈周《菊花文禽图》轴。纸本，水墨。欠佳。

3. 李成、王晓合作《读碑窠石图》大轴。绢本，水墨。碑上有款。整绢，无拼接。

4. 郭恕先《楼阁图》大轴。绢本，水墨，界画。整幅大绢，篆书"恕先"款（后加）。过云楼旧藏。笔力弱，可能元人。

5. 王维《伏生授经图》卷。绢本，淡设色。宋高宗题"王维写济南伏生"。南宋宫裱，有宣和中秘印、明稽察司半印，前隔水黄色花绫上编号，黄琳、孙退谷、梁清标、项易庵诸印钤前后隔水。拖尾楷书"桐江吴哲、钱塘吴说获观于开府郡王斋阁"（学欧体），章草"绍兴癸丑长至后一日"。其后朱彝尊隶书跋，叙述颇详，在康熙庚戌十月观于孙退谷家。康熙辛巳二月，朱氏又一跋。再其后宋荦跋，谓此图载《宣和画谱》，后入思陵甲库，题字、乾卦、绍兴小玺具存。此图工笔淡彩描绘伏生，双目漆黑有神，与《萧翼赚兰亭图》有一定联系。可能唐画，然未必王维。

6. 米芾《草书四帖》卷。纸本。即《元

日帖》《吾友帖》《海岱帖》《中秋诗帖》。后空纸上钤绍兴、鲜于枢、黄琳、安岐诸印，另纸有"右草书九帖，先臣芾真迹，臣米友仁鉴定恭跋"，明都穆跋。《石渠》物，应为九帖，四帖经景朴孙手流到日本，余在台北故宫博物院。

7. 吴道子《天王送子图》卷。纸本（压花笺，纸现横纹），水墨。元人摹本。引首有"王廉洪武乙丑三月观于天界之禅室"款，真。画尾魔鬼右脚趾画反了。画心乾卦印、贾似道葫芦印均有疑，画尾封字印、绍兴印、悦生葫芦印均伪，拖尾曹仲玄升元观款伪，李公麟楷书题跋、印款伪，张丑泰昌跋不佳，姜宸英、禹之鼎同观于洞庭东山庞氏之受祉堂以及孔广陶两长跋均真。

8. 苏轼《李白仙诗》卷。纸本。有赵子昂松雪斋墨印，乔仲常、王鸿绪、高士奇、毛子晋、刘恕印。第二帖"元祐八年七月十日丹元复传此二诗"款。拖尾蔡松年长跋，述及苏氏为姚安世（异人也）作，"先生将赴定武，前两月与姚相会于京师，出南岳典宝东华李真人像及所作二诗……正隆四年闰六月西山蔡松年题"。施宜生（亦金人也）题云："颂太白此语，则人间无诗；观东坡此笔，则人间无字；今有丞相蔡卫公所题，则人间无以启其喙。"刘沂（金人）跋，高衍正统己卯跋（学米），蔡珪（金人）跋，张弼成化十九年题于南安郡之吟风弄月台，清高士奇长跋，沈德潜跋（其中张、高两跋对此卷递藏、题者生平言之颇详）。精品！杨新说是双钩本。

9. 胡舜臣、蔡京《送郝玄明使秦书画合璧》卷。绢本，水墨。胡氏画上长题诗（残），拖尾蔡京行书《送郝玄明使秦一首》："送君不折都门柳，送君不设阳关酒，唯取西陵松树枝，与尔相看岁寒友。"至正四年濮阳吴睿、西湖莫昌、玉峰袁华同观，沈周甲辰修禊日同周鼎、史鉴同观于玉延亭，再后钱樾、吴伯荣、石庵居士、翁方纲、周厚辕诸清人跋。

10. 燕文贵《江山楼观图》卷。纸本，设色。据傅山长跋（少见），董其昌曾向太原潘氏借阅此卷临摹七八日，并有跋文一段，后遭乱佚去。清杨思圣（且亭主人）、殷岳长跋，亦述及流传经过颇详。以下翁同龢诸家题。

11. 龚开《骏骨图》卷。纸本，水墨。自题"骏骨图"于图首，"龚开画"款。另纸龚氏自题一段，杨维桢长题，倪瓒长跋，龚璛、陈深、俞焯、杨蕳、谢晋、刘益题，明徐理书《瘦马记》，项元汴、高江村题。《石渠》物。

12. 郑思肖《墨兰图》卷。纸本，水墨。丙午正月十五日作此一卷，自题诗。拖尾王育、郑元祐、魏俊民、余泽、陈昱、释德钦、王冕（元章）、胡熙诸人诗题，最后祝允明小楷题。《佚目》物，有商丘宋荦藏印。

13. 梁令瓒《五星二十八宿神形图》卷。绢本，设色。一图一篆。原定为梁张僧繇，后改为唐梁令瓒。今观原作，其中一人面貌与北齐娄睿墓壁画相近，似有原本为据。不过此卷笔画较弱，篆亦不佳，当是南宋摹本。

在大阪市立美术馆半日，看了以上书画，

可谓收获颇大。其中有的作品过去仅见过图片，不敢肯定其真赝。今见原作，亲眼所见，把握多矣。

看画歇息之时打电话给陈铁城，他即刻来到美术馆面晤。陈介绍了关西旅行社组织小学生学习观光团对中国古画原件、历史遗迹进行考察的情况，还告知8月16日镰仓市书道会长仙场右羊一行将出访沈阳，届时请我陪同前往北京、上海等地参观。陈现任中国驻大阪总领馆文化领事，兼管政治事务，其夫人负责签证事宜，二人工作还算顺心如意。

1993年7月4日
京都—奈良—京都

上午9时10分出发，乘电车抵达奈良。先参观东大寺，然后爬山至二月堂、三月堂（法华堂）。东大寺此前来过，但二月堂、三月堂则是第一次游览。东大寺依然如故，唯鹿的数量似乎增加不少。二月堂居高临下，可以俯视大佛殿、一览奈良全景。道路两旁竖有石碑，历来捐款人姓名被刻在石碑之上。来此的善男信女非常虔诚，纷纷在佛前焚香礼拜祈祷。

午饭后前往大和文华馆，先去展厅参观，之后到库房看画。此馆屋宇举架甚高，展室格外敞朗，展品多中国、朝鲜的佛像、经卷。接待我们的是该馆主管中国书画的藤田伸也，他是户田祯佑的学生，与宫崎法子同一师门。藤田先生优待同行，尽可能将馆藏书画全部提了出来，并允许拍照，热忱可感。大和文华馆为京都铁路财团所建，虽然藏品较大阪市立美术馆逊色一些，但作为一个企业能够不遗余力地支持文化事业，值得称赞。

晚上神户大学百桥明穗教授请客，同去鸭川岸边一家日本饭馆就餐。其中一道菜火焗牛肉，肉极鲜嫩，口感殊佳。台湾留学生小陈、小潘在座，他们是百桥的学生，而百桥和凑信幸是东京大学艺术系同学，我们一周前在中国书画研讨会上见过面。小陈曾在台北故宫工作两年半，对那里的人事多有了解。

与富田淳谈话得知，凑信幸母亲骨折，住院手术，为了陪我们，不能尽孝子之道，我为此感到非常内疚。富田淳还告知，凑信幸已40多岁，长期独身，近与一位20多岁学艺术史的东京大学在校学生相爱，喜结伉俪，要我为之书写一纸以贺，但不要告知他人。此事自当照办。富田淳的太太也是学画的，他们同在中国留学两年。

今天在大和文华馆过目《明皇幸蜀图》时，杨新听我说不应视之为明人之作，便借放大镜仔细观看，发现左下角有赵氏天水郡印记，于是为之振奋。杨新认为有助于论证台北故宫所藏之件，可定为胡廷晖笔，但不知其真正根据何在。

附：大和文华馆书画过眼录

1. 王原祁《城南溪筑图》轴。纸本，水墨。康熙庚午三月，自题五行。少石藏印。佳品。

精，新。

2. 马远《燕竹图》轴。绢本，浅色。右下角"马远"单款。绢素暗，笔触粗，下部竹石草草随意，不应为真迹。名款后加，南宋晚期之作。

3. 赵令穰《烟树图》页。绢本，淡色。无作者名款（失群册页之一），有狩野明治年鉴定一纸，认为赵大年笔。烟树近赵氏风格，左边柳树时间可能晚。南宋院手之作。

4. 明人《明皇幸蜀图》轴。绢本，设色。左半幅与台北故宫博物院所藏一件构图相似，右面树干上有李迪名款（唯迪字不清）。左角下钤梁清标长方印。再下一印不识，可能早到元，以放大镜观之，似为"天水郡图书印"，如定作者为明人，似嫌有些不妥。台湾一幅为重青绿，此为浅设色，树石、人马、瀑布俱佳，非仇英辈所能为。赵氏"天水郡图书印"被梁氏印压去上面两字，原红边痕迹可见，如此印为真，李迪的可能性不可排除。

5. 明人《胡笳十八拍图》卷。绢本，设色。每图一书，书楷、行、草皆有，颇佳，画亦可观。此卷虽据陈居中原本，并非一丝不异，所绘依旧为契丹生活画面，然《十八拍》文字则非蔡文姬原文，而是后世文人所作者。图中草书比祝允明早，第十拍楷书近嘉靖印书体。

6. 仇英《四季仕女图》卷。绢本，工笔重彩。文徵明小楷前后题跋词句，嘉靖庚子年款。裸体仕女入荷塘洗澡，大胆！苏州片作坊造。

7. 清人《昭君出塞图》卷。纸本，白描，淡彩。无名款。画工细而弱，可到清初。

8. 明李宗谟《渊明故实图》卷。纸本，白描。每段行书题生平故实一节，下记年岁，再下钤宗谟印，后署剑南李宗谟写款，下钤"小樵"朱文行书印，"李谷显氏"朱文印。此人技法不高，但作品仅见。

9. 金农《相马图》卷。纸本，水墨。画人马，人戴笠，马打滚。引首"金氏漆书"四字，另纸乌丝栏漆书诗，并题观画马卷于玲珑山馆，乃宋荣禄真迹，因而摹之，时在庚辰花朝再集。

10. 金农《陆君赠砚铭》卷。纸本。乌丝栏框，楷书。拖尾附金农致密庵书札八通。丰溪吴楷乾隆十年撰述。

11. 张宏《越中十景》册。绢本，设色。己卯秋日作，每开印款，画越中名胜，后一开上有作者自题。

1993年7月5日
京都

全天在京都国立博物馆库房看画。

旅馆晚餐后与凑信幸、富田淳出外散步，沿着鸭川往北走，穿过二条、三条、四条、五条，以四条、五条最为繁华，大街之间有小巷交织，处处灯火通明，有如白昼一般，比北京王府井、沈阳太原街热闹许多。我们三人逛大街小巷一共两个多钟头，边看边聊，既增加了友谊，又了解了市井风情，未有疲劳之感。

附：京都国立博物馆书画过眼录

1. 李唐《山水》两轴。绢本，淡色。从一处寺庙中发现，铃木敬有文章发表。一轴无名款，但确属李唐派，与《清溪渔隐图》相近，属于疏散一路。一轴有李唐单款，可能后加，旋被后人擦去，已模糊不清，然终属李唐之笔。此画在日本早有名，初以为是吴道子，后岛田先生发现李唐款，始有定论。

2. 无款《净瓶观音像》轴。绢本，水墨。面部、手部细笔，衣纹粗笔，有颤笔。

3. 仇英《春夜宴桃李园图》中堂。工笔重彩界画。仇英实父款。精品。辽宁省博物馆缂丝一件似用此稿。

4. 仇英《金谷园图》中堂。工笔重彩界画。仇英实父款。与上图为一对，可能为同时作品。长廊、屋上覆以锦缎，穷奢极欲。

5. 郭畀《竹木图》卷。纸本，浓墨。图前"郭天锡为无闻师作"款。卷后同时人题五言诗一首，未见署名，似应为无闻和尚。有项子京诸印，翁方纲印钤隔水并跋（大字，乾隆五十三年四月廿八日），宋仲温隶书"青云直上"四字引首。长尾题于木盒之内。

6. 张即之《金刚般若波罗蜜经》册。纸本，乌丝栏方格。"宝祐元年七月十八日，张即之奉为显妣楚国夫人韩氏五九娘子远忌，以天台教僧宗印所校本亲书此经，施僧看转，以资冥福。即之谨题，时年六十八岁。明年岁在甲寅结制日，以授天童长老西岩禅师。"书法标准。

7. 马和之《唐风图》卷。绢本，设色。罗振玉题签。明袁忠彻、项子京，清刘忠恕，民国罗振玉递藏印。与辽宁省博物馆本同稿，南宋院手摹本，线条弱。

8. 李唐《农家嫁娶图》卷。绢本，淡色。钱塘江清骥同治二年五月题引首，拖尾贺隆锡嘉庆十年跋作元人，钮树玉道光七年九月跋为宋人，其后魏耆伯孺、方洁颐、罗振玉跋，长尾甲在盒中题为李唐。罗振玉旧藏。南宋院画，线条细，故宫博物院《瘤女图》可资比较。

9. 钱舜举《七贤过关图》卷。绢本，墨笔/白描。钱氏自题七绝一首。拖尾西河李进、海盐李孟璇、海盐李季衡跋可能真，三人似为明朝早期之人。李东阳乌丝栏楷书《七贤过关图考》，旧仿。卷上"黄琳美之"收藏印伪。据此可以推知，此图明人绘制，原卷一分为二，图伪跋真，添李东阳伪题。

10. 方方壶《白云春岫图》卷。绢本，水墨。隶书自题仿米海岳《白云春岫图》，并题经过，时在至正辛丑冬十月望。王穉登隶书"白云春岫图"引首。皆伪。

11. 谢时臣《练溪胜境图》卷。绢本，水墨。图首上方自书"练溪胜境，庚申八月，年七十四翁谢时臣写景"。引首许初行书"练溪"二字。拖尾彭年小楷《练溪记》，时在嘉靖甲子，书于云卧阁。文彭草书七律，许初、文嘉、史臣诗题，祝世禄《草书雨花台七绝》两首，钱穀、詹景凤、吴拱宸诗，罗振玉题，长尾甲跋。此卷为真迹，唯后面截去一段。

12.倪瓒《六君子图》册。纸本，水墨。每开自题。罗振玉物。倪氏书画伪劣，清人跋真。

13.徐贲《溪边云亭图》轴。纸本，水墨。自题诗。伪作。

14.沈周《送归燕诗图》轴。纸本，水墨。自题诗句，弘治甲寅秋社见燕，感而赋此。旧伪。

15.沈周《石榴图》轴。纸本，设色。自题五绝一首。画为真品；项元汴数印待考。

16.董其昌《山水》小轴。纸本，淡色。辛酉九月望后一日，自题五绝两首。赝品。

17.王原祁《仿元四家山水》屏。四幅，每幅有题。俱伪。

18.唐寅《狂风骤雨图》大轴。纸本，水墨。正德三年孟夏，自题诗。伪品。

19.文徵明画册。纸本，水墨，10开。画花卉、猫、鸟，每开无款印，最后文氏自题为王禄之（毂祥）作。均伪。

20.沈周《山水人物图》轴。纸本，淡色。自题诗并记。旧伪。

21.颜辉《铁拐仙人像》《蛤蟆仙人图》二幅中堂。绢本，设色。《铁拐仙人像》右上钤颜辉、秋月二印，《蛤蟆仙人图》上无款印。可能真品。

1993年7月6日
京都—东京

晨7时与富田淳共进和食，饭后8时左右到附近三十三间堂参观镰仓时代的建筑和佛教木雕群像。三十三间堂是建筑中的国宝，内中供奉的部分神像亦为国宝级文物。来此参拜的各方善男信女很多，需脱帽、脱鞋，极为庄重严肃。到处设祈愿祥符诸类，有和尚签字者需捐献千元日币以上。

离开三十三间堂，到附近智积院游览。这里也是一座佛堂，其将一间库房改为展室，陈列有桃山时代著名画家长谷川等伯的金箔大壁画屏，花卉松石，气魄不凡，被定为日本国宝。侧面、对面有其儿子25岁之作以及学生作品，师承关系较为显明。

上午10时半，将行李运往车站寄存后即乘车到北区金阁寺参观。此亦佛家圣地，景物殊佳，流水潺潺，树木阴森，祈福之物到处有售。日本人对佛教信仰笃诚，女性偏多，外国游人也有。翻过山岭，即为岚山。此地10年前来过，景物依旧，现河水大涨，却未见行船。记得岚山山麓之龟山公园有周恩来诗碑，因时间紧迫，无暇再顾。在渡月桥头一家豆腐馆午餐，随即乘车直奔东京。

下午5时半抵达东京，仍住上野公园旁的旅馆。凑信幸有事离去，富田淳陪同一起晚餐。

今井凌雪学生、现在筑波大学任教的中村伸夫前来晤面，石伟和袁晓生随后而至，我把即日起在东京的日程大体告知，并与之探讨交流日本书法旅行团出访沈阳等有关事宜。

1993年7月7日
东京

晨起，草成贺凑信幸先生结婚七绝一首："花开并蒂结良侣，美满婚姻佳话传；携手同登幸福路，孟梁遗范信前缘。"诗固平淡，唯中间刊入"幸""信"二字，此乃特指也。

早饭后富田淳来接往东京国立博物馆，见到上博老丁，与西冈康宏寒暄几句后即到富田淳办公室。研墨，为今井凌雪书写手卷，乃我之赠诗一首，一气呵成，大体尚可。又将贺凑信幸七绝写成条幅，为富田淳书"德业孟晋"四字横披。

在富田淳处偶然见到青山杉雨先生今年故后捐赠东京国立博物馆书法照片一册，其中元杨维桢《张氏通波阡表》卷堪称精品，倪元璐、黄道周、王铎、张瑞图、傅山父子大条幅等皆佳。据告，国家对捐献者颁发了勋章，对其家属也予以了奖励，青山原藏还有部分尚待整理。

午饭后关西旅行社间地政广、老潘来东京国立博物馆晤面，谈以仙场右羊为团长的书法旅行团出访中国一事，要我陪同前往北京、上海等地，具体日程安排11日下午面商后确定。

下午到"上海博物馆展"展场与陈佩芬、钟银兰、周丽丽见面聊天，得知陈佩芬14日即返回上海。

东京国立博物馆下班之后随陈、钟、周去他们的住处看看，经上野公园步行20分钟即到。这是一家公寓，每天租金6000日元，每个房间不到12平方米，床铺不用时竖起，睡时放下，厨房、卫生间应有尽有，就是空间太小了。东京住房紧张，房价昂贵，这个条件，短期居住尚可。晚饭大家一起忙碌，饭后钟银兰和其儿子张泓将我送回旅馆。

附：青山杉雨所捐书法作品过眼录

1. 杨维桢《张氏通波阡表》卷。纸本，乌丝栏。"至正乙巳春，李黼榜第二甲进士奉训大夫前江西等处儒学提举，会稽杨维桢撰并书。"罗振玉旧藏。书法多少带有章草味。精！

2. 蒋仁《行书七言》联。纸本。吉罗庵、仁款，梦花三兄上款。

3. 包世臣《行书八言》联。纸本。琴仙四兄上款。木盒西川宁题。

4. 倪元璐《行书七言》轴。纸本。元璐单款。"章华宫人夜上楼，君王望月西山头；夜深宫殿门不锁，白露满山山叶堕。"好！

5. 文徵明《行书千字文》卷。纸本，乌丝栏。嘉靖乙巳八月十日玉磬山房书。补萝庵主张致和旧藏。好。

6. 陈道复《严先生祠堂记》卷。纸本。己亥秋九月望后二日。引首富冈铁斋草书"澄心月妙观"五字，罗振玉跋。好！

7. 王澍《临米芾书》轴。纸本。单款。较平时为好。

8. 刘墉《手札》册。纸本,若干通。梦禅二兄等人上款。

9. 伊秉绶《隶书七言》联。纸本。"三千余年上下古,一十七家文字奇。"

10. 杨岘《隶书》屏。纸本,4条。庚寅夏月,七十二叟藐翁杨岘款。

11. 沈树镛《行书七言》联。纸本。单款。

12. 何绍基《行书》屏。4幅。单款。

13. 陈鸿寿《隶书八言》联。纸本。甲子四月朔,曼生陈鸿寿款。早期,未成熟。

14. 董其昌《行书五言古风》卷。绢本。48岁书。张效彬三跋。

15. 赵之谦《小黄香簃》横幅。纸本。同治丙寅正月,为节子十一叔补题。

16. 金农《漆书》轴。纸本。"无事闭门防客,爱闲能有人来",单款。启功题裱边。

1993年7月8日
东京

昨日蔡敦达代高岛义彦打来电话,约定今天上午9时半来接去办理延期手续,然后去二玄社,再之后同去铃木敬家拜访。

今晨刘蔷与我通话,方知其没有回国参加刘开渠遗体告别仪式。刘蔷父亲刘继卣塑像是刘开渠塑的,因之她母亲装立电话要她回国一趟,为了陪我,她没有动身。我与刘蔷约好下午二玄社见,之后同去看望铃木敬先生。

上午9时半,蔡敦达来接,与之同往出入

东京铃木敬宅
凑信幸　铃木敬夫妇　杨仁恺　高岛义彦

境管理局办理护照延期手续。填表,签字,交4000日元,延长15天,其实我返回北京的准确时间为13日,延期一周足矣。

离开出入境管理局,随蔡敦达到二玄社与高岛先生在会客室见面。高岛送我书法图录两部:一为《明清书法名家作品选》,二是《中国法书精选集》。此二书资料颇全,彩色铜版纸印刷,分量较重,说好请关西书法旅行团出访中国时携至沈阳。

下午2时半,由高岛义彦、凑信幸、刘蔷陪同前往铃木敬家拜访。铃木领我们参观他的住宅,整个装修很精致,每个房间都很干净,摆设也颇为讲究,在其书房墙壁看到了我10年前为他写的"聚天下英才而教之,亦乐也"字幅,可见其对友谊非常重视。据铃木告知,他曾请深圳一位先生写了"寂静"二字,从左往右,似乎不合规范,请我为之另写一90cm×62cm横幅，并问我带印章没有。我答曰，要饭的乞丐手中岂能没有打狗棍？引得大家开心一笑。铃木还说，去年平成天皇访问中国，行前专门邀请熟悉中国文化的学者餐叙。铃木提出到中国应参观北京故宫，再看几幅中国古画，其中张择端《清明上河图》一定要看。铃木的建议，果然得到天皇高度重视。交谈至下午4时，我将拙作《国宝沉浮录》奉上，请其批评指正，同时请他将两盒吉林人参收纳，之后告辞。

晚6时到二玄社美术编辑部，与10多位同人会面，并在桃园酒家共进晚餐。他们都是学有专长的青年，在书画、碑刻方面有一定造诣，大家交流起来毫无障碍。我特别提到出版工作的重要性，辽宁省博物馆的藏品通过二玄社这个平台向全世界展示，进而促进各国之间的文化交流，这是件大好事，希望加强合作。我回忆了一些与学术界老先生交往的往事，他们很感兴趣，我则用元稹"白头宫女在，闲坐说玄宗"句自嘲。

饭后逛街，步行返回旅馆。

1993年7月9日
东京

上午先到二玄社，请高岛义彦将我给姜念思的传真发发，之后由他们陪同逛附近的古旧书店。有的书真的很便宜，如10多册一套的日本历史标价才2000日元；有的书则价钱很贵，如《辽宁省博物馆藏书法选集》第二集售价50000日元，第一集无货。中午仍在桃园酒家与二玄社的领导还有高岛等人一起用餐。

下午2时半，高岛等陪我到东京印书馆参观。他们礼节隆重，竟然在门前竖立起欢迎我的招牌，搞得我实在有点不好意思。几乎每个车间我都走了走、看了看，图书生产的每个环节皆有中国员工在此工作、学习。有一位女职员，母亲是日本人，生长在长春，长春工业学院食品专业毕业，去年初回到父母身边，现在在此从事电脑排版工作。此印书馆的设备确实先进，但更重要的是从业者质量意识很强，注重工作效率。制版高手鬼泽朝男，去年10月到过沈阳，他对《瑞鹤图》制作信心十足，但觉得李成作品调色有些困难，因为第一次拍照他不在现场，不过与高岛反复研究之后认为问题可以解决，肯定能保证质量，就是时间要向后延迟。下午4时半，东京印书馆请吃晚饭，6时过聚餐结束。

返回旅馆后给张学德打电话，张旋即来接到荣丰斋去看他们的藏品。老板首先拿出平阿侯金印（龟钮）请求鉴定。此印纯金，重100多克，白文，有刀凿痕迹。据告，在日本发现之"汉委奴国王"印也是刻的。可此印金色崭新，非出土之物，不能马上给出意见，但至少赤金本身就拥有很高价值。我说回去查查资料，他将照片、拓片、印泥模送我参考。接着，老板将所藏书画取出过目，具体作品如下：

1. 八大山人《草书爱莲说》轴。金笺。

右边受潮，大体完好。晚年。

2. 新罗山人《柳荫婴戏图》轴。纸本，淡色。自题五言诗。佳品。

3. 王铎金扇面三件。两件为吴荣光、听帆楼旧题，装框；一件行书诗。

4. 王铎《草书临淳化阁帖》卷。绫本，58岁为二弟书。张学德物。

5. 傅山《行书》扇面。金笺。"山"单款，印不识，但书法风格明显。

6. 笪重光《行书》轴。纸本。学董。

7. 黄慎《草书》轴。纸本。本来面貌。

8. 张瑞图《草书》轴。绢本。一般。

9. 赵之谦《红绿梅花图》轴。纸本。尚可。

10. 吴昌硕《行草丁敬品茶诗二首》轴。"大聋"款残。

荣丰斋老板佐野先生很年轻，此店是他与亲戚望月武合开，张学德为之鉴定。这些年买进一些可以肯定的文物，据说其中碑帖尤多。张学德是老板的雇工，每月领工资，现在学校学的是哲学，还有一年本科毕业，计划继续攻读硕士学位，其志可嘉。我答应将其介绍给户田祯佑，到东京大学研读东洋美术史专业。与张谈至午夜，约定回头有时间到其宿舍看所藏书画。

已与高岛说明有友人托买未裱的李唐《万壑松风图》复制品，他答应下次连同这批图书请关西书法旅行团带往沈阳，届时东京印书馆赠送的日本马具图录一并带至。

东京印书馆参观

杨仁恺　高岛义彦　鬼泽朝男　蔡敦达　等

1993年7月10日
东京—热海—东京

早上与刘蔷通话，约好上午10时东京火车站见，之后同往热海。张锚已将 MOA 美术馆熟人名片传真给她，她也认识该馆的工作人员。

又与北京炎黄艺术馆通话。黄胄告知"近百年中国画展"之辽博藏品已送回沈阳，请我回国之后在北京停留两日，有事情要谈，并说好13日下午6时由其派人到机场接我，并提前代买15日晚53次列车返沈车票。

上午9时半，高岛义彦、蔡敦达先后而至，随即同去东京站与刘蔷会面，乘新干线前往热海。10时50分开车，11时50分到达。热海是距东京较近的旅游观光都市，依山（伊豆山）傍海（相模湾），景物极佳，到处是温泉

（硫黄质），是有钱人的疗养胜地。

抵达热海即赴 MOA 美术馆参观。这是一家刚刚成立11年的大型私人美术馆，由日本世界救世教的冈田茂吉协会出资建成，主要藏品为世界救世教创始者冈田茂吉生前收藏之物。藏品颇富，瓷器为好，古画较差。负责接待的文艺部长堀内先生特为我们提出所谓马远《山水》和梁楷《和合二仙图》两件过目，都不是真迹，我没有表态，倒是对所藏中国明清瓷器恭维了一番。美术馆傍山而建，从山脚至大馆正门，需要乘电梯传送带转换6次才能抵达，给人的印象是豪华现代，由此可知宗教财团雄厚的资力不可低估。美术馆收门票，成人1600日元，学生800日元，小孩免费，大概如此。

堀内陪同我们参观了光琳画派创始人的住所。这是个复制品，根据历史文献复原而成，唯不对外开放，我们则享受特别优待，由部长先生领着入内，并逐一讲解说明，其他观众为之羡慕不已。中午饭后堀内领我们到光琳故居茶室小坐，对面为绿色植物，左右红梅、白梅处处，环境独特，据告每年2月来此欣赏者络绎不绝。光琳绘有一幅《红白梅花图》，非常有名，传说就是在这儿创作的。分手时堀内部长赠送藏品图册两本，印制精美，托二玄社请关西旅行团一并带沈。

MOA 美术馆参观结束，下午5时返回旅馆。

晚6时，石伟、袁晓生来接，出席淑德大学校长长谷川良昭的宴请，西林昭一（迹见学园女子大学教授、书学书道史学会理事长）和该校教师中滨慎昭作陪。长谷川先生的父辈在欧、美、日办学，其本人曾在欧洲生活过几年，他认为日本年轻一代倒向欧洲，过去恢复时期是可以的，但今天必须"脱欧入亚"，因为中国的文化才是日本的归趋。此人思想比较进步，值得赞赏。说定中滨慎昭于8月10日前到沈，此事协调工作由石伟负责。

午夜朱捷打来电话，他刚从韩国回来，拟明天来东京见面，听说我日程安排很满，只好在电话中交谈一番。我问他何时结婚，答以再等几年。

1993年7月11日
东京

"长安居，大不易"，东京尤过之。这里的物价极贵，我们以日中友好会馆后乐寮早点为例，一杯红茶350日元，一碗阳春面850日元，折合成人民币价格相当昂贵！再说说上野公园旁东京国立博物馆安排的旅馆早餐，西式一份1200日元，和式一份1300日元，价格同样惊人。我曾问过上博陈佩芬，答曰每人每月伙食费需要9万日元（中午在东京国立博物馆食堂用餐，价钱比外面相对便宜一些）。

早餐面条一碗，之后回房间打电话给张学德，说明时间实在分配不开，无暇前往，请其明天早晨7时半带着书画藏品来旅馆鉴定；又告知说，前天晚上荣丰斋看的那件瓷器可以肯定非汝窑产品，钧窑可能性大，昨天在热海美术馆所见青瓷桶形器，釉色与之相近。

刘蕾10时如约而来,即与现在上海的张锚通话。我简单介绍了上博在东京国立博物馆办展情况,希望他能助力辽博也能在MOA美术馆或富士美术馆举办一个大型展览。张锚要我寄两份委托书,一份交日本东方总业株式会社,一份寄与他本人收。据说这两个馆的馆长都与之交情不错,且资金充足,可以承担一切费用。

中午饭后与刘蕾一起到东京富士美术馆拜访池田大作馆长。池田先生是此馆创办者,还是国际创价学会会长,张锚夫妇与之熟悉,10年前我曾给他写过一幅字并收到了他的回信。此次专门来访事先并未告知,正逢池田馆长不在,由学芸部平野贤一出面接待。我们说明来意并递上名片,平野先生陪同参观了正在举办的戈雅版画以及印象派油画展,分手之际将观众资料送我们一份供日后交往参考。

下午4时过,刘蕾送我回宾馆休息,她即返千叶家中。

下午5时整,关西旅行社间地政广开车来接,随同而来的中日友协郑民钦先生担任今晚我与仙场右羊交流的翻译。郑先生一年前来日,研究比较文学,有一年奖学金。他对辽代文物颇有兴趣,有意在日本办展,我建议找企业家资助,届时江上波夫可以出面。

在银座一家饭庄与仙场右羊先生见面,彼此很熟,我们边吃边谈。仙场先生下个月将率领书法团前往沈阳、北京、南京、上海考察,请我一路陪同。仙场说此次中国之行想购买一套北魏墓志拓片,辽代哀册拓片也要;同行者中有研究金文、甲骨的,很想得到金文拓片,想看到商勾兵及其拓片;去北京计划参观炎黄艺术馆并能见到黄胄本人,能看看北京荣宝斋所藏的古代书画。间地先生说届时带些日本大米给我,我说日本大米固好,东北大米也不错,只希望把我存放在二玄社的图书资料带到沈阳即可,于我而言,这些图册比日本大米更为重要。间地求我代买一方旧象牙章,之后刻上他的名字,我答应回去到省文物店为之选购,之后请人刻好送他。

晚餐结束,仙场右羊由一位年龄约30岁的男子陪同回镰仓,据告此人是学甲骨、金文的,可能是仙场的学生。送走仙场后我与间地、郑民钦也离开饭店,漫步在银座街上。走到中心地段,间地请我们进一家咖啡店饮红茶、吃点心。坐在楼上大玻璃窗前观看夜景,不远处的大屏幕将新闻滚动播放,这世界发生了什么事情路人随时知晓,别处未见。我来日本已半个多月,第一次夜逛银座,感觉繁华依旧。

东京车站有一套自动售票、收票机器,相当先进,我与刘蕾从热海回来就体验了一次。这种机器能够精准识别,如果你实际乘坐的里程超过了你所买车票规定的距离,那你就出不了站,即使你将车票投进闸门也不会打开,你需到售票机前把原票及差额纸币投入,机器自己计算,然后将剩余之钱以及所补之票一起吐出来,持补票通过出口,门即打开。

1993年7月12日
东京

今晨7时许，张学德带来以下书画求鉴。

1. 金农《经纶图》轴。纸本，水墨。75岁款。赵次闲、吴湖帆题签，钱君匋藏印。人物、树石画得很细，当是罗、项代笔。

2. 郑燮《墨竹秀石图》轴。纸本，水墨。自题五绝一首。真。

3. 何绍基《临西狭颂》册。庚午于吴门道中。真。

4. 八大山人《草书》轴。纸本。旧裱。真。

5. 汪士慎书画合册。纸本，水墨，12开。旧裱。真。

6. 伊秉绶《隶书》轴。纸本。真，新。

7. 查士标《山水》轴。纸本，水墨。自题诗。真，精，新。

8. 董其昌《临颜真卿蔡明远帖》卷。绫本。真，精，新。

9. 徐渭《草书唐诗》轴。纸本。旧裱。真。

过目完张学德藏品之后应约前往小林斗盦工作室拜访。小林斗盦是全日篆刻联盟会长，日展常务理事，西泠印社名誉理事，与我年龄相仿。小林先生先把自己编的印谱放在几上，然后将几方玉印和汉印取出共赏。从印谱中可以看到，此老一生用力甚勤，周、

秦、两汉直至明清，不同时期、各个流派的篆刻他都研究，所以他的作品融会贯通着百家之长，不愧有日本书法篆刻界泰斗之誉。他还亲自动手将所藏清代书画拿出展示，具体作品如下。

1. 王铎《临张芝帖》轴。绫本。丁亥五月。

2. 高翔《红梅图》轴。纸本。默生大兄上款。少见。

3. 黄易《山水》轴。纸本，水墨。乾隆壬子夏，小楷长题：官山东，未得与桂馥同游为歉，写此奉寄。时桂氏在济南。少见之精细。

4. 奚冈《溪亭山色图》轴。绢本，水墨。仿倪瓒，自题图名，涧芗大兄上款。见香居士贝墉道光丁亥分书长跋裱边。

5. 伊秉绶《行书七绝》轴。纸本。谷士先生太史上款。诗文："新营书舍十弓宽，万卷横斜积翠间；休笑井深难插脚，小池藏得半边山。"

6. 李鱓《梅花喜鹊图》轴。纸本，水墨。自题咏梅鹊五古八句。

7. 伊秉绶《隶书》屏。似座右铭。

8. 赵之谦《杞菊延年图》轴。纸本，设色。自题图名。

9. 赵子深《山水》轴。纸本，水墨。

10. 恽南田《秋容图》扇面。纸本，设色。壬子中秋为篆翁二哥作，自题图名。有补笔。

离开小林先生工作室，前往涩谷区松涛

美术馆看画。美术馆今天休息，承学芸部部长味冈义人和桥本太乙（即捐献明清作品的桥本末吉之孙）的热情接待，过目书画许多。他们很辛苦，抱歉之至！涩谷区所有商业活动兴旺，有点像纽约的曼哈顿，街区建设有西方特色。松涛美术馆是区立的，桥本末吉旧藏大都寄存于此。他们与中国江苏美术馆等单位合办过画展，出了一些图录，送我6本，已请高岛先生一并求关西旅行社书法代表团携沈。

松涛美术馆桥本末吉旧藏书画过眼如下。

1. 石锐《探花图》卷。绢本，青绿。钱塘石锐写款，拖尾石氏书《探花图唱和诗序》。吴宽、萧显、胡超、江东黄谦、长洲沈铠、陈湖、陈璠、马垔、毗陵白坦、钱塘陈洵、吴门贺恩等人题跋。

2. 文徵明《山水》卷。绢本，水墨。无名款，钤印。拖尾文氏题，谓此卷作于弘治壬戌，被童子窃去，三十年后有人持以相示，因题之，嘉靖癸巳十月。王毂祥嘉靖甲午跋，袁袠、文嘉、董其昌等跋。

3. 陈舒等《三山书院图》合卷。绫本，水墨。作于辛卯八月。徐树丕隶书引首，为赤翁书。拖尾乔映伍、白山甫撰书记，申绍芳为赤霞赵公守润州日重建三山书院撰诗并序，杨补、茂苑方夏、韩沐题诗，吴门袁襄书三山书院十四韵并序，吴王咸、杨炤、徐树丕、吴鉴、倪俊、万代尚诸人诗题。

4. 张瑞图《行书诗》卷。绫本。天启元

年冬十月，芥子居士将北行前之十日。

5. 顾定之《墨竹图》轴。纸本，水墨。行草题并书"劲节弥坚"四字，为谢子善作。百不居士题七绝一首。年代够，画法亦是，唯书法尚待研究。

6. 王铎《竹石图》大轴。绫本，水墨。庚辰冬日王铎款。自题"六根无尘图"，六老亲翁一笑。

7. 万寿祺《高松幽岑图》轴。绫本，水墨。沙门弟慧寿款，钤万寿祺朱文、内景道人白文印，自题为瑞符居士作。

8. 米万钟《雪景山水图》大轴。绢本，设色。画中自题，独有红叶一株。

9. 夏芷《灵阳十景图》册。纸本，水墨／设色。东吴陈其谟题引首，环山方弼行书题（字近文徵明），方遥草书题于嘉靖庚子冬吉，钱塘王政行书灵阳十景叙。日人田岛志一审定为夏芷，时在明治壬子三月中澣。每开画风近浙派。

10. 石涛《山水》册。纸本，设色。每开有题句。待研究。

11. 魏之克《山水》卷。绢本，设色。"万历己未正月为时中词丈作"款。顾起元为时中词丈书引首。

12. 陆瞱《江山泛舟图》卷。纸本，设色。卷前楷书"康熙丁丑九月云间陆瞱写"款。

13. 文枏《寒江渔隐图》轴。绢本，水墨。丁亥七月既望，仿荆浩画法，分书自题图名，行书七绝一首。

14. 居节《访隐图》轴。纸本，水墨。自题七绝并记。待研究。

15. 郑文霖《渔童吹笛图》轴。绢本，设色。颠仙单款。闽人，明初，画近张平山。

16. 丁云鹏《夏山欲雨图》轴。绢本，水墨。篆书图名，并记曾见高尚书画此图，今日雨窗遣兴，仿其意耳。

17. 谢时臣《山斋雅集图》轴。绢本，水墨。谢时臣款，自题图名。

此次先后看过日本几家私人收藏，藏品都是比较整齐，过目书画真迹颇多，伪品偏少，说明藏家水平很不一般。

晚间二玄社渡边隆男在一家大饭店招待吃牛肉火锅，富田淳到场，东京国立博物馆凑信幸因感冒未至。聊起青山杉雨藏品，高岛义彦侃侃而谈，如数家珍。据高岛先生介绍，渡边先生的女儿在一家儿童电视台当主持人，已然成为明星，这和父母基因有关，渡边打趣说如果像他就糟了，我则举例说明有隔代遗传一说，引起大家一阵欢笑。

晚9时李影来到旅馆，相见甚喜。她告知说过两天放暑假，已订好回国机票，先到北京姐姐家，几天后返回沈阳。

1993年7月13日
东京—北京

今天离开日本回国。

晨5时起床，洗澡，整理行李。

早餐后与石伟、张学德电话告别。之后给刘蕾打电话，响了两声就转成传真的声音，知其不在家，或许昨天外出开会未归。

上午10时，高岛义彦、蔡敦达以及小林斗盦学生和中简堂来旅馆送行，同车前往成田机场。先办理行李托运手续，领取座位号，之后在一家日本和食店同进午餐，饭后与三人一一握别。

通过安检，到免税店买了点小礼品回去送人，之后到登机口等候登机通知。一起候机者有20多位中国女性，年龄大都在20岁左右，聊天后得知，她们是天津中日合资企业的职工，在日本工作半年时间已到，今日集体回国。

1993年7月14日
北京

昨晚黄胄的护理小李考虑周到，把电扇调到一定角度，通宵未关，盖线毯冷热正好，整夜睡眠安稳。

早上6时起床。6时半小李陪同在亚运村附近一个庭园散步。四周高楼林立，晨练者不少，唯绿化欠佳。7时半到黄胄办公室，同进早餐。黄胄女儿梁缨暑假自德国归来，还带来一位德国姑娘，餐后她们同去游览长城，我则与黄胄畅所欲言。

我们先谈的是辽博东院之事，关于如何用日本画换取经费问题，他建议可由炎黄艺术馆先办日本画展，中国展出后可到日本再展，做好宣传，联系日方企业，让企业予以资助，以作品回赠企业。谈到王己千作品及藏品在炎黄艺术馆办展一事，黄很感兴趣，要我即刻在他那里写信一封，之后我们两人共同署名寄出，征得王的认可。

与苏士澍通话，知《中国书迹大观》已给辽博半数，余下的日后再提。

又与单国强通话，告知8月18日仙场右羊将到北京，请准备好可以观赏的故宫书画目录。

打电话给薛永年，他女儿接的，说薛永年出去开会未归。

给吴方打电话，刘同志接的，说黄火青找去有事，明天去北戴河，半个月后回来。

1993年8月18日—23日
北京—南京—上海

18日上午，陪同日本镰仓书道会长仙场右羊等一行14人抵京，入住长富宫饭店。下午去荣宝斋看店里收藏的古代书画，米景扬出面接待，客人满意离去。

19日上午，由单国强、刘九庵等人陪同在故宫漱芳斋观赏库藏国宝。此乃非开放区域，游人不得入内，去年10月故宫曾在此接待过平成天皇夫妇，客人闻之为之兴奋不已。离开漱芳斋，前往石鼓馆参观，此馆一直关闭，今日特地开启。下午我与吴铁人陪同仙场右羊去冯鹏生家看其所藏，旅行团其他团员则留在故宫参观游览。冯鹏生过去我都未曾见过的唐寅、傅山、郑燮等人作品全部拿出展示，唯王蒙山水一件旧而不真。晚上

薛永年来饭店晤面，谈郭长虹转美院一事，我将与南开大学历史系联合办学之事当面相告。

20日，旅行团一部分团员随间地政广去爬长城，我则与另一部分团员前往炎黄艺术馆参观。黄胄夫妇热情接待并陪同午餐。

21日，随书法旅行团飞赴南京，办理完金陵宾馆入住手续后前往南京博物院参观。院长梁白泉去南昌开会，行前安排办公室白同志负责接待，徐湖平副院长回来后亲自陪同，一起观赏了扬州八怪展，又看了不少院里珍藏。参观时见到曹者祉、鲁力等人。晚上接待伍霖生来访。

22日，一行10多人乘双层旅游火车离宁赴沪，抵达后入住花园酒店。与上博陈佩芬电话联系，敲定明日前往参观。晚间王运天来见，嘱咐请其明天做好接待工作。

23日，前往上海博物馆参观。此大楼已售给他人，现正在全面动工改造，展厅尚勉强维持开放，环境极乱，部分展览已撤，我们有幸还看到了一些陈列之书画。

1993年9月23日
沈阳—北京

上午9时半乘机赴京，同行10余人。

下午3时，与夏景春同去炎黄艺术馆见黄胄。我将裱好的黄胄于1956年画的两小幅毛驴给他过目，看过之后他说这是在中央美院附中某个晚上遇大雨时所作，我要他补题并

钤印，并说如能补足8幅更好。夏景春求画一件，黄胄答应，同时可以赠字一幅。我们约好明天上午在馆里接待王己千一家，大家一起商谈明年举办王氏藏品、作品展览事宜，中午由黄胄宴请诸位。

王己千今晚9时半抵京，他们去接机，我在旅舍等候。

今天午夜，中央台和北京台将直播2000年奥运会举办城市现场表决，翌日4时结束，全国大多数人都将通宵等待佳音！

1993年9月24日
北京

一觉醒来，1时50分，奥运申办尚未表决，于是接着又睡。3时40分，打开电视，里面正在用英语播放结果，最后萨马兰奇宣布：2000年奥运会在悉尼举办，北京落选。

上午10时，到炎黄艺术馆与王己千及其女儿、女婿见面，大家一起商讨王氏藏品、作品展一事。初步议定，展览明年4月举办，己千作品书画各半，藏品武宗元《朝元仙仗图》和马远画册在清单之列。此展先在炎黄艺术馆进行，时正逢全国人大、政协开会，可以邀请两会代表来此参观。之后移至北京故宫再展。何时辽博承办，后年再议。交谈之时，董书记、甘泉、夏景春等人在座，他们各买一本黄胄画册，请作者、己千和我签字。

午饭由馆方安排，颇为讲究，大家一致给予好评。

席间黄胄告知，周怀民中风住院多日，现在家中养病，午饭后我与己千及其女王娴歌、女婿金世海前往探视。周说话声音很弱，可以缓慢行走，头脑还算清楚，记忆尚可，大家对其夫人计燕荪的细心照料予以称赞。

下午在己千房间与之交谈。看了他写的新体书作，还看了去年他为我画的卷子及后面题跋，说好明年送京一起展出。

1993年9月25日
北京

早上6时半，步行至中央美院薛永年家，他从梦中醒来与我交谈。我把哈尔滨刘建龙撰写的一篇评述石涛《画语录》的文章交薛审阅，请其发表意见。

上午去中国美术馆见到副馆长杨力舟，告知王己千明天将出席"首届全国中国画展"开幕式，他表示欢迎，并送了五份请柬。美术馆西侧正在举办"93张仃山水画展"，彼此相见，告之王己千已经来京，约好明天在此会面。

下午2时与夏景春再赴炎黄艺术馆，与王己千、黄胄等人商议王氏作品、藏品展览具体事宜，因往返费用、展品保险等诸多问题未能达成共识，致使功败垂成。

晚饭时王己千向我了解炎黄艺术馆的性质，我建议己千筹建一个王氏博物馆，他说小型的尚可，如炎黄艺术馆这样大的在美国很难实现。我说不妨成立王氏基金会，像洛克菲勒家族那样。

1993年9月26日
北京

上午10时，出席"首届全国中国画展"开幕仪式并参观展品。此展由姚有多、杨力舟具体负责，共展出作品400余幅，面貌各有特色。己千对中国美术馆的地位、影响力非常认可，其与杨力舟面商明年如何在此办展事宜。之后我们与沈鹏寒暄几句，又与王朝闻匆匆一晤，最后到"93张仃山水画展"展室与之交谈。张仃表示送一幅画作给辽博馆藏，我约他到沈阳办专题展览。

应邀到冯鹏生处看其所裱王蒙山水一轴。此画固好，款残，不能断定为王蒙之作，俟他日与谢稚柳共同研究后再给结论。

1993年9月27日
北京

上午为王己千在中国美术馆办展之事又与杨力舟研究一番。找赞助单位，但必须送画一件；王氏作品美术馆可以收购，价格优惠，但不无偿赠送。

回旅馆与杨新、刘九庵通话，告知己千下午2时去故宫看王蒙《葛洪移居图》和无款纸本《黄公望山水》，我有事不能同往，请予以接待。

晚上在宝山饭店聚餐，笑星杨少华在座，相谈颇洽。

1994年

1994年1月5日
沈阳—天津

晚10时与聂成文、宋慧莹同乘丹东至北京快车离沈，翌晨8时抵津。伦杰贤今日上午由大连乘轮船前往天津，魏哲为取护照今晚乘火车先去北京，大家约定，明午在天津机场集合。

为办理出境手续，这几天成文忙得不可开交，直至今日下午5时才得到北京方面的确切答复，可以去取护照。

1994年1月6日
天津—汉城

魏哲赴京取护照很不顺利。辽宁驻京办的工作人员不顾我们今天必须成行之实际需要，仍按部就班地安排出国人员依次到各个使馆领取签证，不予特事特办。时间不等人啊，聂成文迅即与国家外交部和我省驻京办电话交涉，反复说明，终于让魏哲自己去外交部拿到可以出行的护照，之后打出租车火速赶赴天津，12时半到达机场，起飞前我们登上了飞机。险极！

下午5时，飞机降落在汉城机场，光州书道会长李敦兴等多人持花来迎。出机场先到市内酒店稍事休息，之后由金膺显先生设便宴接风，汉城部分人士参加。金在晚宴上致词，回顾了去年7月在沈办展的往事，情真意切。

1994年1月7日
汉城—光州

上午拜会国立中央博物馆馆长郑良谟，致送印刷礼品，并诚意邀请访沈。由于原馆为日本总督府旧址，气势固有，但对民族自尊心有损。据告为完成拆毁重建方案，郑馆长去年出访计划一再延误，今年有可能前往中国，我同意届时发出邀请。

礼节性拜访结束，李敦兴陪同我们登上南山电视塔，整个汉城景色尽收眼底。汉城是韩国的首都，人口1000多万，世界大城市排名位置靠前。之后参观乐天玛特商场，规模极大，应有尽有。此商场设有民俗部，为历史复原，既展现了民族文化，又完成了商业经营，一举两得，值得借鉴。

下午离开汉城，走高速公路，一路南行，车行300公里左右到达了韩国南部城市光州。光州为直辖市，人口120万，在韩国有"文化艺术之乡"之称，夜景亦佳，亦不失为现代都市。主人在一家特色饭店招待晚餐，炖鸡很有味道，米饭亦佳。

1994年1月8日
光州

上午去国立光州博物馆拜访馆长李健茂。李是研究青铜器的，去冬也曾计划访沈，同样因汉城中央博旧馆毁掉重建一事迟迟未决，致使其未能成行。据告，国家已决议中央博物馆新建，他与郑良谟馆长可能今年7月一同出访沈阳。

离开博物馆到光州一处市场逛逛，感觉这里与沈阳五爱市场相差不多。中午与从汉城赶来的金膺显、崔世卿诸先生到郊区一农家饭庄吃野猪餐，风味确实独特。

下午3时，"韩中书法交流展"在南道艺术馆正式开幕。光州市副市长罗武硕出席并致词（他说不久前曾访问过沈阳），我代表中方讲话（在车上写打油诗一首：客岁盛京喜聚首，今朝汉水又相逢；八方风雨兰亭会，翰墨因缘贯韩中。想了想，未在开幕式上宣读）。

晚上举办庆祝宴会，规模颇大。开始前聂成文致以贺词，金膺显发表了热情洋溢的演讲。金说今年韩国与中国往来活动不少，他已然成为半个中国人了。

光州南道艺术馆"韩中书法交流展"展场
宋慧莹　杨仁恺　金膺显　聂成文　魏哲　伦杰贤

1994年1月9日
光州—木浦

上午8时早餐，饭后出酒店到周边逛逛。今日是星期天，又时间尚早，街上店铺开门者很少。

上午10时过乘车离开光州，沿高速公路向西南而行，途中午饭，下午抵达目的地木浦。木浦本为韩国重要港口城市，风光秀丽，也有很多人文景观，但由于多年来未纳入国家发展规划之中，致其价值未能凸显。两年前中韩建交，形势为之一变。此地距我国烟台港、青岛港、连云港港、上海港皆300余海里，海上往来便利，未来前景极为可观。

木浦海岸新建有民俗文化馆，收藏有中国字画、钱币、瓷器以及亚洲其他国家古玩杂件，还有地方之物、海中水产之类，可谓应有尽有。藏品中，以韩国许鍊（小痴）、米山、南农等几代画家之作以及青瓷、奇石居多。民俗文化馆右侧不远处为南农纪念馆，这里陈列有许鍊祖孙四代作品，皆为水墨彩绘，纯法中国传统，第五代则显现现代画风。小痴画近中国清中后期文人画风，功夫颇具。而享名最盛者则为其裔孙南农，其1908年生，1987年卒时由今韩国书界名人金膺显之兄忠显为之撰碑文刻石（汉文），书法不俗，从北魏而来。南农纪念馆精印画册两种，同时彩色复制单幅出售。

据告，正在筹建的木浦美术馆、沉船博物馆不久可望投入运营。沉船博物馆将陈列前几年从海底挖出的明朝沉船及所载什物，其中多为外销瓷器，国内曾经有过报道。总之，伴随着中韩交往的深入，木浦这个沉寂已久的海港城市会发展很快。

1994年1月10日
木浦—光阳—丽水

晨7时，天还未亮即起程出发，向东南行，去参观光阳钢铁厂。

这个厂填海兴建，整个厂区现代化、庭园化，幽静、清爽，环境殊美。厂方引领我们到一座楼的3层就座，为我们播放介绍钢铁厂情况录像。此厂隶属于浦项钢铁公司，20年前建成投产，现年产钢铁2100万吨，已为世界知名企业。生产过程全部电脑控制，薄板车间3分钟就能产出薄板一大卷。矿石码头直接卸运，之后转入高炉提炼。全厂总计6000多人，住宅价格优惠，集体宿舍免费，孩子免费入托、上学至初中毕业，可谓待遇优厚，无后顾之忧。

李敦兴会长陪同我们一起参观并共进午餐，饭后分手，他返回光州，我们奔向丽水。

丽水市呈半岛形状，位于韩国南端，临近日本海，有几个港口与外界相连。其有一海上公园名梧桐岛，过去为海防之地，今已筑栈桥直通，成为全国旅游胜地。我们乘机动船环小岛驶行一周，岛上景色确实迷人。

下午下榻丽水旅馆，当地书会主席崔仁寿先生及其徒弟来见。崔先生40岁，学书30年，设馆授徒，弟子3000人。晚饭后应邀前往其学馆参观，正有男女学生馆中习字，大都在临《颜勤礼碑》，颇为认真。崔就书法提出问题若干，成文和我一一作答，从对话中得知此人对书法、篆刻都有研究，基础比较雄厚，碑学《好大王碑》和经石峪一路。他主张师传统，不过对碑帖之争似偏于碑学。

旅馆女主人郑南姬是崔仁寿门人，写《夏承碑》和黄庭坚行书颇有味道。看来丽水书法爱好者路子很正，前景不错。

1994年1月11日—12日
丽水—光州—汉城

今晨离开丽水，奔光州，返汉城。

两三天的南行，所见新鲜事物不少，尤以南农纪念馆、光阳钢铁厂、丽水崔仁寿印象最深，特作诗如下：

南农纪念馆：五代书香翰墨新，难能衣钵传丹青；斑斑画迹何亲切，中韩文明自古存。

光阳钢铁厂：人民自有回天力，填海铁流造化功；锦绣前程创业绩，恍如身在画图中。

丽水崔仁寿：方今授徒三千众，乐此忘忧不惑年；八法凭君传道统，无垠芳草海连天。

上午10时，车至光州南道艺术馆，成文等人外出购物，我则到展室观看我们的作品。不看不知道，一看吓一跳，我发现部分作品竟然存在书写之误，如"隋"写得似"堕"字，"壁"误写成"璧"……此外，有的字写得很随意，有的字则故作古拙，个别隶书亦殊不规范。

下午5时，光州市姜市长宴请大家于王子饭店。姜市长对沈阳武迪生市长不幸遇难深表惋惜，并说光州计划与沈阳结成友好城市，事过很久，未见答复，若最终不能如愿，将另择他市。姜先生对中国从红军长征直至新中国成立后的历史知道得很多，还访问过中国的北京、上海、广州、深圳等城市，他认为中国很有希望，赞成建立亚太经济圈，就是去年美国西雅图会上与会代表所建议的那种模式。总之，我们交谈内容很多，整个过程很轻松，很愉快。

晚8时许，我们离开光州驶向汉城。路上车辆较白天为少，车速较快，中间停车休息两次，翌日凌晨2时半到达汉城机场附近的一家旅馆休息。

1994年3月9日
海口

今晨起床到街上走走看看。时值早春时节，气候温暖湿润，马路宽敞清洁，处处高楼林立。据说海口发展很快，也就是近几年的事。

上午在宾馆电话告知龚继先、王运天抵沪时间和航班，之后为三立公司、三立画院写字10多幅，又为程与天、张声俊题字以及撰写堂匾，还为二人各作七绝一首并书（附后）。室外为海湾，可见帆船往来，时有汽笛鸣起，情景令人心怡；室内套间较大，温度适宜，开着玻璃窗门在此挥毫，丝毫不觉烦累。

中午在宾馆用餐，菜味尚可。晚上在潮江春酒楼吃饭，与天一家三口和我同车先往，李德胜、张声俊后至，晚餐过程较为愉悦。

赠与天七绝：

暌别多年小与天，诗书篆刻刮目看；展观著述出新意，老眼欢欣喜眉间。

赠声俊七绝：

相携来自关外天，碧海环绕巡岁寒；旧友新朋庆无语，此行欢快已忘年。

1994年3月10日
海口—兴隆

上午与李德胜、程与天去看一家藏品，其中张大千、徐悲鸿诸名家之作俱赝，独王廷风、郭子绪作品为真。

下午又同去李元茂家看画。据说此人曾在山西省美术馆工作过，擅长书法篆刻，并懂得古书画修复。其家所藏谢时臣、闵贞、邹一桂等人作品皆伪，仅两册所谓王时敏臣字款山水系原件，唯改款，实则乃王宸一流人所作。

下午3时离开海口，晚8时入住万宁县兴隆温泉宾馆。

1994年3月11日
兴隆—三亚

晨起，程与天来我房间，示其自作诗两

首。其一："去岁曾访沐雨楼，法书夜索感情稠；天涯有幸邀溪蜀，小卧温泉别样游。"其二："兴隆驻马温泉旁，客舍玲珑绕亚光；一试碧海身手健，龙钟老者意彷徨。"

有感于与天赠诗，因和之如右："有缘何处不相逢，琼岛而今又碰头；愧我浮生负岁月，羡君依旧更风流。"

离开兴隆，奔三亚而去。由海口赴三亚，路程300公里，本可一日到达，一因海口动身时已是下午3时，时间太晚，二是因为兴隆确实很美，值得一观，故改为两天行程。海口至三亚有三条路，此行为东路，回时当循中路而返。西路迂回，东坡贬所在儋耳，不得前往。

到三亚所住酒店，靠近三亚河。这里刚刚起步，尚须时日方能成为现代都市。天涯海角距主城区20多公里，亲往一过，无可记者。明日离开前将到鹿回头，届时三亚全景会尽收眼底。

去三亚途中口占诗句如下：

（一）椰林处处绿荫浓，水色山光各不同；初到他乡作异客，与天伴我过岭东。

（二）道边瓜田已熟时，堆砌求售任选之；索价高昂成交少，市场经济耐寻思。

（三）天涯海角已临近，闻道榜书出老坡；幸得鼎堂能辨析，千年讹误起沉疴。

（四）自然景物费追索，变换人间景出奇；望眼龟岭真欲活，往来旅客兴方滋。

1994年3月12日
三亚—通什

回去为中路，在山中行走，无可观者，仅见少数黎族着民族服装。今日入住通什度假村。

数日来得与天照拂，赋诗一首以谢："一路殷勤为作伴，重温往事感尤深；故人相继跨鹤去，白发青丝别意真。"

与天和韵：

（一）初沐椰风游兴浓，轻车放眼景难同；异乡为客心常泰，梦断天涯望海东。

（二）瓜田不异去春时，沿路停车屡询之；不意漫天惊客价，居然大款亦三思。

（三）自古前贤人喜近，榜书程哲附仙坡；若能早览崖册志，不谢鼎堂正误讹。

（四）天工造化难追索，宇宙传闻徒叹奇；石状灵龟情欲动，万年生长烟云滋。

（五）抛砖引玉忝诗伴，往事回眸岁月深；莫道明朝班马去，忘年万里意堪真。

1994年3月13日
通什—海口

昨有小恙，未能外游。卧床半日，今晨痊好，得句赠与天："廉颇老矣羡君健，涉水登山我未能；卧榻觅诗尚有句，南来好梦竟难成。"与天应和："稣溪虽老诗仍健，法眼剖玄几个能；小恙犹敲枕上句，卧游图画一梦成。"又口占一首："我自冰天雪地来，杜鹃啼血换了天；衰年作客惟觅句，寂寞山中诗意先。"与天和诗："侯城御鹤早君来，通什望帝鸣晓天；最羡诗思老更捷，风流不让宋张先。"

与天书自作诗一首以赠："小车不胜载，诗伯彩章多；南北温差巨，一样发浩歌。"

1994年3月14日
海口—上海

晨4时即醒，为刘海粟先生百岁祝嘏拟寿诗一首："百龄华诞寿申开，祝嘏奉觞岛外来；艺苑人间结硕果，九州共仰育英才。"

飞机7时半起飞，在空中又作贺诗两首："天增岁月人增寿，艺术生涯臻百年；松柏抗寒御风雪，巍巍泰岱日中天。""兴学育才起弱冠，斩荆披棘过三关；喜看天道酬勤日，寿翁矫健满堂欢。"

上午9时1刻到达虹桥机场，上海人美周卫明来接，入住延安饭店。适冯其庸前一日由京飞沪，也住这里。据告，去衡山宾馆探望海老者人多为患，市政府出于保护老人之需要，控制来访人数。我们相距咫尺，却如远隔天涯，无法相见。我请冯先生打电话以探究竟，接电话者是其夫人夏伊乔，夏说老人有点低烧，需要卧床休息。由此看来，我们确实不便前去打扰，只好等16日上午在虹桥宾馆庆典会上见面了。

在冯先生房内见到北京来的几位油画家——赵文量、杨雨澍、秘金明、原国镭，他们是老人的崇拜者，80年代曾在北京护理过是时生病住院的海老，此次专程来贺，但没有请柬，庆典现场很难进去。据冯介绍，此四人油画颇佳，作品不外卖，可介绍顾振清与之联系。

1994年3月15日
上海

晨5时起床，到饭店后面的静安花园活动活动筋骨。园中的迎春花已经含苞，茶花则正欲开放，有一丛无叶黄白小花惹人注目，闻之香气扑鼻，似属梅花一类。

上午9时过，龚继先女儿磊磊及其新婚丈夫小仲同来饭店接我。交通拥堵，车行不畅，路途费时不少。继先与逸弘早已在家门口等候，我为迟到深感不安。上海人美编审袁春荣先我而至，大家一起探讨《齐白石画集》编辑出版事宜。初步共识：由社方拟定方案送我方斟酌，7月后上海人美到辽博看齐氏之作。

中午在龚家附近的一个饭店用餐，少而精，本帮菜味道纯正，难得。

饭后回到继先家稍事休息，旋即为继先所绘鱼卷题跋，信笔写尽一纸，随后又为其大册页题满一张。磊磊要我为他们新婚题写贺词，一并照办。我请继先现场指画《芙蓉游鱼图》，亲观其用指方法，确有独到之处。龚从未当众表演过指画，此属例外。同来之张声俊乃亓官良门下学指画者，目睹继先创作过程，从中受益匪浅。按我要求，继先将

上海龚继先宅
杨仁恺　龚继先

上海衡山宾馆
杨仁恺、刘海粟及其夫人夏伊乔

此画赠送给声俊，同时从其所作数十件大画册中选出两幅送我，感甚！

　　趁在继先处纸笔方便，选写祝寿诗一首并题，准备明日连同玉马一件到虹桥宾馆报到时作为贺礼送上。

　　返回延安饭店，正好接到上海美术馆丁羲元电话，告知香港汉雅轩张颂仁今日抵沪，要求见面，与之约定明日虹桥宾馆庆典会场相见。

1994年3月16日
上海

　　晨5时半起床，7时早饭，之后与冯其庸等乘面包车同往虹桥宾馆，9时抵达贺寿现场。祝寿的场面很大，海内外宾客很多，有500人左右。

　　上午10时，"刘海粟百岁华诞庆典"开始。海老致词，极为精彩，头脑清晰，状态不凡。他在讲话中特别提及已经103岁还亲自出场的朱屺瞻老先生，称友人朱老，颇有分寸。朱、刘皆出自上海美专，彼此情谊非同一般。刘海老长子从美国专程回来，会上也讲了几句，中文说得不好，最后用英语、法语道了一声"谢谢"。

　　百年寿宴，我与钱君匋、邵洛羊、夏子颐诸老友同桌，还看到了新加坡周颖南、刘抗等人，听说文怀沙、程十发也来了，未得晤及，失之交臂。我与冯其庸同去主桌敬酒，与寿星夫妇相互碰杯，顺势还聊了几句，海老要冯其庸多写文章，夏伊乔说我仍不显老。

　　午宴结束与香港张颂仁会面，张颂仁告知今晚7时返港，关于江兆申画展，地点争取选择上博新馆，时间计划为明年9月，另编印画册出版。张可找徐展堂与上博接洽，我则向马承源、汪庆正征询意见。上博实在力不能及，就请丁羲元、夏顺奎在上海美术馆操办，我们曾经交流过，夏的态度积极。

张声俊虽持有龚继先的请柬，但起初仍被拒之门外，经过交涉，终于放行，入场参加庆典并拍了不少照片。

1994年3月17日
上海

早餐后想起程与天嘱托的赠诗给李德胜之事，因口占一绝："文明自古羡唐风，经济历来众所宗；致富不忘兴教化，精神物质两恢弘。"

1994年3月24日
北京

早上与徐英章、聂成文同车抵京，未见"中日书法史论研讨会"会务组接站人员，于是随接聂成文的汽车同往辽宁饭店休息。

午饭后由辽宁饭店派车送至通县北关齐天乐园办理报到手续，见到了苏士澍。

晚上台湾专家三人到达，我、史树青、文物出版社副社长李中岳等人与之同桌共餐。席间交谈得知通县几个领导都好书法，故由通县承办此会。

与黄胄通电话，约29日前往商议日本画展一事。

中国对外友好协会
杨仁恺　赵朴初

1994年3月25日
北京

早上与日本今井凌雪及其学生中村伸夫一起用餐，饭后同车前往中国对外友好协会出席开幕仪式。在接待室与赵朴初、启功、王光英、周绍良、董寿平诸人晤面，大家好久未见，分外亲切。启功自称中风几次，但表面看气色还好。

11时后赶回通县，午饭与香港书协徐先生同桌。此人是新华社香港分社文体部的，很健谈，他对国内外书法毫无保留地发表了个人之见。

下午2时，"中日书法史论研讨会"正式开始。我报告了辽博馆藏法书情况，杨新介绍了故宫所藏法书实情，两位日本教授用中国出土战国简及中唐书法理论说明隶书始自战国。

晚上顾风（扬州博物馆馆长）、牛克诚先后来谈。

1994年3月26日
北京

上午乘车前往故宫，杨新安排工作人员从库房提取8件法书和碑帖供大家观赏。之后与会人员参观石鼓馆，我则离开故宫到北京长城饭店看中国嘉德明天下午正式开拍的中国书画。与公司董事长陈东升见面，他邀请我出任中国嘉德顾问。此人精明强干，原在国务院发展研究中心工作，去年下海组建了中国嘉德，这是其首场拍卖会，拍卖中国书画和西方油画。

晚间笔会，为主人和旅馆各撰一七绝横幅："盛会鹅湖尽群英，笔端挥洒见真情；难得齐天与共乐，雅集高歌翰墨新。""世间几见孟尝君，好客骚人多似云；潞州景物自来美，出土丰碑曹雪芹。"

1994年3月27日
北京

早饭后即上车赴周口店参观北京猿人洞穴。遗址修缮颇好，已被联合国列入《世界文化遗产名录》。令人钦仰的古生物学家杨钟健、裴文中之骨灰即葬于山洞后面。

中午参观云居寺，第一次来此，印象殊佳。特别是通过石经博物馆吴馆长（女，北大与齐心同班）热心讲解，得悉云居寺所藏隋、唐、辽、金、元、明石经极为丰富，唐塔、辽塔亦美轮美奂，堪称中国佛教文化一大宝库。在寺中所用午餐也颇有特色，与昨日晚宴异曲同工。

故宫保管部尹一梅求字一幅。

1994年3月28日
北京

晨7时，刘德超派人送来傅抱石人物大册五件，为之题字。

上午分组座谈我没有参加，早餐后与今井凌雪、西林昭一、史树青随冯其庸同往张家湾去看曹雪芹墓碑，返回时正赶上启功在讨论会上发言。

下午会务组安排前往中国历史博物馆参观，我与新加坡洪志腾在此相见，据告何家良已调任环境发展部高级政务次长。

1994年3月29日
北京

上午10时举行"中日书法史论研讨会"闭幕仪式，我因有事没有参加。

早餐后乘黄胄所派之车到炎黄艺术馆，与中日专家共同鉴定计划5月举办的"中国民间珍藏日本画鉴赏展"作品。日方专家铃木进，83岁，东京都庭园美术馆馆长，日本美术评论家。陪同者为日驻华大使馆一等书记官濑野清水，另有《北京周刊》张同志担任翻译。中方专家刘晓路，现在中国艺术研究院美术所工作，出版有《日本绘画百图》《日本美术史》等专著。

炎黄艺术馆招待午餐，饭后座谈，各自阐明观点，其中对辽博馆藏秋邨道人五大幅一致高度评价。

1994年3月30日
北京

与会学者相继离去。日方专家今日去满城，明日返京，后天回国。行前与今井凌雪告别，并一再表示，今秋三峡之行，我设法陪同，请富田淳与我保持联系。

上午到冯鹏生家看画。其中明末清初王崇简《葛洪移居图》甚好，画风与明陈洪绶、崔子忠同属一路（王为北京人，崔门生）。又一件黄子久山水，单款，天池郑燮题。观绘画技法与时代风格，均可，唯是否为黄氏手笔，有待进一步研究。

下午去一趟吴素秋家，遇有一位姓宁的阜新京剧团女子，学花旦10余年，是经林声介绍来京向吴学戏的。在吴家过眼一件边寿民《芦雁图》，甚破，却真，请冯鹏生为之修复。

1994年4月5日
北京

昨晚8时半，与关宝琮同赴沈阳北站乘车，巧遇上次打过招呼那位女青年乘务员，由她协调，把我原来的上铺与一位中年企业家的下铺交换，可感。

上车即睡，今晨到京，之后同乘的士到辽宁饭店。办完手续进入房间后即与中国嘉德陈东升通话，约定中午吃饭时间，面谈中国嘉德春拍情况。

12时，陈东升及其助手小赵来辽宁饭店见面。陈将顾问聘书亲自递交与我，我则把关宝琮介绍给他，大家共聚午餐，交谈甚好。

下午与冯其庸、黄胄通话，相互介绍近况。

给冯鹏生挂电话，人不在家。

又电话问候何流，告知一只脚患病，行动不便，请其保重身体，闲暇之时写写回忆录。

晚饭后给薛永年家打电话，知其已由台北到香港，后天回京。

与苏士澍通话，苏说他随一个团18日启程去泰国、马来西亚、新加坡，团长为柴泽民，其间我们存在海外相见的可能。

1994年4月6日
北京—吉隆坡

上午关向群、黄昕夫妇来饭店晤面。这对青年人是关宝琮二哥的女儿、女婿。

午饭后中国嘉德陈东升派车将我们顺利

送至机场，唯在办理出境手续时遇到一点麻烦。海关工作人员检查极细，认为带的东西过多不予通过。最后工作人员请示了局长，领导意见：放行！

我们乘坐的是马来西亚航班，起飞时间本应是下午4时，结果延至6时始行，到吉隆坡已是午夜。无主权国签证不能出空港，而去新加坡的飞机要到明晨7时才能起飞，于是只好在空港内坐以待旦了！经宝琮与机场工作人员协调，他们特许我在一个办公室的沙发上休息，而宝琮等人只能辛苦一宿了。

1994年4月7日
吉隆坡—新加坡

我在吉隆坡空港的一间办公室沙发上睡一觉，关宝琮和北京首都大酒店三位来学五星级饭店业务管理的一女二男在咖啡馆凳子上坐了一晚。女的叫熊久香，北京通县人，餐饮部经理，40岁左右，跟随西哈努克10多年，知晓不少逸事，可资谈助。

上午8时，飞机降落至新加坡机场，接机者将我们安排到海滨酒店入住。据告，何家良等好几位朋友昨晚到机场迎接，直至深夜未见而归，殊为不安。

午饭后前往联合报社，与陈正总编辑欢晤，又与两位记者畅谈。

下午4时半到潘受先生府上拜访。潘先生就章士钊父子书画展览出版诸多曲折之事谈了不少，又领我在他客厅看了章士钊自书诗

横披，内中有斥责日军侵略之语，我面请留存复印件一份，潘同意将潘伯鹰抄写章诗一并寄我。

晚间先到乌节路乌节坊展览厅悬挂展品。

1994年4月8日
新加坡

上午9时在一家小店早点，这家豆浆颇有味道，据说老板是从台湾来的。

上午先到乌节坊展览厅观看布展情况，基本已成定局。之后到留香茶艺馆为其写了几幅大字。

下午来福拍卖行董事长林秀香以及陈皇频来谈拍卖的齐白石作品买家退货一事。据告买家邀请所谓北京故宫博物院的专家金鑫过目了此画，鉴定意见为伪。

晚间林秀香在一座大楼的第60层宴请，蔡斯民到场，叙旧畅谈。

入睡前接到陈家紫电话，说是新加坡国家博物馆请我过去看看馆藏书画，约好明日上午见面详谈。

1994年4月9日
新加坡

上午8时半，陈家紫如约而来，转达了国家博物馆馆长郭勤逊先生的盛情邀请。家紫在东京和一个日本人结婚，去年随丈夫来到狮城，现在博物馆做临时工作。

留香茶艺馆座谈

关宝琼　吴在炎　潘受　杨仁恺

下午3时半，"杨仁恺关宝琼书画展"宣布开幕。由于昨天的《联合晚报》和今天的《联合早报》都有图版和文字报道，到场人数不少。开幕式由潘受先生主持，刘抗、吴在炎、唐近豪、何家良夫妇、蔡斯民夫妇、周颖南、李光前文物馆卢馆长以及新闻界陈正等多人参加。留香茶艺馆是这个展览的主办方，老板李自强借机为"留香茶艺"着力宣传一番。

庆祝晚宴，潘受因故未能出席，以电话致歉。已经84岁高龄的吴在炎一直坚持到结束，可感！

1994年4月10日
新加坡

上午在展场为藏家鉴定书画。有一齐白石40年代《花卉草虫》册，其中工笔蜻蜓、蚱蜢及菩提叶为子如代笔，写意之作和题款为老人之笔。另一白石工笔草虫和菩提叶条幅，款真，但非亲笔。还有一轴白石老人丁卯为徐悲鸿作《花鸡竹石图》，笔力弱，待研究。

另，《新明日报》杜南发总编辑与林秀香来谈古代书画鉴定话题。原《星州日报》总编辑叶世芙（78岁）求鉴岳飞《满江红》绣屏等。

下午参观罗先生、叶先生合开的金店，店名"马可波罗"，材质与工艺皆好，产品远销欧洲。

1994年4月11日
新加坡

早上9时，曾先生（余国郎友人）来约共进早餐。饭后同赴展馆看了几件曾氏藏品，写了两份鉴定意见。

中午李光前文物馆余秀斌（吴在炎学生）请客，我们在大三元一起吃饭。

下午在展场先接待何家良太太邱珠茵。之后与首都大酒店餐饮部经理熊久香、采购部经理韩新建等三人在展馆相见，我们数日前在马来西亚机场结下了友谊，他们一再邀请前往做客。

吴云华夫妇由一位新加坡女子陪同前来参观，异域相逢，喜不自禁。吴应邀来此为该女子一家作画，已有一个半月，不久回国。

晚6时，到来福拍卖行与林秀香、陈皇频

父亲、美籍华人画家郭大维、《新明日报》主编杜南发晤面，并同往同乐海鲜进餐。

为王德水代刘德超夫妇预订房间，他俩明天中午由成都飞来新加坡。

1994年4月12日
新加坡

今天前来求鉴书画者不少，其中明人《猱猊图》轴颇佳，任伯年《岁朝图》轴和溥心畲山水诗册较好。

中午东方慈君陪潘受来接，一同进餐，边吃边聊两个小时以上。闲谈话题中涉及刘海粟逸事颇多，潘受叙述极详，此老记忆力着实让人佩服。东方慈君计划今年10月5日在上海举办画展，邀请潘受参加，届时我可赴沪接其前往沈阳看看。

1994年4月13日
新加坡

上午参观李光前文物馆，卢馆长亲自陪同。陈列书画、瓷器、铜器殊多，辽瓷珍品不少，部分出土之物值得商榷。

下午到新加坡广播电台直播几分钟。

晚上"杨仁恺关宝琮书画展"宣告结束，唯所展关宝琮作品全部由我补题，以示合作之意。总体来说比较成功，余国郎费心不少，功不可没。

1994年4月14日
新加坡

上午在留香茶艺馆为李自强、韩发光、刘翀、陈家紫、余国郎等人写了很多字，并题了几本册子。

晚6时，应邀前往吴在炎府上吃饭。此老殷勤招待，并出示张大千作品三件过眼，都是癸卯年在吴家所绘，皆有上款。吴先生有意将住宅办成艺术馆。

1994年4月15日
新加坡

今天在国家博物馆鉴定松年法师捐赠的100多件书画。所捐之物已印成图册，然多为赝品，真迹很少。松年是位高僧，善书画创作，但对真伪之别一无所知。实际上此国家博物馆由两个馆构成，一为亚洲文明博物馆（藏品多东南亚文物，可观者甚少），一为新加坡美术馆。两位馆长都姓郭，都很年轻，受的是西方教育，不谙中国文化。我向他们介绍了我与陈家紫的关系，希望馆长能给我的学生予以关照，更希望馆方能与辽博合作办展。陪同看画的该馆李楚琳小姐初从英国进修归来，她是韦陀的学生。

抽空到二楼看看苏富比拍卖行预展的书画、瓷器、鼻烟壶，这些展品将于今年5月在香港拍卖。见到朱咏仪女士，其将该公司伦敦总部负责人介绍给我，相互问候。据朱告知，林诗韵小姐明天到此。

1994年4月16日
新加坡

上午9时，洪志腾接我去亚洲酒店，与刘德超夫妇一起早餐。饭后先去留香茶艺馆取我的印章，之后到洪家看其藏品，其中大千之作不少，为之鉴定题跋。

午饭后再次去国家博物馆看苏富比所展之物，与林诗韵见面。据告今年70岁的何惠鉴已经退休，移家波士顿，现住在纽约。

下午3时，斯民艺苑宣布开业，同时举办吴冠中画展开幕仪式。出席者很多，王翰之夫妇也在其中。

晚上杜南发夫妇约请吃饭，饭后回酒店过目其所携近代书画几件。其中康有为在槟城自书诗三首（印梅花笺）颇具文献价值：一首祝光绪"圣诞"，甚为感慨；一首似涉梁启超与国民党合作办报事，强烈指责其"变节"。建议装裱成册，并请潘受先生题跋。

1994年4月17日
新加坡

上午9时，王德水夫妇来接往他家早餐，刘德超夫妇陪同。

上午11时，乘王德水车到吴在炎先生家，与何家良、刘抗、陈正以及"三一指画会"诸理事一起午饭，薄饼卷菜，何家良为我示

定庐观赏吴在炎作品
林秀鸾　关宝琮　杨仁恺　吴在炎

范吃法。吴先生明年拟办义展，为佛寺筹资，约我为之写序。

下午张美寅先生开车来接，与王翰之夫妇同往张家看其藏品。此人与上海诸名家往来较多，收有不少近现代书画，其收藏的世界邮票以及宣传画为数不少。为其所藏弘一法师经书卷题跋，书写"艺林堂"匾额。

晚间与韩发光用餐，商谈举办东南亚民俗展览事宜。

1994年4月18日
新加坡

上午去马来西亚驻新加坡使馆办理签证，手续非常繁琐，直到中午仍然未果，告知下午2时半往取。

潘受先生患有带状疱疹，疼痛难言，今

日下午专程探望。据告此病西医治疗，需3个月方能痊愈。我老伴前年曾患得此症，由马学鹏介绍一位女医生针灸治疗，数日即好，且不复发。告知潘先生，待我回去后迅即将方子寄来。

随罗先生到马可波罗金店买些小礼品，回去送人。然后到留香茶艺馆取存放在那里的物品，并为余国郎写了一副对联、册页题字。晚上与蔡斯民、李自强、叶先生、罗先生一起吃饭。

晚饭后回到京华酒店，刘翀来接我们到其住处看看。两室一厅，装修颇雅。

夜9时，张美寅等人携来前年存王翰之处书画大小40余件，当即送张美寅、王翰之各2件，又送王德水画1件、字3件，送关宝琼书法1件，其余全部带至槟城展览。

1994年4月19日
新加坡

今日无事，韩发光、罗先生陪同游玩一天。

先到植物园观赏胡姬花。此乃新加坡国花，品种极多，目不暇给。之后乘缆车到圣淘沙去看海里之鱼。头顶、左右的海水之中全是游来游去的鱼类，有的小鱼反光，呈红、蓝、黄、淡绿诸色，美不胜收。圣淘沙有"欢乐宝石"之誉，娱乐设施不逊于欧美诸国。再之后前往日本去年在此开张的高岛屋百货公司逛逛，规模极为宏大，不亚于在东京的公司本部。

晚间张美寅偕上海杜建成来见，带一虚谷画卷，壬辰年作，不能肯定，待查考后再给意见。杜是张美寅的结拜兄弟，将艺林堂在上海开办，每年往来于上海与新加坡两地，从事书画、陶瓷买卖，张的藏品大都是经此人之手得来的。他与王翰之亦为亲密好友。

1994年4月20日
新加坡—马六甲

晨起收拾行李。上午9时过刘翀、余国郎先后而至，一起早餐。王德水、刘德超夫妇来见，酒店道别。

中午在马可波罗金店罗老板处与来福拍卖行林秀香相见，随其来者姓王，拿出以下书画求鉴：

1. 王振鹏《白描罗汉图》卷。纸本。吴湖帆题签并在引首后另一旧纸上跋，认为王氏真迹，在尾部钤盖一印。下面有梁清标两印，俱真。唯技法颇弱，又画无作者名款，不能明确意见。后隔水吴氏又跋于唐人写经残纸之前，定为敦煌之物，经文当属唐朝中期所写。

2. 夏昶《平沙积翠图》卷。纸本。丛竹，颓笔，图名及署款小字书于卷前。赵世宝题签，拖尾杨晋长跋。夏氏小竹丛第一次获见，不精，杨氏跋真。

3. 沈尹默楷书联、吴湖帆隶书联，均孙邦瑞上款。又吴氏等四人为孙氏书寿屏，朱丝栏，甲申年冬。佳。以上过眼书画皆上海孙氏旧藏。

1994年4月21日
马六甲—怡保

早餐街上吃的，与广东早茶情形相似。餐后驱车前往马六甲独立宣言纪念馆参观，再到马六甲古堡炮台以及三宝山、三宝井、三宝庙一游。景点游览结束，闲逛古玩街道，一共两条，非常狭窄，店名皆以汉字书写。店中东西很贵，无可购之物。

从马六甲沿高速公路驶向怡保，中间必经首府吉隆坡。据说首都居民逾百万，多高层建筑。车子穿行而过，伊斯兰大学外观确实很有特色。

下午5时过到达怡保。整个城市被群山环抱，山皆不高，多石灰质。城市处处绿化，马路宽阔，车辆不少。

1994年4月22日
怡保

今晨驱车前往一家大店早茶。厅堂宽敞明亮，可容纳数百人同时进餐，所食点心与香港不分伯仲。

上午到怡保市郊的极乐洞游览。中午在一家素食店吃素餐，很有特色。

下午3时，马来西亚《中国报》几位记者如约来宾馆采访。他们对自己祖国的文化在此不受重视感到无奈，我则就中马两国的经济往来、文化交流阐述了一己之见。分手之际，为他们写字几幅留念。

这几天辛苦余国郎及其友人刘国兴（外号肥仔）了。二人都很年轻，风趣幽默。他俩在怡保闹市区合买了一门市房，拟开一个装裱店。东南亚固然需要书画装裱，问题的关键是刘国兴能否远赴中国学艺，学习书画装裱的同时也学学书画鉴定。

1994年4月23日
怡保

今天槟城蝴蝶园罗志仁先生前来迎接，大家同往怡保博物馆参观。陈列以照片为主，没有什么设计理念，也没有什么可看之物。

我们驱车一个多小时到海边走走。海岸之椰子树、橡胶树、槟榔树等枝繁叶茂，苍劲挺拔，南国风情独具。

与新加坡比较，怡保物价偏低。在饭店吃饭，同样标准，这里的价钱比新加坡便宜一半以上。今晚到一家鸡米芽菜店进餐，很有特色，口味亦佳，确实物美价廉。

1994年4月24日
怡保—槟城

早餐后直奔目的地驶去，走高速公路，一路畅通，两个多小时后到达槟城。

槟城是世界旅游胜地，傍海旅馆很多，

且多高层建筑、五星级饭店。我们住的酒店面朝大海，估计是三星级。

中午与罗志仁先生共进午餐，之后去见蝴蝶园创办人吴天宝（大卫）先生。此园由吴先生私人建设经营，时间已有9年。由蝴蝶逐渐扩展至昆虫，不仅建有世界第一座热带蝴蝶园，还有一座收藏世界各地昆虫的博物馆。以昆虫为事业的人我第一次见到，很值得宣传。

1994年4月25日
槟城

晨起后在海边漫步，这里风景如画，确实很美。

上午10时在槟城艺术中心召开记者招待会，许岳金先生主持，艺术协会主席许平以及林先生出席。中午艺术中心招待午饭，饭后参观此艺术中心。中心等同于一座艺术学校，有学生三四百人，每人每年学费3000多新元（合人民币10000元左右），毕业时到英国一家大学领取证书。除艺术课程之外，中心还设有计算机、法律、会计等科目，结合社会需要实施教学。

下午过目吉隆坡陈先生所藏书画，将一件伪仇英作品定为明末清初苏州民间无名氏之作，并为之题跋。

晚间到吴天宝家看其集藏的蝴蝶标本，总计能有2万余种，数量着实惊人。据说全世界蝴蝶种类不到20万种，吴个人收藏竟占

1/10以上，真是难得！

1994年4月26日
槟城

上午与任雨农先生同访《光华日报》，董事经理温子开先生热情接待。此报创始人为孙中山先生，胡汉民、戴季陶诸人都曾做过总编辑。现报社由骆文秀控股70%，有人收购被拒。整个报社的采访记者、各版编辑、摄影制版、印刷出版集于一楼，全部电脑操控，只是资料室尚在装修中。

午饭后再次来到蝴蝶园，由吴天宝陪同游览整个园区。彩蝶纷飞，别有趣味。在吴天宝办公室为之题名，并撰写赞词。吴回赠南美

参观槟城蝴蝶园后题字留念
杨仁恺　吴天宝　关宝琼

蝴蝶标本一套、蜡染衬衫一件，盛情可感。

晚间在光大大厦第59层楼进餐，居高临下，槟城景色尽收眼底。席间许平先生介绍了此城风貌以及200多年的发展历史。

任老先生赠我联语："仁于心以宏义，恺然礼而有声。"予回书一纸："雨泽马来亚，农耕贾长沙。"

1994年4月27日
槟城

今天是书画展开幕的日子，一上午皆在艺术中心布展。作品大小总计70余件，总体看还算过得去。

午饭后回酒店看报，《光华日报》《光明日报》《中国报》昨天、今日均刊发了展览消息，篇幅可观。

下午5时，由槟城艺术中心、槟城蝴蝶公园联办的"杨仁恺关宝琮书画展"举行开幕仪式，骆经宗、许平、许岳金、任雨农、吴天宝等许多人出席。我发表致词，希望中马两国在文化上多多交流。

晚餐后由吴天宝夫妇陪同前往旅游景区观光，所见之骆文秀五星级酒店以及浮于海面之游轮型旅馆极有特点，让人印象深刻。

1994年4月28日
槟城

上午在艺术中心展场与观众交流，其间为此地水彩画家戴先生鉴定高剑父画鹰一件。之后前往梁氏宗祠和极乐寺参观，感觉商业气息太浓。

下午林秀香到酒店来见，带来一王翚画页，乃近代摹本。向林介绍槟城蝴蝶园，她很感兴趣，约好明日早餐后一起前往游览。

晚饭后应邀到任雨农家看看。居住环境特佳，院内停车多辆。这是个大家庭，三辈同堂，女婿（许岳金同学）也住在其家。林秀香与许岳金商谈在槟城举办拍卖之事，主人则写字两幅赠我和关宝琮各一。

1994年4月29日
槟城

上午陪同林秀香参观槟城蝴蝶园，之后罗志仁送林去机场返回新加坡，吴天宝送我去艺术中心展场。

中午在仙景楼与吴天宝以及许平夫妇一同进餐，吃鱼火锅。据告此餐馆生意极好，三天内座位已被订满。

下午罗志仁到酒店来谈，聊至6时同往艺术中心展场。适马来西亚国会下议院副议长翁诗杰先生到此参观，彼此交谈。翁先生今年38岁，祖籍海南文昌，精通汉语、英语、马来语，酷爱文学，有小说、剧本出版，还在各种报刊上发表时评文章。

1994年4月30日
槟城

早上移住艺术中心附近之五洲酒店。

上午为吉隆坡来的陈先生鉴定书画，我劝其购藏好的作品，将来不留出手也易。同来者是一位上海交大姓徐的年轻人，据告是中国美院刘江的学生，搞书法、篆刻。

下午3时到艺术中心现场表演书法，写字不少。其中给东方海鲜舫书写对联一副：上联"舫上剧啖海鲜味"，下联"杯中斟饮玉壶春"，横披"迎宾阁"。

晚上任雨农先生请客，许平与吴天宝夫妇参加。冯、洪二人均能画，懂装裱，对上海情况颇为熟悉。

明日展览结束，入睡前向余国郎交代展品归处事宜。涉及我的书画大小40余件，其中与晏少翔、宋雨桂、马学鹏合作作品由他负责继续销售，其他我个人书法作品（包括为李连仲、许勇画作题字者）可作为礼品赠送友人。

1994年5月1日
槟城

今天是国际劳动节，街上餐饮店铺照常营业，其他生意大都关门。

上午11时，吴小姐带领一批佛教学院僧人来艺术中心展场参观，我为他们写下"心即是佛"四字中堂以赠，又为余国郎书诗两首留作纪念。

下午1时，拿督许岳金夫妇请我们在一家中马合资的饭店进餐。所食之物无特色可言，然饮品芒果汁拌米酒确是味道独特。作陪者有许先生从新加坡理工大学来的旧友夫妇，大家交流如何在中国投资诸问题。

晚上撤展，将我的书法作品分别送许平、吴天宝、罗志仁、刘国兴每人几件，以表谢意。其余展品交余国郎全权处理。撤展之时有人送来徐悲鸿画马求鉴。1942年春作于保山，真迹，唯坡脚画得草率。挖上款。

1994年5月2日
槟城—香港

晨5时起床，洗漱、早餐，之后由罗志仁、余国郎、刘国兴送至机场。

飞机下午1时半到达香港，吴美慧总经理以及小陆、小黄持花迎接。之后驱车黄金海岸酒店下榻。此酒店靠山临海，无论居住条件还是环境景观，皆远在槟城所住之上。

入住后打电话给黄君寔，得知脚疾尚未痊愈，不日返美。

又与朱咏仪通话，约定明日相见。

1994年5月3日
香港

上午10时半，吴美慧、小陆来接往香港希尔顿三楼看苏富比瓷器拍卖。与朱咏仪见面，午餐时又见到傅申。

下午在拍卖会场见到耿宝昌，耿告知启功现在温莎伯爵处，明日返京，他则后天回去。又碰见女画家关天颖、黄柯柯，二人很热情，约后天午餐。还与邢宝庄简短交谈几句，告知刚刚从印度写生归来。

晚上张颂仁请客，叶承耀医生、林文杰画家参加。大家一起探讨交流举办中国古代缂丝刺绣展一事，初步约定6月中旬在沈阳面议一切。

入睡前与许礼平通话，请其给张仃出版专辑。许表示马上来酒店面谈，时间太晚，电话沟通即可。

1994年5月4日
香港

由黄金海岸酒店移住荃湾悦来酒店，这里离吴美慧公司很近，距香港机场不远。

上午为吴美慧几家公司题写招牌。又为其在香港三联书店购买的台湾版《中国书画》两册签名，分别赠与吴美楚、吴美慧兄妹。吴美慧花港币千元买得戴进《达摩至慧能六代祖师图》复制品，由我为之题字。

下午先去徐氏艺术馆参观（确有精品），之后到常万义的万宝堂看看，再之后一同去潮州馆共进晚餐。

1994年5月5日
香港

上午10时到希尔顿看苏富比书画拍卖。抵达时见到利荣森、张鼎臣，我们在楼下咖啡店每人要一杯咖啡，边饮边谈。其间我请利氏代打电话给中文大学高美庆，诚意邀高访沈，并对赠送其父高岭梅主编《张大千画》图册表示感谢。拍卖会开始之前利荣森告别离去，说是专程来此看我的。

书画拍卖进行至12时50分，我与关天颖、黄柯柯、徐伯郊、常万义、朱锦鸾提前离场到下面就餐，黄君寔夫妇、叶承耀医生亦先后而至，我们边吃边谈。分手时徐伯郊赠赵熙书画成扇一把，可感之至。

1994年5月18日
北京

晨7时过抵京，直往炎黄艺术馆出席"中国民间珍藏日本画鉴赏展"开幕式。华君武夫妇偕其儿子、儿媳、金维诺、金枫、李希凡以及北京建筑设计院刘力、周文瑶夫妇等人皆已到场。刘是武汉人，周为成都人，二人皆梁思成学生，炎黄艺术馆的设计师。

仪式结束，李希凡、金维诺等先行离去，其他人在谈笑风生中共进午餐。我与华君武此前见过，但从未交谈，此次相遇，有如多年知交，彼此话语不断，畅所欲言。我约他明年到辽博举办漫画特展。

炎黄艺术馆举办"中国民间珍藏日本画鉴赏展"

杨仁恺　黄胄　等

晚间与金枫夫妇、苏士澍以及台湾大地出版社吕石明先生商谈世界百家博物馆丛书出版事宜。

1994年5月19日
北京

中国嘉德老总陈东升驾车来接，随即与冯其庸同往长城饭店的中国嘉德公司。陈将三位年轻同事——介绍，又讲述了两次拍卖火爆内情，感觉公司确实很有朝气。

适王方宇从纽约来，骤见欢甚。据王方宇告知：王己千愿将元四家之作和董源诸人真迹让与祖国，大概需美金1000万元；又说徐邦达为此已撰写了文字材料。我觉得宝物回归甚好，但由国家财政出资不太现实，莫不如商之中国嘉德，也许能行。陈东升觉得

可以借鉴日本某保险公司买入梵高《向日葵》运作模式，由中国嘉德协调银行收购，进而实现国宝回国。我请方宇回美与己千面商，希望好事能够办妥。

1994年5月20日
北京

荣宝斋举办"启功金膺显书法联展"，我应邀于上午9时半前往祝贺。与启相见，有如久别重逢，拥抱问候。我说半个月前我由槟城抵达香港之日，彼时他也在港，翌日返京，未能谋面，启谑谓怕我揪他，于是赶快溜之乎也！大笑。又与金膺显握手寒暄，我们今年1月在汉城、光州多次晤面，友谊之情已非同一般。金对我远道来贺由衷感谢，言辞恳切。

中午与华君武夫妇、黄胄夫妇在燕莎商场中一家德国啤酒屋喝酒聊天，同桌还有北京建筑设计院刘力、周文瑶夫妇，大家尽兴而散。

晚间到北京新侨饭店与王德水见面，适画家宋涤亦在。此人很有个性，作品在日本等地多次办展，德水为其在新加坡画展出力不小。据告二人正在合办公司，营业执照已经在手。德水说明日飞成都与刘德超见面，我请他转告德超，我将于8月28日到达，请提前与四川省文化厅联系，届时我与今井凌雪等人要前往川博参观。晚上在饭店内一家淮扬酒家就餐，其中有一道菜为鳕鱼肉，味道特别鲜美，人生第一次品尝。

荣宝斋"启功金膺显书法联展"
启功　杨仁恺

1994年5月21日
北京

上午冯鹏生携来黄子久山水一轴，郑燮有题。旧画，为之题识。又冯其庸带来青海佛塔地宫出土藏文佛经三卷求鉴，以为宋代，实则明时之物。

中午到国贸大厦董克明所办之画廊参观，所见作品以油画或水彩画居多。此人二十三四岁，10多岁留学英国，师从韦陀，偏好鼻烟壶收藏，有时也购进一些其他古董。董读过我的《国宝沉浮录》，评价颇高。

下午到首都大酒店与总经理吴先生见上一面，他是新加坡一方的代表，对中国颇有感情，亦热爱文化艺术，为之题字留念。

1994年8月8日—9日
大连

去大连一趟，两件事情值得一记。

1. 与老友罗继祖欢晤。他耳聋，又患有白内障，我们以笔谈心。此公思想传统，对现实不闻不问。过目其所收藏品，其中马士英书画轴为伪，罗雪堂、沈曾植、王国维诸件殊佳。

2. 到金州大李家乡部队招待所，与辽宁书协举办的书法临帖班130多位学员见面，讲话约一小时，鼓励他们求真务实，学习进步。

1994年8月27日
沈阳—北京

今天，我与马宝杰陪同东京国立博物馆富田淳等人前往北京。飞机从桃仙机场起飞，10时半抵达首都机场，中青旅迎接将我们送至北京饭店。

与薛永年通话，得知刘建龙入中央美院的通知书已经寄出，30日报到，9月1日正式开学。下午打电话告诉刘建龙，务必按时报到。

下午到琉璃厂，先去荣宝斋，与米景扬匆匆晤谈几句。据告，文物拍卖公司数量正呈增长趋势，荣宝斋是否建立拍卖平台，尚未定夺。之后去北京文物公司，黄经理出面接待（秦公去沈阳了），告知拍卖工作已准备就绪。经黄经理介绍认识北京翰海副经理李惠，很年轻，是黄经理亲自培养出来的。观看他们征集的拍品，发现其中有日本横山大观、富冈铁斋画作各一件，底价分别为450万元、600万元，为此次拍卖标价最高的两件。仔细阅览，富冈铁斋之作为赝品，横山大观作品亦不佳，而富田淳意见则是均伪。

回饭店与中国嘉德陈东升通话。据告拍卖图录已交深圳付印，不久即可寄往沈阳阅览。陈对今年11月秋拍信心满满，约好9月下旬沈阳见面细谈。

又分别打电话给冯鹏生、刘蔷，约好明日上午在饭店相见。

晚上与薛永年晤谈，殊快。又牛克诚晚10时来见，告知下月将赴东京大学进修一年，我介绍其与富田淳相识，并请富田淳日后在其进修过程中予以帮助，方便之时转达我对东京大学户田祯佑、小川裕充教授的问候。

据说小林斗盦先生已经到京，但不知住于何处。又铃木敬先生即将来沈，我现在外地，如何安排接待，待联系上之后再说。

1994年8月28日
北京—成都

上午冯鹏生、刘蔷先后来晤。据冯鹏生告知，龚继先因有疾需要手术，两个月可望痊愈出院。鹏生之子冯泽现为高三学生，正在转学之中，计划明年报考中央美院。

又刘蔷告知，西苑出版社即将出版《刘继卣绘画精品选》，嘱为之撰序。人民美术出版社的《刘继卣人物画集》《刘继卣动物画集》正在编辑之中，据说责编去了美国，回来后即可发稿。刘蔷携来溥杰先生之亲生女儿从日本母亲家清理出来的一张纸，上面写有七律一首，因不得其解找到了我，要求白话译出写于宣纸之上，之后裱好作为家珍。弟弟刘楠在比利时布鲁塞尔开了一家餐厅，从钓鱼台请去了两位大师傅掌勺，生意兴旺。妹妹刘葵现在美国东部，不久将生小孩当母亲了。

上午10时与二人告别。中午12时在机场与今井凌雪夫妇、苗村（今井同学，搞电机的）夫妇、池田利广、鸟居美代子、吉村英子（迹见学园女子大学）相见，喜甚。下午4时同机飞往成都，黄昏时到达，住入锦江宾馆。

与高文通话，约好明日上午来接，之后同往川博参观。至于能否看到三星堆青铜器，唯不知考古所库房保管员在不在，待明天见面再说。

刘德超、杨敏夫妇来宾馆将我接到华侨村居所，匆匆看了几件藏品，为王翚《仿古册》和傅抱石《吟松图》题字。

1994年8月29日
成都—重庆

上午8时进餐。9时高文来接前往川博，王有鹏副馆长出面接见。先浏览川博的陈列展览，汉画像砖认真观看。之后去考古所看库房中的三星堆文物，正在彩绘复原，准备

成都锦江宾馆
高文　今井凌雪　杨仁恺

出版图录。再之后去文物店看看所经营之物，大路货居多，其中杨庶堪、姜宸英字条真，沈曾植屏伪而劣（店员却坚持认为真迹无疑）。

中午高文在文君酒家招待大家。在四川，文君夜奔相如的故事很多人耳熟能详，但远方的客人却很少有人知晓。

下午先到杜甫草堂游览。这是杜甫流寓成都时的故居，保护得不错，可喜。之后回到川博看馆藏明清书法数件，其中文徵明《草书自书诗》卷少见。

九妹、陈孟雅、谢宁来见，交谈片刻而去。

1994年8月30日
重庆

早7时进餐，8时动身上船。此船曰"皇家公主号"，德国制造，是去年方行驶于长江的五星级豪华游轮。然码头尚未修好，上船之路皆为泥土且凹凸不平，有一段陡坡特别难走，如是雨天，乘客定是苦不堪言。所幸我得富田淳、池田利广两位青年友人左右照拂，勉强登上游轮！

上午10时，"皇家公主号"起航，下午3时到达丰都。这地方别名鬼城，当地政府为发展旅游经济投资不少，游轮来往都在此停下，乘客下船游览景观！我们乘今年新架设的缆车上山，所见建筑并不夺目，书写的对联、匾额亦欠美观，有"阴司法网"一匾，竟误"网"为"纲"，真是一大笑话也！

1994年8月31日
重庆—宜昌

昨晚11时，游轮停泊在万县，大家安然入睡。

游轮清晨起锚，9时左右过奉节白帝城，进入瞿塘峡。行至巫峡，我们改乘机动木船进入大宁河小三峡。大宁河源于大巴山，经陕、鄂、川流入巫山口，汇于长江。小三峡被誉为"中华奇观""天下绝景"，确实风光别具。据说与小三峡相连，还有一个小小三峡，得换小船才能驶入。

下午4时返回到巫峡停泊的游轮之上。船继续东行，经川鄂分界，过秭归屈原祠，停泊在昭君故里。

晚餐后苗村先生约请同行者在船上酒吧间聚会，每个人都在此舒展歌喉。吉村英子的中国民歌颇有味道，鸟居美代子的歌声最优，马宝杰不甘落后连唱了几首，今井夫妇为助兴搞了个夫妻合唱，最后大家尽欢而归。

1994年9月1日
宜昌—荆州

晨入中堡岛。这里就是即将动手修筑的三峡水利枢纽工程的坝址，岸上正有不少科研人员在从事着勘探设计工作。据告1997年将实现大江截流，2000年后可望竣工，届时万吨船舶可直驶重庆，总发电量超过葛洲坝多少倍。

上午10时，船抵葛洲坝，乘客纷纷离开船舱，目睹闸门开启、游轮平稳通过这一过程。之后大家回到船舱，齐聚今井凌雪房间说笑闲聊，有如昨夜之继续，一片欢喜，乐在其中。

下午3时半，游轮停泊在沙市。此乃古之荆州、唐时江陵，历史名城也。我们下船乘车前往荆州博物馆参观，一路所见花园处处。马路很宽，单向四车道，中间以花坛相隔，花坛上种有洋玉兰、枫树、白果树、紫薇树，常年青翠，兼之市面整洁，店面可观，颇有现代都市之风范。尤为难得者，占地三四十亩的博物馆虽在城西，但仍属市区之内，观众来此极为便利。80年代建、90年代完成之博物馆陈列大楼以及附属庭院，规划设计甚佳，出自一位同济大学卒业的专家之手，得民族文化之雅趣。博物馆又以洼地建成水池喷泉，走廊相连，连廊则以复制的楚汉丝织品为装饰，具有地方特色。

荆州博物馆按历史时序展示藏品。历年出土之楚汉文物以漆器、丝织品为多，铜器次之。据接待我们的副馆长彭浩（江西吉安人，姜念思北大同学）介绍，该博物馆所藏出土漆器之数量约占全国2/3，其高超的脱水技术居全国之冠。询问得知，该博物馆员工人数刚过100，每年财政拨款20万元，职工工资、办公用品、日常维护等诸多开销基本上自行解决，门票收入约70万元，小卖部出售各种复制品，还有一些其他资金进账，一年下来，可望收支总体平衡。

时至今日，荆州古城仍旧墙体完整，形制完备，颇为不易。

总之，荆州是古老文化与现代文明交相辉映的城市，日后发展，当前景无限。惜来去匆匆，只能浮光掠影也。

将晚回到船上，游轮起锚夜航，向长江下游驶去。

1994年9月2日
荆州—岳阳—武汉

晨8时，游轮停泊在岳阳城陵矶港。早餐

后即上岸乘车，直奔岳阳楼而去。此楼为三层、飞檐，纯木结构，四柱楠木，不打地基，新近修竣。楼内有两屏《岳阳楼记》，一楼者为仿制之作，二楼金字红木屏则为真迹，是张照于乾隆时所书。传闻清岳州贪官魏知府曾以复制品将张书原件窃为己有，后转官时人与物俱沉于湖中，再之后因水枯真品被渔民发现复原。

岳阳楼上有清朝窦垿长联、何绍基横幅，均佳。岳阳楼地处洞庭湖盆地边缘，每逢雨季，湖水猛涨，一片汪洋，李杜诗篇早有题咏，不过杜诗中显现的则是晚年落魄漂泊、抱病思念亲友之情。吕洞宾三到洞庭，地方神话传说甚多。接待我们的导游名曹平，女，21岁，维吾尔族，普通话颇为标准。

离开岳阳，乘船继续前行，晚7时半抵达汉口。从码头到酒店，车行不到20分钟，所见市容感觉不如重庆、成都。如与沙市比较，沙市有新貌，此乃旧都。得此结论可能为时尚早，因为武汉毕竟是华中重镇，也许是夜间看不清真容，或是繁华之处我们未到。

1994年9月3日
武汉

早餐自助，食物颇丰，味道尚可。饭前与马宝杰交谈学术研究之道："心之官则思"，凡事都要思考，且要准备充分，脑手合一；随意而为、不求甚解，或一意孤行、师心自用，此乃做学问之大忌也。

上午10时过到湖北省博物馆，与馆长舒之梅相见，承其帮忙为我们做了参观安排。湖北博重要馆藏大都为战国曾侯乙墓出土之物，有青铜器、竹简、漆器、编钟、编磬等，1989年来此鉴定书画之时我曾参观过一次。新增设一漆器艺术馆，展品皆为秦汉时期的楚国漆器原件，经脱水修复，效果不错，柜架也新。据告，荆楚之地每发掘一座古墓，都有漆器出土；又不久前荆州博物馆新掘出两部竹简，乃两部古书写本，尚未整理。俟函荆州博彭浩副馆长了解之。

湖北博漆器脱水技术已居全国前列。有一姓陈的研究人员，50岁左右，是位有特殊贡献的专家。馆藏彩绘凤鸟纹漆圆奁，经其脱水、修复，如今可以清晰地看到全部面貌。据陈讲，经费不足仍是馆里目前的主要问题。承东京国立博物馆西冈康宏的帮忙，湖北博获得了来自日本的一笔资金，故能将漆器脱水工作继续下去。作为条件，俟漆器全部修复后将首先运往日本展出。唯西冈目前已改任企划课长，事务益繁，很难有更多时间顾及此事，故此次特嘱咐富田淳抵鄂时亲自了解一下情况，回去转告。

据告，该馆每年财政拨款不过百余万元，收购资金尤少，全靠对外办展、内部经营维持现状。湖北博每个陈列室都开辟出一个小卖部的空间，面积比展品所占之地还要大，卖的是此展室文物复制品和印刷品，观众参观结束，常常驻足于此，看来收入颇好。另，湖北博还设有编钟表演，以编钟演奏古今中外曲子，是为他处所无，极具特色。这几天在四川、湖北参观了几处博物馆，我发现有一共同之点，即经费都远远不足。

我请舒之梅馆长打电话约李尔重，若方便就见上一面。通话之后得知，李现在北京，无法相见，倍感遗憾。舒说不久前在一个会上见过李，身体很好，为之放心。

乘车绕东湖游览一周，景物依旧，丛林中偶见部分新建别墅。

下午去了省文物店一次，匆匆忙忙而归。

晚间市文物店送来一些扇面、对联求鉴，亦大都是赝品。

1994年9月4日
武汉—上海

上午先去归元禅寺游览，香火甚旺，佛像前虔诚膜拜者颇众，且男女老少皆有。之后雨中前往黄鹤楼参观，游客也是极多。也许是周日的缘故，今天的旅游景点到处拥挤不堪。

午饭后再次到省文物店，浏览其经营之物。其中胡适书龚自珍《己亥杂诗》，实属少见之作。又见傅山行草大字五言诗12条屏，6尺宣对开，亦为首次目睹。傅山遗墨今井凌雪爱不释手，以6万元人民币将之购得。我告知此文物不能出境，但老板一再说出具正规发票，如果海关禁止，可以退货。今井亦信心满满，认为没有问题，我也不好一再阻止。

下午4时过抵达机场。飞机正常起飞时间应为晚6时半，因雷雨交加，一再后延，直至

晚11时才降落上海，入住和平饭店时已近午夜。当即与王运天通话，约好明日上午在饭店会面。

1994年9月5日
上海

上午10时，王运天来饭店我所住房间，与今井凌雪、富田淳、池田利广相见，运天将所书两个字条送与他们作为见面之礼。

随后运天陪同大家前往人民广场上博新馆工地参观。工程确实浩大，建设正紧张有序进行之中，要求整体结构10月交工，工人们三班倒，施工昼夜不停。在工地一间会客室与马承源相见，马介绍了新馆立项过程以及施工进展情况，所有人闻之皆振奋不已，一致认为若非上海领导高度重视以及马的不懈努力，如此重大工程很难顺利实施。

中午与运天在和平饭店8楼各进一碗面条，之后回房间谈论做人和为学之道。

下午3时，运天陪我看望龚继先。与龚交谈，得知周卫明辞去了《艺苑掇英》副主编工作，我为之惋惜。《艺苑掇英》的全部工作现在由龚和两个年轻人负责，龚依旧信心满满，他要给辽博再编一期专刊，不付稿酬，赠送刊物1000本。

回饭店与运天继续交谈。我留运天同进晚餐，其因家中有事聊至6时告辞而归。明日离沪，今井凌雪今晚在7楼小客厅设宴告别，复旦大学柳曾符（诒徵先生之孙，今井友人）

偕夫人女儿参加。晚宴颇为正式，开始前先
有今井、鸟居以中文致词，照稿宣讲，内容
清晰。接着苗村先生以日语致词，由今井翻
译。以上诸位日方友人在讲话中都对我极为
推重，甚感不安，于是为盛情所感，我也在
筵席上讲了几句，希望今后再有交流的机会，
为了文化往来，相互加强联系。

晚餐后钟银兰来见。去年她在东京工作
时与几位日本先生、女士都见过，其中与富
田淳最熟，与鸟居性格相近。大家在一起说
说笑笑，又热闹了一阵子，至晚10时始散。

今天把赠送大家的诗稿分别用信笺写好、
过印，分赠相关人员，有两份待明晨早起补
写。我将携带的王己千画卷请今井过目并题
跋，他表示回国写好后寄来。

上博新馆工地会客室
杨仁恺　今井凌雪　马承源

1994年9月6日
上海—沈阳

上午到上海档案馆看上博馆藏。工作人
员提出八大山人与傅山两家作品10余件，又
宋代以下碑拓数种请客人过眼，整个过程12
时左右结束。

下午1时半同到机场，先送今井凌雪一
行。办理手续，托运行李，依依惜别。

下午5时半，我与马宝杰所乘飞机正点起
飞，晚7时35分抵达沈阳桃仙机场，驱车直奔
辽宁凤凰饭店与铃木敬夫妇、凑信幸、岛田
英诚、海老根俊雄晤面，约定明天上午9时半
来馆里参观。

1994年9月7日
沈阳

上午陪同铃木敬一行参观辽博陈列室和
碑刻馆。下午遂客人心愿，让他们看了20多
卷馆藏书画。日方是有备而至，事先开列出
过目清单，其中许多书画皆为一级文物，考
虑到他们都是日本一流学者，又为友好合作
而来，我们破例满足了他们的请求。

凑信幸是东京国立博物馆东洋课长，也
是铃木的学生，其代表日方提出的两馆合作
意向，我方觉得可行，双方在融洽的氛围中
谈得非常愉快。

铃木因病久未远行，此次来沈已有10年
间隔。前天起夜，不小心在房内跌倒，致使

头部、腰部受伤，好在身边有夫人照顾，不然真会出现大的麻烦。为了专业研究，总是不顾一切，一往直前，这种精神可佩，但保重身体至关重要。铃木在我们交谈时表示，他今后很难远道出访了，与辽博的交流合作就由他的学生们辛苦了。

日方对我方盛情招待极为满意，明晨由姜念思负责到机场送行。

晚7时，我由林声家前往辽宁凤凰饭店与铃木敬等人告别，适外出不遇，留条致意。

1994年10月14日
北京

昨晚乘54次直达快车离沈，今晨7时过正点抵京，刘建龙和一位姓谭的四川同学来接，入住中央美院招待所。我将王海萍的信以及精装本《中国书画》一并交给刘建龙，要他与北京对外文化交流中心王英杰联系，落实护照、机票等一系列问题。

上午9时过前往金维诺先生家，与其夫妇二人交谈一个多小时后离去。据金告知，他最近将去韩国讲学，主题为东方与西方美术的比较。之后去见尹吉男。尹住校外南湖渠宿舍，办公室在11楼，我们在办公楼楼下会面，彼此寒暄几句。

中午与金维诺、薛永年、王先生（系副主任）、冯鹏生、尹吉男一起在小食堂共进午餐。席间永年告知，小健已由昆明飞来北京，与之有电话联系，明日过来看我。

下午，中央美院杜娟来招待所送辽、金、西夏绘画幻灯片；吉林李宏复来了解鲁美招收研究生事宜。

晚上刘建龙告知，已与王英杰通上电话，说是机票连同护照明天中午一并送到美院；又据章津才通知，飞机起飞时间为10月18日下午4时，请大家各自前往，下午2时在机场会合！

晚8时过，薛永年冒雨前来求字三幅，两幅为己，一幅代人所求。

1994年10月15日
北京

上午9时，为中央美院文物鉴定硕士研究生班讲授辽、金、西夏绘画课，配以部分幻灯片，一气讲了3个小时。听课者除了该班学生之外，还有不少美术史系本科生以及外系的研究生，反响不错。薛永年提议后天下午再搞一次座谈，师生互动，我表示同意。

中午王英杰将机票、护照送来，同时约定18日下午1时半来中央美院接我前往机场与大家会合。

午饭后与研究生班的几位学生交谈，其中年岁较大者姓洪，他是北京市文物研究所搞考古的，爱人为罗哲文门生，搞古建筑的，其余人则来自四川、福建、吉林等省的文博单位。

下午先是小健来招待所看我，告知蓉裳近日返沈，他过几天去沈阳、大连，筹办中美合资企业事宜。之后单国强来此晤谈，我请他为刘建龙学习之事多多费心。再之后薛永年、冯鹏生同时而至，大家在一起聊了一个小时左右。

晚6时，冯鹏生在北京饭店设宴请客。一同用餐者除金维诺夫妇、薛永年夫妇、单国强、小健之外，还有一位名王乘的青年，他今年刚刚从中国美院山水画专业毕业，对传统用力较多，特别是对王蒙、徐渭、清四僧（八大除外）之作格外偏爱。

1994年10月16日
北京

今日是星期日，美院同行都在家休息，不便打扰。小健要到机场迎接美国客人，也不能来此陪我。还好刘建龙来招待所照顾我，陪吃早点。

何流最近心脏病时有发作，甚虑，想过去看看。于是上午我让刘建龙打电话给何流，何即派司机小王来接至何家，夫人孟昇、大女儿哈娜、二儿子朝阳都在。哈娜在医疗器材公司做法人。朝阳还在做电脑硬件，说是大公司之间竞争很激烈，他们这样的小公司很不景气。

在何流家午餐后与冯其庸通话，约往他家见面，由何流司机小王送我至冯家。冯为出版其中国大西部摄影集《瀚海劫尘》昨天才从上海王运天处归来，图册成本预算近50万元，夏景春资助35万，余款还待筹集。此书内容、质量俱为上乘，但价格昂贵，估计

问津者不会很多，收回成本大不容易，若想投入产出均衡，尚需各方努力。待我回来去香港时将向有关人员力荐。

冯其庸书画以文人气息为本，他特别崇拜朱屺瞻，老人为冯创作一件花卉数丈长卷，冯正在为朱氏编著年谱一本。冯的夫人夏老师还在中国人大教授俄语，学校较远，交通不便，明天有课，今天提前到校住宿，后天才能回家。我们在附近一家四川餐馆吃晚饭，然后再回到冯家闲谈到晚8时离去。

回到美院招待所，正拿出本子写日记，适薛永年偕两位韩国女生来见。一为博士，姓洪，导师是金维诺；一为硕士，由永年亲自指导。永年身为美术史系主任，事务缠身，还要带中外五位硕士生，其忙可知矣。大家从韩国聊到中国，畅所欲言，两位韩国姑娘汉语还行，交流起来没有障碍。

1994年10月17日
北京

早餐后去中央美院图书馆拜会汤池馆长。汤将施展在山东省第十一中学授课时编印的《景兰画集》（石印教材）给我过目，计山水、人物、走兽、花卉100多幅。是时施才20岁，然作品传统气息浓厚，题识亦佳，令人感叹。汤对之异常看重，自书短文为前言，又请古元为之撰序，计划再版刊行（汤将两篇文章复印件送我）。据告，汤曾将《景兰画集》复印一部送鲁美图书馆馆藏。又，施大光此前

来汤处只拍了其中的10多幅作品照片，我看过之后觉得确实值得重印再版。汤为使此孤本由美院图书馆永久保存，自己写字一纸，又求美院画家作画一幅，将之送与原藏家以表诚意，最终如愿以偿。

上午11时，中国嘉德陈东升派人来接往长城饭店董事长办公室，与公司王雁南、甘学军、高园等人见面。先是陈东升简单说了几句，之后因有事离开，由甘学军继续介绍有关情况。甘原是国家文物局张德勤秘书，现为中国嘉德副总经理。甘说，中国必须拥有像苏富比、佳士得这样的国际拍卖机构，中国的拍卖公司应该走出国门，让流出去的中国文物重新回到祖国，这个愿望虽然现在不能实现，但将来一定能成为现实。谈到货源问题，甘说要建立一支专业队伍，要广泛征求各方专家意见，如此才能保证货源充足、质量上乘。

中午甘副总陪同午餐，旋即送回美院。抵达座谈会场时是2时1刻，薛永年正在向参加座谈的同学讲述师生互动时的注意事项。这种有问有答、共同探讨交流的教学方式确实不错，气氛很活跃，过程很愉快，学生很满意。5时半宣布座谈结束。

1994年10月18日
北京—吉隆坡

早餐后由汤池的研究生吴敢（杭州人）陪我先去高履方家看看。高的精神状态还可

以，孙不在家，只好择日再访。

下午1时半，王英杰来接往机场，耿宝昌以及史树青夫妇先到，文物公司秦公后至。

飞机下午4时正点起飞，马航747，6个小时后的晚10时过抵达吉隆坡机场。中央艺术学院郭孙荣董事长、郑浩千院长驾车来迎，到大运酒店下榻，入睡时已是下半夜1时多了。

1994年10月19日
吉隆坡

早餐后去《南洋商报》报社新址，与社长林忠强、总编辑王锦发以及主笔、记者见面，随后各自单独接受采访。采访我的是记者陈汉光，我就中马历史上的友好往来、文化艺术交流的益处等阐述了个人之见。中午报社请用午餐，中央艺术学院郑浩千院长在座。

午后原拟去国家博物馆参观，中途车出毛病作罢，旋即返回酒店休息。

晚6时半，出席中央艺术学院董事长郭孙荣在银行俱乐部举办的招待晚宴。从就餐的20层楼眺望吉隆坡夜景，感觉马来西亚发展速度很快，行政管理、城市绿化、住宅建设等似乎均有值得借鉴之处。马来西亚人口2000万，吉隆坡人口100多万，唯经济突飞猛进，看来潜力很大。晚餐各种菜肴味美可口，不亚于国内最高水平。席间大家无拘无束，畅所欲言，气氛很好。

饭前我赠书与郭董事长、郑院长，由郑接纳。郑浩千的水墨画值得一观，面约其明

年到沈办展。

明天的《南洋商报》已于今晚9时出版，一共20多版，章津才有关中国文物出口规定的文章在第13版上发表，我们几人的记者专访或将陆续刊出。

1994年10月20日
吉隆坡—马六甲—吉隆坡

晨7时起床，早餐后8时乘车驶向马六甲，高速公路行驶两个小时即达。沿途椰林、橡树荟郁，民族形式的房舍点缀苍翠丛碧之间，幽美至极。

马六甲是新加坡赴马来西亚的第一站，今年4月曾驻足此地，匆匆而过，此次一行人专程来此游览。先参观马来民居博物馆。此博物馆为福建人所建，其家族四代经商，最后将居所办成博物馆，展品主要是多年使用的各种家具、生活用品以及来自中国、欧洲等地的老旧之物。之后到古董街逛逛。店铺所售商品无何值得收买之件，大都是从民间收购来的什物旧货，也有部分手工艺品。再之后参观马六甲海事博物馆，上次未能入内，这回如愿以偿。此馆外形有如一艘大船，里面展室分上下两层，其中从历代沉船中打捞上来的中国瓷片颇可一观。其他多为民俗陈列，展柜中为实物，展柜上摆放图片。最后参观的是独立宣言纪念馆，陈列形式、内容与上次所见一样，无丝毫改动。说到独立，主要是讲摆脱日本、英国的殖民统治，以突出代表的人物和事件为主题，用图片、文献展示独立历史的各个阶段。

半年间隔重游马六甲，发现新落成的建筑不少，外国游人亦多，以游客为服务对象的旅游产业发展很快。

晚上由郑浩千院长在吉隆坡"大人餐厅"设宴招待，新加坡企业家林文虎偕搞汽车贸易的王先生夜航来会。林先生原籍槟城，与章津才、秦公、王英杰颇熟，我们第一次见面，印象殊佳。此人性格开朗，举止大方，从1983年起就与北京琉璃厂打交道，曾与故宫在新加坡合办过宫廷文物展，今年将在北京举办个人钱币展。据告，其有沈阳造币厂铸造的中马建交一公斤黄金纪念币若干枚，计划拍卖出手。

林先生一行二人带来的徐悲鸿书画三件俱真（作于1940年前后，正客新加坡、马来西亚之时），其他如王翚、吴昌硕以及所谓八大《松石鸟禽图》等作品则旧伪。

1994年10月21日
吉隆坡

中央艺术学院"中国文物鉴定班"举行了简短的开课仪式，随即开始正式授课，同时为藏家鉴定器物、书画，凡真品出具证书，鉴定费归属学院。唯真迹寥寥，故出具的证书很少。听课者20位左右，多为马来西亚人，有几位来自新加坡。在乌节坊开有画廊的曾先生也来了，其画廊就在李自强留香茶艺馆

马来西亚中央艺术学院
郭孙荣　杨仁恺

隔壁，陈列的作品虽都是近现代之作，但大都精好，我曾为其题过溥儒的书画册。

下午4时过，由林文虎陪同参观国家英雄纪念碑（原拟前往国家博物馆，因5时闭馆，只好更改计划）。碑身刻有"1914—1918、1939—1945、1948—1960"字样以及阵亡者名单，以纪念第一次世界大战、第二次世界大战、马来西亚内战中为国捐躯的烈士，无论是底座还是座上铜像，整体设计与铸造都还可以。

1994年10月22日
吉隆坡

"郭氏林园晚宴开，友朋咸集天边来；池畔灯光欢笑语，画意诗情各尽盃。"此自书七绝是赠与中央艺术学院董事长郭孙荣的。郭先生今晚设宴于其庭园，并出示我国现代名家齐白石、张大千、徐悲鸿、李可染等人佳作以及任颐、虚谷绝品，眼福、口福皆享，故写诗一首抒怀。史树青也有诗及序，记此次难忘雅集。

晨6时，余国郎打来电话，告知林秀香改在今晚飞抵吉隆坡，明日早上来见。

上午无事，在酒店看报。

下午1时半，去中央艺术学院鉴定书画，5时许结束。

1994年10月23日
吉隆坡

晨6时过余国郎先来酒店，7时前林秀香亦至，一起早餐。林带来一些齐白石、张大千诸人作品照片过目，真迹不多。世界文物拍卖大会将于28日在新加坡举行，林为此忙碌不堪，告辞返回新加坡，我劝其从事艺术品拍卖一定要注意拍品质量和企业信誉。

上午8时过到中央艺术学院讲课，时间为9时到11时半。其间有一位日本人从东京携来书画求鉴，其中所谓赵千里《曲水流觞图》卷作者名款后加，乃明末清初重彩勾金作品；又文徵明七律二首诗札，陆子传上款，原见照片误以为真，今见原件，方知旧临本也。

下午参观国家博物馆。整个馆主要陈列民俗之物以及自然资源，多以实物模型和背景装饰进行展示，水平一般。匆匆浏览一过，下午3时回到酒店与余国郎、刘国兴、刘国富（国兴弟弟）见面，为之题董其昌《紫茄诗》卷。

晚上槟城州部长江真诚设宴招待。江先生热爱书法艺术，喜欢文物收藏，席间大家就此话题交流较多，林文虎则取出傅抱石山水一轴让众人阅赏。

1994年10月24日
吉隆坡

晨7时，余国郎、刘国兴同来请吃本地早点，皮蛋粥和白斩鸡口感甚好，超过广州多矣，但不能与怡保大店相比。

上午10时，中央艺术学院召开新闻发布会，宣布聘我们为该院客座教授。两位到会记者请我们这些被聘者每人都发表一番讲话，轮到我时我表示确实没有什么可说的。

新闻发布会结束，我与史树青夫妇等驱车前往云顶山上，去参观马来西亚最大赌场。先在云顶酒店午餐，然后乘缆车分段上升抵达。这里海拔2000米，为吉隆坡最高处，既有亚洲最著名的赌场，也是一个现代化的度假胜地。赌场规模极大，人山人海，烟雾弥漫，令人眼花缭乱。

晚上郭孙荣董事长在其所开的素餐馆"功德林"为大家饯行。郭先生收藏颇富，前夕在他家做客，过眼现代名家作品20多件，皆是真迹，个别为精。据告，其还藏有不少画作，待有机会再来寓目。

用林文虎手机打刘德超所留香港号码，接电话的人说刘现在不在，回头一定将我所住宾馆电话以及房间号码予以转告。

接着给常万义打电话，接电话的女店员告知常今天可能由非洲返回香港，如果回不来，明天就由她到机场接我。

晚11时，刘德超由香港打来电话，说是明天有事必须赶往上海，已安排孙女士（原国航驻港办事处主任）明日下午2时到机场迎接。

1994年10月25日
吉隆坡—香港

飞机下午1时半抵达香港启德机场，常万义来迎，孙女士未至。随常入住富丽大厦后接到孙女士电话，知其2时准时去了机场，彼此失之交臂。

下午去万宝堂看万义藏品。其中陈老莲绫本某太夫人祭文，裱衣裱，时在崇祯初，当是早年面貌，与后来的瘦劲之风略有不同，但结体一致。又见一所谓金农画册，据唐宋大家文赋绘图，小字楷书，图极精工，罗聘风格凸显。与叶承耀医生在万宝堂见面，谈敏求精舍、香港艺术馆、辽博三家明年联合举办中国古代缂丝刺绣展之事，约定明天将意向书第一稿交我带回沈阳。

回旅馆与同住于此的顾振清夫妇面晤。据告其所办油画展览成效一般；又李秀忠、金河也住在这里，他们明天下午返回北京。

晚8时，与张颂仁一起参观香港画家作品展，常万义因招待中国嘉德陈东升、王雁南等人于一家泰国酒店而不能陪同前往。

1994年10月26日

香港

上午10时去香港艺术馆，与朱锦鸾馆长及其助理司徒元杰见面，一同参观刘作筹先生所捐书画展。展室内有刘氏铜像一尊，为潘鹤之学生所造，唯不甚近生前神貌为憾。

过海到希尔顿参观佳士得拍卖预展，与黄君寔夫妇展场欢晤，马成名亦同时相见。此次所展古代书画中有蓝瑛画册两本，计24开，片片均佳，尤以重彩几页为胜。之后上24楼去看中国嘉德展品，适陈东升、王雁南正欲外出，彼此寒暄几句，约会北京相见。见到小赵、马未都以及中国嘉德广州分公司李经理，他们都很年轻能干。

中午张颂仁为李秀忠、金河、顾振清夫妇饯行，他们今天下午飞往北京。我将致台湾江兆申函请张阅后转交，主要内容是辽博"江兆申书画作品展"初步定在明年8月下旬征求对方意见。又金河为辽宁省作协主席，我们同在一城，首次相见。

下午与《名家翰墨》许礼平通电话，得知其正在筹划在台湾举办"纪念傅抱石诞辰九十周年画展"，届时傅小石、傅二石、傅益瑶兄妹也将前往。

叶承耀医生来旅馆送合作意向书，计划明年6月在香港联合举办中国古代缂丝刺绣展，若我方同意，速复为盼。

台湾吴美慧知我过香港特飞来相见，一同进晚餐，诚意可感。

1994年10月27日

香港—沈阳

上午在万宝堂为常万义题画多件。

中午去一家潮州菜馆与台湾吴美慧共餐。

下午3时驱车前往启德机场。吴美慧先到，得其相助，顺利登机。

1994年11月4日—5日

沈阳—北京

4日下午，杨有洪来为出版《吴振学书法集》求写序言，自当照办。

4日晚上，与顾振清、陈洁（夏景春妻子）乘54次直快离沈赴京。同行者还有两位搞油画创作的青年王兴伟、张昕，皆沈阳教育学院徐甲英之门生。王兴伟之作曾两次获奖，张昕则从美术系刚刚卒业，二人都居家创作，成了专业画家。顾振清要为他们在中央美院画廊举办四人画展，作品以汽车运京，由另两名作者押送。

5日晨抵京，中国嘉德派人在站台迎接。之后与顾振清前往东三环亮马河大厦办理手续，同住913房间。

打电话给刘蕾，约好明日上午来会。

与单国强通话，约定下周二前往故宫参观书画赝品展。

给黄胄打电话，约定明天下午在炎黄艺术馆面晤。

1994年11月6日
北京

早晨顾振清夫人杨荔来见，之后与几位青年画家出去同吃豆花油条。

上午10时，与张锚、刘蕾同往中国嘉德参观拍品展览。在展场见到陈东升，告知拍卖市场出现了伪造刘奎龄、刘继卤父子作品一事，提醒注意并送给中国嘉德一些图册资料供其参考。还见到了王方宇、刘九庵等，熟人不少。据王方宇告知，其藏有齐白石夫人胡宝珠画作一幅，上有白石一题，堪称孤品。

与张锚、刘蕾以及中国石油天然气总公司副总张轰一家在仿膳饭庄共用午餐。其间交谈得知，张轰山西人，石油界老人，与王"铁人"同为大庆作出过贡献，夫人搞工程的，女儿学地质的，女婿研究电脑的。张练气功，信而弥笃，加之张锚在一旁添油加醋，越说越神了。张说再到香港，由他接待，我表示谢意，同时将家里电话写给他，约日后沈阳见面。谈到在辽博办展之事，与刘蕾商议，彭冲书展时间可选在明年春夏之交，张锚画展现在可以筹备，至于刘蕾画展则放后一点再说。

午饭后与张锚驱车前往中国美术馆参观"纪念傅抱石诞辰九十周年画展"。展览已经结束，工作人员正在下撤展品，二石在场，向其表示歉意。据告益瑶已返日本，益玉尚在北京，未能相见。

下午4时左右赶到炎黄艺术馆，正逢建馆三周年馆庆之时，陈列之藏品及本人之作不少。谈及在炎黄艺术馆举办关宝琮陶艺展一事，黄胄表示可以接受，时间由关宝琮自己决定，但必须是明年以后。

晚饭后到朝外冯其庸家，看其《瀚海劫尘》摄影图册二校样。图片佳者不少，再配以诗文，作品殊好。

1994年11月7日
北京

上午10时，中国嘉德当代油画在长城饭店开拍。陈逸飞一幅油画经过多次竞价，一路上扬，最后以250多万元成交，令现场许多人瞠目结舌。

中午在长城饭店餐厅午餐，我与刘九庵、妥木斯（内蒙古美协主席）以及佳士得之庞志英、朱仁明、小石（原复旦大学的）同桌。陈逸飞隔桌而坐，看见我主动过来握手问候，彼此回忆了1981年、1985年美国相见的情景。

下午拍卖继续，现场见到吴方夫妇、方冰同志。纽约龚继遂突然到场，匆匆一晤，送我一些苏富比拍卖图录，约好明天同苏士澍一起参观故宫书画赝品展。与宋惠民夫妇相见，就研究生报告一事宋表示回去过问，同时转达了潘受、吴在炎、何家良的问候，他们原以为我会从吉隆坡前往新加坡见上一面。

长城饭店中国嘉德招待午餐
陈逸飞　杨仁恺

北京故宫"全国重要书画赝品展"
张锚　杨仁恺　徐邦达

1994年11月8日
北京

上午乘张锚夫妇所驾之车前往故宫绘画馆看"全国重要书画赝品展"，10年前的拟议终成现实。由单国强陪同参观，徐邦达、刘九庵等人先我到达，苏士澍与龚继遂随后而至。见到金枫，告知台湾锦绣出版公司的事情基本告一段落。

下午到中国石油天然气总公司张轰办公室，为其写字两幅留念。原拟去张轰的西山别墅看看，时间已晚，临时改变计划前往中央美院画廊参观，抵达时已经闭馆。

半夜陈东升打来电话，为招待不周致歉，同时邀约明日一起早茶。因已有安排，只能委婉谢绝。据陈告知，此次拍卖形势甚好，几件上百万的东西基本为国内买家所得。孙

文书札由一家银行拍去，银行将在行内展室陈列，如果国家博物馆需要，银行可以转让。

1994年11月9日
北京

上午乘张锚所驾之车前往金维诺家，坐谈片刻，之后到中央美院画廊参观顾振清夫妇举办的沈阳四青年（王兴伟、刘仁涛、张昕、叶鹰宇）前卫派油画联展。

中午与张锚一起回刘蕾家吃火锅。

下午与张锚、刘蕾夫妇同去炎黄艺术馆与黄胄、郑闻慧两口子会面，参观炎黄艺术馆成立三周年特展，展品以黄胄本人之作为主。

1994年11月29日
北京

　　上午10时到故宫漱芳斋开会。参会者有国家公安部祝副主任、辽宁省公安厅王副厅长等公安系统人员，有刘九庵、单国强、杨臣彬、杨新等故宫专家，还有一些报社以及电视台记者。评议会由杨新主持，大家先将《清明上河图》冯忠莲摹本与罗东平补全卷对比观看，之后各抒己见。现场气氛热烈，发言者好评如潮，最后故宫同意接受罗东平《清明上河图补全卷》的捐赠，永久珍藏，奖金待议。

1995年

1995年2月9日
北京

昨晚与关宝琮、金焰等同乘54次列车离沈，今晨到京。关宝琮侄女婿黄兴开车来接，入住辽宁饭店。

上午10时到故宫与杨臣彬、许忠陵、杨静荣面晤。下午到北京翰海翻阅其扇面、陶瓷、杂项拍品图录印刷纸样。

护照签证已经办妥，后天由北京直飞新加坡。

1995年2月10日
北京

上午与沈阳海基木业公司负责人金焰同去琉璃厂购买画册，花了七八千元。据告前几年出版的仍按原价销售，最新再版的图书已经加价。

下午去炎黄艺术馆与黄胄见面，适"黄苗子、郁风书画展"后天下午开展，先睹为慰。苗子书法如故，郁风画以热带花木为多，并渗以水彩，技法较从前略有改变。

在炎黄艺术馆见到金枫，他是被黄胄请来帮忙的。又见到李延声，他在巴黎举办个人画展刚刚归来。李提及事情两件：一是由天津人美社出版之《扬州八家画集》，或要书，或要收藏费，由馆方与之联系；二是去年举办的"中国民间珍藏日本画鉴赏展"退画时多退了日人花卉一件（上有中村不折题字），

请馆里查清，以了结悬案。此两件事我让刘建龙回沈办理。

天黑前中国嘉德陈东升来到辽宁饭店，与之共进晚餐。据陈告知，春季拍卖会初步定在6月，货源正在筹集之中，目前看瓷器尚好，书画不及上次，开拍前计划先去中国南方以及新加坡办展。又说其与王雁南去美国参加了佳士得和苏富比的拍卖会，见到了王己千、王方宇诸人，因己千转让藏品索价甚高，彼此无法达成协议。

晚间即将入睡之时，冯鹏生来送我成扇一柄，裱梅兰芳牡丹金扇面，和傅山残稿两小轴嘱题，并说明梅兰芳牡丹赠我老伴。

1995年2月12日
新加坡

上午到来福拍卖行与杜南发先生见面，之后同观拍品。书画不多，精者尤少。唯陆俨少山水册、卷、横披俱有，独少真迹，其中真品多为80年代之后所绘，皆非佳作。有一册沙孟海先生一题之陆氏山水，尚可。其间《新明日报》高级记者张燕燕女士对我进行了采访，所提问题较多，我请她笔下留情，少写为好。摄影记者也拍了不少照片，发与不发，只能听之任之。

下午参观一个民俗博物馆。此馆展品为清朝同治年间某个家族移民东南亚后的一系列遗物，有银饰品、丝织品、家具等，100多年的移民生活史清晰可见。还见有三厚册家史文

献，内容齐备，英汉对照，附有照片。通过浏览有关这个家族的文字、照片、实物，感觉如下：第一，华人移民之后，无论社会环境、生存条件如何变化，原有的习俗很难放弃。第二，这个家族遗物特别完整，非常珍贵、难得，称其为研究东南亚华人移民历史的第一手资料毫不为过，新加坡政府应予以重视，建议展品由新加坡国家博物馆全部购藏。

1995年2月13日
新加坡

上午到新加坡文物馆与蔡斯民匆匆一晤。他明天去香港转赴北京，并告知黄君寔已由美国飞抵新加坡。晚间途中与黄君寔通了一次电话，约定择时相见。

下午到吕俊帝家看其藏品。此人32岁，少年时即开始收藏民俗之物，近年在马来西亚收购了一个家族的完整遗物。这些遗物若从经济角度审视并不贵重，但若从民俗文化角度观之则极有价值。

晚上《新明日报》总编辑杜南发夫妇宴请于一家日本餐馆。席间商谈今年圣诞节前后在新加坡举办书画赝品展一事，展品以近现代之作为主，同时亦可考虑专门筹办齐白石画展（100件）。杜南发计划四五月为此专程来沈一趟。

1995年2月14日
新加坡

今天是农历正月十五，中国各地一定张灯结彩。此地华人习俗与国内相同，也过元宵节，花灯处处。此外，今天还是西方的情人节，两节合一，整个城市热闹非凡。

上午王翰之来见。他昨夜才从印尼归来，约好明日下午到其友人家里鉴定几件书画。

中午《联合晚报》总编辑陈正在一家潮州馆请我们吃饭。

晚间王德水、宋涤、张雅凡来酒店接往海边同吃海鲜。据告刘德超已去香港，德水、宋涤、雅凡携手创办之文化公司正在选址。大家边吃边聊，过程很好，顾振清托带给德水之油画和信件已经面交。

1995年2月15日
新加坡

上午8时，余国郎送来笔、墨、纸以及印泥，求我写字，一气题了好几张。

中午与亚洲文明博郭勤逊馆长、陈家紫等人在酒店二楼同进午餐。谈及去年李楚琳到沈联系办展之事，郭馆长态度未置可否，再次邀请考察辽博。说起前天所见吕俊帝所收一整套民俗什物，建议郭馆长将之买下，郭认为政府不会提供这笔资金。

王翰之和张先生下午3时来接，前往张家鉴定新收书画。唯陈洪绶人物真，余皆赝。

下午5时前往新加坡文物馆，配合电视台的新闻制作，记者提问，我来作答，约10分钟结束。

晚7时出席在联合报社大楼举办的"鉴赏与收藏经验谈"专题讲座。关宝琮讲陶瓷，我谈书画，各用30分钟，之后现场问答，整个过程由杜南发主持。台下350人左右，学者、教授、收藏家、爱好者……各种人物皆有。有一位华裔青年对拍卖机构持有意见，对华人画家学习西画颇为不满……我一一作答，掌声不断。我的回答令杜南发非常高兴，陈正说我虽然年老但反应依旧敏捷，林秀香则说她一向不喜欢听人讲座，今晚竟然一直全神贯注。

1995年2月16日
新加坡

上午与林秀香等应唐裕先生之邀前往拜会。几十层的大楼原皆属唐氏财产，现只保留28、29层两层作为公司用房。屋内堆积的古今艺术品到处都是，东西方绘画（中国书画大都是近现代之作）、玉器、瓷器、木器、铜器……似乎什么种类都有，据告总量有数万件以上。建议其请人编制目录，以类相从，然后输入电脑，便于管理。

在唐裕公司见到了不少工商界人士，其中杨启霖先生熟识，彼此多寒暄几句。原来今天是唐先生召集的同行聚会，午餐自助，饭后告辞。

下午到来福拍卖行为藏家鉴定藏品。所见书画赝品很多，求鉴者都说是从正规画廊买的。有一张齐白石虾图，卖家出具保真证书，谓三年内可以退货，付款千元新元，其实东西很不像样。唯新加坡发展银行证券公司陈家锋出示的黄慎花卉册12开，与上海所藏有的8页题材、题字一样，是少见的副本，难得！

晚上何家良夫妇在同乐海鲜设宴招待大家。我把辽博顾问聘书以及《辽宁省博物馆藏宝录》一书赠送给他。

1995年2月17日
新加坡

上午到潘受家里拜访，见到了先我们而至的黄君寔，这两天彼此已通话几次，终于晤面，甚欢。我将辽博顾问聘书与《辽宁省博物馆藏宝录》一书呈上之后，又拿出冯鹏生送我的成扇，请潘老在扇上题写"仁风"二字，并署上款，留作纪念。

12时过离开潘家，黄君寔顺路半道而下，相约不日香港再见。我们是应吴在炎之约前往其府上午餐的，夫妇二人热情招待，着实真情可感。出示潘老为我题字的成扇，又请吴老另面指画墨竹，此乃新加坡之行一大收获也。这两位老人均已85周岁，犹矍铄健康，可喜可贺。

下午再到来福拍卖行，继续为藏家鉴定书画。

新加坡潘家书房
黄君寔　潘受　关宝琮　杨仁恺

1995年2月18日

新加坡

早上王德水来晤，一起早茶。

午饭后到来福拍卖行见了几位藏家，看了一些东西，旋即应约前往杨启霖家。此人收藏书画不少，赝品多于真迹。九年前谢稚柳在杨家看画三天，今天我在此过目书画一个下午。晚上与潘受一起接受杨启霖的家宴招待，席间他们谈及刘海粟、徐悲鸿诸多往事，持论公正。

晚7时过，随林秀香去周医生家看看。住宅墙壁悬满字画，皆为近现代中国或新加坡画家之作，总体颇佳，赝作较少。

晚9时回到旅店，与来访之杜南发晤谈。杜说书画赝品展应着手准备，争取12月成功举办，他们负责筹集经费，约定待我由台湾返回之时他们去沈面议具体细节。

1995年2月19日

新加坡—香港

上午到王德水公司为其书写对联。又为宋涤的表弟马先生（在大阪开有饭店和画廊）鉴定10余幅书画。其中华新罗大横披祝寿人物山水并长诗，上款被挖，装裱殊劣，仔细过眼，画题俱真。为之题跋。

我所乘的澳航飞机下午3时起飞，晚7时降落至香港启德机场，葛师科、张颂仁前来迎接。张虽已为我订好酒店，但葛力邀到他家去住，于是只好从命，请张颂仁将房间退掉，并约定明天中午汉雅轩见，由其请客。

天民楼的历代陶瓷陈列依旧，而主人葛士翘已于两年多前跨鹤西去矣。令嗣师科，得家传衣钵，又善水彩、素描，作品可与专业画家媲美，这是来此的最新观感。

分别与利荣森、叶承耀两位先生通话，利说明日一起早茶，叶说明晚葛家相见。

已求张颂仁代取后天飞沈机票。

葛家位于浅水湾，地势较高，夜深人静，风声、涛声不绝于耳，致使睡眠不稳，好在只是暂住，两天而已。

1995年2月20日

香港

早8时半，与葛师科及其妹妹、朋友驱车

至希尔顿，之后步行到一家潮州馆与利荣森先生会面，共进早点。我把《辽宁省博物馆藏宝录》和辽博顾问聘书当面交给利先生，请他对我馆的发展多予以支持。利先生表示没有问题，有何要求但说无妨。利荣森和我同庚，彼此交往多年，他对祖国文化教育事业一向关心，中文大学文物馆就是靠他的鼎力支持才建立起来的。

用完早点，我们同到大业书店与张应流先生、中文大学文物馆副馆长林业强、敏求精舍会长钟华培交谈《敏求精舍三十周年纪念论文集》出版事宜。此书排版已毕，付印的前提条件是敏求精舍必须自购300本（即支付10万元），由于葛士翘先生逝世，继任者说无记录为凭，因此问题一直悬而未解。今天碰头会上葛师科向利先生说明了情况，利先生当即拍板：数量可行，款由他出。

离开大业书店前往徐氏艺术馆，接待我们的卓小姐告知徐展堂已于昨日飞抵北京。遂将辽博顾问聘书和《辽宁省博物馆藏宝录》一书留下，待徐氏返港时请其面交，新加坡林秀香的请柬一并托转。

12时过到汉雅轩与张颂仁见面。首先将辽博顾问聘书和《辽宁省博物馆藏宝录》递交张氏本人，他表示愿意为我馆的海外活动竭心尽力。张说巴西圣保罗美术馆有意举办中国文物艺术展，询问辽博愿否参与。又该馆想聘耿宝昌和我做顾问，问同不同意。张颂仁意识超前，热衷于文化艺术展览策划，每年大部分时间都在欧洲、美洲活动。其台

北分店原本很大，由于无暇顾及，生意欠佳，现准备缩小成一个办事联络机构。

我们在中国饭店午餐。饭后回汉雅轩拿到机票才发现，飞机起飞时间是2月22日下午（21日没有飞沈航班），这样回沈时间就比原来多了一天。

晚上葛师科以家宴招待，请来叶承耀医生一起共餐。其妹厨艺不错，所做川菜比较地道。我询问中国古代缂丝刺绣展的进展情况，叶医生说今天与姜念思通过电话，国家文物局的批复文件尚未得到，因此辽博的展览资料尚未寄来，而香港艺术馆编印的图录3月底前必须齐稿，时间非常紧迫，我表示回去协调、速办。

葛师科兄妹皆善丹青，师科创作的人物肖像、风景速写、水彩相当不错，唯其妹不肯拿出作品示人。

1995年2月21日
香港

早餐后与姜念思通话，请他将中国古代缂丝刺绣展的文字图片速寄香港，同时催促国家文物局尽快批复。明天下午回沈，请安排接机。

上午前往中文大学文物馆，林业强在门口迎接，引我们至馆长办公室见到高美庆。久别重逢，甚是高兴。两位馆长代表文物馆求字一幅，之后陪同参观文物馆正在举办的王南屏藏明清书画展。总80余件，陈列疏朗，

值得借鉴。此展是耶鲁大学班宗华负责筹划的，展品原在耶鲁大学美术馆收藏。观展时巧遇饶宗颐先生，相互问候，诚邀便中到沈阳参观走访。

中午高美庆请在沙田一广东餐馆吃饭，其间关于王南屏的往事介绍不少。饭后告别，返回天民楼休息。

下午与葛师科闲聊。据葛告知，抗美援朝时他在空军做文字工作，立功多次，还曾受到毛泽东的接见。师科80年代初移居香港，兄弟姊妹五人，他和大妹受的是中国教育，另三人受的是美国教育。深圳的康大电业公司由其弟弟管理，他负责整理天民楼的瓷器。《天民楼藏瓷》一书的实物测量、拍照、说明乃至英文翻译，全部由其一人完成，他本人也因此成为专家，得传衣钵。

天民楼主人葛士翘先生终于成为全世界

香港中大文物馆王南屏藏品展
杨仁恺 葛师科 林业强 高美庆

知名的陶瓷鉴藏大家，首先是从小爱好。葛先生青年时就参加共青团地下工作，与罗瑞卿、杨尚昆、艾芜为旧交。抗战时曾任《新蜀报》总编辑，是地下党员。1950年移居香港，与英国人合办家用电器公司，经营致富后开始收购瓷器。葛氏所藏瓷器大都从拍卖行买来，昂贵的几百万元，便宜的几十万元都有。他一生钟爱瓷器收藏，直到逝世前还出价850万港币买入一件明成化青花缸，现借与新加坡在办展览。葛士翘人生很丰富多彩，许多事情外人不晓，很值得撰写一部传记留存于世。

晚6时应约到翰墨轩与《名家翰墨》许礼平、香港大学万青力晤谈。从容庚、商承祚到几乎已被人们遗忘的当年留学老画家无所不聊，直至午夜始告结束。

1995年2月22日
香港

早饭后给家里打电话，告知文秀今天下午飞回沈阳。

与黄君寔电话道别，其下个月返回美国。

在港三天，葛师科负责我的全程，其友人高先生（扬州人）也每天陪伴左右。下午4时，二人驾车送我至空港，依依告别。车行途中，我建议师科收集其父资料，撰成传记，对家人与社会皆有益。

1995年4月8日
沈阳—北京

6—7日，新加坡《新明日报》总编辑杜南发、来福拍卖行董事长林秀香在沈两天，我们研究书画赝品展以及林之友人范先生捐献清朝同治外销瓷事宜。

今日上午飞往北京，中午11时半入住呼家楼京广中心，我与杜南发同住1014室，隔壁为林秀香房间。来福拍卖行陈皇频之父陈先生已先在此。此楼为香港人投资建设，地上52层，为北京现时最高建筑，经营尚好。

晚间陈先生和林秀香在中心宴请国家国有资产管理局副局长潘岳。潘现年35岁，在军队服过役、在报社当过记者、在政府机关做过管理工作，年纪轻轻，阅历丰富，为人随和，对历史很感兴趣，喜欢收藏彩陶和各家书画，与吴悦石、崔如琢交往颇厚。

1995年4月9日
北京

昨天到京后就在京广中心三楼看"北京翰海95春季拍卖会"预展的拍品，书画、陶瓷、杂项总计800余件，数量不少，唯精品不多，倒是扇面较好。观展中遇见来此参观的刘建龙，我要他注意真伪，并告知房间号，但他一直未来看我。

炎黄美食苑宝世宜昨夜来访，时正与潘岳等人晚餐，简单交谈几句后其返回东城区

北京老舍宅
杨仁恺与91岁的老舍夫人胡絜青

细管胡同4号。今天到故宫参观"全国重要书画赝品展"时与事先约好的单国强见面，本想邀他一起午餐，由于其与上海两位客人有事要谈只好作罢，我与林秀香、杜南发、陈先生乘《法制日报》王社长的车子同往炎黄美食苑吃饭。王社长与陈先生、林秀香在新加坡有过交往，彼此很熟，而潘岳与陈先生、林秀香在新加坡、北京数次相聚，也是关系很好。

在炎黄美食苑用餐后同去老舍家看望其夫人胡絜青（91岁）。胡身体甚好，头脑清晰，据告宝世宜爷爷宝广林与老舍关系亲密。

晚间出席北京翰海举办的酒会，与国家文物局马自树副局长以及徐邦达、刘九庵、杨伯达等人见面，与香港、台湾等地熟人相互问好。

1995年4月10日
北京—长春

"北京翰海95春季拍卖会"上午9时半开始，我到场后与中国嘉德陈东升、王雁南、小赵等人互致问候，与北京翰海秦公、于平晤谈时间较长。据于平告知，夏景春提交的陈少梅之作起拍价3.6万元，而傅抱石、关山月合作一幅则标价48万元。还见到了王伟，据告荣宝斋正在搞拍卖筹备。

午餐与耿宝昌同在一桌，席间告知他同意接受巴西圣保罗美术馆顾问之聘请。白先生与杜南发、林秀香面谈多时，此人由关宝琮介绍认识，属古玩商一类，杜、林对之兴趣颇浓。

晚饭后冯鹏生送我到机场，8时25分起飞至长春，去参加"全国文化工作经验交流暨表彰大会"（东北地区）。

1995年4月11日
长春

上午召开大会。先是宣读文化部部长刘忠德致词，之后有两位"全国文化系统先进工作者"介绍工作经验（其中吉林戏校的事迹生动），再之后台上颁发先进集体、先进个人奖章和证书。上午大会结束，全体合影留念。

下午会议继续，由四个典型——报告他们的成功经验。

晚饭后去吉林大学看望金景芳。金今年93岁，一只眼睛因白内障失明，左耳佩戴助听器，然精力尚佳，记忆力还好，我们一起怀旧一番。

告别金先生，前往于思泊先生家看看，见到他的小女儿。交谈得知，她丈夫吴振武已去香港，与中文大学合作搞古文字研究，年内能归。古籍所所长一职林沄已辞，由吴接任，林日后主要工作是培育博士、硕士。姚孝遂患有青光眼，尚能带研究生。

1995年4月12日
长春

上午先是参观第一汽车制造厂。规模很大，机械化程度较高，据说每5分钟组装一辆轿车，每天轿车产量数以百计。之后参观长春电影制片厂。这是个电影生产、演员培训基地，规模尚可，设施比较齐备。

下午参观伪皇宫陈列馆、吉林省博物馆。

1995年4月13日
长春—沈阳

早上5时半乘火车离开长春，中午时分车抵沈阳北站，辽宁省文化厅几位厅长及有关处室的负责人到站迎接。随即赴邻近南湖公园的东北大学宾馆午餐，省内各市县的代表皆在此食宿。

下午2时，在中华剧场召开"辽宁的全国文化模范地区、先进集体、先进工作者"座谈会，辽宁省委副书记王怀远、辽宁省副省长张榕明等人出席，几位同志会上谈了感想。会后合影。

1995年6月16日
北京

昨晚乘54次列车离沈，今晨7时过抵京。先和小刘直奔中央美院找到了刘建龙，询问放假日期，让其利用暑假时间将书画赝品展文案打好框架，与馆里的准备工作保持同步。据告，薛永年已赴香港，何时归来尚不知晓。

用过早点后到国谊宾馆报到，被安排在1733房间住下。据接待人员告知，此次由国家文物局邀请全国专家60余人聚集北京开会，主要目的是为9月在西安召开的全国文物工作会议做好充足的准备。

中午与南京博物院徐湖平、敦煌研究院段文杰共进午餐。段刚从莫斯科归来，我为解决辽阳汉墓壁画保护问题请求帮助，他说他们院保护所所长李最雄是这方面的专家，可由辽阳发函邀请。

下午与浙江省文物局前局长毛昭晰相见，他现在是浙江省人大常委会副主任，仍兼浙江大学考古教授。毛昭晰介绍我认识浙江省文化厅副厅长和文物局副局长，他们一致邀请我今秋前往杭州参观走访，诚意可感。

晚8时召开预备会议，国家文物局局长张德勤同志主持，每省出席代表一位。辽宁与会者仅我一人。即将参会之时孙轶青同志来

访，我将李树彤为他刻的肖像印章和照片一并面交，彼此交谈10分钟后孙告辞离去。待我赶到会议室时张局长正在讲话，我为自己解释一番：因接待客人迟到了，非常抱歉。张则风趣说道："你来之前会上段文杰院长年岁最大，你这一来他就得排到第二了。"大家为之一笑。

张德勤传达了今年李铁映对文物工作的几次讲话，告知今年9月将在西安召开全国文物工作会议，此次专家研讨会即是为9月大会做好铺垫，希望大家在小组讨论会上充分发表意见。我被编入第二组，这个小组负责人是马承源。

1995年6月17日
北京

上午9时先开大会，由张德勤再次传达李铁映讲话精神，介绍此次会议的任务。随后分四个小组讨论，各组专家发言皆积极踊跃。

我所在小组由马承源主持研讨（他与汪庆正刚从澳大利亚回来，据告上博新馆已经局部建成，今年12月先开两层，明年全面竣工正式开馆）。我把带去的三个材料（即辽宁省人大保护文物决议、各文博单位座谈纪要、辽博目前真实情况）——陈述，同时将辽宁省考古所自辽宁省博物馆分出、辽宁省文物店独立自主经营之后导致辽宁省博物馆文物来源枯竭等诸多问题都端了出来，引得小组专家一致共鸣。尤其是浙江毛昭晰同志，反

应强烈，为了文物事业至为动情。

晚饭后冯鹏生来国谊宾馆接我到其寓所，题小画两轴。冯本人正在修复一幅破残古画，原款盛子昭，可能后加，当是明初或元末人手笔。在冯家结识张雨方君，与石鲁子女友好，西安美院研究生卒业，后去深圳发展，现已办起几家企业，北京、沈阳、西安等地都有房产。他是学西方油画的，又爱中国古画收藏，我为其藏品题了几件，其中沈周两件一件差、一件为旧摹，唯清初戴本孝仿梅道人一轴颇佳。

1995年6月18日
北京

今天上午大会发言，北京市文物局局长单霁翔、上博马承源、浙江毛昭晰等六人发言，直到中午12时会议结束。

饭后为工作人员小杜等写字，俞伟超、史树青也为他们写了两张。我发现俞尽管右手指残，但字写得很有味道，值得称道。向俞了解三峡发掘清理情况，他说是有一定困难，主要问题是经费不足。

下午2时出发先到万寿寺北京艺术博物馆参观，单霁翔局长亲自陪同讲解。随后去虎坊桥西南的湖广会馆游览，正在全面修复，有些建筑已经焕然一新，据告将成立北京戏曲博物馆。再之后到天坛公园附近的古玩市场逛逛，多民间民俗之物，有价值者很少。

1995年6月20日
沈阳—香港

上午8时周捷、许玉莲先去桃仙机场托运中国古代缂丝刺绣展品，我则与王绵厚、张力于9时离馆前往机场。所乘飞机11时30分起飞，直航香港。

刘建龙昨日下午5时过始从英国大使馆取到签证护照，晚10时过返回沈阳，一颗悬着的心终于放了下来。唯今日托运文物的木箱不合航运规定，经过交涉，最后付款4000多元随同班机携往香港。

下午4时半飞机降落至启德机场。我们与接机者互不相识，所幸台湾张雪慧女士公司的港方经理赵先生代为电话联系，终于找到来接我们的两位先生。一辆货车，一台轿车，5时过抵达香港艺术馆。文物整体交接，明日清点。总馆长曾柱昭先生初次相识，同时相见者有叶承耀医生、朱锦鸾女士。曾先生陪同参观正在布置的中国古代缂丝刺绣展室，有1000延长米，规模可观。

1995年6月21日
香港

上午点交展品，发现辽代缂丝被面上的玻璃被压碎，幸运的是文物丝毫未损。

清点、移交结束，我们随朱锦鸾女士同观艺术馆新近入藏的近现代吴昌硕、齐白石、傅抱石诸人之作，真赝兼有。

中午曾柱昭总馆长请吃粤菜，广东风味十足，比内地餐馆高上一筹。

午餐后朱锦鸾先是陪同我们参观艺术馆举办的广东地方书画家作品展。多明清人墨迹，以书法为佳，陈白沙一轴尚可（但非其精品）。之后到朱锦鸾办公室商议有关事宜。朱说今年10月将举办近百年来中国绘画演变学术讨论会，计划邀请李铸晋、万青力、薛永年、方闻等各讲一题，杨新讲总纲，由于杨有事不能参加，问我届时能否担当此任。我表示可以考虑，7月即可决定。朱女士助理司徒元杰以萧云从作品为切入点作为硕士论文研究课题，其计划去辽博看看萧氏原作，希望我们能给予方便。

下午5时20分，曾柱昭先生照约定时间来陪我们逛礼士路百货大楼，我们在出售服装的店内各买了一套西服。晚上曾先生在一家意大利风味食品店请我们吃特色酥饼，据说这里是青年人最爱光顾的地方。

这一天的日程安排太满，回到青年宾馆已有疲倦之感了。

1995年6月22日
香港

下午6时，"锦绣罗衣巧天工——中国古代缂丝刺绣展"正式开幕，到场中外宾客数百人，盛况空前。我作为主席台成员发表致词并参与剪彩，之后来宾开始参观。

在展场见到了与薛永年、杨臣彬同来的高美庆，她已成为中文大学校董，同时又兼讲座教授及文物馆馆长，正在考虑如何与辽博合办展览，如今倒是艺术馆先行一步。葛师科先生已经见面，新加坡的几个朋友也莅临于此。据香港大学艺术系教授周汝式告知，万青力已于近日被评为高级讲师，时学颜退休后赴多伦多竞选议员（虽然失利但仍在从事政治活动）。与朱楚珠几年未见，消瘦多矣，我约她到辽博举办画展。

1995年6月23日
香港

上午葛师科偕小高到宾馆来接，一同过海到汉雅轩与张颂仁见面。我将顾振清托交的三幅画当面过手，又拿出耿宝昌《明清瓷器鉴定》（上下册）和我《沐雨楼书画论稿》请他转寄巴西圣保罗美术馆。据张颂仁告知，此次意大利威尼斯世界艺术节百周年活动非常圆满，他推荐的中国青年刘炜等三人作品也参加了展览。张说意方有意在两年后办一个中国古代画展，我向其推荐利玛窦展，并介绍了辽博这方面的全部情况，彼此说好回去就将目录和文字、照片邮寄过来。

中午张颂仁请客。吃饭时过目葛师科朋友一张陈道复山水照片，有周天球跋，由于照片太小看不清楚，不好判断真伪。

午后2时半，与利荣森先生如约在一家法国咖啡馆见面。我问他上次佳士得拍卖的倪云林诗稿归处，他承认是他买的，东西现在中文大学文物馆，可以随时去看。我说高美庆即将赴美，他说他通知林业强负责接待。

下午3时过告别利先生去翰墨轩与许礼平见面。许说日前他在上海给我家里打电话，始知我已来香港。许计划与香港大学周汝式、万青力同去辽博参观，询问何时为宜，我说8月初文化艺术节期间为好。将返九龙之时马国权来到翰墨轩彼此相见，我们文字之交有年，此为第一次晤面。马已移民多伦多，每年回港一次。

晚间应邀参加香港纺织学会成立大会酒会。出席者中外人士100多人，我以中文第一人致词，告知所有嘉宾：辽博历代缂丝刺绣藏品丰富，此次与香港艺术馆、东方陶瓷学会合办展览之展品仅是极少部分而已，欢迎各方友好人士到辽博参观。

1995年6月24日
香港

今日没有工作安排，全天皆在宾馆。

电话林业强，约定中文大学文物馆看画时间，约定后天上午派人来接。

与许礼平通话，说好明午前宾馆相会，之后一起午餐。如有可能，将与马国权、万青力同来。

给中文大学张光裕家挂电话，本人不在，夫人瑞云接的，她是画家，1991年我曾为其作品题跋。

葛师科打来电话，告知他已联系上了林秀香，林今天赴台湾，28日过港，届时我已返回沈阳。又说书画赝品展费用过高，他们正在筹集资金。

1995年6月25日
香港

午前万青力先到，随后许礼平带着女儿而来，共进午餐。

饭后许有事离去，我与万青力在房间内聊天。据万告知，他与饶宗颐已成师生关系。万于70年代到上海拜陆俨少为师学画，现手中有陆氏之作30多件，宋文治300多件，韩天衡100多件。万为19世纪的中国画家写过一本书，他对冷僻的人物颇有兴趣。还谈到香港大学有2000多中外教职员工，总体上的工资水平、福利待遇比美国要好，但华人不及洋人，中外教师待遇差别很大。青力求我写字一幅，并说读我的《国宝沉浮录》等书很是受益。

1995年6月26日
香港

上午中文大学文物馆派宁先生来接，到达时请中文系张光裕先生通知吉林大学在此访问的吴振武一起见面。我们和文物馆副馆长林业强、助理黎小姐以及来文物馆鉴定的杨臣彬同观利荣森先生藏品。他们提出如下书画：

1. 宋人团扇。两页，南宋晚期。

2. 宋四家尺牍。散页，四家各一件，均为旧仿。苏轼《次辩才韵诗帖》属赝品较好者。

3. 耶律楚材《墓碑记》。乌丝栏方格楷书，署款，无前人题跋，仅饶宗颐考证认为真迹。事实上书风近明初沈度、沈粲兄弟。

4. 倪瓒《竹石图》。轴，纸。自题诗于上。残，旧仿。

5. 倪瓒书札一开。边有清人吴伯荣两题。书法平板，真伪待考。

6. 元惟则和尚书经卷。纸本，后至元某月某日行书。字核桃大小，近赵子昂早中年书风。后拖尾明洪武至清人题跋最胜。

7. 倪瓒诗札卷。纸本。集诸诗装裱为一卷，由香港佳士得拍卖，归利荣森所有。极佳！

午后商务印书馆张小姐来谈出版事宜。她对中国文化比较熟悉，对辽博馆藏书画兴趣很浓。据告《姑苏繁华图》由商务印书馆出版，反应颇好，已经再版。总经理陈万雄外出未归，特托张小姐代为致意，希望今后加强合作。张小姐约往商务印书馆参观，并请一同晚餐。我因晚间与叶承耀医生有约，故由王绵厚、张力二人与之前往。

晚上叶医生依约宾馆来会，告知《中国古代缂丝刺绣展》图册装出百部，随即售空。原计划带回辽博六部，现在只能提供一部。至于我们的样书少量留港赠送，其余如何运回沈阳，有待日后研究。

1995年9月18日—22日
沈阳

原计划8月22日在辽博举办的台北故宫博物院原副院长江兆申书画展，因海关对展品征税过重而影响进程，致使展期延误。几经交涉，问题终于解决，江氏夫妇于9月18日到达沈阳。

协办单位鲁迅美术学院、辽宁省美术馆、辽宁省美术家协会、辽宁画院，各方配合默契，日程安排合理，客人殊为满意。

9月20日，新闻发布会和学术讨论会一并举行，与会者发言积极，气氛热烈。

9月22日上午10时，"江兆申书画作品展"在辽博开幕，辽宁省委副书记曹伯纯、辽宁省政协常务副主席林声、辽宁省委统战部部长张成伦出席开幕并剪彩。鲁迅美术学院200多名师生参加了隆重的开幕仪式。

1995年10月9日
北京

应北京故宫之邀，昨夜与王绵厚同车进京，出席"故宫博物院建院七十周年庆祝大会"。今晨7时半车抵北京站，直奔故宫而去。见到了刘九庵和汪世清，他们派车将我们送至右安门北京商务会馆报到。

此次庆典邀请之人没有确指，请柬上只有"敬请光临"字样，收件者写的是各单位办公室，所以参会者不尽相同。上博由党委书记胡建中全权代表参加。

1995年10月10日
北京

上午9时30分，北京故宫在人民大会堂宴会厅举行庆祝大会。与会者总千余人，重要嘉宾百人左右。见到来自美国的吴同、王方宇等，来自香港的高美庆、饶宗颐等，来自台湾的傅申等，大陆的同行为数不少，互致问候，匆匆分手。与胡建中同来的劳继雄已经见面。

下午到故宫参观为庆典筹办的古代书画、陶瓷、铜器展览。展室依旧灯光暗沉，所展之物难以看清。建议新建展馆办展，宫殿各室原样复原。

晚间韩国留学生李东泉来会馆看我，我让其将我的住处和电话转告刘建龙。

1995年10月11日
北京

上午前往世界公园游览。此园缩小展示世界诸多著名景点，整体设计、具体建筑均不理想，仅园区面积较海牙"微缩城"为大，如是而已。游园期间与商承祚之子商志覃相识。他是学考古的，现任中山大学人类学博物馆馆长，与曾在我馆考古队的张镇洪为同事。此人与乃父性格不尽相同，颇有古时士大夫举止做派。

下午分别与冯鹏生、孙轶青、苏士澍通话。据苏告知，计划明年在沈召开的第二届中国书法史论国际学术研讨会合作事宜已与沈阳故宫支运亭谈妥。

晚间故宫在漱芳斋设宴招待，席间瑞典一女士演奏钢琴助兴。我与西岛慎一等人同桌，餐后与国家文物局马自树等人闲聊，之后离去。

1995年10月12日
北京

今天安排去昌平的中国航空博物馆。此类馆我曾在美国参观过，当是大同小异，故没有随同前往。

冯鹏生接我到家里看画，并为之题字。他的《中国木版水印概说》已从上海人美取回，正在北京排校，唯希望早日问世。在冯家见到新华社《参考消息》主编（鹏生老友），四川人，据告正在操办一家公司，颇具实力。与其同来的是一位《中国矿业报》记者，请求鉴定一件清人之作，赝品。

回宾馆与何流、孟昇通话。得知何的心脏病依旧，尽管医疗条件很好，但仍难痊愈。因为时间较紧，不能前去看望为歉。

1995年10月13日
北京—沈阳

会务组通知今晚9时半53次车票没有买到，于是决定回程改乘飞机，晚上7时起飞离京。因需要提前抵达机场办理登机手续，故与孙铁青共聚晚餐计划只好放弃。电话给他夫人，请转告孙铁青，约会取消。

上午与北京翰海秦公通话，随即派车来接至琉璃厂，提出北宋张先（子野）《十咏图》过目。此乃《佚目》之物，委托拍卖者据说是盖县人，可能即为当年伪满"国兵"。此件国宝在"北京翰海95秋季拍卖会"中以1800万元成交，由北京故宫购藏。据告此次拍卖成交总额1.05亿元，与"北京翰海95春季拍卖会"结果等同，纯属偶然也。

1995年11月9日
沈阳—大连

上午8时50分，乘"辽东半岛号"前往大连，同行者有关宝琼和宁云龙。宁为锦州人，40来岁，曾开店经营文物，现开始编著文物类图书出版，颇有志向。

1995年11月10日
大连—烟台

晨4时过船抵烟台，王恒海院长来接，驱车直往本钢疗养院休息。

早上8时进餐，饭后院长王恒海陪同在疗养院院内散步，各处走走、看看。

整天都在疗养院院内，我为疗养院题字，老关作画。

已与柳菁通话，约好后天相见。

1995年11月11日
烟台—威海

烟台我来过几次，却从未前往威海，今日宁云龙、王恒海、关宝琼遂我心愿，陪同到威海刘公岛参观游览。岛上景物尚佳，唯所建甲午战争博物馆陈列粗糙，有些照片未予加工，且摆放位置似乎也存在问题。

中午在岛上吃海鲜，味道颇佳。

1995年11月13日
烟台

早8时，关宝琼鲁美同学刘相训夫妇来访。其赠送《刘相训画集》一册，并以另册托转谢稚柳，因他是大千门人慕凌飞先生弟子之故也。

1995年11月14日—15日
北京

赴北京研讨谷牧、邓力群主持之《中国古代书画图目》《中国绘画全集》《中国法书全集》编辑出版事宜。日记见另纸。（编者按，另纸未能找到。）

1995年12月12日
沈阳—海口

本来应台湾中华文物保护协会之邀请，

计划于12月7日前去访问交流，时间总计12天，每天日程已预为安排。然申请上报文化部转国台办交流局，久未答复，后一再探询，到期了方告知为了保护在册专家不予批准。于是只好向对方深表歉意。

在此期间，海南港澳艺术品拍卖有限公司吴学军董事长委托郭子绪邀请参加"中国书画经营战略研讨会"，趁日程空闲，安排好书画赝品展准备工作后于今日上午偕子绪同机飞往海口。

飞机在合肥停留40分钟，前后经约5个小时降落海口。吴学军董事长驾车同覃小姐来迎，安排入住海景湾大酒店。吴四川内江人，现年28岁，据告这个公司员工皆为20出头的青年人，学历都是硕士以上。覃小姐是重庆工程学硕士，与小健在北京会上相识，同时与美国的戴教授也有交往。

晚间与吴学军董事长、姓王的副总经理在酒店内简餐。据告，中央美院薛永年等人明天抵达，港澳公司捐款美术研究杂志社20万元人民币；又，北京翰海秦公因病住院不能与会，由其助手刘培、陈新彦代为参加。

饭后到附近一家书店逛逛，新书很多，需要的很少，大都是政经、商业、新小说之类者。

1995年12月13日
海口

上午9时到泰华酒店观看近现代书画拍卖预展，据告拍品多为北京文物店提供。

上午10时半举行"海南港澳艺术品拍卖有限公司"开张仪式，海南省委常委王秘书长和现任省政协副主席、原省政协主席一系列人物出席并致词，我也被安排讲了几句话。随后省长也到场祝贺，参观展品。

1995年12月14日
海口

上午"中国书画经营战略研讨会"宣布开会，与会人数不少。我先讲了会议必要性，随后北京翰海温桂华副总经理介绍了成功经验，赵宇对近三年拍卖情况做了统计分析，章津才对国家若干政策进行了解读……

下午会议继续，发言者皆积极踊跃，各有己见，内容务实，观念很新，研讨的过程与结果非常可取。

1995年12月16日
海口

今天上午去海瑞墓园、五公祠以及一家药酒厂参观，几处景点皆绿草如茵，树木葱郁，环境优美，空气新鲜。

午饭后略事休息，旋即出席在泰华酒店举办的港澳艺术品拍卖会，由我落下拍卖第一槌。前来参加竞拍者较多，香港三希堂何先生等人也来举牌。现场气氛热烈，拍品价格高低起伏很大，其中陈独秀书屏仅以2万元落槌成交，殊廉，于买家而言实属机会难得。

此次拍卖成交率80%左右，总金额445万元，成绩殊为可观。

西安画院王西京将其作品集送郭子绪一册。海南出版社蔡君送《林墉画集》一册给我，同时求我鉴定袁江山水一轴。林是蔡的老师，现任广东画院副院长。

1995年12月17日
海口

上午与郭子绪、阎正去海南省文物店，经理张建平陪同参观。无可看之物，推测货源可能存在问题。经张经理介绍，结识宝安集团黄智刚先生。黄乃四川美院油画系卒业，其公司正在筹建两个文艺机构，分别设在深圳、海口，明年可望开业。

1996年

1996年1月17日
扬州

上午先去大明寺参观游览。古刹已全面维修，焕然一新。其中的鉴真纪念堂香火甚旺，周围园林则异常幽静。之后前往扬州博物馆参观扬州八怪书画展和汉广陵王墓出土文物展。所见青铜牛灯造型极其复杂、精美，全国仅此一件。

下午与冯其庸、蒋风白、王运天、尹光华以及江苏省美协副主席喻继高、日本画家工藤贤司、北京黄云等在酒店写字作画。蒋风白为苏州画家，乃蒋三松后裔。

上海大学美术学院副院长汪大伟一行冒雪来见，将制作的光盘放映给大家观览。

1996年1月18日
扬州

全天参观。

上午去扬州文物商店，建筑殊佳，唯商品无可观者。

下午游览广陵王一号、二号汉墓，令人叹为观止。

1996年1月19日
扬州

全天在酒店创作书画。

我与蒋风白合画三幅并题。蒋曾在上海

人美当过编辑，作品传统味道十足，其送我一件兰花留作纪念。

尹光华之作面目较新，工藤贤司画作展现的是中国汉画艺术，喻继高所绘黄山图颇有传统功力。

1996年1月20日
扬州—上海

今日冰雪已经融化，在扬州这几天过得非常愉快。总经理金林为人豪爽，又周到细致；酒店员工也是热情待客，无可挑剔。

上午乘金总经理所派之车与王运天、尹光华、夏箓涓（冯其庸妻）前往镇江，抵达后参观文物店。原拟再去博物馆看看，因在文物店时间较长而未果。

下午5时，乘上开往上海的火车，经无锡时尹光华、夏老师下车，他们各自回家。夏本无锡人，顺路返家看望。车速极慢，晚6时过方抵达上海。到上博招待所办理入住手续，之后与王运天同在孙坚家进餐。

晚上大连刘岩松、杜培礼、梁伟（人民文化俱乐部）来招待所见面，约定明日下午同往谢稚柳家，请谢为刘藏石涛画卷题跋。之后一起去扬子江大酒店，与常万义相见，商谈筹办大连拍卖公司一事，约定待明日再与南京秦文面议具体事宜。

上海谢家客厅合影
王运天　刘九庵　杨仁恺　谢稚柳　钟银兰　等

1996年1月21日
上海

上午与刘岩松、杜培礼、梁伟前往朵云轩参观台湾画家刘国基作品拍卖预展，与刘九庵在展场见面（他是刘国基邀请来的），老友相逢，自然话语不少。中午一起用餐。

下午如约同往谢稚柳家，遇上海大学美术学院汪大伟一行多人为光盘事以及钟银兰为撰写王晋卿《烟江叠嶂图》考证文章事也到了谢家，一时间谢家热闹非凡。

在谢家接受上海大学美术学院客座教授聘书，谢稚柳将其《壮暮堂诗抄》送我一册。

1996年1月22日
上海

徐汇区田林路有家鸡肉馆，昨日、今天都去那里早餐，他家的包子、白斩鸡、鸡血汤、鸡肉粥味道殊佳，口感极好。据说从早到晚食客不断。

方行已经离休，上午去他家看看，回招待所与龚继先通话。他现在只负责《艺苑掇英》编辑出版，直至退休了事。

长宁区有一家颇具档次的本帮老馆，单国霖、钟银兰等上博书画组同人今天请在那里午餐，味道纯正，价格也不贵。

晚间上海大学美术学院汪大伟约我与谢稚柳、刘九庵、钟银兰等人吃饭。隔壁正是黄君寔，我们巧遇，甚悦。据告由其主编的《程伯奋藏书法集》已列入日本二玄社出版计划之中，谢和我所写序言他已过目。

1996年1月23日
上海

上午到上海档案馆细阅上博馆藏张雨《自书杂诗册》和王诜《烟江叠嶂图》。大连吕佩基所买4开张雨诗稿似有问题，是真是伪，需要比较后方可给出明确意见。据说总计12开，尚有8开在大连某私人手中。王诜《烟江叠嶂图》为真迹无疑，徐邦达之论不能成立。

下午前往浦东参观游览。新区高楼林立，建设速度很快。

1996年1月24日
上海—沈阳

佳士得驻沪首席代表朱仁明女士约请午饭，通过钟银兰道谢并转达歉意，今日事多，下午返沈，只能婉辞。

上午到王运天家看王蘧常老人手迹，睹物思人，感慨万千。河北教育出版社正在计划出版一套《二十世纪书法经典》，其中一册为"王蘧常卷"，由运天负责整理编辑，嘱我撰序，义不容辞。在运天家为其所藏王老手卷题于引首，又为上博孙坚的朋友写字一幅。今天用运天的笔墨纸张比较顺手，又连续写了几幅字留给运天。

下午先到上海大学美术学院参观其技术人员电脑制图、修图的操作，随后乘车前往机场。途中想顺路到刘海粟美术馆看看夏伊乔，据门卫告知夏去了香港，无缘相见，只好离去。

1996年1月27日
沈阳—大连

刘德超与刘岩由北京飞来沈阳，今晨同赴大连，中午到达。人民文化俱乐部梁伟接站，刘岩松在博览大酒店等候，同进午餐。

下午商谈拍卖公司组建、画廊筹办诸事，并同观刘德超带来的大千荷花巨幅，有谢稚柳另纸长跋。

晚饭前在孙云波处见有徐邦达题所谓八大山水一开，刘九庵题所谓徐渭书法一件，有欠严谨，不得其解。

1996年1月28日
大连—北京

飞抵北京之时已是晚10时半。入住酒店，即电话冯鹏生，约好翌日到他家去取护照，并为之题画。

我们是刘岩松、孙云波开车送到大连机场的。据孙告知，大连市委、市政府正在准备筹办一个大型的文化活动，届时请西安刘文西、王西京与沈阳宋雨桂等人参加，具体事情由孙云波负责协调。大连有计划成立拍卖公司，想必文物拍卖也是这次活动内容之一。

1996年1月29日
北京—成都

早餐后去冯鹏生家取护照，为其装裱的戴本孝仿梅道人山水轴和查士标五言题画诗轴题跋，两件作品都很不错。

上午11时回到酒店后即与该店董事长刘迅通话，随后刘偕其美术基金会秘书长李玉昌来房间面谈，10多分钟后离去。

中午12时过，宝世宜送来几样素菜和三种馅的饺子，大家边吃边聊。刘德超、刘岩与之交谈甚洽，宝对二位也颇有好感。宝提供几件书画复制品带往新加坡，其余的正在加紧制作之中，春节后计划到台湾、香港等地办展。

晚10时50分抵达成都。

1996年1月30日
成都—新加坡

昨日午夜入睡，今晨4时即醒，因为要乘上午8时国际航班飞往新加坡。

飞机准点起飞，12时50分降落新加坡。王德水夫妇迎接，前往半岛怡东酒店入住。

下午与新加坡友人通话。杜南发约好今晚9时半来会。余国郎约定明日上午酒店相见。蔡斯民在电话中告知宋雨桂夫妇已去北京，何家良女儿于日前成婚；又，请我不要先与各位老先生联系见面，由他安排时间大家宴集，免得分散。

又与文秀通话，得知国泰张静购买刘德超画款没有送来。

晚9时半，杜南发与陈家紫准时应约同来。谈到书画赝品展，告知国家博物馆新址工程拖延，展场成了问题而非经费缘故。陈家紫将去辽博挑选展品，主题又有所改易。

1996年1月31日
新加坡

上午9时半，余国郎如约而来。我将关宝琮托办之事转告，国郎说其拍卖之件并未成交，林秀香已托人将之带还。又，林已由台北归来，今日请吃晚饭；广播电台将于2月5日来酒店采访。

中午与国郎一同进餐。

下午用国郎所携笔墨，在给何家良女儿之刘海粟梅花一轴、送杜南发之乾隆朱谕一轴裱上题字，均为宝世宜北京临别所赠之物。

晚间林秀香在一家日式餐馆请客，何家良夫妇、杜南发夫妇、刘德超夫妇应邀出席，席间我将以上书画面交本人。

1996年2月1日
新加坡

上午9时半，王德水来接我们到外面早餐，喝豆浆、吃油条。饭后回酒店将送他儿子的新婚礼物面交，待其举办婚礼之时再去家里祝贺。

上午10时，蔡斯民夫妇酒店相见，商定明日上午前往潘受、吴在炎府上拜望，晚上在斯民艺苑聚会。

上午11时，余国郎来接往来福拍卖行书写春联，《联合晚报》、余国郎、店中两女伙计每人一副。林秀香和她的同学郭先生同来，共进午餐。

下午5时，到品香文玩店陈先生处看几件张大千、傅抱石作品并题跋，已有谢稚柳、程十发题字于前。

晚9时半，杜南发率《新明日报》记者应约来访，围绕书画赝品展这一话题问答较多，时间很久，半夜12时方得以入睡。

1996年2月2日
新加坡

上午9时过，蔡斯民来酒店同吃早茶，之后一起前往潘受老先生家。车行于大雨之中，窗外景物与平日所见感受大有不同。门口迎接我们的是潘老公子（其为澳大利亚妇科名医，昨日刚刚归来），杜南发先我们而至。潘老状态一如既往，谈风甚健。潘受翻阅《中国古今书画真伪图鉴》样书之后，兴致极高，竭力主张到世界各地举办"中国古今书画真伪对照展"。蔡斯民有意在新代售此书，希望出版单位与其联系。潘老应我驻新大使之请，为钱学森撰书五言联，跋数百字，对钱之科学功绩推崇备至，实则对祖国之热爱耳。留吃午饭谢绝，约好晚间蔡家聚会。

时隔一年，再次来到吴家，所见房内陈设变化不小。处处皆是佛像，俨然成了一家佛教艺术馆。

晚上如约赴斯民艺苑，与潘受父子、吴在炎夫妇、蔡斯民夫妇、刘德超夫妇、王明明夫妇及其公子共聚晚餐。潘老将其最新出版的《潘受诗书回顾》一书赠我，斯民送我《刘作筹扇面藏品集》一册。大家谈笑风生，尤其潘老讲起话来滔滔不绝。潘老回忆了抗战时期许多亲身经历之事，我劝他写回忆录公开出版，如此对现代史研究大有裨益。

斯民艺苑由住宅改建，临街一面为门市，装饰典雅。横幅荷花悬挂店中，此乃吴在炎老人手笔，唐云题引首，我作长跋。宋雨桂曾来此，作墨牡丹数幅，并留潘老和我之题字于其上。

1996年2月3日
新加坡

早饭后余国郎陪同前往来福拍卖行为杜南发、林秀香以及报社诸位记者写字，刘德超与林秀香谈彼此合作事宜。

中午在一家福建饭馆用餐，有一种主食类似春卷，口感不错。

下午没有安排，在房间阅读邱新民撰写的《指画大师吴在炎》一书，从而增加了许多对吴老夫妇的了解。

晚7时半，王德水夫妇驾车来接往东海岸去吃海鲜。抵达时发现，此地人山人海，停车竟然都需要排队等候。待车子停稳之后去海上餐厅就餐，这里的食客人头攒动，不可计数。今天是周六，多半是全家出动就餐。这样的场面他国确实少见，看来新加坡经济仍然保持增长态势，国家繁荣不衰。

《新明日报》记者撰写的专题采访今日起陆续刊发。

1996年2月4日
新加坡

今天是印度人的一个节日，许多印度人在雨中前往寺庙参拜，特别虔诚，当然，也有少数华人参与其中。

晚上林秀香、杜南发陪同到西海岸新加坡国立大学去吃西餐。开放式校园没有围墙，环境极美，似比香港中文大学更胜一筹。

晚饭后去牛车水（唐人街）逛逛。今日立春，街上到处张灯结彩，各个店铺皆装饰一新，逛街者很多，热闹非凡，华人的春节活动已然开始，直到农历正月十五方结束。

1996年2月5日
新加坡

上午蔡斯民约往马会计师家去看藏品。马家为独立庭院，藏品以黄杨木家具为主，也有几张国画。这回看的是他从大陆新近购买的一批所谓古画，全是旧画片。

台湾长流画廊黄承志先生昨天午夜过由台北飞抵新加坡，今日下午由林秀香陪同来会，相见甚欢。黄致送长流画廊展览图册合订本2—4集，我赠其《中国古今书画真伪图鉴》一册。谈及去台北举办书画赝品展之事，他表示可以私人邀请、承办，目前可由其代理《中国古今书画真伪图鉴》在台湾的销售工作。

1996年2月6日
新加坡

早餐后与林秀香驱车去见新加坡美术馆和亚洲文明博物馆两位馆长，并参观部分陈列。谈及举办赝品展事宜，他们都很感兴趣，唯时间须在1996年年底。美术馆为学校改建，办展设施是一大问题；文明馆新馆条件好一些，但何时交工尚未确定。

中午与余国郎同去广播公司，与其女负责人以及石助理等人见面，为他们写字多幅留念。

下午蔡斯民打来电话，告知香港艺术馆朱锦鸾抵达新加坡。

晚7时，应约去东海岸与朱锦鸾、蔡斯民边吃边谈。谈及在香港举办赝品展一事，朱说艺术馆的展览1998年前已经排满，三年后办展可以商谈。看来只能与中文大学文物馆或香港大学冯平山博物馆联系了，赝品展争取尽早在港举办。

晚11时回到酒店，王德水夫妇已在此等候多时，房间内坐谈至午夜离去。

关于赝品展的专访，《新明日报》已连续三天刊载，每次约半版彩印。杜南发为辽博竭心尽力，真情可感。

1996年2月7日
新加坡

上午去来福拍卖行过目台湾陈先生收藏的现代书画相册。又翻阅了台湾林润原始绘画照片，有趣。

下午去乌节坊商场高峰画廊为蔡君祥先生鉴定书画，其中所谓张学良对联一副系伪品。

晚间葛师科朋友、新加坡东南亚陶瓷学会林亦秋请客，有赵博士、王先生在座。他们都喜欢陶瓷之器，也收藏书法之作，且有一定眼力。席间与香港葛师科通话，约在香港相见。

1996年2月8日
新加坡

上午去联合晚报社与总编辑陈正见面，相谈甚欢。据陈告知，由其筹办的陕西户县农民画展非常成功，画作风格独特，备受观众青睐，每件展品标价300新元，物美价廉，如今300多幅作品已经收到画款，剩余200件的销售也在商谈之中。陈计划今年入冬为营口一位青年油画家举办个展，其作品描绘的新疆、西藏风情，笔法细腻，色彩鲜明，也有望获得成功。这位画家是李秀忠推荐的，宋雨桂预测要亏，而陈正则信心满满，彼此意见不同，但我认为应该是陈正对新加坡的市场需求更加清楚。

下午4时过到莫壮才家看其藏品。莫本是经营木器的商人，但喜收书画，唯不知真伪。仅从其热爱艺术角度评价，这一点还是可取的。

中午亚洲文明博物馆李楚琳打来电话，说他们的郭勤逊馆长今晚从印尼回来，约明天上午10时酒店见面。

1996年2月9日
新加坡

上午10时，林秀香陪同亚洲文明博物馆郭勤逊馆长、李楚琳来酒店商议赝品展事宜。林秀香认为，赝品展在中国大陆之外首选新加坡举办为好。彼此商定，先将材料寄来，至于展览经费、合作模式等可以草拟一个意向协议。随后我们一起去新闻及艺术部向常任秘书陈先生（准将）说明意愿，争取支持。当时有黄处长在座，还有专人记录。

中午由林秀香陪同去见文化部原部长李炯才先生。李曾任驻日本、印尼、韩国等国大使，本人还善画，热爱收藏，在中国有不少朋友。交谈中，李讲述了1976年陪同李光耀首次访问中国的经历，回忆了他与刘海粟的交往过程，头脑非常清晰。

晚7时，与林亦秋、收藏家协会会长梁奕嵩、赵博士一起到一家潮州馆吃饭，约定星期天上午8时在酒店为梁鉴定藏品。

晚9时过，蔡斯民来接往他家，一起欣赏张大千巨幅荷花。

1996年2月10日
新加坡

上午先是洪志腾与刘德超夫妇来陪同早餐。之后是王翰之与张美寅来求鉴书画数件。

中午饭后由洪志腾送我与刘德超夫妇前往斯民艺苑，参加北京黄女士画展开幕仪式，稍坐片刻离去。

下午常万义由香港飞来新加坡，也住半岛怡东酒店。刘德超先去与之见面，随后二人到我房间晤谈。

有位搞印刷企业的钟先生，杜南发介绍给刘德超认识，他们洽谈购买分色机事宜。

晚10时，蔡斯民夫妇、杜南发夫妇同来酒店。蔡委托携带大千墨荷巨幅求在辽博装裱，杜则就书画真伪之辨的基本依据向我求教。

1996年2月11日
新加坡

上午8时，梁奕嵩会长应约送来藏品求鉴。其中龚半千画册、王翚山水、周之冕花鸟俱佳妙。

午前到来福拍卖行看常万义从香港带来的百余幅书画，林秀香、杜南发同观。

下午1时，王德水来接往家里坐坐，看看新房，食用几块点心后返回酒店休息。

晚7时到文华大酒店6楼参加王德水长子家贤结婚庆典。今天亦是德水生日，可谓双喜同庆。

1996年2月12日
新加坡—香港

上午林秀香、余国郎来酒店陪吃早点。

中午与蔡斯民一起午餐，之后蔡开车将我送至机场。

飞机正点起飞，下午6时半降落于香港启德机场。常万义万宝堂的郭小姐和刘德超的友人吴先生迎接，安排在铜锣湾怡东酒店入住。

在酒店附近一个小吃店吃夜宵，所食猪血汤特别软嫩，此可口之物不知如何做成。香港饭店大都营业至午夜，而新加坡一般则是9时左右关门。

1996年2月13日
香港

早餐后与葛师科通话，请他转告许礼平我已经抵达香港。许随即打来电话，说马上与周汝式、万青力联系，争取中午见面，下午同去冯平山博物馆。

又分别与中文大学文物馆高美庆、香港艺术馆曾柱昭通话，约高美庆明日下午1时半晤面，约曾柱昭明天下午3时相见，都是为商谈在港举办赝品展之事。

上午11时左右，许礼平、葛师科、万青力、周汝式、冯小姐先后酒店来见，之后一起午餐。葛告知，其15日飞赴上海。许说他除了编辑出版《名家翰墨》之外还买卖书画，现代作品出售，古人之作则收藏，这个模式颇有远见。万青力曾作画一幅邮寄赠我，我却未能收到，如他今日不说，则始终无法知晓。周汝式要的照片尚未收到，待回去后问问王海萍，尽快办理。

下午3时半，前往香港大学冯平山博物馆与总馆长刘唯迈（饶宗颐弟子）、历史馆馆长杨春棠（搞陶瓷的）会晤。他们对赝品展皆感兴趣，看过《中国古今书画真伪图鉴》样书及新加坡《新明日报》系列报道后表示，争取在今年年底新馆装修好后举办，彼此约

香港翰墨轩
杨仁恺　许礼平

定，保持联系。至于利玛窦展，他们也有意承办，只是涉及一家资助单位，还需要进行研究后才能决定。汉雅轩张颂仁告知，巴西、意大利两地的利玛窦展计划已经告吹。

1996年2月14日
香港

上午到翰墨轩看许礼平收藏的古画。其中清人画册以八大早年山水、半千山水诸作为佳，板桥题引首，为乾隆时人将清初一些画家之作集为一册，故作品尺寸大小不一。又祝允明《草书前赤壁赋》，原为卷，后改为册。还有张瑞图、陈奕禧、董其昌（书画数件，一件书法为滥董，余则皆好）、罗聘、沈曾植（书画大小配为一卷，难得）等人作品。

午饭后与许礼平同乘葛师科车赴中文大

学文物馆与高美庆谈赝品展之事。他们那里已排到1998年，近期无法安排展览。随后看了敏求精舍藏品展和文物馆的基本陈列以及黄宾虹画展（从各处借来）。

下午3时半后到香港艺术馆，与曾柱昭馆长长谈。曾馆长对赝品展很有兴趣，只是办展时间无法近期安排（1998年年底前已经排满），1998年末到1999年初举办没有问题，条件是中国大陆之外的展览由香港首办，文物需提前三四个月运抵香港，由其亲自编印图录。我表示待与各方研究后再给明确意见。

1996年2月15日
香港

中午由许礼平送至机场。他有意编印我馆所藏齐白石书法作品，馆藏其他书法之作也可以专集出版。

在机场候机大厅的洗手间见到马承源，不期而遇，极为惊喜！马承源说我上次去上博他没在单位，回来时我又走了，非常遗憾。今年10月上博新馆开馆，请我一定参加。还告诉我此次来香港为的是收购流散出去的文物，已经购入青铜器100多件，还有出土的战国竹简，内容包括《易经》及秦时许多文献，正在延聘专家研究之中。更难得的是此次洽谈的战国殉葬丝织衣物，上面还有绘画。时间短暂，诸多事情无法细谈。马承源与汪庆正这几年非常尽力，一边建设新馆，一边购藏珍品，确实值得称道。

1996年3月8日
沈阳—成都

上午8时前往桃仙机场，乘北方航空公司飞机10时20分起飞离沈。在经停西安机场40分钟时间里给西安碑林博高峡馆长打电话，与其商谈赝品展事宜。高答应没有问题，日后需继续联系，落至实处。

下午2时半抵达成都，刘德超夫妇驾车机场迎接，之后到岷山饭店下榻。林秀香已先到几天，大家见面很是高兴。

1996年3月9日
成都

全天在刘德超家看画，张大千、傅抱石、谢稚柳作品都有不少，为之题跋多件。

晚7时，杜南发夫妇由新加坡飞来相会。杜将我寄存于来福拍卖行的图书随身携来，并将《大成》刊载的有关张大千的一些资料复印件赠我，由衷感谢。

1996年3月10日
成都

早饭后杜南发与我谈了我国现当代收藏家许多秘闻逸事，待日后撰写随想录时再一一叙述。

12时1刻，林秀香与杜太太外出回来，之后一同前往刘德超家午饭。在德超家又看了一些藏品并题跋几件，其中明朝陆遂花鸟一轴少见。

晚上前往龙抄手餐厅进餐。店铺已非昔日面貌，现在一高楼之中，经营仍以小吃为主，也有火锅，与以前相比，就餐过程繁琐许多。

新加坡佘奕村先生拟在成都筹建陈子庄纪念馆，拿出所藏陈氏作品100件，唯不知地方有何相应举措。佘收藏陈画数百幅，他人作品亦为数不少。作为书画经营者，此人本领确实高人一筹。

1996年3月11日
成都

上午赴杜甫草堂、武侯祠参观游览。梅花犹开，茶花、玉兰等竞相开放，景物着实宜人。

下午去见川博的领导。馆长范桂杰，1957年北京大学毕业，搞考古的；馆长助理魏学峰，四川大学毕业，搞书画的，与陈复澄为先后同学；还有保管部主任，姓秦。我与他们商谈在川博举办赝品展一事，其态度很是积极，告知今年8月前陈列室有400多平方米一直空着，办展毫无问题。

1996年3月12日
成都

上午川博魏学峰来岷山饭店面谈。彼此

就辽博在四川举办书画赝品展以及川博张大千书画、汉代陶石艺术在辽宁办展事宜进行了探讨交流。

中午与刘德超等在一家土产馆用餐，别有风味。

1996年3月13日
成都

上午去新都宝光寺参观游览。景观依旧，与50多年前所见变化不大，只是商业色彩增加了许多。

午后再到刘德超家继续看画，又题字几件。

晚间为刘德超写推荐书，由杜南发执笔，写好后交林秀香带往新加坡。

1996年5月5日—7日
沈阳—丹东

5日上午，与艾维仁同车赴丹东青山沟青山湖畔，去参加"中国画家村"落成仪式。同行车辆10多台，载有美国来的画家徐希、澳门来的石伟、《人民日报》（海外版）总编辑武春河等人。路程较远，车行6个小时才抵达目的地。

陆续到达的人数较多，秩序较乱，好在高广志调动电视台办公室人员协助接待工作，局面逐渐有所改观。

6日，"中国画家村"落成典礼仪式如期

丹东青山沟"中国画家村"
吴云华　宋雨桂　王冠安　杨仁恺

举行，副省长肖作福、省政协副主席林声以及丹东市市长刘廷耀等地方领导出席。

1996年5月13日
沈阳—北京

昨日江兆申先生猝然辞世，今天研究其遗体告别和火化事宜。我因今晚与姜念思离沈赴京，一切由王绵厚代表馆方与鲁美共同商榷筹办。江先生原有心脏病，此次率领门徒旅行鞍山千山、北镇医巫闾山以及内蒙古草原，连日辛苦，身体调整不好，以至于在鲁美讲学仅仅20分钟就发生了心肌梗塞，撒手人寰，实在遗憾！

1996年5月14日
北京

晨7时过抵京，苏士澍车站迎接。

上午10时，到文物出版社与杨瑾相见，就今年9月中国书法史论国际学术讨论会事宜彼此交谈一番。又见到了张闿生、李凯以及14卷《中国古代书画图目》，图书编辑水平尚可，唯印刷质量欠佳。

中午宝世宜邀请吃饭，我与杨瑾、苏士澍、姜念思同往。看了其复制的书画样品，大家鼓励一番，并提了点意见。

下午冯鹏生来见，约好明日9时由其负责送往机场。

下午5时过到王世襄家拜访。老夫妇无人照拂，一心著书立说，已出版作品10余种。王世襄右眼患疾失明，劝他适当休息。他有意将所藏中国绘画史图书400多种捐赠辽博，如何奖励，日后再议。

1996年5月15日
北京—纽约

上午9时，冯鹏生借李小晴车将我们送至机场，一路顺利。然而由于操控之电脑一时间出现毛病，致使飞机延误多时才得以起飞。

飞机先飞上海，办理出关手续，然后经白令海峡到达美国阿拉斯加的安克雷奇办理入境手续。接着继续飞行6个小时，到达纽约已是华灯初上之时，全程时间正好24个小时。

纽约大都会艺术博物馆朱扬明来接，小军、小孟、晶晶也同到机场欢晤。我们先到小军家坐了一会儿，适炎昌、八妹打来电话，他们刚从杜敏处归来，约好康州相见。

入住事先预订的曼哈顿旅馆，我与姜念思各自一间。朱扬明陪同办理完有关手续后离去，约好明天11时来接，一同去纽约大都会艺术博物馆。

1996年5月16日
纽约

上午11时，朱扬明来接至纽约大都会艺术博物馆。屈志仁先生在外陪客，人未在馆。在食堂午餐时见到屈的女助手，请其转告晤谈意愿；又与张子宁相见，寒暄几句，他消瘦了一点；与台北故宫陶瓷科蔡和璧同桌而食，据告张临生副院长、书画处王耀庭已返台湾。

午饭后参观台北故宫在此举办的"中华瑰宝赴美巡回展"。书画精品不多，其中如仇英仕女卷、丁云鹏人物卷等值得商榷，文徵明大字轴内容不全。所展陶瓷最佳，铜器一般。观展中偶遇日本小川裕充，若不是他先打招呼我还认不出来呢。相互问询了一些熟人情况，皆安然无恙。

1996年5月17日
纽约

上午先后与方闻、屈志仁晤谈。据告，

这个由方、屈策划的展览非常成功，两个月时间里有50万人参观，反响甚佳。方闻颇有雄心壮志，计划与北京故宫携手举办一个大展，与台北故宫所谓皇帝御用之物展有别，选择具有特殊意义的文物向世界展示。我介绍辽博馆藏北魏墓志、契丹碑文等有关情况，方闻似乎挺有兴趣，请我回去后将资料给他寄来。

中午方闻请客吃饭，史文慧和张子宁陪同。史文慧女士负责此次研讨会会务，我请其办理去比利时的签证手续。

下午由子宁陪同参观了印度、日本、东南亚文物陈列，又看了"明轩"所展示的唐宋书画。所见欧洲近代油画及埃及、希腊雕刻，皆无玻璃外罩，观众专心欣赏，触摸者无，令人感慨。

参观时偶遇姜斐德，相谈极欢。她将婆母介绍给我，大家一起拍照留念。

1996年5月18日
纽约—康州

上午小军一家驾车接我到八妹康州住处。

八妹在美有两处住房，此处与杜敏邻近，便于彼此照应。此房三层，地下一层，地上两层。人住上层，中层有饭厅和厨房，汽车停在门外。整座建筑坐落于绿色丘陵之间，乡间情趣十足，周围类似住宅不少。此地距纽约3个多小时车程，去波士顿1个小时，东海岸空气新鲜，诚晚年归休之所也。就是冬

纽约大都会艺术博物馆
张子宁　姜斐德　杨仁恺　姜念思

天太冷，居住不宜。

杜敏的长子、长女皆在外地上学，一个大学在读，一个为高中三年级。小儿子数年不见，长得很高，而且健壮，其与晶晶一起玩得非常开心。

杜瑜晚间打来电话，得知她已搬到南方，离休斯敦不远，原宅已售。唯炎昌之前又在华盛顿附近买一住宅，为的就是与杜瑜家邻近，现在看来只能闲置了。

1996年5月19日
康州—纽约

上午到附近一个小教堂做礼拜，炎昌、八妹、杜敏、黄康元以及孩子都去，我与小军一家也只好随同。我本是无神论者，但入乡需要随俗，不能让大家扫兴。

中午在康州首府哈特福德一家上海饭店进餐，康元结账。饭菜味道很好，与国内无异，大家交口称赞。

饭后已是下午2时半，我们在饭店分手。我随小军一家回到纽约为下午5时左右，感觉回来较去时为快。

给文秀打电话，告知杨树6月中旬抵沈，一路会有朋友照顾。杨树到沈之后，让他多和孩子们接触，让杨树把本国语言学好，别的孩子也可以向他学习英语。

与罗恒年医生通话联系，对方极为热情。

今天姜念思由朱扬明陪同前往费城大学参观游览。

1996年5月20日
纽约

上午11时到纽约大都会艺术博物馆，史文慧女士将由北京来的机票款和百元津贴面交给我，同时将明天飞堪萨斯转旧金山，最后直飞北京的机票交给姜念思，并通知沿途友人予以关照。

晚间张子宁在畔溪请我们吃饭，为姜念思饯行。

与王己千、王方宇电话约定，明日午后3时前往，先到己千家，之后到方宇家晚饭。

今天纽约大都会艺术博物馆的台北故宫"中华瑰宝赴美巡回展"撤展。他们忙甚，见到屈志仁和何慕文，匆匆寒暄几句。

《辽宁省博物馆藏宝录》有张子宁撰写石涛一稿，既未送书，又未付稿酬，回去需要查明。好在此书现有一本，当即面交。

1996年5月21日
纽约

为了早晨5时叫醒姜念思，昨夜未能睡好。准时电话打过去，得知他已起床，我随后到其房间稍坐，姜收拾好行李后于5时40分由朱扬明驾车送往机场。

上午9时过小军打来电话，要我今晚就搬到家里去住。原定明日午前退房，小军建议今夜从王方宇家返回旅馆后即收拾行李，之后请朱扬明开车送我前往。我表示同意。

下午3时与朱扬明同往王己千家，围绕其作品变法问题我们做了广泛交流。己千尽管已89岁高龄，然精神不减昔时，谈起变法津津乐道。

己千认为，中国画内含气韵，不懂气韵你对于倪云林所画石头就无法理解。许多外国学者和海外的中国专家不承认气韵，所以得出来的理论与实际就无法统一。如董源的《溪岸图》，高居翰以为是明人之作，就是其不清楚何为笔法气韵之故也。己千一生坚持己见，希望大家都能认同这个道理。关于书法，己千主张无论学习哪一家，最终都要自出一格。他要朱扬明学一点画，不一定将来成家，但搞美术史的必须动手作画；书法也要学习，因为书法与绘画关系密切。总之，无论书法还是绘画，必须明白其中气韵的奥妙。

据己千告知，他从友人处看到二玄社复制的李成《茂林远岫图》，好极了，比原作清晰很多。谢稚柳认为此图为燕文贵所绘，不对，燕文贵是学李成的，此卷才是传世最佳的李成之作，而其他所谓李成山水则值得怀疑。己千用电脑原大复制了董氏《溪岸图》，颇为精美，缺点是纸发亮，又下面的姓名也没有印出来。我说用李成的《茂林远岫图》与他交换，他即刻答应，没有问题。

谈到董源作品，我们一致认为《洞天山堂图》和《龙宿郊民图》非董源真迹。《洞天山堂图》为高克恭笔，《龙宿郊民图》风格不类董氏。

提到谢稚柳与徐邦达对张大千仿石溪山水一轴真伪意见不同之事，己千认为二人看画都具有一定眼力，但是不该以意气判断作品的真伪。

谈及北宋张先《十咏图》，他不相信张先能作画，认为《十咏图》是南宋初之作。我也坦陈了自己的观点，并告知香港有一家报纸刊载长文质疑。张先《十咏图》印有单行本，上面有徐邦达的文章，我答应回头寄一份给他。

己千家满屋悬挂着其变法的"图案"（我这样称呼己千的作品，他并未生气），的确色彩、花纹都好看。前一时期，己千将之拿到旧金山去办展览，今将展品图录赠我一份。还有，己千家墙壁挂有一条无名氏山水绢画，颇近郭河阳，确是一件佳作。

我诚意邀请己千今年9月初赴沈参加第二届中国书法史论国际学术讨论会。他说他计划10月去北京，我说沈阳会后再到北京时间正好，他女儿王娴歌也同意如此安排。

己千门生徐振玉作山水一件，己千引首，要我题跋，于是信手为之写了一段。

分手之际，与己千约好后天下午5时再见，共聚晚餐。我询问娴歌金先生是否一起参加，并说找时间到她家看看其作品，据告近日所作一幅小画有乃父题字。

王方宇与王己千同住一个大厦，只是单元楼层有别，我们转瞬即到方宇之家。

对我的到来方宇表示欢迎，并说有问题要与我一起研究。其先是把许礼平寄来的"八大花卉册"照片和弗利尔美术馆所藏"八大花卉册"同时取出对照比较，发现二者基本相同。香港许氏所寄之画册后面有谢稚柳题，定为祖本，其中两页上有齐白石图章，似也不伪。我前在港于许处见到此照片时就颇有疑问，尽管谢跋是真（方宇就是要我断定谢跋真伪），但跋语不妥。再弗利尔美术馆藏品之上已钤有大千印章，此册即已被大千定为真迹，其他相同之本值得商讨了。方宇是研究八大的专家，八大之作收藏特富，今晚取出大幅山水一件，浅设色，晚年之作，精极！又梅花条幅，精新！小字《黄帝内经》、《自书诗》册四本，均真。日本内藤虎题跋之怀素《圣母帖》明拓本（程伯奋题为宋拓）为八大所藏，拖尾小楷释文，亦佳，唯下钤印章乃后加，但无影响其为真迹。

当面送交第二届中国书法史论国际学术

讨论会邀请书，方宇表示可以前往，并约好明天同去安思远家，商量其所藏碑帖在北京故宫办展事宜。

1996年5月22日
纽约

按照约定，今天上午到古董商兼收藏家安思远府上拜访，由朱扬明驾车接王方宇同往。见面后先是寒暄几句，接着我们就今年9月计划在北京举办的安氏所藏碑帖珍品展进行了简单交谈。据安思远告知，截至目前，文物出版社以及北京故宫均无正式邀请文件，也没有保证文物出入海关畅通无阻的承诺，至于办展的具体地点和日期长短都未确定。他将展览目录交我过目，并说启功处有此目录复本。据我观察，安氏丝毫无捐赠之意，苏士澍、吴尔鹿的想法只是一厢情愿，不能实现。

随后安氏陪同我们参观其藏品。其中有一件西汉墓新近出土的漆器，经其手修复后几近完美无缺，又几件造型独特的漆器也是国内少见。所藏书画以石鲁、齐白石之作居多，其他近现代名家作品亦为数不少。

10年前，安思远将其所藏大部分书画约400件捐赠给纽约大都会艺术博物馆，并将所捐书画印成5大本图册，今日由王方宇和安思远同时签字送我一套。其中是否皆为真品，待日后翻阅后再发表意见。不过，一位不识中文的美国古董商，竟然能在七八十年代赴中国精准地收购大量中国艺术品，此种眼力着实令人惊叹。安氏如今已然成为美国经营亚洲艺术品权威、著名古董商，方宇对其知之甚稔，其中文名字"安思远"即为方宇所起。据方宇告知，安氏康州人，从小随离婚母亲到纽约，成年后到一家古董店工作，女主人对之钟爱有加，有如母子之情。后女主人赴日本发展，便将纽约店让与安氏经营。再后女主人返美，另营门面，安氏独立门户，生意不断扩大。女主人老了的时候被一位医生乘虚而入，最后承继了全部财产。据说方宇之子与女主人关系密切，故所知内幕颇多。

我这是第二次去安氏家。安氏日本助手伊藤君仍然在从事编目等整理工作，他已娶一位美国妻子，生了一个男孩。伊藤一再表示，需要看画可以随时通知，一定热情接待。我们在晚间参观文良画廊举办的曾小俊画展时又彼此相见，客套一番。曾小俊，中央美院卒业，1983年移居美国，现从事美术教学与创作。

1996年5月23日
纽约

下午到纽约大都会艺术博物馆办理延期签证事宜，没想到谁也没有见到，大概是工作人员皆忙于台北故宫"中华瑰宝赴美巡回展"前往芝加哥之故也。

下午5时如约至王己千家。己千取出仇英《独乐园图》卷展阅，绢本，水墨；文徵明分段标题并撰五言律诗一首，最后书《独乐园记》一文。又看了徐天池《草书自书诗》卷，纸本，草法颇佳，己千个别草字从中取法。还看了元人颜辉《揭钵图》卷，纸本，水墨，印款，拖尾至正时诸僧题诗皆未指明作者为谁，至清初竟有人指为贯休之作，而前一跋中有数处挖抹文字，或是抹去颜辉姓名出此，图后有颜氏印款及后人收藏印章。

前日提到董源《溪岸图》中堂，今天去时王娴歌正在包装，说是己千今年9月出席第二届中国书法史论国际学术讨论会时带至沈阳，届时与我交换二玄社复制的李成《茂林远岫图》。关于与会者需交500元会议费一事己千表示不解，我表态特邀专家可免，于是其将表格填好交我带回。王方宇只是提到必须呈交论文之事，我认为大学者只要出席即可，但方宇表示还是想写一篇关于东晋以来书法演变历史的文章，唯恐6月底前无法交稿，我说晚一点也无妨。

晚6时到山王饭店进餐，同席者有王己千、杨思胜夫妇、王方宇夫妇、王娴歌夫妇、马成名（佳士得）、朱扬明。此乃纽约有名的中国餐馆，菜肴特佳，用餐者无不好评。此店招牌为己千所写，老板兼厨师汤金明对我们特别优待，饭后他本人也出来与大家相见，寒暄一番。

马成名说他家有宋元书札，其中苏轼一开确为真迹，可以约个时间前往过眼。

1996年5月25日
纽约

今天将修改后的传真再次发给华盛顿陈香梅，也许其已去大陆不能接收，姑妄一试，以示礼貌。

新加坡《新明日报》总编辑杜南发为其文集出版邀请撰序，本当出国前交稿，由于事情冗多，一直未能动笔。这两天时间有闲，开始着手为文，但措辞用语，几经改动，仍不尽如人意，也许这篇稿子要到新加坡后才能完成，亦未可知。我一般为人写序不假思索，唯对杜氏想得较多，不惜一再更改。

晚间与小军、友群两家同到纽约鹿鸣春餐馆吃小笼包。此店生意兴隆，食客爆满，但所要的江浙菜味道似乎不如康州那家上海饭店为好。就餐者多为中国人，西方人也有一些。这一餐花费80多元，再加上小费共计百元左右，偏贵。

这两天天气凉爽，与20日前后的暴热迥然不同。同样是阳光普照，但十分舒适。

1996年5月26日
纽约

今天小军、友群一些搞电脑的朋友到家里集会。他们来自国内不同地区，每个人的经历也有所不同。他们礼貌地求教一些书画问题，隔行如隔山，无论问答，都很难表述，大家只好聊一些似乎都能听懂的话题，直到晚10时散去。

在海外，能有一帮志同道合的朋友时常聚聚，敞开胸怀，畅所欲言，交流人生体验，增进同胞情感，这是应该提倡的好事。年轻人所提问题尽管幼稚，但我觉得他们率直可爱，鼓励他们多学本领，将来回国做个有用之才。

1996年5月27日
纽约

今天是美国国殇日（即阵亡将士纪念日），全国放假一天。

上午小孟带晶晶及晓朋女儿去参观退役的"无畏号"航空母舰，我随之前往。登上航母，见甲板上很多人聚集开会，有人正在讲话，时不时掌声响起，唯不知说些什么。此舰1943年下水，参加过二战，我想讲话者一定是在介绍它的光荣历史吧。航母是孩子们最喜欢的，晶晶已是第二次来此参观，但在我看来其仅是一个军事历史实物而已。

下午2时过，小军送八妹去火车站后来接我们沿曼哈顿第二大道回返。道路两侧高楼林立，这里正是世界金融中心所在。小军边开车边介绍每个大厦，我一听一过，无心于此。

陈香梅有电话打来找我不在，由晓朋记下对方电话，回电无人接听。

赵先生下月回国，晶晶与之同行。抵达北京后请电话冯鹏生，回沈之事由其办理。

1996年5月28日
纽约

上午朱扬明陪同到比利时领事馆办理签证事宜。按照要求填写表格完毕，之后随表格将有关材料一起交上，但工作人员看过之后说没有离开布鲁塞尔的机票不能批准入境。既然规定如此只得照办，必须先把6月28日晚由比利时飞往新加坡的机票买了，然后再办签证之事。领事馆的人还算通情，同意先收下表格、护照，回头再补交机票复印件，并约定6月11日来取护照。手续办了几个小时，总算有了一定的结果。

下午应马成名之约前往佳士得，适黄君寔太太庞志英刚从香港归来，其代黄君寔约请明晚共餐。大家开心畅言聊了一会儿，我请马先生将下月拍卖的部分书画取出过目。

1. 北宋《淳化阁帖》（第五卷）。一册，晋府旧藏。与上次安思远竞拍的《淳化阁帖》完全一致，可信此为早期拓本，唯"睿思东阁"印不真。

2. 明蓝瑛《仿梅道人山水》轴。绢本，水墨，日本装裱，隶书图名。真而不精，非本色之作。

3. 元倪瓒《西园疏柳图》轴。纸本，水墨，自题诗，至正年款，清宋荦旧藏。惜文字修补甚多。

4. 宋人团扇10余片。属马远画风山水数页中有一片下面名字被截，留有"马"姓，但不能据此定为马远，或是马麟之作。又《人马图》颇佳，当为金人手笔。还有康有为题斗方一片，上有赵子昂印记，唯画风近赵雍，水纹、苇叶颇佳，或许为赵奕所作，至迟不晚于明初。其他几片花卉草虫，应是南宋院画之作。

5. 文徵明《大字自书诗》卷。甚好。几处残，可修补。

1996年5月29日
纽约

杜南发文集序言今天上午清稿，总算还了一笔文债。如果急用，拟电传过去，否则携往新加坡面交。拟好致林秀香电文，明日传真过去，告知6月28日赴新加坡机票已买。

晚7时，朱扬明夫妇来接往鲤鱼门饭庄，与黄太太庞志英、马成名夫妇共餐。黄太太本想约请罗恒年、杨思胜两位同来，罗与日本友人聚会，杨去中国大陆未归，故同餐者只有我们六人。席间我将比利时赴新加坡机票款1067美元现金面交扬明亲收。

翻阅上次佳士得书画拍卖图录，其中赝品极多，看来国外中国古代书画真迹货源已接近枯竭的边缘。

1996年5月30日
纽约

今天将传真发给新加坡林秀香，请她就我从比利时赴新加坡签证事宜先与外事部门沟通协调，以免影响行程。

安思远9月初将赴北京举办碑帖珍品展，上次在其府上仅看了几件，今日下午3时与朱扬明以及哥伦比亚大学教授（方闻博士生）再去家里过目所有准备办展的拓本。

1.《淳化阁帖》第六、七、八本。均系原拓（其中一本有南宋王淮淳熙长跋），皆为安仪周旧藏，王铎题签，孙退谷原藏，最后藏家为临川李氏。

2.《石鼓文拓本》。端方旧藏。前后明清人在巨册上题跋殆遍，并附后期拓本对照。张廷济在旁批注颇详，最后有万言论证文章，对石鼓历史稽考特详。

3.《小字麻姑仙坛记》。宋拓，何绍基藏本，题跋极盛。

4.《黄庭经》。宋拓。原为明王宠、陈淳旧藏。

5.《瘗鹤铭》。最早拓本，题跋最盛。

6.《曹全碑》。明拓。端方旧藏。

7.《华山碑》。未断碑拓本。

一言以蔽之，安思远所藏拓本大有可观！作为一位美国古董商，其既不识中国字，又不会说中国话，却购藏了大量中国碑帖拓本和书画精品，似乎让人很难理解。他家墙壁上悬挂的大都是中国字画，就连宁斧成作品他也收购，他甚至还知道宁氏生卒之年。

安氏问我最喜爱古代谁的作品，我说作

为一个文物工作者只要好的都喜欢。于是安氏取出祝允明草书数卷让我过目：第一卷，此乃30年前在香港所收，以20.5元买入，真迹；第二卷，祝允明、文徵明合璧《杜甫秋兴八首》，先是祝草书三首，文在友人处见之，认为颇精，惜缺五首，于是补足成卷，特佳；第三卷，祝氏大字草书诗，事先告知观者说法不一，要我发表意见，我细看之后断定其为伪品，当是吴应卯、文葆光一流人作伪。安氏又拿出祝允明行楷小字一册，书某人行状，精品，我问他是否也是以20.5元得来，他则答以一位学生为缴大学学费而出手，花去2万多元。接着安氏让他的日本助手伊藤挂出张瑞图、米万钟等明晚期人书法立轴，都是真品，而且皆为其经手购买。最令人惊异者是最后取出陈洪绶《九歌图》卷，绢本浅设色，文字小行草随意书在每段的右上角，卷后题旧作作于某某处赠某某盟兄款，人物、云水、动物、鬼神的布局、刻画极好，神情俱佳，从未见过（也未见有印本），值得重视。

我奇怪了，像这种人购买中国书画无异于瞎子摸象，怎么会有如此成就？但事实上他确实比国内某些藏家高明多矣！一周前安氏赠我五本大型画册，涉及400余件近现代书画，原以为不会理想，孰知今天上午逐页入览，绝大多数为真品，近代的差一些，现代的则有不少佳品，如陈寅恪、黄宾虹、齐白石、石鲁、林风眠等人作品中确有独特之作，是研究他们的重要原始文献。安氏藏品，大出我意料之外。

1996年5月31日
纽约

中午与朱扬明同去华美协进社，见到了一别四年的海蔚蓝女士。她把新来的社长中文名华安澜（美国人）介绍给我和扬明，之后同观陈列的建窑和磁州窑瓷器展（从哈佛大学转来，少而精），并送展品图录一本给我。此社是美国专门介绍中国艺术的机构，我希望他们能与我馆合作，但他们对辽博馆藏不太了解，我答应回头寄些材料过来，同时欢迎他们到辽博参观、考察。据海女士告知，她曾有信给我，想看清金陵八家之樊圻山水卷，被王海萍回信拒绝，俟回去了解一下情况。

一同午饭后又回到华美协进社，看1946年社庆之时的蒋介石贺函（蒋本人签名），胡适之贺诗。华美协进社是个非营利的民间文化机构，经费短绌，建议定向募集，宋美龄当是一个合适人选，王己千也不妨一试（给其办展，成立专馆）。

与海蔚蓝、华安澜告别，应约前往王方宇家。在方宇家又看了几件八大作品，俱佳。翻阅北京翰海、中国嘉德、荣宝斋三家拍卖图录，无可观者。方宇大儿媳乃张力之表姐，原沈阳中街光陆电影院之经理。

晚上同在一家饭店吃素馅饺子。分手时相约明日一起到林秀槐处聚会。

纽约华美协进社
朱扬明　海蔚蓝　杨仁恺　华安澜

1996年6月1日
纽约

上午与洛杉矶劳继雄通话一次，得知他五天前刚由上海归来，9月要到北京举办画展，又说谢稚柳6月底飞来洛杉矶。

下午1时半，朱扬明来接往新泽西州与林秀槐先生相会。林先生是著名书画收藏家，原籍香港，现在美国有个很大的销售公司。1992年，纳尔逊艺术博物馆举办"董其昌世纪展"暨"董其昌国际学术研讨会"，林先生捐资100万。林的侄女林诗韵已入职苏富比，原拟从王己千学画，后成为张洪助手。我是经何惠鉴介绍在纳尔逊艺术博物馆结识林先生的，1993年又在东京、大阪相遇，此次来美已约会几次，今天终于在其别墅相见。

据告林秀槐每年邀请同道中人来此雅集两次，今日出席者有屈志仁、张子宁、马成名、王方宇夫妇、张老先生夫妇（张老86岁，夫人70岁左右），还有年龄50岁上下的画家梁先生、吉林省的年轻画家刘国夫妇（其画集由薛永年撰序）……

据屈志仁告知，他在华盛顿近郊一家小博物馆发现了"宋大晟编钟"，如今已有研究成果，回头将文章交《辽海文物》发表。今年9月，屈将来沈出席中国书法史论国际学术讨论会，之后去哈尔滨看金丝织品，还要赴赤峰看辽代刺绣。

今日过目林秀槐先生藏品如下：

1. 马远《山水》扇面。无款。真迹。

2. 王阳明《自书诗》卷。

3. 文徵明《诗画》册。金笺。

4. 王宠《小楷》册。

5. 八大《花卉鱼虫图》册。纸墨俱新。

6. 钱毂《江浙名胜图》册。25开。

7. 周之冕《花鸟》册。

8. 陆晹《山水》册。

9. 郑燮《题高凤翰画卷跋》。画已不在。跋中谓陈道复、徐渭、高其佩、高凤翰为大手笔，称四王吴恽为名家。

10. 金农《扁笔篆书》横幅。

11. 边寿民《花鸟》册。纸墨俱新，边氏精品。

12. 明人《浦口即景图》卷。水墨山水。王阳明题引首并诗，其余同时人均有诗题（有一人题书法近李东阳），叶恭绰题为唐寅之作。画风不近唐氏，各题中又未指明何人所作，唯一可以肯定的是明人手笔。

13. 查士标《水墨画》册。

14. 戴本孝《设色山水》长卷。

15. 董其昌《诗画》册。代表作。

16. 王时敏《山水》轴。仿大痴。

17. 王翚《山水》轴。

18. 王翚《山水》册。

19. 徐渭《草书诗》卷。

20. 王原祁《山水》轴。

1996年6月2日
纽约

今天星期日，随小军同赴大西洋城，车行3个小时抵达。4年前曾拟前往，因故未能成行，今日方如愿以偿。

大西洋城濒临大西洋海岸，本是一处旅游休养胜地，如今却成为千万人蜂拥而至的赌场。玩一玩，乐一乐，可以，但有些人嗜赌如命，乐此不疲，最后潦倒一生，这就不可取了。

大西洋城城市经济主要是为赌客服务的第三产业。街面远不及纽约繁华，但赌场内则热闹非凡。来自世界各地、各民族的老、中、青男女皆有，其中观光游客确实不少，但为赌博而来者亦不乏其人。每个赌场都秩序井然，不用担心治安问题。传说许多中国侨民都喜欢光顾此地，辛苦所得最后都贡献给了赌场。

接到朱扬明打来的电话，约定星期三下午3时同去安思远家看画。

张子宁下班接我到他家餐叙，饭后将我送回小军家。

小军加夜班，随小孟开车前往送饭。公司在长岛，这里夜景很美。

1996年6月3日
纽约

今日整天下雨，没有外出安排，在家看看报纸，了解一些新闻。

报上经常见到华裔学生学习成绩超群的报道。美国学校不重视对学生的管教，提倡所谓个性发展，这是孩子懒惰的根源所在。晶晶的毛病已经显露，缺乏自励、进取之精神，一定要好好调整过来。

纽约的金融中心在曼哈顿区，处处高楼林立；其他区则多是平房或二三层小楼，高层建筑很少。国内大款多腰别BB机、手持大哥大，而美国富豪随身携带这类通讯设备者相对少见，看来东西方有钱人的观念、行为确实差异很大。

小军在新公司是搞电脑软件的，年薪5万元以上，虽为正式职工，但工作较为辛苦。小军的工作基础比较薄弱，必须趁大好时光，踏踏实实，努力进取，如此能力和水平才会不断提升。小孟本可以工作，但她认为不应将医学抛弃，若是拿到执照，一切将会有所改善。我发现她在英语学习上非常自觉、刻苦，虽然收效不如年少者为好，但只要持之以恒，日积月累，肯定会由量变发展为质变的。

1996年6月4日
纽约

刘金库打来电话，询问陈香梅是否有捐赠黄君璧作品的可能，说王绵厚请我与华盛顿沟通一下，如果陈香梅同意捐献，辽博便开始着手准备搞一个郑重仪式。我在电话中告知，已与陈商榷过，其意是想用黄君璧之作交换齐白石作品。

晚间被佳士得马成名接到他家看一批作品照片如下：

1. 宋元人尺牍。宋人包括苏轼、曾巩、张即之（两开）、曾纡（两开，邦达不认为是曾纡之作）、朱熹……元朝有张雨诸名家手札。总计20余札，片片珠玉。原为张珩鉴藏，后转谭敬所有。诸札分别著录于《式古堂》《庚子销夏录》《平生壮观》中，其中仅有一两札无名款，又无收藏印记。

2. 宋拓《定武本兰亭》。元人杨维桢、张雨题跋，明朝初期、中期、后期名家多人跋，清翁方纲旧藏。题跋最精，唯拓本非定武也。

3. 元文宗临王羲之"永怀"两字并刻拓四纸。钤奎章阁印，颁赐康里子山，题跋多为元人。其中康里子山楷书两跋，说明颁赐经过。精！

4. 沈周《桃花纹石图》大轴。纸本，设色。

自题在吴宽家为其而作。待看原作后再作结论。

5. 郑板桥《墨竹图》中堂。纸本，水墨。精！

6. 王蒙《山水》轴。赝品。

7. 王翚《山水》屏。12幅通景，康熙己卯。绝妙之作！

8. 倪瓒《山水》轴。纸本，水墨。自题诗。乾隆题。山石画法不类倪氏，须看原作才能判断。

又，马成名家墙壁还挂有郑燮诗稿数开。

以上这些作品流传有绪，实属难得，如此批量的宋元之作国内私人藏家手中很难再现。由此看来，流往美国的中国古代书画尚有潜力可挖。据马成名告知，在美国的中国古代书画尚不如现代名家之作价高，每件售价也就两三万美元，即使苏轼作品也是10万美元即可。我曾建议国家文博系统回收国外的中国古代书画，若经费不足可适当拿出少许明清官窑瓷器换回古代书画，如此国家既不必付出外汇，又可收回流外国宝，岂不两全其美！

1996年6月5日
纽约

上午王方宇电话告知，耶鲁大学朱继荣教授听说我来纽约，打算约我到他们的中国书画陈列室看看。如去八妹处，可顺路前往，也可同时见见班宗华。

下午3时，第三次如约与朱扬明同往安思

远住所，张子宁后至。原以为安氏拥有漆器修复之法，今日始知他不会这门手艺，然铜器修复确有绝技。安氏请我看他修复的甘肃天水出土的青铜双马拉车两辆，初看以为原本即是完整之物，当目睹完他整个修复过程照片之后方恍然大悟，原件确实残破，修复后则有巧夺天工之妙！

观赏完安氏修复铜器照片之后，其为我们提出如下书画过目：

1. 钱贡《渔乐图》卷。纸本，设色。万历年作。真，但有俗气。

2. 明人《苏州李先生解职归里同仁赠诗》卷。纸本。萧显成化年间书引首。拖尾萧氏诗题，李东阳为之撰写长序，再后有吴宽多人赠诗，每诗韵脚书于诗前面右上角，过去少见。卷中同时同僚诗题，极具文献价值。

3. 龚贤《山水》4页。印章款。原为12页，有8页在大陆私人处。

4. 龚贤《山水》卷。己巳年款。不真，款后加，清初之作。

5. 唐寅《山水》轴。纸本，水墨。自题七绝一首。山石皴不用小斧劈，而树法却属唐氏。

6. 华嵒《松鼠葡萄》轴。纸本，设色。写意画，大字草书署款。虽为应酬之作，却是虚谷画之来源所出。

7. 恽南田《山水》轴。纸本，浅设色。上部佳，下部山石细碎。画不类本来面目，但题字可信而为真。

8. 查士标《古树孤鸟》轴。纸本，水墨。真而不精。

9. 石鲁《写生》两册。

10. 石鲁《人物》轴。1962年在埃及。

11. 石鲁《山水》大轴。纸本，水墨。

12. 石鲁《古柏》大轴。纸本，水墨。

13. 石鲁《近物写生》轴。纸本，设色。

看了一系列石鲁之作，似觉小幅册页更显可爱，大轴国内少见。据告，石鲁之子将来美为其父办展，届时要向安氏借用乃父遗作充实展厅。

与安氏告别，约好9月北京再见，同时邀请访问沈阳。安氏表示，争取9月10日之后前往辽博参观。

晚6时，随张子宁到皇后区216街其新买的房子小叙，之后同在小上海饭店进餐。

子宁新房三层，布置简单而雅致，底层书房尤佳。其以台北房子出售之款买得此房，一次付清。此人右手有疾，却绘画、书法俱佳，文章也有分量，真是难得人才，纽约大都会艺术博物馆是否到期继续留用，待方闻一言为定。在书房见到齐白石印拓8面，刻8个画面，与其创作风格一致，过去未见，此精品原件现存加拿大某私人手中。

1996年6月6日
纽约

下午去曼哈顿纽约现代艺术博物馆参观毕加索肖像画展，王方宇、朱扬明与我同往。

抵达后发现，展场万头攒动，观众之多不可计数，且老、中、青、少什么年龄者都有，这在中国简直无法想象。

毕氏生于1881年，从小就很有艺术天赋，15岁进入美术学校，开始追求古典主义，中年后创建了立体主义，把人的面部移位描绘，想象力特别与众不同。不过我爱看的还是其素描和油画写实之作，立体主义作品理解吃力。配合展览，还印刷有画集及若干单幅作品，观众购买踊跃。作品由世界各国公私藏家提供，露出陈列。观众文明观赏，潜心体会，整个展厅鸦雀无声。

晚间由王方宇处去杨思胜先生家。杨将钱选《三蔬图》残本取出过目，我在《国宝沉浮录》中曾提及过这件作品，今始获见，当在《国宝沉浮录》扉页上题写一段，送他作为纪念。此乃《佚目》中物，解放前流到海外。引首明初宁静小篆，没骨画白菜、笋、萝卜各一段，每段诗题，乾隆和之，最后有作者款及乾隆题。拖尾钱氏本人题与明初人跋俱佚去，由刘定之、金□□修复装裱，沈尹默先生录文并题跋。另有一轴倪迂山水画，上有乾隆题字、玺印及所谓明人一题，细看画款题诗尚可，画风亦属倪氏一路，由于画蛇添足，致使原作无法确认矣。

1996年6月7日
纽约

今天张子宁、朱扬明哥伦比亚大学同学王柏华博士为获得学位举办庆祝家宴，我应其导师王妙莲之邀前往出席。

与王妙莲相见又时隔4年，形象依旧，精神不减。她的先生倒是显得有点老态，女儿长高很多，金发碧眼像她爸爸，喜欢跳芭蕾舞。据王告知，夫妇二人退休后就搬到华盛顿居住，其先生曾为驻韩大使，也在中国大陆、香港驻节过，有不少事情应该记录下来，犹如美国总统一样，退下来写写回忆录也是一种生活。今年9月在沈阳举办的第二届中国书法史论国际学术讨论会，王本人初步同意届时参加。

王妙莲夫妇先行离开，我和张子宁留下与王柏华就怀素《自叙帖》真伪问题交换意见。她相信启功、徐邦达二人伪品之说，我则告知不能先存主见，要研究原作之后再作结论，从整幅全部递传题跋考证，此乃真迹无疑。王柏华博士论文研究课题为《苏轼的书法艺术及其〈寒食帖〉》。

1996年6月9日
康州—波士顿—康州

上午8时，我和八妹、炎昌、杜敏全家乘面包车经1个半小时到达波士顿，在一所学校的天主教教室内参加华人的布道会。先是一位女信徒讲述她的一生经历，显示耶稣神迹无处不在，之后二三十个信徒共唱赞美诗，活动至下午1时结束。炎昌、八妹、杜敏一家皆信基督教，我是客随主便，只能从众。

波士顿城市面貌依旧，和11年前所见一样。原拟看望吴同、金樱夫妇，他们两天前去了日本，无法如愿。毛瑞现在哈佛大学赛克勒艺术博物馆，不顺路，只能择日再访。

下午3时过，我们返回康州。

晚间与耶鲁大学朱继荣通话，约定明日上午10时来接前往看画。

1996年6月10日
康州

上午10时，朱继荣先生来接往耶鲁大学，到其所创办中国书画陈列室看画。作品部分原藏、部分捐献、部分收购，其中古代、近代者不佳，现代的不全，然也有少量精品，如杨之光画石鲁像极好，齐白石、傅抱石等人作品亦佳。此陈列室刚刚筹建，已得到校长先生支持，计划下学期移入图书馆中，增加展览面积，再时不时约请在美中国画家到校现场创作表演，逐渐扩大影响。

朱先生抗战时期中央大学政治系卒业，50年前来美。先是在哈佛大学深造，后在耶鲁大学教授中文，60年代创办了中文系。太太是加州人，也是哈佛大学毕业，学的是幼儿教育，教书数十年，一直助人为乐，在康州颇有一点名气。他们有一儿一女，配偶都是美国人，全家只有朱先生来自中国。朱先生热爱中国的文学艺术，独好书画收藏，自己也能作画，尽管已退休无职，却自愿为学校努力做事，大家交口称赞，校长也在今年

给他颁发金奖予以鼓励，《纽约时报》曾多次报道了他的事迹。

听说今年9月在沈阳召开第二届中国书法史论国际学术讨论会，朱表示一定参加，请我寄一份邀请函给他。我则表示一定要支持他的中国书画收藏工作，第一可为其介绍一些书画名家（若有意购藏作品可酌量付些酬款），第二可无偿赠送我的书法作品一两件，第三可在国内为其代订有关书画鉴藏的图书。

朱继荣夫妇驾车送我回到八妹家前先在耶鲁大学校园游览一圈，此校古典浪漫的环境确实很美。

晚饭后与炎昌、八妹闲聊。我认为身体健康第一重要，其次人生一世有条件就到世界各地走走。台北闹市中的房子应该卖掉，留山上一处住宅足够了。如有可能，可在中国大陆买一个房子，大陆物价较低，生活可以过得更安逸舒适一些。老了需要人照顾，在中国台湾、美国雇人每月需要千元美金，而在中国大陆就无需这么大的费用支出。至于我，有许多工作要做，有许多作品要写，只要环境安静即可。

1996年6月14日
纽约

午饭后到王方宇家，结识台北林超群。他热衷于古今书画收藏，已将诸多藏品印刷成册，赠我一本，求书对联一副。

下午5时前，杨思胜、蔡楚夫、丘丙良、

徐世平（应野平弟子）、马成名等人陆续来到方宇住所，经过1个多小时的交谈相互有所了解。晚6时过同往皇后区"成都膳坊"吃川菜，说好方宇请客，实则是杨思胜结的账，饭后大家同去杨家写字、作画。

蔡楚夫国画、西画皆有基础，丘丙良擅长写意花卉。特别值得一记的是杨思胜，此人本是医生，却喜画山水人物，作品尽显傅抱石、溥心畬、丁衍庸诸家痕迹，曾经办展，并有画集行世，作为业余画家能有此水平，实属难得。又，杨氏收藏齐白石画作三四十件，编印成册，多为真品，且早、中、晚各期均有代表之作。

1996年6月17日
纽约

上午到比利时领事馆咨询签证事宜，这是第三次前往，仍无消息。女经办人冷若冰霜，答复非常简单：没有批复，不能办理。飞机明日起飞，签证今日尚未获批，真让人心急如焚。朱扬明对女经办人工作态度很是不满，说，已经21天了，还没有明确意见，这是在开国际玩笑。扬明表示要找领事馆负责人对话，女经办人见状马上表态立即再发传真催办，约好明日上午8时给信。

比利时皇家历史艺术博物馆史蒙年已经三次打来电话，询问是否拿到签证，可见对方也是担心事情有变。怎么办？实在不行就发电传通知比利时皇家历史艺术博物馆做好准备，我先乘机飞布鲁塞尔，待抵达后再办落地签证。小军夫妇认为不妥，否定了这个方案。

1996年6月18日—19日
纽约—伦敦—布鲁塞尔

晨5时半，小军收到比利时史蒙年电传，说是已经批准入境，上午可去领事馆取回护照，当即电话朱扬明，请其携带有关材料前往。又收到林秀香传真，告知已办好新加坡入境手续，到比利时后可前往新加坡使馆去取签证。事到最后一天，才得到一切顺利的结果，一颗不安的心终于稳了下来！

上午杨思胜医生来访，接着朱扬明自领事馆归来，将机票、护照交我，大家一起饮酒进餐，谈笑风生。饭前与杨医生一起翻阅安思远捐赠纽约大都会艺术博物馆的藏品画册，杨氏告知其中近代书法之作是他让与安氏的，又，安氏画册编辑和藏品征集主要得力于吴尔鹿，杨与吴熟识。

午饭后与小军、扬明同去杨医生家，为我所书对联等钤印。之后在其家又为之书对联一副，跋张瑞图草书纸本《永州韦使君新堂记》一卷，又看了倪元璐《竹石图》一轴（绫本，甚佳）。据告，杨氏收藏对联颇多，由于时间有限，无暇再看。在杨家结识一位《世界日报》女记者，她是杨医生朋友，杨授意其对我宣传报道，婉谢。

回到小军家与康州八妹、炎昌通话告别。

又打电话给文秀，得知郭延奎已将杨树从北京接回沈阳，今天由他的姥爷领走；柳菁由烟台而来，刚刚抵达家中；王琦妈妈生病，将带洋洋去广东上学。

纽约时间下半夜2时，即英国时间19日晨7时抵达伦敦机场。机场工作人员用小客车将乘客分送至不同的转机检票口，我被送到飞往布鲁塞尔的入口处，查验机票、护照，之后由工作人员领到登机口，再引到飞机座位之上。机场服务确实周到，转机过程非常顺利。

上午8时过，飞机由伦敦起飞，10时降落至布鲁塞尔。两个机场比较，伦敦是大而乱（于我而言，若是无人引送，转机确实困难），布鲁塞尔则是洁而静（建筑格局也好）。

入境时我出示护照，工作人员让我稍候，随即找来接我的柏密歌小姐。之后柏小姐帮我提取行李，出机场乘车抵达市内一家有着几百年历史的旅馆办理入住手续。这里地段繁华，但住处非常清静。柏小姐是伦敦大学韦陀的博士生（研究明代吴伟的），在北京居住过六年，与吴作人夫妇相识，曾为吴在比利时办过画展。据其告知，杨新、单国强等人今天下午5时由北京飞抵此地，同住一个旅馆，承办人史蒙年晚饭与我们见面。

又电话刘楠，无人接听，想必已经搬家，或许白天家中无人。

布鲁塞尔是比利时首都，又是欧共体总部所在地，还是联合国许多行政机构中心。这里气候温和湿润，虽然今天气温较低，但感觉非常爽快。

下午6时过，吴尔鹿、江炳强、徐邦达夫妇、单国强兄弟、杨新父女、聂崇正到达，同进晚餐。此次邀请者是比利时皇家历史艺术博物馆东方部主任史蒙年（能说汉语），出资人是一位男爵先生（已见面，不识中文，姓名尚未得知），我们约定明天午前到男爵家看其藏品。

1996年6月20日
布鲁塞尔

今天上午同去尤伦斯男爵郊区别墅看其所藏书画。藏品多为明清之作，有题为元王振鹏《江山胜览图》高头大卷，《佚目》物，对此作的作者、年代、画风，观者各执一词，争论最多。现代作品也有几件，大都是真迹。此次看画，很像是开学术讨论会，自由发言，

布鲁塞尔尤伦斯别墅

尤伦斯　史蒙年　柏密歌　杨新　杨仁恺　杨丽丽

毫无拘束，各抒己见，求同存异。在国外有这样一个机会大家在一起探讨交流，确实难得。

主人尤伦斯男爵的父亲曾在中国工作过五年，去过中国很多地方，经常给他讲些中国故事。受父亲影响，他对中国文化逐渐产生了兴趣，后经吴尔鹿介绍购藏了一些中国古今书画，日积月累，藏品越来越多。

1996年6月21日
布鲁塞尔—巴黎

晨6时半下楼自助早餐，7时返房间取行李箱、手提包，交了钥匙，同往巴黎。

我们乘坐的是刚刚投入运营的新型特别快车，300公里的路程只用了两个小时。此车设施先进，运行平稳，座位舒适，感觉比日本新干线还要好些。放眼窗外，到处郁郁葱葱，景色确实很美。行驶途中车上还供应一盒点心，对待旅客体贴入微。

车抵巴黎，吉美博物馆馆长和东方部负责人出面迎接。先去一家中国餐馆（东兴饭店）午餐，饭后到其分馆鉴定书画如下：

1. 郎世宁《哈萨克贡马图》卷。清内府物，一级品。弘历全身像以及其他人物、马匹描画殊佳。乾隆本人长题，拖尾董诰等人奉和。据聂崇正查内府档案，此图由郎世宁起稿，唐岱等画院中人描绘而成。

2. 郎世宁《乾隆狩猎图》第一卷。画中弘历及其所乘马匹还有身边几位臣工出自郎氏之手，余则唐岱等六七人所绘。

3. 石涛《费氏祖茔图》卷。纸本，浅色。卷首石涛隶书"费氏祖茔图"五字，随后题并诗，为友人曹氏（四川成都人）所绘，时年61岁。画真而不精，张大千曾编入画册。

4. 八大山人画轴。早晚之作各一，其中一轴有廖仲恺另纸长跋。皆非真迹。

5. 曹知白《松树》大册页。所钤内府诸玺后加。曾编入《南画大成》。

6. 赵千里《观海图》。苏州片。

7. 八大、石涛画轴。三件，俱赝。

8. 敦煌绢画一件。唐开元十三年张□□供养人款。

在分馆看画之后前往总馆参观。陈列之中国瓷器颇多，书画殊少。东亚的雕刻、瓷器亦有一些，但精品寥寥。辽瓷与唐三彩摆在一起展示，此法值得商榷。

晚10时，在塞纳河乘游船观赏巴黎夜景，卢浮宫、市政大楼、巴黎圣母院等建筑皆入眼。埃菲尔铁塔已经修复，高300多米，通体灯光闪耀，引人注目。今天是巴黎的音乐节，美丽迷人的塞纳河两岸处处有人群聚集，呐喊之声直到午夜仍然不断。

徐邦达因连日辛劳没有与大家同船游览，留在旅馆休息。他不来是对的，今夜冷风袭人，着凉会生病的。徐太太滕芳则状态特好，一路上高声畅谈，不知疲倦。

1996年6月22日
巴黎

昨天很晚入睡，今日却早早起床。原来是看错钟点了，旋即又上床小睡一会儿。

晨6时左右起来洗漱，7时20分早餐，饭后把昨天的日记写完。8时过大家楼下集合，9时过同到协和广场走走、拍照，10时左右返回旅馆乘车前往卢浮宫参观。

卢浮宫在城市中心，始建于1204年，原是法国王宫，18世纪末转型为博物馆。宫前有金字塔形玻璃入口，是20世纪80年代由著名建筑大师贝聿铭设计的。整个博物馆就是一座艺术宝库，按时代展出世界各地的历史文物。古埃及、古希腊、古罗马时代的雕刻异常精美，文艺复兴时期米开朗基罗作品最为夺目，达·芬奇、提香、大卫、拉菲尔等名家之作置于两三个大厅展示，全部露陈。堪称万宝之宫，让人尽享眼福，流连忘返。

工作人员为我们热情讲解。据告卢浮宫每天有两三万人参观，其中日本游客最多，占比40%。来自台湾的中国人也为数不少，将来很可能会有中文本说明书印发给观众。

午饭后参观巴黎历史博物馆。其原为一家私人博物馆，所藏中国瓷器、铜器、玉器较多，也收有几件中国古画，后主人将全部藏品与房子一并捐给了国家。书画中有一幅说是唐韩幹《圉人呈马图》，前后钤"凉州安抚使"官印不少，后署"开元十二年张□□供养"等字样，画虽破旧，但不敢贸然定为

唐人之作。有所谓梁楷花鸟两轴，俱为赝品。明张弼草书七绝轴真，齐白石《牵牛花》轴亦真。几件商周青铜器尚有可观之处。瓷器摆放杂乱，陈列水平不高。

之后参观巴黎圣母院。这是天主教巴黎总教区的教堂，建设了两个世纪方告完工。内部气势恢弘，天顶和窗上彩色玻璃是文艺复兴时的作品，相当珍贵。进入教堂参观者络绎不绝，也有人到两侧点燃小蜡烛祈求天主保佑，信仰自由，可以理解。

所乘汽车沿塞纳河两岸行驶，经过市政厅、凯旋门、众议院、卢浮宫外广场、雨果故居、蓬皮杜文艺中心，最后看了拉丁区的几所大学、文化书局以及名人墓园诸景观，到处都是名迹，整个巴黎就是一个大博物馆，欧洲文明于此已窥一斑，然只能坐车观赏矣。

此次巴黎之行由尤伦斯男爵夫妇、史蒙年、柏密歌（法国南方人）全程陪同。史、柏两位华语讲得甚好，对中国历史文化多有了解，常有问题提出，有的问题相当尖锐，要我和吴尔鹿作答。柏女士是以明吴伟作为论文研究课题的，曾多次到中国各博物馆参观，今年还有中国之行计划。

1996年6月23日
巴黎—布鲁塞尔

上午由巴黎乘新型特快列车回到布鲁塞尔。中午尤伦斯请在意大利餐馆吃饭。饭后史蒙年陪同到比利时皇家历史艺术博物馆参

观。此馆建于19世纪初，规模很大，另有分馆。陈列有东南亚文物以及中国的青铜器、玉器、彩陶、书画、雕刻等，其中从山西购来的三座金代木雕颇为精好。

参观结束，再次奔赴男爵别墅，取出争议之作继续探讨。关于董其昌画卷，徐邦达改变意见，认为出自王翚，董款为伪作。又王振鹏《江山胜览图》卷，徐仍坚持为元明人手笔。周东邨《秋林远岫图》，绢本设色，单款，画风与李唐、萧照接近，作者不愧为唐寅、仇英之师。我为尤伦斯题其所藏石鲁《姑娘出嫁图》于裱边，原画无款，应是50年代作品。

1996年6月24日
布鲁塞尔—根特—布鲁日

早上刘楠来晤，介绍其与吴尔鹿、杨新认识。与刘楠约好27日再见，同去滑铁卢、海牙参观游览。

早饭后乘车前往距布鲁塞尔不远的根特市参观圣巴夫教堂。这家教堂建于12世纪，内有一幅祭坛组画，是15世纪极负盛名的画家胡伯特·凡·艾克应根特市长威德之邀而创作的。他画了10年，未竣而逝，后由弟弟扬·凡·艾克接续完成于1432年，一直保存至今。教堂出入者很多，人气颇旺。

午饭后驱车抵达布鲁日，小雨中乘船游览此城。运河两岸路面由石头子铺成，目光所及，教堂林立，时不时传来的钟声悠然悦耳，似乎有一种净心之感。驾驶员一边开船一边用英语讲解两岸所见景观，据说这里最早的教堂是11世纪所建。布鲁日距布鲁塞尔100公里左右，是个文化名城、观光胜地，处处古色古香，旅游者众多。

1996年6月25日
布鲁日

今晨单国强、单国霖兄弟以及杨新、杨丽丽父女离开比利时，应邀到德国访问一家工厂，顺便参观科隆东亚艺术博物馆。他们26日返布鲁塞尔，之后同乘午夜飞机回国，我们约好明日夜里机场送行。我给苏士澍写信一封，告知邀请美国、法国几位专家来沈出席中国书法史论国际学术讨论会以及安思远碑帖展与北京故宫签订协议事宜。此信面托单国强带回北京转交苏士澍，届时苏士澍可能已由台湾回京了。

在旅馆早餐时与吴尔鹿边吃边谈。吴对徐邦达关于王振鹏与董其昌两卷的鉴定意见不太认同，想邀请谢稚柳也来此看看尤伦斯藏品，一等接待，诸事从优，要我和单国霖向谢先生转达其诚意。

中午在一个名为香港花园的中国餐馆吃饭聊天时得知：吴尔鹿因在日本成功举办画展而被高居翰看中，收其为徒。1985年拟转方闻门下被拒，于是改做油画生意，定居纽约，为安思远先生藏品编目，两家相隔两条街道。吴的儿子20岁，自费入康奈尔大学读书，学习成绩优异，学校奖以万元，他把这笔钱另作他用，用以奖励来美深造的几名中国青年。吴与陈逸飞关系密切，同鲁迅美术学院韦尔申也有交往（此前曾去过沈阳）。

午后到旅馆附近的格罗宁格美术馆参观。这里陈列着比利时15世纪至20世纪的画家原作，给我印象较深的是十六七世纪的作品。至于20世纪之作，尽属现代风格，抽象得让人无法理解。"油画之父"扬·凡·艾克作品昨天在根特圣巴夫大教堂已经见到，此馆也有几件，且保存完好。

1996年6月26日
布鲁日—布鲁塞尔

上午参观建于13—15世纪的圣母教堂。教堂内多石雕之作，其中一座一米多高的《圣母和圣婴》像是16世纪文艺复兴巨匠米开朗基罗作品，驻足拜观者很多。

下午去参观了一座美术馆，作品大都是宗教题材，有些画面黝黑，看不清楚，一走而过。

晚9时半由布鲁日奔赴布鲁塞尔机场，一小时即到，与已经抵达的杨新父女、单国强兄弟、江炳强相见。我再次嘱咐单国强，托转苏士澍之信回国后尽早面交。夜里11时，与吴尔鹿等人一一告别，与柏密歌约好后天下午再见。

刘楠驾车机场来接，到其所开御膳堂饭庄住下。此房分期付款购买，商住两用，门面装修颇有特色，尚有闲置房间准备出租。

午夜与史蒙年通话，约好明日上午皇家历史艺术博物馆见面。

1996年6月27日
布鲁塞尔

上午10时左右，与刘楠同去比利时皇家历史艺术博物馆见史蒙年先生。史蒙年领我们参观了出土的古罗马时代文物，有与真人等大的鎏金罗马皇帝雕像以及金发饰、珠宝首饰、象牙等，这些展品都是意大利政府提供的。因为今年比利时当选欧盟轮值主席国，意大利特送此展以志庆。

据史蒙年告知，有一个大型辽墓出土文物展将来欧洲举办，先在德国展览，之后移至比利时，他们正在研究具体落实事宜。我对此信息丝毫不知，这肯定不是辽宁筹办的，也许是国家文物局外展中心与内蒙古联手操办的项目。我向史蒙年介绍了辽博的馆藏情况，认为我馆的藏品可在欧洲举办几个专题展览，欢迎他们到沈考察走访。史蒙年闻之决定安排我与他们馆长会面交谈一次，不巧馆长有事在外，未能相见。

与史蒙年谈及刘氏三代画展拟在比利时皇家历史艺术博物馆举办一事，史认为可以商榷，由其上报该馆展览委员会研究，唯经费问题需要刘楠设法解决。

午饭后与史蒙年、刘楠驱车赴滑铁卢古战场参观游览。这里有一个人造山丘，山顶有纪念碑高耸，需爬200多个台阶才能登上，我只能选择观望。山丘脚下为滑铁卢战役纪念馆，绘有一幅整个战役的全景画，画中人物栩栩如生，场景亦非常震撼。目睹整个画面，同时耳听为此画配制的录音，真有如置身于战场之中。纪念馆中尚有部分陈列，实物偏少，图片颇多。

回到御膳堂饭庄，将机票传真给新加坡林秀香时才发现，飞机起飞时间是28日上午7时5分，我却一直误认为是晚上8时30分。由于时间不够，我原赴海牙参观17世纪荷兰画家维米尔真迹展的计划只能放弃。

晚上史蒙年夫妇（太太是台湾人）选择一家中国餐馆为我饯行，我们边吃边聊，无所不谈。史太太看问题很有见地，对尤伦斯男爵、吴尔鹿、徐邦达个人评价以及诸位间的关系有着独到的理解。交谈得知，史蒙年70年代末到80年代初曾为比利时驻华大使馆文化专员，后又在香港中文大学教过书，再加上有位中国太太，所以他的中文水平不同一般，对中国文化也颇有情感。

夜里11时，史蒙年夫妇将我送至御膳堂饭庄，适有刘楠友人曹晨在等我。他带来几件玉器让我看，都是新的，不到百年之物。

1996年6月28日
布鲁塞尔—法兰克福—新加坡

一夜睡眠未稳，唯恐耽误早起动身。

晨5时，刘楠开车将我送至机场，办理了离开布鲁塞尔的登机手续，又将法兰克福转机之事也同时办好。无论是上下还是中转，都有人关照，旅途自然顺利。

飞机由布鲁塞尔起飞，一个小时后抵达法兰克福，机场工作人员将我领至老年人、残疾人接待室休息。这里是全球航空的集散中心之一，往来欧洲各地的飞机如无直航都将在此中转。机场之大如同一个街市，旅客之多看着就觉得眼花缭乱，如果无人帮助，一切靠我自己，肯定不知路在何方！

去新加坡的飞机要到晚上7时后才能起飞，10个小时的等候确实让人倍感煎熬。好在接待室免费提供饮料，刘楠又为我买了饼干、面包，吃饱喝好睡上一觉，时间很快过去。允许乘机之前几分钟，一位服务小姐来休息室将我送到登机入口。

新加坡时间下午3时半，飞机平安降落，林秀香、余国郎机场迎接，随即安排到酒店下榻。

晚间杜南发夫妇来酒店晤谈，颇有亲切之感。面交所要序文，同进广东鱼粉。

1996年6月29日
新加坡

早上余国郎来陪吃早餐，豆浆油条，好久未吃了，口感特好。

上午11时，杜南发偕张克明来谈《书画真伪图鉴》出版事宜。他们提出的方案为：新加坡版8开印制，版权归属辽博所有；图片按规定付费，工作人员津贴另计，所有费用以图书形式支付；双方先签合同，8月中旬赴沈拍照。我表态将此意向带回沈阳，待我馆研究后再给明确意见。

下午为张克明集雅轩题写斋名，之后同往新加坡美术馆参观香港在此举办之"继承与发展"书画展。

1996年6月30日
新加坡

上午新加坡艺术总会的陈声桂来访。他与林秀香是南洋大学同学，也与杜南发先后同窗，现正在接待苏士澍等中央电视台一行。交谈期间与苏士澍通电话，约好明晨8时过酒店晤面。

下午到潘受家拜访。潘老精神不减，说起话来滔滔不绝。据告，由沈返新后摔了几跤，虽未伤筋动骨，但一直闭门未出，其决定后天前往澳大利亚去看看儿子思颖。彼此约定，下次专程赴沈去看辽博书画。

1996年7月1日
新加坡

早上苏士澍来酒店相见。苏送我一本《第三届中国书法篆刻电视大赛获奖作品选集》，告知后天与中央电视台两位同志同去澳门，联系筹办"第三届中国书法史论国际学术研讨会"事宜。我将9月在沈举办的"第二届中国书法史论国际学术研讨会"未办之事当面作了交代。

上午到来福拍卖行，先给辽博发送传真，之后过目经营餐饮的深圳陈先生所藏书画部分照片以及20多件原作（还有一些藏品待去香港过深圳时再看）。陈先生收藏颇富，拟携所藏近现代书画移民新加坡。我给艺术理事会陈准将、黄处长各写一函，建议新加坡的博物馆、美术馆收藏一部分中国近现代名家之作。

下午2时半，余国郎与胡杰华、黄妙凤夫妇来接，同往胡家看其所藏关宝琮之作，多幅无款，为之补题。又为收藏之近现代作品题字几件。胡先生在马来西亚怡保开有鞋厂，太太对书画颇感兴趣，正在筹建一个画廊，9月初将邀请关宝琮夫妇和我参加开业仪式，同时举办关宝琮夫妇作品展览。关宝琮夫妇办展手续尚未寄来，他们要我回去催促此事。看画题字后同到一家水果店去吃榴莲，特别新鲜，味道甚好，季节最佳也。

晚7时后到假日酒店商场，参观余国郎与友人叶先生、任广威、黄金成合租的铺面，请我题写牌匾。此店也是9月开业，计划届时与关宝琮夫妇从马来西亚同来庆贺。

1996年7月2日
新加坡

早8时，余国郎和胡杰华夫妇来接往吴在炎先生家。吴老刚游九华山回来，正患感冒，将其年谱赠我。吴夫人说在沈阳办展以及八旬生日活动诸事未在书中，计划再版时加入，要我写一篇文稿寄她。

回酒店与《联合早报》记者谢祥龙见面，接受其专题采访，同时请他们派一两个代表出席9月初在沈阳举办的第二届中国书法史论国际学术讨论会，陈声桂不能出席，王翰之另行通知。

中午庄右铭老先生请客吃饭，何家良夫妇、杜南发、程先生等人同席。庄老10多岁就到了新加坡，后回国考入暨南大学，毕业后再返新加坡，先是在中学教书，二战后开始经商、从事实业，如今资财颇富。庄右铭子女九人，皆硕士毕业，其中四人获有博士学位。据告去年在华东医院养病，与刘海粟所住病房邻近，刘海老去世前日彼此还在房中聊天。此老与海老多书信来往，办公室悬挂海老手笔两通，唯对古今书画不能分辨真伪。下午过目其所藏书画，仅有清初徐枋山水大轴（水墨，绢本，无裱工，长题）精好，其他清人以及近现代名家之作俱是赝品。老人已88岁高龄，牙齿未落一颗，思维清晰，偶然挥毫之作亦颇有韵味，可喜可贺。

晚7时，蔡斯民来接往斯民艺苑。蔡刚刚归来，先去中国云南、贵州、四川、湖北等地拍照，又去沈阳取回托裱之大千荷花巨幅。此乃刘德超经蔡之手售与会计师马先生的，裱好之巨幅在画廊悬挂，气魄不凡。马先生夫妇约蔡斯民夫妇同我共进晚餐，吃饭时马先生问办齐白石画展经费需要多少，可以找人资助。我答以10万新元。他说问题不

大，回头由其负责与有关方面联系。

1996年7月3日
新加坡

上午亚洲文明博物馆陈家紫和苏小姐来谈今天晚上报告会一事，并拿来今天的媒体报道。据告，陈家紫已由助理升为研究员，负责中国书画、青铜器、瓷器的陈列设计，不日将赴加拿大温哥华去考察一私人所藏的陶瓷、书画。新馆已基本完成翻修，正在布置陈列，家紫负责中国文物部分，如果英语水平能够迅速提高，日后可望大有作为。

余国郎来求写"文华阁"匾额，正、草各书一纸。胡杰华兄弟求字，每人一张，同时为胡夫人黄妙凤写一条幅以赠。

中午国家文物局局长林长鑫、亚洲文明博物馆馆长郭勤逊请吃午饭，陈家紫、林秀香作陪。席间我介绍了博物馆的职能、责任，认为经济发达的新加坡必须同时搞好文化建设，对林秀香经办的艺术家、收藏家捐献移民之事重视起来，他们表示认可。

下午3时半，庄右铭夫妇来酒店回访。老人送我自书诗七绝一首并当面吟诵，毫无暮气，音韵殊工，书法亦清秀可人。我劝他借诗书以娱晚年，如此可以延年益寿。

晚7时出席亚洲文明博物馆学术座谈会。何家良诸人已先到，全场座无虚席，据说这是少有的盛况。今天报纸为此刊发两则新闻，《新明日报》文字较多并附有照片，于是引起

大家与会的兴致。会场把控以及翻译由陈家紫负责。先是郭勤逊馆长用英语致词，接着安排我即兴演讲。我没有准备文稿，不想采取授课形式，而是希望能够现场互动，共同提高，于是开场白后就请大家多多提问，由我当面解答。然提问者寥寥，又所问之题多不着边际。座谈结束，自我感觉不尽如人意，内疚较深。

1996年7月4日
新加坡

艺术理事会陈准将、黄处长中午宴请，林秀香陪同前往。当面将深圳陈先生拟捐书画移民意见书转交，同时展示陈先生所藏关山月和徐悲鸿之作，借以说明其藏品之价值。

下午在来福拍卖行为深圳程氏翡翠公司题写招牌，为徐悲鸿所绘猫、马两图另纸题字。秀香告知飞往香港的机票已经到手，于是给文秀打电话，告知行程并询问小健深圳电话。

陈家紫与日本丈夫来酒店看我。

新加坡收藏家协会聘我为顾问，由该会会长梁奕嵩致送聘书。

1996年7月5日
新加坡—香港

早上王德水夫妇来酒店，共进早餐。

上午以传真的形式告知纽约小军夫妇近日情况，并问在小军家或杨思胜医生处是否发现我的印章两方，让他们寻找一下。

下午与林秀香同赴新加坡机场。何家良告诉秀香前来机场送行，可能途中塞车，久等未到，我们是最后登机的乘客。飞机隶属台湾中华航空，下午3时半起飞，晚7时降落至香港启德机场。

我们搭的士到九龙旺角京港酒店，预订两个套房暂时只有一间，秀香让我住下。随即电话许礼平，他与周汝式等刚从杭州归来，约定明早8时共进早点。

晚10时深圳陈先生来访，与秀香商议捐献书画办理移民事宜。陈氏所藏日前见到部分原件，有一份意见书已交艺术理事会陈准将。此次回程经港过深圳，计划再次看看他的藏品。

1996年7月6日
香港—深圳

许礼平如约而来一起早茶。谈到辽博书法出版一事，告知今年9月中国书法史论国际学术讨论会前可望出版赵佶《草书千字文》、欧阳询《仲尼梦奠帖》，届时将赠送与会者每人一份。谈及齐白石画展之事，许说新加坡有人愿意赞助此展，配合展览印制的画册由香港出版。

葛师科已经返港并打来电话，告知近日去新加坡补拍瓷器照片，今年10月将在上博新馆开馆之时举办"天民楼瓷器特展"。

下午1时，与林秀香、陈先生同乘火车离

开香港，一个多小时到达罗湖口岸。这里往来之人不可计数，又出入境手续十分繁琐，我们经过约两个小时才得以入境，与欧盟国家之间的简便形成较大的反差。

下榻晶都酒店。稍事休息，即去陈先生家看其所藏书画。除徐世昌临《十七帖》卷真之外，其他无可观者。

1996年7月7日
深圳

晨7时林秀香离开深圳前往香港，其乘10时40分飞机由港返新，时间相当紧张。

陈先生秘书小庄来酒店陪吃早点。

上午陈宝岩丈夫张彭博驾车来接，王琦陪同一起前往深圳宝岩美城，地点在台湾花园小区，颇有一定规模。中午陈先生来此参观，与小健夫妇、香港朱先生、宝岩夫妇同餐。

午饭后由宝岩夫妇驾车到深圳大学内的乡巴艺廊参观，这是李瑞生夫妇花费十多年心血创办的"鬼村"。李瑞生是1983年来深圳大学教书的，他与赵华胜很熟，是宋惠民同乡，擅长工艺美术，所作现代木雕、壁画、壁挂毯有印第安、非洲风格，又与四川三星堆有相近之处。李向校方租空地几十亩，以自力营造房舍，建了一个艺术堡垒。尽管外界普遍认为这是第一个真正民办的现代艺术博物馆，应予以支持，王朝闻等国内外艺术界人士闻风而来，但也有少数人眼红炉忌，从中捣乱，致使乡巴艺廊几近关门，此中辛

深圳大学乡巴艺廊
张彭博　李瑞生　杨仁恺　陈宝岩　李瑞生夫人

酸难以书写。

乡巴艺廊靠海而建，室外荔枝树密布，果实累累。主人从树上摘下荔枝待客，味至鲜美。几十亩地本是租期15年，然未到期却被校方强行收回。中间几场官司下来，现只保留住艺廊和饭店，以饭店收入支撑艺廊的开支。

世间之事总是曲折多磨，尽管李瑞生的事迹为中央电视台《东方之子》所播放，国内百来种报刊予以了报道，然阻力很大，发展艰难。好在近来已列入旅游一景，日后可能会有好转。

1996年7月8日
深圳

上午到深圳博与黄崇岳馆长、保管部老朱以及文管办黄中和副主任见面。中午馆方

请在大千侄孙张之先的八仙楼酒家进餐，四川风味，尚可。

午后在深圳博保管部看商承祚捐献的一批书画。除祝允明、王问书法之外，尚有少量明清名家书画，最多的是岭南画家之作，皆真，唯无一件一级品。商氏所藏捐献给广东几家博物馆，他们拟联合出版商承祚藏品画册，此事正在筹划之中。又看了一批成扇，都是近现代人作品，尚未付款购买。据黄馆长告知，河南博拨给深圳博一批出土文物，他们支付了转让费1000多万元。我建议他们来沈阳考察，研究一下辽博馆藏的辽瓷。

有一位小健美籍朋友持王原祁山水和董其昌草书来酒店求鉴，二轴均为旧仿。

陈宝岩夫妇来酒店晤谈，大家在一起畅叙，直至夜里11时散去。

1996年7月9日
深圳

新世纪酒店有一画廊，经陈宝岩夫妇介绍前往参观，经理浦先生和一位总负责人热情接待。画廊以经营当代书画为主，基本上是一手货源，定期举办拍卖，看来能力、实力兼有。

上午到深圳博继续看画。此馆所藏书画主要为商家所捐，拟出版图册，邀我作序，待图版寄我再说。又商承祚之子商志馥从中山大学赶来，告知1997年国家将在香港举办全国文物精品展，展品从各馆调借，《文物》月刊出特大专号，请我撰写书画部分的专文，以一万字为度。展览期间同时召开国际学术讨论会，中国内地的联系工作由商负责。

1996年9月6日
沈阳

"第二届中国书法史论国际学术研讨会"今天在辽宁凤凰饭店宣布开幕，国内外专家学者以及新闻界朋友近百人参加，省里林声、张成伦、杜铁等人出席。

美国王己千因身体不适未能来沈，已将辽博与之交换的李成画卷请人代为转致并函一封。启功生病未愈无法出席，由佟韦代表他在会上宣读了请假函件。王方宇新丧夫人沈慧，能来与会并发表讲话，实堪钦佩。日本今井凌雪、西林昭一应邀而来，也在大会做学术演讲。冯其庸先生参会，会上没有发言。

1996年9月7日
沈阳

上午陪同与会代表参观辽博晋唐宋元书展，法国柏密歌、故宫单国强、聂崇正等人还观赏了明清书画，大家一致认为机会难得。

下午参观沈阳故宫建院七十周年特展，为之书"物华天宝"等横幅。

沈阳故宫七十周年特展外景

高岛义彦　冯其庸　杨仁恺　许礼平

辽博会客室

杨仁恺　冯其庸　屈志仁　王绵厚

1996年9月8日
沈阳

上午大会继续，部分学者做专题报告。

下午4时半宣布研讨会结束，随即举行闭幕仪式，由国家文物局马自树副局长致词。

辽宁省副省长张榕明、沈阳市副市长张毓茂先后在会议期间看望了与会代表。

香港许礼平将复制的欧阳询《仲尼梦奠帖》带来分发给各位代表，获得一致好评。

1996年9月9日—10日
沈阳—北京—怡保

9日上午9时，"沈阳故宫博物院建院七十周年暨清前期文化国际学术研讨会"在沈阳宾馆举行隆重的开幕仪式，北京的戴逸（中国人民大学）、朱家溍（北京故宫）、蔡美彪（中国社科院）、冯其庸（中国艺术研究院）、王钟翰（中央民族大学）、裴焕禄（北京故宫）、徐艺圃（中国第一历史档案馆）等数十位著名学者到场，中央一些领导也发来贺电，可谓盛况空前。我和张德勤、启功为开幕剪彩。

9日中午招待屈志仁等美国客人，晚上与今井凌雪等日本同行共餐，晚9时乘火车离开沈阳。

10日晨7时过车抵北京站。先到和平饭店早餐，9时赶赴故宫出席"安思远先生收藏碑帖珍品展"开幕式，与启功、杨新一起剪彩。安氏本人兴致很高，我们相见甚欢，吴尔鹿等安氏工作人员亦都见面。

10日上午10时离开故宫，由王海萍陪同前往机场，乘飞往马来西亚的飞机在广州白云机场短暂停留后于晚上8时40分降落至吉隆

北京故宫"安思远先生收藏碑帖珍品展"开幕式剪彩
杨新　启功　杨仁恺　等

坡。关宝琼和胡杰华弟弟开车来接，两小时后到达目的地怡保。

1996年9月11日—12日
怡保

协济艺苑即将开业，昨日与今天皆在布置展品。场地面积不小，规模比中国香港、新加坡等地画廊均略胜一筹。

今日中午，与从新加坡来此的余国郎同往三保洞会庆法师处共用素餐。此法师与国郎同岁，从台湾佛学院来马来西亚出任住持，对中国书画喜爱，观点独特，间有可取之处。

1996年9月13日
怡保

上午10时，协济艺苑举行开业庆典。国家青年和体育部部长陆先生主持仪式，我也应邀上台致词并参与剪彩。户外锣鼓齐鸣，狮子舞动，热闹非凡；室内各方所送花篮甚多，两层展室布满，各种展品花中凸显，确实很有美感。

诸多媒体来访，今天国家和地方的几家报纸都刊发了协济艺苑开业的消息。

为来宾签名，同时收到画册和报纸多份。

1996年9月14日
怡保

今天是协济艺苑开业第二天，人气之旺，与昨日无二。

霹雳州太平华联中学校长龚道明先生来访，说是与蒋维崧、冯其庸等人相识，台湾大学博士毕业，多次到过中国大陆。他请我比较沈尹默、启功二人书法，我答以沈氏为优。彼此约定，明天中午其与张先生携带藏品来见。

余国郎今晚10时乘车返新。

1996年9月15日
怡保

约好今天中午鉴定书画的龚道明没来，

没约的吉隆坡连城画廊老板沈哲初倒是送来几件藏品求鉴，其中张大千白描菩萨像、齐白石花卉册乃赝作，独齐白石贝叶草虫大幅却真而精。齐氏作品上款为"西园先生"，下款为"八砚楼头久别人……作于京华"，似70多岁之作，为之在诗堂、边上题跋。

1996年9月16日
怡保

18日飞往香港的机票已买。电话许礼平，请其是日下午7时半到启德机场接我，同时预订所住旅馆，代购21日飞沈机票。

下午6时左右，太平华联中学龚道明校长与张树炎先生同来协济艺苑求鉴书画。据告，张先生与中国内地许多画家都有联系，香港的画家、收藏家也结识不少，新加坡宋涤与之交往颇多，其收藏的中国近现代书画数量很多，都是精品之作。不过由其携来请我过眼的齐白石螃蟹小幅、梁启超字条、吴渔山之作皆伪，只有吴昌硕临石鼓文字条为真。

1996年9月17日
怡保

下午连城画廊老板沈哲初夫妇又送来几件作品求鉴：一件为石鲁扶桑，"李公清赏"上款，壬子年作，草率；又一件石鲁画黑人像，印款，佳作；还有一刘奎龄黄牛柳树轴，单款，非工笔，但技法尚可，当是早年真迹。

余国郎电告，何家良夫人邱珠茵患脑溢血病逝。当即撰写唁电，由国郎转致。

1996年9月18日
怡保—吉隆坡—香港

6时起床沐浴，7时过收拾行李，9时早餐吃沙河粉。

上午10时过，与胡杰华、路桂筠（关宝琮夫人）同乘吴富才所驾之车奔吉隆坡而去。走高速公路，两个小时即与中央艺术学院郑浩千院长相见。原拟去国家美术馆看看，由于时间较紧，又怕路上塞车，于是吴先生提议，放弃美术馆参观计划，直接前往机场办理手续，之后一起午餐，边吃边谈。此建议甚好，时间充裕，大家可以畅所欲言。据郑浩千告知，他们今年年底开始拍卖东南亚书画家之作，然后再进行中国大陆、中国台湾的书画家作品拍卖。

下午3时25分，台湾中华航空公司空中客车正点起飞，7时1刻降落至香港启德机场。办理手续用了一个小时，出来时见许礼平正在门口等候，之后同往距翰墨轩很近的新国际宾馆。近来香港客房特别紧张，所幸这里有许先生熟人得以安排。房间很小，但颇适用，所谓"审容膝之易安"也。

1996年9月19日
香港

上午先与许礼平去翰墨轩看其所办书法学习班，学员老、中、青、少皆有，每周开课一次。此举很有意义，应该前景很好。

上午11时，与许礼平同到历山大厦去见佳士得拍卖行罗启蒙。据启蒙告知，此次纽约佳士得拍卖书画，宋元书札全部拍出，其中曾巩50万美元、苏轼20多万美元……总成交额200多万美元，唯不知买家详细信息。据许礼平说，10日下午在北京故宫漱芳斋的时候，大家对纽约佳士得这次拍卖看法不一，主要疑点就是拍品真假掺杂何以能全部成交。此事真相如何，有待证实。在佳士得一个多钟头时间里，启蒙将计划11月拍卖的明清书画拿出过目，我与许礼平、吴泰（子玉之三子，画家）、苏璧懿（万青力博士生，丈夫英国人）同观。

1. 张瑞图书画合卷。画有截短痕迹。
2. 董其昌《行草千字文》卷。
3. 祝允明《中楷××记》卷。王文治引首并跋。
4. 永乐时期翰林十家《咏雪诗》卷。
5. 王鉴《仿子久山水》卷。王时敏题、本人题中涉及见董思翁事。
6. 王翚《十万图》卷。恽南田题。

中午苏璧懿请在赛马俱乐部餐厅吃饭，饭后同往翰墨轩看其所带来的几件书画，总体感觉尚可。

1. 董其昌《临苏轼米芾诗帖》卷。
2. 陈焕《江村墅图》卷。归庄引首。
3. 陈录《自书诗》卷。黎民表跋。弘治乙卯书，近吴宽。
4. 郑燮《兰竹菊图》册。乾隆癸未。许礼平疑为谭木匠手笔。
5. 居廉《梅花图》册。光绪二十三年。

之后过目翰墨轩所藏书画如下：

1. 清如意馆《贵州苗族人物》册。此册40年代佳士得在伦敦拍卖了500英镑。
2. 清人十五家集册。郑板桥引首。其中八大《山水》60岁作，高其佩《风雨归舟图》非本人署款。
3. 邓拓《赤壁图》。梁斌题字。
4. 陈伯达赠陶铸字条。
5. 黎二樵绘赠宋湘画册。
6. 罗聘《竹兰图》大轴。
7. 伊秉绶《隶书藏之名山》横披。
8. 董其昌书画合卷。日本旧藏。

1996年9月20日
香港

早8时不到，罗启蒙如约来宾馆送惠崇《华溪会禽图》照片过眼，说是原作现在纽约，今冬将在香港拍卖。看照片时代不够北宋，且有补笔加石绿。旧画。

由许礼平驾车前往中文大学与高美庆欢晤。高美庆说为配合香港回归，计划与辽博携手明年举办书画赝品特展，展览1997年6月25日开幕，展期6个月，9—10月间再召开一次学术研讨会。我当即表态，香港回归意义重大，应与新加坡方面研究一下改期事宜，小局服从大局。高要求先将目录寄来，以便做好工作安排。

在中文大学文物馆过目书画10余件，最佳者如下：

1. 张雨、杨铁崖、文信《行书诗文》合卷。
2. 李在《山水》大轴。绢本，设色。
3. 董其昌《行书》卷。
4. 王宠《行书》卷。
5. 仇英、尤求《仕女图》合卷。白描，仇、尤各一开。实则仇画亦为尤笔。
6. 张平山《祝寿图》轴。
7. 祝允明《楷书》卷。

1996年9月21日
香港

上午在佳士得看了以下书画：

1. 吴历《山水》册。张大千、溥心畬两题。
2. 高其佩《杂画》册。康熙甲子。款后加。
3. 元人《双钩竹图》轴。画上三元人题

诗，裱边近人多题。吴湖帆题为管仲姬笔。王南屏故物。

4. 居节《五湖一舸图》卷。为梅禹金吴姬作，居节署款并题。同时人跋多有题咏。

5. 明本柳叶书轴。

6. 金农《梅花图》轴。纸本，水墨。乾隆二十一年作，长题。裱边高野侯等多人题。

7. 林良《鹰图》轴。绢本，水墨。单款。日人藏。

8. 姚绶《瑶台雪鹤图》轴。纸本，水墨。自题图名。日人原藏、原裱。

9. 倪元璐《墨竹图》轴。甲戌阳月写于且园。

10. 蓝瑛《山水》册。绢本。两年前曾在香港过眼，今为再见。精极！

中午与许礼平、罗启蒙同往一家上海菜馆，他们电话邀来翰墨轩范小姐和在那里作画的吴泰共进午餐。许礼平先行告辞，今天为其母生日，他要去澳门祝寿，我得知便写了一张小红纸以贺，所谓"秀才人情纸半张"也。

1996年10月11日
沈阳—上海

上午9时，顾振清陪同马来西亚槟城吴天宝来舍欢晤。吴在马来西亚槟城建有蝴蝶园，此次专程赴昆明考察后来沈，送我一张1994年江泽民在参观其蝴蝶园时两人交谈照片。中午在家招待客人，主食四川凉面。

下午1时前往桃仙机场，飞机2时40分准时起飞，5时左右降落至上海虹桥机场。王运天、郭延奎以及吴江何德行来接，之后入住上博附近的金门大酒店。

晚饭时见到刘九庵、耿宝昌、俞伟超等诸多同行，冯其庸早我先到于此。

杭州沈明权也住这个酒店，402号房间，他约上海画家黄宝昌来我房间相见。我们商量后将时间初步做了如此安排：13日与冯其庸以及王蘧常子女到王老墓前拜谒，14日由何德行来接我们前往苏州吴江，15日在苏州参观游览，16日与沈明权同赴杭州，18日返回上海。

1996年10月12日
上海

上午9时半，"上海博物馆新馆建成开馆典礼"在门前广场举行。市委书记黄菊、市长徐匡迪出席开馆仪式并发表致词，重要人物（主要是捐助者）上台讲话，世界各地来此道贺的嘉宾不少。见到高美庆、今井凌雪，我将赝品展目录面交与高，请研究后反馈意见。又见到了日本二玄社高岛义彦，给了他一份《群仙祝寿图》12屏风鉴定材料，告知作品风格近扬州袁氏叔侄，时间当在康乾。还见到了原荷兰国立博物馆鲁克思，他已调转多伦多的安大略皇家博物馆工作。据弗利尔美术馆裱画的顾小姐面告，张子宁已应聘就任东方部负责人，代替了傅申角色。姜斐德夫妇同来，据告现在北京工作，女儿在台

上博新馆开馆典礼现场
杨仁恺　方行　冯其庸

北念高三。方行也是在广场相见，我和冯其庸与其合影留念。

仪式结束后入新馆参观。一楼右侧有"天民楼珍藏青花瓷器展"，在此与葛师科相见。之后前往地下图书馆看看，与马承源、钟银兰等人见面寒暄。在装裱室见到孙坚以及中国嘉德的陈东升、王雁南。在展厅遇到吴同、金樱夫妇，金樱有点发胖，今年6月在波士顿未能谋面。方去疾不良于行，坐轮椅参观展品。托茅子良转告王中秀，约定时间碰面。

晚餐时与香港中文大学张光裕欢聚，与10年未见的中国社科院考古所王世民畅谈，与黄君寔夫妇相互问候。罗启蒙同桌吃饭，我介绍不少朋友给他，他则介绍佳士得总裁、总经理与我交谈，与佳士得朱仁明女士同时见面。还见到谢辰生，精神甚好。

据单国霖告知，单国强、薛永年15日来

沪，争取19日在上博见上一面。

电话谢稚柳家，他的三儿子谢定琦接的，说其母亲陈佩秋已去洛杉矶，父亲病情目前稳定。

与龚继先通话，转告冯鹏生近况以及新的电话号码，请他俩相互联系。龚近日乔迁新居，原宅留与女儿。

1996年10月13日
上海

早8时，王运天、孙坚、汪大伟会同王蘧常之子王兴孙来酒店接我和冯其庸、郭延奎，同车直驶松江区佘山镇天马山公墓往谒王老之墓。公墓正在建设之中，四周环境优美。王老墓前面是天马山，有宋代斜塔，附近蛇山顶上有教堂与教会学校。我们在墓的四周盘桓一个小时后离去。

11时半车行至张自忠路（原名西门路），由汪大伟邀宴"吴越人家"午饭。此店以面条闻名，小吃颇有特色，菜品亦精好可口。

饭后回到酒店，买好20日晚6时半由沪返沈机票。

刘德超、杨敏夫妇昨日到沪，住贵都大饭店，下午来接我前往，为之题傅抱石、张大千画幅四件。

从贵都大饭店返至金门大酒店已是晚上6时50分，上博在此举办答谢晚宴，各地客人皆已入席，唯我一人迟到，向主人深深致歉。席间汪庆正介绍建馆过程、建设费用以及管

上海王蘧常家
杨仁恺　王蘧常

理经验，值得借鉴。晚宴时见到张德勤，但谢辰生未出席（也许去苏州了）。苏州博陈嵘馆长是一位年轻的女士，她同我打招呼，我顺便告知将去苏州博参观，问陶为衍仍否在馆，答曰还在馆里。

晚9时左右酒会散席，各地同行相互道别。王运天陪汪大伟兄弟来送照片，会同冯其庸一起在房间聊天。

吴江何德行和画家黄宝昌打来电话，约好明晨9时半来接。

1996年10月15日
苏州

早餐后驱车前往苏州博找陶为衍了解近现代书画收藏情况。据告自1960年成立以来，每年经费仅够工资、办公开支，无藏品收购

苏州东山镇亚明别墅绍德堂
杨仁恺　亚明

一说。陶为衍在保管部工作，带一中国美院卒业之徒弟。他在学习书法绘画，字学唐人楷书（功夫不够），画作未见。

午饭后赴东山去拜访亚明，找了许久，终于得见。亚明居处曰绍德堂，是明代古宅，省级文物保护单位，1989年江苏省文化厅允许亚明买下将之改建成个人壁画艺术馆，大厅四壁皆是其创作的壁画。亚明精神面貌如前，大家晤谈甚欢。谈及江兆申托人转交的黄山照片，告知迄未收到；问其壁画创作何时结束，答复20世纪之内肯定完成；聊起朱屺瞻百岁生日祝嘏，亚明讲当时竟有人说"祝朱老长命百岁"，一时间朱无言以对，在场所有人为之哄堂大笑。

黄山许宏泉等人先行来到此地，我们一起交谈。有一位名杨彦的青海画家也住在这里，其将个人画集送我一册。

1996年10月16日
苏州—杭州

上午8时半出发，走国道驶向杭州。公路两侧水稻金黄尚未收割，甘蔗则为翠绿之色，时不时就能看到洋楼整齐排列。途经盛泽镇休息一会儿，这里是全国丝绸市场中心，繁华超过吴江，四周平原，一望无边。过盛泽不远就到了嘉兴地界，入了浙江之境。所谓吴越，实则土地民风俱无二致，看不出有何区别。再向前是桐乡城，此地经济也很发达。如果说吴江国民收入人均6400元，浙江各地似乎都不在其下。

离开吴江车行总计不到3个小时即进入杭州，由沈明权安排到市文化中心延龄宾馆落脚。

午饭在中山路开元饭店用餐，杭帮菜特色颇浓。晚餐之地选择的是江南面王，专门品尝这里的面条，蟹黄汤面45元一碗，价格实在昂贵，怪不得门庭有些冷落，与开元饭店形成较大反差。

下午4时前乘船游览西湖，登上三潭印月，桂花香气袭人，润人心肺。

下午5时过到沙孟海家献花吊念，四子沙匡世接待。沙老驾鹤西归已经4年，逝世之时因外出未得亲临哀悼，今借来沪之机顺道来杭凭吊，以表寸衷。

入夜，街景殊佳，清风徐来，疲劳顿消。

10年未到杭州，高楼不知增加多少。好在湖光依旧，原来街道尚存，整个城市较苏州为整洁，可喜。

晚间给上海王运天家打电话，是其侄儿接的，告知运天现在未归，明日午后到达杭州，我让他将我的住处以及电话予以转告。

1996年10月17日
杭州

整天在沈明权画室为谢兄甫所藏书画题字，又为沈明权写条幅、对联若干。今天感觉有点疲累。

谢先生很年轻，但鉴藏颇有眼力。藏品中有一件张大千20多岁山水之作，极有史料价值。其将陆俨少梅石图以及陆俨少、陆抑非两人写与西泠装裱师钱先生的便笺若干张合为一卷，拖尾有各家为之题跋，形成一独特作品。又沈曾植字卷以及康有为论书绝句若干首亦佳，明王毂祥仿董源山水绢本水墨中堂值得保存。

晚间王运天来接往其杭州家里看看，见到他的母亲、兄妹。我在运天之父王京盫遗像前致哀，之后和其家人交谈一会儿，再之后由运天将我送回宾馆。据运天说，他们收到辽宁省文物总店转让辽画一幅，索价40万元，是否真品，待明日返沪后看看再说。

与新加坡张美寅通话交谈。

1996年10月18日
杭州—上海

晨起沐浴之后不到6时，打开窗户，桂花香气迎面扑来，沁人心脾，倍感舒适！

上午11时过，由杭州乘火车抵达上海，上海大学美术学院王文杰先生接站，直奔上海大学招待所住下。王先生祖籍烟台，懂日语、善国画，负责美术学院外事活动和教学工作。

中午由汪大伟、王文杰陪同在学校食堂用餐，饭菜可口。餐后同游中山公园（原兆丰公园），景色不错，游人不少。

下午2时，王文杰陪我前往刘海粟美术馆，见到了杜、王两位副馆长。杜是学考古的，安徽大学历史系毕业。王为中央美院国画系毕业，与贾又福同班，比薛永年低一届。该馆正在举办敦煌艺术展，此展由北京移来，开幕仪式之后段文杰即告离去，樊锦诗于日前也返回兰州。馆里赠送刘老藏画图册，我自费购买新近出版的敦煌书籍多种。刘海粟美术馆1995年正式开馆，占地近4000平方米。馆长是夏伊乔，今年78岁，现正在全国各地操办个展。杜是常务副馆长，主要负责美术馆的建设工作。

李槐之打来电话，约好与黄宝昌明晨8时见面。

1996年10月19日
上海

上午先是接待李槐之、黄宝昌来访。之后前往上博参观"卡门·蒂森博尔内米萨珍藏西方油画精品展"。多为19世纪之作（17世纪作品只有一件），最后一件作者为毕加索，展品画框大都精致。在上博茶室与薛永年、单国强相晤，稍后单国霖与其两个妹妹来会，其中一妹妹从纽约归来，为某公司派出者。单氏兄弟姊妹总计九人，各在一处生活。

下午与王运天、汪大伟、王文杰、沈建中（摄影家）同游嘉定孔庙。孔庙有古柏数株，时间在六七百年以上。殿堂已经修复，内陈地方文献。据告嘉定先后出了三个外交家，顾维钧、吴学谦、钱其琛。嘉定还有陆俨少艺术院，周围环境颇佳，由于大门未开无法进入参观。

晚间与中央美院鉴定研究生班几位同学见面。他们下午乘火车到达，由上海大学美术学院负责接待。

1996年10月20日
上海—沈阳

上午王运天来招待所为我整理行李，之后同去浦东新区参观。浦东有一日本百货商场曰"八佰伴"，规模超大，开张以来表面兴旺，但据说实际上是在亏损运营，好在全球连锁，无碍整体发展。这家公司在日本起初只是一个农民企业，但发展很快，不断向外扩张，总部近由香港迁至上海。

东方明珠塔，据说这里是各地游客争相游览之处。为了登塔远眺，我们排队两个小时才如愿以偿。此塔高468米，为亚洲第一高建筑。塔上塔下设有各种娱乐场所、百货商铺，几乎应有尽有。汪大伟前天为了请我吃"沈记靓汤"和今天为了登上东方明珠塔所费去的等候时间相差无几，他与王运天也都是第一次登上此塔。

浦东参观游览结束，一起到"鸡王快餐"午饭。下午4时过赴机场乘机回沈。

1996年11月30日
沈阳—广州

上午11时前往桃仙机场。飞机下午2时起飞，直航至广州白云机场。程与天来接，径奔和平宾馆，入住后与家中通话，报个平安。

宾馆董事长李平为天好友。此人善书法，喜作大字，与启功、韩美林等人交往甚密，京、穗书画名家相识很多，企业文化不错。在我到此之前，李平已约好欧初、关山月、张治安、黄安仁、秦思甜等人，我们同在宾馆餐厅聚会晚餐。

与欧初久别未见，晤谈甚欢，其带来董其昌画卷和洪亮吉《篆书桃花源记》卷，已有谢稚柳、启功、关山月、黄苗子诸公题跋，赵朴初引首附诗一首。

张治安，河南人，广州美院党委书记、中国画教授，与李平、与天友善。

秦思甜，与天友人，青岛一家宾馆老板，上海、温州、海口皆有公司，经常往来于青岛、上海之间，8年前生一对孪生子（和与天孩子同年），两年前我在海口曾为他写过一幅字。

画家黄安仁乃岭南高手，已73岁，与关

广州和平宾馆
欧初　关山月　李平　杨仁恺　程与天　张治安

安徽宾馆客房
邓朝源　杨仁恺

山月、李平同为阳江人。黄曾担任广东美协秘书长，后来与关因个性不同而关系疏远，今晚一起吃饭，相谈甚洽。

1996年12月2日
广州

　　和平宾馆董事长李平热爱文艺，今日自作七绝一首以赠："岁暮珠江幸识君，雄才隽杰羡煞人；大夫范蠡千秋业，白发媿我老书生。"

　　为欧初前日携来书画题跋。今日午后又送来查士标临苏轼《天际乌云帖》和一通信札，尚佳，与平时写董宗伯书风异趣，也一并题之。

1996年12月5日
合肥

　　全天在蒋伟家看画题字。合肥书画院原院长裴家同、文物店祁小禹、祁夫人陈蕾（皖博）协同工作，程与天负责钤印，整个过程颇为顺利。

　　蒋伟喜爱收藏，此次又从上海朵云轩拍得一批现代书画，还有一件无款明人之作，连同原藏，总计有五六十件之多，为之鉴定题跋。

　　晚上皖博馆长邓朝源宾馆来晤，谈至夜里10时离去。提及赝品展一事，邓表示明年可在皖博举办，费用可找社会赞助。

合肥画家裴家同家
杨仁恺　裴家同

1996年12月6日
合肥

上午去石谷风家拜望。多年不见，一切还好。他已出版著作几种，明年还将问世画册，求我为之作序，送了一些资料给我。

到皖博参观陈列，碰见豫博馆长。他是来了解建馆情况的，告知豫博新馆明年可望落成。

1996年12月13日—14日
沈阳—北京

13日晚8时，"中国文联第六次全国代表大会"之辽宁代表在沈阳北站集合，辽宁省委副书记曹伯纯、宣传部部长张锡林亲自到场讲话、送行。全团近40人，由牟心海领队，

我和聂成文、李默然被安排在一个软卧房间。

14日晨7时过，列车抵达北京站，乘大客车驶往五洲大酒店办理入住手续。

今天是报到日，除分发材料外会务组未做任何安排，于是抽空到炎黄艺术馆看看。郑闻慧、金枫、梁穗都不在，门卫告知今日周六馆里放假，郑去友谊医院看望黄胄去了，黄一直住院，病情不见好转。

下午与冯其庸通话，相互问候。鹏生来酒店晤谈，下午4时告辞。

晚5时半，宝世宜来接往她的俱乐部聚会，北京故宫的耿宝昌、刘九庵、周南泉（搞玉器的）已经在座，还有一些香港、澳门记者。宝世宜雄心勃勃，活动范围越来越大。我请她将复制品备好，过几天见面专题研究探讨。

1996年12月15日
北京

今天上午召开党员代表大会，1365名代表中有1200多人参加，可见文艺界党员阵容之强大。会上高占祥发表讲话。

午饭后去见广东画院林墉，面交《万岁通天帖》《曹娥诔辞》底片，请其转给香港许礼平。林与许交往颇深，据告许英国留学后回到香港，先在中文大学编辑杂志，后卖掉其父亲给他的一套房子从事文化出版。许的兄弟都搞经济赚钱，父亲对其卖房子搞出版意见极大，然许特立独行、意愿不改。结婚

前许满脸胡须，父亲为之不悦，未婚妻也态度明确：不剃掉胡须不与之结婚。许最后只得从命。夫人对许的选择非常认同，婚后也将自己原有的一套住房卖掉来支持他的出版事业。

午后3时预备会，会前主持人宣布了曹禺13日去世的消息，与会代表集体默哀三分钟。预备会很短，不足一个小时即告结束。

晚间冯鹏生来接去看其所藏书画，计划从中选出几件出让，所得资金用来补贴搁置已久的《中国木版水印概说》专著出版，并修缮在通县所买住宅。

1996年12月16日
北京

晨6时前起床，6时半用完早餐，随即乘车直奔人民大会堂。

上午9时半，中共中央政治局常委出席开幕式并与全体代表合影。开幕式由高占祥主持，先是尹瘦石朗读巴金贺信，继而全国总工会第一副主席致词，然后是江泽民讲话（对文艺界勖勉有加），11时左右开幕仪式结束。

午后2时分团开会，辽宁团李默然等人会上发言，一致表态要努力进取，在跨世纪中做出新的贡献。

晚上给韩度权打电话，请其代找现代名家上好伪作，用于辽博办展之时对比陈列；又与宝世宜通话，约定明天中午11时半来接同观其书画复制品；为辽宁人民出版社约稿

之事打电话给王世襄，他说无暇于此，正计划与启功、傅熹年同游欧美。

1996年12月17日
北京

上午文联大会，高占祥做了约两个小时的工作报告。会后我们在电梯里相晤，知其感冒半月有余一直未好，今日抱病讲话，却仍能神清气爽，实属难能可贵。

中午宝世宜来接去看她复制的一些书画，不甚理想。我建议复制之时应将印刷技术与手工工艺结合起来，要重视质量而不是数量。

下午分团座谈，会后我到钟敬文先生房间与之交谈。钟老已94岁，仍然精力甚旺，思维敏捷，口齿清晰，交谈起来不知疲倦。钟老告知，董晓萍年轻有为，如今已是博士生导师，明天换班来陪伴他，届时我们可望晤面。

1996年12月18日
北京

上午在人民大会堂召开大会，由钱其琛做国际形势报告。

下午也是在人民大会堂开会，由朱镕基做经济形势报告，除文联、作协之外，尚有4个全国性会议代表一并参加，总计6000余人听会。朱镕基的报告颇为精彩，谈金融、工业、财政、税收、农业、证券等问题十分生动，

五洲大酒店客房
杨仁恺　董晓萍　钟敬文

掌声不断，引人深思。

晚饭时与版画家力群同桌进餐。多年不见，稍显老态，毕竟已经85岁了。

晚间与董晓萍通话，得知正在陪同钟老开会，约好明天上午见面。

1996年12月19日
北京

上午开会宣布中国文联新一届全国委员、候补人员名单，我请假未去，到钟老房间与钟老、董晓萍晤谈。董晓萍好久未见，成为博士生导师，这是很好的机遇，我对她鼓励一番，希望她能更进一步。接着又与钟老畅谈两个小时，无所不聊，彼此都很开心。钟为人率性直爽，我与之有共同之点。

下午与会代表投票，选举中国文联新一届委员。计票期间有演员上台表演，节目相当精彩。

晚上文物杂志社唐吟方送来商志䄂家藏清初各家诗稿照片，供我撰稿时参考。

1996年12月20日
北京

上午大会内容很多：通过新一届中国文联主席、副主席人选（周巍峙任主席，高占祥为常务副主席），为荣誉委员颁发证书，周巍峙致闭幕词。

为荣誉委员颁发证书时秩序较乱。这是大会临时增加的事项，33位荣誉委员散坐在不同角落，上了年纪之人现场集中其艰难可想而知！荣誉委员分批次上台（第一批华君武等，第二批启功等，第三批钟敬文等），有在场的，也有缺席的（实际上台20人左右），一时间乱糟糟。每位荣誉委员除颁发证书之外，还授予一枚金牌。

午饭先到侯恺夫妇那里坐坐，冯鹏生赶来，大家畅所欲言。之后随鹏生到家里看其所藏书画。天黑前返回大酒店晚餐。

1996年12月21日
北京

李东泉派姚薇送来他在韩国印制的《千字文》一册。

孙轶青同志来晤，并致送《中华诗词》

杂志多本。

王路坦来酒店求字。他说中国文联资料室有许多已故大家信件文稿,"文革"期间损失极多,我劝他拍照、整理,编辑出版。

《团结报》副总编辑卜林龙来访,并致送一些书刊。

1997年

1997年2月28日
沈阳—上海

与程与天乘下午5时半飞机离沈，晚8时抵沪。中国海洋石油东海公司派王同志来接，送到徐汇区奥林匹克俱乐部酒店。

入住后即与王运天通话，约定明天上午10时酒店会晤。运天已与谢先生说好，明日下午3时前往医院探视。至于随后之日程安排，待见面时议定。

1997年3月1日
上海

晨8时，秦思甜带其孪生二子来见，共进早餐。孩子妈妈是上海人，而秦则在青岛、海口皆有工程，秦因此经常往来于三地之间。

上海瑞金医院
谢稚柳　杨仁恺

孩子跟随母亲定居于沪，在上海正念小学三年级，兄弟俩一模一样，非常可爱。

上午10时，王运天如约而至，带来即将由河北美术出版社出版的《王蘧常精品集》校样。错误百出，编辑水平不高，如是印出，是对王老之大不敬，同时也有损出版社之声誉。为此，运天已电告出版社必须改正，付印以最后所寄校样为准。

随运天先到他家里看看。在楼门口见到运天母亲、爱人和孩子，今日周六，他们全家外出游玩。我们直上五楼，在他家看了运天之父京蓬先生遗墨和蘧常老人杂稿。运天在香港买回王老兄长迈常书唐人诗扇面一纸，字近沈寐叟。11时左右前往上博观看展览，据告休息日参观者能有六七千人，平时也有三四千人之多。几个月前新馆开馆之时曾来此看过陈列，基本没有变化。运天说"天民楼珍藏青花瓷器展"4月结束，之后部分展览将会更新。

下午3时过，和王运天、程与天同往瑞金医院（原名广慈医院）看望谢稚柳。谢表面上看精神还好，思维如常，病情似乎并不严重（医生只说不能出院，未告知实情）。其身边有夫人陈佩秋、三子谢定琦、由澳大利亚回来的女儿谢小珮，还有几位不认识的男女侍候左右，大家谈笑自若，似乎病房之中没有重症病人存在。我与谢交谈时间较长，内容涉及徐邦达、滕芳夫妇。谢说我来沪之事他已告诉了马承源，他个人与马承源要分别宴请我一次。当即决定，明晚6时半由陈佩秋代谢稚柳为我举行招待晚宴，程与天、王运天、钟银兰等人作陪。

已将林子奂《豳风图》卷印本交运天过目，他认为不错，说谢曾看了两次，认为非元人之作。回头再交由单国霖、钟银兰看看，我相信自己的眼力。

1997年3月2日
上海

上午秦思甜携《国宝沉浮录》12本来酒店求我签名。这12本书他是从几家书店购得的，各家书店皆怕积压，故进货不多。最后几本秦是在上海人美门市部买的，据告上海人美社库中尚存有6000册，一直没有批发出去。

为陆宝石夫妇及友人写字几幅，为程与天写对联和横幅各一件，秦思甜求字多幅。王运天有王蘧常老人生前应酬中所撰六言联，应运天所求，予于联上题跋。

1997年3月3日
上海

上午9时，与王运天同往上博，将林子奂《豳风图》印本交单国霖、钟银兰展阅，大家一致认为解缙五跋为真。尽管林氏传世之作仅有此件和台北故宫元人合卷一图（见《故宫名画三百种》），而解氏去元未远，解氏跋真，画自然可信。再者就画论画，此图元人气息特浓，即使谢稚柳兄曾过目两次，谓画是明人之作而不近元代风格，但他未研究整卷全部，未免有失偏颇。我不便当面与之争论，请单国霖、钟银兰去找谢再细细展看，或可改变意见。还有，明画初期承继元末，而林氏有可能活到明初，杨维桢、倪云林等都卒于洪武年间。总之，我认定此《豳风图》为林氏真迹，如能请款百万到手，当立即买下。但上博书画购藏必须谢稚柳先行认可，而后马承源才能拍板决策。

前说辽宁省文物总店卖与上博一小幅所谓《宴饮图》，今日见到照片，元人服饰，与辽画无关。元墓出土绢画不多，此作真伪待考。又见辽代木板漆画，明显新伪。

上午10时半，由钟银兰陪同去见汪庆正副馆长商谈辽博在上博举办赝品展一事。此展原是马承源亲自经手，汪庆正所知情况不多，于是赶紧召集展览部、书画部负责人一起开会研究。最后议定：时间选在今年11月到明年1月，展场选择1楼或者2楼。2楼800平方米面积倒是够用，但无柜架；1楼正在举办"天民楼珍藏青花瓷器展"，4月结束，11月可用，唯不知柜架能否保留。此事待进一步商议落实。

据告文徵明《江南春图》拍照一事已经安排，近日即可将照片冲洗寄出。至于借原作外展，则须专函办理，并于报送国家文物局文件中要有借自上博字样。

中午与书画组全员在附近远东饭店聚餐，大家边吃边谈，很是开心。

晚间陈佩秋一家宴请，在吴越人家，饭

菜皆有特色。除马、胡之外，昨日在小绍兴就餐者全部参加，还有一位是《解放日报》女编辑（姓张）。

刘旦宅之子天炜打来电话，告知江兆申遗作上海展画册已于数日前邮出一箱，问我够不够，答以差不多。刘天炜刚从台湾回来，问其江先生纪念文集出版一事，他说具体情况不详，只知道明年将举办颇具规模的江氏遗作展，书法、绘画、篆刻全部包括。

1997年3月4日
上海—沈阳

上午和程与天乘车游览浦东，匆匆在东方明珠塔下拍照几张，又到日本八佰伴商场逛逛，与天买了一些特价商品带回海口。

中午陆宝石总经理与其办公室主任同来酒店一起用餐，边吃边谈。中国名家书画市场行情不及欧洲毕加索、梵高、马蒂斯等远甚，大家探讨究竟根源何在。

下午4时，王运天夫妇前来送行。行前打电话给谢稚柳病房，向稚柳告辞，请他安心疗养，身体早日康复，日后择机再到东北去看看。他问我上海飞沈阳需要多少时间，我说不到两个小时。电话交流一如面谈，感觉其状态甚好，但愿诊断有误，或医药出现奇迹，不胜祈祷！

晚8时20分，飞机正点降落在桃仙机场，前来迎接的程与天学生刘兴贵夫妇将我送至家中。与天与我同时离沪，乘机南飞，差不多同一时间抵达广州。

1997年4月17日—18日
沈阳—北京

新加坡亚洲文明博物馆约我出席新馆开馆仪式，机票对方购买寄送，可一直等到4月17日仍未见到机票踪影。王海萍发传真、打电话询问，答复已经寄出，是19日由沈飞京，再由北京飞往新加坡的。担心耽误行程，征求对方意见，对方同意我方另行购买19日飞往新加坡的机票。匆忙中决定，今晚偕顾振清乘54次列车离沈赴京。

18日晨7时过车抵北京，冯鹏生和宋晓清（宋振庭亲属）驾车来接，同往辽宁驻京办事处取签证、拿机票。办事处工作人员非常尽力，一个上午事情全部办妥。

下午到鹏生家看其藏品和修复之作。

1. 尤求《临李公麟罗汉图》卷。纸，白描。万历丙子年款，卷前上方钤"赐本"一印。拖尾王穉登、张凤翼两跋，黄越题。保存如新。

2. 无款《龙虎山庄图》卷。绢，设色。宣和年号印伪，"晋府"印真伪待考。如"晋府"印真，制作时间可能到元，我看技法当在元到明初。待考。

3. 董其昌《行草孙过庭书谱》。绫本。皇十一子永理题。字核桃大。真迹。

4. 心田《枯木瘦石图》。纸，水墨，写意。自题画石歌长句，又小楷七绝一首。画好，书法绝似赵孟頫，更趋灵活。长歌咏石"皱、透、瘦"，相当雅致，七绝亦佳。明初到元，唯作者无考，待查。

5. 祝允明《草书诗》卷。纸。正德年款。可能为吴应卯等人代作。

6. 成亲王《行楷书》卷。纸。真。

7. 朱谷《山水》轴。金笺，淡色。作于"栋亭之西园"。此"栋亭"是否南京曹氏江宁织造府第？待考。

8. 陶宏《山水》轴。金笺，浅色。自题仿王蒙笔意。

以上两件山水似原为四屏一组，风格在清初，与四王不尽相同。鹏生以为此乃清代中期之作，画家为无名之辈，重视不够，已当面指出。

下午5时多，由鹏生家前往昆仑饭店的中国嘉德拍卖现场，见到陈东升、王雁南、甘学军和小赵等人，告知拍卖图录已按电脑储存名单寄出，如尚未收到，可以再寄。据告上午拍卖书画，香港许礼平与老友启功皆来会场，失之交臂。又见到了常万义，他现在不玩书画了，专门做珠宝生意，明天返回香港。万义爱人由毛里求斯到香港定居，两个儿子在英伦上学，约定5月回来过港之时彼此再见。在拍卖现场还见到了刚从纽约飞来的佳士得马成名，还有北京同仁堂的小乐。王世襄也来参加拍卖会，他是来拍他的葫芦和鼻烟壶的，因其坐在前排，彼此没有碰面。

晚上10时，顾振清朋友董克明请吃潮州菜。董拟竞拍几个鼻烟壶，因叫价过高，只好放弃。他现在改做汽车保险生意，间或收藏一点古玩。

已与刘建龙通过电话，要他专心把论文写好，其他事情暂时搁置。

薛永年交冯鹏生代转《中国绘画全集》编写提纲，征求意见，已当面请单国强代为转告，新的意见没有。

又上海古籍寄来《中国书画》再版稿费通知函，实则钱款迄未收到，将通知函面交单国强，请他直接联系，全权处理。

1997年4月19日
北京—新加坡

早上给冯鹏生挂电话，告知不用来了，有人派车送我们前往机场。

与刘蕾通话，得知她们母女先后赴欧刚刚归来，张锚现在日本，刘楠仍在比利时，《刘继卣人物画集》正在编辑之中。

上午11时半，董克明的司机张易驾车将我们送至机场。

飞机下午4时起飞，空中平稳，晚10时过平安抵达新加坡。亚洲文明博物馆郭勤逊馆长和办公室张先生前来迎接，李树基亦来机场见面。

1997年4月20日
新加坡

午前《新明日报》总编辑杜南发、画家李树基先后而至。我将许丹阳托带之物面交树基，并谈及辽宁画院之事。中午由南发做东，在海京楼台湾粥再次品尝台湾小吃。去年夏天，我曾在某个晚上与何家良诸友人来过此店。

下午到乌节坊去看"东方既白——李可染画展"。李小可在场，我请他代向其母亲邹佩珠问好。

林秀香的来福拍卖行搬家至总商会，忙了一整天，晚上8时才得空来酒店与我以及李树基、顾振清一起晚餐。秀香未吃午饭，两顿一餐而食。我将护照和机票交与秀香，一是办理延期手续，二是改回程由香港、深圳返沈。

晚10时过，王德水夫妇来见。我把为其次公子新婚之贺所写条幅当面送交，谈至午夜离去。德水后天赴广州，月末返回，约好归新之后聚会。

1997年4月21日
新加坡

早8时，陈家紫打来电话，告知新馆开馆事多，无暇他顾，约定今天下午6时半会场见面。

西安张正欣来酒店晤面。他是应邀来参加国际博览会的，送了几件徐悲鸿、石鲁作品。据告，1994年新加坡乃怡拍卖行经手拍卖他送去的范曾、石鲁作品三件，其中标价2.5万—2.8万新元的石鲁人物册被盗，迄未破案。张要求对方或还画，或照底价赔款，问题一直没有解决。此事拟请杜南发予以帮忙。

中午周玉玮夫妇请在大三元吃饭。野草堂老板陈大金为周氏夫妇以及两个女儿举办画展，太太和二女儿近日回国，周玉玮和大女儿继续留在野草堂进行创作。今日一起午餐的有国会议员符喜泉，祖籍海南，与林秀香是同学，也与何家良友善。此乃女中能人，气质不凡。同餐者还有一位画家朱先生、一位潘受先生学生（也姓潘），大家席间交谈非常愉快。李树基把画册送给符女士，周玉玮则将新出版的个人画集分赠给诸位就餐者。

烟台于在海是小滨的朋友。他两三年前来新加坡联亚旅游公司负责电脑软件工作，月薪3000新元，下午来我所住酒店相见。此人外表形象不错，谈吐亦可，拟再次约会，进一步了解。

下午6时过前往亚洲文明博物馆，前日机场接我们的张先生夫妇门口迎接，随后与蔡斯民、徐展堂、叶承耀等人见面。徐介绍认识他的代理人李健球，说回去路过香港和李联系，并留下李手提电话号码。

晚7时过，新馆开馆仪式正式开始，主持人为李健球。新闻及艺术部部长杨荣文出席，与会者有二三百人。天气闷热，气压很低，我坐在会场外的椅子上与徐展堂聊了一会儿。徐说他看过《国宝沉浮录》，印刷质量不高，他提议由香港大业出版公司张应流先生承印此书，张先生建议重印之时可多增加一些配图。

仪式结束后回到酒店附近一个地下小店吃夜宵，晚9时与林秀香、李树基父女分手。

1997年4月22日
新加坡

上午移居加拿大温哥华的袁绍良先生酒店来访。袁50多岁，中医，太极大师，其父袁涤庵与傅增湘、章士钊、叶恭绰诸老过从甚久。袁氏原住西城区某王府大院，50年代被改为四川饭店。袁家旧藏宋元善本和明清书札颇多，近现代名人手札数量很大，但多半已经散佚。袁氏藏品捐献各地博物馆不少，此地亚洲文明博物馆也捐了一些，是陈家紫去温哥华携带回来的。此次亚洲文明博物馆编印的图录中收有几件清人王渔洋、金农诸家手札，就是袁先生捐赠的。

中午亚洲文明博物馆宴请，新闻及艺术部部长杨荣文、国家文物局局长林长鑫等人出席，外国友人不少。席间与邵逸夫孙女邵淑琦同桌，据告她迁居新加坡。徐展堂明日返港，我和徐商谈与中文大学合办画展之事，他也说事情不好办，原计划的精品展一再推迟。徐问我何时离开新加坡，过港时请与李健球联系，彼此香港会面。

晚间林秀香请吃榴莲，拍卖行陈皇频的北京客人、中国中医科学院院长傅世垣等也一起品尝。榴莲味道香甜无比，大家食后满意而归。同吃榴莲的有一位名陈菲立者，土生土长的新加坡人，受的是英国教育，不识中文，但会说汉语，他是日本滋补灵世界总代理，满世界到处宣传滋补灵，非常有趣。

晚9时，杜南发来酒店晤谈，我将张正欣、杨伟夫妇介绍给他，张正欣则把带来的石鲁、徐悲鸿画请大家过目。客人散后外出小吃，回来之时已是午夜。

1997年4月23日
新加坡

早餐后与陈家紫、顾振清应约前往香港蔡太太的府上，她将收藏的犀牛角杯和鼻烟壶从保险箱中取出供我们欣赏。此次亚洲文明博物馆开馆展品就有她借陈的犀牛角杯。

陈家紫在亚洲文明博物馆不受重视，一直当临时工雇用，就是因为英语没有过关。亚洲文明博物馆之中国历史文物展览都是陈家紫策划操办的，即使中文说明也出于其手，他人无法代替。然时至今日已经3年了，工资仍是1400元新元不增，又无假日，到期尚未续签合同，着实欺人太甚。我已将陈家紫情况告知林秀香，请其转告文物局林长鑫局长，对此事予以关注。秀香有意要家紫到来福拍卖行工作，此乃后话。

上午11时前，秀香陪同前往潘受先生家，晤谈甚欢。先是秀香代我电话约会，他说半年多来无日不想。潘先生健谈依旧，为我们讲述了日军占领星洲前一段逃难情景：日机轰炸星洲之时，潘见到郁达夫，告知通往马来大桥已被炸毁，星洲已成孤岛，赶紧逃离。潘已购买船票，并租有小船备用。时值胡愈之夫妇从大马逃来，正苦于无计脱身。达夫建议潘先生，以小船载胡氏外逃。潘以小船救人，自己却未能乘上大船离开。危难之际，正赶上英国以邮轮撤退英军，潘得以免费乘船。邮轮不让携带大件行李，于是潘将所携所有衣物、书画等尽抛置码头而去。此故事极为生动，值得一记。

潘家书房新挂黄胄《八驴图》，上有长题，乃数年前黄胄来新办展所赠。据告黄胄逝于广州，为之哀悼不已。书房还悬挂一幅苏曼殊《仕女图》，上面赵朴初题诗，真妙品也。另黄君璧诸名家之作，亦精。西安陈先生隶行七言联殊佳，作者素未谋面，而其书法竟与潘如出一手，雅极，将来去西安定当访之。

中午与潘老在濠景大酒店一起进餐，同时我与顾振清也移住于此。此酒店距市区远了一些，但周围环境甚美，所住房间也敞亮很多。

下午6时，乘陈菲立所驾之车，与顾振清、李树基同去参观国际博览会。此博览会是由香港一家基金会主办的，所展之物形式多样，既有画家之作，也有画廊藏品。东南亚画家以及画廊负责人参加者很多，北京、辽宁、广东等国内多地人士来此者不少。展场见到了《联合晚报》陈正、集雅轩张克明、老画家朱先生（画鸽养鸽）、西安张正欣（张被骗石鲁画册之事已请林秀香为之办理）、铁岭杨伟夫妇、深圳王鹏、拍卖行李雄彬、艺术家栗宪庭……博览会颇具规模，所展书画尚可。唯宣传力度不够。与云南白族女书法家姚林晤谈几句。

晚8时半，前往斯民艺苑出席前卫派五人画展开幕仪式，与杜南发总编辑、徐松生医生夫妇、陈金川先生见面交谈。据陈先生告知，其前后收进陆俨少画作千余张，堪称陆画最大藏家。

在蔡斯民处见到中国嘉德的胡妍妍、高园，胡妍妍为马宝杰南开同学。

1997年4月24日
新加坡

上午新加坡美术馆郭建超馆长和其美术部一位女士携傅抱石山水大轴求鉴。1962年作于南京，蔡若虹上款，真品。因林秀香正在为某藏家办理移民手续，该藏家所捐书画中此轴观者意见不一，故求我们鉴定一下。

中午胡杰华、黄妙风夫妇请吃粤菜。午饭后回旅馆已是3时半，有位王先生在等我。王先生带来几件东西求鉴：一青花缸，清朝民窑制品；又青铜错银观音像，可能为明朝铸造；还有大横《百花图》，上有赵少昂、康侯两题不真，好在无款，于是在上面题写"百花争艳"四字。

下午林秀香陪同一位广播电台李姓小姐来酒店采访，就书画鉴定话题交谈了几句。

晚6时左右，随陈菲立前往唐城坊参观一

年一度的艺术品博览会。不少国家的珠宝店、画廊在此都有展位，但规模与昨天所见之博览会不可同日而语。

1997年4月25日
新加坡

本与西安张正欣约好上午10时前酒店相见，可直至11时过他方与香港张枫丹匆匆赶来。已到了林秀香安排的记者采访时间，只好同往来福拍卖行新址（中华总商会六楼）接受《新明日报》记者朱苹的采访。

午餐后回到酒店，为张正欣、张枫丹看画题字。其中有一幅石鲁《指鹿为马图》，自撰赵高指鹿为马的故事，表达对某些人欺世盗名发泄不满。他画赵高和一只鹿，将全文作背景，非细察不得其寓意。诗堂有邓散木释文书出，遂成完璧。石鲁真乃怪杰，我在画上长题赞之。此外尚有傅抱石、徐悲鸿数帧，唯李可染之作《嘉陵江图》为佳，谢稚柳为之题签。

林秀香嘱为国会议员写字，即将收笔之时又打来电话，嘱为总理吴作栋下星期出访题写"狮城"二字，于是又按要求书就待取。又应西安张正欣之请，为昆明白族女书法家姚林题写了"无为斋"横额。

抽空与顾振清、陈菲立同往河畔艺术之家参观"英雄画展"，见到原中国美院教授蔡衍、画家陈其夫妇。据告柳青画作已卖出三幅，作品以丝绸之路为题材。

1997年4月26日
新加坡

今天过得较为清闲。

上午画家曹文强来取"狮城"二字，又在所携已经裱好的纸上再题一次，随即而去。他是林秀香介绍来的，据说总理吴作栋近日去苏州参观一新加坡工业园，一群画家随同前往。至于写这幅字作何用，不详。

中午王先生和陈金川同来，共进午餐。他们看了顾振清带来的年画原作两张，颇感兴趣。

下午5时，我们带着酒如约前往李树基家聚会，香港张枫丹、西安张正欣因接待买他们画的藏家而没有参加。大家一边饮酒，一边闲聊。我不会喝酒，坐在旁边听他们交谈做人之道。

晚7时从李家下楼，吃一家本地饭菜，价格不贵，味道还好。

夜里读《联合早报》《亚洲周刊》，11时入睡。顾振清出去观看电影，何时归来不知。

1997年4月27日
新加坡

下午5时，杜南发夫妇驾车载我和李树基父女、顾振清乘陈菲立所开之车同往吴在炎先生家聚会。又有半年多未见，吴老精神状态依旧，且还在作画，难能可贵。吴太太是位贤达女性，今年双十节为其与吴老金婚之日，届时将举办金婚特展，要我撰写一文，义不容辞。

来吴家聚会的有吴老学生林秀鸾，现任三一指画会会长。其画展延至明年举办，请我重写贺词一幅，理当照办。

沈诗云介绍认识的戴丽云女士是新加坡超级集团执行董事，其先生为董事会主席，名张骐牧，他们企业主要生产咖啡，在中国投资许多，上海、常州、汕头都建有分厂，约定明天去参观他们的新加坡工厂。丽云向诗云学画，有一定天分，作品颇具吴派之风。据告丽云下月五六日将赴沈阳考察，亦拟在沈建厂，我介绍她认识李树基。

上海青年画家陈无忌现住在宣和文物店俞精忠处，据告他是谢稚柳门生，现来此为俞先生作画，正在申请长期居留。

1997年4月28日
新加坡

上午陈菲立帮助杨伟夫妇入住到濠景大酒店我们对门房间。杨伟画作卖出很少，未能售出者计划除送吴在炎、林秀鸾、林秀香、杜南发等人外，其他作品将由陈菲立负责分销，最后仍有剩余，可委托林秀香或王德水代存、代销。

中午时分，戴丽云来接往她家的超级咖啡工厂参观。企业颇具规模，生产各种高级饮品，据说在东南亚以及中国常州、上海、汕头等地都有分支机构。我已介绍李树基与

之认识，希望超级咖啡能在沈阳投资建厂。

于在海打来电话约会，唯时间排得很紧，只好改日再约。

陈家紫打来电话，为念新加坡国立大学博士生请我做推荐人（需要两位学者推荐），约好明天下午酒店见面。

1997年4月29日
新加坡

新加坡收藏家协会梁奕嵩先生来访，一同外出早餐。餐后回酒店为超级集团题写匾额、为戴丽云女士书写条幅。

午前张美寅夫妇酒店来访，约请午饭，边吃边谈。

下午3时，陈家紫为申报新加坡国立大学博士班一事来见。据说该校招收博士非常严谨，日本硕士不知是否认可，家紫不想放弃机遇，准备一试。

晚上6时，张美寅夫妇和北京画院王明明再来酒店，约往法国文化中心去看上海"海韵"书画展。来宾不少，潘老与会，与其约定后天上午到潘家细谈。

张正欣、王鹏、杨伟等人的签证延期都没有办妥，原主办单位已无人负责。马来西亚去不了，新加坡签证明天到期，他们只好准备打道回府了。

1997年4月30日
新加坡

早饭后杜南发载我去杨启霖先生家看其藏品。杨五六十年代开始收购中国书画，也在各地竞拍古代之作。杨之藏品几年来我曾先后三次过目：第一次是在文物馆，第二次是在其家里，此次也是在其住宅。杨前些日子患病，服中药几天后见好，今日让我们来观赏其新近从纽约、北京、香港等地拍来的若干书画。先是看楼上、楼下客厅悬挂之作，大都真迹无疑。接着开箱拿出明陆治、蔡羽《销夏湾图记合璧》卷，朱卧庵、高江邨旧藏，够二级文物。还有董其昌行书手卷、罗牧山水六屏、任阜长花鸟六屏、郑燮行书中堂等皆是佳作，与前两次所见不同。建议杨先生编一本图录，办一次展览，如此效果更好。

新加坡杨启霖家
杨启霖　杜南发　杨仁恺

葛师科在上博办展之青花瓷器已安全运抵新加坡亚洲文明博物馆。彼此通话，约好明天下午见面。

已将陈家紫的近况告诉杜南发，杜要她直接与之联系即可。

杨伟将作品和画册分送林秀香、杜南发各一，余者由陈菲立负责推销。我在酒店为杨伟指画题跋20件左右，唯愿其作品日后销售顺畅。

1997年5月1日
新加坡

上午由张美寅接往潘受家，一起过目近10人为潘书大字诗题写的引首、跋语，其中有谢稚柳夫妇、程十发、钱君匋、刘旦宅、吴青霞等上海友人手笔。

中午贵都酒店女老板林美君请到她的酒店用餐。据告生意做得很好，上海、青岛都有分店。此人对宜兴紫砂壶情有独钟，不仅热爱收藏，还开设一个小的作坊自己制作。家中收藏紫砂壶一二百个，色泽不一，造型各异，自我评价皆为绝品。其中一把壶上竟有汪道涵、辜振甫二人签名，这是1993年新加坡汪辜会谈纪念之物，被林美君视为重器珍藏。此外，女老板也喜欢油画和水墨画创作，作品颇有灵气，亦有一定功底。她自作紫藤条幅一件，上有启功、潘受题字。

下午葛师科来酒店面谈。据告青花瓷器从上博装箱运至新加坡亚洲文明博物馆，每件都完好无伤，安然无恙。我说辽博新馆落成之时也想借展一批瓷器，他表态没有问题。

晚间何家良在龙凤酒家请客，宋雨桂三子同来，林秀香、杜南发夫妇、李树基父女、顾振清同席。据何家良告知，他此次沈阳之行见到了林声、于金兰以及鲁迅美术学院诸位同人，南洋艺术学院与鲁迅美术学院明年皆届60周年，双方签约携手，彼此共同发展；宋雨桂将于中旬离沈，赴美领奖；辽宁画院院长位置暂时空缺，副院长由李树基、吴云华担任。

晚上宣和文物老板俞精忠、林秀香夫妇陪同旧金山丁绍光代理人尤一平来酒店求鉴赵子昂山水卷。极劣之伪品！俞老板表示要为我本人在新办展，说钱君匋展办得非常成功。

1997年5月2日
新加坡

沈诗云夫妇早上开车来接，同去一家本地风味饭馆早餐。我把为超级集团题写的匾额和为戴丽云所写的"心即是佛"条幅交给诗云，请其代为转交。

上午11时半，戴丽云、沈诗云来接我和顾振清。下车巧遇从纽约来的龚继遂。龚原在纽约苏富比东方部工作，去年开始个人从事艺术品买卖。我于今年初收到龚寄来的苏富比拍卖图录一份，上面刊有元林子奂《豳风图》，成交价30万美元。他听说我要购进深圳金方典当公司所收的一卷双胞胎，从北京

新加坡美术馆
郭建超　杨仁恺

打电话提醒我必须谨慎。看拍卖图录中的林子奂《豳风图》，包首、玉别子是清宫原件，五段书画则有问题。据龚面告，此图现藏新加坡佘奕村处一卷，香港黄君寔处一卷，台湾某人手中一卷，总计有五六卷，而不仅是双胞胎矣！

午饭后去新加坡美术馆见馆长郭建超，遇到上博陶瓷部周丽丽和小李（汪庆正研究生）正在该馆参观。郭馆长陪同观看展品，又在演播室放映了该馆藏品及介绍东南亚各博录像。据郭先生面告，新加坡美术馆举办赝品展的工作已经准备就绪，唯所展作品尺寸等尚不明确，他本人计划亲自前往沈阳一趟。我表态非常欢迎，配合工作。

1997年5月4日
新加坡

昨天来福拍卖行拍卖钢笔、手表等物，今天拍卖书画。据告拍卖结果颇为理想，主要得益于媒体宣传十分到位。

与林秀香商讨举办程与天金石展一事，秀香说可以发函邀请，费用自理，因为金石篆刻目前在新加坡尚无用户需求也。

早上杜南发、俞精忠等人酒店来见，同进早餐。

午前于在海、王德水、于先生（常万义伙伴，老家青岛，现洪都拉斯籍，在国内做书画生意）先后而至，我们同往北京演员张雅凡在此地开设的一家北京饭店午餐。

1997年5月5日
新加坡—香港

宣和文物俞精忠以及来福拍卖行林秀香、陈皇频来酒店送行。俞老板一再提出今年12月为我在新举办书法展之心愿，我表示感谢，但此事尚需周全考虑之后再做定夺。至于林秀香、陈皇频，请他们忙碌拍卖善后事宜，不必送至机场，5月底我们沈阳再会。

沈诗云和金石一也来送行。沈诗云诚意邀请我偕老伴日后来狮城游玩，但亦是暂时不能应允。我请诗云代向张骐牧、戴丽云夫妇致意、告别。

与张美寅通话告别，他说赴泰国手续办

好后即通知沈明权等六人动身，最后经香港各自回归。

曹瑞兰以电话的形式为我送行，我请她做好在沈阳、北京举办画展的准备。

陈菲立驾车相送，并陪同参观新建机场（规模宏大）。

下午3时20分，所乘台湾华航飞机准时起飞，4个小时左右降落至香港启德机场。许礼平来接，将我送至康怡花园C座1915室住下。这是许礼平友人闲置居所。

与罗启蒙通话，约好明早8时过来，做好后天前往深圳的准备。

晚上与许礼平交谈出版之事。据告《齐白石书法集》图片问题已经解决，只等文字定稿即可发排，如果一切顺利，可望今年9月白石老人仙逝40周年之时问世发行；欧阳询《仲尼梦奠帖》、赵佶《草书千字文》，已与文物出版社签署了合同。

1997年5月6日
香港

罗启蒙如约而来，同到铜锣湾一起早点。

上午9时过到翰墨轩先打电话。为辽宁省博物馆与香港中文大学合办"历代书画精品展"一事与新华社刘效炎通话，告知国家文物局不同意展品有宋元之作，请他们向上反映一下港民意愿，刘意见还是由郭大顺出面协调为好。于是只好请他向周南、张浚生两位社长说明情况。接着给中文大学文物馆高美庆馆长挂电话。高正在日本，过几天才能回来，于是又将电话打给副馆长林业强，把我与新华社、文物局联系的结果如实告知，希望继续共同努力，争取成功。

在翰墨轩看许礼平藏品，南京宋文治父子和香港画家莫一点（丁衍庸弟子）同观。书画不少，沈尹默、沈曾植、叶恭绰、王世襄、邓拓、容庚等人的画作确实很难得见！叶老丈二匹大字行楷十分精好，为其平生杰作。沈曾植先生的画颇有书卷之气，其后人将存稿大小数十幅合成一卷，需要重新装裱。

午饭后去看许礼平跑马地附近的新居。

之后到佳士得去看被拍卖的书画，尚未取走的恽南田花卉长卷果然很好，翁方纲小字题跋尤佳。还看见明朝宣德前后一本画册，间有佳作，惜名不详，待考。

1997年5月7日
香港—深圳

早上8时，罗启蒙先到，随后许礼平来将我们送至车站。我们乘火车抵达深圳，金方典当公司汪浩来接，安排入住远东宾馆。

下午到金方典当公司看其藏品，只有文徵明五律条幅和颜伯龙画为真，其余皆伪。再次观看元林子奂《豳风图》。此图目前情况比较复杂：苏富比一卷成交价30万美元，买家没有交款取货，启功用圆珠笔书写鉴定意见，认为是故宫原件，解缙五段和明人跋不真，作者钤印也属仿造；新加坡佘奕村一卷、香港黄君寔一卷、北京徐邦达题跋一卷……此图已非双胞胎，而是多胞胎矣！启蒙晚间返港，我拟与之回头广泛搜集资料，好好研究一下，之后再就此图写篇文章。

1997年6月5日
沈阳—上海

下午与老伴同机抵沪。王运天来接，入住上海锦江饭店。冯其庸先生先我而至。

晚间在吴越人家用餐，饭后同去谢家，吊念稚柳老友。与夫人陈佩秋晤对，感伤无既。三位公子定琨、定玮、定琦迎接吊念者，小珮今夜可能由澳洲悉尼飞回上海。

谢辰生由北京来，徐邦达由香港来，许多旧友在悼念中匆匆相晤，惜未能多叙为憾。

张锚秘书张扬打来电话，告知张锚不能到沪，方行为其准备的"中日书法名家展"入场券改由张扬领取。

劳继雄已经到沪，约定明晚见面。其画集由上海书画出版社出版，深圳印刷。据说由于篇幅限制，我为他作的序言文字删减不少。

1997年6月6日
上海

上午10时去上博出席"中日书法名家展"开幕仪式，见到方行、马承源、今井凌雪等不少中日朋友。最为难得的是在现场能与94岁老人顾廷龙先生晤谈，其精神颇好，只是左耳失

上博会客厅
方行　马承源　冯其庸　杨仁恺　刘文秀

聪，助听器所起作用似乎不大。见到单国霖和钟银兰。

此次"中日书法名家展"有中方21人作品，日本书艺院作品几百件，展后全部作品留给上博。

中午上博在静安饭店请客，我与顾老邻座。我们交谈往事不少，但谢先生已故之事没有提及，也许他已知道，因为各报都刊载有消息，我的名字被列入治丧小组之中。

晚间日方在长江饭店设宴答谢，出席者约700人（日方600人左右），场面盛大，着实少见。我与方行同桌，今井为邻，我将苏士澍出任文物出版社副社长之事告诉了今井。

劳继雄下个月将去新加坡办展，今晚携数十张新作来到锦江饭店。作品较以前有所改变，脱去乃师风范很多。

1997年6月7日
上海

上午9时乘车到殡仪馆向稚柳遗体告别。大厅内外，到处是人，不可计数。组织者先让上海市的领导入场，然后才是各地来宾依次而行。我与冯其庸、秦思甜、龚继先、沈明权等被安排在医务室休息，直到市里领导离开后才得以进入大厅。目睹谢老遗体，我的心情很不好受，这种感觉此前少有，难以言表。我与陈佩秋及其子女握手，希望节哀保重。

告别仪式结束，上大美院汪大伟派车送我与冯其庸、秦思甜、沈明权、劳继雄、马一钊回到锦江饭店，大家同进午餐。

下午4时，文秀由温州马亦钊陪去逛街，王运天陪冯先生去上博买书，我留在房间接待来访的客人。

合肥裴家同和蒋伟告知他们竞拍了傅抱石、任伯年作品三件。

为法国留学生编辑《中国绘画》一书所需上博照片之事，我已写信给马承源馆长，请他提供支持。又为劳继雄下个月去新加坡办展写信给《新明日报》杜南发总编辑，请其多多关照。

运天告知，陈佩秋一家今晚在龙华寺做佛事，为谢先生祈愿。

1997年6月8日

上海

　　上午运天陪文秀去浦东、外滩、枫林桥等地游览，午后1时半返回，时秦思甜及其夫人、孪生二子以及两位司机也在锦江饭店，共进午餐。席间秦思甜就海口筹建美院计划征求我之意见，我计划回头与冯其庸约个时间同去海口考察一番之后再做表态。明日上午秦思甜同赴杭州，为的也是与中国美院刚退休的肖峰院长研究海口筹建美院事宜。

　　劳继雄和洛杉矶李先生下午来见。李是浙江人，日军全面侵华时举家迁居成都，后随父去了台湾，其母亲、兄弟至今仍在成都生活，每年归省。他是专搞食品工业的，喜欢购藏书画，与张大千诸人多有交往，溥儒的精品之作收藏很多。

　　下午4时，龚继先来接往新居看看，就上海人美的现状龚谈了很多。

　　晚上许礼平未约而至，在我所住825房间我们谈了很长时间。他是从无锡来的，到无锡考察了三国影视城，计划结合旅游市场需要，以"真赏斋"为名，与当地联手搞一个文化艺术企业。许说罗启蒙现在上海，住在其妹妹处。我与之通话，又告知王运天，约好明早7时半后大家在锦江饭店聚会。

　　与北京苏士澍签约，欧阳询《仲尼梦奠帖》、赵佶《草书千字文》成书交由文物出版社经销，之后再印《万岁通天帖》。许已出售一处房屋，得款600万港币，以解燃眉之急。

1997年6月9日

上海—杭州

　　早上7时30分，与许礼平、王运天、罗启蒙、沈明权、秦思甜共进早餐。此前先是过目王运天携来乃父珍藏之明陆深《自书诗八首》，书法近李东阳、王阳明等人，时代风格强烈，品相甚佳。去年内画大家王习三在沈展示的陆深、杨慎二残卷（《佚目》物）中之陆氏字卷以及上博所藏陆氏诗轴均不及此件，确为陆深传世精品。此作运天有长跋，述其流传经过，稚柳病重之时亦曾予以好评。

　　上午9时48分，乘火车离开上海，中午12时过到达杭州车站。秦思甜约中国美院原院长肖峰，大家一起晤商海南筹办美院之事，也住进了同一个宾馆。秦已将衣物装箱，求运天代为保管，计划明天由沪飞赴海口。

　　下午到沈明权画室为秦思甜以及明权朋友写字。秦自幼喜欢写诗，我们在来杭车上读了他的打印诗稿，多为理想抒怀之作。

1997年6月10日

杭州

　　上午在明权画室为新加坡张美寅书写对联五副，又为收藏家谢兄甫藏品题字几件。明权八尺山水横幅颇佳，特为之题跋。

　　午饭后秦思甜离杭返沪，先去广州，再赴海口。此人对文艺颇有情怀，对运天整理出版王蘧常老人遗稿表示坚决支持，愿出资

杭州延龄宾馆
陈安羽　杨仁恺

以助。

下午3时过，陈安羽同志来延龄宾馆看我。他已76岁，还能参与篮球运动，身体确实不错。他希望我多留几日，看看浙江出土的文物。陈翻看了沈明权作品照片之后，谓明权之作是从陆俨少而出，看来他对文化、艺术都很了解。

晚间与冯其庸等人相聚于开元酒店（冯是来参加杭州大学"首届金庸学术研讨会"的），同席者有一位杭大教师、一位《钱塘晚报》女记者，又浙江作协秘书长萧军也在座。萧军正在撰写《蔡元培传》，据说已经查阅了1000多万字文献资料。

后天杭州飞往沈阳的航班是晚上7时的，时间过晚，于是请明权为我们购买后天下午由沪飞沈的机票。届时，先乘车前往上海，之后再乘机回沈。

已与祁茗田通过电话，约好明天上午9时宾馆见面，之后一起出去游玩。

1997年6月11日
杭州

上午祁茗田如约而来，沈明权、谢兄甫陪同一起游览灵隐寺，泛舟西湖之上。游玩之后，大家都觉得杭州发展速度较慢，老样子一直保持不变，主要是领导者缺乏进取意识与创新精神。如果将杭州的文化资源与风景名胜交给上海或者置于海外，肯定是世界各地游客来此云集，城市发展速度很快。

午饭后祁茗田到明权画室小坐，观赏明权之作，评价颇高。计划今冬举办画展，相信一定能够成功。

下午茗田告辞，我在明权处为他们书写对联、牌匾。

1997年6月12日
杭州—沈阳

晨起沈明权宾馆来接，火车8时45分启动，中午12时过到达上海。

飞机本该下午3时45分起飞，延误了一个多小时，夜色之中回到了家里。

到家即接听明权打来的电话，询问是否一路平安，真情可感。

1997年6月23日
沈阳—阜新—朝阳

应林声之约，与其同车前往朝阳参加关于清末蒙古族文学家尹湛纳希的一个研讨会。途经阜新午餐，该市领导出面热情接待。林声曾任阜新市长有年，对此地感情深厚，陪其故地重游半日，晚上抵达朝阳。

1997年6月24日
朝阳

"纪念尹湛纳希诞辰160周年座谈会"今天开会一天，中国社科院少数民族文学研究所一位副所长（蒙古族）、彭定安、朝阳市委书记等人参加。大家客观评价尹湛纳希的成就、贡献，建议召开国际学术研讨会议。

1997年6月25日
朝阳

上午赴北票参观尹湛纳希墓地、展览。

1997年7月5日
北京

昨晚吴凡陪同乘54次列车离沈，今晨7时半抵京。与士澍约定7日上午同往八宝山去向董寿平遗体告别（尽管我未收到讣告，但多年好友应当前去凭吊）。我给侯恺挂电话，他

太太白燕接的，答以侯在董逝世前一天已去探望过了，侯老板年事已高，就不再去八宝山了。

上午10时半前往鹏生家，过目书画不少：

1. 郑燮《竹石图》大轴。
2. 周之冕《花卉图》轴。
3. 傅山《草书诗》轴。
4. 尤求《临李公麟罗汉图》卷。万历丙子年款。王穉登、张凤翼两长跋。清黄钺两题，说明为乾隆赏赐之物。此前看过。精。
5. 陈道复《花卉书法》合卷。一画一字。精。
6. 戴明说《竹石图》轴。
7. 祝枝山《草书诗》卷。真。
8. 莫是龙《草书诗》卷。前端略残。邓拓旧藏。真而精。

还有一些，未能毕记。

1997年7月6日
北京

早上刘蕾打来电话，要我等她同往冯其庸先生家。

上午10时半，张锚、刘蕾如约而来，我们一起到了冯家。刘蕾带来奎龄画扇两把，一把已有溥杰题字，由我再题；另一把牡丹扇面由我与冯先生同时题字，我写了"国色天香"四字。冯又为张锚、吴凡各写字一条。我把郭延奎交办的张辉（鲁美研究生）卧虎

图大幅当面转交冯先生收下。一同午餐，饭后回西苑饭店休息。

下午3时半，山西《临汾日报》记者子刚来访。他给沈阳家中打过电话，得知我在京住处，特来请求看画、题字。有一晚清《罗汉图》卷，作者名头虽小，但属真迹，不过技法平庸，人物尚可，走兽变形，树石亦不佳。又刘继卣《狮子图》立轴，画尚可，唯款不真，如果刘蕡在此，可以立判真伪也。

下午4时半去前门西大街的吴方家。吴方收集砚台，每方刻自书《畅想曲》，颇有意思。

1997年7月7日
北京

上午10时整，与苏士澍夫妇同往八宝山参加董寿平遗体告别仪式。来的人很多，启功也来了，我们见面相互问安，他说此前在医院快要"呜呼"了，我说他"吉人天相"，肯定长寿。在告别大厅，向董寿平遗体鞠躬，与坐在轮椅上的董夫人刘延年握手。

下午2时半，到文物出版社参观建社40周年出版成果展，与班子改组后的新任副社长兼副总编辑许爱仙见面。见到张闽生，他与苏士澍同时出任副社长，仍负责《中国古代书画图目》这个项目，已出版了16册，据告，整个工程需要明年之后方可完成。

下班前由苏士澍联系见到了文物局局长张文彬，请他到辽博指导工作，并告知计划中的辽博新馆和艺术剧院合在一起营造，他

也认为如此不妥。

1997年7月8日
北京

全天看七位硕士生的论文材料，准备明日答辩问题。

昨天在文物出版社，适香港许礼平和苏士澍电话交流，我也与之讲了几句。许告知欧阳询《仲尼梦奠帖》即将印出，图书发到北京，其中200本由文物出版社转给辽博。

一天看七篇论文，确实很累，好在有刘建龙在侧说明情况，还算顺畅。

晚上随吴凡前往某人家中看画，没有佳作可言。

1997年7月9日
北京

今天是中央美院美术史系七位硕士生毕业答辩日。

上午8时半步入现场，金维诺、单国强、聂崇正先我而至，刘九庵、杨新9时整到达。整个上午由七位学生各自陈述论文要旨，中午12时结束。

下午1时半开始评委提问，学生作答，3时过答辩过程结束。之后学生退场，评委打分：刘建龙和姓谭的同学皆为88分（并列第一），第三、第四名为86、85分，其余三人为78、77、76分。再之后将学生重新召集入

中央美院硕士生答辩之后
杨仁恺　薛永年

场，由金维诺宣布全部通过（未公布名次与分数）。此结果尚需报院系学术委员会批准，7月20日可望举行毕业典礼。

1997年11月26日
沈阳—上海

辽宁省博物馆藏"中国古代书画珍品暨古今书画真伪作品展"定于11月27日在上博新馆正式开幕，此乃两馆第一次合作的大型展览。王绵厚、马宝杰、王海萍和我同行，于今日上午9时沈阳起飞，近11时抵达上海，上博副馆长王仁波、顾祥虞以及单国霖机场迎接，送至锦江饭店办理入住手续。

稍事休息，即到上博餐厅午饭，饭后观看展览的布陈情况。刘建龙、李玲还在工作，杨桁等其他几位护送文物人员已离沪去了北京，在京参观完有关展览之后再返沈阳。杨桁可能会提前回沈，因为本月29日意大利利玛窦家乡一位省长要到辽博提看有关利氏文物。

1997年11月27日
上海

上午10时半，展览开幕仪式正式开始。仪式简短、庄重，我与原上海市委书记王一平、女画家陈佩秋、上博马承源馆长参与了剪彩。开幕式宣告结束，大家入场参观，王一平、陈佩秋看得很认真，一致表示难得一见。

中午上博宴请我方在沪全体人员，马承源以及所有中层负责人一同出席。刘建龙、李玲下午3时北返，过北京停留两天后回沈。

接受上海电视台、《文汇报》记者采访，当天《新民晚报》予以报道。

沈明权打来电话，告知已经到沪，仍住金门大酒店，约好今晚相见，因雨未果，时间改在明晨。孙伯渊之子孙堃镕、画家黄宝昌也分别打来电话，皆约明晨见面。

与上海书画出版社王中秀、茅子良电话约定，后天下午面谈一次。

1997年11月28日
上海

早上在锦江饭店客房与到访的冯其庸、沈明权、孙堃镕、黄宝昌以及上图陈燮君晤谈。

上午9时过，王运天来陪往浦东游览，王

绵厚、马宝杰、王海萍等人登上东方明珠电视塔参观，我与运天留在车中聊天。

下午2时应邀参观上海图书馆，党委副书记、副馆长陈燮君全程陪同、一一介绍。陈原是科技情报所副所长，今科技情报所与上海图书馆合并，图书情报融为一体。上海图书馆亦为新建，规模宏大，功能齐全，设施先进，可与世界最好的图书馆比肩。上图与上博堪称上海的一对文化明珠，确实耀眼，我为其题写"真积力久"四字留念。

1997年11月29日
上海

王绵厚、马宝杰、王海萍等早上7时去了杭州，明天回沪后绵厚下午先行返沈。

王运天带儿子瑷穆来锦江饭店同吃早点，之后乘延安饭店小胡所开之车去看望方行同志。在方家聊天两个多小时，中午到龙华寺同吃素餐。

午饭后回锦江饭店，与先后而至的王中秀、茅子良晤谈。中秀很有毅力，子良也很实干，他们为纪念朵云轩成立100周年，计划将过去售予辽博和上博的书画全部编辑出版，估计2000年时推出没有问题。

天气骤然变冷，身穿运天请大伟带来的呢子大衣，身心都很温暖。

1997年11月30日
上海—海口

晨7时半离开锦江饭店，由王运天父子陪同直奔虹桥机场。车在高架桥上行驶，一路无阻，比北京、沈阳等地的交通顺畅多矣。

飞机空中飞行2小时40分，正点降落于海口机场。书法家韩秀仪女士（胡公石弟子）和另外一位小姐（北京人）来接。除我之外，他们还邀请了北京的张如兰、赵榆以及天津的刘光启，他们都是今天到达海口，同住一个酒店。刘光启我很熟，他原在北京琉璃厂鉴光阁做学徒，出师后到天津去发展，再之后在天津市文管会从事书画鉴定工作，已有多年不见。

1997年12月1日
海口—兴隆

上午到拍卖公司鉴定书画、瓷器、杂项，大小总计不过百十来件。书画绝大多数是近现代人之作，且真品不过数件。我认为举办拍卖盛会，征集作品第一要多、第二要好，否则很难成功。我建议亚奥先与北京等地的文物店联手筹办小型拍卖会，同时调查货源所在、市场需求，待买卖双方摸清之后再行动不迟。

下午抵达兴隆。

1997年12月2日
兴隆一三亚

酒店早餐后即启程南行，11时左右行至三亚。先去亚龙湾一游，这里的海水特别清澈，沙滩平缓开阔，沙子细腻色白，他处难以得见，印象殊深。之后前往鹿回头，登上山顶，俯瞰三亚三处海湾景观。

在三亚一家饭店午餐，饭后即去邮政部办的南方大厦办理入住手续，再之后到天涯海角游览。此地是我第二次来游，昔日印象尚在记忆之中。"天涯海角"四字一直传说是出自苏轼之手，后郭沫若先生在琼州地方志查出乃雍正年间一位州官所书。

全天或乘车观光，或在沙滩上行走，颇有疲倦之感。晚餐后赵榆、刘光启、张如兰、韩秀仪游逛夜市，我则回到房间休息，看完《潘汉年》连续剧后即入梦乡。

韩秀仪本是学林业的，却在书法、诗词上颇有成就，难能可贵。

1997年12月3日
三亚一海口

早餐后离开三亚驶往海口，沿途参观了一些少数民族村落。车停之地，发现小孩仅四五岁却会兜售物品，琼岛华侨居多，经商之风由此可知一斑。

在通什午饭后向五指山出发。晴朗天气骤然生变，整个五指山为大雾所蔽，汽车只能于雾中缓慢前行。这是海南岛的中线，道路崎岖不平，又弯道很多，一路之上车中之人摇晃不已。下午4时多，在距海口市仅30公里处，车子突然出现毛病，无法行驶，只能等待。有人说美国制造的汽车很不可靠，似有一定道理，但也不能排除公路路况因素。

我们的机票已经买好，唯办事人员把我明天飞沪的时间搞错成后天了，真是让人哭笑不得，但愿他们明日能够将问题设法解决。北京三人机票无误，明晨7时30分离琼返回。

1997年12月4日
海口一上海

上午收藏家万里程先生来访，之后同往海南万里程民俗博物馆参观。

下午与王运天通电话，请其安排接机，运天告知冯其庸明日上午到沪，王丹明天下午从北京飞来。

晚8时抵上海。

1997年12月5日
上海

上午王运天将冯其庸、王明明接来。

下午王丹来酒店会面，介绍其与张美寅相识，张美寅计划帮助王丹在新加坡办展，二人第一次见面。

晚7时过，王运天夫妇先到，接着上图副馆长陈燮君和办公室主任同来。数日前参观上图之时所写字幅"真积力久"四字已经托好，由运天代我为之钤印。大家同在假日酒店吃火锅，同席者还有沈明权、张美寅、王丹、徐祖国等人。

与家中通话，得知新房已装修完毕。

刘金库打来电话，告知上月末意大利利玛窦故乡的省长来看文物，由于实物和一些图表不全，双方没有签订合同。

1997年12月6日
上海

上午到刘海粟美术馆参加为纪念林散之诞辰一百周年而举办的"林散之书画展暨林散之书法艺术国际研讨会"。见到了中国美院王伯敏，他已七十开外，犹能忆起50年代我们见面时的往事。王中秀再次见面，他又提到《中国书画鉴定学稿》书稿一事。新加坡邱少华先生也见面，将其所著《音乐与书法》送我一册。

晚上原计划出席主办方的晚宴，临时有变，上博汪庆正派王运天来接冯其庸和我去一家上海地方菜馆吃饭，方行、钟银兰也在座，大家边吃边谈，很是愉快。

劳继雄与贾恩玉同来酒店，要我为其山水册题跋。劳的山水画变化不大，看来环境因素影响确实很大。据告丁羲元已定居旧金山，现在也在做书画生意。

罗启蒙酒店来谈，午夜分手，约好明天再见。

1997年12月7日
上海

罗启蒙晨早即到，共进早餐。王丹随与会人员旅游去了，我则因天气转冷留在酒店，与沈明权等人聊天。

应方行同志之邀，午前随王运天前往豫园管理处为之题字并共进午餐。主任丁良才是冯先生同乡，对文化艺术很是重视。丁主任特别健谈，豫园以往接待中央领导和各国首脑的往事讲起来滔滔不绝。据丁主任告知，豫园收藏有大量古今书画，现已印行一本藏品集问世，以后将继续编辑出版。

午饭后返回酒店，为沈明权作品题字，又为交通总队政治部主任和豫园办公室主任各写字一幅相送。

晚间王运天来接往一家地方餐馆吃饭，女老板很会经营，厨师烹饪颇有水平，有几道菜甚有特点。做东者黄先生，广东人，日本长大，加拿大国籍，公司在香港。

与王绵厚通话，告知明天下午2时40分由沪飞回沈阳。

1997年12月8日
上海

上午8时，延安饭店徐祖国与加拿大黄先生来接，同往王运天家。冯其庸昨夜失眠，留在酒店休息。在运天家为汪庆正代上博年轻副馆长顾祥虞书写七言联一副，又为加拿大黄先生写了一副七言联。上大美院汪大伟来此，展观其父汪观清以牛为主题给其女儿所画的册页（孩子属牛），笔墨殊佳，应邀在册后长跋。又为汪观清所作香港回归邮票题字。

1997年12月18日
沈阳

今日午后应邀出席辽宁省人民政府在友谊宾馆举行的聘任仪式，聘文史馆馆员13人，聘省政府参事13人，这些人大都是社会上的知名人士。我与林声被聘为文史馆馆员兼名誉馆长。

1997年12月20日
大连

香港梁洁华女士出资300万港币设立大连市文艺人才基金会，大连市政协为此专门召开会议。我与梁女士是旧相识，理当出席。梁洁华是仕女画家，乃父（已故）是香港著名实业家、慈善家，恒生银行常务董事。梁女士秉承父志，成立文艺人才基金会，资助文化、艺术、教育事业，令人称赞。会上见到大连理工大学钱令希（82岁）、唐立民等熟人以及大连市政府的有关领导。

1998年

1998年1月6日—8日
沈阳

在新世界酒店与北京、上海、广州、沈阳等9名专家共同评审国内以及德国、日本共计8家投标的辽宁省博物馆、辽宁艺术剧院两个建筑的设计方案。时间两天半，我在会上先后发言三次，认为前期设计过程中没有博物馆专业人员参与非常不妥，建议下一步施工之时博物馆的人必须介入，已获专家一致认可。

最后选出东北、辽宁两个建筑设计院的方案。二选一，上报省领导拍板。

1998年1月8日—15日
沈阳—北京

8日中午，在沈阳新世界酒店召开的专家评审会议结束，下午安排参观。我先回馆，告知班子会议大概情况，随即回家。

是日晚8时，赴北京。9日晨抵达，到人民大会堂宾馆入住后即电话冯鹏生。鹏生与晓清应约前来，为之题跋两幅旧画，其中《担当和尚》一幅可能为真，经他裱就，题后赠我。鹏生告知，他的《中国木版水印概说》一书将由北京大学出版社出版，所写后记要我为之修改。

1998年2月4日
烟台

今天到烟台市博物馆参观，馆长王锡平热情接待。10年前鉴定小组到烟台鉴定书画时王在文管会工作，彼此见过。

烟台博仍为福建会馆旧址，但增添一座楼作为仓库和办公室之用。陈列有所改变，自新旧石器时期到周、秦、汉以下各代的出土文物都有，从中可以看到地域的历史与文化。王馆长希望多住几天，为烟台博全面鉴定一下馆藏书画。由于日期不能变更，无法久留，只好从库中拿出几件过眼：董其昌《草书诗》卷，应属二级文物；文徵明书画合卷中的画为细笔青绿山水，字为行书《前赤壁赋》，后有王懿荣一跋，当属早期旧仿之作；其他为近现代人作品，无多大文物价值。

晚上乘客轮前往大连。

1998年2月5日
大连

晨3时船抵大连，张继刚来接至中山广场军分区招待所休息。又睡了一觉，醒来时已是7时许。

上午到大连万达大厦，与玥宝斋老板郭庆祥相见。郭送几幅作品过眼，均真，以黄胄群驴、徐悲鸿猫、潘天寿数件为精，悲鸿飞鹰则真而欠好。此人性情独特，与同行来往较少，却培养他9岁女儿与画家交往、学习作画。杜春光已与大厦谈妥，将在这里举办拍卖大会。

1998年2月14日
北京

晨7时过抵京，随即到西交民巷人民大会堂宾馆办理入住手续。

冯鹏生午前宾馆相见。携来内蒙古辽塔藏辽初佛经数卷，每卷以千字文编号，有辽初年款及送经、缮经人名。唯年久已朽烂不堪，其中一卷经冯亲手修复已能观看。字体尚存唐后期之风，与北宋肥润平扁字形不同。这些经卷极为重要！

苏士澍应约而来同进午餐。介绍马守荣与士澍认识，马表示支持今年9月在澳门举行的第三届中国书法史论国际学术研讨会，为征集中外作品，公司可以出资助力。苏表示找机会陪马前往启功府上，见面付酬求字。谈到鹿邑老子故里的唐、宋、金、元碑刻，苏认为可以出版一部专书，进而广泛宣传。初步商定，两会结束后的3月中旬，由苏带拓工到鹿邑工作。

晚上友人湛友丁助手苏平女士宾馆来见，询问明日可否为其结识的画家邱汉桥鉴定藏品，同时告知湛友丁因工作操劳过度现在养病之中。

1998年2月15日
北京

关宝琮侄女婿黄兴从沈阳打来电话（他由京去沈，我自沈来京，彼此未能见面），约定明日中午宾馆见面，想必有事相托。他从事外贸工作，近些年喜欢收藏文物。

中午苏平与邱汉桥携来一卷杨晋山水求鉴。笪重光引首，本人诗跋于卷后，前后完好。画上自题谓康熙某年与叶太守游蜀，因作此卷。此卷笔法与后来学王翚一路异趣，书法亦不尽同，应属杨氏早年之作。

又冯鹏生携来赵孟頫一札及其所临《兰亭序》，两件均属旧伪、以假乱真之作。

1998年2月16日
北京

上午将《中国木版水印概说》序言修改完毕，晚饭后冯鹏生来将文稿取走。

中午黄兴和琉璃厂一人同来，请求鉴定高其佩《松下老人图》中堂。此乃旧画，后添伪款题跋。

1998年2月25日
沈阳—深圳

上午7时半，杜春光驾车将我们送至桃仙机场。飞机9时40分起飞，在宁波机场停留40分钟后继续南行，下午3时抵达深圳。

赶至何香凝美术馆客厅,与香港《大公报》、广州《羊城晚报》记者见面。我就为什么要在各地举办书画真赝作品对照展这一话题讲了几句个人见解,回答了一些记者提问。

之后由馆长助理乐正维女士陪同参观了何香凝美术馆的基本陈列。此馆以收藏、陈列、研究何香凝书画作品为主,展室约有1000平方米,照片而外,作品不少,其中如于右任、柳亚子等人题跋画作,廖承志与母亲合作作品等皆十分珍贵,分量较重。何香凝美术馆馆长是任仲夷之子任克雷,他也是华侨城的董事长。乐女士是70年代金维诺的学生,与刘曦林在中国美术馆同事多年,她参与了何香凝美术馆的筹建,我们一边参观一边交谈,我就何香凝美术馆今后如何发展问题坦陈了一己之见。我认为不能像黄胄炎黄艺术馆那样操办,应该早日着手设立基金会,每年要办几个颇具影响力的大型展览。

1998年2月26日
深圳

上午去深圳博物馆与黄崇岳馆长、安华、周英晤面,大家谈得很是愉快。时间过得真快,一晃儿安华已经当上外婆了,周英的儿子也已上了深圳大学。

中午黄馆长请客吃饭,饭后去见雅昌彩印公司的董事长万捷、总经理何曼玲。这个公司的业务面向世界,全国各地拍卖图录、博物馆画册,乃至日本、中国香港的图书都

找他们印制,的确不错。万捷是北京人,北京印刷学院卒业,曾赴日本研修。此人很有经营能力,一切追求质量,公司应该很有前景,为其题字留念。

1998年2月27日
深圳

上午8时,华侨城董事长任克雷来见,同进早餐,乐正维、王鹏作陪。用餐时谈到何香凝美术馆如何经营,我说应该借鉴国外成功之法,组建基金会,在全世界范围内得到资助,如此才有利于事业的发展。任表示认同。

上午10时,"中国古今书画真赝作品展"正式开幕。我与何香凝美术馆馆长任克雷、深圳卷烟厂厂长卢杰英剪彩,他们二人致词颇为得体。开幕仪式后观众入场参观,我在展场向电视台记者讲解了一些展品,为一些购书观众签字留念,还与田原、张之先、汪浩、刘声雨(原营口艺术馆画家,现深圳大学美术系教授)等很多熟人见面寒暄。

下午去深圳卷烟厂参观。此烟厂生产过程已实现全部自动化,是深圳纳税大户,据说每年上缴的税金以亿计算。厂长卢杰英对文化艺术事业很支持,我们这个展览经费就是由该厂赞助的。我为卷烟厂题字留念。

王琦和洋洋来见,让我过目洋洋的连环画稿,据说岭南美术出版社有意出版,我认为可以。我告诉洋洋,要多学文化知识,多

何香凝美术馆"中国古今书画真赝作品展"开幕式剪彩
任克雷　杨仁恺　卢杰英　等

观察现实生活，如此才能创作出好的作品。

1998年2月28日
深圳

上午在酒店为何香凝美术馆以及为这次办展尽力人员写字，直到12时方告结束。王鹏所求小字一幅待写。

下午2时半，在何香凝美术馆大厅召开座谈会，乐正维主持，由我主讲。天降小雨，但与会者很多，中间椅子满座，还有许多人周边站立。我首先介绍了举办书画真赝对照展的意义，接着阐述了书画真伪辨别一些常识性问题以及鉴定与收藏的关系。特别说明，没有幻灯片，诸位可参照此次展品以及出售的图录予以理解。与会者或举手示意，或传递字条，提问者积极踊跃，购买图录求我签

字之人也为数不少。大家对书画艺术由衷地喜欢。交流，互动，这个座谈会开到晚上6时才告结束，是时小健已在酒店等候许久矣。

1998年3月1日
深圳—广州—深圳

上午与王鹏驱车同往广州，走高速公路，一个多小时即到了目的地广东美术馆。

与馆长林抗生、副馆长王璜生、画家林墉见面，一同室内参观展览、户外欣赏整个建筑景观。此馆刚刚落成，总面积2万多平方米，设施设备一应俱全。他们正在举办"辽宁省博物馆藏齐白石黄宾虹徐悲鸿精品展"，效果不错，有意与我们长期携手合作。

画家林墉，广东美协主席，由于当选本届全国人大代表今晚必须离粤赴京开会，11时左右先行回去收拾行李。

馆长林抗生，现年59岁，原是岭南美术出版社社长兼总编辑，后抽调出来筹建广东美术馆新馆，前后10年，始克告成。林馆长介绍整个建馆过程颇详，阐述美术馆职能亦很全面，他们的经验值得辽博学习、借鉴。

副馆长王璜生，南京艺术学院毕业，与王鹏友善，辽博藏品之所以能够在广东美术馆成功办展，王璜生所起作用至为关键。王副馆长将一册木雕佛像照片见示，据告从河北曲阳运到南方，从造型上看应是明以前寺庙之物，当有收藏价值，建议请有关专家鉴定年代。

1998年3月2日
深圳

上午到深圳博物馆鉴定书画。他们最近又收进了商承祚等近现代名家扇面10余件，都是真品。其中吴荣光书画成扇一把，扇骨名手所刻，所绘竹石少见。据黄崇岳馆长告知，今年11月深圳博物馆开馆10周年之前，他们计划出版一套藏品图册，包括书画、青铜、陶瓷等所有馆藏器物。建议优中选优，宁缺毋滥，且最后印制以选择雅昌为好。

过眼深圳博雅艺术公司所藏书画
杨仁恺　雷子源　王鹏　等

1998年3月3日
深圳

上午周英来接往去年6月刚刚落成的关山月美术馆参观。此馆馆藏关氏作品800余件，其中速写约有500件。可供展览的面积总8000多平方米，每个展室40—60平方米。整个馆外观朴素简洁，功能不如广东美术馆齐全。常务副馆长郭炳安是位画家，其亲自陪同参观并一一讲解，分手时将关山月展览图册及有关诗文资料赠我一套。

离开关山月美术馆去周英工作单位深圳文管办看看，与吴曾德主任、黄中和副主任见面。吴1961年入学北大，老家镇江，上海长大。黄为上海人，曾随父母下放过新疆。文管办总计8人，所有领导干部以及专业人员全都是从外地调来的。周英来自辽博，在这儿担任副处长。在文管办为每人写字一件。

适深圳市文化局副局长兼关山月美术馆馆长董小明来此，也为他写了一幅。此公现年50岁，原在中国美协工作，与美术界诸人很熟。

下午雷子源来接往深圳博雅艺术公司看其藏品。1989年初与谢稚柳、启功诸人深圳鉴定之时曾到过他的公司，并留有启功代大家的题字。此为二次来访，我在启题之后再补写一纸，以志感慨。过目该公司陈列的近现代书画，并为之签署鉴定证书。

1997年7月1日香港回归，博雅艺术公司以最新技术复制了国内10家作品500套，比珂罗版还逼真，原件赠与香港政府，复制品则分送各国元首。据告，各方庆祝香港回归礼物中以博雅所送最为珍贵，共耗资300万港币，由政府如数支付。此事由雷子源经手办理，值得一记。

晚9时半在海景酒店接受《侨报》记者

采访。

1998年3月4日
深圳

上午为博雅艺术公司雷子源书写对联一副，又为王鹏藏贺友直连环画册题字。

中午深圳博物馆安华、黄主任夫妇以及派出所同志请在深圳五洲宾馆用餐，席间见到王子武父女。此人62岁，10年前从西安来到深圳搞绘画创作，为人朴实，不善言辞。还有一位深圳美术馆搞雕塑的女同志，她是中央美院王临乙夫妇的学生。

1998年3月11日
沈阳—杭州

下午1时40分，与王丹乘俄罗斯图字系列小飞机离沈，3时半到达杭州。

沈明权在华侨饭店等候，见面之后同往明权画室。先与新加坡张美寅通话，接着又打电话给北京冯其庸。冯先生今年5月将在中国美术馆举办书画展，要我为他撰文一篇，我告诉他关于其传记文章已经拜读过了。

1998年3月13日
广州—香港

晨7时早餐。8时乘车驶往南海平州港上船，被安排在特等舱乘坐。船在东江驶行一

深圳五洲宾馆
王子武　杨仁恺

段，过虎门林则徐销烟处出海，3个小时抵达香港。

打电话给翰墨轩，得知杨善深画展在澳门举办，许礼平约几位朋友前往参观，午夜才能归来。

与葛师科通话问候，同时向其太太（上海人）问好；告知我已来港，并留下了所住酒店电话，有事随时联系。

罗启蒙酒店来见，同进晚餐。启蒙携傅抱石40年代人物册12开请我过目，有陈佩秋对题，预测能拍千万元以上。

晚饭间汉雅轩张颂仁来会，与其商议辽宁画院画家来港展销一事，他很感兴趣。张说明天飞往云南，后天返回香港，约定20日后由泰国回来过港之时再晤。

与文秀通话，得知九妹打来电话，告诉姐姐病危，待我返沈后研究有关事宜。

1998年3月14日
香港

许礼平一早就打来电话，应约同吃早茶，然后一起去翰墨轩看其藏品。

看画期间与高美庆电话交流，就"历代书画精品展"因国家文物局不同意宋元作品参展而功败垂成一事做了说明，同时告知"中国古今书画真赝作品展"正由深圳何香凝美术馆举办，齐白石、黄宾虹、徐悲鸿三家精品正在广州广东美术馆展出，请她便中前往参观指导；高在电话中说她正与校方研究邀我到香港中文大学授课一事，尚未最后定案。

中午罗启蒙请在潮州馆吃饭，饭后前往莱斯珠宝公司与其老板方嘉诚先生见面。方先生收购书画不少，其中黄宾虹大横幅、册页均佳，吴昌硕颇有八大气味一件待研究，王翚、徐渭两卷则伪。

晚上罗启蒙与蒋放年商议祝允明、邓文原字册复制事宜。

1998年3月15日
香港—曼谷

上午罗启蒙酒店来接，我们同去尖沙咀香港艺术馆参观。曾柱昭总馆长和朱锦鸾馆长今日休息，未能相见。看了虚白斋藏书画展、岭南画派作品展以及中国新石器时代以下各朝代的陶、石、瓷、铜、玉诸器物陈列，大陆来的精品展在数日前已经落幕。

香港翰墨轩
杨仁恺　沈明权　王丹　蒋放年　许礼平父女

晚上9时50分，载有500多人的波音777飞机由香港启德机场起飞，午夜12时（泰国时间11时）降落至曼谷机场。办理完入境手续、入住到旅馆已是北京时间16日凌晨2时了。

1998年3月16日
曼谷

上午在湄南河乘船观赏两岸景观。此河并不清澈，但水中大头鱼极多，有重量达二三十斤者，船上游客将面包捻碎投下，群鱼蜂拥争食，形成一大景观。河之两岸风景十分优美，特别是郑王庙，规模之大，令人叹为观止。郑王庙为人们纪念泰国国王郑昭之地，郑昭为王15年，驱逐外敌，拯救山河，如今仍被泰国人民视为民族英雄而缅怀之。

下午先去参观曼谷大皇宫。这是个规模

宏大的建筑群，处处金碧辉煌，佛教气息极浓。大皇宫内还另有一座西式建筑，据说是迎接外国元首之地，游客不得入内。接着前往鳄鱼馆观看鳄鱼表演。馆中鳄鱼有10多万条，大者千余斤。其性懒甚，每次食肉量很大，据说每餐之后可以数十日不食。

泰国是世界旅游胜地，来此度假观光的外国游客很多。客岁亚洲金融风暴席卷泰国，让泰铢一落千丈，泰国经济受损极为严重，但表面上看这里的生活还算可以，社会环境比较安定。

今日行程安排较满，又天气很热，一直汗流不止，勉强支撑游完规定之所。

1998年3月17日
曼谷—芭提雅

今日离开曼谷，乘车前往芭提雅。

早餐后即离开旅馆，由导游带领大家到一家珠宝店购物。中国好多个省的旅行社组织的游客同时云集于此，整个卖场熙熙攘攘，其中西方之人也为数不少。

芭提雅距曼谷只有150多公里，车速很慢，再加上途中午餐以及休息购物，抵达时已近傍晚。

芭提雅原只是一个小渔村，越战时期为美国海军驻扎基地，后来被泰国开辟为经济特区，如今已成为世界驰名的度假胜地，外国游客甚多。

芭提雅四季皆夏，3至5月最热，今天气温估计能有40摄氏度。

1998年3月19日
芭提雅—曼谷

早饭后离开旅馆赴东芭乐园参观。这是一位华裔经营的私人林园，起初仅是果园，由于园主经营有方，逐渐成为展示泰国民族文化的重要场所。东芭乐园种植有各种花木，还可以观赏民族舞蹈、大象表演等，较之人妖歌舞好看很多。

离开东芭乐园去毒蛇研究中心看驯蛇表演。这个中心在毒蛇身上大做文章，生产出多种以毒攻毒的蛇药，独家对外经营。接着又去了一家土特产品商店，许多游客购买一些当地特产。

泰国旅游今告结束，明日启程飞回香港。

1998年3月20日
曼谷—香港

天未亮即起床，入食堂自助早餐。然后驱车前往曼谷机场，乘国泰公司波音747大飞机约3个小时抵达香港启德机场。

下午过目蒋放年携来的黄宾虹山水卷、刘埔书法卷、方士庶山水页、包世臣小字卷等作品照片，皆为真迹，蒋未购买（不知何故）。

下午3时，罗启蒙如约送来寄存的提包。彼此商定，由我为蒋放年复制祝允明字册撰序，启蒙书写后记。

1998年3月21日
香港—澳门

晨5时起床整理行装，早餐后上船前往澳门。船行一个多小时到达澳门，上岸游览两处天主教堂，询问利玛窦初来所住之处，导游一脸茫然，答非所问。

晚上与许礼平通话，放在9月第三届中国书法史论国际研讨会澳门相见。

今日为此次旅游最后一天，明日上午经广州飞至杭州。

1998年3月22日
澳门—广州—杭州

晨8时离澳门奔赴广州白云机场，再次办理出入关手续，费时不少。终于在晚上8时半由广州飞抵杭州。

此次旅行总的来说还算顺利，一路有沈明权、王丹、蒋放年三人照顾，由衷感谢。明天上午到文化中心沈明权画室后再决定是否赴蒋放年工厂参观，我计划去浙江省博物馆看画并见见曹锦炎副馆长（于先生研究生），再到中国美院看看刘江同志。

1998年3月23日
杭州

上午在沈明权画室为其师弟宋先生写字，又为其友人王先生（搞古玩玉器的）所藏浙江几位名家小册页题跋。福州来人求鉴两件古画，其中仇英《罗汉图》卷为赝品。另为绫本高垲指画山水一幅，上行书题七绝两首，字体学黄，近似沈周，署款"公博拟且园爪痕"，钤白文"高垲印"和"公博"朱文印，引首钤"爪痕"长方白文印。作者待考，综合分析，此作不晚于乾隆以后。

饭后回明权处为其作品题字，又为张美寅摄影之作题签。

下午2时过前往浙江省博物馆，见到副馆长周先生，告知曹锦炎正在库房工作，与曹通话后即由馆里派车送往。在库房过目朱家溍兄弟所捐书画，其中所谓李成、夏圭等宋人团扇册页都是旧时行货，倒是明末归庄中行书卷颇佳（与该馆原藏归氏之作一致），又刘墉小字卷、汪士铉大字行书卷、文从简纸本画轴均真。

1998年3月24日
杭州

上午9时，华宝斋蒋放年派车来接，到富阳去参观其企业成就。蒋经过十多年的不懈努力，不仅建成了线装书造纸厂、印刷厂，还建了一个文化村，系列展示造纸、印刷、产品的实物以及文化内涵，着实令观者震撼。

中饭在富阳进餐，饭后去蒋宅看看。一个近千平方米的三层楼，会客厅有400平方米以上。在蒋氏书房为其写字多张，他赠线装书《历代三十四家文集》一套。

下午去南宋官窑博物馆参观，因闭馆未得入内。转而去中国丝绸博物馆看看，年轻的新任馆长出面接待。我们只是将历史文物厅浏览了个大概，至于蚕丝厅、染织厅、现代成就厅实在无暇参观。此博1992年建成，面积8000多平方米。1995年，该博与辽博联手在香港举办了"中国古代缂丝刺绣展"，当年办展的老同志如今均已退休。

1998年4月11日
大连

赴大连研究5月下旬大连举办香港梁洁华画展事宜。据告展览画册正在编辑之中，画册序言由我撰写。展览开始之前，梁女士将专程由港飞来。展览开幕之日，邀请我来此出席仪式。此前我曾有信给梁洁华，建议大连展览结束之后移至沈阳继续办展，今日再请王会全向梁女士转达我们的诚意。

1998年4月12日
大连

上午接受电视台、报社记者采访。

与辽宁画院徐萍通话，得知出国手续全部办妥，13日晚上乘火车离沈，14日中午由北京飞往新加坡。

中午冯魁林来接往家里看看。

1998年4月15日
新加坡

上午分别与潘受、吴在炎、曹瑞兰诸人电话联系。潘老今日看医生（眼疾），明天接待香港客人，请他17日下午6时半出席在乌节坊举办的"北国风情画展"开幕式。为稳妥起见，托余国郎持北国风情画册和请柬分别送达，逐一邀请。

今天布置展室，明日做最后调整。

1998年4月16日
新加坡

上午与李树基、徐萍先后去南洋艺院拜访何家良、去联合报社拜访陈正。陈已辞去《联合晚报》总编辑一职，但仍在报社做顾问工作，我们谈了很久。其间《联合早报》记者对我们进行了采访。

下午先去展厅看看，展品基本布置完毕，大体可观。《联合晚报》潘记者现场采访，我们回答了记者的提问。

1998年4月17日
新加坡

今天是"北国风情画展"正式开幕的日子。如今亚洲金融危机尚未结束，辽宁画院此次展览结果可能不会理想。既来之则安之吧，也许能够出售一些作品，获取一点收益，

"北国风情画展"展场合影
宗华　郭常信　许丹阳　项宪文　李树基　曹瑞兰
杨仁恺　徐萍　张洪赞

但利润空间肯定不大，因为只是中间费用就要支付30%。

　　晨起为北镇文化馆宗华作品题字，将姓名误写为"宗祥"了。

　　上午到来福拍卖行给张正欣写信，就先行出资支付南洋艺院画册印刷费，然后再考虑申请绿卡之事征求意见。至于宫云湘移民之事，须从收藏、演唱两方面着手，由其出资购进一批作品，少量捐献给新加坡国家美术馆，大部分归自己收藏，全部投资估计需要人民币四五十万元即可。宫云湘正在南方演出，待回去面商再定。

　　下午6时半，"辽宁画院北国风情画展"开幕仪式准时举行。徐萍主持，李树基致词，何家良讲话。会场来人很多，气氛热烈。与大使馆来人相见，也见到了刘抗夫妇、吴在炎夫妇以及"三一指画会"的林秀鸾、沈诗

云等。马来西亚艺术学院钟正山院长和水墨画系主任谢忝宋赠我画册，他们都是陈文希的学生，此次是为参加南洋艺院60周年千人盛宴而来。

1998年4月18日
新加坡

　　今天是新加坡南洋艺术学院60周年庆典举办千人晚宴的日子，也是"辽宁画院北国风情画展"的第二天。

　　上午蔡斯民领马来西亚陈先生携一提包书画来酒店求鉴，全是假的。据陈先生告知，其父是做木材生意的老板，喜好古董，家里收藏不少。此次带来的书画是今年返回福建家乡买的，卖家说是坟里出土之物，真是无奇不有！陈先生当即与其父通话，要我在电话里劝他不要乱买。我们与陈先生一起去看香港佳士得在新加坡的拍卖预展，见到了马成名和江炳强，也请他们看了几件陈先生所携之书画，皆以为东西实在拙劣。

　　下午回乌节坊"北国风情画展"展场，遇周颖南来看展览。我们谈起他过去收进的近代名家作品，告知现分置于其15家饭庄，若是集中起来陈列，堪比一个大型的美术馆。

　　晚7时同去出席在文华大厦六楼举办的南洋艺院千人盛宴。宴会场面很大，活动内容很多，据告可能搞到午夜才能结束。我与李树基、杜南发商量后决定提前退席，10时过回到酒店休息。宋惠民、钟正山等人留下，

全程参与完南洋艺院60周年庆典。

1998年4月19日
新加坡

早晨吴在炎夫人打来电话，诚请25日晚家里聚会，全体人员皆为在邀之列，已将吴老夫妇盛情转告大家。

陈家紫已从巴黎归来。其飞到印度新德里时机上晕倒，停机就医，数小时后飞机才得以重新起飞。上午陈家紫与宣和文物老板俞精忠同到乌节坊展场，二人力劝我举办个展，我一再谢绝，但俞持意甚坚，最后我答应可在明年9月办展一次，约好今年先将作品10件左右交来。

晚间林秀香约请大家在印度馆就餐，她是此店的股东，外人尚不知晓。

1998年4月20日
新加坡

早晨6时半，亚洲文明博物馆小张陪同我和李树基前往电视台参与《早上你好》直播。在候客厅遇到何家良，他刚刚完成南洋艺院60周年活动的节目录制。我问他5月举办的鲁迅美术学院60周年庆典去否，答曰已有安排，无法参加。

我们的直播10分钟结束，之后到附近一家饭店吃碗面条，喝杯咖啡。陈家紫单位亚洲文明博物馆就在附近，看完直播赶来同吃

早点，约好中午再见。

上午到来福拍卖行与于在海面晤。中午时分陈家紫来会，我们三人在一家饭店一起用餐。此前给沈阳家里打电话告知与于在海见面之事，正好柳菁接的，她下午5时乘机返回烟台。

午饭后陈家紫送我回乌节坊展场，洪志腾来接我到家里看画。傅抱石《兰亭图》卷，行楷款，1942年作，为之题字。原藏傅抱石《丽人行》卷有我观款，后武丽生又长跋并篆书引首。

曹瑞兰画展定于5月10日在辽博举办，请柬由鲁美宋惠民院长亲自设计。

1998年4月21日
新加坡

美寅计划将10余次赴黄山所拍照片结集出版，请我为之题签。据告，其收进的上海名家草稿、习作、佳品数以千计，只在江寒汀女儿处就得到江氏之作800件之多。苏州沈子丞书画皆佳，然生前不为社会重视，美寅却为之出版了专集，我认为美寅是中国当代画家的知己。

1998年4月22日
新加坡

上午11时半，与林秀香应国家文物局林长鑫局长之约同进午餐，亚洲文明博物馆郭

勤逊、新加坡美术馆郭建超两位馆长作陪。席间我们交流了两国之间的今后合作、辽宁画院作品的价值评判、陈家紫的工作与未来等诸多话题。

下午乘沈诗云所驾之车到张骐牧家过眼其藏品。陶瓷器不佳，恽南田山水不真，唯清末人画尚可。之后与张太太戴丽云一起到北京油画家金石一家看看，张太太特别喜欢金氏油画。金夫人为清华大学1978级计算机系毕业生，现在新加坡一家美国公司工作，画家随夫人移居到此。

画展已延期到26日，展品卖得不错。

1998年4月23日
新加坡

今日早餐所食是前天尚未吃完的点心，随便吃了一点之后即刻出发前往飞禽公园和圣淘沙海底世界游览。

"辽宁画院北国风情画展"延期四天，留李树基、郭常信在展厅守候。

身体稍微恢复，我即为黄丽珍及其女友写字两幅（大、中行书各一）。还应戴丽云所求写了"春晖簃"榜书，她说要将之挂在她的房间。

1998年4月24日
新加坡

早上沈诗云来公寓接我们去吃早点，之后同到乌节坊展厅将昨天所写字条一一盖章，再之后即由诗云驾车去与于在海相见。我们在于在海办公室坐了片刻，随即到办公楼附近的茶馆喝茶交谈。诗云介绍了她家的住房情况，说小滨来此可在她家暂住。

下午余国郎来接，与国会议员成汉通先生同到职工大厦，与诸多人座谈养生之道。座谈会由新加坡茶艺联谊会黄国荣（国郎朋友）主持，结束后由黄驾车送我回到公寓。

在公寓与北京冯鹏生通话。鹏生即将赴沪，请其见到龚继先时问问翁万戈所编陈洪绶画册出版一事，如不赠送，可以以批发价购买一套。

又打电话给张美寅，他已联系好潘受先生，说定明日上午10时从乌节坊展厅出发前往拜望。

1998年4月25日
新加坡

早饭后为文保斋、宣和文物题写横额。印尼来人送所谓马远画马一轴求鉴，当是明清人手笔。

上午10时，张美寅如约驾车来接去潘受先生家。一年未见，相晤极欢。他的眼疾手术后仍未见好，不过大一点的字还能下笔，偏小的字就无法书写了。我将宋惠民托转之个人画册交给潘老，又送辽宁画院此次展览画册两本，请其为鲁迅美术学院60周年和宋本人题字，欣然同意，当即挥毫。潘先生公

斯民艺苑"卢沉、周思聪师生水墨画展"

前排：徐萍　许丹阳

后排：卢沉　杨仁恺　李树基　李雨桐　蔡斯民　郭常信

子思颖求字一幅，我书"诗书世家华佗传人"八字以赠。又应一位中年人所求，为其书写了《潘受诗选》中的第一首诗。在潘家观看了一段新加坡国立大学为其举行的诗书研讨会录像，颇为精彩。潘老坚留午饭，因为已经有约而谢之。

中午与新加坡新闻及艺术部黄处长同进午餐。他刚刚从北京、上海两地考察图书馆建设归来，对上海图书馆评价甚高。

晚6时，与李树基夫妇、徐萍、俞精忠、郭常信等人先去斯民艺苑观看"卢沉、周思聪师生水墨画展"。之后应约同往吴在炎先生家聚会，参加者很多，熟悉的面孔不少。

1998年4月26日
新加坡

上午由余国郎陪同前往杨启霖先生家看画。杨本人健康欠佳，由其次子拿出近日所收古代书画10多轴求鉴。其中明末蓝瑛《仿吴镇夏木垂阴图》以及董其昌、陈继儒、张瑞图字幅均真，倪元璐一轴待考，唯方孝孺字为开封货。再就是张弼草书诗一件，后配杜堇画牛，黄易边题，杜堇画伪。

下午回到乌节坊展场，正遇到吴云华友人李氏姐妹来此选画，我为之书"忍""爱"两字以赠。

晚上俞精忠夫妇宴请刘抗夫妇及其女儿，我和陈家紫、旅行社许先生、北京画家侯先生参加。席间刘抗讲述了刘海粟与徐悲鸿之间的一段往事：当时上海美专叫图画学校，徐悲鸿和10多位同学每天上课都由校长兼老师的刘海粟送一幅自己的作品供学生描绘。徐座位对着刘办公室，偶然一次徐见到刘在桌上一边作画一边朝抽屉里看，看一下画一下，原来是刘照着市场上印行的画稿临摹作品，之后交给学生学习。徐因此弃刘而去，后来由蔡元培保送欧洲留学。刘也由蔡保送去了欧洲。新华艺专的汪亚尘，原名松年，因刘槃改名刘海粟（即沧海一粟），遂以亚尘名己（即亚洲一尘）。

饭后陈家紫送我回公寓。家紫说她的住房距机场较近，离于在海居所不远，一人独住两间，若小滨过来可暂住在她那儿，待与于在海登记后再另租房子。

1998年4月28日—29日
新加坡—北京—沈阳

早晨7时半离开公寓,李树基夫妇、郭常信等人送行,巴英亦赶来见面。丹阳女儿凯歌(改名雨桐)电话送别。

飞机9时过起飞,经停厦门办理入关手续,之后继续北飞,抵达北京时为下午5时过。出首都机场,直奔北京火车站,乘10时开车的53次列车回沈,抵沈时间为29日上午7时20分。

此次外出前后19天,总的来说还算顺利,"北国风情画展"比较成功,辽宁画院基本如愿。

1998年5月10日
沈阳

今日"曹瑞兰女士画展"在辽博举办了开幕仪式,我和林声等同志参与了剪彩。此前几天主要忙于接待陈贤进、曹瑞兰夫妇等工作。

1998年5月12日
沈阳

鲁迅美术学院江兆申铜像落成,今日我与江夫人(章桂娜)、韦尔申、宋惠民、李福来、晏少翔、徐萍以及江氏门生总计20多人出席了揭幕仪式。

1998年5月24日
大连

大连举办香港梁洁华画展暨授予其大连理工大学名誉博士学位活动,我应邀出席了开幕仪式并参与剪彩致词。

1998年5月26日
北京

"冯其庸书画展"在中国美术馆举办,顾廷龙、王世襄、周绍良、张中行、张文彬等人出席开幕式,我发表致词、参与剪彩、参加座谈。

1998年6月4日—5日
沈阳—大连—沈阳

4日新加坡杜南发夫妇和徐浣溯来访,陪其在辽博看画,之后同赴大连参观游览。

5日下午他们飞沪,我则与杜春光返回沈阳。

1998年6月23日
沈阳—上海—新加坡

早上7时与王丹同机离沈,王运天与谢小珮送小滨上海机场相会。刘德超派杨敏到机场与我见面,我依据杨提供的德超所写信件与新加坡陈季慎先生通了电话。

夜8时40分，飞机抵达新加坡，张美寅、沈诗云、于在海机场迎接。因陈家紫丈夫由越南归来，居住其家着实不便，于是让小滨改去沈诗云家住下，我们住所则选择了乌节坊附近的大东酒店。

1998年6月25日
新加坡

上午刘德超介绍之陈季慎夫妇酒店来见，他是搞书画收藏的，我们曾在沈阳见过面。

下午2时过，宋雨桂三子驾蔡斯民车来接往斯民艺苑，与蔡、宋见面。我将此次行程做了说明，飞往北京的机票已定，不好更改，请予理解。

1998年6月26日
新加坡

晨早与文秀通话，告知小滨与小于相处甚好，诗云作用至关重要。

上午10时，张美寅来接往潘家，蔡斯民与宋雨桂夫妇先到，林秀香坐一会儿先行离去。大家皆向潘老求字，我也为辽宁电视台40周年请题一纸，交由雨桂带回沈阳。

潘老家20岁菲律宾女佣伊娜非常了得，能写一手与潘老字体极为接近的行书。汉郑康成一家均有文才，用人亦能出口成章。然潘家用人乃外籍女子，不懂中文，却善书法，此乃特异功能耶？盖平时侍候在侧，为潘老磨墨、抻纸、钤印，天分加上日久熏染之故也。

中午前往潘宅附近一家餐馆共餐。院中下车，与潘老边走边谈，白色地砖铺就的高低台阶未能看清，一脚踏空跌倒，大家为之惊骇不已，纷纷检讨，实则是我粗心大意导致，与他人无关。所幸只是眼镜一片破碎，身体无害。

下午3时回酒店与应约而来的杜南发相见，我把徐萍、冯魁林所拍的杜氏夫妇沈阳、大连之行照片以及冯魁林画作面交，之后同到亚洲文明博物馆参观徐悲鸿画展。据陈家紫告知，此展之作品大都是从国内藏家手中借来的。

1998年6月27日
新加坡

上午集雅轩张克明与余国郎来谈为我办展之事。初步商定，作品由我陆续写出，由他们经手卖掉，以此资金先印图册，然后办展，时间以一年为期。

1998年6月28日
新加坡

上午文保斋张孝宅来取照片；蔡衍来为黄宾虹临古册8开求题，册后已有王伯敏跋语。

上午11时，曹瑞兰来接往岛屿俱乐部，会同小滨、于在海、沈诗云一起吃饭。

下午3时左右回到酒店，小滨和小于在我

房间聊天，我则接待杜南发夫妇。我把马来西亚钟正山照片和从林秀香那里取回的宫云湘材料交给杜南发，请其转交宋雨桂再转给何家良。

1998年6月29日
新加坡—上海—北京

飞机降落至上海，王运天来接，并代买了赴京机票。

下午5时20分飞机离沪，晚7时过安抵北京。炎黄艺术馆派展览部主任将我接到馆里，与郑闻慧、梁穗、梁缨见面。据告，北京故宫同意借20件明清真伪作品参展。

1998年6月30日
北京

上午与王绵厚通话，询问明天"古今书画真赝作品展"开幕式馆里派人之事。绵厚后天有会，由王海萍代为出席。我请他转告海萍，将《中国古今书画真伪图典》带来一些。

1998年7月1日
北京

晨7时过王海萍抵京，8时半同到炎黄艺术馆。

上午9时半，辽博与炎黄艺术馆合办之"古今书画真赝作品展"宣布开幕，我在开幕

式上发表致词。冯其庸、金维诺、杨新、耿宝昌等人展场相见。

1998年8月19日
北京

昨晚乘54次列车离沈，今晨7时过抵达北京。

上午10时，由文化部主办的"今井凌雪书法展"与"雪心会选拔书法展"在中国美术馆宣布开幕。乔石以及文化部老部长周巍峙、刘忠德，文化部现任副部长孟晓驷皆到场祝贺。与北京的启功、佟韦、李铎，上海的周志高、张森，杭州的刘江、陈振濂晤面，甚欢。今井凌雪夫妇以及其学生中村伸夫、池田利广、鸟居美代子等皆已见面，相互问候。日方来宾300余人，中国观众无法计数，展览现场可谓盛况空前。

开幕仪式结束，先是到展厅参观书展（王学仲数年前所绘今井画像以及启功为此展所作诗条悬挂在所有展品之前），之后参加由日方组织的学术座谈（王学仲、刘江、周志高、张森等10余人出席，中村主持）。

晚6时半，文化部在人民大会堂三楼举行招待酒会，雪心会全体成员皆应邀参加。

1998年8月20日
北京

早7时，刘蕾来找我。刘蕾告知，她计划

将祖父刘奎龄和父亲刘继卣的作品千余件分赠给辽博和上博，但其母亲裴立主张捐给刘氏老家天津。捐赠辽博之件无需照价付款，如果辽宁发放奖金，可将之捐给希望工程。我说如果能够捐献，可在辽博新馆专设一刘氏展室，回头请她赴沈晤面专议此事。

文物出版社庄嘉怡和黄文昆来谈日本于9月9日到辽博拍摄碑刻照片之事，黄同时告知，为编辑出版《姑苏繁华图》，其与孙之常月内来馆拍照。

晚上乘53次离京，翌日晨回到沈阳。

1998年9月8日—10日
沈阳

8日，新加坡何家良夫妇由北京飞抵沈阳。因宋雨桂在京出席美代会无法分身，由林声和我负责到桃仙机场迎接客人。晚间雨桂夫人王宗兰在家包东北饺子飨客，馅的味道甚佳。

9日，宋雨桂由京返沈，由其陪同何氏夫妇赴鞍山玉佛苑参观，到沈阳师范学院讲演，与鲁迅美术学院同人交流。晚间新加坡许氏兄弟于上海滩设宴招待大家。

10日晚，由林声和我在辽宁宾馆为何氏夫妇饯行。他们明日离沈，我因日本中教出版株式会社与文物出版社来馆里签订《辽宁省博物馆藏碑志精粹》一书合同不能送站，晚餐席上当面致歉。我已电话辽宁画院徐萍、杨德衡，请他们明天代劳。

1998年9月17日
沈阳—珠海

为参加"第三届中国书法史论国际研讨会"，今日下午与王海萍飞离沈阳。飞机在北京停留40分钟后继续南飞，晚8时降落至珠海机场。

与佟韦、苏士澍等人见面，得知中国大陆各地专家已陆续抵达珠海，中国香港、台湾以及日本的与会代表直接到澳门南粤酒店报到。

吃过晚饭，游览度假村以及周边夜景，之后回房间聊天，午夜分手。

1998年9月18日
珠海—澳门

早点用过之后大家集合，由本地何女士陪同乘船到外伶仃岛一游。这个岛位于珠江口入海处，与香港一水之隔，岛上有渔民几千人。由于景色有如世外桃源，港人每于周末来此度假者颇多。外伶仃岛之所以出名，主要由于南宋末文天祥书写有《过零丁洋》一诗。伶仃洋有小岛70多个，在一个岛上有文天祥立像一座。

下午4时回到度假村，与今日到此的王玉池、钟明善等人相见。据钟面告，李尔重近日住院手术，术后尚好，待回去当问候一番。

晚9时过前往海关办理出入境手续，之后入住澳门酒店。日本西林昭一、长谷川良昭诸友人已经到达。

1998年9月19日
澳门

"第三届中国书法史论国际学术研讨会"今天上午开幕,与会代表57位。开幕仪式结束后大家合影,随后召开大会,重要代表讲话,11时半午饭。

利用午休时间与许礼平、王鹏、王海萍乘许礼平父亲的私家车到意大利利玛窦来中国澳门旧址去看看。

下午2时半出发,参观澳门博物馆以及武汉《书法报》在此举办的书法作品展。接着再乘许礼平家的汽车游览市容景观,晚6时半回到酒店。

晚7时,澳门书协举办招待酒会,宴集之时代表们尽情歌唱。9时半大家挥毫,我第一个开笔,书"八方风雨会镜湖"七个大字。

许礼平和马国权于晚8时返回香港。苏士澍去了广州,明日赴东京与启功等人会面。

1998年9月20日
澳门

早晨散步,海边走走。

上午研讨大会,专家依次发言,主持人建议不必照本宣科,尽量言简意赅,时间要短。即便如此,仍有代表没有在会场阐述自己学术成就的机会,好在文章已经结集,可以带回去阅读研究。

下午研讨继续,先是按序宣讲,随后自由发言。4时半由我做总结,杨新予以补充,研讨会到此宣告结束。

1998年9月21日
澳门—珠海—广州

早餐后即携带行李上车,先走马观花式地看看城市面貌,之后前往妈祖庙参观,再之后办理出入海关手续,12时前赶到了珠海午餐。

饭后参观珠海石溪摩崖石刻群,山路难走,因王璧诸人之助得以不倒。此地原是清道光年间一些文人因有泉水潺潺,仿兰亭作流觞之会,刻崖以志雅集,如此而已。然后到苏曼殊故居看看,居室和房屋两楹,极为简陋。

汽车离开珠海,3小时行至广州。

1998年9月22日
广州

晨7时半早餐,随即驱车前往广东省博物馆,这里正在举办"岭南书家与明清法书展"。由邓炳权馆长陪同参观了部分陈列,过目了容庚捐献的明清碑帖20余种。据说此陈列大楼是1992年建的,由上海费先生设计,但总有点陈旧之感。

离开粤博前往广东美术馆去参观"邓尔

疋书法篆刻艺术展"，巧遇中央美院院长靳尚谊正由王镛陪同观看展品。我们在一起聊了几句，我对其当选中国美协主席表示由衷祝贺。

中午赶到广州书城，书城为配合"第三届中国书法史论国际学术研讨会"召开正在搞一系列活动。我为书城负责人题字四幅，在书城购得翁万戈所编《陈洪绶画册》上卷（原有中卷、下卷，将之补全）。

1998年9月23日
广州

今晨与文物出版社崔陟及深圳博物馆王璧等握手话别。

广州美术馆李女士来接。8时后到馆里与馆长卢延光以及书记、几个副馆长见面。

英籍华人赵泰来捐献给广州美术馆书画等文物数量总计过千，我今日在此工作了一整天，看了书画200多件，其中大部分是伪品。据告，赵泰来是伍廷芳曾外孙，现年40多岁，资产雄厚，唯喜欢书画古玩，也开过古玩商店。如今他竟然将全部藏品捐献祖国，不取一文，且负责从英伦回归运费，无论其中伪品多少，其爱国之情着实可嘉。得知我明日离开广州，卢馆长与班子全体成员设宴饯行，热情可感。

晚8时过回到酒店，珠海陈世杰来求鉴定唐寅40岁山水一轴。此作绢本水墨，印章"伯虎"而非"白虎"，字画皆显幼稚，只是风格接近。据说陈世杰在珠海办有企业，又在吉隆坡开有公司。

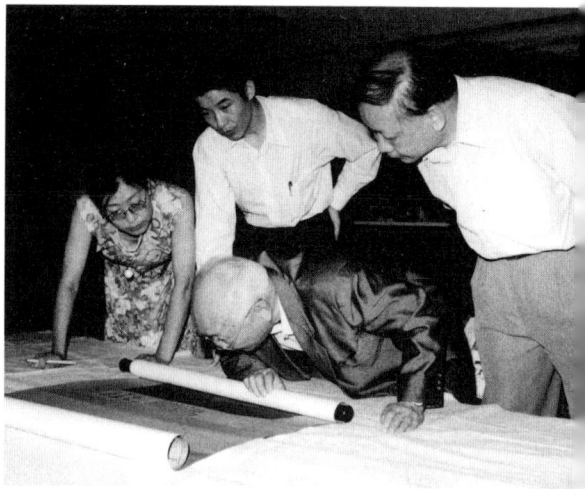

广东省博物馆书画鉴定
王海萍　杨仁恺　邓炳权　等

1998年9月24日
广州—汕头

早上广东省博物馆邓炳权馆长来接，同去馆里过目近年所进书画。其中王宠小楷《道德经》、罗烜丈二水墨山水中堂、董其昌行书卷等颇佳，最为珍贵的一件当是该馆已去世的老馆长蔡语邨之子捐赠的海瑞《行草自书杂诗》卷（大、中、小字皆有，为应友人所书，拖尾明宋珏及清人各一跋）。据告，1988年我们来此鉴定时看过此作，当时谢稚柳先生说海氏之字从未得见，故小组未给结论。时隔10年的今天再次目睹，我认为很有可能是海氏传世孤本。我请邓馆长他们研究一下，写成文章将之发表。分手之际，粤博赠我图册，我则题字留念。

下午4时到汕头。

1998年9月25日
汕头

此次来汕头是应陈小峰之约。

上午题大千画3张，此乃40年代之作，应酬之品。

1998年9月27日
揭阳—深圳

上午为兰亭画廊袁耀亮鉴定书画，其中徐悲鸿《双狮图》等为真迹，张大千莫高窟佛像两帧、刘奎龄孔雀横幅、赵少昂画屏俱伪。还为其写了不少横幅。

下午回深圳。

1998年9月29日
深圳

早上小健、王琦来酒店话别，他们送了我一件夹克外衣作为生日礼物。之后由公安派出所姜、刘两位同志驾车送我和王海萍前往机场，乘三亚起飞过深圳经北京去沈阳的飞机，下午3时半回到家中。

王成来见，说马守荣邀请我明天到京参加文化部在农展馆举办的国庆活动，赵朴老、启功都将到场。

北京湛友丁打来电话，告知10月7日在上海美术馆举办"劳继雄师生画展"，请我出席，考虑再三，觉得应该到场。至于10月8日铁岭市为佟韦举办"返乡汇报展"我就不参加了，拟写一诗贺之，届时面交聂成文代为致送。

1998年10月6日
沈阳—上海

昨天到辽宁美术馆观看了省书协举办的第三届观摩展。作品水平高过前两次，有不少年轻人的书法进步很大。若想有所提高，多读书、多临池至为关键，这一点对他们一再强调。

今天下午1时半前往机场，3时10分飞机起飞，5时20分抵沪。

劳继雄与湛友丁等人因忙碌之故直至晚9时才得以相见。"劳继雄师生画展"画册印得很好，序言为我所写，今日已刊发在《新民晚报》之上。

1998年10月7日
上海

上午10时，"旅美画家劳继雄师生画展"在上海美术馆宣布开幕。劳氏美国门生皆为女性，来自中国大陆、台湾，以及韩国的都有，年龄最大者85岁。她们早已加入美籍，有闲学画，每周授课一次，居家教学或者开车到学生家面授。

今天出席开幕式的有中共上海市委的领导以及美术界、出版界、文博界等各方人士，我在开幕式上致词并参与剪彩。仪式结束参观展品，继雄之作风格清新，自己的特色已经出现。湛友丁、苏平与继雄约定明年画展到北京举办，之后再去辽宁继续进行。

午餐后宜兴马乐平携张大千、傅抱石画三轴来延安饭店求鉴，皆为佳品，为之题跋，又书写匾额一件。依照继雄之意，为其在4尺横幅上书写"好画不厌百回看"七个大字并长题。

晚间举行答谢酒会，各方人士参加者不少，赵渤、沈建中也被邀入席。席间单国霖请我后天到上博参加馆里活动，并过目一些新进的书画。

王运天晚上来携画求题。

1998年10月8日
上海

上午在延安饭店11楼为贾恩玉、谢经理诸人题画、写字。10时方行来访，回房间接待，同进午餐。

下午到朱屺瞻艺术馆参观，结识了张纫慈女士。张女士介绍了一些馆里实际情况，看来要办好一个美术馆绝非易事。

王运天来为许士骐、贝聿昭夫妇作品求题，劳继雄亦来请我再加写两个小幅。

晚餐见到刚从纽约来此的马成名，他们后日要在上海举办秋拍展览。

1998年10月9日
上海

下午去上博，由钟银兰陪同先看王一平同志无偿捐赠的古今书画12件，皆为精品，郑文公碑明拓本特佳。又到库房看许汉卿家旧藏苏、黄、米字册（见《筠清馆法帖》），苏为自书诗，米帖、黄帖品相欠佳，墨色较暗，但非双钩。

下午4时，上博举行"小林斗盦篆刻书法展暨全日本篆刻联盟篆刻展"开幕式，我被邀到主席台与小林斗盦、马承源等人同列。

晚间出席日方在国际饭店举办的答谢酒会。我对马承源上个月赴巴黎接受法国总统希拉克授予法兰西共和国荣誉军团勋章表示祝贺，祝小林先生此次在上海办展成功，并希望展览能够北移辽宁继续举办。晚宴之上，82岁的小林面色红润，状态极佳，频频举杯，酒量不凡，他说酒有益于其书法篆刻上的创作。

1998年10月10日
上海—沈阳

早上湛友丁、苏平告别返回北京。

上午与王运天、小渤在房间聊天，遇沈阳军区总医院刘玉莹主任等人来访（她们是来上海买器材的，明天去杭州参观邵逸夫捐资组建的医院，据说那里的设备与管理都很现代化），我与大家共进午餐。

1998年10月22日

重庆

"全国文史研究馆工作交流会"今天正式拉开帷幕，会期五天。

上午由重庆市委副书记兼常务副市长致开幕词。接着中央文史馆副馆长王楚光做报告，并传达了中秋节朱镕基对中央文史馆馆员和国务院参事的讲话。

下午大会，由各省市代表报告工作经验。

重庆涂山公墓父母墓前凭吊
杨仁瑶　陈孟雅　杨仁恺

1998年10月23日

重庆

上午9时，与九妹、陈孟雅、谢宁乘车同往南岸涂山公墓，在父母墓前吊念，又去看看仁玉三姊夫妇之墓。涂山公墓设在山腰到山脚一大斜坡之上，埋葬市民骨灰，立有石碑，期限20年。

今晚拟由我设宴招待大家，而九妹坚决要在家里吃饭，只好遵从其愿。下午6时，汪家三个儿女先来，四妹的女儿与丈夫杨勇及其10岁的孩子驾车由乐山经成都赶到（耗时8个多小时），一时间九妹家聚集了10多人，热闹非凡，大家在一起合影留念。

1998年10月24日

重庆

早饭后8时，九妹和杨勇一家三口来到宾馆，他们也要去红岩村一游。

上午去红岩村，参观八路军驻渝办事处旧址等地，中午入住大足联谊宾馆。此宾馆为重庆市政协所建，位于大足龙水湖畔。

下午馆长座谈，大家发言精彩，王楚光主持得当，会议6时结束。

工作经验交流会明年争取在云南召开，文史馆的旗帜不能倒下，但工作必须做到实处，否则不好交代。

1998年10月25日

重庆

上午8时到大足北山石刻参观，唐、五代、宋三个历史时期的佛家各种造型石像皆有，唯砂岩风化日趋严重。据说联合国有可能将其纳入世界文化遗产保护之列。

返回宾馆乘船游览龙水湖。此湖本为水库，系人工修造，泛舟湖中，可见数十个小的山头。

下午3时半开总结会。三个小组代表发言，林声同志代表第一组讲话，颇受欢迎。随后主持人提议，明年11月在云南召开工作经验交流会议，云南省文史馆馆长当即表态，再之后此次交流会宣布结束。

1998年10月26日
重庆—沈阳

上午去大足宝顶山参观石刻造像，时代为宋，保存相对较好，环境亦佳。石刻以佛教故事为主题，圆雕和高浮雕兼有。人物形象接近世俗人间，其中下地狱与上天堂场景对比，内含佛、道、儒三教合一思想。

下午1时半启程，汽车自大足直驶重庆江北机场。飞机5时50分起飞，晚9时过抵达桃仙机场。与林声分手，各道再见。

此次会议与收藏杂志社社长兼主编杨才玉初识。他约我前往西安，为陕西省文史馆馆藏数百件书画做个鉴定，日期待定。

1998年11月13日
沈阳—珠海

应澳门市政厅文物处之邀，我答应为他们创办艺术博物馆去鉴定书画作品。几经王海萍联系，终于在今天下午5时前办好所有手续，当即决定今日飞赴珠海，所幸机票还有两张，不然就得后延至17日选择由北京前往澳门的航班，那样就会麻烦许多。

1998年11月14日
珠海

与吴南生通话，问其能否来珠海一见，一同观赏中国航展。答曰不能来，隔日汕头大学召开董事会，其与李嘉诚皆为董事长，必须出席。电话中请吴为《谢稚柳纪念集》题字，他答应写好后寄我收转。我又将虎门销烟全景图事相告，吴同意向李长春同志转达，要我将复印件及我所写简短说明一并邮寄给他。

欧初已到珠海，黄先生将其接来与我见面，嘱为广州徐家凤女士书画展题写会标，又为广东炎黄文化研究会成立5周年书写祝词一条。

澳门方面已经约好，16日上午来车接往。据告杨新等二人手续尚未办好。

1998年11月15日
珠海

今天去航展中心观赏航展，为了预防途中受阻，决定7时半即由黄汉翔驾车一同前往。

上午10时，主持人宣布"98中国国际航空航天博览会"开幕，随即开始飞机表演。来此看展的人很多，几十个国家与地区的代表以及全国各地观众估计能有万人以上。下午1时,博览会开幕典礼结束,以后则是每天天上飞机表演、会上各国交易,到22日落幕。

下午2时过,我们在银都酒店附近一家小吃店进餐。酸梅汤和各种小吃都很有味道,食客很多,十分拥挤。饭后我回到红海酒店休息,王海萍与许荣初则去商店逛逛。

晚上与许荣初聊了许久,谈及我之老友朱鸣冈、乌叔养、万金声等人,许与他们感情甚厚。

1998年11月16日
珠海—澳门

上午9时,鲁迅美术学院王老师来接荣初去与陈世杰签署合同。两天后许去武汉与宋惠民相会,王则返沈为一家公司征集现代名家之作。

上午11时,澳门市政厅文物处书画部主任陈浩星来接,李强将我们送到检查站而别,约好过几天珠海再见。顺利过关,下午1时住进澳门京澳酒店。

稍事休息,我们在下午3时到澳门艺术博物馆筹备处开始正式过眼绘画。每件作品一一填表登记,写上鉴定意见,并在登记表每一页下方签署姓名。王海萍负责登记,由我负责填表。两个小时过目了40多件,皆为明清之作,广东画家作品居多。照此工作效率推算,估计20日前可望看完,21日返回珠海。

今日下午过眼书画记录部分如下:

1. 罗阳《仿文徵明山水图》轴。绢本。庚子六月廿二日。潘士祯于丙辰元月六月题诗堂,彬如上款。真品。

2. 余菱《人物饮酒图》轴。纸本。真品。

3. 梁于渭《湖山秋月图》轴。纸本,水墨山水。真品。

4. 林良《松竹孔雀图》轴。水墨写意。画虽草草,但墨法尚可,似应列为林氏传世之作。

5. 罗清《指画墨菊梅花图》轴。丁丑夏日作。真品。

6. 吕坚《逃虚图》轴。辛亥(乾隆五十六年)九秋。吕坚嘉庆八年撰祝词,谢兰生题书《四言赞》,黎简补景,肖像作者未署名。此帧为乾隆时期广东三杰真迹,难能可贵。

7. 罗岸先《梧桐仕女图》轴。真品。破旧应修裱。

8. 林良《鹰攫图》轴。绢本,浅设色,水墨,写意。单款,钤朱文"以善图书"印。鹰画得不够雄伟,破旧要修裱。真品。

9. 苏六朋书法轴。"亦渔八兄大人雅属,甲辰草醉日枕琴六朋"款,钤"臣六朋印"白文印、"神游象外"朱文印。真,精,新!

10. 吕翔《花卉写意图》轴。嘉庆戊寅夏五月。技法出自陈白阳,写生妙手。真品。

11. 梁于渭《富贵长春图》轴。真迹。

12. 招子庸《苇塘螃蟹图》轴。真品。

13. 吕培《水墨兰蕙图》轴。庚辰(嘉庆二十五年)四月画于古藤书屋。真迹。

14. 梁枢《指画看山图》轴。真迹。需修裱。

15. 明炳麟《万松图》轴。绢本。壬辰。真迹。

16. 蒋莲《观音图》轴。纸本，水墨。道光丙申六月。真迹。

17. 李魁《观瀑图》轴。纸本。光绪三十二年。真迹。

18. 蒙而著《仿恽正叔山水图》轴。辛巳（1881）冬。真迹。

19. 崔芹《秋林间听图》轴。浅设色。丙午光绪卅二年（1906）仿华秋岳先生笔意。画得好。真迹。

20. 苏六朋《东坡诗意图》轴。纸本。海珊大兄上款。真迹。

21. 张穆《树鹰图》轴。真迹。

22. 伍德彝《鱼蟹黄花图》轴。己亥（光绪二十五年，1899）大暑，寿山仁兄上款。真迹。

23. 黎简《岭南春色图》轴。纸本。乙巳（乾隆五十年，1785）十二月。佳作精品（二级）。

24. 谢兰生《水边白云图》轴。纸本。钤"谢生小草"白文印，诗堂熊景星题。真迹。

1998年11月17日
澳门

今天电传馆里，并请转告家里知晓我之情况。

上午9时半，陈浩星来接继续鉴定书画。全天共看画129件，其中多苏六朋、何翀之作。

林良三件均伪，任伯年除一小幅《仿古图》外其他皆为旧仿。

午餐时与饭店老板交谈，得知其名萧春源，乃古印收藏大家，与马承源为旧识，收有不少秦印及商周铜器。

陈浩星原是《澳门日报》文艺部编辑，最近始调澳门市政厅文物处。他喜收藏书法及绘画，与佛山吴子玉一家交厚。吴氏为其创作了一批书画，已编辑成册。陈本人能治印，为西泠印社社员，9月澳门会议也曾参加。

澳门市政厅文物处处长王祯宝是从事版画教育的，曾在伦敦大学任教。此人不事收藏，然工作需要使之与书画文物多有接触。

陈浩星请吃晚饭时携来近现代人对联、字条求鉴，其中溥心畬一联伪作。

附今日过眼书画具体清单如下：

1. 杜蘅《仕女图》轴。款"通甫三兄大人雅鉴"。真迹。

2. 苏六朋《雪景山水图》轴。纸本。真品。

3. 释德堃《苏轼故事图》轴。纸本。乙巳嘉平月，有长题。真品。

4. 居庆《牡丹飞蝶图》轴。纸本。款"瑞贞姊倩雅鉴"。真迹。

5. 何翀《喜鹊三清图》轴。辛未秋。款"桂舫仁兄大人正"。真迹。

6. 伍学藻《老君像》轴。纸本。甲午（光绪七年），"吉林大兄以此见属"，长题。

7. 苏仁山、庞士元《诸葛武侯图》轴。款"治莊仁兄大人鉴"。真迹。

8. 居廉《牡丹玲珑图》轴。绢本。款"玉林三兄大人鉴正"。

9. 何翀《松鹤图》轴。纸本。光绪仲秋。真迹。

10. 何翀《花鸟图》对屏。真迹。

11. 何翀《花鸟图》对屏。真迹。

12. 何翀《梅竹燕子图》轴。纸本。真。

13. 欧阳燚《山水图》轴。绢本。戊子。真。

14. 傅山《松鹤图》轴。纸本。旧仿品。

15. 何翀《松鹤图》轴。真。

16. 何深《仿李唐山水图》轴。广东顺德人。真。

17. 何翀《花鸟图》轴。纸本。壬戌秋。真。

18. 何翀《仿华嵒山水人物》轴。纸本。己卯春三月。真迹。

19. 何翀《菊竹山雀图》轴。绢本。真。

20. 何翀《荔枝图》轴。绢本。真。

21. 何翀《仿恽寿平写意花鸟图》轴。真。

22. 何翀《垂柳八哥图》轴。绢本。壬戌。真。

23. 何翀《天竹画眉图》轴。单款。真品，画残。

24. 何翀《仿华嵒荔枝八哥图》轴。绢本。真。

25. 何翀《岩下听琴图》轴。纸本。庚午，真迹。

26. 何翀《仕女图》轴。纸本。丙申。真迹。

27. 何翀《梅花牡丹双鸟图》轴。绢本。真。

28. 何翀《花鸟图》轴。绢本。真。

29. 杨樾《山水图》轴。绢本。杨樾，字荫堂，广东人。真品，还可以。

30. 任伯年《花鸟图》轴。绢本。旧仿品。

31. 任伯年《花鸟图》轴。旧仿。

32. 任伯年《花鸟图》轴。旧仿。

33. 何翀《八哥戏水图》轴。纸本。乙卯。真，精。

34. 熊景星《山水图》轴。浅设色。精，真。

35. 何翀《花鸟图》轴。甲子。真。

36. 释德堃《竹莲图》轴。拓品。

37. 何翀《花鸟图》轴。绢本。精，真。

38. 杨天璧《山水图》轴。真。

39. 任伯年《清供图》轴。绢本。旧仿。

40. 严伦《仿米山水图》轴。真。

41. 任伯年《花鸟图》轴。民国上海一带旧仿。

42. 任伯年《仿古图》横幅。纸本。光绪戊寅。真。

43. 任伯年《花鸟图》轴。绢本。旧仿。

44. 任伯年《花鸟图》轴。绢本。旧仿。

45. 任伯年《花鸟图》轴。绢本。旧仿。

46. 任伯年《花鸟图》轴。绢本。旧仿。

47. 林良《芦塘野兔图》轴。绢本。旧仿。

48. 刘简《听瀑图》轴。纸本。真。

49. 刘简《人物山水图》轴。绢本。真。

50. 林良《花鸟图》轴。赝品。

51. 刘玉笙《鸢翔图》轴。纸本。真。

52. 刘竿《仙松鹤图》轴。真。

53. 刘竿《仙凤凰仙桃图》轴。真。

54. 林良《竹木双鸟图》轴。绢本。旧仿本。

55. 晏慎《无量寿佛图》轴。洪钧、朱福清、郑文焯、许炳素等裱上长题。真迹。

56. 关蔚熙《鸳鸯戏水图》轴。丁酉重阳。真。

57. 黎简《仿黄鹤山樵山水图》轴。绢本。画上无作者名款，但有方流（同时人）题字，指认为二樵之作。此图真，可能为屏幅之一。

58. 居巢《肖像人物图》轴。甲子作，蓉波吾兄上款。可能肖像本人即蓉波。真品。

59. 金元《仿文徵明鸟树斗鸡图》轴。癸亥秋，升吾仁兄上款。

60. 黎简《山水图》屏。此帧上无作者名款，据"半村野人"题知为黎简四屏画之一。真。

61. 黎简《山水图》屏。画面无作者名款，据"洪壕海客"跋知为黎氏画屏之一。真。

62. 李魁《山水图》轴。大幅。真。

63. 黎简《山水图》轴。绢本。壬申（嘉庆十七年）仲春，"介石二兄"上款。阿简题。

64. 黎奇《牧牛图》轴。真。

65. 黎简《山水图》轴。绢本。乙卯，"二樵"单款，画上黎氏隶书诗堂。真品。

66. 刘芋《孔雀梅花图》轴。真。

67. 黎简《春溪读书图》轴。好，真品。

68. 高士霖《仕女图》轴。纸本。"云仿仁兄"上款。

69. 郭适《花鸟图》轴。纸本。真。作者广东顺德人。

70. 容祖椿《花鸟月月平安图》轴。纸本。真。

71. 黎简《山水图》轴。绢本。真。

72. 黎如玮《停琴伫月图》轴。广东顺德人，即黎方流。

73. 李魁《山水图》轴。绢本。道光壬辰。真。

74. 刘芋《仙牡丹图》。可能为画屏之一。真。

75. 梁蔼如《山水图》轴。真。

76. 李冠莱《山水图》轴。纸本。罗维翰楷书诗堂。

77. 李魁《山水图》轴。纸本。真。

78. 李翔光《花鸟图》轴。绢本。道光壬辰春。真品。

79. 李秉绶《松竹图》轴。绢本。道光丁酉春三月。真。

80. 吕德福《牡丹兰蕙图》轴。真品，一般。

81. 雪鸿居士《摹南田老人花鸟图》轴。绢本。画佳。此雪鸿是否张敔？待考。

82. 苏六朋《陶渊明像》轴。道光三十年，"翼云三兄先生属"上款。真迹。

83. 苏六朋、罗健谷《话别图》横幅。绢本。癸巳夏四月，苏六朋题"次笙二兄"上款。真品，精佳之作。

84. 苏六朋《行吟图》轴。纸本。丙辰暮春。真。

85. 苏六朋《踏雪寻梅图》轴。真。

86. 苏六朋《深山听瀑图》轴。纸本。丙申。真。

87. 苏长春《黄道婆像》。甲辰孟冬。"漳州傅寿宣所藏"印。

88. 苏六朋《商山四皓图》横幅。纸本。咸丰丙辰。真。

89. 苏六朋《人物故实图》轴。纸本。指画，庚寅五月。真。

90. 苏六朋《菩提老僧像》轴。纸本。寅卯作，上款"张宽老和尚惠鉴"。真品。

91. 邓如琼《仿画禅室法》轴。壬寅冬，上款"畅澜大人雅正"。真。

92. 释德堃《人物故实图》轴。纸本。甲辰，上款"星槎先生雅鉴"。真品。

93. 释德堃《人物故实图》轴。真品。

94. 苏六朋《山水人物图》轴。壬寅中秋，长题。挖上款。真。

95. 释德堃《对弈图》轴。真。

96. 释德堃《高睡图》轴。纸本。辛卯。挖上款。真品。

97. 释德堃《曝书图》轴。绢本。上款"宝山居士雅鉴"，长题。真迹。

98. 释德堃《二老图》轴。纸本。光绪甲申夏日。作者印款，引首长题。壶道人长题。真。

99. 谭子烜《花鸟》轴。纸本。辛巳春三月，"筠亭二兄"上款。真。

100. 陈洪绶《佛画》轴。作者名款后填。

101. 苏六朋《骑驴图》轴。纸本。挖上款。真品。

102. 苏六朋《人物故实图》横幅。真品。

103. 苏六朋《饮酒图》横幅。纸本。"估清二兄"上款。

104. 苏六朋《持杖行吟图》轴。真。

105. 苏六朋《三多图》轴。绢本。上款"绮石吾先生雅属"。真。

106. 苏六朋《人物故实图》横幅。纸本。钤"石楼吟叟"白文方印。真。

107. 苏六朋《人物故实图》横幅。纸本。真。

108. 苏六朋《人物故实图》横幅。纸本。乙巳。真品。

109. 苏六朋《人物故实图》横幅。壬午（道光二年）。真。

110. 黄丹书、苏六朋《书画合璧》横幅。书纸本，画绢本。癸丑嘉平祀灶日苏六朋画图，诗堂黄丹书行书。真迹。

111. 潘华《山水图》轴。绢本。真品。

112. 清人《花卉图》轴。绢本。没骨。无款。

113. 清人《观音像》轴。无名款。

114. 清人《夫妻影像》轴。纸本。无名款。

115. 钟大愚、钟德祥《水墨竹石图》轴。戊戌。真品。

116. 朱梦庐《花鸟图》轴。纸本。戊寅真品。

117. 朱梦庐《竹梅双鸡图》轴。纸本。丁亥，"步瀛三兄"上款。真。

118. 东村散人《听泉茅屋图》轴。纸本。真。

119. 崔芹、崔永秋《仿华嵒笔意图》轴。纸本。真。

120. 崔芹《仿华嵒抱琴图》轴。真。

121. 清人《肖像》轴。纸本。无名款，肖像上方有"二十四世孙观海"小楷书行状。

122. 清人《肖像》轴。无名款。

123. 清人《女肖像》轴。无名款，彩绘，近代画法。

124. 清人《男肖像》轴。无名款。

125. 颜月川《三品官直隶按察使司肖像》轴。诗堂黎兆堂楷书赞题行状。真。

126. 清人《妇人肖像》轴。无名款。

127. 伍德彝《山水图》轴。纸本，设色。乙酉五月。真品。

128. 吴石仙《烟雨归村图》轴。纸本。

癸卯。真。

129. 清人《天竺水仙玲珑石图》轴。绢本。庚子。

1998年11月18日
澳门

今日继续看画，还是苏六朋之作为多，且早、中、晚都有，相当精好。我过去曾见过此人作品，以为是一般画家，实则不然，很有个性，当重新认识。

今天又看了116件，据告还剩几十件作品，看来明日就能结束，20日即可前往珠海，待全部看完之后再打电话给李强不迟。

近晚上6时，许礼平由香港来见，提供《齐白石书法集》订单30份。我表态年内尽力推销，但实际结果不可预测，好在许本人非常理解。许明天与黄苗子、郁风在香港约会，后天去澳大利亚悉尼，匆匆而回。

附今日过眼书画清单如下：

1. 东村散人《竹菊图》轴。地方民间画家之作。

2. 苏六朋《人物图》轴。真品。

3. 镜香女史、苏六朋《人物故实图》扇面。纸本。合璧之作。真品。

4. 苏六朋《人物故实图》轴。纸本。壬寅花月，作者长题。挖上款。真品。

5. 苏六朋《人物故实图》轴。纸本。画上作者长题故实本末。真品。

6. 苏六朋《诗意图》横披。纸本。道光戊戌，题唐李白诗句。真品。

7. 苏六朋《松下老人图》中堂。纸本。真迹。

8. 吴石仙《春江晓渡图》轴。癸卯夏，仿米家笔法。真品。

9. 伍懿庄《鸡菊图》轴。纸本。即伍德彝。真迹。

10. 伍学藻《长沮桀溺图》轴。纸本。光绪乙酉冬，隶书自题图名并记。真迹。

11. 蒋莲《三狮图》轴。纸本。印章款，民间画。真。

12. 伍德彝《花石图》轴。纸本。"蕙浓三兄大人"上款。真。

13. 伍德彝《牡丹猫石图》轴。纸本。真迹。

14. 伍德彝《荷塘鸳鸯图》轴。绢本。真。

15. 胡公寿《白沤图》轴。纸本。丁卯夏，"锦山仁大兄"上款。

16. 胡公寿《三清图》轴。纸本。丁卯夏。真品。

17. 胡公寿《松梅图》轴。戊辰冬。真品。

18. 胡照《花鸟图》轴。挖上款。真品。

19. 伍学藻《山水图》轴。纸本。"萼亭五兄"上款。真。

20. 温遂之《墨竹图》轴。纸本。道光九年五月廿七日，画上长题。真。

21. 伍德彝《竹石花鸟图》轴。绢本。挖上款。真。

22. 胡铁梅《松鹰图》轴。纸本。真。

23. 胡公寿《兰竹梅图》轴。纸本。己巳冬十一月。真。

24. 近现代《观世音菩萨圣像》轴。无名款。拓本，一般。

25. 王素《梅花仕女图》轴。真。

26. 蒋廷锡《博古图》轴。绢本。"臣"字款。赝品。

27. 蒋廷锡《博古图》轴。绢本。"臣"字款。赝品。

28. 僧藏真《东坡笠屐图》轴。近现代。拓本。

29. 蒋廷锡《博古图》轴。绢本。"臣"字款。赝品。

30. 清人《铁桥罗汉图》轴。纸本。民间作品。真。

31. 于心《会仙图》轴。纸本。岑为楷题诗堂。近现代，拓本。

32. 吴道子《慈度寺观音碑刻画像》。光绪十四年四月刻。伪刻，近代拓本。

33. 近现代《观音拓本》。无名款，民间朱拓。一般。

34. 黄壁《山水图》轴。绢本。癸丑初夏。真。

35. 近代《刺绣花卉图》。无名款。民间作品，乾隆八玺印伪。

36. 黄慎《老翁图》轴。纸本。乾隆十五年。破旧。真。

37. 黄品石《竹石图》轴。绢本。真。

38. 汪浦《麻姑进酒图》轴。纸本。真。

39. 黄慎《和尚图》轴。纸本。乾隆十二年十一月。赝品。

40. 黄慎《山水人物图》轴。纸本。真迹，佳作。

41. 黄材《山水图》轴。纸本。丁丑秋日，"麓南大兄"上款。真。

42. 汪惠生《玉堂清供图》轴。纸本。"云树老伯"上款。真。

43. 王溥《山水图》轴。纸本。嘉庆癸酉上巳。真。

44. 黄秋华《山水图》轴。纸本。庚申秋八月，自题仿米法。真。

45. 崔芹《松下高士图》轴。纸本。仿华秋先生笔法。真。

46. 招子庸《芦蟹图》轴。纸本。赝品。

47. 崔芹《牧牛图》轴。纸本。癸卯。真。

48. 蒋莲《垂钓图》轴。绢本。真品。

49. 崔芹《唐人诗意图》轴。纸本。乙酉冬前二日。真。

50. 招子庸《墨竹图》轴。道光甲辰五月画，庚申夏五月御和题诗堂。真。

51. 招子庸《芦蟹图》轴。纸本。真。

52. 王礼《花鸟图》轴。纸本。真。

53. 吴石仙《江城烟雨图》轴。摹米海岳法。真。

54. 黄鹤（松山）《柳石八哥图》轴。纸本。"友石七兄"上款。真。

55. 吴石仙《烟雨归村图》轴。纸本。癸卯秋，仿米笔法，"芝邻仁兄"上款。真。

56. 王鉴《秋江钓艇图》轴。绢本。真。

57. 王礼（秋言）《花鸟图》轴。真。

58. 黄起《荷花双鸟图》轴。纸本。真。

59. 王礼《梅鹤图》轴。纸本。壬申冬至。真。

60. 苏六朋《采薇图》轴。绢本。真。

61. 苏六朋《山中对弈图》轴。绢本。癸丑秋七月。真。

62. 苏六朋《木棉八哥图》轴。真。

63. 苏六朋《春游图》横披。绢本。真。

64. 苏六朋《问路图》轴。纸本。真。

65. 苏六朋《归骑图》轴。纸本。真品。

66. 苏六朋《人物故实图》轴。绢本。挖上款。真。

67. 苏六朋《三多图》轴。绢本。真。

68. 苏六朋《罗汉图》轴。真。

69. 吕翔（隐岚）《山水》轴。绢本。嘉庆丙子夏四月。真。

70. 罗辰《花卉图》轴。绢本。真。

71. 文嘉《山水图》轴。绢本。嘉庆丙辰。赝品。

72. 文休承、文嘉《释迦摩尼像》轴。描金书、画。嘉靖癸丑，长题。赝品。

73. 万寿祺《山水图》轴。赝品。

74. 吕翔《竹石图》轴。绢本。乾隆癸丑六月。挖上款。真。

75. 文徵明《山水图》轴。赝品。

76. 罗阳《山水图》轴。绢本。庚辰夏六月。真。

77. 罗阳《山水图》轴。绢本。癸丑春三月。挖上款。真。

78. 罗阳《山水图》轴。绢本。道光丙申，仿黄公望笔意。真。

79. 梁于渭《玉堂富贵图》轴。绢本。真。

80. 梁聪《芦雁图》横披。绢本。丙午夏

五月。真迹，自题仿陆治，实则出自清人边寿民。

81. 苏六朋《达摩像》轴。道光甲辰，黄焕上款。真。

82. 苏六朋《乞食图》轴。真。

83. 苏六朋《山中休憩图》轴。纸本。戊午夏四月。真。

84. 苏六朋《深山访友图》轴。绢本。咸丰庚申立春，"澹云三兄"上款。真。

85. 苏六朋《耕读图》轴。真。

86. 苏六朋《东坡诗意图》轴。纸本。真品。

87. 苏六朋《树下对话图》轴。纸本。真。

88. 苏六朋《踏雪图》轴。纸本。真。

89. 苏六朋《停舟听泉图》轴。纸本。真。

90. 苏六朋《人物图》轴。纸本。甲子小署。真。

91. 苏六朋《人物故实图》轴。绢本。草书小字题故实。真。

92. 苏六朋《七贤进关图》轴。绢本。乙卯季冬。真。

93. 苏六朋《罗汉像》轴。纸本。真。

94. 苏六朋《竹林高士图》轴。绢本。破旧修裱。真。

95. 苏六朋《人物故实图》轴。纸本。戊戌。真。

96. 苏六朋《人物故实图》轴。绢本。丙辰六月。真。

97. 杜蘅《八马图》卷。绢本。甲午冬，"菊溪大兄"上款。真。

98. 陈元章《花鸟图》轴。绢本。道光辛

卯，"吉绢仁兄"上款。真。

99. 张方觉《双喜图》轴。纸本。癸巳冬，仿徐天池。笔法不好。真。

100. 陈汪《花鸟图》轴。纸本。破旧。真。

101. 陈崧《牡丹图》轴。绢本。"伯洪大兄"上款。

102. 郑板桥《竹石图》轴。纸本。印刷品。

103. 陈元章《花鸟图》轴。绢本。真。

104. 陈浩《竹石图》轴。纸本。真。

105. 蒋廷锡《清供图》轴。绢本。赝品。

106. 长谷川雪旦《武士图》横披。绢本。昭和以后之作。真。

107. 佘启璘《梅竹图》轴。纸本。"海门二兄"上款。真。

108. 朱耷《芭蕉野禽图》轴。丁卯夏。赝品。

109. 沈周《松鹤图》轴。纸本。成化壬辰。赝品。

110. 上官周《山水图》轴。赝品。

111. 潘子屏《人物图》轴。纸本。真。

112. 苏逢圣《山水图》轴。纸本。"晴波四兄大人"上款。六朋后人。

113. 石藤《山水图》轴。绢本。挖上款。

114. 佘启祥《山水图》轴。绢本。"泉三兄"上款。

115. 苏六朋《人物图》册。绢本，12开，每开一故实。真品。

116. 潘衍鋆等名家书扇页。绢本，20开。真。

1998年11月19日
澳门

上午8时半，陈浩星送来几副对联求鉴，都是真品。又集谢稚柳以前写给他的信件装为一册，先有吴子玉跋语，我为之再补上一跋。

下午3时过，王祯宝陪同参观正在建设中的澳门艺术博物馆，据告年底交付，明年3月正式开馆。

下班前马锦强来求鉴关良、丰子恺作品，其中丰画系木版水印之物。

已与珠海李强电话约好明天下午5时在海关相见。又由王海萍与新华社澳门分社文体部负责人通话。

附今日过目书画如下：

1. 苏六朋《山水人物花鸟图》册。12开。庚戌，每页名款。真品。

2. 苏六朋《人物图》团扇。12开。庚戌、戊申、丁巳、壬寅，每页名款。真。

3. 苏六朋《山水人物花卉图》册。24开。扇页、书画各12页。

4. 罗岸先、何翀、居廉等人《花鸟图》册。扇页。真。

5. 钱慧安、何翀、上官周《人物花鸟图》册。12开。其中上官周一页为赝本，余皆为真。

6. 汪浦、何翀《人物花鸟图》册。12开。真。

7. 沈兆涵、蒋莲、罗岸先等《山水人物花鸟图》扇页。11开。真。

8. 居廉、胡公寿、唐禄、汤禄名《山水

澳门艺术博物馆筹备处
杨仁恺　王海萍

人物花鸟图》册。12开。真。

9. 易廷宣《博古图》册。12开。真。

10. 程致远《人物故事图》册。12开。真。

11. 清人《肖像》轴。纸本。无名款。

12. 清初《刺绣花鸟图》屏。绫地。真迹，佳品，可能苏绣。

13. 清人《肖像》轴。无名款。清晚。

14. 清末民初《妇女半身肖像》轴。无名款。西法绘制。

15. 石涛《山水图》轴。印刷品。

16. 清人《妇人肖像》轴。无名款。

17. 清人《肖像》轴。无名款。

18. 清末《妇人肖像》轴。无名款。

19. 苏六朋《问路图》轴。真品。

20. 清人《妇人肖像》轴。无名款。

21. 清人《肖像》轴。无名款。

22. 东村散人《人骑图》轴。真。

23. 周祥、真舫《双鱼图》轴。纸本。真。

24.《冥王图第一殿秦广王》轴。纸本。无名款，清末民间作品，潮音禅院藏。

25.《冥王图第二殿楚江王》轴。纸本。无名款，清末民间作品，潮音禅院藏。

26.《冥王图第三殿宋帝王》轴。纸本。无名款，清末民间作品，潮音禅院藏。

27.《冥王图第四殿五官王》轴。纸本。无名款，清末民间作品，潮音禅院藏。

28.《冥王图第五殿阎罗王》轴。纸本。无名款，清末民间作品，潮音禅院藏。

29.《冥王图第六殿卞成王》轴。纸本。无名款，清末民间作品，潮音禅院藏。

30.《冥王图第九殿都市王》轴。纸本。无名款，清末民间作品，潮音禅院藏。

31.《冥王图第十殿转轮王》轴。纸本。无名款，清末民间作品，潮音禅院藏。

1998年11月20日
澳门—珠海

据告每年一次的国际汽车大奖赛后天举办。此赛事在澳门已有40多年的历史，这几天赛道封闭，非赛车不可通行。昨天起一大早就有许多赛车试跑，轰鸣之声刺耳，汽车速度如飞，若是正式开赛，场面一定非常震撼。

此次南行，来时赶上珠海中国航展，离开之时又逢澳门汽车大赛，巧遇空中飞、地上跑两件国际大事，实属难得。

上午9时过，陈浩星来接，先去参观今年刚刚落成之妈祖雕像。此像高19.99米，以汉白玉雕刻而成，矗立于澳门最高处，于此可以眺望澳门黑沙海滩等处景观。之后前往海岛市，去看跨海新旧两桥。

下午1时过，在新华社澳门分社楼下与该社文体部徐光处长共进午餐，饭后前往传为利玛窦在澳门时学粤语处参观。9月书协在澳门开会之时曾经来访，大门未开，未得进入，此次正好拍下几张照片留作资料。接着去普济禅院，观中美《望厦条约》签约石桌并游览禅院景观。第二次世界大战时日本人未占澳门，广东画家高剑父、高奇峰、赵少昂、关山月等都曾在此避乱。

下午4时半陈浩星将我们送至海关。

晚饭时黄汉翔带来从梅县买回的宋曹八条屏求鉴，真品。

1998年11月21日
珠海

一个上午皆在黄汉翔家写字，总计写了10多幅，并题明人刘正宗《宋人轶事》残册和宋曹八屏。

再次过眼宋曹八屏，真迹无疑。有四条为临王羲之帖，其余则为书欧阳修、苏东坡逸事。据告，黄先生以10万元在梅县一农民手中购得，出让者祖上系读书人家。

下午在度假村书写扇面，正觉得疲惫之时，适王海萍观看航展回来，于是由李强陪同出去逛逛免税商店。

晚间与王海萍商量编印辽博50周年文集和推销《齐白石书法集》之事。

已与陈世杰通话，约好明日下午见面。

1998年11月22日
珠海

由于航展原因，明天追加了一趟飞往沈阳的航班，还有座位待售，赶紧将机票买好。据告几日来北方大雪纷飞，唯不知明日能否平安抵沈。

早餐之后去圆明新园游览。

1998年11月23日
珠海—沈阳

起早奔赴珠海机场。飞机上午9时起飞，中午抵武汉停留40分钟后继续北行，下午3时半平安降落至桃仙机场。

1998年12月14日
沈阳

胡德平偕中共中央统战部经济局副局长王安南来沈阳、鞍山了解工商改革情况，今晚7时半，徐萍夫妇领路来到我家走访，相见甚欢。我们就文物人才培养、文物走私现状、台北故宫文物等话题畅所欲言，最后提到清康雍年间如意馆画家沈苍作品之事，他说美

杨家客厅
胡德平　杨仁恺

国有三件，日本有一件，我答应与北京故宫博物院聂崇正共同查找一下，看看北京是否也有，一有结果，马上告知。

我与胡德平1984年相识于中国历史博物馆，他那时是保管部主任，后来在北京西山曹雪芹故居打过交道。此人对老同志颇为关怀，与其父又何其相似乃尔！

1998年12月15日
沈阳—深圳

两天前，吴悦石电话邀请前往深圳过目一家新成立的艺术品拍卖公司征集的作品，并告知美国崔如琢亦将由京飞赴，新加坡林秀香同时到达。我应其所邀，决定飞往深圳，借此机会也与小健见上一面。

飞机下午3时起飞，在常州机场停留半小

时后继续南行，夜9时半抵达深圳。

1998年12月16日
深圳

上午8时过，与吴悦石、姚敏、小徐一同早点。姚供职的中协投资公司近日与吴悦石、深圳市文化局所属拍卖机构联合组建一家新的拍卖公司，计划春节前举办第一场拍卖会，目前正在各处征集拍卖之物。上午我到公司看了部分书画，据告还有许多将由吴悦石去香港取来。

汪浩来见，据告元林子奂《豳风图》已经出售，由陕西一位企业家买去。

林秀香今夜到此，同住庐山酒店。

1998年12月17日
深圳

今天吴悦石从香港取来台北私人收藏的张大千诸人作品，其中佳作不少，崔如琢同观。

葛师科从香港过来，同进晚餐。据告为家电工厂之事每周必来蛇口一次，近数月订单不多，生意不好。

杜南发自香港打来电话，告知收到电传迟了，下午即飞回新加坡，无法在深圳相见。

徐伯郊搬至九龙居住，与吴悦石为邻。电话邀请来深圳见上一面，因身体不便不能成行，殊为遗憾。

1998年12月18日
深圳

上午去博雅艺术公司与雷子源总经理晤面，朱晞颜、姚敏同往，介绍他们相互认识。博雅今年9月在香港举办的10位名人书展材料我已看过，由金庸剪彩，反响甚好。

之后我们同去深圳美术馆参观"傅抱石艺术特展"。此展由南京博物院、傅抱石纪念馆合办，展品百余件，殊佳。

再之后前往深圳博物馆参观。杨副馆长陪同我们观看了天津历史博物馆在此举办的明清书画展，很不理想。

晚上王鹏来见，谈明年举办"齐白石展"之事。

1998年12月24日
沈阳—北京

应马守荣之邀赴京，在公主坟西北新兴宾馆与台北丁中江先生相晤。

电话国家文物局博物馆司科技教育处侯菊坤，请召集《中国书画》编委杨新、杨臣彬、单国强、薛永年等人明日在故宫碰面，研究本书修订事宜。

与何流通话，得知何心脏虽然还好，但腰椎患病，行动不便，我争取抽时间前往他家看望。

下午冯其庸偕一安徽藏家来访，我在宾馆为其鉴定所藏书画。之后与冯应邀到中国嘉德新址看看，与陈东升、王雁南以及诸多专家见面。

1998年12月25日
北京

上午我与国家文物局科技教育处侯菊坤处长以及一位北京大学研究生，分别按照约定的时间各自前往故宫，与杨新研究《中国书画》修订之事。单国强因故未到，杨臣彬以电话的形式介绍了情况。最后达成共识：明年二季度完稿，三季度汇齐后再审一次，届时由国家文物局负责召开一次定稿会议。

下午4时，单国强来到文物出版社晤面。我将商议结果简单向他做了介绍，告知穆益勤所写明代部分由杨新负责代为修订。单则认为李希凡主编的艺术史明代部分就是由他撰写的，修订穆益勤所写内容可以驾轻就熟。

晚间中国印刷公司请二玄社高岛义彦吃北京地方风味，马守荣应邀陪同前往。介绍大家相互认识，并与苏士澍研究老子图册出版事宜。

在文物出版社与王海萍通话，请其与黄文昆联系，商谈《姑苏繁华图》说明文字以及《辽宁省博物馆藏碑志精粹》校对之事。

1998年12月28日
亳州

上午在鹿邑老子研究会与副会长（亦为

鹿邑县博物馆馆长）孙先生、新华社记者张伟、王府饭店张少华等人商讨关于老子图书事宜，县文化局的两位局长也一同与会。据告，有关太清宫外围的唐、宋、金古碑已由文物局拨款20万元修复，去年发掘的西周晚期墓出土千余件大小文物，将于明年到上博办展。

下午讨论，自由发言。我看了老子事迹讨论稿与出版图册提要，唯有关碑志应列入并着手拓片。晚饭前我为"老子博物馆"题写匾额，又为北京二张以及当地孙馆长等人写字若干。

1998年12月29日
亳州

上午由亳州前往鹿邑，继续讨论出版老子画册之事。大家补充一些意见，最后将材料打印成册，俟看后再交文物出版社苏士澍过目。

与冯鹏生通话，据告他的《中国木版水印概说》正在排校，春节后可望出版。

1999年

1999年1月10日
沈阳—温州

上午与杨人瑞同机飞往温州，两个小时后平安降落。温州机场与开发区同属于龙湾，这里距主城区不远，处处高楼林立，杨人瑞他们的红楼艺廊公司即在开发区内。温州第一次来，觉得近似珠海。

11时在红楼艺廊接受《温州日报》记者采访、拍照。

1999年1月12日
温州

昨日还是艳阳高照，今天则变成了小雨夹雪的天气，但游览雁荡山的计划不变。

上午游览雁荡山。此地以山水奇秀闻名古今中外，尤其今日雨雪天气游览，景色更是赏心悦目，妙不可言。山上白雪皑皑，山下雪落即化。大龙湫高度190多米，比贵州黄果树瀑布落差还大（唯宽度不及）。灵峰景物特佳，周围奇峰环立，确为修心养性之胜地也。

明天"红楼艺廊名家书画展"开幕，当地新闻已有报道。

1999年1月13日
温州—沈阳

上午9时过举行"红楼艺廊名家书画展"开幕仪式，厉育平、孙乐平二位总经理出席，也有其他单位部分领导到场。

下午2时到温州师范学院美术系与师生座谈。与会者提问，由我作答。交流一个小时之后驱车奔机场，与孙乐平、杨人瑞话别，登上下午5时起飞的飞机，晚上7时40分到家。

晚8时左右，尹吉男打来电话，告知中央电视台采访组已经到沈，住在鲁迅美术学院，约定明日上午家中面议日程安排。刘建龙明晨由京返沈。

1999年1月19日—20日
沈阳—北京—吉隆坡

新加坡蔡斯民到沈，宋雨桂从北京打来电话让其夫人接待。19日晚上，宋夫人在东来顺请吃火锅，我与宋惠民、韦尔申、李树基、吴云华等人参加。

20日晨7时过到达北京后即去人民大会堂宾馆，与尚未返回台北的丁中江见面。

中午赶到机场，乘上飞往马来西亚的飞机，中途经停厦门，晚9时过降落至吉隆坡。

我们住在张鸣、黄继东家，给家里挂个电话报声平安。又分别与新加坡林秀香、余国郎通话一次。

此行主要是为王成画展而来。

1999年1月21日

吉隆坡

今天再次与林秀香通话，约定何时、何人来接往新加坡之事。

马来西亚加影投资公司蔡先生与张鸣关系不错，我们应约到他家走访。

晚饭后去《星洲日报》记者刘津降家。小刘20多岁，曾为槟城任雨农写过专题报道。他对当今中国艺术状况颇为了解，自己也能刻印。其父虽已退休，但对中国情感念念不忘，喜欢收藏中国文物，特别是对毛泽东像章情有独钟。

1999年1月22日—23日

吉隆坡—马六甲—新山—吉隆坡

22日上午租了一辆面包车赴马六甲游览。几年前来过此地，变化些许。参观了葡萄牙古堡，郑和井未见到，博物馆关门装修，倒是观音庙香火甚旺。

22日下午去与新加坡隔海相望的新山。这个城市由分散的花园街区组成，人口不多，车辆不少。据告此地商业发达，走私、黑社会亦很猖獗。

22日晚在一位拿督家过夜。拿督夫妇年龄不大，相当富裕，他们与张鸣的交谊深厚。

1999年1月24日—25日

吉隆坡—新山

24日上午去中央艺术学院，与新任院长陆植华晤面。郑浩千学生庄文辉将郑的名片给我，告知郑的电话号码，随即与之通话，惜时间太紧，无法相见。之后赶往马来西亚艺术学院，钟正山院长外出未归，留下字条以示问候。

24日下午参观双子星塔、独立广场、国家皇宫、黄金海岸等吉隆坡著名景点，游客很多，表面看旅游市场仍很红火。

25日下午，我们乘上4时30分前往新山的汽车，结果误至6时始行。一车之人大多不懂华语，无法沟通，幸好有一位老年律师代为翻译，还代付面款，真情可感。

25日深夜之时抵达新山，聚雅庄胡智雯开车来接，在其画廊住下。据告，王成画展消息已发，展览横额两幅已经悬挂。

1999年1月26日

新山—新加坡

下午2时，"王成中国画展"在新山聚雅庄画廊正式开幕，出席者不少。刘津降的友人黄先生由新加坡专程赶来，赠送花篮以贺，我为其题字留念。

从一个上午直至下午离开之前，我在聚雅庄为当地各界人士看画题字不少，所写大字、小字、横额、条幅皆有。

与各方电话联系。张美寅外出不在，吴在炎家电话没有打通，沈诗云接到电话后与许丹阳晚9时同来；11时离去。

1999年1月27日
新加坡

上午到诗云家逗留片刻。她父亲已81岁，仍潜心书法艺术。

中饭后前往定庐拜访吴在炎夫妇。吴老今年88岁，约好2001年为其90岁生日祝寿。"三一指画会"20周年画册已经印发，我为之题高其佩指画诗刊于册前。吴老送我画册数本，回去转赠他人。

晚6时过，林秀香将刘抗夫妇请来共聚晚餐。刘抗、潘受、吴在炎皆88岁，但刘老精力充沛，状态最佳，相对来说潘老身体较差。刘老有意到东北走走，秀香建议他今年3月后与文物局林长鑫局长同往沈阳，届时辽博、鲁美、沈阳故宫、辽宁画院一并看看。

1999年1月28日
新加坡

今天国家文物局林长鑫局长邀约午餐，请刘抗、郭勤逊（亚洲文明博物馆馆长）、陈家紫、林秀香作陪。林局长计划和美术馆郭建超馆长以及刘抗今年3月底赴沈阳走访，届时将赝品展所有事宜一一落实。

下午去参观新加坡创价学会主办的"刘抗八十八岁油画特展"，由刘本人亲自解说。此地展览结束之后，作品将移至东京继续展出。展厅外有几张风景照片，是创价学会总会长池田大作所摄，殊佳。我曾在东京与其见过面，彼此有信来往。

电话得知潘老严重感冒，特携带鲜花前往探望。不好久留，问候之后请他康健之时为《谢稚柳纪念集》、辽博50周年题词，为篆刻肖像印的李树彤写上两字。潘老表示病好了就动笔，我留下字条告辞。

1999年1月29日
新加坡—香港—深圳

上午随沈诗云去与张骐牧、戴丽云夫妇见面。据告常州分厂管理上出现问题，张已派新加坡人前往整顿，但收效仍不理想。如果真的在沈开厂，必须先赴沈考察，且用人至为关键。之后到余国郎处取走晏少翔画两幅，赠予诗云一张，另一张则由诗云转送丽云。

在酒店等到上午11时，宣和文物俞精忠仍然未到，只好留条而去，在中午12时前赶到了机场。我请送站的诗云回去后与余国郎联系，代为保管我存他处的字画，其中有与宋雨桂、许勇合作之作品。

飞机正点起飞，下午4时半降落至新建的香港国际机场。之后转赴深圳，6时过到五洲宾馆，入住后即与小健和王鹏通话。

1999年1月30日
深圳

上午常万义来接我和王琦去参观他新租的房子，满屋皆是明式家具。

下午先是在宾馆房间接待江西张鑫等人来访，他们携带一批书画求鉴。之后前往拍卖公司观看拍品预展，书画400多件，大都还算可以。这是此地开放以来第一次大型拍卖活动，各地来人不少。

晚上与小健、王琦在房间谈江江学习之事，我意见是若考不上华南理工研究生，那就考托福去美国读书。

晚11时，与刘忠德就拍卖公司的职能、责任彼此坦诚交换了意见。

1999年1月31日
深圳

早上与吴悦石、香港陈先生等人一起用餐之时见到了美国崔如琢。荣宝斋孙日晓也住在五洲宾馆，他是宋文治的入门弟子，据告明天将前往香港举办画展。荣宝斋香港公司小雷来此竞拍，相互打了招呼。

上午10时，书画开始拍卖。现场举牌者不太踊跃，共计400多件作品，全天只拍出50%，成交总价估算也就600万元左右。此地有钱人虽多，但热爱艺术品投资者远不如京沪广众。慢慢来，也许通过不间断的拍卖活动，人们对艺术价值的评判会有所改观的。

1999年4月19日—20日
沈阳—北京

19日上午9时，林声夫妇来舍，我将许勇画册面交，林随即离开去看辽宁画院画展。

19日上午10时，李勤学、王春雨来舍商谈出版我的书法集之事，庄廷伟亦与苗捷同来。家里待客，一起午餐，并为苗、隋（苗之副手）写字。据苗告知，其乃苗宝泰之孙女，北京师范大学中文系毕业，现做企业，夫君为上海人。

19日晚上8时，马学鹏来接同往火车站，乘54次列车离沈。

20日晨7时20分抵达北京，冯其庸和其年轻友人李经国以及石长厚之子在车站出口迎候。先到美术馆附近的工商联宾馆办理入住手续，之后与冯其庸、李经国去中国嘉德看顾氏过云楼所藏明清名贤书札。再之后与安徽合肥来的几位朋友共进午餐，饭后直往通州张家湾冯之别墅看看，整个建筑颇有新意。

20日下午4时回到宾馆，与杨人瑞以及中商盛佳书画部的杨武见面。将刘津降托付之近现代书画照片全部面交杨武，请中商盛佳将刘氏藏品安排在春季会上拍卖。原本计划交由中国嘉德予以拍卖，但中国嘉德春季拍卖会今天已经开始，无法受理，故只好改交中商盛佳了。

1999年4月21日
北京

上午10时半，出席"石长厚山水画展"在中国美术馆西厅举行的开幕仪式。

1999年4月24日
扬州

中饭后在西园大酒店院内散步一圈。这里原是乾隆行宫花园，现在是琼花盛开时节，绣球花也正在开放，千载难遇，不禁喜形于色，于是乎我们在花树前频频拍照，留住瞬间。

下午3时半到瘦西湖游览。游人如织，细雨反而更增添了人们欣赏美景的兴致。经过整修的瘦西湖已经面貌有变，这里的琼花很美，不过不如西园大酒店中那棵高大繁茂。历史传闻隋炀帝曾三下扬州，但从未见过琼花，看来还是时间不对。

1999年4月25日
扬州—宜兴—无锡

早饭后与顾景舟弟子徐汉棠夫妇、子媳见面。参观了徐汉棠陶艺厂（规模可观），在其工作室画了两把壶，题了几幅字，以此留作纪念。

下午2时后离开宜兴，3时过抵达无锡著名景点灵山大佛，与负责人梁居士、杨先生见面。灵山大佛以4年时间建成，通高88米，

江苏宜兴徐汉棠陶艺厂画壶
杨仁恺　冯其庸　徐汉棠

重量300余吨。整座庙宇规模甚大，需要走220多级台阶才能到达大佛足下。据告游客平均每天7000余人，多时过万。赵朴老对大佛建造鼎力支持，落成之日亲自来此开光。我与宽堂皆认为此旅游胜地前景广阔，未来大有希望。

1999年4月27日
苏州

早饭后冯其庸稍感腰痛，同时心脏也有点不舒服，他在床上躺了一会儿后觉得好了许多。蒋风白女婿开车来接，我与冯先生同往其家看画。蒋氏藏品中陆治、陈道复、董其昌、石涛、八大诸作尚佳。石涛所题鹰隼一帧，细看风格近四明吕纪。八大所画《枯柳八哥图》立轴，印章款，原为屏幅，后分散为单条，应属真品。其余现代诸家之作，

苏州蒋风白家
杨仁恺　陈志衡　蒋风白　冯其庸

未见精品。

　　午后与钱金泉、王卫东（经理）、王爱民、李先生（乡政府派来的）同往木渎游览。看天平山、灵岩山、古松园等处景观，之后去望湖宾馆从高处远望太湖，最后在湖边水上餐厅晚饭，吃鲜鱼饭，颇有滋味。

　　在钱金泉画室为之题字多帧，亦为同行人书写若干字条。

　　晚上与住在北京和平宾馆的日本高岛义彦通话；又与家中通话，告知日程。

　　看了宽堂山水人物近作，很有新意，裱工亦佳。

1999年4月28日
苏州—上海—北京

　　上午同往翻译家陈志衡家，看其所藏书画。明清画作不佳，吴昌硕书札、丰子恺一件尚可，海上三任无代表之作。总体说来，数量虽多，精品少见。

　　午饭后夏老师返回无锡老家小住几天，我与宽堂、郭延奎则由王卫东驾车送至上海虹桥机场。王运天先于我们在机场等候，他将王蘧常多年前为我撰写的书法序言印本给我，没有多聊，各道珍重分手。与王卫东、王爱民握手而别，旋即办理登机手续。

1999年4月29日
北京

　　上午8时半到文物出版社，与苏士澍交谈"日本二玄社中国法书名画复制品展"以及明年日本举办第四届国际书法讨论会事宜。

　　上午9时30分到国家文物局会议室，出席"二玄社中国法书名画复制品展"新闻发布会。发布会时间不长，主要由杨新介绍这个展览在故宫的筹办过程。会议结束，我到四楼去见侯菊坤处长，与之商定《中国书画》修订本最终交稿日期以及通稿事宜。此前侯处长曾表示，全部作者交稿后再由国家文物局邀请几位专家聚在一起研讨一次，此次改口不拟召集了。我则以为商讨之后再最终定稿很有必要，如果国家文物局不拨资金，可从作者稿酬中抽出这笔经费。侯处长随即表示同意。

　　中午苏士澍邀与渡边等日方人士共餐，我则回御园接待冯鹏生，与之边吃边谈。

　　下午3时，冯其庸、郭延奎同来，苏士澍

亦至，冯想买法书名画复制品，请苏牵线搭桥，设法优惠。

晚上冯鹏生、宋晓清携来李方膺、张照、吴镇作品求鉴，吴画旧伪，其他真而佳。

1999年4月30日
北京

上午前往故宫出席"二玄社中国法书名画复制品展"开幕仪式。先去与单国强见面，与其谈《中国书画》修订本交稿时间以及最后通稿之事。单表态6月底前交稿没有问题，只是担心杨新工作繁忙无法按时完成。我已与国家文物局侯处长交换过意见，请其作为工作任务，负责催促杨新按时交稿，否则换人执笔。

上午10时过，在绘画馆举行"日本二玄社中国法书名画复制品展"开幕仪式，我和启功、徐邦达、宋木文（新闻出版署原署长）、任继愈（国家图书馆馆长）、马自树（国家文物局副局长）、渡边隆男（二玄社社长）、杨新（故宫博物院副院长）等人在主席座上就位。先是二玄社渡边社长致词，之后故宫朱诚如副院长讲话，再之后入内参观。在展室中遇见朱家溍、王世襄夫妇、杨伯达、史树青、张中行等人，相互问候。罗福颐之子随祖主动和我打招呼，他是许礼平朋友，年轻精干，彼此简单交谈了罗继祖的有关情况。

中午12时半，与冯其庸等同到和平宾馆出席故宫与二玄社举办的酒会，参加者总计

北京故宫绘画馆展厅
王世襄　张中行　杨仁恺　杨新

百人左右。先是故宫朱诚如、二玄社渡边隆男代表主办方发表讲话，然后宣布让我致词。事先毫无准备，勉强上台说了几句，最后请来宾干杯，预祝展览圆满成功！

1999年5月24日
鹿邑

上午"老子学术思想研讨会"正式开始。县里的书记、馆长致词，欢迎各地、各界人士。接着台湾来的丁先生、杨先生、胡先生、李先生诸人发言，北京来的92岁秦老先生（发酵专家）声如洪钟。我让王成将程与天原拓老子《道德经》刻印一件当场赠送给鹿邑县。

1999年5月25日
鹿邑

上午9时继续开会。先是给我与台湾胡先生、杨先生以及北京秦先生颁发"鹿邑老子故里文化研究会"名誉副会长证书，接着大会专题发言。杨汝舟谈道教起源，胡先生讲道家与保健，老子文化研究会会长介绍鹿邑历史以及安徽涡阳与河南鹿邑两个老子故里争论情况，看来太清宫镇为老子出生地已无异议。原计划大会发言的人还有不少，时间不够，只好作罢。

1999年5月26日
鹿邑—郑州

上午8时宣布会议结束，搞了一个简短的闭幕仪式，之后与各地学者一一告别。

上午10时左右乘车前往郑州，途中阻塞，被迫绕道而行。中午在一个小镇午餐，吃了一碗面条。下午3时50分抵达郑州未来大酒店，先到之臧建德先生为我们办理了入住手续。

打电话给刘东旭，手机一直未接通。又给河南美术出版社张同标打电话，随即送来我的新书《杨仁恺书画鉴定集》一包。自留两本带回沈阳，其余样书签名赠送与张同来者以及王成各一册。

已电河南博物院，约好明日上午前去参观。

1999年5月27日
郑州

上午8时半，臧建德将我们送至河南博物院。先与书记、副院长见面，之后由办公室王主任和保管部阮女士陪同参观。整体建筑布局不错，展室陈列设计可观。历史展室从新石器时代到夏、商、周、秦、汉、隋、唐、宋、明、清各代文物都有，陶、瓷、铜、玉等各有专室陈列，展出的考古文物皆为中原文化精华，非常值得再看。河南博物院去年落成开放，我第一次来，印象不错。

1999年6月19日
沈阳—西安

应陕西省文史馆杨才玉馆长之邀，我与刘建龙同抵西安。

与石鲁夫人闵力生通话。又分别打电话给张宣、高峡、王西京诸人，皆未打通。

晚间陕西省文史馆办公室王天荣主任陪游西安夜景，钟楼、鼓楼古香古色，确实值得一看。

与王主任商定，以鉴定陕西省文史馆馆藏400多件明清及近现代书画为第一要务，若时间充裕，就请安排参观一下兵马俑博物馆、历史博物馆、扶风法门寺，计划下周五前返回沈阳。

秦俑博物馆院内

杨才玉　杨仁恺　袁仲一　刘建龙

1999年6月20日

西安

上午9时，与杨才玉、王天荣驱车前往临潼秦俑博物馆参观，袁仲一馆长亲自出面接待。袁馆长曾是王修同志旧属，现年67岁，有着20多年的秦俑发掘经验，已然成为这方面的专家。其不仅考古专业，文献也熟，他的讲解、介绍让我们着实受益匪浅。据袁告知，秦俑博物馆去年门票收入8000多万元，今后每年可望继续增长。总体感觉，秦俑博物馆设施配备、环境建设都搞得不错。

下午到陕西省文史馆鉴定馆藏书画，所见佳作不多。其中有一幅所谓谢时臣山水轴，已破烂不堪，他们想找北京故宫修复，据告北京故宫的修复费要8万元，此非原作，8万元可以买一幅真品矣。

晚上去拜见石鲁夫人闵力生，其女儿石丹也在，就何香凝美术馆有意举办石鲁画展一事与其商谈。她们认为深圳保险费用过高，又觉得无柜架陈列很不安全（其实许多展览都是这样，并没有失窃事件发生），提议还是到上海办展为好。我答应与上博联系此事。在她家看了人民美术出版社出版的八开本《石鲁画集》，作品选得还算可以，印刷质量差了一些。

1999年6月21日

西安

上午到陕西省文史馆继续看画。藏品中有一幅于右任为东北流亡青年组建一个学校筹集经费而举办的书画展提供的《钟进士图》，自题"钟进士"三字，署"于右任"款，他们一直不敢定为真迹。我则依据九一八事变后东北学生流亡西安、国内文艺界为之筹备救济基金的事实，认为应属于氏手笔。再就是张聿光、张善孖等16家花卉卷，当系与于氏《钟进士图》为同一时期之作。还见有一幅于氏篆书，亦属真迹。

下午到陕西历史博物馆参观，周天游馆长热情接待。先到地下室库房看章怀太子墓壁画，感觉似与20年前有点变化。之后看历史展室一、二、三厅，文物依时间顺序陈列，整体设计比不上豫博合理，更不如上博精美。建筑外形为唐朝式样，尚佳。杨才玉主持之民间收藏展在此馆举办，展品颇为丰富多彩。

杨仁恺　张宣

1999年6月22日
西安

上午参观西安碑林博物馆，馆长高峡去汉中开会了，由陈书记负责接待。此地原为孔庙，起初碑林博与历史博同设置于此，数年前历史博新馆建成，这个地方皆归了碑林博。原碑均未移动，只是为保护需要增加了玻璃罩，部分雕刻正在修整之中。

下午到陕西省文史馆过眼于右任书法之作，诚乃大家，真、草、隶、篆均有，皆佳，他处很难目睹。我为于老字卷题引首和跋，临时抱佛脚。又为陕西省文史馆和收藏杂志社两个单位各写4尺一张。

晚间去西北大学与张宣夫妇见面。张小我一岁，虽一生坎坷，身体尚健。儿女四人均已成人，夫妇二人正在享受幸福晚年。张

宣正在撰写自传，其将两本打印稿送我，回去当认真拜读。

1999年6月23日
西安

早餐后驱车赴扶风参观法门寺博物馆，看过之后觉得此馆陈列比陕西历史博好上许多。馆长韩金科特别热情，送我书籍若干，我则为馆里写字一幅回赠。

下午在西安人民大厦房间接受杨才玉馆长和收藏杂志社两位编辑采访。他们看过中央电视台《东方之子》节目，准备得很充分，问的问题很多，我就《国宝沉浮录》中的历史情节谈了不少。

1999年6月24日
西安—沈阳

上午由杨才玉陪同去收藏杂志社走访交流。此杂志社为杨一手创办，现有员工20多人。《收藏》为月刊，每月发行8万多册。杨本人对《收藏》极有热心，拟改为全彩版，且有远期规划，长此以往，将来可能会成为同类杂志中的翘楚、国家重点期刊。

中饭后前往咸阳博物馆参观。此博由明朝文庙改建而成，展品以汉俑为主。一小时后离开咸阳博直奔机场，下午5时半飞离西安，晚8时回到沈阳家中。

1999年9月20日—21日
沈阳—北京

20日晚，沈阳市政协在迎宾馆举行联欢会，应邀到场时见到市委书记徐文才，彼此寒暄几句后入席，与王盛烈及沈阳书画院诸人同座。先是徐文才讲话，待宣布文艺演出开始之后我赶紧离开，因为晚上8时半郭延奎来家里接我，我要去北站乘车前往北京。

21日晨7时半抵京，刘建龙、杨武和李经国站台迎接，新加坡俞精忠和北京画院赵志田夫人王女士在火车站出口处等候。同去法国大使馆，递交材料，很快办完了签证手续。

21日上午10时过，乘杨武所开之车去通州冯宽堂别墅，送上新出版的《国宝沉浮录》（增订本）和《谢稚柳纪念集》各一册，冯则将最新问世的散文集送我一本。

1999年9月22日
北京

今早北京画院赵志田驾车来接同往颐和园，由东南门进入，沿昆明湖步行游园半圈。很多年前曾来过此地，今日重游不免引起一些回忆。颐和园已整修一新，但游人并不很多，颇为安静。我与赵志田、俞精忠夫妇在湖边边走边聊，中间休息两次。

下午4时，赵志田夫人王女士驾车来接我到通州他们的居所看看。几个画家在此合租了10多亩地，每个画家按照自己的心愿在这块土地上修建了房屋，房子造型各异，空地种植蔬菜。画家们平日在各自房中居住作画，闲暇之时则聚会交流，这里简直就是一个画家村了。画家中有位刘先生，50多岁，中央民族大学毕业，是秦仲文、吴镜汀的学生，无论是字还是画，风格独具。

1999年9月23日
北京

屈兆田一大早就来到宾馆，与之先到通州冯其庸家，接上宽堂夫妇后同往其公司参观。

屈氏收藏奇石，既属商业行为，又是个人爱好。公司占地面积很大，各种石头无数，芳草地上和库房之中存放极多，待广西石头运到，即可优中选优，之后加上底座陈列摆放。所收石头中的化石颇为珍贵，部分化石之中存有蜘蛛、小龟、蜻蜓等物，这些化石大都是从辽西搜集得来的。公司别名"万石山庄"，取其藏石甚多之意。我为公司题字，宽堂也写字两条。

晚9时与冯鹏生回宾馆同俞精忠商谈宋吟可画展之事，如何具体操办，待由巴黎回来后再议。

1999年9月24日
北京—巴黎

今日中秋节。

早起与在大连养病的杨武通话，嘱咐他

年轻人一定要注意身体，并告知我们即将离京飞往巴黎。

赵志田夫人王女士将我们送至机场。在机场偶遇西安画院院长王西京率领该院10人组团同机前往巴黎，他们计划参观游览10天，有可能届时我们一同回国。

所乘飞机为波音707，下午1时半起飞，8000多公里飞了10个小时（一直是白天，因为地球往东转，我们向西行），终于降落在戴高乐机场。吕高驾车来接，之后在巴黎郊区一家旅店住下。这里距吕高家较近，便于交往。

晚上吕高夫妇宴请于一家粤菜馆。正是中国中秋之夜、天中月圆之时，这里生意兴隆，食客兴高采烈，看来海外华侨仍然注重中国人自己的节日。

1999年9月25日
巴黎

上午驱车到巴黎市内，与先行到此的李树基夫妇见面。李树基、许丹阳由新加坡来欧洲已有一个月，意大利、德国、比利时、荷兰已经考察完毕，此前又在卢浮宫看画四五天，眼界为之大开。

午前我们出去在文艺城附近游览观光一个小时，总体感觉，巴黎文化底蕴确实深厚，城市虽面貌老旧，然魅力丝毫不减。中午在李树基临时的家用餐，所食之物都是许丹阳亲自下厨置备。共餐者有住比利时的国画家上海人管伟骏（与刘楠很熟），还有一位安徽

巴黎卢浮宫
林秀香　许丹阳　杨仁恺　李树基　吕高

的青年油画家（现在文艺城居住）。

下午，我们从卢浮宫的后门沿巴黎中轴线徒步前行，一路上御花园、贝聿铭所建玻璃金字塔、拿破仑的凯旋门……尽收眼底。香榭丽舍大道街面特宽，商店林立，据说世界著名服装店、香水店都集中于此。我们在巴黎街头漫步一个下午，比我上次匆匆一游印象深了许多。

1999年9月26日
巴黎

上午9时，吕高驾车来接我到他家里去看藏品，俞精忠夫妇则去卢浮宫参观展览。

吕先生今年3月来沈曾到过我家，我介绍各方面友人与其结识，并为他的书法卷题跋。当时他还出示了几张藏品照片，由于拍照效

果不佳，未给鉴定意见。今日来其家目睹原件，真伪立判。

明徐渭晚年所绘之《荷花鸳鸯图》，水墨写意，上有七绝，单款，下钤两印。上面的白文"文长左指"一印极为重要，结合此图用笔一并考察，充分证实徐氏于七十一二岁时确实病臂，以左手书画，此乃新的发现！又吴小仙《伐木归读图》，绢本中堂，单款，为早年之作，值得珍视。清邹一桂《为渔翁六十华诞画寿桃花鸟图》、费丹旭《佛像》《百鹿图》《山水楼阁图》、仇英《韩熙载夜宴图》（残），虽不真，但均是高手之笔，为后人加款者。总之，吕高有一定书画鉴定水平，其眼力与思维确实与众不同。他要拜我为师，我劝他学习古人，在国外多看作品。

李树基、许丹阳夫妇来吕高家，我们共进晚餐。

1999年9月27日
巴黎

上午到李树基住处等其新加坡朋友潘凤联系市内一家旅馆。中午在李家吃饭，对门而居的新加坡画家张金隆也过来一同进餐。

下午5时后搬到新址入住，三人同室，颇不方便。

晚6时半，俞精忠朋友、合作伙伴约·渣打先生从400公里之外的南特驾车来会，共聚晚餐。

晚饭后去巴黎圣心堂游览。这个地方是巴黎的最高点，在此可望巴黎全景。圣心堂建于18世纪末，是为纪念普法战争而建，如今则成了画家们为旅客作画之所，肖像、静物、风景、油画、速写、素描，画家集中于此，各有摊位，不像他国只是选择街头展示艺术。圣心堂是游动画家的生活基地，他们大都是将自己的作品悬挂出来作为招牌，有的主动揽客，有的则静心等待，一旦游客需要，他们便欣然拿起画笔。

1999年9月28日
巴黎—南特

上午去几位画家家中拜访，因为渣打要约请他们创作作品。这几位画家与圣心堂艺人有所不同，他们有自己的画室，也有一定的社会身份。所见几位男女画家，有写实派和前卫派之分，但大都是兼而画之，以色彩造型显现功夫与个性。

中午去见许荣初介绍的梁氏姊弟。他们出生于上海，抗战中迁昆明，再移至重庆。其父造纸专业出身，曾在夹江办有造纸厂，后赴法国勤工俭学读书。我把荣初所写之信和一小包携带之物面交，同时将许去西藏考察以及明年到美国办展之事一并告知。他们嘱托代好，并诚意邀请由南特回巴黎后一起吃饭。

离开巴黎驱车前往南特，400公里公路皆为高速，两地之间往来车辆不多。一路之上，树木多见，城镇少有。在太阳落下之前，我们到达了目的地南特。

1999年9月29日
南特

上午9时过，渣打先生如约驾车来接我与俞精忠夫妇。虽然天降小雨，但我们仍照原计划前往大西洋海岸游览。去时走高速公路，放眼望去，一马平川，没有景色可观。回时另走一道，所见房屋很有特色，尤其是海边别墅，以黄色为主调，建筑造型各异，十分养眼。

晚上在一家老酒店吃法国大餐，自有特色。不过法国人好像没有时间概念，渣打太太和一位女服务员交谈起来收不住话语，渣打先生讲话也是滔滔不绝没有中断之意，如果不是我提议结束，可能午夜也无法散席。

今天为吕高书画集所作序言已经完稿，请俞先生过目。

1999年9月30日
南特—巴黎

上午先去南特城堡游览。这是个15世纪建筑，内部陈列有几百件实物，讲述的是南特历史。马来西亚马六甲也有一个类似城堡，亦建筑于15世纪左右，但规模比这个大了很多。

之后参观南特美术馆。此馆建得不错，展室两层，油画大小数百件交错悬挂，时代从15世纪到19世纪皆有。虽然著名画家之作不多，但画作大都保存完好，尤其是画框极为精美。据告，这里的所有作品都是由五位藏家捐赠的，详情不明。

中午在美术馆开设的餐厅用餐。饭后渣打先生送我们到车站，乘上3时20分回巴黎的火车。来时汽车开了6个小时，回去乘火车只用了2个小时多一点的时间。

到巴黎即与吕高通话，得知其已电话我家，朱杰、乐愕玛给他打过电话。我即与乐愕玛通话，约好明天晚上见面；给朱杰打电话，他说早晚才能通话。

1999年10月1日
巴黎

今天是我84周岁生日，俞精忠夫妇说为了给我祝寿决定前往莫奈故居以及凡尔赛宫一游。

位于诺曼底勒阿弗尔的莫奈故居分花园和水园两个部分，这里绿树成荫，百卉竞放，来此参观者络绎不绝，不可计数。我曾到过国内外许多画家故居游览，当以此处为最。

在美好的景色中漫步，让我们忘却了时间。下午3时过才离开莫奈故居，急匆匆奔向凡尔赛宫，抵达时已是5时左右，游客禁入，我们只能望门兴叹。好在可以游览的御花园极为壮观，气魄雄伟，雕刻整齐排列，诚然艺术集中之所，虽未进入宫内参观，然也不虚此行。

在粤雅饭店晚餐后返回旅馆，时间为深

夜11时，而乐愕玛已在此等候许久，深以为歉。进入房间，乐愕玛放映明清书画幻灯片请我过眼，没有一件珍品。我们约好，明日上午前去家里打扰，之后同去卢浮宫参观，下午2时到东方艺术博物馆看美国私人收藏的中国古代画展，在那里与俞精忠夫妇、吕高碰面。

1999年10月2日
巴黎

上午9时，乐愕玛丈夫来接，抵达后才发现原来她家也在艺术城，和李树基住所为同一个地方。乐愕玛正忙于撰写博士论文，10月上旬将飞往中国北京、杭州、苏州，计划20日后到沈阳看我，我表示欢迎。

与乐愕玛及其先生同去卢浮宫参观文艺复兴前后名家之作，洋洋大观，皆是珍品。观众不少，世界各地皆有，有些地方比较拥挤。有教师带着学生来此现场教学，学生团坐在画下地板之上，老师则站立在画前讲解作品。

从卢浮宫出来去大皇宫观看一位宫廷画家的作品展。此人以静物写生闻名，风景人物偶见，善用红色颜料。

中午在东方艺术博物馆附近就餐，饭后与俞精忠、林秀香、吕高会合，之后同入东方艺术博物馆参观中国画展。此展陈列中国清代、民国之作数十件，据说由美国一位藏家提供，作品虽然一般，但大都真迹。虽然

天在下雨，但来此参观的法国人仍然很多，由此看来当地人对世界各国艺术都兴趣颇浓。

晚间在李树基住处吃饺子，其夫妇二人明天去西班牙。

1999年10月3日—4日
巴黎—北京

早点后朱杰来晤。朱杰仍在吉美博物馆打工，他与罗哲文合写的一部关于圆明园著作即将出版，有一篇论文已在《故宫月刊》发表。

我与朱杰、俞精忠夫妇同到吕高家时已近12时，他们都是第一次来吕家。大家一起午餐，边吃边谈，气氛融洽。饭后朱杰和我们告别，托带两信回国交北京故宫朱诚如副院长，约定11月国内再见。

时间尚有，我们乘吕高所开之车先到附近皇家跑马场及古玩店看看。之后前往戴高乐机场，办好手续，飞离巴黎。

4日中午飞机降落北京，刘建龙、杨武机场迎接，同到冯鹏生家吃饭。冯之《中国木版水印概说》一书已由北京大学出版社正式出版。

1999年10月5日—6日
北京—沈阳

中央美院薛永年旅馆相见，转告上博特展及座谈情况。

午饭后同去门头沟三家店冯鹏生家，我

与永年为大家写字不少，杨武、刘建龙各得一纸。乡下的环境真是不错，在这里生活理应长寿。

晚上在郊外一家饭馆吃饭，主食面条。饭后进城先送永年回家，再之后去火车站，冯鹏生等三人一直送我上车后方告别离开。

6日晨抵沈，郭延奎、李和、晓青来接。

1999年10月25日
沈阳—盘锦

明天中国辽河碑林落成典礼，国内外不少来宾出席，我与林声以及庄廷伟夫妇今日应邀来贺。

刘兴泉主任陪同先观碑林牌坊，再看碑林石刻，工程确实宏大，很有气魄，国内少见。

河南美术出版社出版的《杨仁恺书画鉴定集》稿酬和样书刚刚得到，为时已近半年，主要原因是地址搞错，将我的单位辽博误作沈阳故宫了。

1999年10月26日
盘锦

上午10时半，举行中国辽河碑林落成典礼仪式，日本、韩国、新加坡等国以及中国港、澳、台地区都有代表参加。与启功、谢冰岩（已90岁）、金膺显（李东泉陪同翻译）等人相互问候，有的人认识，一时间想不起名字，很多人则是首次见面。

中国辽河碑林落成典礼现场
启功　杨仁恺

中午酒会，我与启功同桌。启是这次盛会的重点保护对象，由苏士澍全权负责照顾。

下午4时笔会，之后林声返回沈阳，我则与诸多前往北京的国内外客人晚上同乘火车离开盘锦。翌日晨7时40分抵京，被"第四届中国书法篆刻电视大赛"会务组接至宾馆住下。

1999年10月27日
北京

上午到中央电视台去见"中国书法篆刻电视大赛"一等奖获得者。年龄最小者5岁，最大者30多岁。浙江有一位获奖者，身高不到一米，其隶书写得确实不错。辽宁、徐州都有3人获得一等奖，台湾、澳门各有一个一等奖，获一等奖者总计16名。中央电视台原副台长洪民生（宁波人）是这个大赛的首倡者。

林秀香打来电话，告知新加坡国家文物局林长鑫局长及其友人陈皇频已经到京。

与吴悦石电话取得联系，他亦到北京。

1999年10月28日
北京

"中国书法篆刻电视大赛获奖作品展"今日上午10时在中国革命博物馆拉开帷幕。盘锦的两位书记赶来参加，由美国归来的沈鹏亦出席了开幕仪式。仪式后观展，所展作品皆为一、二、三等奖之作，总计200余件。

下午与诸位评委到北京故宫去看"故宫博物院五十年入藏文物精品大展"，巧遇美国何惠鉴夫妇、林秀槐（汽车商）、姜斐德以及东京国立博物馆的富田淳和其主任（铃木敬学生），相见甚欢。见到单国强，与之谈《中国书画》修订事宜。

晚上8时，在北京饭店与吴悦石、林长鑫、陈皇频见面，据告赝品展已经批准，交由新加坡美术馆操办。此事我们曾两次发传真给郭建超馆长，皆无回音，林局长表示回去将情况查明。

1999年10月29日
北京

上午屈兆田来接往通州冯其庸家，与蒋风白夫妇在冯家聚会。中饭后到其"万石山庄"观赏奇石。

晚上与张子宁、薛永年、单国强、杨臣彬聚餐，边吃边聊，气氛很好。夜里10时半回到宾馆休息。

1999年10月30日
北京

上午乘杨武所开之车到冯鹏生家。午餐后由杨武联系中央美院版画系青年教师张烨（崇明人），转而通知法国来此的乐愕玛，我们同往鹏生家煮茗聊天。

1999年11月20日
沈阳—大连

晨7时过，台湾谭维中老人派他的学生何孔源来家接我同去大连。这是前几天的约定，原计划林声也去，他刚从北京开会回来，又要开另一个由他主持的会议，身不由己，大连之行的意愿只能选择放弃。

谭维中已经在沈多日，此前我曾两次与其面晤。据告，谭之母亲20多岁守寡，从事女子教育工作，先在哈尔滨，后移至大连，20世纪40年代末到台湾继续办学。谭母七十寿辰、八十寿辰之时，教育界、文化界等许多名家为之题字、绘画以贺，作品共有300多件（我曾在其沈阳寓所见过一部分）。谭有意将之全部整理后交给辽博，沈阳故宫也想接受捐献，最后归于何处，待定。

抵达大连，与张继刚相见。他刚刚获得

大连罗家书房
谭维中　杨仁恺　罗继祖　张继刚

文联颁发的奖状，近几年累计获奖10次有余。继刚创作很下功夫，工笔写意都行，若能长此以往，将来可望有成。

之后张继刚等陪同我们前往罗继祖家拜访。又有好久未见，他仍然一如既往，每天坚持读书写作。

1999年11月22日
大连

上午与谭维中等到滨海路观光。时隔一年，又新增一些艺术雕塑，整个海岸美景不少。最后游览之地为棒棰岛，亦是焕然一新。中午由管总在海边请吃海味。放眼望去，渔舟点点，海景如画。

下午在酒店为大连诸位友人写字。管总携来书画求鉴，其中一张旧画《葛洪移居图》上

有四川刘咸荥等两位先生诗题和跋，说是北宋之作。光线偏暗，看不清楚，不能发表意见。

晚间曲长福宴请大家，张家瑞、张兴君（宋雨桂学生）等人出席，王宏有事最后赶来。

晚8时过，谭先生数日前收的弟子尚先生由北京返回大连来见。此人坦诚热情，交谈甚洽。

1999年11月23日
大连—沈阳

午饭后告别大连友人回沈。

回家见到美国寄来的机票。明天上午当电话馆里，问问美国领事馆签证之事是否已经办好。

1999年12月3日
北京

昨晚乘54次离沈，今晨7时20分抵京，屈兆田和杨武车站迎接。

早饭后同去通州冯其庸家，12时左右共进午餐。

晚间冯鹏生接到家里吃饺子、看藏品。10时前返回住处休息。

1999年12月4日
北京—洛杉矶

上午8时，杨武来崇文门饭店接往机场。

316

9时办理手续，10时45分飞机起飞，日本时间下午3时抵达成田机场。日本时间下午5时换机起飞，一夜之后仍为12月4日，上午8时过到了洛杉矶。劳继雄与上海延安饭店徐金潮之子（昨日由沪抵此）来接，汽车直驶至劳家。

下午钟先生夫妇携傅抱石卷册各一求鉴，皆精；卷后有郭沫若在重庆赖家桥题跋，亦佳。

已分别与沈阳家里、深圳小健通话，通报行程状况。据告小军已给家里打过电话，说孟序已由其弟弟处回到小军那里。

1999年12月5日
洛杉矶

晨起之后，为钟先生所藏郭沫若题七绝之傅抱石《仕女会幽图》卷书"珠联璧合"四字为引首，并在卷后题跋。

上午9时出发，劳继雄安排今日前往迪士尼乐园一游。这个地方很大，继雄为了让我能多处看看，特意租了一辆轮椅车让我乘坐游览，如此不仅减轻疲惫，也免去了排队之苦。我们参观了不少景点，他处难得一见。唯鬼洞不佳，艺术加工亦差，儿童不宜。实事求是评价，他们设计的冒险世界确实可取，思路开阔，国人可借鉴参考。这里游客很多，不可计数，其中一半是来此玩乐的孩子。

由迪士尼乐园回到劳家已近6时，稍作休息即与继雄一家赴张先生夫妇之邀，到小台北钱塘春饭馆晚餐，饭后为张先生看画。张

先生情况与钟先生大同小异，藏品不错，其中陈道复草书诗卷颇佳，有谢稚柳题引首。张先生与上博马承源、汪庆正友好，其所藏书画不少由上博装裱。

1999年12月6日
洛杉矶

上午9时，与劳继雄、徐金潮之子、杨建中（上海人，同济大学毕业，现在洛杉矶开一家建筑材料公司）同去拉斯维加斯。高速公路上汽车行驶了4个小时，翻越了好几座山，所经之地人烟稀少，几无植被，但路面修得很好，来往车辆如织。

拉斯维加斯建在沙漠之上，经过几十年的不懈努力，如今已然成为世界最大的赌城，各国都有赌客来此云集一博。这里堪称是内华达州的一颗明珠，呈现巴黎、罗马、希腊诸特点的建筑随处可见，所有豪华建筑都是赌场与酒店兼营，每个赌场又都各有特色。其中金字塔酒店为近几年所建，以古埃及文明为主题设计，外观是个大金字塔形状，"金字塔"里面有4000多个客房。据公关部祝金明介绍，拉斯维加斯赌场每年都在增加，竞争激烈，但说到底，所有建设费用都取自世界各地的赌客。内华达州总人口200多万，拉斯维拉斯就有100万以上，占去一半之数。因是沙漠地区，地皮便宜，房价较洛城要低许多。

晚7时返回洛城继雄家中吃饭，杨建中餐后告别。继雄朋友廖医生夫妇和一位姓费的

先生来送傅抱石画屏、张大千大幅作品求题，深夜11时过离去。

1999年12月7日
洛杉矶

今天上午为劳继雄和张先生的藏品题字，一个上午题了不少。继雄所藏沈周为华尚古作粗犷高头大卷，气魄极大，诗书画俱佳，国内少见。此卷原是翁同龢幕僚之物，有跋一段，但未知"尚古老"为何人，后经查文徵明《甫田集》，始知是无锡华氏，与沈友好，故作此巨幅以赠。又题解缙《草书饮中八仙歌》数种。

中饭后由费先生驾车赴博物馆。这是近几年建于山顶的一家私人博物馆，主人原为西部石油富绅，生前立下遗嘱建馆保护所藏之物。展品以12—18世纪油画名作为最，莫奈、梵高之作皆有。

晚上在一家香港餐馆吃饭。饭后与家中通话，告知送冯其庸的书由郭延奎月中带去，嘱代寄上海王运天数册。

1999年12月8日
洛杉矶

上午为各家所藏新旧书画题字。

孟友群、小军分别打来电话，又将有关联系人的手机号、座机号传真发来。

午饭后驱车前往好莱坞环球影城参观。

这里的很多表演与迪士尼乐园相似，拍电影的场面倒是比较独特，道具、车辆随处可见。坐游览车沿着山路游览一圈，场地挺大，规模不小。继雄又为我租了一辆轮椅车，老人乘坐轮椅处处享受特殊优待。

明日将飞往纽约，晚间为继雄及其学生写字留念，特撰诗一首赠与继雄夫妇："西到洛城访故人，书斋庭院焕然新。此间风景美如画，海外生涯迈古今。"诗后短题三行。

1999年12月9日
洛杉矶—纽约

所乘飞机上午11时离开洛杉矶，近5个小时后（即当地时间晚上7时）降落在纽约郊区的一个机场。

小军让孟友群来接，不知哪个环节出现问题，下了飞机之后竟然没见其人，也无法电话取得联系，最后只好乘出租车到了朱扬明预订的旅馆住下。是时，我与继雄已经饥肠辘辘，于是赶紧到外面去找吃的，无奈的是这是一条古董街，仅有的一家汉堡包店也已关门，只能饿着肚子回到旅馆。小军、小孟打来电话，得知情况，即刻电话饭馆将晚餐送来。炎昌、八妹也由华盛顿打来电话问候。

朱扬明旅馆来晤，将"中国书画鉴定国际学术研讨会"全部材料面交与我。此次会议纽约大都会艺术博物馆邀请中国大陆8人中有上海李维琨，其为中央美院金维诺研究生，毕业后留校任教，后调任上海书画出版社副总编辑。

杨思胜医生打来电话，明天下午2时派人来接，出席其画展开幕仪式。

1999年12月10日
纽约

上午去纽约大都会艺术博物馆参观了王己千收藏的历代书画之作，重点关注的是董源《溪岸图》轴。

中午自助餐食之时我将河南美术出版社刚刚出版的《杨仁恺书画鉴定集》送方闻一本，其中有一篇针对《纽约客》杂志谬论的文章。餐后到库房看了几件米黄字卷及宋元人无款立轴，再之后与启功回旅馆休息。

下午杨医生派人来接我和继雄，在展场见到王己千和新加坡杜南发夫妇。我和己千、张教授（92岁，金陵大学胡小石得意门生）、杜南发为杨思胜画展剪彩，各自致词以贺。

晚间纽约大都会艺术博物馆正式宴请与会专家，我因赴杨医生所设晚宴而未能参加。席间和张教授、加拿大韩先生交谈，韩先生建议召开红山玉器国际会议。

返回旅馆与翁万戈通话。又给沈阳家里打个电话。

1999年12月11日
纽约

今日"中国书画鉴定国际学术研讨会"

纽约杨思胜画展开幕式剪彩
杨仁恺　张教授　王己千　杜南发　等

全天开会，中国的专家与美国的学者以"中国艺术的真实性"为题对董源《溪岸图》真伪展开讨论。与会者各抒己见，气氛相当活跃，赞成真迹者居多。会上见到班宗华、韦陀、高居翰夫妇、金世海夫妇等多人。

晚餐后回到旅馆，适小军一家正在与劳继雄交谈，于是电话邀请翁万戈、单国霖来房间一起观看继雄所藏沈周赠华尚古山水大卷。翁氏过目之后不禁大声叫好，而国霖则告知刘九庵诸人以为不真，邦达则说此卷佳好。

张子宁来见，说好去华盛顿时由其负责安排接待事宜。

晚11时过，小军、小孟、杨树离去，约好明早再来，一同到长岛孟序的家里去看看，他们三人在此都与沈阳家中文秀电话交谈一番。

1999年12月12日
纽约

劳继雄有意拜见王己千，电话他家联系，约定上午10时前往。

小军一家如约而来，同登己千家门拜访。王氏已经93岁，犹思维敏捷，精力旺盛，很是难得。彼此亲切交谈，心情愉悦，我认为此次会议与展览是对己千艺术人生的盘点总结。己千看了继雄展示的沈周赠华尚古山水大卷，阅后甚喜，同意题于引首，让我想四字告之，我以"精妙绝伦"一词最好，己千当即挥毫写就，其女婿金世海是时在侧。

告别己千，前往长岛孟友群、张晓朋家看看。我第一次来此，房子虽然较继雄洛杉矶居所小了一些，但整个建筑格局以及配置的设备颇为适用。在纽约购得五室一厅的住宅，这也是很不容易的。小军一直没有买房，主要原因是考虑孩子念纽约重点中学还是住在市区方便，而市区又很难买到物美价廉的理想住宅，只好拖延。据说纽约近年房价总体平稳，但渐涨肯定是大势所趋。

1999年12月13日
纽约

今天整天在纽约大都会艺术博物馆库房看其馆藏书画。上午看宋元，下午看明清，所有作品基本上都是顾洛阜、翁万戈诸人之旧藏。据说翁氏只是转让了少部分藏品，还有许多留在家里，尚不知家中所藏将来如何处理。翁万戈正在编写乃高祖翁同龢传记，将其诗集《莱溪诗草》赠我一册。我表示回头将最新出版之作奉上，赠其赐教，翁说可寄天津他哥哥收转，并告知了通信地址。

今天过眼书画没有记录。启功看了半天不到就回旅馆休息了，美国韦陀、中国台湾石守谦及其三个女学生同观。

1999年12月14日
纽约—华盛顿

早上9时，张以国（南开大学本科毕业）陪同乘车前往机场。由于电脑出现故障，原定10时半起飞的飞机延迟了一个小时，抵达华盛顿之时已是下午1时了。启功由于身体原因乘火车而来，反而比我们先到了目的地弗利尔美术馆。此馆我是第四次来，第一次是1981年，转瞬已近20年了。

下午到弗利尔美术馆库房看安思远捐赠的清人书法、王方宇儿子少宇捐赠的乃父所藏八大山人的书画、谢稚柳之女小佩捐赠的吴子建为她父亲刻的百多方图章和谢氏文稿信件等，睹物思人，感慨万千。

晚间弗利尔美术馆馆长设宴招待，香港大学万青力在此见面。

1999年12月15日
华盛顿

一整天都在弗利尔美术馆库房看馆藏宋元书画，藏品以英文记录在案。同观之人不少，其中普林斯顿大学数名女学生都在认真记笔记，单氏兄弟拍照不断，杨新女儿丽丽（中央美院毕业，现在北京故宫书画部工作，此次自费随父来美）边看边记。

中午在弗利尔美术馆总部餐厅吃饭（西餐），饭后随单氏兄弟返回旅馆休息。午餐时遇到上博副馆长顾祥虞妹妹顾祥妹，她裱画水平很高，王己千新购之郭熙山水轴即是由其装裱的。

下午2时到库房继续看画，5时结束。之后同车去华盛顿外围一处富人区之苏泽兰女士家宴集，其以圣诞食品招待我们。

1999年12月16日
华盛顿

早餐后到弗利尔美术馆库房先看书画，有几件孤本，如杨维桢《题邹复雷春消息图》卷、龚开《钟馗嫁妹图》卷、钱舜举《来禽栀子图》卷、赵子昂《双羊图》卷等，皆为佳品。之后观赏古代器物，甚是精好。

下午赴华盛顿国家美术馆（贝聿铭设计的）参观"中国考古成就展"，红山、良渚、仰韶以及商周到战国时期的出土文物皆有，相当精彩。我买图录之时巧遇由纽约赶来的

王己千，他也极有兴趣，彼此同感。

1999年12月17日
华盛顿

早8时半自助早餐，之后与启功、单国强、单国霖、李维琨告别。张子宁来送单氏兄弟飞往纽约，也在房间与其话别并致以谢意。

上午10时过，炎昌和八妹乘杜瑜先生黄供所驾之车旅馆来接。我们中午在附近一家饭店每人吃了一碗面条，饭后驱车前往杜瑜居住之所。一路之上，八妹向我讲述了杜敏患病、去世的经过，我闻之潸然泪下，炎昌则说杜敏到了天堂也就没有了人间烦恼。炎昌与八妹计划明年8月至9月回国内走走，先到重庆扫墓，之后乘游轮看看三峡，再之后参观游览北京（他们从未去过），最后一站到达沈阳。

在杜瑜家见到其两个儿子，一个读高三（与杨树同龄），一个念初二，长得都很健壮。

晚9时过，小军乘飞机自纽约赶来。大家继续交谈，入睡很晚。

1999年12月18日
华盛顿

一觉醒来已是7时半了。

吃过早点，9时之前到了八妹家，我们同车前往凯仁老人中心，参加该中心成立10周年搞的纪念活动，在华盛顿工作的方博士出

华盛顿中国餐馆
杨仁琼　杨仁恺　杜炎昌　杜瑜　黄供父子

面接待我们。上午开大会（由中心各方负责人报告情况），下午教会音乐班表演。下午3时全部活动结束，我们返回八妹住处。

晚上7时，我、小军、八妹、炎昌、杜瑜与黄供及其两个孩子同去马里兰一家中国饭店进餐。

晚10时过，我与小军同往何炳堂家，见到何的老母和妻子。据告何妻已怀孕6个月，此乃喜事，我向他们表示祝贺。

1999年12月19日
华盛顿—纽约

上午8时过汽车上路，直向纽约驶去，下午1时到达皇后区小军家中。孟序、杨树都在，中午同餐。饭后小军因工作去了康州，午夜12时方回到家中。终日忙碌奔波，确实辛苦。

晚上电话八妹、炎昌，告知已到纽约，明年国内再见，互道珍重。又把回到纽约信息电告朱扬明，朱说启功21日离美回国。

1999年12月20日
纽约

上午在小军家休息。

下午到百货商场买了一件羽绒服（身穿之件在日本转机时不慎遗失，成田机场一直没给回复）。此商场衣物种类繁多，规格各异，仔细端详产地，大多是中国制造。由此看来，中国入世以后，汽车等重工业可能会受到冲击，但服装等轻工业肯定会有好的前景。

与王方宇之子少方通话，约好明日下午3时在曼哈顿王氏旧居见面。小军无暇送我，若是少方不能来接，那就选择放弃。

又给朱扬明打电话，询问王己千画展开幕时间，答曰26日，是时我已回国，无法前往出席。

给文秀挂电话，得知沈阳家中无事，晓青、小康周六、周日分别回家。

晚间在小军家吃的是面条，做得还挺有味道。饭后无事，大家一起聊天。

1999年12月21日
纽约

12月20日为澳门回归日，然今天的《世界日报》却没有登载任何消息。

原与王少方约定今天下午3时去他家看其父王方宇遗存书画，不知何故，少方既没来接，也未打来电话解释说明，只能作罢。

晚间到膳坊与孟友群一家吃四川饭菜，所食之物大都川味十足，比较正宗。

朱扬明打来电话，告知明日中午来面交北京至沈阳的机票。纽约大都会艺术博物馆的人办事真是让人难以理解，本来回国后由上海直飞沈阳即可，但所买机票却是从上海飞到北京，再由北京飞回沈阳的。

到书店逛逛，可选图书甚少，只买了一本《张大千传》，书中插图不佳。

1999年12月22日
纽约

中午朱扬明来见，同吃午饭，饭后去见纽约大都会艺术博物馆屈志仁。屈引我们到库房看了几件元朝缂丝，我们就缂丝工艺、定窑瓷器进行了广泛交流。

下午5时，与朱扬明应约前往王己千家，我们以王氏藏品、作品为题谈了近一小时，其女儿王娴歌、女婿金世海在座。

晚上随朱扬明到他家里吃饭。朱夫人是重庆人，现在哥伦比亚大学东方文献图书馆工作。大儿子16岁，身材魁梧，即将高中毕业。小儿子则刚刚2岁。

1999年12月23日
纽约

昨日冬至，据说也是月亮几十年来离地球最近的一天。蓝蓝的天空中圆圆的月亮显得特别耀眼，看上去确实很大。

上午无事，在小军家翻阅报纸。

下午王己千之孙王义强来接前往市郊邓仕勋皇冠饭店与杨新、王连起等共进晚餐，饭后到邓氏别墅看其近四五年购进的书画。邓先生搞收藏起先是专攻傅抱石作品，后经人指点，又开始购进古人之作。其中八大、石涛等人画作大都是从王方宇那儿买的，另外还有一些宋元小品。没想到的是王蒙《涤砚图》如今由其所藏，我1962年在诗堂为方冰题字以及徐邦达的题跋都还在画上。

午夜与家里通话，告知明日回国，待到达上海后再电告行程。

1999年12月24日—25日
纽约—上海

上午8时半，朱扬明开车将我送至肯尼迪机场。小军留家，孟序去医院，杨树随张晓朋一家过圣诞节到郊外滑雪去了。

飞机25日下午3时经停日本东京，晚7时降落至上海浦东机场（此机场刚刚落成，建设规模、设施设备都很超前）。王运天乘世界名人书展组委会所派之车来接，送至华亭宾馆住下。

与赵渤通话，约定明晚见面。据告他与辽宁大学张今声教授已经见面，小滨亦在沪学习。关于他们攻读博士学位一事，现正在进行之中。

给沈阳家里打个电话，告知已到上海，计划12月29日返回沈阳。

1999年12月26日
上海

上午会务组组织与会人员集体到浦东的东方明珠、滨江大道以及浦西外滩等地参观。

晚间小渤应约而来，我与其谈了一些做人、做学问的道理。王运天随后而至，告知上博书画馆出现漏水现象，教训很大，提醒辽博新馆装修时要特别注意。又陈佩秋有意将谢稚柳所藏几件宋元之作捐赠上博，需要我们一起过目研究一下，至于哪天为好，待明日上午同往上博之后再定。

1999年12月27日
上海

上午参加颁奖大会，9时40分结束。

王运天来接往上博，与陈燮君、汪庆正会晤。据告，陈佩秋已向馆方明确表态，谢稚柳手中的宋元之作捐给上博，明清书画留给儿女。上博因此正拟派人到沈阳接我来此鉴别捐赠之物，不期我由美回国抵沪，于是留我多住几天。由上博负责，将美国飞回之机票寄与朱扬明，另购买一张31日上海至沈阳的直飞机票。

中午与陈、汪两位馆长共餐，边吃边谈，所聊话题不少。饭后又去上博书画室看了从海关没收来的谢老夫妇为一家人所作的书画卷册和扇面，共10余件，谢稚柳的居多。

见到汪大伟之弟大刚拍摄的浦东金茂大厦画册，值得一观。

电话家中，告知最新情况。

1999年12月28日
上海—南京—上海

上午由上博派车、运天陪同前往南京博物院。

早晨大雾，高速封路，汽车兜了几圈才走上正路，直至12时过方抵达南京博物院。在门口等待的南博办公室人员将我们引至院侧的一家饭店，与徐湖平院长和南京师大美术学院的两位中年教师以及《江苏画刊》主编在包房中见面。馆方热情招待，我则为迟到致歉。

下午2时，主人陪同参观南博新馆。此馆刚刚落成，堪称江苏标志性文化工程，设有珍宝、玉器、青铜、瓷器、书画、陶艺、漆器等专馆陈列，珍品很多，难得一见。北京故宫南迁文物，除被国民党运往台湾外，余下的几十万件皆归至南博名下，这是历史给予南博的一次极好机遇。南博在陈列上颇下功夫，但比上博稍显不足，设计水平有待提高，柜架光线需要调整，个别文物展示应该增加辅助材料。最值得称道的是展览图册的印制，颇为精好。

参观结束，我与运天当晚驱车回到了上海。

1999年12月29日
上海

上午9时，徐文学来接往上博，与钟银兰、单国霖同观谢稚柳所藏宋元书画。细看原作，同时查阅有关资料，大家一起研究每件作品之后就其真伪与时代争取达成共识。

1. 马远《松下对弈图》。双拼绢轴，无名款和他人题跋，仅谢稚柳题于诗堂定为马远之作。依据不够充分，作为南宋画院马派作品可以，如直呼作者马远则不妥。
2. 王冕《梅竹松石图》。名款题跋皆无，但确属王氏少见珍品。
3. 赵子昂《竹石飞禽图》。单款，有邓文原诗题。邓题似真，子昂款存疑。
4. 盛子昭《山水图》轴。谢早年题为盛氏之笔，当是元人之作。
5. 黄庭坚《行楷仁亭诗卷》。谢有考跋颇详，认定40岁之作，待明天再进一步研究之。

晚间汪庆正宴请于南岭酒家，祝君波、卢辅圣以及上博之单国霖、钟银兰、王运天在座。朵云轩转售辽博、上博数百件珍品。朵云轩明年元月1日修缮后重新开张仪式我就不参加了，待其12月100周年庆典之时再来祝贺。

1999年12月30日
上海

今天继续在上博看谢稚柳所藏宋元之作。

这两天一再将所见书画与有关图片对照比较，发现此公鉴定主要就是依靠比较、分析后得出结论，所以并不管作品有无名款和著录，确实思维缜密、眼力颇锐。但谢氏题马远《松下对弈图》双拼绢轴，人物甚好，松树及地坡则与常见马氏之作略有出入，如肯定为马氏手笔未免过宽。而王冕《梅竹松石图》，谢氏意见无懈可击，此作非元朝王氏莫属，且是王氏传世之精品。至于赵子昂、赵雍、盛子昭三件作品，时代断定无误，然确指作者却觉得宽了一些。北宋黄庭坚《行楷仁亭诗卷》特别值得一提，谢氏题跋精当，无愧一代大家之誉。陈佩秋将这几件宋元作品交与上博，境界极高，值得称道。

给小军传真发不过去，电话也无法打通，于是和朱扬明通话，请他代与小军、孟序联系，转告我已回国情况，同时问问我的书籍是否已经发往沈阳。

1999年12月31日
上海—沈阳

上午由运天、赵渤陪同前往上海浦东新建之金茂大厦参观。此楼美籍法人设计，主楼88层，据说高度亚洲第二、世界第三。内部装饰将现代技术与传统文化完美结合，已然成为浦东的重要景点，东方明珠的游客已被其夺走一半矣。汪大刚在此举办摄影特展，对高楼整体与局部的展示都别具匠心、非同一般。

中午赶到新建的浦东国际机场，发现候机大厅乘客寥寥。传言人们担心"千年虫"作祟，故尽量避免出行。飞机12时半准时起飞，两个半小时左右安全降落至沈阳桃仙机场。

今天起各单位皆已放假，石德武休息时间开车来接，其情可感。

2000年

2000年1月15日
沈阳—宜兴

昨晚应约与林声、宋雨桂、李勤学、初国卿等人聚会，他们商谈为我举办学术讨论会事宜。我没有插话，只是将杜铁厅长的意见转告给大家。结束前为宋雨桂山水画卷长题，回到家中已近午夜12时了。

今早7时起床，忙于为许勇山东画展作品被窃一事请求地方尽快破案。

校完《中国书画鉴定学稿》第四章、第五章，留交刘建龙再看一遍。

为幺喜龙《琵琶行》卷题字，误将"琵琶行"题为"长恨歌"，已告知庄廷伟，改装后再题。

劳继雄由上海来此会晤，甚欢。

2000年1月16日
宜兴

与继雄聊天，他说明天回沪，春节后返美。我们约定7月沈阳见面。

给沈明权打电话，告知明日午前杭州相见。

此次前来宜兴负责接待的是马乐平。去年8月，劳继雄在辽博举办个人画展，马乐平全家来沈参观。

2000年1月19日
义乌

午饭后朱友土派其夫人同车前往历史文化名城金华游览。先参观的是太平天国侍王李世贤府第。庭院、壁画尚存，应予以修缮、保护。之后参观八咏楼。这里原是南朝沈约出任东阳郡太守时吟咏之处，楼高数丈，坐北朝南，面临婺江。八咏楼历年修葺，原状尚存，设有专门保护之所，所长是艾青的侄儿（金华是艾青家乡）。以上两处景点皆在旧城，面貌偏老，了无新意，无法与义乌相提并论。

参观结束，我们驱车回到义乌休息。

2000年1月22日
上虞—杭州

上午在杜金康办公室笔会，沈明权、尉晓榕（中国美院副教授，善人物肖像）作画，我一气写字19张。杜的女儿16岁，画了一张虾蟹图，虽笔法幼稚，但颇为耐看。尉晓榕为之补蟹虾、小鱼并落款，我也在上面题了几句予以鼓励。

午饭后回到杭州，下午在沈明权处为人看画、题字。

在住处与祁茗田通话，约好明日上午8时30分同去浙江省博物馆参观。

给家里打电话，得知姐姐去世，文秀已有电话慰问，至于善后事宜，待明晚回沈之后再议。

2000年1月23日
杭州—沈阳

上午同去浙江省博物馆，曹锦炎副馆长陪同参观了浙博建馆70周年特展。展览以吴越、秦汉、两宋为单元，展品皆为本地的出土文物。展柜大小不一，根据器物定制；文物以有机玻璃为座，竖立陈列，宜于观赏。

晚上明权送我到机场，飞机8时过起飞，10时20分降落沈阳。此行还算顺利，就是近两日因感冒稍有乏力之感。

2000年2月24日
沈阳—新加坡

今天去新加坡，昨晚理当早点休息，实际上迟至午夜才得以入睡，原因是台湾王福荣昨夜9时始下飞机，专程来送彩印版《国宝沉浮录》（增订本）。我一周之后才能回来，而王福荣真情可感，必须接待。所送样书为平装，精装本稍迟可见。据告已经开始销售，面向世界发行。

今晨6时前收拾行李完毕，早点后与顾玉才、马宝杰同去桃仙机场，所乘飞机经厦门飞抵新加坡（展品由刘建敏、刘建龙负责押运，他们的飞机经广州前往狮城，晚我们半小时到达）。新加坡美术馆郭小姐等3人来接，李树基夫妇、王德水、俞精忠也来机场会面，

常万义则在旅馆等候，大家相见甚欢，聊到半夜方才散去。

2000年2月25日
新加坡

此次办展手续繁琐，颇为不顺。今日展览开幕，展品昨日才运至狮城，迫使所有工作人员通宵未眠布陈。

早餐后去新加坡美术馆看看，见我方刘建敏等人与美术馆郭小姐率领的工作团队正在紧张地忙碌着，据告陈列布置可望中午过后完成，晚上7时举行开幕仪式不成问题。闻此信息，我一颗一直悬着的心基本可以放了下来。之后与美术馆郭建超馆长及文物局林长鑫局长会面，再之后接受《新明日报》记者专访40分钟。

中午由郭小姐陪同在附近一家越南饭馆进餐，以素食为主，蔬菜多为生拌，追求原汁原味，许多食物第一次品尝。餐后到附近的一个小型博物馆看看，这是一个由学校改建的展馆，门脸和展室不大，展品多为民间佛教之物，无特殊引人注目之处。

下午2时半再去新加坡美术馆，接受英文报的外国记者采访，就此次展览的内容、意义谈了一个小时左右，之后返回旅馆休息。

晚上7时，"中国古今书画真赝作品展"宣布开幕，出席仪式的中外人士100多人。新加坡美术馆郭建超和辽宁省文化厅副厅长顾玉才讲话，新加坡卫生部政务次长致词。随

新加坡美术馆布展
刘建敏　马宝杰　杨仁恺　顾玉才　刘建龙

后自助晚餐，席间我与那位次长先生、林长鑫局长等人边吃边谈，双方对此次合作基本满意。

晚9时过与李树基夫妇、沈诗云夫妇、常万义等人回旅馆聊天，我请沈诗云代与吴在炎、张美寅、曹瑞兰联系约会见面时间。

2000年2月26日
新加坡

美术馆郭小姐原说上午8时来旅馆研究这几天日程，直到9时仍然未到，去美术馆找她亦未见人影。于是我们决定，今天顾玉才、马宝杰、刘建敏、刘建龙4人自行安排，我去吴在炎、刘抗家拜访两位先生。

林秀香应约而来，我们与常万义话别，将其送走后一起前往吴在炎先生家。正逢午

饭时间，主人以福建食品待客。吴老形瘦，食宿如常，每天居家运动，基本不出大门。今年9月15日，吴老举办"九十寿展"，请我来此为之剪彩。唯此时我要赴东京参加第四届国际书法讨论会，时间上可能冲突，如何调整，届时再说。

下午到刘抗家拜访。得知今年4月18日是刘抗九十寿辰之日，秀香说那就今晚在其新购房内提前为刘老庆祝一下。于是我们同往秀香新宅（既是公司，也是居室）共聚晚餐，应邀出席者还有何家良夫妇、杜南发夫妇以及梁先生夫妇等人。我们为几位年轻收藏家写了不少字，为何家良写得最多。

2000年2月27日
新加坡

中午李树基夫妇及其女儿、女儿的男朋友宴请我们五位，大家边吃边聊，气氛热烈，下午3时结束。饭后他们去牛车水逛街，我则由俞精忠陪同到乌节坊去看新加坡画家画展，观展之后一起晚餐。

晚9时过与俞精忠前往陈贤进、曹瑞兰家，面交沈阳市文联托带的信件。陈先生早年在香港时的一位女同学（与法国外交使节结婚）昨日来此，现住在陈家，大家相见交谈，俞精忠在巴黎开有分店，与之交流话题较多。据告这位女士喜欢书法，学怀素《自叙帖》颇有心得。

2000年2月28日
新加坡

文物局林长鑫局长和美术馆郭建超馆长今日中午宴请我们，席间大家就如何发展文博事业各抒己见。双方共识是北京故宫应该复原展示，不宜举办专题展览。

下午俞精忠、张美寅先后来见，相谈甚欢。张美寅收藏江寒汀作品不少，即将结集出版。张曾7次前往九寨沟和黄山拍摄，认为这两处名胜冬景最美。

2000年2月29日
新加坡

上午乘宣和文物俞精忠所驾之车前往圣淘沙游览。一路之上俞先生为我们介绍当地风土人情、历史文化，抵达后改乘电车绕岛一周观赏岛上风光，再之后进入海底去看各种海中之鱼自由游动。下午3时左右参观结束。

在圣淘沙岛外等候渡船之时我们闲逛这里的商店，顾玉才、马宝杰、刘建敏、刘建龙皆购买了各自所需衣物，据说这里的服装款式新颖，做工很好，价格也比国内便宜一些。

下午5时同到宣和文物，我为俞先生所收昆山画院院长张省所摹《韩熙载夜宴图》局部大屏、青松牡丹仙鹤四屏、锦鸡竹石联屏（均为八尺重彩）题写图名，并跋左宗棠对联一副。

晚6时返回旅馆取书，之后去接陈家紫，

我们一车7人同往吴在炎先生家，何家良、李树基、许丹阳、鲁美一位副院长、孔凡平（鲁美油画系）5位先到，再加上吴家之人，整整两桌，近20人聚会甚是热闹。席间吴老一再邀请我今年9月15日为其"九十大寿画展"剪彩，盛情难却，只能答应，但届时能否践约确实没有把握。

2000年3月1日
新加坡

上午与俞精忠同去一个润滑油公司新加坡总代理谢先生家看其藏品。其中吴昌硕猎碣书屏、康有为七言联、陈文希画作俱真，另有西洋油画数件。

离开谢家到李树基、许丹阳家午餐，饭后返回旅馆。

下午林秀香来见，送还巴英数年前留学保证金5000新元，我则将巴英之信面交秀香，彼此两清。之后秀香陪我兑换了一些新元，出去购买了一些带回国内送人的礼品。

下午6时再次前往李树基家，许丹阳给我们每人换上一件短袖上衣（我的是印尼丝绸花衫），之后大家同往一个俱乐部共享晚餐，吃的是福建饭菜，尽兴而别。

回旅馆收拾行李，准备明日起程返沈。忙碌间沈诗云打来电话，告知准备过来送给小滨一份礼物。我深表谢意，因时间太晚请她不必来了，彼此电话告别。

刘建敏去马来西亚吉隆坡看其在那里学

习的女儿，3月5日返沈，我将曹瑞兰分别写
给沈阳市文联、辽宁美协的两封信交他带回。

2000年3月16日
沈阳—上海

应王运天、汪大刚之邀出席金茂大厦摄
影集首发式，我和冯其庸于今日分别从沈阳、
北京飞往上海。陆宏送我到桃仙机场，飞机8
时10分起飞，10时半降落至上海浦东。

下午2时，与无锡邱嘉伦居士同往上博参
观花卉展。正在撤陈，在展室与单国霖、钟
银兰诸人相见。为邱居士题字。

晚上冯其庸与汪大刚研究西部摄影照片
洗印之事，我则于11时过沐浴后入睡。

2000年3月17日
上海

上午前往医院看望方行和汪庆正两位先生。

下午朵云轩茅子良等3人酒店来访，之后
同去南京东路最新修缮的朵云轩。卢辅圣赶
来相见，东方电视台在此拍片，我为他们题
写"百年朵云"四个大字。

晚间与汪大伟、汪大刚以及地铁公司老
总共餐，并为他们写字多幅，11时结束。

金茂大厦摄影集首发式
汪观清夫妇　冯其庸　汪大刚　杨仁恺

2000年3月18日
上海

下午2时过举行金茂大厦摄影集首发式。
出席者有对外贸易经济合作部一位副部长以
及上海各界有关人士。今天是金茂大厦开业
一周年之日，据告一年之中参观人数已超
百万，来此食宿的中外客人也为数不少，其
前景应该很好。

摄影集中的照片皆为汪大刚冒险拍成，
由上海科技出版社出版发行，无论是拍照水
平还是印刷质量都堪称上乘，《新民晚报》已
经介绍了这本书的内容。

首发式后汪大伟开车送我到海运学院去
见赵渤。我希望他攻读复旦博士，志向高一
点，即使考不上也是在自我全面提高。不要
分心，这次不行，下次可以再考。

2000年4月6日
沈阳—朝阳

上午7时半，到皇朝酒店与朵云轩茅子良等人再次见面，共进早餐。之后同去馆里，协调保管部提画、照相室拍照事宜。一切安排妥当，转身去接待汉城艺术殿堂来的郑馨民、蔡弘基、李东泉。原先商议的是在韩国举办清代风俗展，现计划改名为"明清皇朝美术大展"，于是重新选择展品，从库房中提出书画40件请他们过目。他们明天下午返回汉城，时间很紧，而合同尚未签署，不知双方能否将此事办好。

11时回到家中，匆匆午饭后与来接的辽宁总商会会长王植时一起乘车去朝阳为其友人鉴定藏品。前往朝阳的路况很不好，汽车开了5个小时方才到达。

入睡前审阅茅子良带来的卢辅圣代我撰写的《中国书画全书》序言，他们要我改后寄往上海。

2000年4月7日
朝阳

上午去高占奎公司看其收藏的玉器，应邀为其写字3幅，予以鼓励。

下午去朝阳市博物馆参观。馆长尚晓波正在开会，没有出面，由一位女工作人员带我们走了一圈。据告馆里的暖气管道出了问题，入冬以来一直闭馆，今天是头一天接待观众。

与王海萍通话，得知汉城艺术殿堂的郑馨民（王妙莲的学生）等人今早已经离沈回国，合同未签。

2000年4月8日
朝阳—沈阳

早餐后离开朝阳。回程改走锦州、辽中路线，路况比去时好了许多。

中午在辽中郊区一家小铺每人吃一碗面条充饥，下午2时左右回到家中。

下午李琦彬来家里求字。她介绍了妇女节办展情况，告知曹瑞兰的作品与奖品已交给闫总收转新加坡。

2000年4月9日
北京

晨7时半抵达北京站，郑伯劲、卢志学来接，安排在金城宾馆刘凤有经理介绍的华北大酒店住下，见到沈阳市文联主席等人。

2000年4月10日
北京

上午9时，乘杨武所驾之车先去北京故宫找单国强。单不在单位，通话后由其办公室秘书送我一本《故宫博物院五十年入藏文物精品大展》图册。此书是去年10月故宫举办新中国成立50年特展之物，当时我虽被邀请出席开幕仪式，但因答应参加中央电视台中国书法篆刻电视大赛只能选择放弃。

11时到文物出版社与苏士澍晤面。苏说9月16日在东京召开的第四届国际书法研讨会启功因故不能参加，请我务必出席。又告知由日本印制的《王氏一门书翰》编号发行，现打样四张，正式付印之时若能提供更大反转底片效果将会更好。带一张回沈，以便馆里商议决策。见到许爱仙社长与新来的党委书记。到国家文物局与博物馆司副司长侯菊坤谈《中国书画》修订之事，其对杨新两宋部分迄未交稿颇为着急，告知《中国陶瓷》《中国博物馆学》修订本已经定稿了。

与杨康通话，得知其已经到了，正在华北大酒店茶座等我，赶紧回到酒店。杨康领来一位全总文工团的女同志，想请我为其撰写的一部关于中西古代服饰的图书写序。谈后二人先后离开，我则与杨武同到中商盛佳去看郑板桥手抄"四书""五经"，此作真、精、新！

2000年4月11日
北京

上午9时半抵达中国美术馆西厅，出席"郑伯劲山水画展"开幕式。仪式由沈阳市文联朱主席主持，王文元、彭清源、焦若愚、艾维仁以及文联、美协等单位负责人出席。原先拟安排我第一个发言，由于我的坚持，

改为最后致词。

晚9时由杨武送至车站，翌日早上回到沈阳。

2000年4月25日
沈阳—深圳

上午到馆里参加由文化厅组织的辽博副馆长竞聘会。

下午乘南方航空公司班机由沈阳起飞、经停青岛；前往深圳。青岛机场新近修缮，清洁可观。晚8时过抵达深圳。王德水先一日到此，明日去香港，后日飞回新加坡。

与小健通话。江江、洋洋工作之地离家较远，他们在单位附近租房居住，约好明天下午见面。

打电话给汪浩，约定明日上午来见。

王鹏电话打不通，未能联系得上。

2000年4月26日
深圳

上午汪浩与几位书画界同人来见，我为他们的作品题跋，又写了一些字幅。

上午与香港中文大学林业强通话，约定明天下午3至4时派人来接往学校。

2000年4月27日
深圳—香港

前往香港的人很多，经过两个小时才得以离开深圳。之后乘火车抵达香港沙田，再之后由林业强驾车驶至香港中文大学雅礼宾馆昆栋楼住下（此楼建在半山之处，远眺大海，景色绝佳），是时已是晚8时过，晚9时我们在离宾馆不远的校内饭店进餐，饭后沐浴入睡。

与林业强约定，明日上午来接，同去参观中文大学文物馆。

2000年4月28日
香港

上午中文大学艺术系莫家良来访。他在古代篆书、隶书研究上颇有成就，为此收集了不少原始文献资料，请我帮他辨别真赝，以便今年6月前往台湾开会使用。

午前林业强如约来接，我们同往中文大学文物馆参观了基本陈列，与浙江合办之印章展没有去看。

下午与许礼平通话，约定明日10时派人来接前往翰墨轩，之后同去佳士得、苏富比参观拍卖预展之文物。据告，杨伯达、耿宝昌、杨新受邀来此参加拍卖大会，明天也许能在展场相见。

又给黄君寔挂电话，约定明天午后1至2时见面。黄5月3日飞往北京，5月5日在中国美术馆举办个展，向其申明届时不能参加为

憾。黄告知，美国杨思胜诸人现在香港。

晚上张光裕夫妇驾车来见，之后一起晚饭，边吃边谈。李东泉正在撰写研究倪元璐的文章，我请张先生提供帮助。

2000年4月29日
香港

上午10时，中文大学文物馆李志纲与艺术系主任李润桓（倪云林研究专家）同来宾馆，之后一起乘出租车前往中环铜锣湾翰墨轩与许礼平晤面，交谈甚欢。在许家结识香港医生陈文岩，其念中学时即发表诗词，儿子14岁考入剑桥大学，父子皆天分过人。陈医生赠新出版诗词集，读来颇有趣味。

11时左右，大家同往佳士得参观拍卖预展，拍卖行马成名、江炳强以及一位取代启蒙的新来的年轻人热情接待。与北京耿宝昌、香港邢宝庄，以及加拿大何百里夫妇见面，他们皆有意明年去辽博参观，我表示非常欢迎，亲自接待。

菲律宾华侨首富庄长江、庄良有兄妹原拟将收藏之历代书画数百件捐给北京故宫，刘九庵因此曾去挑选300多件，其余或赝或为不具名款之作。后来由于庄氏与故宫协调不畅，兼之庄良有与上博汪庆正熟识，二人都是陶瓷研究者，共识共鸣话题较多，因而改变原意，决定将藏品捐赠上博。唯300多件书画中大名头较少，庄氏拟借此次佳士得、苏富比拍卖机遇，展示几件四王或清初六家之

作，评估一下藏品分量。我们在苏富比预展中相见，他们请我看了几件作品，就沈周、王鉴、王翚、王原祁诸人之作，我发表了一点意见供其参考。庄氏以捐赠的形式让大批中国书画回归，其爱国行为殊堪嘉许。庄长江、庄良有计划后年6月在上博举办特展，展后举行藏品捐献仪式，邀请我届时参加。

苏富比拍卖展场熟人很多。与葛师科夫妇匆匆一晤，相约过几天择时聚会。与黄君寔见面，其即将赴北京办展，无法分身参加，由衷致歉，黄表示理解。

杨武与吴悦石电话取得了联系，告知明日中午由深圳抵达香港，约好在中文大学宾馆见面。

2000年4月30日
香港

今天是星期日，食堂关门，午餐吃的是方便面。

下午吴悦石来见，我们聊至5时左右同去徐伯郊家拜访。伯郊长我两岁，已行动缓慢，我们交谈了一段时间后起身告辞回到宾馆。

晚6时过，杨武赶来。据杨武告知，佳士得今天拍卖郎世宁《双鹿图》，最后成交价1200万元，是一个外国人以电话的形式竞买的。圆明园两个兽头，由中商盛佳代保利公司分别以600多万元和700多万元将之买下。

2000年5月1日
香港

上午到高美庆家聊了好长时间。高去年生病动了手术，现已逐渐康复，改在香港公开大学人文社会科学院出任院长。正在交谈之时，其先生陪一对由旧金山来的夫妇回到家中，介绍后得知，他们与旧金山亚洲艺术博物馆的贺利认识。

晚上杨武来接前往香港总会与徐伯郊、王壮弘一起吃饭时，与张洪、王义强（己千孙子）、张宗宪、徐伟达夫妇、林百里（台湾收藏家）等多人不期而遇，真是不易。徐伟达说我是他的师辈，他非常客气。王壮弘曾工作于上海朵云轩，对金石碑帖很有研究，这些年在港教授太极武术生活；此人现在深居简出，不愿参与社会活动，今年9月在日本举办的第四届国际书法讨论会不拟前往。

2000年5月2日
香港

打电话请许礼平代刘蕙在香港大会堂租个展室，许联系后回告结果：明年4月底之前已无展室可租，若想预订，可在明年5月之后时间中选择。我将情况书信转告刘蕙，请她与香港大会堂负责此项业务的李、林两位女士直接商谈。

今日开始工作，全天在中文大学文物馆库房之中看画。

所见几卷唐人写经都是流传至今之物，皆非王道士洞中流失之经卷。四件所谓宋人花卉，实为明代片子。有一耶律楚材书卷，饶宗颐先生题为与美国顾洛阜旧藏已捐给纽约大都会艺术博物馆的耶律楚材诗卷同为真迹，其实不然。倪云林纸本水墨竹石大轴，赝品。元人字册，旧货（据吴荣光、罗天池题，这些字皆已刻成帖，并附裱在卷后）。赵子昂诗10首，双钩本。

2000年5月3日
香港

今日按照打印好的藏品目录，逐件细看，看后将意见写在目录打印件上。与我同观的李志纲也持有一份目录打印件，在对应处做些简单记录。

全天所看书画有几件确实不错，其中张珩旧藏（后转卖给谭敬）的沈右、郑元祐、杨维桢、郭畀诸人之作非常可观。

湖南省博物馆陈松长先生（现年43岁）是搞简牍的，此次来港作为中文大学访问学者参加战国、秦、汉简整理工作。陈先生今天下午作学术报告，饶宗颐先生主持，我应邀听会，晚上一同进餐。

库房冷气太强，工作于此多少有点不适，感觉似乎有点感冒，明天必须多穿点衣服。

2000年5月4日
香港

今天继续看画。

上午看元人之作，其中几件颇佳，值得一观。

下午看明初作品，佳作确实不少，过目手卷册页颇费时间。林业强、莫家良建议带着研究生一起看画，边看边讲。我表示同意，但今天嗓子确实很不舒服，稍后再说。

工作结束后张光裕接我到其新居做客。环境确实不错，真乃安居乐业之所也。彼此交谈得知，上博在香港买的铜器、简牍都是他代为经手的。张既爱国，又念旧，值得称赞。今日身体状态不佳，食欲不振，晚餐他夫人为我做了一碗面条勉强吃下。

2000年5月5日
香港

上午在中文大学文物馆看明初书画。

下午到尖沙咀参加由香港大学、香港中文大学、香港公开大学联合举办的吴冠中、张汀关于"笔墨等于零"不同见解讨论会，见到万青力诸人。听了大陆郎绍君、台湾石守谦等3人发言，台下有人发问提出不同观点。总的说来，"笔墨等于零"之说多数人不予认同。我领了一份资料，回去慢慢看。身体不舒服，明后天就不去参加会议了。

下午6时回到中文大学，林业强来请我在

校内邵逸夫楼晚饭。因为感冒，没有食欲，吃了一碗米饭后即返宾馆休息。

林业强为我购买了同仁堂的抗感冒药，今日起开始服用。

2000年5月6日
香港

今天是星期六，中文大学文物馆大部分员工都不上班，李志纲也在家休息。

上午林业强来领我到一个空无一人的办公室，提了非利荣森北山堂的作品8件请我过眼，其中一两件尚有可观。题为陈洪绶《花卉草虫图》卷值得一记，画作明明署有作者名款，又笔法只是部分模仿老莲，不知何故安在老莲名下。

下午在宾馆休息，看昨日携回之会议材料。

入晚买一包方便面充饥，了此一天。

2000年5月7日
香港

今天是星期日。

台湾王福荣由日本来此晤面，送精装《国宝沉浮录》6本以及台湾书家赠我的字幅。王同时带来新旧字画几件求鉴，旧字画伪，新画黄山一册中有许多已故名人之作，值得留下。王想请我为其藏品题字，见我身体欠佳，不便久留，于是告别而去。

晚上研究生许晓东为我煲粥，在她宿舍吃的。

2000年5月8日
香港

早餐之后即到了中文大学文物馆库房。我意早一点工作，时间充分利用，可以多看一些作品。林业强则说不能劳累，这次看不完，回头带助手再来此看画。

临近中午，林发现我的眼睛充血，为之不安，赶紧陪同前往诊所。医生看过之后给我拿了一瓶药水，回到文物馆已是下午1时了。几位女研究生（包括许晓东）见我回来，告知中午吃面条，又说莫家良已先去等我们了，于是驱车到山顶一同午餐。我要的是雪菜面，太咸，面条吃了，雪菜未动。

下午2时回到库房继续看画。今天总共过目书画48件，边看边给学生现场授课，5时过结束。

晚6时过回到宾馆之时王福荣父子携带水果已在此等候了两个钟头，我把写好的作品面交给他，约定6月沈阳再见。

晚上许晓东来送米粥和水果，我让她把部分水果带回宿舍，同时送其两本书法图册。

2000年5月9日
香港

上午继续在库房看画，李志纲休假没来，

博士生张小姐、硕士生许晓东协助工作。所见董其昌之作10多件，大多为佳品，与文徵明作品一样，相当难得。

下午5时半与林业强同去敏求精舍，与诸多人物相会。韦陀，英国伦敦大学教授，我们上午在文物馆库房已经见面（其博士生来自香港中文大学，他的韩国夫人现在台湾某大学授课）。利荣森，大收藏家，敏求精舍前主席（他说下周二即16日请我到其公司坐坐，之后共聚晚餐）。葛师科，葛士翘之子，敏求精舍现任主席（葛说明天前往日本，3天后回来再见面时彼此细谈）。关善明，著名建筑设计师，收藏家（他将编辑出版的《关氏所藏中国古玉》送我一本，相当精美。我请他到沈阳指导辽博新馆建设，他说先将图纸寄来看过之后再发表意见）。

2000年5月10日
香港

早餐仅仅喝了一杯咖啡、吃了一块蛋糕，食欲仍然欠佳。

上午9时，林业强准时来接，随即同往文物馆开始工作。虽然昨晚荣森庚兄一再劝我不要过度劳累，看不完可日后带助手再来补看，但我还是想加快点进度，争取提前看完书画，留点时间看看古代拓本。

下午继续看画，所见明朝晚期作品好坏兼有，真迹颇多，唯精新之作少见。其中倪元璐小画殊佳，可建议李东泉将之写入论文之中。

今天收到田立坤所发传真，得知副馆长四人依旧，没有变动。我回电祝贺，希望班子团结向上，就我而言，我会向各方广泛宣传辽博的。

杨武打来电话，说是吴悦石在上海发现一幅马远《踏歌图》，问我可不可以将之买下。作品未见，不便发表意见。我说先看照片，再看原件，之后再做决定不迟。又，请杨武电话沈阳家里，了解一下小康病情，之后将结果告知。

晚7时，许晓东将煮好的米粥送来，边吃边与其谈学习之事。

2000年5月11日
香港

今天是农历四月初八，为释迦牟尼生日，全香港放假一天。

早餐后与徐康通话，请其向徐伯郊转达我想为徐森玉、徐伯郊父子立传之意。若同意，请将有关文图资料交我，争取尽快写成、早日出版。

接着给许礼平打电话，请其转约马国权中午我们一起在翰墨轩晤面。

随后接到杨武自北京打来的电话，告知北京翰海总经理秦公昨夜因劳累过度，心脏病突然发作而去世。

上午许晓东叫上的士陪我游逛香港。中午饭后到翰墨轩与马国权见面，同观许礼平藏品，看了不少清代、近代书画。下午3时马国权告辞，6时过我们在一家上海菜馆同吃面食，之后打车回到宾馆。

晚上再次与徐康通话，约定星期日（14日）午前10时由其驾车载伯郊同来宾馆见面。

晚10时上床睡觉，咳嗽转剧，干咳中迷迷糊糊进入梦乡。

2000年5月12日
香港

周六、周日休息，昨日浴佛节放假，于我而言无异于浪费了三天时间。为了赶进度，这几天除了必须午饭之外上午下午连续工作。今天已看到清初，过目书画虽然已经过半，但之后还要加看古代拓本，时间必须抓紧。

文物馆皮相好的书画少见，这是南方气候长期影响所致。然邹显吉编《湖北草堂藏帖》6册，收明初到明末人手札、诗文，文沈仇唐及吴门诸人均有，装潢殊佳，特好！张珩、谭敬以及广东几家旧藏之物，还有从日本得到的、有内藤虎与长尾甲题跋的罗振玉原藏明人之作，这些作品皆佳。

晚餐仍是米粥，由许晓东做好送来，我们就其未来发展坦陈了各自思想。许打算留在香港，攻读博士学位，甚至可以改变专业，知识面宽些可能更好。我认为追求学历乃现实需要，拥有真才实学才是未来方向，既要顾及现实，也要考虑长远。晚上许礼平打来电话，商量与万青力等人聚会时间，下星期一、二已有安排，最后约定在下星期三（17日）共聚午餐，如此饭后还可以继续工作。

杨武打来电话，告知已与沈阳通话，小康已经痊愈。

吴悦石打来电话，告知已到北京，明、后天返回深圳，之后争取来港见上一面。

2000年5月13日
香港

上午香港中艺公司副总张向东来宾馆接我去参观她的两家珠宝店。店面非常可观，唯原先的古玩部由于缺失专业人员使得经营规模在不断萎缩，两家店如今的主要业务是经营珠宝玉器。沈竹在香港期间为中艺鼎盛之时，后由于火灾等缘故日渐滑坡。张女士由北京来港已20多年，其有志于再造辉煌，然苦无人才。张向东是经沈阳沈宏推荐来找我求教的，可我对经营确实一窍不通，只能发表一些具有共性的意见供其参考。

下午许晓东陪我游逛马鞍山超市，买了一点食品以备不虞。

2000年5月14日
香港

上午10时过，徐伯郊乘徐康夫妇所驾之车应约来中文大学看我。中午时分，我们在文物馆下面的职工食堂一起用餐，饭后即到文物馆参观。展室除陈列有倪云林诗札外，还有文徵明、王宠以及扬州八怪的几件作品，当然，这些书画在伯郊看来可能微不足道。

离开展室，我们在文物馆外的条石凳上座谈交流。我希望伯郊将手中的电传、手札、文稿、照片整理一下，如果可能，下星期我到家里去取，带回沈阳登记编目，之后着手编撰一部有关徐氏父子对国家文物保护做出卓越贡献的历史传记。伯郊同意由其提供资料，由我负责整理、撰稿，由徐康负责双方的协调。

午后读了李润桓研究北山堂捐献之《倪云林诗札》一篇文章，计划明天到文物馆将此诗札再看一眼。又读了林业强有关顺德本《汉西岳华山庙碑》与四明、长垣、华阴拓本对比研究一文，也准备届时提原拓一观。

晚上到许晓东宿舍用餐，饭后由她的同学洪娟驾车送回宾馆。

许晓东，浙江台州人，北京大学中文系卒业，现为香港中文大学艺术系硕士生。近几日我们接触较多，觉得其性格温顺，勤奋好学，做事周到。许能毅然决然赴港学习深造，可见其求知欲之强大。前天她送来三篇论文打印稿，即《关于北方游骑鞍马的特色》《辽代佛教的传播和历史》《阎立本职贡图和李公麟摹本对比研究》，尽管文章有些观点还有待商榷，但在资料、行文、章节、语词、命意诸方面很有功力，足见基础雄厚，确实无愧北京大学这个品牌，兼之10年文物出版社的编辑体验，所写论文水平非同一般。三篇文章我已抽时间全部读完，印象殊佳，已当面表扬。希望她一鼓作气，继续攻读博士，

香港中文大学文物馆户外
徐康　杨仁恺　徐伯郊

学业有成。

2000年5月15日
香港

上午到文物馆先拟好致小军传真一份，请代为发送。纽约今天是星期日，小军可能在家，让他给沈阳家里或我这儿打个电话。

清前期作品已经看完，今天开始看清中期之作。其中石涛《金陵八景图》册，作于由皖抵达南京一枝阁之时，周京每开对题，最后跋之所以题咏缘由。然画面殊不近石涛风貌，即是早年之作亦不当如此，唯书法近真。又石涛《花果图》册，每开有题，第一开墨梅书画俱佳，但以后数开，颇不理想，书法则无可指摘。就这两件作品与李润桓教授交换意见，他认为前者有待商榷，后者可

能为真。

中午李润桓请我和林业强到邵逸夫楼吃饭，饭后到中文大学艺术系参观。现在是香港的大学暑假时间，但仍有学生在此学习书画、篆刻，教学环境、设施还算可以。

2000年5月16日
香港

今晨7时50分，菲律宾庄良有女士打来电话，说还有几件古代书画准备一并捐赠给上海博物馆，上博本月25日将派人来取。由于作品存在争议，她计划本周六（20日）携带这几件书画由菲飞港，请我鉴定一下，我表示同意。

早点前张光裕教授来宾馆将赠送他的台湾版《国宝沉浮录》取走，此书王福荣带来极少，不能多送。

上午、下午皆在文物馆130房间过眼北山堂所捐书画陈列之作，少量作品由于取下不便未能一观。下午剩点时间浏览一眼香港一家姓黄的医生捐献的书画，初看精、粗都有，明天细看再发表意见。

今日提前下班，由林业强驾车载往利荣森办公室看其藏品。先看宋人手札，苏、黄、米、蔡等10多家皆有，其中苏轼为双钩，米芾为摹写，曾布存疑，王安礼、张即之诸札均真。随后所见宋人团扇较差，新安派汪之瑞、汪家珍、祝昌、浙江诸人合作山水卷甚佳。又黄仲方所藏明张灵《竹林七贤图》卷，

无款印，拖尾王宠侄长跋，文震孟多题，以下不少明清名家题跋，就画论画，应属张灵传世珍品。其他还有一些，未能备记。

今晚应利氏之约参加聚会者有饶宗颐、董建平、葛师科、黄仲方、港大一位年轻考古学家（与张镇洪认识）、王璧（深博馆长）以及中文大学莫家良、李志纲等。

2000年5月17日
香港

今天在文物馆过目黄氏所捐书画。大都是近现代人之作，且无精品可言。

看了《汉西岳华山庙碑》宋拓顺德本原件，因读林业强文章在先，故印象很深。

中午与万青力、许礼平、林业强、黄仲方、苏璧懿（万青力博士生，已卒业，现任教于香港中文大学艺术系，其先生是英国人）一起吃饭。席间面告黄仲方，我可以为其所藏张灵《竹林七贤图》卷题跋，明天备好笔墨即可。与万青力谈到李东泉研究倪元璐之博士论文一事，他认为一个外国人能够专研这样一个课题非常难得，我计划留李东泉在中国完成博士答辩后再放其回国。

收到鹏生寄来的《中国书画装裱技法》诸章，这是其新作，请我为之撰写序言。如果可能，争取离港前完稿寄交。

2000年5月18日
香港

利公捐献的拓本除了顺德本《汉西岳华山庙碑》之外，还有宋拓《王羲之书澄清堂帖》《夏承碑》等亦可资观赏，另《圣教序》殊佳，以上皆孔广陶旧藏也。

下午为黄仲方藏张灵《竹林七贤图》卷题跋。有人因画上无款印而质疑，我为此题了一段长跋，肯定此乃张氏精品。题后交由李志纲转林业强再转给黄仲方先生。

2000年5月19日
香港

上午继续看碑拓。其中《淳化阁帖》正续10册，当非宋物。至于《王羲之十七帖》，则价值颇巨。

下午4时半工作结束，回到雅礼宾馆与来访之徐伯郊、徐康见面。

2000年5月20日
香港

应许礼平之邀，中午由许晓东陪同前往翰墨轩。许说刚刚从银行取出一些藏品，请我过目一下，同时告知菲律宾庄良有女士携带书画晚6时抵达，在他那里看画很是方便。

下午2时起开始过眼许礼平新进书画。现当代作品不少，作者大都已成古人。其中吴子玉之子吴泰17岁临的《清明上河图》、18岁摹的周昉《倦绣图》颇有一点意思，唯加彩的《八十七神仙图》则显得不伦不类。

晚6时过，庄女士带着有争议之作品10多件来到翰墨轩，大家同观。其中王蒙一轴，上有明王守仁小楷长题诗堂，两边清人多位长题，画面本身无款印，但画风则近王氏。又文徵明行书韵玉兰诗文，下绘玉兰一幅，系拼接而成，字真画伪，文字可以单独裱为一轴，画则另行处理。

庄女士研究瓷器颇有功力，书画鉴定也多少有点基础。其家藏品曾请刘九庵、启功诸人鉴定过，这两次送来的书画都存在一定的问题。

庄女士后天返回，其与葛师科、董建平通话，约好明天上午由林业强陪同一起前往葛家去看青花瓷器。许礼平夫妇和朱医生已经有约，明日上午9时共赴台北故宫看画，不能同往葛家。

2000年5月21日
香港

上午9时，林业强驾车先来接我，之后到庄良有所住宾馆去接庄女士，再之后同往浅水湾葛师科家。

葛家所藏主要是青花瓷器，藏品在几间房内柜架中陈列展示，元、明、清皆有，自成系列，颇具规模。林业强、庄良有瓷器研究都很专业，他们边看边发表自己的观点，很有见地，让我从中受益匪浅。我们正在观赏瓷器之时，董建平（金太太）来葛家邀请去她家共进午餐，因为其今天下午2时的飞机飞往外地，于是我们改变计划，应邀而往。

饭后我们回到葛宅，继续看葛氏青花瓷器。分手之前，董建平拿出祝允明草书《岳阳楼记》一卷、清包世臣书杜濬诗稿卷、溥心畬袖珍画册求鉴，都是真迹。据说董建平的艺倡画廊经营的是当代艺术品，没想到古代字画她也收藏。

离开葛家相互告别之时，庄女士一再邀请我带助手于6月底去马尼拉一趟，占用时间一个星期，态度特别真诚，于是我答应届时应邀前往，至于助手为谁，回去后再电话通知。

昨天下午已电话通知何香凝美术馆王鹏，23日返回深圳，请其转告小健知晓。又与家中通话，文秀说小军已有电话打来，小孟已从她弟弟处返至家中。

我已于昨晨将冯鹏生要求撰写的《中国书画装裱技法》序言定稿，请许晓东打印出来，明日挂号寄往北京。

香港浅水湾董建平家
庄良有　董建平　葛夫人　杨仁恺　葛师科　赖恬昌

晚上香港中文大学文物馆和艺术系联合为我饯行。大家朝夕相处了近一个月，彼此确实增进了了解，加深了感情。我希望他们去东北走走，我们在沈阳相会。今晚同席者还有台湾师范大学美术研究所教授顾炳星，他也是香港中文大学的学术委员，是黄君璧的学生，在西班牙和美国的时间较久，国画和油画兼工。

2000年5月22日
香港

今天是我在香港的最后一天，明天返回深圳。

中午我请许晓东和李志纲在一个特色小店吃饭，感谢他们这么多天给予我的关心、照顾。

2000年5月24日
深圳

上午10时去何香凝美术馆与乐正维副馆长谈今后合作事宜。建议成立何香凝基金会，找有影响力的华侨出面发起，之后再报侨办批准。

下午随王鹏到深圳大学去看王潮安的作

品。此人与宋雨桂熟识，其和另一位画家在这里拥有一个画室。王潮安的画确实不错，山水、花鸟已然形成自己的风格，虽为业余爱好，但水平超过了某些专业画家。

2000年8月2日
马尼拉

庄长江之父庄万里，福建晋江人，19岁随父到菲律宾经商，后成为菲华侨首富。其一生喜欢收藏书画，藏品以买自日本和中国台湾者居多。庄长江、庄良有兄妹秉承父亲遗愿，将230多件古代书画慨然捐赠给上博，两月前单国霖等3人已来此将大部分作品取走，计划2002年办展，同时编印画册。

庄氏所藏书画，数年前曾请刘九庵与罗随祖来此过目一次，鉴定意见已写在原编目录之上。这次约我来到庄家，主要是看存在问题之作。

元王蒙《山居图》轴，纸本，浅色，无款印，明王守仁长题于诗堂上，两裱边多位清人长题。据告，刘九庵因无名款而未敢肯定其为真迹，留下存疑意见。认真看过之后，我认为此画乃王蒙本色，毋庸置疑。众所周知，王蒙因受朱元璋洪武年间胡惟庸案牵累死于狱中，当时王蒙之作藏家为了避祸往往裁去款印。辽博所藏王氏《太白山图》卷，卷后款印即被当时僧人剪去，待风波完全平息之后才被人将款印补接画上。由此可知，《山居图》与《太白山图》历史背景相同，只

是款印未能恢复而已。因为上博已明确表态，愿意作为待研究品接受此件捐赠，我不好意思向主人提出改归辽博。

明沈周《雪景山水图》卷，纸本，水墨，钤有张丑、叶梦龙、何昆玉递藏之印，刘九庵鉴定意见为跋真画伪。我再三审阅，认为此卷确是沈氏真迹。此图作于成化年间，正当沈氏中年，功夫殊佳，其在图后自题七绝，写于已渲染之墨色上面，容易造成误判。拖尾陆士仁诗题并记，在杭州时购得此卷，书近文徵明，盖陆为文氏之门人也。得知上博不拟接收此卷，我当即向庄氏兄妹示意，请转赠辽博，已获得应允。

所谓苏轼《墨竹图》卷，画假，但引首、拖尾董其昌等明人题跋则真。此卷上博无意接受，我也请求赠予辽博收藏，庄氏兄妹表态同意。此乃人弃我取、人取我与也。

还有唐寅《琴棋书画图》屏，每幅钤唐氏印章，但个别画风不类唐氏，当为乃师周臣之作。

与庄先生交谈得知，他做的是钢铁企业，与中国宝钢、武钢多有往来，独与鞍钢无缘。其以为鞍钢为日本人留下的旧厂，无法生产出高质量的产品。我谓早已更新换代，设备一流，产品优良，鞍山已然成为中国的钢铁之都。彼此相约，日后择机前往一观。

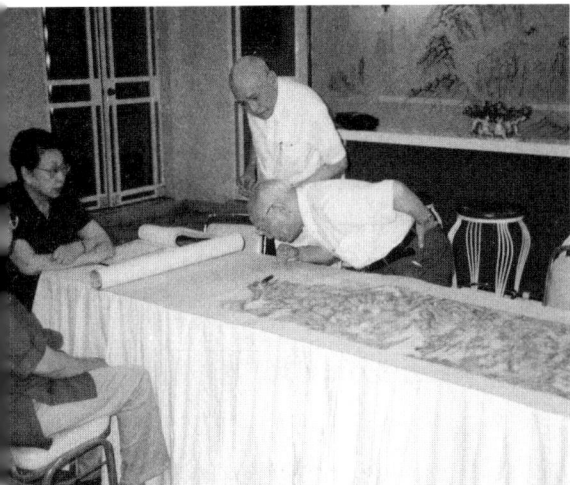

菲律宾庄万里家过眼书画
庄良有　庄夫人　庄长江　杨仁恺

2000年8月3日
马尼拉

全天在庄氏别墅看画。作品不如昨日所见，大都是片子，多数从日本购得，属日本装裱。

庄万里夫妇六十双寿之时印有文集，是了解庄老先生的最好资料。他热心教育与慈善事业，从世界各地收藏中国书画，对贫病幼弱、鳏寡孤独施财施医，令人赞颂。特别是身故遗愿，将所藏书画送归中国的博物馆，化私为公，应广为宣扬。

2000年8月4日
马尼拉

上午在庄宅所看书画，大都是有问题之作。如所谓吴小仙的两件，可能都是仿本。李鱓花卉轴，28岁时作，署名不对，早年名"觯"，后期名"鱓"，早年之作落款晚年姓名，这是硬伤，另技法风格亦不对。至于蔡襄、苏轼等宋人书法，全伪。还有《清明上河图》，此乃明苏州坊间之作，工细有余，题跋均伪。

下午由庄良有女士陪同参观华人博物馆。馆内陈列着大量华人、华侨在菲律宾生存发展的历史文献、黑白照片、生活实物等，特别引人注目的是彩色雕塑，人物栩栩如生，形象逼真，不亚于法国的蜡像馆。

离开博物馆，我们一起到唐人街逛逛。街上车辆很多，道路堵塞严重。庄长江先生赶来一起用餐，明天上午他们夫妇二人去台北吊乃父友人之殇，一起吃饭也有话别之意。当着庄氏兄妹的面，我再次建议赠送辽博书画几件，由我挑选，兄妹二人同意，且无偿捐献，这绝对是无私的爱国之举，此情可感，值得钦赞。

2000年8月5日
马尼拉

上午庄长江夫妇飞往台湾，我们由庄良有陪同前往其父墓地凭吊参观。这个地方有如村落，不像墓园。一条街上排列着各式中西建筑，每一建筑都围有一个院子。庄万里先生之墓为中式建筑，外面铺设草坪，内部格局与生前居室一样。祭奠大堂摆放着庄万里油画像以及生前各种活动照片。

菲律宾庄万里家藏品室挑选 15 件书画带回辽博
王鹏 杨仁恺

下午我和王鹏在庄家选画。原想将沈石田《雪景山水图》卷带回辽博，但庄长江已将情况电告了单国霖，上博意见有变，我不好坚请，于是挑选了捐赠上博计划之外的15件作品，书写清单，由我们携回交给辽博，最后再由辽博开具证书及感谢文件。

晚间与香港许礼平通话，告知明日下午到港。

2000年8月6日
马尼拉—香港

早起收拾行李，将庄氏捐赠辽博的15件书画包成两包，随身携带回沈交给馆里。

飞机12时50分起飞，庄良有女士亲自送至机场，殷情可感。

下午3时抵港，许礼平夫妇与陈文岩夫妇驾车来接，到中环新国泰酒店办理入住手续后同往翰墨轩看画。

有一巨册，由雍乾时期如意馆画家绘制贵州苗族80多个不同人物形象，一画一书，许从伦敦买得，可能是英法联军侵略北京时掠往英国之物。此册乃清廷之作，颇具历史价值，十分可贵。又见祝允明《草书前赤壁赋》，刘九庵为之另纸题跋，称誉极佳。祝氏草书传世殊少，真者不多，此卷书法当入尚待研究之列。还见有现代文艺界名家题字数册，作者大都已成古人，许氏诚乃有心之人也！

为许礼平品题画册之时即兴口占七绝一首："许公多艺又多才，翰墨光辉信手栽。誉满环宇气象好，庋藏瑰宝门户开。"（没留底稿，待照片寄来再补正文字）同时在诗后跋语，对其人际交往、图书出版、书画收藏加以称道。许赠送《名家翰墨》多本，拟携回翻阅，以了解近期艺苑活动情况。

2000年8月7日
香港—深圳

与葛师科通话，问问《辽宁省博物馆藏碑志精粹》是否收到，同时告知即日离港返深，欢迎其到沈阳参观辽博新馆。

又打电话给香港中文大学文物馆，得悉林业强、利荣森都去了美国，寄给二位各一册的《辽宁省博物馆藏碑志精粹》已经收到。

午饭后在翰墨轩继续看画，见到来此的

徐康。问及徐氏父子文献资料一事，他说已整理出一部分，随后即可寄出，我又将通信地址、家里电话给他留下。

2000年8月8日
深圳

下午深圳博物馆王璧馆长（姜念思北大同班同学）与黄主任来酒店接我和王鹏去馆里看看。先参观承德避暑山庄博物馆在此举办的佛像展（此展先在台湾举办，之后转来深圳），接着过目深博新收本省清代画家之作（大都真迹，其中宋湘行草写得不如楷书）。据王馆长告知，深博每年办展20多个，参观者总计30多万。深博新馆一期工程明年年底前完成，之后即可交付使用。来时我们路过建设中的新馆，占地面积3万多平方米，规模确实不小。

2000年8月9日
深圳

下午去庐山酒店与吴悦石等人聚会，在座的有日本人铃木先生、中国电影学会副秘书长、广东电影剧团团长等人。与吴悦石相约，请其9月上旬出席沈阳书画艺术节，回去即发请柬。

晚9时回到酒店，与小健一家四口聊至11时半分手。

已电告馆里陆宏明天回去的航班，通知

赵晓华来接庄氏捐献的书画。

2000年8月10日
深圳—沈阳

飞机上午9时起飞，经停青岛，下午2时半抵达桃仙机场。赵晓华来接，将庄氏捐赠之15件书画照清单点交之后回家。

此行总计11天，全程顺利，主要得益于王鹏给予我的照顾、帮助。王鹏考虑问题周到，办起事来稳妥，我为他题了不少字以谢。

2000年9月14日
北京

昨晚与王海萍乘54次列车离沈，今晨7时过抵京。冯鹏生、杨武、崔陟来接，前往国家文物局附近之御园住下。

早点后到中商盛佳看李公麟《西园雅集图》卷，实则为南宋人之作。南宋以下题跋皆真，唯南宋人题中并未指明作者为谁，而明人以后题中则直呼为"李氏西园雅集"矣。又见康熙时赫奕《山水图》卷（玄烨题于卷前），还看了赵子昂楷书写经一卷、清皇十一子书乾隆手谕一卷，均为《佚目》之物。

离开中商盛佳前往中国嘉德，与王雁南相见一面后即看他们的拍品。其中赵构《真草嵇康养生论》卷（太上皇时书）为真迹，怀素《草书食鱼帖》卷则不真（宋人题佳）。据告赵构卷起拍价600万元，怀素卷起拍价

1000万，赵卷可买。

晚间与冯鹏生、杨武、王海萍同去朝阳医院看望宽堂。冯先生肺部发炎，医生嘱咐长期住院，但其在上海举办的西部摄影展开幕在即，届时必须赴沪出席。

2000年9月15日
北京—东京

今早7时过会合，一起到机场办理登机手续。机场新建，非常现代，设施先进，可与世界接轨。

与苏士澍等10人9时过登机，飞机10时过起飞，日本时间下午3时降落至东京成田机场。之后乘车到预订旅馆，每人独住一间，很小，全然日本风格。

2000年9月16日
东京

上午10时，第四届国际书学研究大会开幕，世界各地代表200人左右出席。开幕仪式上，我代表中方致祝词。

下午分组讨论，按既定序次发言。苏士澍对秦汉以前书法做了简单综述并介绍近来南京近郊发掘的东晋王、谢二家有年款的墓志，甘肃代表讲述了对新莽草书的研究成果，崔陟对岣嵝《夏禹碑》则提出了自己的见解。

晚7时，日方宴请与会代表。席间就两年后第五届大会在何处举行以及如何让书法艺

东京"国际书学研究大会"开幕式
杨仁恺致辞

术承传下去等问题，代表们各抒己见。台湾淡江大学张炳煌先生提出可在台北召开，同时举办中国书法艺术邀请展。苏士澍建议在南京办会为佳，近些年南京附近出土王、谢家族墓碑志不少，将学术大会与王、谢书法专题研究合二为一，如此效果更好。我认同苏士澍的意见，同时希望这个国际学术会议能够像举办奥运会一样，形成章法制度，如此中国书法艺术才能更有前景、更有魅力。

2000年9月17日
东京

上午8时，与中教出版株式会社负责人同赴会场，为日方出版的《辽宁省博物馆藏碑志精粹》一书读者签名。买书的人不多，只签了两部。签名活动结束，随即参加学术大

会。会上，除了中国代表发言能听懂之外，其他人讲话皆不知所云，不懂外语，又没有翻译，坐在场内很是尴尬。

下午的学术报告全是以日本语演讲，我们几个中国代表于是去了另一个房间开了一个小范围会议，以中国语研讨中国书法。

晚上6时，研讨会宣布结束，全体代表出席庆祝晚宴。我在晚宴上致词，祝贺大会圆满成功，请大家干杯。宴会进行中提前离场，夜游银座街景。

2000年9月18日
东京

按照日程安排，今天参观三井氏听冰阁、中村书道博物馆，两地相距较远。

上午会议代表前往三井氏听冰阁参观，看其所藏中国之宋拓。中午回到书法教育馆（我们开会之地）吃饭。

下午1时半先去中村书道博物馆参观。此馆已由国家接管，修缮一新，现名东京书道博物馆。之后到东京国立博物馆平成馆看其埃及特展，展室面积很大，展品大都为石雕、金器、珠宝。富田淳负责接待，引见他的科长（铃木敬学生）。平成馆为新建，去年刚刚投入使用，新旧馆整体连接，确实很有气魄。

晚上东京国立博物馆请客吃饭，又送最新出版图册一套。

2000年9月19日
东京—北京

早饭后整理行李，10时过赴成田机场。飞机下午2时50分起飞，北京时间5时50分落地。冯鹏生、杨武来接，入住屈总为我订好的北京新侨酒店。

晚上一同进餐，屈夫人亦在座，据告刚从延庆办完事赶回。

2000年9月21日
北京—新加坡

上午10时半，杨武、冯鹏生来酒店接往机场。由于文秀签证手续不全，出境受阻，一时间为之紧张万分。飞机起飞前终于进入机舱。悬甚！

晚7时，飞机平安落至新加坡。吴老夫人颜秀绵和宣和文物俞精忠先生来接，到吴老定庐住下，11时入睡。

2000年9月22日
新加坡

上午沈诗云与画家金石一开车来接，我们一起到郊外游览、拍照。12时左右在一家素食馆自助午餐，饭后到金石一新居看看。此地环境优美，原是美军驻地，住所为平房。下午3时离开金家回到定庐。

晚上6时，乌节坊俞精忠画廊举行"吴在

炎大师九十指画展"开幕式。吴老学生主持仪式，何家良等人出席，我发表致词。此展陈列吴老指画数十件，作品水平非同一般。吴老夫人有意将其捐给辽博收藏，我表示感谢，拟在辽博新馆开馆之时为吴老举办一个捐献专题特展。

2000年9月23日
新加坡

上午俞精忠陪往南洋艺术学院李树基画室与李树基夫妇见面，观看李正在创作的《孙中山在南洋》巨幅油画。作品长6米，气势磅礴，画中人物100多位，需要两年才能完成。

午饭后一行7人再次到宣和画廊观赏吴老作品，我为俞精忠所藏手卷题跋。

下午5时，林秀香派车来接往来福拍卖行，与刘抗夫妇、吴在炎夫妇、杜南发夫妇相见，接受《新明日报》女记者红玉采访，每人写了一幅座右铭留给公司，之后共聚晚餐。

晚间与王德水通话，约好后天前往圣淘沙游览。

2000年9月24日
新加坡

上午9时半，曹瑞兰驾车来接，陪同游览热带植物园。午餐后到她家小憩，下午又到飞禽公园看看。几乎走了一天，文秀还行，坚持了下来。

晚间赴吴老家宴。被邀者陆续而至，为数不少。有老朋友杜南发夫妇、蔡斯民夫妇、陈正等，还有不少吴老的学生，李树基夫妇偕女儿、女儿的男友同来，陈家紫与俞精忠在我之后到场。李树基女儿及其男友可能明年要去美国工作，我把小军的电话告诉了她。陈家紫计划筹办张大千画展，作品是一位律师的，早中晚都有，请我为之撰序。

2000年9月25日
新加坡

上午王德水夫妇来接往圣淘沙游览，沈诗云陪同。饭后沈诗云告别回去照顾孩子，我们则继续参观。

下午4时半回到乌节坊宣和文物吴老画展展场，适刘抗夫妇来此参观，吴老夫人及其女儿等都在。据陈家紫告知，某律师收藏张大千之作40多件，早中晚都有，如果再向台湾借来一些，即可办成颇具规模的展览。

晚8时半回到吴老住处，与吴老夫人商谈吴老指画捐给辽博一事。她明确表态，无偿捐献，分文不要，明年来此挑选作品即可。我则明确表态，好事一定办好。

2000年9月26日
新加坡—香港

晨5时半起床，6时与吴老夫妇共用早餐，6时半吴老公子吴怡龙驾车送我们去机场。吴老夫人坚持同往，热情可感！

8时过飞机起飞，11时50分抵达香港。许礼平来接。

下午3时，许礼平接至翰墨轩，与陈文岩夫妇一起过目许氏藏品。其中董其昌和刘墉自书诗卷册俱佳，而吴泰所摹《八十七神仙图》《朝元仙仗图》实在不该加彩。

2000年9月27日
香港—深圳

上午9时，到翰墨轩与陈文岩夫妇再次相会，为其所藏齐白石《雁来红蜻蜓图》题句。此画上蜻蜓被红卫兵用墨笔涂掉，书写"黑画"二字，其余部分完好。陈医生为此"黑画"题诗一首，以存一段真实历史。字为草书，有一定功夫，唯草法个别不对。

已与利荣森、林业强、葛师科、黄君寔一一通过电话，问候、告别。利荣森对赠送之《辽宁省博物馆藏碑志精粹》颇感兴趣，葛师科将去新加坡运回所存瓷器。

下午3时20分，乘船离港抵达深圳蛇口，入住华侨城海景酒店。副总经理李淑萍热情接待，并已代订了29日飞往沈阳的机票。

电话小健一家来酒店共进晚餐。我向他们讲做人的道理，既要做有益于社会之事，又不能忘了家族血缘。人与人不交往就会生疏，无论是友情还是亲情，都很重要。

香港翰墨轩
杨仁恺　陈文岩　许礼平

2000年9月28日
深圳

电话深圳雅昌，了解《中国书画鉴定学稿》印制情况。据告已经印刷完毕，正在装订之中，明日午前送几本样书过来。

2000年10月4日
沈阳—汉城

飞机9时过起飞，1个半小时飞抵汉城，艺术殿堂蔡弘基先生迎接。

先到艺术殿堂看"明清皇朝美术大展"之陈列。展室宽敞，长卷全部展开，用胶板固定，陈列模式与香港、东京等博物馆大同小异。在展场接受各新闻媒体采访，我谈了中韩文化艺术交流的历史和今后合作的方向，至于如何鉴别真伪，这属于专业问题，需要专门讲解。离开艺术殿堂，去所住旅馆休息。

晚6时半，艺术殿堂社长崔钟律宴请。在座者还有汉城大学教授郑馨民先生，大家相互交谈，气氛融洽。

2000年10月5日
汉城

上午研究日程安排。

下午3时到艺术殿堂后山书法馆、音乐馆参观，规模不小，有可借鉴之处。

下午4时在艺术殿堂美术馆举行"明清皇朝美术大展"开幕仪式。仪式由崔钟律社长主持，我与田立坤各致短词（无人翻译），金膺显和韩国国立中央博物馆馆长致词。之后接受各报记者采访，又在电视镜头前发表一番讲话。总之，整个开幕过程还算可以。

霍安荣外孙在汉城工作，开幕仪式之前已经见面。

王福荣父子出席了开幕式，约好8日由他们陪同出去参观游览一天。王从台湾携来精装《国宝沉浮录》若干本，交我转赠有关各方。

2000年10月6日
汉城

上午参观由三星集团创建的湖岩美术馆。此馆位于龙仁市郊区，馆外风景宜人，馆内陈列有韩国家具、瓷器等艺术品，坐大客车

汉城艺术殿堂展厅
王福荣次子　李东泉　杨仁恺　王福荣

前来参观的学生以及幼儿园小孩很多。

中午在街上饭店进餐，饭后到汉水以北的一家书店逛逛。此书店设在地下，规模很大，买书的人不少。

离开书店，去不远处中央博物馆参观，这是我第二次到此。此馆为日本总督府旧址，新馆正在建设之中，要到2003年才能交付使用。馆内陈列有史前时代、高句丽·百济·新罗三国时代历史遗物，以朝鲜瓷器和出土文物为展览重点。

2000年10月7日
汉城

上午去京畿道博物馆参观。此馆1996年开设，展品以青瓷为主，本区内出土的墓葬遗物按单位陈列，各种文献皆为中国文字，旧

新石器时代居民习俗则配有布景。值得一提的是木版印刷和瓷器制作，此馆配置有专门的设备、材料，供来此参观的学生实习操作。在此参观时间较长，与博物馆李馆长、学艺室崔博士（东京大学）等交谈颇久，因下午有学术报告要作，中午简餐之后随即告辞。

下午2时赶到艺术殿堂，是时报告厅听众已经坐好。我结合这次展览作了"吴门四家"专题讲座，一个多小时后与台下互动，回答了诸如书画鉴定一般常识以及董其昌、董源等人作品真赝之辨等问题。

晚上乘地铁到汉江北岸，与美术所所长洪博士等一同进餐。

2000年10月8日
汉城

上午9时半，台湾王福荣父子来接，我们一起到水原参观游览了一整天。王福荣在水原的山东友人姜先生、王先生诸人都见了面，所食午餐、晚饭都安排在他们的酒店。因为都是中国人，大家交流起来毫无障碍。

午饭后驱车前往龙珠寺参观。此佛教寺院环境不错，唯建筑不够理想。再去朝鲜王陵游览。今天是李氏的忌日，当地很多人身着民族服装来此搞祭礼仪式。

晚8时回到旅馆，李东泉的父亲李泰渊由全州赶来匆匆一晤。

2000年10月9日
汉城

上午前往汉城大学博物馆参观，李馆长和各部主任出面陪同。中午李馆长宴请，我们边吃边谈。对方提出可以共同筹办高句丽文物展和齐白石画展，答以齐白石画展好办，至于高句丽文物展不妨换成辽阳、朝阳两地壁画展似乎更为实际一些。他们有意合作，我们则欢迎他们来沈阳访问辽博。

下午5时到国立中央博物馆与池馆长以及各部室负责人在一起座谈交流。彼此都同意携手合作，池馆长表示，明年来沈面议合作具体事宜。

晚上郑馨民教授来旅馆饯行，并致送她翻译的《中国绘画史》和一些图录，殷勤招待，盛情可感。席间表示，她要将我的《国宝沉浮录》《中国书画鉴定学稿》译成韩国文字出版发行。

2000年10月10日
汉城—沈阳

晨起整理行李，书籍一袋交由姜铁成负责托运。上午9时半离开旅馆。

飞机12时过由汉城起飞，1个半小时后降落沈阳。王福荣父子同机抵沈，刘成群来接。

我先去馆里，与顾玉才见面，商量辽宁省政府为我搞授衔活动事宜。

杨仁恺同志学术研讨会暨《中国书画鉴定学稿》首发式

前排：马学鹏　徐炽　姚志忠　冯其庸　杨仁恺　余献朝　单国霖　单国强　赵华胜

后排：李秀忠　于景祥　刘中澄　那荣利　王运天　钟银兰　薛永年　冯鹏生　顾玉才　田立坤　马宝杰

2000年10月25日
沈阳—杭州

自10月10日由韩国返回沈阳，即投入辽宁省政府为本人授予"人民鉴赏家"头衔活动之中。政府召开大会，颁发文件，待遇比照两院院士每月加薪2000元，同时举办了"杨仁恺同志从事文博工作五十年回顾展"，召开"杨仁恺同志学术研讨会暨《中国书画鉴定学稿》首发式"。除辽宁各界人士之外，北京单国强、冯其庸、冯鹏生，上海单国霖、钟银兰、王运天，深圳王鹏等各地朋友来沈祝贺，并参加诸多活动。

一系列活动终于结束。应邀参加"西湖国际博览会"。

2000年10月26日
杭州

按照约定，今天在房内会客室接待求鉴书画之藏家。有杭大教授周先生夫妇拿来作品8件，其中范允临为某部左侍郎小字行书写的传记上、下两册，盛茂烨《雪景山水图》轴为佳。又一人送来祖传绢本重彩《鸳鸯池塘图》中堂，有名款，残破，仅一"写"字可识，印亦不清，确是明中前期之作。还有一人携来曾熙字、画各一件，皆真。

工笔画家徐启雄等人来见，并赠2001年年历一本。

杭州几家电视台记者前来采访，我明确告知，此行目的即为民间藏家服务，唯希望好的书画不因无人识别而埋没。

杭州香溢大酒店
钱立新　杨仁恺

2000年10月27日
杭州

今天求鉴书画者较多。其中西泠装裱师钱立新送来一大中堂绢本设色明吴门四家及子弟门生合作山水人物图，上有同时名鉴藏家史鉴（明古）长题，说明此图创作经过，前后数十年始成。此图钱先生在西泠时从一位画家手中得来，原件折叠存放，藏家无法展开，画之内容无法知晓，于是将之转让给钱立新。钱先生为装裱高手，其以高超的技术手段打开了此图，并装裱成中堂，使世人见到了奇迹发生。于我而言这是重大收获，特为其长跋于画幅装裱之顶上，并拍照留念。

2000年10月28日
杭州

今天求鉴书画的人仍然不少，浙江之外，来自江苏、山东两省的人都有。值得一记者为绫本董其昌临王帖数种，品相如新，虽无题跋，确为真品。又黄易写生山水册，近《嵩洛访碑图》，亦真迹无疑。

2000年10月29日
杭州一上虞

晨7时起床，匆匆洗漱后即到楼下用餐，饭后将行李收拾完毕。

上午8时过，沈明权和周岳平夫妇来接往沈明权画室，在明权处为鲁光题"鲁殿灵光"四个大字，又为明权给朱友土所绘画册题跋，还为许多人写字不少，直到中午时分始告结束。

中午在附近一家酒店进餐。同席者有中国美院吴山明夫妇和上海画院张、陈两位画家，朱友土、鲁光与他们熟识，约定明后天义乌再见。吴山明藏有一幅萧云从作品，请求回杭后予以鉴定一下。

下午2时至上虞。

2000年11月1日
义乌一富阳一杭州

早8时过，告别朱友土总经理，与上海张、陈两位画家以及沈明权等同车离开义乌，中午12时半抵达富阳。一路所见，处处山山水水，风光无限，景色宜人。

富阳蒋放年的文化村颇有名气，两年多前我曾来过，如今规模在扩大，设备在更新，其成功经验值得同行借鉴。蒋选了《丁丑劫余印存》《历代名人咏浙江》等几种印刷品送我，我为他留字几幅，同时也为上海张、陈两位画家写字不少。

下午离开富阳，4时前抵达杭州沈明权画室。我在此为江南书画经营公司周岳平看画若干并题了几件作品，还应一位姓邵的先生所求写字题签。

2000年11月2日
杭州—沈阳

下午1时20分飞机，4时降落于桃仙机场。

家中晚饭之时接到沈明权和《浙江青年报》记者电话，他们将见报的内容在长途电话中念了一遍，大体可以，同意刊发。

郭延奎打来电话，告知鲁美陈忠义教授逝世，为之撰写一联："忽闻故人乘鹤去，犹忆惊涛拍岸来。"

2000年11月22日
东营

上午举办王成画展开幕仪式，我参与剪彩并发表讲话。

下午游览东营水库。水库不大，感觉很好，出乎意料。

2000年11月25日
东营

杭州周岳平电话告知，其已乘车到了潍坊，明日淄博会面。我计划明天上午前往青州（参观青州博物馆，看看驼山石窟），之后奔赴淄博（参观蒲松龄故居）。待与周岳平相见之后再商量日程安排。

2000年11月26日
东营—青州—淄博

上午8时半前往青州，10时左右到达青州博物馆。此馆虽属县级，但建设得很有气魄。庭院四面为金色琉璃瓦覆顶的三层楼房，中间花园，开阔敞亮。登楼远望，周围平坦，景物宜人。展厅为单檐、重檐歇山式建筑，展厅间有回廊相通。展厅内主要陈列为青州龙兴寺出土的北魏、北齐的圆雕和高浮雕佛像，经过整理的按时代展示，规模可观；未经整理的，大大小小许多零碎石雕摆在地上，等待继续修复。

近11时离开青州，一个小时左右抵达淄博，与杭州来的周岳平夫妇在聊斋花园酒店相会。

午饭后由蒲松龄纪念馆杨副馆长陪同到蒲家庄参观。蒲松龄故居匾额为郭沫若题写，原有院落前后四进，又扩增西院，陈列蒲氏家谱、手迹等各种资料文献。这里有工作人员30多位，经费由市文化局拨付部分，自己再筹集一些，据告每年接待旅游参观者有8万多人。

2000年11月27日—28日
淄博

27、28日在聊斋花园酒店为各方送来的书画鉴定、题字，还写了许多字幅、对联。

27日晚游览城市夜景，街上灯光灰暗，楼房零零散散，与东营差距较大。

2000年11月29日
淄博

早餐后离开聊斋花园酒店，前往淄博市政府所在地张店区齐风画廊。前几天冯大中在画廊卖画，刚刚离开。

2000年11月30日
淄博—潍坊

上午9时过，携带行李到齐风画廊。11时乘车离开淄博，下午1时左右抵达潍坊。

稍作休息，即到徐先生的画廊看即将撤展的于希宁作品。画梅之作偏多，但比关山月为优。据闻于希宁现已安心脏起搏器，很少画画。徐先生乃于氏之外孙，"下海"时间不长。引我们看其原单位上司所藏书画，数

量不少，古代的不佳，现代的不错，其中田世光工笔与谢稚柳早年花鸟都非常可观。

下午5时过，吴永良来酒店面谈，赠我一本画册，我为他写了一张鼓励的字条。吴永良原是周昌谷、方增先的学生，其写意人物受周昌谷影响不小。

2000年12月18日
上海

下午3时到朵云轩，参观其拍卖会书画预展。许多作品都是新征集的，大体不错，印有画册，回去细看。据朵云轩收藏部经理介绍，此次拍卖，全国各地博物馆之需要他们可以优先考虑。今年是朵云轩建店100周年，他们今天还准备了一个纪念仪式，由我与徐邦达、程十发、刘旦宅、方增先、陈佩秋一同剪彩。

2000年12月19日
上海

上午王运天来接往他家看画。赵孟頫《斗茶图》，画上元人陈琳楷书长题，右下角文彭草书题，裱边清沈宗敬题，有明文徵明、明张则之、清梁清标、清毕泷收藏印，索价300万元。石涛画册，42岁客南京作，索价250万元。如果以今日朵云轩拍卖一郑板桥中堂成交价150万元和旧本赵伯驹一件落槌价250万元作为参照，此两件真迹则价钱不昂。

下午与茅子良到方去疾家送收藏证书、赠送礼品，之后到朵云轩参加座谈。座谈结束后由朵云轩在上海大厦设宴招待各地宾客。

晚间无锡邱嘉伦居士来延安饭店求字，嘱为纪念赵朴老撰写短文一篇。

2001年

2001年3月13日
淄博

上午在花园酒店为藏家看画题字。其中有一件为赵朴老写的4尺纸诗，作品因纸幅不够而废，后此纸为荣宝斋收进卖出，买家请我为之题跋。

《荣宝斋》杂志编辑巩芸林打来电话，告知关于我的访谈文章即将刊发，拟请我校对一遍。待其将传真稿发来一看，方知这是前年尹吉男为中央电视台做的访谈录。

下午反复校对访谈录文稿，准备修改后重打一份清晰的稿件传去。

2001年3月14日
淄博

午前一位藏家送来刘海粟作品几件，用丙烯颜料作画，其中大幅荷塘颇佳。又钱瘦铁罗汉册六开，裱后分别装框，确为钱氏佳作。还有一位年轻人，其1996年在荣宝斋学过装裱，拿来傅抱石1960年山水1件，一再观察，当是真迹。此人带来的5件现代人作品均真，这与其在荣宝斋学过书画装裱有关。

2001年3月15日
淄博

上午为周岳平写了许多对联。又为此地王龙田和一位姓张的先生写了两个卷子，都是苏东坡的长调。

午饭后随张先生到其家里看看。张先生除了收藏书画之外，还藏有一些辽金陶瓷，藏品没有多少文物价值。

下午将访谈录校样定稿传给《荣宝斋》杂志巩芸林。巩打来电话，对白隆平所藏苏轼《潇湘竹石图》转让邓拓之情况不明，我讲述了这段过程，请她增补有关文字。同时又告知她，我于4月2日前往北京，出席中国美术馆举办的冯其庸书画摄影展，需要交流可届时面谈。

2001年3月16日
淄博—青州

早8时离开淄博，乘车1个半小时到达青州。

据告青州人口仅80多万，却有装裱店近80家、画廊60多个（主要经营近现代作品），由此可知此地书画市场确实兴旺。近几年先后有100多位书画艺术家来青州办展，买家也纷纷云集于此，此地几乎成了中国的书画交易中心。然从事古书画生意者不多，主要原因是对作品真伪没有把握。

已与青州博物馆王馆长见面，约定明日前往参观。馆藏图册已阅，印刷质量一般。

2001年3月17日
青州

上午参观青州博物馆，王馆长接待陪同。

此馆将历史、文化、文物合为一体，展览办得不错，事业颇为成功。我去年11月曾经来过，不到半年，陈列水平提升不小，展室面积也在增扩。青州博的碑碣石刻非常有名，曾在美国、日本等海外展出过，近日又在香港艺术馆展出百十来件。

下午过目青州画院刘杰所藏明张平山人物山水轴，真品。周岳平得知鉴定意见后便想买下此轴，反复商谈，最终如愿。记得去年我对杭州某藏家之董其昌临王帖以及黄小松山水册称好，他很快就将之买了下来。

2001年3月18日
青州—潍坊

早上不到6时起床，写了10多副七言联。

上午10时左右，田纪文开车来接，1个半小时后到潍坊午餐。吃饭时有人展开唐寅款山水轴一件，绢本设色，自题七绝一首，诗与画合，诗堂有阳羡陈某小楷题诗长句。画旧，书法亦工整，但风格不类唐氏，时代够明末。拟参照唐寅晚年作品进行比较，之后再发表意见。又一位藏家请求鉴定曾国藩、康有为、刘石庵等人对联，皆真。据说此人70年代收了不少近现代人作品（包括郑板桥之作），相约明天再看。

下午为文物店杨经理、集文斋田纪文等人看画和写字。田之诸城朋友驾车携一些未装裱的现代作品来此求题（数量不多，也无佳作），直至午夜回去。

2001年3月19日
潍坊—济南

午饭后到文物中心，见到山东博物馆陈梗桥、《齐鲁晚报》孔益仁。孔与我两年前在沈阳几次见面，活动能力很强。

饭后到小邵家看看。小邵母亲在家，小滨有老人照顾无需任何担忧。我告诉邵明湖，外语不能丢，可将自己详细经历挂在网上，不怕没人请，就怕没本事。我一再鼓励他追求上进，相信自己，不能气馁。

2001年3月20日
济南—沈阳

早上去大明湖看看。湖水已被污染，珍珠泉泉水不冒，名城很受影响。

上午驱车到山东博物馆参观。建筑不甚理想，陈列水平一般。精品陈列室之铜器、玉器、陶器尚佳，但展品摆放不很规整。总体印象不如青州博物馆。

下午1时半飞机起飞。登机之后才知道这是架瑞典制造的小飞机，满员34人，经停烟台飞往沈阳。早知如此就该与柳菁通个电话，争取机场见上一面。现在已经归沈，一切晚矣。

2001年3月23日
沈阳—长春

应吉林省文史馆的邀请，林声等我们辽宁省文史馆馆员下午1时半同车前往长春，抵达后受到吉林同志的热情接待。此行主要任务是商议今年9月东三省文史馆联合举办"九一八"70周年研讨会事宜。

离开沈阳之前已与台办刘成群、出版社那荣利通过电话，约定27日我们先谈，然后再与台湾一方见面。

2001年3月24日
长春

上午开会。先是三省文史馆各自谈了一年来的工作情况、研究成果，接着黑龙江、吉林两省致送与会者出版物，唯辽宁竟无人携带著作回赠，一时间非常尴尬，实乃准备欠缺。

午饭后参观吉林省博物馆。旧馆未开，新馆因库房问题估计半年后方可启用。馆长段成桂让人提出苏东坡二赋卷、李澄水墨山水卷和朱耷画轴让我们一览。苏卷原引首明乔宇篆书已残，原作起首上角亦残。此件延光室有照片，可根据照片予以修补，如此重要文物，必须尽心保护。李澄卷尚可，唯朱耷轴则赝品耳。

接着去伪满皇宫博物院参观。这里的九一八事变及溥仪"从皇帝到公民"图片展尚可，但文献资料陈列有点零乱无章。据悉

伪满皇宫旧址已划归长春市管理，将来要投入资金，恢复历史原貌，作为旅游景点全面开发。

2001年3月25日
长春

上午先去长春电影制片厂参观。在长影展室，他们通过图片将自己的历史予以了清晰的展示，作品、人物、剧照等编排有序，陈列水平比伪满皇宫高上许多。随后前往长春市经济技术开发区游览一番。这个区1993年以50万元开办，现已打下1亿多美元（几亿人民币）的底子。据说美、德、荷等外资投入不少，唯日本人投资不多。不过管理上还好，去年收益达到4亿元，发展前景看好。

下午到刘成新开的博艺茶馆、博艺画廊看看。茶馆、画廊布置颇有新意，两店相连又各自独立，茶与画完美结合，收入还算可以。

晚间去看望老友金景芳。已卧床数月，人事不省。其外孙女告诉他说我来了，他勉强说出"沈阳"两个字。我们50年代同事于东北文化部，他对《易经》学术贡献很大。如今此公已99岁高龄，也许这将是我们的最后一面。

2001年3月26日
长春—吉林—沈阳

上午8时乘车离开长春，两个多小时到达

吉林市。

首先参观吉林市陨石博物馆。所见之物主要为1976年降落的陨石，博物馆将电影、图片、实物结合起来办展，特色突出，效果甚佳。

之后前去金意庵艺术馆参观。此馆乃吉林市政府所办，展品皆为金氏捐献的书画作品以及个人藏品，总计300多件。我和金是旧交，今天有幸见面，他陪我一边观展一边倾心交谈。吉林对文化很重视。刘迺中也是书法篆刻大家，据吉林市市长面告，日后也将为其筹建一个艺术馆。

午饭后即与两省人士告别，上车返沈。一路顺风，平安到家。

吉林市风光秀丽，美景如画，将来有机会可再来参观游览。

2001年4月2日
北京

王运天宾馆来晤，告知朱锦鸾升任香港艺术馆总馆长，司徒元杰出任虚白斋馆馆长。有一位计划捐资的刘太太将于今年6月上旬抵沈参观辽博，请我们做好接待工作。

汪大刚等这两天为展陈辛劳不已，尹光华亦参与其中。

2001年4月3日
北京

早餐后到韩美林家拜访，沈明权陪我同

中国美术馆一楼展厅
杨仁恺　季羡林　等

行。韩把近年的各地大雕塑照片相示，又将新写的散文集《闲言碎语》签名相赠，约好明日上午9时半去他的艺术馆参观。

上午10时前抵达中国美术馆。本来是参加"冯其庸书画摄影展"的，遇"中央国家机关中国书协会员作品展"在三层先行举办，启功、孙轶青诸公到场，我和冯其庸也应邀出席了这个展览的开幕仪式。

三楼展览仪式结束，我与启功等回到一层参加"冯其庸书画摄影展"开幕式并观看展品。展厅碰见的熟人很多，诸如徐邦达、王世襄、黄苗子、周绍良（坐轮椅来的）、季羡林（吴志攀爱人陪同）、朱家溍、任继愈、杨新、冯远等。

下午王鹏陪我到王朝闻家。在我告辞将要离开王家之时，巧遇常沙娜来拜访王朝闻。许久未见，我几乎认不出她了，匆忙之中我

杨仁恺　王朝闻　王鹏

们聊了几句抗战时期在重庆的往事。

2001年4月4日
北京

上午应约参观韩美林在通州的艺术馆。雕刻、书画、陶器、家具分类展示，极富现代风格，又具有民族特色。中午回到市内，韩请我们吃饭。美林典型山东人性格，说话坦坦荡荡，滔滔不绝，大病已愈，精神仍佳。

2001年4月5日
北京

中午在富豪宾馆与冯宽堂夫妇及其大女儿一同进餐。这几天他们忙甚，难得一聚。沈明权饭后飞回杭州，王鹏返回深圳。

下午去中贸圣佳看计划拍卖的书画，其中传为李公麟《西园雅集图》卷属于《佚目》之物，为之题字。

晚上与何家英夫妇、杨武、冯鹏生等人用餐。8时告辞，随即奔北京站乘火车返沈。

2001年4月18日
大连

全天从事艺术创作，李连仲、项宪文、杨一墨作画，我写字幅，同时为他们三人作品题跋。

李连仲的女儿新由鲁美国画系卒业分配在辽师大出版社工作，其也过来为大家做点力所能及之事。

2001年4月19日
大连

今天上午，我们5人合作一巨幅《唐杜牧清明诗意图》，效果不错。

此次应空军大连通信士官学校之邀来大连两天，邀请方热情接待，安排妥当；受邀者和谐相处，互相学习，友好合作。最后留下书画作品数十件，双方都很满意。

2001年4月23日
杭州

中国美院刘江和韩天雍同来饭店。韩送

杭州之江饭店
杨仁恺　韩天雍

来为我所刻之印章，我为韩的展览书写展标，又为刘江、韩天雍出版印集题签。

沈明权告知，明天杨武自北京、启蒙从上海赶来杭州，见面后同去义乌。

昨天下午到周岳平公司看画，所见之物大都不佳，如此推测，拍卖之结果未必理想。

2001年4月25日
义乌

午前去东阳参观卢宅。这是个明清院落，前后九进，建于明代，清代增扩后遭到破坏。现已成为拍摄古代电视剧的基地，有专门管理机构，对外开放，接待游人。东阳以木雕著名，而卢宅则集中体现了此地民间雕刻艺术的最高水平，其既有北方的大气布局，又有南方的精雕细刻。

中午在东阳光明饭店就餐，鲁光也赶来同席。

午饭后回到义乌大酒店聊天，之后大家到五楼创作书画。先是我写字几件，接着大家合绘一四尺横披（不太成功）。

与劳继雄通话，得知"北美华人画家七人作品邀请展"4月28日上午开幕，约好27日上海见面。

2001年4月26日
义乌—杭州

上午10时离开义乌，中午时分抵达杭州。下午陆陆续续来了几批藏家，为他们看画题字。好的不多，其中宁波一位先生送来的林则徐之作与高奇峰《饮马图》真而佳。

晚饭后到西湖边上散步，游逛一会儿回饭店休息。

2001年4月27日
杭州—上海

上午，上虞杜金康、作家陈军、画家沈明权来之江饭店交谈，我为他们写字几件。

下午1时半，我们乘面包车前往上海，约3小时抵达延安饭店。与饭店贾恩玉、徐金潮诸负责人见面，马乐平、劳继雄夫妇以及劳的旅美韩国学生夫妇在此等候。

2001年4月28日
上海

上午出席在朵云轩举办的"北美华人画家七人作品邀请展"开幕式并参与剪彩。7人中王己千（因故未到）、何百里、劳继雄、张洪是熟人。在展场与陈佩秋、汪庆正、钟银兰、单国霖等许多人相见。晚间由朵云轩宴请有关各方。

2001年4月30日
上海

晚间陈佩秋公子谢定珺宴请，上博汪庆正夫妇（夫人为上海评弹名家）、钟银兰、王运天等出席。席间大家对谢稚柳在上博发展建设的功绩一再提及，高度评价。明年12月，上博将举办建馆50周年庆典，晚宴结束之时汪庆正当面约我撰写长文以贺。

原拟今晚同去拜见华君武，因华回所住宾馆太晚，改约明晨前往。

2001年5月1日
上海—无锡—宜兴

上午9时半，与王运天一同去他家里看看，赵渤同往。午饭在附近的孔乙己酒家进餐，汪大刚请客，汪大伟夫妇等人参加，满满一桌食客。绍兴饭菜，味道不错。

下午1时半返回延安饭店，宜兴马乐平及

上海虹桥迎宾馆

杨仁恺　华君武

其友人吴志南两家来接，一起驱车前往无锡灵山大佛参观游览。观光结束离开无锡，来到宜兴国际饭店住下。

2001年5月2日
宜兴

上午在饭店房间为藏家鉴定书画，并写了一些字幅。

中午饭后去玉女潭、陶瓷博物馆参观游览。玉女潭建园于唐，盛于明，历史痕迹依旧。陶瓷博物馆陈列着从原始社会到明清时期出土和传世的器物及碎片。现代紫砂大家顾景舟作品单独一柜，其他同时名家以专题形式介绍。抵达陶瓷博物馆时他们已经下班，照顾我们特许进入，匆匆一观。

2001年5月3日
宜兴—无锡—上海

早上8时，由马乐平、吴志南两家陪同离开宜兴前往无锡。先到无锡市博物馆参观，馆长陈瑞农先生亲自接待。这个馆一楼开有书店和茶社，二楼是书画和地方基本陈列，建筑与设施都很陈旧。据告市里正在计划建设新馆，确实很有必要。之后到中央电视台影视基地一游。这里有唐城、三国城、水浒城三大景区，游人如织，非常热闹。

下午2时午餐结束，驱车走高速公路，4时半抵达上海延安饭店，见到贾恩玉、杨人瑞。

下午6时过，钟银兰、单国霖来接往广电大厦御花园18层楼夜宴。出席者有陈佩秋及其儿媳庞沐兰，上博的陈燮君、汪庆正、顾祥虞3位馆长，还有佳士得驻沪首席代表朱仁明。据朱小姐面告，谢老4尺青绿山水在香港拍卖落槌价为90万港币。可喜可贺！

晚上王运天、小渤来饭店面晤。后运天回去，小渤留住饭店。

2001年5月4日
上海—南京

早7时半进餐。8时过动身离开饭店，走沪宁高速直奔南京。同行者有陈佩秋及其儿媳庞沐兰、劳继雄夫妇，还有一位从美国来的劳继雄女学生滕淑明。

2001年5月5日
南京

上午我们去陆总公司看其所藏古代书画。作品以明清为主，其中沈周画卷，40岁之作，高攀龙等长题，陈佩秋意见是可疑，我则认为佳作。此外，董其昌、倪元璐、张二水、王铎、刘墉、金农诸作皆真。私人收藏古代字画，能如其水平者并不多见。

蓉裳陪文秀先到徐畅家走走，之后到徐欢新居看看，午饭后母女三人送文秀回到宾馆。我对欢欢、畅畅说，年轻之时一定要多储备知识，多掌握本领，若是能够考取律师证、会计师证，对将来发展很有益处。

下午2时半，江苏省国画院宋玉麟、萧平等人应约而来，大家共同创作书画。一场笔会下来，作品确实出了不少。

2001年5月7日
福州—武夷山

早8时动身，汽车由福州向西北行驶，过建瓯、南平后即到达了此行目的地武夷山。

武夷山儒、释、道文化遗迹皆有，已被联合国教科文组织列入《世界自然与文化遗产名录》。传闻此地原为商代彭祖所居，二子名武、名夷，因有武夷之称。此地发现了新石器遗址，历史相当悠久。

杨武打来电话，告知中贸圣佳于5月15日到19日举行拍卖会，请我参加，我让他先将拍卖图录寄来一套。

2001年5月8日
武夷山

朱熹曾在武夷山讲学，讲学之处山清水秀，环境优美。现建有朱熹纪念馆，规模可观，有图片、漆像、文献陈列，是了解朱熹的重要场所。

武夷山历史上就很知名，但由于相对封闭，人少往来，直到20世纪80年代被列为首批国家重点风景名胜区后才渐有人气。1999年联合国宣布其为世界遗产，从此这里开始成为旅游胜地，日渐繁华起来。

武夷山与桂林等风景区不同。这里山势雄伟，层峦叠嶂。天游峰乃一块数千米长整石构成，玉女峰突兀挺拔数十丈，隐屏峰、大藏峰等皆各具特色。有一个旅游项目叫九曲溪竹筏漂流，游客坐在古朴竹筏之上，一边欣赏山景水色，一边聆听溪声传说，十分惬意，乐在其中。

武夷山九曲溪
贾恩玉　陈佩秋　杨仁恺　庞沐兰　李丹丹

心关照深表谢意。

大红袍属乌龙茶，质量优异。明朝初年，此茶叶因能治病而名世。生长在石岩上的3株茶树，过去每年只产7.5两茶叶，悉数奉献朝廷享用。今天虽然有茶叶研究所搞科学培植，但新的产品仍不能代替老株之功用。

回程看新旧佛寺，我在车上等候。

武夷山旅游结束，大家一起回到了上海。

2001年5月9日
武夷山—上海

今天雨中参观大红袍母树3株。其长在峡谷之中，必须步行前往。山路非常难走，老伴执意要去，东苑宾馆副总经理吕芬和随行的青年医生左右陪护。我对老伴面对崎岖之路无所畏惧而感动，对吕副总和女医生的悉

2001年5月10日
上海

上午去新世纪拍卖公司看一批由日本回流的明清瓷器，大都是明清官窑之作，殊佳。

下午小渤来延安饭店，告知博士生考试月中即可发榜。我认为无论结果如何都要坦然面对，学历固然重要，但能力比学历更重要。

晚间陈佩秋邀请此次同行的10多人在一家杭州菜馆聚餐，尽欢而散。谢小珮自美国归来，席间告知其已在华盛顿一家博物馆找到工作，待8月卒业后即可就职。又说上博为谢稚柳编印的集子，原拟三册，现改为一本，质量不错，8月后可望出版。

晚饭后同到延安饭店，陈佩秋为在南京所作书画钤印后离去，我则接受上海书画出版社《书与画》编辑采访。

2001年5月15日—16日
沈阳—北京

荣宝斋"如初金鹰显左手书展"开幕式
启功　金鹰显　杨仁恺

15日，为赵华胜《中国当代十大著名科学家肖像》题写长跋，"赵华胜人物画作品展"6月20日将在中国美术馆举办。

茅子良来信，方去疾八十寿辰，其代方家求字，书一条幅寄去以贺。

李树基、许丹阳女儿李雨桐、女婿许泳椋由新加坡回国举办婚礼，题诗一首祝贺。

许丹阳回到沈阳，将李树基为我画的肖像送至辽宁省军区干休所。

美国友人寄来一篇剖析《朝元仙仗图》的文章，见解颇具新意。我同意他的观点，回信表态。

晚8时半，郭延奎来接同赴北站，乘9时20分54次列车离开沈阳。

16日上午7时20分车抵北京站，杨武来接。

下午4时，到荣宝斋出席"如初金鹰显左手书展"开幕式，见到启功、沈鹏、欧阳中石、冯其庸等人。

晚间中贸圣佳请客吃饭，他们的几位老总易苏昊、刘亭亭等人参加。

柳菁17日飞京，约定明天下午4时同往吴方家探望。

2001年5月17日
北京

中贸圣佳已在港澳中心二楼布置好拍品预展，打算下午前去参观。

苏士澍前因拔河运动获胜高兴而致心脏病突发倒地，送进医院急救脱险。上午我和杨武同往探视，已基本痊愈，明日出院。

下午与冯其庸同观中贸圣佳展览的拍品。午后3时，刘亭亭陪着王光英来此参观，请我讲解一下古代书画。与王光英互报年龄后才知道，其1919年生人，小我4岁。刘亭亭性格开朗，已近50岁了，但事业心颇强。她80年代在哈佛大学读经济，又在洛克菲勒公司工作过，对文物拍卖很感兴趣。

下午4时抽空与柳菁到吴家看望吴方，柳菁晚上再去吴志攀家看看。

晚上吴悦石和一位台胞来港澳中心，送李敖的印刷品。

2001年5月18日
北京

上午与冯宽堂、屈兆田等同往中国工艺美术馆出席周桂珍紫砂陶艺展开幕式，在展场见到徐展堂夫人、周桂珍女儿、冯其庸学生张庆善等，结识许多新人。

饭后回到港澳中心，由杨武陪同参观书画拍品。

下午深圳姚敏来接我以及冯鹏生、杨武一起到赛特，与吴悦石、台湾叶律师等人喝酒聊天。

晚间中贸圣佳在港澳中心三楼举办答谢酒会。先是刘亭亭致词，接着是易苏昊讲话，中心意思是说公司成立6周年，承蒙各方支持，表示衷心感谢。晚宴上，我与徐邦达夫妇、史树青夫妇以及部分海外来宾同席。其中李慧闻，哈佛大学东方艺术系博士，在王己千家以及东京会上见过面，现为法国学者。又陶步思博士，英文杂志《中国考古与艺术文摘》主编，其介绍刊物老板（似为印度人）

认识，聊了几句。

2001年5月19日—20日
北京—沈阳

上午去看望王世襄，这是我第一次来其新居拜访。由于近来赶写不少作品，十分辛劳，邕安身体已大不如从前了。

午饭后屈总陪我到芳草园宽堂别墅。小院平静依旧，然主人精力已不同以前。这是自然规律，一个人到了晚年必须要自我调理，减缓衰老，别无他法。

晚9时过乘上53次火车，同一软卧车厢的为一对俄国人，我与郭延奎买的都是上铺，见我年岁偏大，俄国人让我改睡下铺。

翌日早7时20分车抵沈阳北站，回到家中。

山东潍坊、陕西西安、辽宁营口等地之人先后来家里求字，忙了一个下午，颇感疲倦。

2001年6月20日
北京

为参加"世纪颂·赵华胜人物画作品展"，昨晚与张力同乘火车离沈，今晨抵京，杨武、冯鹏生前来迎接。出站口见到来自沈阳参加画展的人不少。

上午9时去中国美术馆出席开幕式并参与剪彩。展场熟人不少，一一握手寒暄。冯远主动向我问候，我说他身体更强壮了。侯恺也来了，我们聊的时间较长。

2001年6月21日
北京

上午给何流打电话，询问近况。据告行走困难，孩子们如昔。

与苏士澍通话，了解南京主办之"第五届中国书法史论国际学术研讨会"筹备情况。苏刚从南京回来，准备工作正常进行之中；又告知《万岁通天帖》未达成出版协议，建议请国家文物局直接协调为妥。

冯鹏生介绍一藏家持董其昌山水诗书册各4开求鉴。此乃为友人陈眉公写，陈氏有题，以后明清人各一题。应是本人之作，为之题跋。同时为杨武朋友以及中贸圣佳易苏昊各写字一幅。

下午随侯恺去医院看望其老伴白燕，回侯恺家正碰上电视台记者对其专访，于是就荣宝斋收购清宫散佚书画一事我也被采访了一番。

2001年6月22日
北京

上午屈兆田夫妇来接，先去冯其庸家。冯先生先是在鲁美王教授之女儿为我画像诗堂上题字，又用4尺整纸为我撰书米寿诗七律一首，盛情可感！

离开冯氏别墅一起到屈家，与周桂珍及其儿子（高振宇）、儿媳一同参观屈兆田近日所收各种石头。高振宇出身于宜兴陶艺世家，

其与冯家比邻而居。上个月高的母亲周桂珍在中国工艺美术馆举办紫砂陶艺个展，影响不小。

午饭后分手，我与冯鹏生随屈兆田夫妇回到他的"万石山庄"。略事休息，程与天来见，大家在屈氏别墅小院门前品茗。凉风徐来，周围绿茵满地，荷花满塘，真乃"又得浮生半日闲"也。郊区生活有别于城市，惜此地不能久留耳。

2001年6月30日
沈阳—深圳

昨日上午9时，上博陈燮君馆长、陈克伦副馆长、单国霖主任由京飞抵沈阳，商议明年年杪为庆祝上博建馆50周年，拟与北京故宫、辽博三家共同举办"国宝特展"，展品以晋唐宋元书画为主。国家文物局以及有关各方已经达成共识，决定由上博拟定国宝目录，各自撰写文稿，配合展览出版大型图录。

今天中午，陆宏送我去机场。飞机晚7时40分抵达深圳，王鹏来接，入住海景酒店。何香凝美术馆乐正维副馆长来见，告知"现代名人书、篆毛泽东诗词作品展"明日下午3时开幕，与观众互动同时举办。

2001年7月1日
深圳

今天是中国共产党成立80周年纪念日，全国许多地方都有庆祝活动。辽博在何香凝

何香凝美术馆"现代名人书、篆毛泽东诗词作品展"开幕式
乐正维　杨仁恺　等

美术馆举办的这个展览即为一项重要的纪念活动。

上午汪浩送来许多作品求题，大都是现代名家之作，个别为伪。

中午到深圳大学内的南山区人事局王潮安画室，为其新作十二开画页题字。在那里结识马来西亚第一现代美术馆戴毓赋先生，他与钟正山、郑浩千都是朋友，住槟城，带孩子来此看医生，诚邀去马来西亚一游。此人热情好客，经营企业的同时又自建了一个美术馆。中午王潮安请大家吃饭，画家邹明和新由纽约归来的雕塑艺术家张树国一同进餐。张树国乃哈尔滨人，鲁美毕业，后赴美深造，在美期间曾为王己千塑像。

下午3时，"现代名人书、篆毛泽东诗词作品展"宣布开幕。我在主席台上先讲了几句，之后请现场观众提问，由我作答。有几

位与我互动者还是专业人士。开幕仪式、互动交流结束，观众入场参观展品。晚上由何香凝美术馆宴请有关人员。

2001年7月2日
深圳

上午为王琦、王鹏写字到10时半，之后二人陪我到藏家沈汉先家看其藏品。沈是学医的，但酷好书画，据告收藏明清之作1500件，现当代作品200多件，但他拿出来让我过目的书画却很少有真品。我劝他不要随意购进，多参考一些资料后再决定是否买入。沈对古代书画有点着迷，建议全部编目，真迹留下，伪作弃之。

吴悦石刚刚从北京返回深圳，约好明午见面，一是谈朱光藏品之事，二是今冬去台湾请他帮忙为王鹏、杨武办理同往手续。

给深圳博物馆办公室打电话，得知王璧馆长现在广州，明日返回，争取见面。

2001年7月12日
沈阳—汉城

早上6时半，与马宝杰、许红英同去机场，乘9时20分班机离沈，1个半小时后飞抵汉城。由于入境手续耗时较多，致使前来迎接的李东泉以及艺术殿堂蔡弘基等了很长时间。

下午2时半，金膺显先生来访，我们在一楼饮茶晤谈。金今年5月在北京荣宝斋举办

"如初金膺显左手书展",影响很大。忽然左手中风,又改用右手写字,唯未见作品,不知现在书风如何。金约我到其深山隐居处看看,待与李东泉研究完日程之后才能定夺。

随后到艺术殿堂拜访新任社长金顺珪,彼此寒暄、交换礼物后而别,约好明日下午展览开幕式上再见。由蔡弘基引至展厅参观,展品陈列、光线使用颇为理想,印刷品大小两册质量还好,较去年"明清皇朝美术大展"强了许多。

汉城机场为新建,规模不小,可与上海、北京媲美。据说汉城人口过千万,占全国人口1/4,汽车很多(出租车较少,多为自用车)。

2001年7月13日
汉城

早餐后去韩国国立中央博物馆,先拜访他们的馆长,寒暄片刻,互送礼物,随即参观展览陈列。这个馆的考古系列所展示各时代文物之上的文字都是汉字,从中不难看出与中国文化关系甚为密切。韩国今天使用的文字开端于15世纪,到20世纪40年代逐渐普遍流行。专题展览中青白瓷器分量很重,佛像所占比例较大,书画、工艺器具则为数不多。从博物馆东北口出去,即为景福宫。天气虽然炎热,但这里游人颇多,来自中国、日本的游览者不少。

下午3时半,艺术殿堂举行了"古今书画真赝作品展"开幕剪彩仪式,由该馆蔡弘基先生对这次展览做了介绍。仪式结束,观众参观。

晚上由汉城大学郑馨民教授请大家在一个日本菜馆用餐。

昨日展厅参观,就发现有展品悬挂位置不对、说明文字有误、安保措施存在隐患等问题,我方商量后决定打印一份材料给艺术殿堂,当然,先予以肯定,然后再提意见。

2001年7月14日
汉城

上午为打印材料到街上去找华人打字店,结果没有找到。

下午2时到艺术殿堂学术报告厅作"古今书画真赝作品展"专题讲座,台下200人左右,老中青都有。我首先简要说明一下此次办展的目的,唯希望促进中韩两国文化进一步交流合作;然后结合展品实际,浅显易懂地介绍了书画鉴定的一些常识。讲座结束,台下提问,我来作答,前后总计2个钟头,由蔡弘基主持,李东泉翻译。

离开报告厅,我们去超市购物,每人买一些小的商品。超市规模很大,我们逛了2个小时。整个下午连续4个小时都在活动之中,没觉得太累,身体还行。

2001年7月15日
汉城

上午继续出去寻找打印材料的地方,依

旧未能如愿。

下午李东泉来旅馆，发现我们所住酒店的韩国电脑也可以输入汉字，于是由他亲自动手将材料打印出来。浪费了两个上午的时间，结果问题就在眼前瞬间解决了。

中午去吃鸡饭，味正肉香。晚上就餐于蹄子肉店，也是非常可口。

晚饭后他们出去逛街，我在酒店休息。适王福荣友人京畿道的刘女士一家来访，交谈一阵告别。

2001年7月16日
汉城

上午去韩国国立现代美术馆参观。此馆有两个：总馆建于郊区山巅之上，1969年对外开放，总馆长姓袁；还有一个分馆，建于德寿宫内，分馆长为一女性，姓崔，不到40岁。我们参观的是总馆。总馆周围风景优美，树林茂密，空气新鲜，环境宜人。馆内为朝鲜王朝末期画家蔡龙臣专门开设一个展室，其1848年出生，卒于1941年，主要作品为人物肖像。还有一个展厅陈列油画作品，五六十年代之作很具象，七八十年代以后则为前卫派路子，无论人物、山水、景物写生皆是如此。水墨山水之作也有，但数量很少，风格与中国相近，唯书法作品未见一件。

下午4时前往中央博物馆参观"乐浪出土文物展"。展品不少，较之原先的"三国展"丰富很多。我问工作人员是否有图录，其答

应以后寄送。

2001年7月17日
汉城

今日无事，在酒店看书、整理物品。韩国国立中央博物馆赠送的刻花瓷盘偏大且重，无法托运，又不能留下，只好随身携带，别无他法。

晚间艺术殿堂蔡弘基宴请。出席者中有他们的社长金顺珪，此人当过韩国文化观光部次官，有点官气。汉城大学郑馨民教授，原是主办此次展览的总监，虽已离职，还是赶来饭店欢晤。郑对我们提的意见很重视，表示虚心接受。我则认为着手新的工作难免出现一点疏漏，总体而言成绩还是应该肯定的，同时对郑教授的辛勤付出一再致谢。

晚宴结束之际，蔡先生赠送《两千年书法展图录》一册，印得不错。蔡说我们都要重视东方艺术，必须友好往来。我认同他的观点，虽然彼此隔断了近50年，文化艺术交流并非轻而易举之事，但还是应尽力而为的。

2001年8月3日
新加坡

上午去定庐看望吴在炎老先生，献上西藏的哈达、藏香以及补品，愿老人身体康健，长命百岁。

午前返回酒店，俞精忠来接往其画廊看

新加坡定庐
颜秀绵　吴在炎　杨仁恺

画并同吃午饭。

下午到新加坡总统府参观。总统府建筑很有气势、非常华丽，内有接待厅、礼品厅，外有总统草坪花园，整个下午我们都在总统府内外信步游览。今天游客很多，总统纳丹也出来在草坪接见游人，赵晓华上前与之握手。参观结束，俞精忠将我们送回酒店。

晚7时，蔡斯民夫妇来接往吴老先生家共聚晚餐。客人10多位，包括李树基夫妇、杜南发夫妇以及"三一指画会"的林秀鸾、沈诗云等，再加上吴老家人十四五位，一时间热闹非凡，晚10时散席离去。

2001年8月4日
新加坡

早餐后俞精忠来接去看两处藏品，均无佳作可言。

上午10时，我们如约而至定庐，沈诗云先到，大家一起过目吴老作品，并一一登记编号。

全天工作效率很高，连续过眼吴老书画100件，如此速度明天可望全部看完。所见作品中3件张大千有题、1件张书旂有题。

2001年8月5日
新加坡

上午继续在定庐看画，中午时分结束，共过目吴老作品175件。

下午马宝杰、赵晓华由吴老二公子怡龙陪同游览当地名胜，我则由陈家紫接去亚洲文明博物馆看张大千作品展。

晚间与律师吴先生见面，告知张大千画展中有一部分是他的作品，看来此展问题不小。

2001年8月6日—7日
新加坡

这两天与蔡斯民密切合作，主要工作是将吴老作品一一照相、登记装箱。

2001年8月8日
新加坡

上午新加坡美术馆馆长郭建超与一位先生来访，一再询问吴在炎画展举办时间，我说计划今冬明春，因为展室装修与作品修补要花费不少时间。一位享誉狮城的指画大师之作捐献给了中国，郭馆长心里可能不是滋味，但又未明说，只是表态愿意合作办展。

接着接待来访的王德水，我们中午在林秀香与他人合开的一家小店午餐。楼上画廊办公，楼下经营小吃，生意还好。

下午先到吴老家将捐赠作品清单交吴老夫人签字，告知捐献协议待回到中国签字、盖章之后寄来。离开定庐，马宝杰、赵晓华去斯民艺苑继续从事作品拍照、包装工作，我则由陈家紫接往吴律师处看其所藏书画。

晚间张美寅来谈，10时左右离去。

请酒店转交曹瑞兰的东北艺术品博览会文件今早她已取走。此次彼此忙碌，未能见面，待其9月由上海去沈阳之时再会。

2001年8月9日
新加坡

今天是新加坡国庆节，白天有壮观的聚会游行，晚上则有大型的烟花表演，我们没有时间去看。

上午马宝杰、赵晓华到蔡斯民处继续拍照、包装书画，我则去沈诗云家问候其昨日刚刚病愈出院的丈夫。告别沈诗云夫妇，到李树基、许丹阳家里去看看。一起午餐后到南洋艺院李树基画室看其《孙中山在南洋》大型油画，艺术效果不错。

入夜前赶到蔡斯民处。作品已全部拍照登记完毕，包装也颇有水平。所订机票明日

午夜起飞，翌晨抵达北京，4个小时后由京飞沈。原计划在北京休息一日，因有作品押运，必须越早回沈越好。

晚饭在一家海味馆吃海鲜，王德水友人江泽先请客。

饭后返回酒店，收藏家协会会长梁奕嵩和理工大学一位副教授（饶宗颐学生）来访，商量以后合作事宜，计划组团访问沈阳。

2001年8月10日—11日
新加坡—北京—沈阳

早餐后退房，所有行李寄存在蔡斯民处。

上午前往定庐辞别，中午去江泽先处看画，下午到许丹阳家聚会并共进晚餐。

晚间从斯民艺苑出发，吴老夫人及其子女皆来送行。午夜时分抵达机场，登上飞机，一觉睡到翌晨5时。

11日6时过，飞机平安降落在北京。先提取托运的书画，之后办理10时过飞往沈阳的各种手续，其间周折不少，好在没有出现差错。

飞沈的航班正点起飞，正午12时过抵达桃仙机场。一起回到馆里，将全部作品7个包装之件交给保管部，一颗一直悬着的心彻底放下。下午2时回到家中。

2001年9月24日
深圳

晨7时半起床，匆匆洗面，之后与王鹏一

起早餐。饭后为11月电影表演艺术奖在深圳颁发写字五幅，又为深圳博物馆新馆题《易经》中"革故鼎新"四字，还为王鹏所购两件宋雨桂画题跋。

上午杨耀林副馆长派人来接往深圳博物馆看"辽博书画艺术精品展"布置情况，马宝杰、赵晓华正忙于陈列的收尾工作。王绵厚、周晓晶参加海峡两岸古玉学会议3天，今日由台湾归来，下午与马宝杰同机回沈。据说此次会议台湾邀请大陆70多位专家前往，其中郭大顺因通行证、身份证被偷未能成行，孙守道会议结束后前往台南考察。会议原计划5天，由于台湾风灾、水灾原因改为3天，匆匆而散。

2001年9月25日
深圳—东莞

上午10时，"辽宁省博物馆书画艺术精品展"在深圳博物馆举行开幕仪式。先是董副局长致词，随后由我讲话。我说此次展览得到国家文物局特批，这是对改革开放窗口的支持；展品中有不少堪称国宝之物，我简单介绍了几件，国内很多人难以看到。30分钟后仪式结束，观众开始参观，我在展场为大家做了具体作品的讲解。

回到海景酒店，中山大学张镇洪来接往东莞去看之南文化艺术公司利用景德镇技术烧制的古代书法名作，效果颇佳。据告公司将筹建瓷林翰墨博物馆，想法殊新。

2001年9月26日
东莞—广州—沈阳

早起散步，放眼望去，四面湖水环绕，园区内洋楼处处，这里既是居住生活的乐园，又是招待客人的佳境，着实是一个休闲度假的理想之地也。

之南文化艺术公司吴、叶诸人招待热情周到。抵达机场后，叶先生表示陪我飞至沈阳，我坚决不允，于是叶先生找机场工作人员将我送至飞机座位上后方才离去。

2001年10月10日
潍坊

上午、下午皆在李洪文家看其所藏书画，都是近现代之作。好画占60%以上，书法之作亦佳。来楚生《行草自作诗》卷颇精，可知来氏书画兼工。为李洪文藏品题字20件左右，钤盖鉴定印章10余件。

中午、晚间与此地吕剧院、京剧院院长同餐，一位姓王的女演员吕、京两剧演唱均佳。

济南市文物店来人送黄胄丈二匹新疆少数民族人马长幅一件过目，与李洪文所藏大体一致，济南一件为好。

2001年10月11日
潍坊

上午看画，古今之作兼有。其中傅抱石

1962年中山陵写生一件颇好，唯隶书题"中山陵"三字欠佳。清刘墉为内戚所书寿序12条屏（缺1条），大字颜体，从官衔观之，时间当为晚年。

下午3时半到潍坊文化艺术中心，为其所藏齐白石《贝叶草虫图》以及郭味蕖遗作题跋。我认为郭味蕖作品非同一般，共只是由于历史的原因才被遣返潍坊，最后逝世于家乡。题中表达了我的观点，请本地藏家高度重视郭氏之作。

2001年10月13日
上海—宁波

8时过离开延安饭店，驱车直奔宁波慈溪陈家。

在陈家为陈氏父子所藏清万上遴《西溪渔隐图》卷（上面已有乾隆时39人题）、徐悲鸿奔马以及傅抱石山水等作品题跋。陈氏收藏之劳继雄《兰亭图》《武夷山揽胜图》长卷，都是青绿山水，风貌特佳，亦为之长题。曾在洛杉矶劳家题董其昌没骨摹唐人青绿山水，重看发现我题中有两个错字，风貌的"貌"误作"伏"，困惑的"惑"字误作"怀"，再跋改正。

2001年10月14日
宁波

早点后直驶宁波沙孟海书学院。此院新

浙江宁波沙孟海书学院外景
杨仁恺　陈云峰

建，地点偏远。陈列以照片为主，实物殊少。由于位置原因，参观者寥寥。工作人员没有几个，负责人也没有见到。

中午在一家地方餐馆吃宁波饭菜，饭后即去奉化，到蒋介石在溪口住过的妙高台别墅一游。此地风景很美，蒋氏故居也建得很有特色，参观的游人不少。

饭后为参加生日晚宴的几位客人写字，并看了一些私人藏品。上次北京翰海一卷王翚山水拍了600万元，几年前中国嘉德拍卖天安门大红灯笼最后1000多万元成交……

2001年10月21日
沈阳—北京

中央文史馆明日召开50周年纪念大会，我与辽宁省政府参事室梁处长同乘轿车于今日上午9时出发，走高速公路直奔北京。中午在北戴河服务区吃饭，饭后继续前行，3个多小时之后到府右街宾馆报到。

幺喜龙先我而至，他从河北省清河县而来。清河县经济发达，羊绒制品为其特产。喜龙带来羊绒大衣、围巾送我，做工质量与进口商品相差无几。据告当地人特别喜欢幺氏作品，计划建立"幺喜龙书法艺术馆"。

晚饭后冯鹏生、杨武来到宾馆。杨武将朱光藏王石谷唐诗写意山水长卷影印件请我过目，确是《佚目》中物，建议暂时不拍，待下次有数件《佚目》书画之时集中拍卖效果更好。杨武近日赴港参加拍卖活动，启蒙将从上海前往相见。

陕西省文史馆馆长杨才玉来谈。又把关于徐伯郊经手为国家买回大量国宝的文章近期连载刊发一事见告，此中涉及徐森玉父子、郑振铎、王冶秋等许多人与事，可以写成一部史书。杨馆长表示，他可以为我介绍一位四川博士，彼此见面共同商讨。

2001年10月22日
北京

上午10时，"中央文史馆建馆五十周年纪念会"在人民大会堂安徽厅开幕。与会者200人左右，由中央文史馆副馆长袁行霈主持会议。袁先生是北京大学中文系毕业的，现任北京大学国学院院长，年龄65岁。

国务院秘书长王忠禹、中央统战部部长王兆国出席开幕式并发表讲话，充分肯定了文史馆成就。启功大会致词，因感冒之故，请一位播音员代念讲稿。整个大会不到一个小时结束。晚间由中央文史馆设宴招待全国各地来京参会人员。

晚上冯鹏生、龚继先来见，我们在宾馆房间聊天至9时半分手。

与家里通电话，平安没事。

2001年10月23日
北京

今日主要活动地点在中国革命博物馆。这里以省为单元，正在举办"全国文史馆馆员书画作品展"。我为中央文史馆成立五十周年书杜少陵《望岳》诗一首以贺："岱宗夫如何，齐鲁青未了。造化宗神秀，阴阳割昏晓。

中国革命博物馆"全国文史馆馆员书画展"
谷长春　杨仁恺

荡胸生层云，决眦入归鸟。会当凌绝顶，一览众山小。"

在中国革命博物馆与谷长春等人见面交流。

2001年10月24日
北京

上午到房山区的云居寺参观。云居寺依山而建，有千余年历史，从唐宋到明清，历代都有修葺，如今已成为旅游景点。寺藏石经数千块，现已移入藏经洞中陈列，如此可避免风化，千年无恙。

中午在房山韩村河旅游景村吃饭。这是京郊双文明第一村，以建筑业起家。全村近年已经现代化，街道宽敞，有星级宾馆、花卉基地、公园、医院、学校等。农民都住进新建的楼房，福利很好。唯介绍者未说明人均收入多少，人才培养结果究竟如何。遗憾！

2001年10月25日
北京

上午开馆长会和书画会。我先去馆长会报到，向主持人以及与会者解释道：本人在辽宁省文史馆担任名誉馆长属于兼职，情况不熟，辽宁省政府参事室的梁处长一直负责文史馆管理工作，掌握所有情况，由其向会议全盘汇报。得到理解，告辞离开，我去参加书画会了。

下午2时20分到人民大会堂接受朱镕基总理接见，与会代表全体合影。朱总理介绍了目前国内外形势："9·11"事件发生后，世界经济很不乐观，美国经济学家无法拿出复兴计划，欧洲、日本紧随美国，经济继续下滑，东南亚自亚洲金融危机以来一直没有恢复元气。我国受"9·11"事件影响不是很大，截至第三季度实现了计划的70%，为了实现全年目标，城市要增加工薪、拉动消费，农村要为农民减负，提升农民购买能力……

2001年10月26日
北京

上午8时过为幺喜龙作品题字。据说河北省清河县要建幺氏书法艺术馆，且送馆之作按件计值，可喜可贺。

上午10时，杨武来接赴中贸圣佳看《石渠宝笈》著录之书画，据说皆为日本有邻馆之物，通过台湾友人介绍购得。其中阎立本《孔子弟子像》长卷，缺失少半，乾隆入宫时即已如此，人物排列近波士顿美术馆《历代帝王图》，但年代只到南宋。王蒙山水卷，拖尾文徵明、王毂祥两题，画未见王氏本色，类沈周摹写，待研究。康熙《楷书朱熹五言诗》，原装，裱边绘云龙，淡墨，象牙轴头，紫檀木盒，品相如新，精品。董邦达山水大册页一本，每开弘历诗题，水墨细笔臣字款，董氏代表之作……

2001年10月27日

北京

全国文史馆会务组安排的食宿至昨晚结束，今天去华北大酒店住下。

上午与吴方父子联系，电话皆未打通；电话裴立，只有保姆看家，询问他人何在，一无所知；与何流、孟昇通话，得知夫妇二人一切如常，子女情况同前。

下午陈复澄来接，同车前往通州，与冯其庸夫妇见面。冯家依旧，只是买的古董增多，大都不佳。冯说请文物出版社苏士澍为其代买图书之事一直未办，我表示代为催问一下。陈复澄也在通州买了3亩地修建房子，现与冯多有往来。

晚间薛永年酒店来见，谈到11时离去。他说《中国书画鉴定学稿》一书有两处错误，待回去核定，再版时改正之。

2001年10月28日

北京

今天乘陈复澄所驾之车去侯恺、白燕家拜访，见到了四子晓东夫妇。晓东自幼学画，曾赴日本深造，今已形成自己风格。餐厅有其所绘山水一幅，中西之法相融。

离开侯家，我们直奔四环中关村吴方新居而去。吴方夫妇现在与儿子志攀比邻而居，精神状态不错。吴氏《浮生十记》一书已经再版重印，内容有所修订。

回到酒店，马来西亚胡智雯夫妇和天津画家宫春虎见面。宫先生用4年时间绘制一卷《万马图》，据告已获吉尼斯世界纪录，求我为之题跋，于是在卷尾长题一段。

2001年10月29日

北京

上午不拟外出，通知冯鹏生来酒店聊天。10时左右，中日青年交流中心世纪画廊王兴龙电话邀请前往，于是偕同鹏生一起来到亮马桥40号二十一世纪饭店与之午餐。饭后参观画廊，为之题字。此画廊乃团中央所建，空间很大，面积不小，如果经营得法，应有发展前景。

下午回酒店与苏士澍通话，告知明日计划：上午到中国美术馆参加徐炽、王贺良书展，下午到他们文物出版社拜访。

已电话薛永年，请其将《中国书画鉴定学稿》中两处错误具体页码记下，回头告知，以便再版时改正。其实此书错处肯定还有。

2001年10月30日

北京

上午到中国美术馆出席"徐炽王贺良晋京书法展"开幕式。开幕仪式后参观作品，参观后的讨论会我因有事没有参加。

中午赴中央文史馆之邀，与国务院参事室两个副主任（一男一女，都姓陈）等人一

中国美术馆"徐炽王贺良晋京书法展"展厅
冯大中　杨仁恺

同进餐。女的成都人，川大卒业，谈起来方知我们是四川同乡。

午饭后回到酒店，苏士澍派车来接往红楼。这里是全国重点文物保护单位，国家文物局已经迁走，文物出版社目前无处可去，暂留于此。苏士澍介绍认识新来的副社长毛佩琦，来自中国人民大学。副总编辑葛承雍，原是西北大学图书馆馆长。又与副社长张闳生、三编室李红见面，得知《中国古代书画图目》剩最后一册未出，《中国绘画全集》还有10多册未寄，《书法丛刊》也有半年未寄，他们答应一并寄我家中。

在苏士澍办公室见到《启功书画集》，颇好。据告将于12月1日在人民大会堂举行首发式，届时我因另外有会可能无法参加。文物出版社计划给我们几位老人每人出一本画传，王世襄的已经着手，要我通知编者与二编室

周成联系。苏要我将明年上博建馆50周年举办的"国宝特展"目录寄他。

2001年10月31日
北京

用过早餐之后再去中国美术馆参加"马学鹏中国画展"。昨日与马学鹏在"徐炽王贺良晋京书法展"展场已经见面，消瘦不少，看来办展确实不易，除了作品要好，方方面面都要劳心费力。

上午9时，"马学鹏中国画展"准时开幕。出席者除了书画艺术领域一些重要人物之外，还有全国政协三位副主席。仪式结束，举行"马学鹏中国画创作研讨会"，我则抽空去常沙娜在此举办的"常沙娜艺术作品展"展室看看，并与之进行了交流。这是我们第四次见面，此前三次地点分别为沙坪坝凤凰山、辽阳汉墓、王朝闻家。

2001年12月1日
北京

"《中国国家图书馆碑帖精华》首发式暨馆藏碑帖展览开幕式"于今日上午在国家图书馆举行，我应邀出席。昨晚在沈上车，今晨抵京，冯鹏生、杨武来接。

参加首发式暨开幕式的有全国政协副主席张思卿、文化部副部长赵维绥、国家图书馆馆长任继愈，还有全国各地的学者、书家

等。开幕仪式上，几位领导先后讲话，我致词几句并参与剪彩。在展场结识文化部周小璞副司长、中国书协李铎。

冯其庸先去人民大会堂出席文物出版社的《启功书画集》首发式，未等结束又赶往国家图书馆，抵达时所有来宾正在入座即将午饭，我与其同桌共餐。张思卿敬酒一杯后离去，前往清华看其友人摄影展览。

中国嘉德派刘凯来接，到公司与王雁南、胡妍妍面谈拍卖事宜。重中之重还是货源，中国嘉德近日将派人赴美国、中国台湾等地全力寻找，我为他们介绍了一些藏家情况。

2001年12月2日—3日
北京—芜湖

晚上与杨武、冯鹏生一起进餐，饭后被送至北京火车站，乘半夜11时20分开往温州的快车离京，于翌日下午4时过到达安徽芜湖，途中行驶近17个小时。

2001年12月4日
芜湖

上午写了不少对联和斗方，参观了刘卫志掇英斋画廊。刘来自青岛，曾在山东、安徽为辽宁孙鸣邨办过几次画展。

下午一位医生送来几件藏品，其中有赵子昂书杜诗一卷，字近赵氏，细看则属清初学赵字者所写。

2001年12月5日
芜湖

10时过，本地中年藏家冯善义来访。据告芜湖画家丁之贵所作长达2000多米的《万马图》卷即在其手，他为之申报"世界吉尼斯纪录"，召开记者招待会，先后花费不少。冯先生与徐邦达、启功诸人熟识，性好古书画，鉴定水平颇高，由他经手的明清名作不少。他手中有一沈周山水轴，邦达有题。此人颇有神通，请不少当代著名人物为之题字。

有一位叫朱俊才的中年人，其公司总部在南京新街口。朱告知近日要去北京参加北京翰海拍卖会，之后再去大连，约好沈阳见面。

下午芜湖南陵县的一位女子携来清初萧云从山水长卷求鉴。此卷纸本，浅色，卷尾萧氏诗题并跋。初看可能真迹，尚需比较一下再给最后意见。

2001年12月6日
芜湖

午饭后先是冯善义送来新画求题。接着就是昨天接待的那位女士，她希望为其收藏的萧云从山水卷题字，冯在一旁说字好画伪，我则表示需要回去对照萧氏之作后再作结论。

2001年12月9日
郑州

下午到郑州市博物馆看"徐悲鸿作品

展"。参观者不少,展品我大略浏览一遍,觉得速写、素描小幅不少,中西合璧佳作没有。据说展览期间还将举办廖静文专题报告会。

2001年12月15日
沈阳—北京

晚8时,到沈阳北站贵宾厅与出席"中国文联第七次全国代表大会"之辽宁全体代表集合,辽宁省委宣传部部长、副部长来此送行并致词。

翌晨抵京。

2001年12月16日
北京

在劳动大厦12楼住下,与聂成文同在一个房间。

上午9时,屈兆田接我,我们同往北京奇石馆参观。这里陈列大量灵璧、广西等地奇石,相当壮观,国内外少见。整个区域,除有陈列室外,还建有茶社、花卉基地等,占地面积总计两三千亩。晚6时,何流来接去看生病住院的孟昇。

2001年12月18日
北京

今天上午7时过前往人民大会堂开会。先是全体代表上二楼合影,2000多人,只是排

队就用了一个多钟头。我因年岁偏大,被安排在第一排,与华君武相邻而坐。

下午4时,屈兆田陪鹿微微来求鉴几件书画,3件傅抱石、1件齐白石均伪,还有1件所谓宋徽宗山水更伪。

2001年12月19日
北京

上午在北京五洲大酒店召开大会,听取全国文联工作报告和修改章程意见书。

晚7时,日本友人森住和弘由杨武陪同而来。多年不见,森住现已70多岁,仍在从事中日友好工作。

2001年12月20日
北京

全天都在人民大会堂开会。

上午钱其琛为大会代表作关于国际形势的报告。

下午朱镕基作国内经济形势报告。

晚间回访日本友人森住和弘。森住明天回日本,明年三四月前往沈阳,我表态欢迎他来辽博参观。据告日本考古专家、泛亚细亚文化交流中心会长江上波夫先生已96岁,身体仍然健康,请其代我致以问候。

2001年12月21日
北京

上午分团开会，研究新一届文联人选，我没有与会参加讨论。

匆匆饭后即去亚洲大酒店参加文联选举大会。选举过程用了一个下午，中间播放电影《孙中山》。

选举结束回北京饭店自助晚餐。餐后杨武和他的女朋友来接去冯鹏生家聊天，返回住处已是深夜10时半了。

与庞书田通话，约好明日下午2时见面。

2002年

2002年1月13日
沈阳—大连

我们乘"辽东半岛号"晚间抵达大连，大连美协展览中心负责人常同志（宋雨桂学生）开车来接，张继刚等人亦至，同往展览中心去看画展。此展览设在一座饭店底层，陈列中各省画家作品皆有。

离开中心到张继刚家看其藏品。其中于右任草书卷精而真；八大卷虽有我题但非真迹，题中谓王方宇为专家，应尊重其意见。

2002年1月16日
深圳—香港—台北

一早即去罗湖口岸前往香港。出关手续繁杂，通道不畅，又行李很多，王福荣买的水果和携带的图书尤重，几番折腾，总算登上了由香港飞往台北的航班。

先到兰台出版社参观，之后出席《中国书画鉴定学稿》出版座谈会，接受三立电视台采访，入晚由兰台出版社卢瑞琴社长设宴招待。

《中国书画鉴定学稿》印得不错，超乎我的想象。

2002年1月17日
台北

早饭后前往张大千故居摩耶精舍参观。庭院布置依旧，然人去楼空，不胜怆然。这里现归台北故宫管理，讲解员介绍颇为详细。

上午10时后去台北故宫与副院长石守谦见面。石先生对艺术史颇有研究，彼此熟识，相互寒暄后便由义务解说员陪同参观书画、瓷器展览。书画展室甚暗，视觉效果不佳；瓷器多为精品，非常值得一观。据告台北故宫每3个月轮换一次展品，每3年举办一次大展。培训志愿者为观众讲解说明，不用支付解说员工资，这种模式中国大陆没有，值得各地借鉴。观展期间遇凤凰卫视中文台记者采访，讲了几句。

中午时分，石守谦副院长、书画处王耀庭处长等人陪同午餐，边吃边谈，交流经验。饭后又到其他展室看看，匆匆浏览一过。

晚上继续由兰台出版社宴请，梁云坡、何国庆（收藏家）、张炳煌、黄承志、傅申等新老朋友应邀出席，相聚者畅所欲言，气氛甚欢。

兰台出版社《中国书画鉴定学稿》出版座谈会

何国庆　杨仁恺　主持人　刘成群

寒舍主人宴请
赖英里 蔡辰洋 杨仁恺 卢瑞琴

观。四川省博物馆藏张大千敦煌摹本和早年作品在此展过，又是否举办湖南三湘出土文物展正在讨论之中。

晚间去寒舍主人蔡辰洋处看其购藏的所谓元人《狩猎图》，据告花百万美元买自美国，竟是一件假货。蔡先生热情接待，同时邀请藏家陈启斌、石先生、一位专收大千作品的先生以及卢瑞琴、何国庆、许礼平等一起晚餐，相聚极欢。

回到旅馆，吴悦石来访，见我所住房间不大，要我搬到他的住处，我深表谢意，委婉拒绝。

2002年1月18日
台北

上午江兆申夫人章桂娜来见，交谈20多分钟后告辞。据告她今年四五月可能到大陆，黄山房子已捐给地方小学，作为学校图书馆使用。

之后到兰台出版社与台湾大学马教授见面，为他鉴定书画，无一件真品（所有东西都是在北京潘家园买来的）。在出版社见到一承德女子，她嫁给了台湾陈先生，现在旅行社工作，我们一起午餐后分手。

下午吴文林来接同往历史博物馆参观。先由一位副馆长接待，离开前见到了刚刚回来的黄光男馆长，彼此交谈几句告别。这个馆建筑面积有限，藏品以当年国民党运往台湾的中原文物为主，其中铜器、瓷器非常可

2002年1月19日
台北

上午台湾书协张炳煌先生来访。中午请客吃饭，淡江大学的老师数人参加，其中李教授去年来过沈阳，在鲁美做过专题讲座。张先生是岛内著名书家，长期在电视上教授书法，在台湾名气很大。

下午2时应约到何创时书法艺术基金会出席座谈会。来此探讨交流的书画家、收藏家很多，傅申、徐教授、张炳煌、梁云坡等先我而到，台大的研究生也来了不少。大家可以自由发言，阐述一己之见；也可以提出问题，由我作答。其中李敖先生讲话言辞激烈，对台北故宫意见颇大。朱惠良女士也在现场发言，就真伪鉴定谈了自己的看法。

晚7时半继续座谈交流，就书画鉴定这一

何创时书法艺术基金会
杨仁恺赠送傅申《国宝沉浮录》

课题的讨论颇为热烈，直到10时结束。对我的新书《中国书画鉴定学稿》感兴趣者较多，我为购买者签名一个小时以上。

回到旅馆，吴悦石、简秀枝（典藏杂志社社长）以及叶潜昭律师偕夫人与女儿来访。

2002年1月20日
台北

上午李敖来访，送黄鲁直两帖，并将宋初周越跋文和范仲淹《小楷伯夷颂》见示。周越和范氏墨宝俱真而精，惜范卷北宋后诸跋早已佚去为憾，但仍不失为名迹也。李本人表示要将两件出售与辽博，价钱与《十咏图》等同即可。此人性格殊傲，但颇为爽直。

午前到清翫雅集蔡一鸣先生家看画。有"明初金□《渔父图》卷"，画学吴镇，卷后

明初中期人题跋颇多。又看了宋元人团扇册，尚好。因时间短暂，藏品没有多看。中午蔡一鸣请客，陈启斌等人同席用餐，边吃边谈。蔡先生与香港许礼平友好，我们在港曾有一面之缘，他来大陆次数颇多。

下午再次去何创时书法艺术基金会座谈交流，张光宾、傅申夫妇、熊传薪等不少人参加。先是回答问题，之后过目书画。

2002年1月21日
台北—高雄

上午梁云坡先生来接往他家看画，其中陈树人中堂花鸟颇佳。中午梁先生请在一家饭店就餐，梁先生高雄弟子颜雪花及其先生（名吴国桢）等人同席。颜之女儿吴佩璇是小提琴名家，居于美国波士顿，常在美欧各国演出。梁、吴两家友谊殊深，颜收藏有虚谷作品和欧洲19世纪油画名作，约定23日到高雄家里看画。

关于李敖藏宋人周越、范仲淹两件作品转让事，他有委托书给了刘成群。

下午5时乘机飞离台北，抵高雄已是夜里。

2002年1月22日
高雄

上午与王福荣父子同去高雄美术馆参观。此馆同时举办若干展览，最重头的是从法国引进的拿破仑特展，展费100万美金。展品中

的油画及雕刻均佳，其中大卫所绘《拿破仑画像》特精，《拿破仑一世加冕大典》气势恢弘。此外，拿破仑服饰等物均为原件。高雄美术馆建筑现代，展室空旷，光线充足，台北故宫书画展室无法与之相提并论。

中午在王福荣家用餐。饭后看其所藏书画，大都为小名头之作，且赝品特多。

2002年1月23日
高雄—台北

上午应约到颜雪花、吴国桢家看其藏品。颜自小学起独爱西画，先生也有同好，儿女随之。如今颜又转而收藏国画，对虚谷情有独钟，买入虚谷之作数十件，已然成了虚谷作品收藏专家，其中赠任伯年、朱梦庐杂画册和中堂均有上款且佳，山水屏四件亦精。至于所藏其他书画，如傅抱石中堂则为赝品，张瑞图书法两件真赝各一。为其所藏真迹题跋数件。

下午3时乘机飞回台北，卢瑞琴社长来迎接至兰台出版社。何创时书法艺术基金会董事长何国庆送书画几件求鉴，其中八大荷花卷虽有当代两位名家题跋，但画确实为伪。

晚10时与何国庆、卢社长等人同到李敖家拜访。此人独居书丛之中，图书数量数以万计，书架、几案、地上到处都是，自己管理，取用自如，怪极！其已有个人文集40余卷千余万字问世。藏品中有八大山人画册，很精。王世杰曾捐献台北故宫一本，王方宇以为赝

台北李敖家过眼书画
杨仁恺　李敖

品，而李敖这本当是真迹，拟撰文以明之。

2002年1月24日
台北

早上何国庆约吃豆浆、油条，口感不错，新加坡之台北豆浆远逊于此。

上午在旅馆为藏家鉴定书画。申先生送来八大书画册、吴历山水轴，已经溥儒、黄君璧等人过眼定为真迹。叶潜昭夫妇代美国友人送来王铎、傅山等数件明清人作品俱真，叶说还有部分书画在邮寄途中，明日再来打扰。

下午张雪慧由福州返回台湾来旅馆晤谈。

晚间出席收藏家集会，就鉴定基本问题由大家提问，我来解答，夜里10时结束。

给小健打电话，告知一切顺利，勿念，并转家中知晓。

许礼平打来电话，询问抵达香港日期、航班，已经告知。

2002年1月25日
台北

上午继续看画。申先生将父亲旧藏之吴历山水轴和八大书画册再次拿来，细看之后予以肯定并为之题识，跋中谓几位已故老人意见无误。

昨天叶潜昭夫妇所送书画，说是美国友人已经收藏了40多年。今日又送来徐渭《自书诗》卷，甚佳！于右任《草书千字文》卷，王蘧常、沈尹默分题引首和跋尾，亦佳。还有王铎、傅山字条以及数件明清人作品，皆为真迹。为叶律师求鉴作品一一题字。

中午台湾师范大学教授罗青宴请，何国庆、卢瑞琴、李敖、朱惠良等人在座。8年前罗教授与我在宋雨桂家见过面，当看到他拿出来的当年照片时我才记忆起来。罗先生自家中拿来几件作品求鉴，真假都有。

下午到文物学会与其会员座谈交流，形式仍为一问一答。有人带来旧画两件求鉴，皆伪。

晚上长流画廊黄承志来见，告知正在举办以马为主题的展览。黄携来《佚目》书画两件，其中李公麟《揭钵图》卷很怪，另一件五代宋元画册为大千旧藏，真假参半。此外，黄氏所藏大千作品均佳。

还有，吴悦石友人王先生送来张大千人物册，真品，为之题字；米芾《自书诗》，伪作。王先生祖籍沈阳，台湾结识的人很多，在大陆与台湾之间往来频繁。

2002年1月26日
台北—香港

早上过目蔡一鸣先生带来的三件书画，其中王鉴山水轴不佳，八大早年小字轴、王翚46岁山水轴均好。此公收藏较富，在中国文物领域熟人较多。

关宝琮友人高雄刘天玺先生来接，同往新开的美雅士浮雕美术馆参观关宝琮一家书画陶艺联展。展室条件不错，展览效果颇佳。据刘先生告知，关宝琮因入台手续办理不畅，行程有误，未能出席开幕仪式，甚为遗憾。

下午乘机飞香港。

2002年1月27日
香港—深圳

上午10时，吴悦石来接并陪同我们前往深圳。小军、小健、王琦、江江、洋洋都来相见，甚悦。小军告知：其与华为公司的业务已有进展，存在长期合作的可能，打算2月底经沪回沈看看；杨树已知道用功；小孟在哥大上班，4月后还要动一次手术。

2002年1月28日

深圳

上午吴悦石、汪浩父子、方闻侄子先后来酒店晤谈。

加拿大沈先生父子由小健、王琦陪同来访。沈先生50年代清华大学毕业，曾在一机部、三机部工作过，后移居中国香港，再到加拿大。父子经商，常在香港、内地之间往来。此人热爱文学，对李清照、李后主词兴趣浓厚。中午我们一起用餐后分手。

下午搞瓷板书法的吴之南、叶先生二人由东莞来会。

2002年2月27日

北京

早餐后到国家图书馆会议室报到，史树青、沈鹏、冯其庸、白化文、许逸民、安平秋、周小璞等相继到场，任继愈馆长、杨秉延书记、陈力副馆长在座。"中华再造善本工程"由周小璞司长宣布启动，之后所有到场人员一起品鉴已经复制的21种善本。

参观结束，开会座谈，主持人指定我先说几句。我认为这项工作很有意义，是功在当代、利在千秋的大事，既然做了，就一定要做好。接着史树青、沈鹏、冯其庸等人陆续发言，对复制善本持肯定态度。

中国国家图书馆
白化文　杨仁恺　史树青　等

2002年2月28日

北京

上午庞书田来取走劳继雄所藏沈周、华嵒作品照片以及我的文稿、题跋，请转《收藏家》刊用。苏士澍、崔陟等人饭店见面，其间为《万岁通天帖》出版事与国家文物局外事处王立梅电话交流沟通。

午饭后鹿微微来接，由北京图书馆出版社熊英陪同，一起前往北京奇石馆参观。

下午5时，应王雁南、胡妍妍邀请到中国嘉德过目宋徽宗《写生珍禽图》卷。此件从日本藤井有邻馆征集，确是《石渠》之物，梁清标、墨缘汇观藏印可靠，唯作品押印截掉，画欠结实，不能肯定为赵佶手笔。

2002年3月13日
北京

昨晚与金城宾馆刘凤有、小胡一起乘54次特快离沈，今晨7时半抵京。

上午9时半到中国美术馆，出席"辽宁书协成立二十周年晋京书法篆刻展"开幕式，随即参加座谈会。

2002年3月14日
北京

上午先到燕郊参观陈复澄新居。正在装修之中，不久可望完工。之后随陈复澄前往其友人刘益鹏店里看看，和田玉、巴林石等上好材料以及雕琢精巧的玉器不少，其中玉雕《兰亭序》《西园雅集》材质极佳，工艺上乘。刘先生原在国家轻工部工作，对全国矿石情况极稔，我建议他们也参观一下北京奇石馆，与鹿微微相互结识。

午饭后与陈复澄、刘先生先到通州韩美林艺术馆。韩今天下午4时的飞机去杭州，我们匆匆聊了一会，《高山下的花环》作者李存葆在座。韩将去年办展的大型图册以及李存葆为其撰写的传记各送我一本。

告别韩美林前往冯其庸家，屈兆田已在此等候，我们一起去鹿微微的北京奇石馆。

2002年3月26日
烟台

全天为人鉴定书画。送来的作品古今皆有，质量还算可以。某高科技公司负责人栾先生收有元末肖像画家王绎的一轴《文会图》，据告是从西安藏家手中得来的。王氏传世之作仅见人物肖像，而此轴绘士人及两童子于青绿山川之中，画仿宋人，技法殊佳。又一册虚谷64岁之作，有人误以为伪，实则真迹。

2002年3月27日
烟台

上午由烟台市文化局高副局长陪同参观张裕酒厂。所见地下酒窖让人称奇，其低于海平面1米，面积很大，四季恒温。橡木桶成排摆放，已有百年，现仍在使用。此公司已经上市，规模正在不断扩大。

之后到烟台市博物馆去看看，仍是10多年前的样子。为之鉴定明清书画一二十件，都是一般之作。

接着参观新建的烟台图书馆。花8000万元建造的10层大楼颇有气势，位置也佳，依山傍水，广场开阔，唯藏书仅70万册，略显遗憾。

午饭后游览标志性景区烟台山。此地三面临海，海水如镜，过往之万吨轮船历历可见。山上风光旖旎，植被繁茂，景色宜人，过去10多个外国领事馆建筑仍在，形成一道近代历史景观。

2002年3月28日
烟台

上午在财会培训中心过眼北京王国伟（国兴弟弟）携来之书画。其中石涛山水一轴为大千之作，其余可靠。为之题字。

前日所见栾先生所藏王绎《文会图》轴，青绿山水人物，古杭王绎单款，全法宋人，殊精，我为之题。

下午求鉴书画者人数不少，应接不暇。烟台电视台和《烟台晚报》记者也来进行采访。

2002年3月29日
烟台—广州

上午8时过，柳菁、守岐同来财会培训中心送行。12时20分，登上山东航空公司飞机飞往广州。下午3时半抵达白云机场，张镇洪来接，直驶东莞。

在之南文化艺术公司与几位负责人见面，同时见到景德镇做瓷板书法的邱细乐、香港《文汇报》王先生。看了瓷板书法赵佶《草书千字文》，原作描金云龙也展现了出来，笔法浓淡飞白如真，可喜可贺。据张镇洪告知，东莞文化局对此项工作非常重视，后天将召开鉴定观摩会。

2002年3月30日
东莞

下午与江西景德镇邱细乐对计划制作的瓷板书法作品目录进行严格的筛选，使全部成品尽可能较为完整地呈现书法历史的面目。晚7时取舍工作结束，之后为他们题字。

2002年3月31日
东莞

上午召开"之南翰墨瓷林鉴定观摩会"。与会者人数不少，既有来自珠海、深圳、广州的教授、专家，也有东莞市文化局的负责人。会上发言者比较踊跃，都是高度评价、充分肯定。观摩会结束移至另一室举行记者招待会，接受采访，问答问题。

2002年4月1日
深圳

据告热爱收藏的许先生积攒了数百件古今名家之作，下午应约前往家里去看其部分藏品。

2002年4月2日
深圳

上午继续到许家看画。下午在旅馆与王鹏等人晤谈。

香港中文大学林业强打来电话，就中国古今书画真伪对照展以及辽代帝后哀册碑志展我们交换意见，他表示这两个展览可在明后年举办。

2002年4月19日
北京

早餐后去接冯其庸，同看中贸圣佳拍卖预展。征集的古代书画确实不错，其中新从日本有邻馆回流的米芾《研山铭》殊佳，中间绘《研山图》，拖尾有米友仁、王庭筠题跋。还有，黄道周所书《倪元璐墓志铭》长卷亦佳。参观结束，与罗启蒙等共进午餐。

下午到昆仑饭店看中国嘉德展出的拍卖文物。展场见到美国来的杨思胜医生，上博的钟银兰、单国霖以及北京的单国强亦都见面。与中国嘉德王雁南相见，将台湾李敖为

昆仑饭店中国嘉德公司
王雁南　杨仁恺　杨思胜　寇勤

出让范仲淹《伯夷颂》、周越《题王著千字文跋》、朱耷画册而寄来的照片资料和写给我的信件一并交给中国嘉德陈小姐，待公司研究后再将材料退还与我。

2002年4月20日
北京

上午参观一家新组建的拍卖公司拍品展览。征集的书画、瓷器、杂项等皆无精品可言，据告筹备时间偏短之故也。

下午应约前往国际饭店与佳士得马成名、朱仁明见面。明天马去香港，朱则飞回伦敦。他们带来28日在香港拍卖的几件作品，其中张即之写经册，《石渠》物，原装，颇佳。

陈云峰来港澳中心见面。据告他在上海买了房子，一个月后返回美国。劳继雄23日由美飞来上海，庞书田将于28日抵沪。

2002年4月21日
北京

上午到姜斐德北京住所去看看。得知其热衷于收藏茶壶，我介绍她与周桂珍、高振宇母子结识，彼此当即通话。

下午中贸圣佳拍卖古代书画，我与陈云峰坐在后排。拍卖结果很好，12件名家作品均以高价落槌。陈云峰将黄道周书《倪元璐墓志铭》长卷买下。乾隆一件作品被拍到500多万元。

接受中央电视台记者采访，就海外中国文物回归发表一己之见。

2002年4月22日—23日
北京

中国嘉德陈小姐打来电话，告知回复台湾李敖的传真已经发出，今年夏天将有专人前往与李敖商谈藏品转让事宜。

下午回到港澳中心，冯鹏生来见，同往王国兴处看画。

2002年5月4日
沈阳—常州—宜兴

下午2时20分乘机飞往常州，抵达后马乐平来接，驱车一个多小时到达宜兴禄漪园大酒店之时已接近黄昏。

与乐平一家共进晚餐。其念初一的儿子马清长得又高又胖，体重190斤，个子比小康孩子还高一点（年龄相差两岁）。饭后乐平送来几件书画过目，其中一件1986年我在南京时题过，是有上款的，已被挖掉。杨臣彬也在上面有题。

2002年5月5日
宜兴

早上出去吃地方特色小吃。

上午在酒店为大家写字，一直写到11时半，数量不少。

中午12时，劳继雄等人由上海来此，一起午饭，依旧选择地方风味餐馆。

下午继续为大家写字、看画，直至6时到酒店包房晚餐，由一位本地报社总编辑宴请。

晚饭后与从芜湖赶来的冯善义夫妇见面，他们是专程来此接我们的。

2002年5月6日
宜兴—芜湖

早餐后与马乐平、劳继雄握别，由冯善义妻子开车驶离宜兴，两个多小时后抵达芜湖。

下午到冯善义家为其所藏书画题字。冯的藏品有不少原是段祺瑞旧藏，其中如王翚、渐江、沈铨等人之作确实不错，很少曝光。再赵之谦《牡丹图》轴，有赵之谦、陈衡恪诸人品题，亦少见佳作。

2002年5月7日
芜湖

今天为求鉴者看画、题字，空闲之时写了几副对联。过眼书画中有一刘珏（完庵）山水立轴，堪称精品。八大一件，上有邦达诗题，对之赞誉有加，我则不置可否。还有，有人将假我之名绘制的《兰石图》一件送来过目，此前书法作伪见过，伪画则第一次看见。

2002年5月8日
芜湖—南京—青岛—潍坊

上午10时过离开芜湖，12时左右到达南京。电话蓉裳多次，无人接听，只好下次择机再见。

下午2时前往南京机场，乘机飞抵青岛，李洪文来接。驱车一个半小时到达潍坊李洪文办公室，看其所藏部分近现代书画，并为黄胄大横幅《叼羊图》题字。

2002年5月10日
潍坊—烟台

上午8时抵达烟台。

下午开始为藏家看画。皆近现代之作，其中招远一藏家的吴茀之花鸟等三件尚佳。晚饭后过目张志国藏品，数量不多，为之题跋。

2002年5月11日
烟台

午前过眼赵言斌院长旧画几件，均为绢本，其中戴文进、蓝瑛两件中堂颇佳，但破损极为严重。

2002年6月4日
沈阳—天津

早上7时半，与林声、乌丙安等辽宁省文

天津杨柳青年画古一张作坊
杨仁恺　霍庆有（第六代传人）

史馆几位同志同乘火车前往天津。抵达后天津市文史馆同志车站迎接，安排至天津宾馆入住。

2002年6月5日
天津

上午到杨柳青镇先去参观石家大院。此建筑群占地7000多平方米，有"华北第一宅"之称，与山西乔家大院有异曲同工之妙。从石家大院出来去看杨柳青年画，我们见到了第六代传人霍庆有，参观了现代年画制作过程和其所藏古版。古版所存很少，清前期的已不多见。年画主题大都是升官发财一类，新中国成立以来已经衰落，销量有限。

下午到古文化街走走。这里类似于上海城隍庙，是天津老字号门店、民间手工艺品的集中地。街中有一天后宫，是天津最古老的建筑群，也是中国最早的妈祖庙之一，如今已作为民俗博物馆对外开放，馆长复旦大学毕业，是乌丙安的学生。

2002年6月7日
天津—遵化—葫芦岛

早餐后乘车赴遵化参观清东陵。这是中国现存规模最为宏大的帝王陵园，是顺治、康熙、乾隆、咸丰、同治以及慈禧等人的埋葬之地，联合国已将其列为世界遗产，成为游客观光的重要景区。参观乾隆地宫时我去了，可以想象，其生前极度奢华。参观慈禧地宫时我在外面乘凉，观者回来告知，与乾隆地宫比较，慈禧之墓当然望尘莫及了。

2002年6月8日
葫芦岛—沈阳

早餐后起程，中午11时到家。

下午参加北京沈阳书法双年展，与北京来的部分青年书家见面。晚间共餐，尽欢而散。

王镛来沈三天，已于昨日回京。

2002年6月19日
沈阳—上海

今天飞赴上海，买的是东航下午3时25分的机票。然时间虽到，却大雨不停，飞机无法起飞，只好耐心等待。直至下午5时，天气好转，飞机才于6时飞上蓝天，晚8时降落于浦东机场。只是苦了接我的王运天，多等了好几个钟头，十分抱歉。记得今年1月前往台北，飞机从大连起飞，也是由于天气缘故，一直延到第二天才得以起程。此次还算幸运，没有过夜，只是时间延误多了一点。

利用候机时间，我在大厅阅读了范敬宜寄来的《敬宜笔记》，从中受益匪浅。不愧是老新闻工作者，见多识广，书中所记许多事情过去从未听他说过。

晚间给小渤挂电话，得知他受澳大利亚一家学术单位之邀，计划于7月上旬前往开会，但手续办起来非常麻烦。我鼓励他充满信心，事情要亲自去办，约定明晚见面。

拟明天拜望陈佩秋。据王运天告知，陈计划7月3日飞赴昆明，看来约其来沈之事只能见面再议了。

2002年6月20日
上海

上午去上博与陈燮君、汪庆正两位馆长晤面，同时见到俄亥俄州立大学的一位女博士以及斯坦福大学的一位华人女教授。该女教授曾于80年代在复旦大学教过美国史，如今带领一位姓邵的女学生到中国学习、交流。此女学生中国血统，出生在美国纽约，受的是美国教育，但汉语讲得很好，我问她在哪儿学的，答曰高中时自学。

午餐由陈、汪二位馆长宴请，单国霖、王运天参加。席间商定："国宝特展"7月份文图必须交稿。饭后参观"两塗轩珍藏书画精品展"之展品。

利用下午空闲时间，乘车顶雨和运天去看小军计划购买的新房。面积、结构还算可以，只是房价偏高，待小军从纽约回沪商量后再定。

晚上上海市人大常委会副主任和文化局局长设宴招待，我与杭州古陶瓷研究专家朱伯谦应邀参加。晚宴上见到了庄长江、庄良有兄妹，大家交谈甚是愉快。

晚饭后回到旅馆已近9时，小渤、运天在此等我。小渤没有吃饭，我让他自己出去吃点东西，我则与运天前往陈佩秋家拜访。

2002年6月21日
上海

上午和王运天同到范敬宜下榻处会晤，相谈甚欢。

辞回旅馆，适香港翰墨轩许礼平和中文大学文物馆林业强同机而达，共进午餐。

午饭后到锦江饭店去看张宗宪藏品展，以齐白石之作居多，其他近现代名家作品也有。张宗宪对齐白石作品特别钟爱，早、中、晚年皆备，大都真迹无疑，仅署款98岁作品1件有待商榷。

离开锦江饭店前往花园饭店去与台湾清翫雅集蔡一鸣见面。他正在北京中医院住院养病，专程来沪参加庄氏兄妹所捐书画特展。

下午4时，"两塗轩珍藏书画精品展"开幕。展厅见到不少熟人，故宫博物院肖燕翼、罗随祖也来了。

2002年6月22日
上海

小军从纽约来沪，中午陈佩秋母子设宴招待，范敬宜、许礼平、汪大刚及其父母等人同席。大家开心交谈，气氛欢快。

我决定明天移住庞沐兰、谢定琨夫妇安排的虹桥宾馆，以三天时间和他们交流《国宝沉浮录》拍片之事。

下午4时，应东方电视台之约，由王运天陪同到上博讲解庄氏所捐书画，5时半结束。随后出席庄氏兄妹回谢晚宴。

2002年6月23日
上海

早7时与许礼平、罗随祖一同进餐，餐后相互告别：罗9时飞往厦门，许上午看一藏家后下午返港，我则于9时过由庞沐兰和王运天接去虹桥宾馆入住。

沈明权及其几位朋友来宾馆见面，为其几件现代作品题字，他们下午返回杭州。

与启蒙、杨武通话，他们正在参与拍卖事宜，回头再约见面时间。

2002年6月24日
上海

一个上午和半个下午，与谢定琨、庞沐兰夫妇所派之人为拍摄《国宝沉浮录》事宜进行交谈。我简单介绍了自己的人生经历，尽可能说清国宝沉浮的过程。他们录音好长时间，还拍了不少照片。

下午我为费滨海所藏陈佩秋、谢稚柳作品题跋，写字不少，借以抒怀。

晚上王运天、庞沐兰来共进晚餐，之后沐兰将小军送至虹桥机场，运天留在宾馆为我给一些人写的字幅钤盖印章。

2002年6月25日
上海

早餐后翻阅范敬宜《敬宜笔记》，睹物思人。范敬宜离开辽宁到文化部出任外文局局长，后又担任《经济日报》《人民日报》总编辑、全国人大科教文卫副主任，转瞬间我们见面相隔了近20年之久，往事历历，不胜感喟也。

上午9时过，庞沐兰来录音、录像。东方电视台正在为陈佩秋拍摄专题片，庞沐兰请我谈谈陈佩秋的艺术成就，我为此说了很多。

下午庞沐兰带着她的三胞胎（一男二女）来玩。孩子5岁，已入幼儿园，眼见他们非常可爱，在一起开开心心、快快乐乐，想想谢公竟没能亲眼看到自己的孙儿就驾鹤西归，

为之慨然。

巴英和其父大伟早上来过，晤谈之后我写了一封介绍信给龚继先，请他们与龚直接联系。

2002年6月26日
上海

中午时分庞沐兰、谢定琨夫妇来延安饭店接往龙华寺素斋餐厅吃饭。接待我们的是照诚、世良两位年轻僧人，他们热爱书画艺术，我为他们的藏品题识。

下午3时半返回延安饭店，过目宜兴马乐平及其无锡友人所藏书画并题字。

2002年6月27日
上海

下午先为马乐平所藏画卷题跋，题后夫妇二人别去。5时前方丈照诚、世良与庞沐兰夫妇、王运天同来，由运天负责，为昨天在龙华寺所题之字一并钤盖印章。

致信王雁南，了解一下派人前往台湾情况。

已买好明天下午2时回沈机票，通知郭延奎和家中知晓。

2002年8月22日
沈阳—南京

早7时与王海萍同赴机场，登上经停北京

南京凤凰台饭店研讨会开幕式
杨仁恺　尉天池

飞往南京的飞机，下午2时半到达目的地，会务组工作人员迎接。香港刘才昌同时到达，许久不见，相互问候。抵达凤凰台饭店办理入住手续时见到深圳博物馆罗力生以及文物出版社苏士澍、崔陟等人。

晚饭由南京文物公司十竹斋宴请，张文彬、尉天池、杨鲁安以及南京市文化局局长等人参加。据中贸圣佳易苏昊、杨武见告，张文彬已正式去职，由单霁翔接任国家文物局局长。

纽约大都会艺术博物馆朱扬明与北京故宫王连起来谈，甚欢。

2002年8月23日
南京

今天上午，"六朝书法国际学术研讨会暨第五届中国书法史论国际学术研讨会"开幕。

江苏省政协一位副主席、南京市副市长许慧玲、南京市文联主席、江苏书协主席尉天池、国家文物局张文彬致词。

开幕仪式结束，学术讨论开始，尉天池主持，我第一个发言。

晚餐后沿秦淮河散步，夜景殊美。到朝天宫南京市博物馆参观六朝墓志展，展品中有新发现的王谢家族墓志，不少刻字已露行楷笔法。我在此次会议文集中的一篇过去发表的《试论魏晋书风和王氏父子的风貌》中，如能加入新的资料，应该更有分量。

2002年8月24日
南京

上午前往南京博物院，先参观出土的六朝墓志，随即出席"今井凌雪书法作品暨雪心会选拔书法作品展"开幕式。在南京博物院与院长徐湖平相见，与今井凌雪夫妇寒暄几句。中午参加雪心会在香格里拉大酒店举办的答谢酒会。

下午3时在凤凰台饭店继续分组讨论。我在第一组，与会者主要讨论《兰亭序》真伪问题。先是南京艺院徐先生、香港刘才昌诸人阐述自己的观点，最后由我发言，我认为先要搞清楚的是《兰亭序》的时代风格，至于真伪问题可以深入研究，不必急于寻找答案。

南京凤凰台饭店
苏士澍　张文彬　杨仁恺　今井凌雪

2002年8月25日
南京

上午赴求雨山参观林散之、萧娴、高二适3家文化名人纪念馆。3个馆皆建在环境优美的山坡之上，相离不远，错落有致，各具特色。陈列作品还算可以，基本上能与建筑匹合。

下午2时半在陆总公司看画。明陈道复、董其昌、张瑞图诸家之作均佳，扬州罗聘夫妻女儿梅花册以及高南阜、高其佩指画册等亦佳。一个下午，卷册看了10多件，由王海萍记下待考作品之名，回去研究。陆说还有一些大轴之作，时间有限，下次再看。

看画时结识南京师大美术学院院长范扬，其为范曾之侄，所绘山水人物颇有传统根基。

2002年9月5日
北京

北师大为庆祝建校百年与启功从教70周年，9月6日在中国革命博物馆举办"启功书画展"，邀我参加。同时杨武与王兴龙找我有事，也一再请我前往北京一次。于是昨晚由姜中瑗陪同，乘54次火车离沈，今晨抵京。在北京站与姜分手，她去看望朋友，我则随王兴龙到二十一世纪饭店入住。

2002年9月6日
北京

上午8时过，陈复澄、杨武、屈兆田相继驾车来到二十一世纪饭店，之后同去天安门广场中国革命博物馆参观"启功书画展"。与启功相见，由衷祝贺。与欧阳中石晤面，他请我为其子启名编辑的《齐子如画集》一书撰序。展场有不少人向我问好并要求合影，然我叫不出对方的名字来，唯《经济日报》总编辑武春河自报姓名我才认得出来。

下午杨武来接，到中贸圣佳与易苏昊、范敬宜等人见面。商谈事情主要两件：一是李敖藏品如何回归大陆，二是怎样为我建立一个基金会。至于米芾《研山铭》，中贸圣佳单独印刷成册，日后送我。

2002年9月27日
天津

天津举办"第二届中国书法艺术节"，应邀前往。

昨晚乘丹东始发的火车于今日上午9时抵达天津。《中国书画报》派车接站，到水上公园附近的会宾园饭店住下。

下午稍事休息，即为《天津日报》《中国书画报》题字。为免麻烦，没有参加艺术节组委会组织的笔会。

晚间吃饭仍与丘程光、范炳南同桌，他们之间很熟，过去有过来往。丘先生在中国各地举办甲骨文书法展，10月在安阳有个展览，约我们去参观，惜不能前往。

晚餐后回房休息。一位西安的书家求见，又接待了一位来访的徐州画家。

2002年9月28日—29日
天津

上午9时半前往天津体育展览中心出席"第二届中国书法艺术节"开幕仪式。此活动参与者空前踊跃，广场上人山人海，热闹非凡。然我们抵达后没有人接待，反而有许多人纷纷要求和我照相、求签名，将我围困中间。正在不知如何是好之时，我们遇到一位认识我的负责宣传的女士，她特为我找到组委会负责人，请我赶紧到台上就座。此时开幕时间已到，兼之这么拥挤只我一个人上去，

么、庄二人实在放心不下，于是决定先去中心内观看作品展览。

2002年10月4日
沈阳—上海—苏州

下午1时半，与柳菁同机飞往上海。抵达后出机场，见到小渤、王运天以及从昆山赶来接我的新加坡俞精忠。与柳菁、运天、小渤告别，约定7日返沪时再见。

当晚至昆山市锦溪镇与张省美术馆主人欢晤，该镇镇长也在座。张省捐赠作品300多件，家乡为之设立美术馆定于6日开馆，展品正在紧张布置之中。

张省现年47岁，是刘海粟先生之关门弟子，据称还向钱君匋等几位先生学过画。

在苏州吴中角直住下，入睡时已是深夜11时半。

2002年10月5日
苏州

早餐在一家地方特色馆子吃面条，谈及奥灶面，他们说正宗的即在昆山而非宜兴。

我住在角直镇，属苏州吴中区，镇里保圣寺塑壁罗汉据传是唐人杨惠之的作品，80年代我曾来此参观过。锦溪镇则属苏州昆山市，与之邻接。

下午参观张省美术馆。据告张省所捐作品300多件，展室只能陈列200件。张省表示，

60岁、80岁还将继续捐献。张省艺术成就颇丰，活动范围广泛，开馆仪式后第二天就要飞赴广州，到广州大学艺术系上课。

2002年10月6日
苏州

今天上午，昆山市锦溪镇举行张省美术馆开馆仪式。到场观众较多，昆山市党政领导以及各地艺术界人士出席者不少，还有乐队现场助兴。张省的父母妻儿等也从昆山赶来，参加盛会。

锦溪镇有"中国民间博物馆之乡"美誉，是中国历史文化名镇。建张省美术馆，有益于地方文化艺术以及特色旅游的发展。当地政府很有远见，都愿意为无烟产业增加投入。

午饭后新加坡俞精忠与张省之子张鹏陪同游览周庄双桥。此地是中国第一水乡，风光确实很美，更因旅美画家陈逸飞一幅油画《故乡的回忆》而声名远播。国庆期间，人山人海，照相都得抓紧时间。

2002年10月7日
苏州—上海

晨6时起床，收拾行李，之后与俞精忠、张省夫人到街上一家面馆同吃早点。饭后到张省家与张省、张省之子张鹏（苏州一所私立大学法律系三年级学生）、张省学生朱安娜见面。张省亦为钱君匋晚年弟子，其将钱氏七言联送赠，我与俞各得一副。

上午9时左右，与张省、朱安娜同乘轿车赴沪。他们师生二人下午2时的飞机从上海飞往广州，因为广州大学松田学院艺术系已有授课安排。

下午王运天来接，到界龙印刷厂看《晋唐宋元书画国宝特集》纸样，总的印象不错。这是一家民办企业，已经上市，运天与他们关系融洽。参观结束，我为厂家题字几幅，由运天带回盖章。

与陈燮君通话，交谈国宝特展之事。

2002年10月8日
上海—沈阳

上午与柳菁母子出去看浦东一带的房子。这里新建楼盘很多，繁荣气象明显，房价在不断上涨。

中午王运天将我送至浦东机场，下午2时整回到沈阳。

据德超见告，沈周山水大卷是他转售劳继雄的，至此方知这件作品的来源。

明日老龙口酒博物馆正式落成并对外开放，发来通知，邀请出席。

2002年10月20日
沈阳—北京

原计划应洛杉矶美中收藏家协会邀请出访美国，由于白石老人长孙齐佛来因腿伤行走不便，故起程日期推迟。中美文物协会徐耀会长得知我即将赴美，也打电话询问何时前往。还有，已经抵美的吴悦石打来电话，问我何时可以见。于是我请吴凡尽快到美国领事馆办理护照签证事宜，争取早日成行。签证下来尚需时日，利用等待时间，我随辽宁省文史馆林声、彭定安等人赴山西考察几天。

驱车而行，当天即到北京。

晚间与杨武通话，他正在深圳印制拍卖图录，10月底才能回京。

电话冯鹏生，即来饭店晤谈至深夜11时而别。

2002年10月21日
北京—太原

早上7时半出发，走高速公路途经河北，下午2时过抵达太原。

与山西省文史馆接待者见面寒暄之后即同往晋祠参观。宋、元、明、清各代建筑皆有，最难得一见的是周柏唐槐。

打电话给吴凡，得知尚未拿到签证。

2002年10月22日
太原—五台山

今天大部分时间都在车上。先到大同悬空寺参观。此寺建在恒山峭壁之上，始于北魏，历代修缮，配套设施尚可。据告夏天是旅游旺季，来此观光者很多，今因下雪又天气偏冷，故游客稀少。我与彭定安只在下面仰望，没有上去。

由悬空寺奔五台山，要翻越两个岭。山是黄土岩石结构，不长树木。放眼望去，往来的汽车大都是运煤的，山西的经济支柱主要是靠煤炭资源。然交通设施尚欠发达，北京到太原一段公路还好，其他道路则不敢恭维。

晚7时过抵达五台山，入住锦绣山庄。此旅馆格调古朴典雅，客房设备不错，走廊悬挂许多中央领导人来此的照片和题字。

2002年10月23日
五台山

五台山是佛教圣地，庙宇大都维修过，道路也有所改善。我于1987年随鉴定组来山西鉴定书画时曾来过此地，这次算是故地重游。

上午8时上山，首先参观普寿寺尼众佛学院。此学院成立于1992年，10年时间已颇具规模，教室、图书馆、阅览室等设施配备齐全，面向全国招生，费用自理。接着参观寺内最著名的建筑大文殊殿，正中供奉着文殊菩萨像，许多人都在像前跪下，和尚为之念经，我则侧立旁听，没有参拜。下山的石阶很不好走，有人搀扶才克服了困难。

下午安排参观4个庙宇。据说只是龙泉寺就要走108个台阶才能上去，于是我与彭定安选择放弃，留在车上翻阅五台山提供的资料，从书中来了解五台山的历史、现状。

2002年10月24日
五台山—平遥

晨7时早餐，随即乘车向晋中平遥行进。道路相对平坦，5个小时后到达目的地平遥古城。

在古城午餐，餐后略事休息即先参观平遥县衙。整个县衙建筑定型于元明清，三进四合院，主从有序，错落有致，有花园、戏台，总占地面积2.6万平方米，且保存完好。见到朱镕基题写的"平遥县衙"四字，实属不易。接着参观日昇昌票号，账房、钱库等场所皆有，机构设置合理，功能分明，应是今天银行的雏形。

古城留有城垣、民宅、店铺，基本是清时原貌。据告居民4万多人，不愿意迁移他处，可能收益不错。街上机动车很多，看来此地人民相对富裕，较他处生活优越。

早上匆忙，把手表忘在了山庄。已去电话，东西会有人带至太原。

2002年10月25日
平遥—晋中—太原

早餐后上车直驶介休绵山。绵山又名介山，即源于周室介子推被焚于这个山上。介子推不仕而死，历史上褒者偏多，然亦有人不予认同。绵山是国家AAAAA级景区，这里既有人文景观，又有自然景观，确实很美。

先参观自然风景区。我们漫步于水涛仙沟，两侧为山，泉水不断由上而下流淌，山谷的形式不同于五台山，别是一番风光。接着到人文景区看看。此处原为儒、释、道三家共有之所，如今所见之亭台楼阁以及殿庙、宫观皆建在岩壁之上，为现代仿古之作，有电梯可以直接上去。

下午驱车前往祁县乔家大院参观。据导游介绍，此大院共分6个部分，从乾隆时期到1937年，一家5代，不断艰难发展，由一个农民最终富甲一方。如今这个老宅已为祁县民俗博物馆，乔家发展历史分几个阶段陈列，介绍由贫到富过程、几经兴衰经过。

车行1小时回到太原。

2002年10月26日
太原

上午大家先到旧物市场逛逛，10时后去山西省博物馆看看。本馆陈列已撤，仅供外来办展。辽宁本溪一位姓王的画家在此展销书画，标价甚高。王画家与林声、孙恩同交谈，我则向保管部负责人询问新馆建设情况。据告2004年新馆竣工，占地面积5万平方米，陈列面积1.5万平方米。

下午3时，陕西、辽宁两省文史馆馆员座谈。晚间举行告别晚宴。

此次山西之行印象殊佳。分别之际，为几天来陪同者写字留念，前后写了6张，都是4尺横幅。

2002年10月27日
太原—北京

上午8时乘车离开太原。天朗气清，道路顺畅，下午1时到达北京辽宁饭店。

为林声11月赴四川三苏祠搜集资料，打电话给国家文物局侯菊坤司长，请其提供帮助。因为是星期日，没能联系上。

晚间孟序插队时认识的王思强来访，求我为他写了几幅字而别。

2002年11月14日
盐城

今日一整天看中大集团徐先生所藏书画。少量明清之作欠佳，多数现当代作品尚可，其中张大千、刘海粟、谢稚柳、亚明诸人作品颇好。过目之后，哪些需要题识和过印的由陈先生选定。一天下来，题字不少。

下午5时后，应邀为大家书写字条，为徐先生的4岁之子也题写了一首儿歌。

2002年11月16日
盐城—芜湖

早上鉴题陈先生所藏书画，还为工作人员写字几幅。陈先生藏品中的大千摹石涛山水册、赵之谦花卉册、任阜长山水册、林散之山水册殊佳。

上午9时，我们乘陈先生司机小王所开之车启程，从盐城上高速直奔芜湖而去。沿途所见，小河纵横交错，一路绿树成荫，公路两侧民居多是两层小楼。看来江南不仅景色很美，人民生活水平也非常可观。下午1时半到达目的地，冯善义安排入住铁山宾馆（去年曾来此住过）。

午饭后到冯善义家看画。一般较多，好的较少。其中吴昌硕丈二匹花卉一幅颇佳（70多岁所绘），黄宾虹、张大千、吴茀之、陈之佛、林散之诸作亦是不错。

2002年11月17日
芜湖

上午过目冯善义、刘先生（铁山画廊）藏品。

中午休息不到2个小时，下午又继续工作。整整一天没有下楼。

与宜兴马乐平通话，得知劳继雄于今天下午已到，我们明天中午抵达。

2002年11月18日
芜湖—宜兴

早饭后冯善义陪同驱车前往宜兴，中午12时前到达禄漪园大酒店。与劳继雄和马乐平见面后才知道，"劳继雄山水画展"延至20日举办开幕仪式。

下午在酒店房间与宜兴诸位友人见面，并为他们看画写字。

2002年11月19日
宜兴

分别给王运天、庞沐兰打电话，告知我22日由宜兴抵达上海。

中午宜兴市侨办主任唐先生宴请。唐主任是唐敖庆的侄儿，颇有文艺细胞，席间与另一位同餐者拉二胡为大家助兴。晚上唐主任及其夫人来酒店送一件清人《八仙图》求鉴，为之题字。

下午到宜兴美术馆"劳继雄山水画展"展室看看。布置工作已基本结束，效果大体可以，尚有几个平柜空置，建议将印刷品摆入。

2002年11月20日
宜兴

上午举行"劳继雄山水画展"开幕仪式。杨亚君致开幕词，劳继雄说了些感谢话，我也讲了几句祝贺之语。参加开幕式的人较多，已经预购的作品不少，总的来说效果不错。

2002年11月21日
宜兴

全天为大家写字，又应买家所求为劳继雄售出的作品题跋。

分别与贾恩玉、庞沐兰、陈云峰通话，约定上海见面。

今天与参加"劳继雄山水画展"的黄伟

利谈话，让他把过去荒废的时间补回来，要立志于博物馆事业，做好辽博工作。

2002年11月22日
宜兴—上海

上午离开宜兴。

下午上海龙华寺住持照诚来访。为"纪念弘一大师圆寂六十周年"，龙华寺将于11月28日举行"弘一大师书法展"开幕式，邀我出席并为此展题字。

小渤来饭店看我，其间分别打电话给家里以及小军、圆圆。与小军通话得知，其工作顺利，忙碌依旧，计划12月回纽约过圣诞节。我告诉小军12月中旬我应邀前往洛杉矶，顺便看看江江，东海岸就不去了。

庞沐兰打来电话，告知晚上与陈健碧、谢定琨等人吃饭时间和地点。应约抵达后才知道，这是上海书画出版社《书与画》编辑结婚摆的回请友人酒席。

2002年11月23日
上海

"扬州八怪艺术国际研讨会"明天正式开始。本拟今日前往扬州报到，由于谢定琨白天要搞一个《名家谈国宝》节目上网，晚间邀请观看梁谷音沪剧表演，很有必要留沪一天，于是将计划后延。与扬州会务组联系，告知明日午前到达。

上午为龙华寺的"纪念弘一大师圆寂六十周年"活动题词，还为"弘一大师书法展"写了一张贺辞。

11时左右，邱嘉伦陪上海玉佛寺方丈来见。得知我要马上动身，只好告辞，以后择机再谈。随后庞沐兰来接去拍摄《名家谈国宝》节目，陈佩秋、马承源先到，现场还有《文汇报》几位记者以及部分观众。就"国宝"这个话题"名家"开讲，我重点介绍了伪满洲国那批《佚目》书画收回过程。

晚餐后去看梁谷音表演的沪剧《白居易琵琶行》。不甚明白，仅看懂一半。

扬州博物馆"扬州八怪书画特展"
杨仁恺　刘启林

2002年11月24日
上海—扬州

晨7时早餐，半个小时后离开，车行3个半小时到达扬州迎宾馆。

中午吃饭前与经济日报社主办的《中国书画》主编曹鹏、编辑部主任张公者见面，明年元月出版的创刊号栏目及其内容已经看到，希望他们多发好的书画作品，多组织高水平研究文章，一定要将这个艺术期刊办好。

午饭时见到了薛永年，他是这次会议的重要筹划者。还遇见一些美国朋友，其中纽约徐振玉女士为王己千学生，与顾毓琇是江苏同乡，顾老活到100岁，不久前在费城逝世，她把《徐振玉书顾毓琇诗》送我一册。

下午开大会，听了9个人的学术报告。会议由一位台湾女教授主持，她提倡当面论辩，美国武佩圣先生的举例即受到与会者的质问，研讨气氛非常活跃。

这个研讨会是由扬州市政协与中国美协联合举办的，晚上扬州市政协主席亲自出面宴请大家。

晚饭后在房间将几十篇文章浏览一过。

2002年11月25日
扬州

上午小组讨论，我本不想发言，只想听听与会专家见解，因为我对扬州八怪确实没能深入研究过。然大家指名让我先讲，只好应酬性说了几句，总算通过。

扬州八怪之所以受到学界重视，自然有一定的道理，但在康乾间扬州还有不少画家值得研究，诸如袁江叔侄等。学者对八怪研究偏多，对其他画家研究颇少，甚至有人将扬州八怪和扬州画派混为一谈，这是不对的。事实上八怪不能代表扬州当时艺术的全部，扬州八怪与扬州画派这两个概念似应有所区别。

下午先到扬州博物馆去看基本陈列（原馆长顾风已升任文物局副局长）。当地出土的战国、秦汉、六朝、隋唐文物很有特色，元明清文物则少见。接着参观"扬州八怪书画特展"，一共展示八怪作品60多件，其中代表之作较多。最后看看金农故居，布置的东西基本都是复制品。

扬州的传统工艺优势仍在，如漆器、刺绣、剪纸、玉雕等都有店铺和艺师，如何继承发展，这是当地政府应该重视的问题。

晚饭后观看游艺表演，很有特点，值得推广。

2002年11月26日
扬州

上午集体出发，先去游览瘦西湖。此风景区以前来过，这次乘龙舟逐处观光，感觉甚好。晴空万里，杨柳青青，垂丝摆动，彩菊高耸，湖中水色与两岸景物俱佳，太湖石尤为喜人。无论是历史文化还是江南园林，游客在瘦西湖都可以看到。

之后前往大明寺参观北宋欧阳修任扬州太守时所建的平山堂，这里的欧阳修祠对联不少。又去看鉴真纪念堂，这是个新建筑，

仿日本奈良唐招提寺建成。

最后主持人宣布：会议结束！

2002年11月28日
上海

上午8时，与劳继雄、王鹏等到金门大酒店报到，领取了上博建馆50周年开会材料。之后步行到上博，馆领导不在，见到陈佩秋等人。随即赶往龙华寺，9时半出席"弘一大师书法展"开幕式并参与剪彩。

下午2时，圆圆应约而来。她已适应学校生活，我要她努力上进，并把扬州八怪会上材料交给她学习参考。

2002年11月29日
上海

上午，上博建馆50周年"千年遗珍国际学术研讨会"在上博学术报告厅正式开始。先由我与饶宗颐主持会议，每人讲话限制在10分钟之内，方闻、汪庆正等人先后发言。中间休息20分钟，接着由方闻、肖燕翼主持，饶宗颐等人发言，王己千的发言稿由其女儿娴歌代念。12时休会，共进午餐。

会务组临时改变计划：下午研讨会暂停，与会代表先行参观"晋唐宋元书画国宝展"。我下午2时先与新加坡韩发光先生去领事馆递交前往新加坡的材料，然后回到上博随同大家一起观看展品。我看得不太认真，主要原

上海龙华寺"弘一大师书法展"开幕剪彩仪式
照诚 杨仁恺 等

上博"晋唐宋元书画国宝展"展厅
肖燕翼 单国霖 陈燮君 郑欣淼 杨仁恺 等

因是作品大都熟悉，兼之目力不好，在玻璃柜里的作品看着吃力。

晚上在黄浦江上的游轮上一边欣赏两岸景色一边用餐，我与张子宁、宫崎法子、王娴歌等人同桌，边吃边聊。据娴歌告知，已千近来两腿有点行动不便，无法前来。若有可能，已千计划明年6月在上海举办书画展览。

2002年11月30日
上海

上午林声来上博参观，我因必须参加会议而未能陪同。研讨继续，中午休会前与会者全体合影，之后去顺峰酒楼午餐。

下午4时，"晋唐宋元书画国宝展"举行了简短而又隆重的开幕式。

2002年12月1日
上海

"千年遗珍国际学术研讨会"今天上午结束，我因为有事，没有参加闭幕仪式。

下午4时半出席"菲律宾庄氏两涂轩书画专馆揭幕仪式"。晚6时半举行揭幕宴会，仍由上博操办，我与启功、方闻、张文彬以及庄氏家属等同席。宴会期间，前来敬酒、要求签名者不绝。晚宴结束前，汪庆正请启功和我最后讲几句话，虽然毫无准备，但必须从命，这也是一种需要。散席出门，与各方人士握手告别，辽博新馆开馆之时欢迎他们大驾光临。

据告"晋唐宋元书画国宝展"参观者络绎不绝，盛况空前。出版的《晋唐宋元书画国宝特集》（定价6000元）卖得甚火，各地嘉宾需凭代表证才能五折购得一册。由此看来，上博这个展览的举办、这个图册的出版非常成功，此经验值得我们借鉴。

2002年12月4日
北京

上午9时半到二楼展室参观拍卖书画预展。古今杂陈，其中北宋米芾《研山铭》设有专柜，三面悬挂各家题字，我写的"研铭回归艺苑增辉"8个大字也挂在上面。据告国家文物局已决定由北京故宫定向收购，拍卖会结束后即由专人取走，警卫护送。从经济上看，中贸圣佳因此损失不小，但国家得到了一件艺术珍品，这也是中国拍卖公司应有之善举。

整个上午我与陈云峰、杨武逐件过眼古代书画。我向陈云峰建议，要么不买，要买就选真精之作，艺术品投资理当如此。

许勇山东东营展品被窃，如何赔偿，法院要求必须先有两位专家予以价值评估之后方可进行操作。许勇让其攻读法学博士的侄儿负责此案。我请易苏昊帮忙，易总答应全力协助，请许提交有关材料。

下午鹿微微会同公司所属各部门负责人来看预展。她介绍一位朋友拿一件傅抱石山水求鉴，伪品。

尹吉男电话邀请赴中央美院进行学术讲座，此事需面商后再做决定。

2002年12月5日
北京

上午王兴伟来接往世纪画廊过目董寿平书画，并为之一一题识。中午饭后为王兴龙藏品题字。

下午3时回到酒店，杨武带刘亭亭的朋友范先生来见。范是香港人，这次是来参加中贸圣佳书画竞拍的。据告他是范仲淹的后裔，我问他范敬宜认识否，答曰不知。

刘亭亭来房间聊天，她要买一些自己喜欢的东西，征求一下我的意见。

陈云峰也来房间面谈，他计划购买的书画已经选好，最担心的是竞争者不断抬价。

2002年12月6日
北京

上午中贸圣佳开拍近现代作品，拍卖结果尚可。其中名家之作竞拍者颇多，成交价也偏高，各方皆从中受益。看来拍卖的关键是质量而不是数量，拍品越精，效果越好。

下午进行古代书画的拍卖。参与竞拍者增加了很多，现场买家能有近200人。凡是较好的作品几乎全部成交，特别是清宫流出的书画最后落槌价极高。至于米芾《研山铭》，此前已由国家文物局请财政部拨款3000万定向买下，交由故宫博物院珍藏，没有竞价过程。

香港许礼平来此竞买古代书画，开拍前

送我几本图书，终场时没有见到人影，大概未能如愿而去。

陈云峰上午购进一些近现代之作，下午竟得吴小仙、戴本孝作品各一件，其中戴本孝之作竟高至120万元。

2002年12月7日
北京

据告昨天中贸圣佳书画拍卖期间徐邦达到场露了一面，旋即离去。我在第一排坐着，没有看到他的身影。

上午9时，程与天如约来接，告知《经济日报》总编辑武春河求见，其已代为答应今天下午在东方书画院会面。书画院院长王明远去美，程与天的身份是副院长。先到中旅大厦住下，在房间为与天诸人写字若干。

午饭后去东方书画院与武春河等人相会。经济日报社办了一家《中国书画》杂志，月刊，八开彩版，主编曹鹏此前在扬州八怪研讨会上见过，张公者是这个期刊编辑部主任，他们拟聘请我与启功为该刊顾问。

2002年12月8日—9日
北京—沈阳

上午杨武来谈，告知此次拍卖会办得非常成功，成交总额过亿，其中书画拍卖9000万元。米芾《研山铭》由国家出资收购，无人参与竞价，公司因此减少收入，但所做出的贡献有目共睹，我对刘亭亭和易苏昊予以称赞。

9时过前往火车站，乘95次离开北京，翌日8时50分抵达沈阳站，9时半回到家中。

此次外出时间近一个月，家中事情不多，但馆里之事则不少。

2002年12月18日
沈阳—上海

应美中收藏家协会之邀前往美国洛杉矶的计划已经很久，因齐佛来伤腿迄未成行。洛杉矶方面一再探问，又新年在迩想尽早过去看看江江，于是决定单人成行。

得到东航董先生的帮助，已经购好赴美的往返机票。今日起程离沈赴沪，明日由上海飞往洛杉矶。

近几日沈阳一直下雪，唯恐桃仙机场封港耽误行程，所幸今日天气放晴，下午5时半顺利降落至上海浦东。

住下后打电话给王运天和赵渤，他们先后来到饭店。据运天告知，上博"晋唐宋元书画国宝展"依然红火，每日观者不断，《晋唐宋元书画国宝特集》已经卖光。与小渤谈的多为做人和做学问之道，年轻人对此知之甚少，必须多多教导。夜深之时运天告辞，小渤在饭店留住一晚。

2002年12月19日
上海—洛杉矶

11时半在延安饭店午饭，12时1刻由郭经理、李先生陪同到浦东机场。东航董先生代办所有手续，登机入头等舱就座，介绍机上陈先生予以关照。

飞机直飞洛杉矶，当地时间上午10时到达（仍为12月19日），陈云峰、劳继雄、陈彬藩来接。陈彬藩为吴悦石友人，已近70岁，孩子在美，退休后来此探亲，因病需要疗养，一直客居异乡。

先到朵云轩书画展展厅参观。其间见到两位记者，男的叫孙卫赤，女的名王艾伦，数年前来此，为《国际日报》的新闻记者。还见到美中收藏家协会会长周德昭和另两个艺术机构负责人，周告知，21日为我举办欢迎晚宴，届时中国驻洛杉矶领事也将出席。大家共聚午餐，饭后分手，我随陈云峰到其家中休息。

晚上与江江通话，告知我已抵美，计划乘机飞往凤凰城到他所读大学去看看。江江说他读书的学校距凤凰城还有两个小时车程，交通非常方便，彼此商量，还是圣诞节后他来洛杉矶见面为好，乘长途汽车9个小时可以如愿。

2002年12月20日
洛杉矶

下午与上海朵云轩茅子良等3人见面，中

洛杉矶长青书局
陈彬藩 杨仁恺 王艾伦 刘冰 茅子良

美文物协会会长徐耀请吃晚饭。徐先生是香港人，在深圳工作过，与小健认识。

2002年12月21日
洛杉矶

与上海朵云轩茅子良诸人上午先到劳继雄家坐坐，之后再到陈彬藩家看看。陈曾任中国侨联副主席，是茶叶专家，对中国茶叶的海外推广贡献颇大。其所藏书画都是当代之作，具上款，皆真迹，请我为其一些藏品题字。陈妻湖北人，四川农学院毕业。

晚7时出席美中收藏家协会为我举行的欢迎大会。中国驻洛杉矶副总领事蔡自先、领事陈永山以及侨界、文化艺术界等各方人士100多人参加，场面颇大，气氛热烈。先是周德昭致词，之后由我讲话，最后宣布明天下午2时在林肯酒店由我做书画鉴定演讲。仪式结束，共聚晚餐。这种集会，我在国外还是第一次体验。

2002年12月22日
洛杉矶

上午与陈云峰的友人何先生、陈先生聊天。他们都是当年知青，后来来到美国发展，思想意识超前，敢于尝试新生事物。

午后2时到附近的林肯酒店演讲，听者100多人，大都是美中收藏家协会的会员，还有部分媒体记者。我先讲的是中国书画收藏与鉴定的基本问题，介绍了收藏历史、历代著录、笔记的价值与作用，告知听众鉴定是收藏的前提，只有掌握科学鉴定之法，从事收藏才能少出误差。接着我谈了自己对中国书画收藏的认识与理解。我认为这是一种高尚生活，是一种爱国行动，菲律宾华侨庄万里收藏的200多件中国古代书画最后都捐献给了上海博物馆，这就是爱国义举。我最期盼的是流失海外的文物能够回到祖国怀抱，希望美中收藏家协会会员要有责任意识，多多收藏中国文物，这项工作很有意义，非常光荣，前途远大。

2002年12月23日
洛杉矶

今日没有活动安排，整整一天有一种休闲度假的感觉。

白天在陈云峰宅中看画、写字，其中10多幅是应福建陈彬藩所求而书写。不想写了便漫步街头，近处景观满眼绿色，远处山顶白雪皑皑。洛杉矶市所有住宅建筑各有特色，道路宽阔，汽车很多，自行车没有见到。这里属于温带地中海型气候，所见树木，既有热带棕榈，又有各种松柏，一般是秋天看红叶，而此地红叶树最好看的时间当是现在这个季节。

2002年12月24日
洛杉矶

上午去长青书局参观上海朵云轩书画展。书局老板名刘冰，上海出生，后从台湾来美发展。其书店总面积很大，其中专有一间展室300多平方米，经劳继雄牵线搭桥，今年朵云轩在此办展，能收入七八万美元，不会亏本。

展厅隔壁是美中收藏家协会周德昭开的古玩店，在这里认识了劳继雄友人梁先生。梁是广东中山人，在台湾念的大学，来洛杉矶已有30多年，对书画很有兴趣，与吴悦石为旧相识。古玩店的书画不多，我们又随梁先生到其家里看了一些，所见多为赝品，如李公麟、刘松年、黄居寀等人作品均属旧伪，一张沈周之作也是名款后添。

晚上梁先生送我回到陈云峰家，坐了片刻而去。我因中午吃的东西尚未消化，毫无食欲，于是陈云峰为我熬粥以食。

今晚朵云轩茅子良等3人游览大峡谷、赌城回到洛杉矶，他们计划明天回国。

2002年12月25日
洛杉矶

今日外面没有应酬，全天在陈云峰家写字、看电视。

为东航董先生写对联数副。又为陈云峰书唐白乐天叙事诗《琵琶行》一卷，长两三丈，一气呵成，平生第一回！

杨树打来电话问候。我鼓励他锻炼身体，努力学习，明年考一个好的大学。

八妹以电话的形式与我交流。据告他们夫妇二人仍住在华盛顿，前不久炎昌跌伤，正在家里疗养。我和炎昌也聊了几句，请他安心养好身体，康复后回国走走，看看北京等地的景色、风情。

洛杉矶气候固好，城市环境亦佳，就是居民各家相距甚远，商店零散分布，公共汽车少见，若是自家没有汽车，出门真是犯难。

2002年12月26日—
洛杉矶

今天到劳继雄家为其看画、题字。继雄出示谢稚柳、傅抱石画作各一件请我过目，这两件作品乃二人传世精品，难得！我为之题跋。

下午5时过，陈云峰打来电话，告知江江已到，约好6时过在三和饭庄一同晚餐。我和继雄全家（包括80岁的岳母）准时赶到，见面后相互介绍。大家对江江很是热情，我请他们多多关照。据江江告知，其所读大学全校只有中国学生10人左右，好在他的语言已经过关。江江的指导教授原是马里兰大学的博士，待江江很好，平安夜就是在老师家过的。

2002年12月27日
洛杉矶

今天劳继雄与《国际日报》记者王艾伦女士开车两个小时陪同我和江江到棕榈泉游览。此处属于科罗拉多沙漠地带，早先为印第安人所居之地，山峦重叠，乱石散布，杂草丛生，唯公路特别平坦。此地树木以棕榈为主，有两处峡谷可观，唯下去不便，只好选择在上面欣赏一番。此地风景可以入画，继雄也是第一次来，日后创作可将景色置于画中。

回到劳继雄家休息片刻，即应陈彬藩友人阮先生之邀去三和饭庄共聚晚餐。阮先生也是吴悦石的朋友，杭州人，其父曾任台湾某报社总编辑，曹圣芬接其父任，二人均已退休。

2002年12月28日
洛杉矶

上午在陈家与江江交谈。江江计划两年在美拿下硕士学位，之后回国自己开办公司。

我意如硕士毕业好找工作，就在美国先工作一两年，之后再读博士学位。总之，不要急于创业，要打好基础，学好专业，一专多能，如此将来生存发展可能会更好些。

下午2时，出席美中收藏家协会在林肯酒店举行的书画鉴定会。来的人不多，好东西更少。其中一件绢本《献桃图》中堂尚可，此乃明中期之作（后加宋人款），为之题名。还有齐白石《昆虫蔬菜图》一卷，80岁作，四子良迟引首，作品虽然不佳，然藏家一再请求，只好泛泛题写几字。

2002年12月29日
洛杉矶

上午与劳继雄前往西来寺与星云大师见面。星云现年75岁，国际佛光会世界总会会长，扬州出生，宜兴出家，思想不凡，著述颇丰。其南人北相，说话一口扬州腔，身材却非常魁伟。西来寺纯属中国佛教传统建筑形式，规模宏大，地势很高，在其上俯瞰洛杉矶，所有景物尽在眼中。寺庙烧香拜佛者极多，中外人士兼有，门庭若市。

回到继雄家，为廖大夫藏品题字，之后一同进午餐。

下午无事，为继雄及其子各写一联留念。彤彤的母亲也喜欢我的字，书李清照五言《夏日绝句》赠之。

2002年12月30日—31日
洛杉矶—北京—沈阳

今日起程回国。

上午10时半，劳继雄、陈彬藩、王艾伦将我与陈云峰送至机场，握手话别。

从洛杉矶飞至北京，总计需要13个小时，一直似睡非睡，终于在31日晚7时半抵达首都机场。杨武和其朋友来接，与陈云峰分手告别。

见有晚9时飞沈的机票，我买了一张，登上飞机，顺利抵达沈阳桃仙机场。于2003年元旦之前回到家中。

2003年

2003年1月14日—15日
盘锦

应辽河碑林邀请，与林声、幺喜龙、王
海萍、李仲元以及台湾苏先生（书协理事长）
等人赴盘锦，参加他们举办的书法讲座。两
个半天，来去两日，实际工作一个整日。其
间搞了一次笔会，还参观了辽河口老街。

2003年3月15日—16日
沈阳—新加坡

新加坡友人韩发光先生由狮城飞到沈阳，
邀请同去新加坡。而辽博举办的幺喜龙作品
捐赠仪式已定于3月22日举行，时间十分紧迫。
与馆里人商议，既然对方已经办好签证手续，
购买了往返机票，又整个行程由韩先生亲自
陪同，21日夜航离开狮城，22日上午9时即可
回到沈阳，不会误事，还是走一趟为好。

然16日晨6时飞抵新加坡机场时却发现手
提箱不见了，经与北京方面联系，方知托运
环节出错，需等到第二天才能发运过来。韩
先生夫人、沈诗云来机场迎接，我们同到韩
家一起早餐。

上午前往定庐探望吴老夫人，吴师母精
神状态依旧很好。次子吴怡龙原是教小提琴
的，现开始学习指画，技法与其父一路，很
有天分，被选为"三一指画会"会长。吴老
逝世后，家中一切如常。告知吴师母，辽博
新馆将在今年9至10月竣工，吴老画册由深圳

雅昌印制，争取开馆之时举办吴老作品特展，
同时召开画册出版首发仪式。

下午4时去许丹阳家看看。据告李树基将
于19日从印尼返回新加坡。

2003年3月17日
新加坡

上午去俞精忠新店看看。宣和文物已经
搬离乌节坊，新店店面较原先小了一点，取
消了专门展室，但一楼大厅可办展览，如今
正在举办慈善义卖画展。俞先生还在新址租
了两间库房，存放大量油画和国画，这是他
多年积累的财富。据告，书画这一领域受经
济波动影响不大，一些人还是照样买卖，每
年的营业额比较平稳。

中午与许丹阳母女、吴师母全家在一家
素食馆进餐。饭后一起到吴师母家欢聚，我
与吴师母尽兴交谈，丹阳与怡龙清唱表演。
怡龙从小接受音乐训练，嗓音确实不错。

晚上仍住在沈诗云家。她的丈夫孙先生
已经回来。3个孩子一年多不见，又长高许多，
大女儿明年考大学。

在宣和文物店时电话家中，平安勿念。

2003年3月18日
新加坡

我的手提箱由航空公司送到韩发光家，
打开检查，一切无恙。将所写的书法作品一

件交韩先生，另一件拟送陈贤进博士。在韩家看了受损的肖像画和我的鉴定书，鉴定书写得很具体，并附我的个人简介以及不同时期的活动照片。据告，保险公司已经请林秀香过目了损坏作品，林已出具了一个估值报告。韩要我明天与其律师见上一面，就如何在法庭上提供鉴定意见一事先行沟通交流一下。

乘韩先生所开之车前往王德水家，与德水以及其老同学一起聊天。大家交谈非常轻松，聊得比较开心快活。德水的二儿媳妇求我写字，答应回国后写好寄来。

晚上与韩发光、王德水、沈诗云等人在一家泰国饭馆进餐，饭后在韩家住下休息。

2003年3月19日
新加坡

上午10时与韩发光赴律师事务所去见其代理律师。谈及韩先生藏品被水浸要求保险公司赔偿一事，律师告知被告已请林秀香作证，而我是原告证人，开庭前我与她不能会面。林秀香对损失估值较低，而我对受损画作估价偏高，律师让我说清高估的理由。我阐明自己的评估依据，法庭上可以应对对方律师的质询。

下午去陈贤进家与其夫妇见面，交上他们让我书写的座右铭以及专为二人创作的书法作品，翻阅他们在世界各地办展的图片、资料。陈贤进身体健康，面色红润。

晚间与陈贤进、曹瑞兰同去美国俱乐部用餐。半个月前在鞍山汤岗子疗养院我们会面时陈就已经改为吃素，今晚饭菜半荤半素。晚饭后分手之际，陈告知其分别在美国洛杉矶和纽约的两个女儿数日前同时回来探望父母，希望我明晚能够出席他们的家庭聚会，我表示时间允许一定参加。

2003年3月20日
新加坡

上午先到律师事务所与王律师研究我的鉴定评估材料，发现我对肖像画损失估值有一段文字不太合适，删去。之后到博物馆参观少数民族文物，无论是数量还是品种，远不及韩发光所藏。

下午去新加坡美术馆与馆长郭建超见面，郭介绍一位刘先生和我谈计划明年2至4月举办吴在炎画展之事，说想从吴老捐给辽博的作品中借用40件。他要求吴老作品图录印好后寄来一份，以供办展方从中挑选。

2003年3月21日—22日
新加坡—沈阳

上午8时半去法院出庭作证。法官和被告律师对我询问极详，所有问题我都一一据实回答。在法庭见到了林秀香，她是被告所请之人。

离开法院，随李树基等人同去晚晴园（孙中山南洋纪念馆）参观。这里展示着孙中山革命活动的大量照片、文献，李树基花费两年心血创作的《孙中山在南洋》巨幅作品在此特别引观者注目。

下午先去李树基家，之后由沈诗云接往吴师母家吃福建春卷。晚餐期间李树基、许丹阳夫妇合唱表演，吴怡龙和他的女儿乐器伴奏，所有人都很开心快乐。

吴怡龙、李树基夫妇、沈诗云送至机场，我与韩发光乘半夜12时的飞机离开新加坡。4500公里飞行6个小时抵达北京，翌日晨由北京转机回到了沈阳。

2003年4月18日
沈阳—济南—菏泽

上午乘11时过起飞的飞机离沈。因延误之故，抵达济南之时已是下午2时。

晁中继开车来接。我们先到小滨家去看看，家中一切安好，孩子飞飞2岁多，会背唐诗，特别可爱。

下午4时离开济南走高速公路奔菏泽而去。雨过天晴，道路平坦，车速较快，2个小时多一点就到了住处牡丹宾馆。

菏泽，古之曹州，今有"牡丹之都"称谓。菏泽种植牡丹历史悠久，始于隋唐，盛于明清，如今已有1000多个品种。现在正是牡丹花开时节，色香异常，值得一看。

2003年4月19日
菏泽

上午赴曹州牡丹园参观。园区面积很大（有1000多亩），参观者为数不少。牡丹品种很多，不同品种分区供游客观赏。由于有晁中继陪同，管理人员为我们打开围栏，让我们享受一下特殊待遇，可以近距离看一看盛开的牡丹，嗅一嗅花的芳香。

菏泽地理位置相对偏僻，交通不甚方便，然城市规模尚可，街道很宽，车辆不少。由于土质和气候因素，此地非常适合牡丹种植。不仅市区有大面积的牡丹园区，郊区百姓也广种牡丹。我们应邀到晁中继老宅看看，发现他家宅内屋外到处都是牡丹。

2003年4月20日
菏泽

晁中继是菏泽的园艺家，其为宣传菏泽牡丹，多年来北京、上海、广州、西安等地到处去跑，与当代许多名人都有接触，著名画家之作也借机收藏很多，启功、田世光、黄胄诸人作品均有。据晁告知，不久的将来，他要将所有藏品结集出版，并开办展览。就我所过目书画判断，出书办展都够条件。

菏泽郓城是"中国好汉之乡"，当地出版了《水浒文化》一书版。

2003年7月9日
北京

中国嘉德来函，告知"嘉德十年庆典酒会"定于7月10日晚6时半在昆仑饭店举行，同时举办拍卖文物展览。我接受邀请，决定前往。

乘53次列车抵京。

早餐后即去昆仑饭店参观中国嘉德拍卖的书画预展，重点关注晋索靖《出师颂》原件。此卷引首赵构篆书"晋墨"二字，后纸米友仁跋谓"隋贤书"。专家过目之后意见不一，现场记者让我表态，我说必须研究后再出观点，不过认定其为《佚目》之物毋庸置疑。

中午回二十一世纪饭店与杨武、陈云峰见面、吃饭。之后他们去看拍卖预展，我则饭后在房间睡个午觉。

下午4时半，杨武回来接我，同往李可染艺术基金会与邹佩珠、李小可见面，适《经济日报》武春河社长和《中国书画》张公者也在。与邹佩珠交谈内容不少，最后说定，过些日子小可到辽博商谈办展事宜。

2003年7月10日
北京

上午8时过，王兴龙陪往世纪画廊，过目其现代作品并题字。此地颇为安静。

10时左右，杨武、陈云峰、冯鹏生先后来见。本计划一起前往通州冯其庸家，但鹏

生说有事要办不能同往，将所出新书《中国书画装裱技法》交我后告辞。

与冯其庸及其家人见面。冯的女儿、两个外孙从奥地利维也纳回来探亲，孩子十分天真，活泼可爱，中国话说得也很好。在冯书房为其友人所藏铁保《临争座位帖》题跋。冯为我介绍一位青年雕塑家纪峰（安徽人），告知几案之上的铜像即为其作品。

晚上与冯其庸等赶往昆仑饭店出席"嘉德十年庆典酒会"。场面很大，名流云集。启功已坐轮椅，徐邦达依然如故，侯恺还是从前的样子，邹佩珠由其侄孙媳妇陪同出席，孙轶青及其以后国家文物局历任局长全部到场，马自树告知已从鲁迅博物馆馆长任上退了下来。中国嘉德的陈东升和王雁南、雅昌的万捷与何曼玲、故宫的杨臣彬、新加坡的蔡斯民、中国香港葛师科夫妇等人都打了招呼，互致问候。许多人问我辽博新馆开幕仪式何时举行，答以先征文稿，开馆日期待定。

庆典宣布开始，高占祥台上发表讲话，陈东升、王雁南致答谢词，香港张宗宪代表藏家发言。

2003年7月11日
北京

今天冯其庸介绍的纪峰来二十一世纪饭店为我塑像，所用时间为上午8时至10时30分，下午2时至3时30分，基本造型完成，细节处理尚需一些时日。据纪峰介绍，其雕塑

艺术以韩美林为师，同时师从冯其庸学习传统文化，来京已经10年有余，现在通州有自己的工作室。他已为季羡林、启功等多人塑像，计划塑造100位名人雕像，之后办一个雕塑作品展览。

10时30分，杨武驾车来接，先到亚洲大酒店与即将飞往上海的陈云峰告别，我们约好9月中贸圣佳拍卖会上再见。

11时到港澳中心参观中贸圣佳精品预展。展品中王石谷、恽南田画册以及齐白石、傅抱石册页最精，还有新安派浙江八人合卷也是一件难得之作。

下午3时40分同去通州冯其庸家，见到从上海初到的汪大刚。汪来北京是为冯出版画册拍照的，同时带来贺友直白描卷2件，请求题跋。香港选堂已题引首，我要冯拖尾先题，冯坚决不允。说定将之交郭延奎携沈，待我题后再请冯题。

柳菁13日从烟台来京办事，是日我们要见上一面，隔日我将飞往郑州。

与冯鹏生电话约好，明日上午去他家面晤。

2003年8月9日
沈阳—大连

金京林办的金太阳博物馆邀我出席开幕式，冯魁林、张继刚、孙云波也请我去大连见面，于是接待完李可染之子小可之后，今天偕老伴同往大连。

冯魁林、张继刚来见，一同晚餐，饭后谈至很晚入睡。

2003年8月10日
大连

上午8时过，冯魁林、张继刚来接，一同参加金太阳博物馆开幕仪式。我在开幕式上致词，之后接受大连电视台以及各报记者采访。

下午3时冯魁林来接，到大连市委办公大楼四楼与电视台、报社记者座谈交流，主要是评价冯魁林的艺术成就。

2003年8月11日
大连

大连电视台以及各报记者都对昨天金太阳博物馆开馆进行了报道，他们将有关报纸收齐一份送我。

宋惠民鲁美同学李先生送我一件装好的水彩画，画得确实不错，连同张家瑞赠送的版画一并交给李成携回沈阳。

晚间饭后到李先生家看其所藏书画。李家三辈都喜好收藏，东西较多，其中可靠的明清之作为数不少。三代坚持不懈收藏者不多，我劝他先整理一下，之后结集出版，最后举办一个藏品展览。至于是否也建一个博物馆，视日后情形而定。他同意我的意见。

2003年8月19日—20日
沈阳—北京

应故宫博物院之邀，决定赴京出席21日举行的"两晋隋唐法书名迹特展"开幕仪式。明日赴内蒙古观看赛马的计划只能放弃，向林声同志等人表示歉意。还有两个活动，是否参加只能等到返沈后再说了。

20日晨火车正点抵京，故宫娄玮接送至南河沿翠明庄宾馆入住。

早餐后王兴龙来接往世纪画廊看画题字，午饭后回宾馆休息。

晚6时过，故宫郑欣森院长在翠明庄宾馆设宴招待，出席者有单国霖、单国强、薛永年、肖燕翼、刘光启等。席间郑院长就如何培养与使用人才问题发表了自己的见解，他认为从事业务工作的专家不应60岁退休，博物馆必须重视人才的梯队建设。就故宫筹建书画、陶瓷、玉器中心等事宜，他指定肖燕翼起草文案，今年10月完稿。此公是鲁迅研究学会会长，研究鲁迅颇有成就。自其以文化部副部长身份兼任故宫院长以来，又对博物馆事业尤为用心。看来这是个很有事业心的人，由他领导的故宫将来一定会大有起色。

2003年8月21日
北京

上午8时半，娄玮来宾馆接至故宫绘画馆参加开幕式。除各地嘉宾之外，到场的媒体记者能有几十家。

9时30分，"铭心绝品——两晋隋唐法书名迹特展"宣布开幕。先是院长郑欣森致开幕词，接着由副院长肖燕翼介绍展品，最后由我代表嘉宾讲话。我就展品的价值与办展的意义简单说了几句，同时为隋人《出师颂》回归故宫表示由衷祝贺。

仪式结束，记者现场采访，所有问题一一作答。关于《出师颂》记者提问较多，我对其价值高度评价，对故宫将之收回予以充分肯定。

离开绘画馆前往斋宫，又出席了"孙瀛洲捐献陶瓷展"开幕式。郑欣森讲话，对藏家、藏品以及捐献行为评价得颇为到位。孙老是位收藏家、鉴定家，在其1956年至1966年受聘故宫10年期间，先后捐献给故宫3000多件文物（其中陶瓷2000件左右），还培养出一批优秀人才。孙老弟子耿宝昌在开幕式上发表讲话，颇动情感。

中午故宫在宫中餐厅招待来出席两个展览开幕式的嘉宾。大家边吃边谈，由孙瀛洲联想到张伯驹，认为故宫应将捐献之事重视起来，上博在这方面就做得很好。

王运天携印刷的《淳化阁帖》样本来见，相当精好。

晚间苏士澍来宾馆晤谈，其带来的以宣纸复制的《淳化阁帖》更接近原作。

2003年8月22日—23日
北京—沈阳

上午召开座谈交流会议。先是郑欣淼讲话，算是为座谈会开了个头。接着请汪庆正介绍上海博物馆多年来经营管理方面的成功经验，汪最后对《出师颂》的价值以及故宫的购藏之举发表了自己的看法，讲得颇为精彩。单国霖、单国强兄弟也在会上先后发言，言之有物，大家致以热烈掌声。

中午故宫博物院领导班子全体与大家一起用餐。席间单国强一再表示，一定要将《国宝沉浮录》拍成电视片，看来他们对故宫散佚书画已开始非常重视了。

午饭后冯鹏生来翠明庄宾馆见面，谈了一些事情而别。

下午由杨武陪同到中贸圣佳去看征集的书画。计划拍卖的作品不少，其中以新安派梅清为首的八位画家合作之山水卷为最佳。还有一轴双拼绢《群鸟归林图》亦佳，当为元人之作，徐邦达意见是宋人作品，我则以为时间不够。中贸圣佳定于本年11月初举办拍卖大会，届时一定会热闹非凡。

晚上郑欣淼院长设宴饯行。故宫、上博、辽博三家同仁相互交流经验，共同表态一定要加强合作，我则表示请他们到辽博指导工作。

饭后乘53次离京，翌日晨7时过到沈，随即出席"辽宁美术馆五十周年庆典"仪式并参与剪彩。

2003年9月20日
沈阳—上海

晚上王运天、汪大刚携刚刚出版的《淳化阁帖》样书同来，印制得确实不错。

陈云峰下午由洛杉矶抵达上海，亦来延安饭店晤面，大家开心交谈，聊得愉快。陈明早返往慈溪处理工作事宜，我们约好11月初北京相见。

赵渤打来电话，告知正为撰写博士论文而忙碌，我说无事可以不用见面。

2003年9月21日
上海

赵渤来延安饭店看我，我没有让他久留，催促其回去抓紧时间撰写博士论文。自己的事情自己做，要学会自立、自强。其间与圆圆通话，告之没事不用来看我了。

午前为延安饭店写字几幅，午后阅读汪庆正考证《淳化阁帖》的文章。

晚6时半，汪观清及其子大伟、大刚来接，同去出席上博举办的迎宾酒会。酒席三桌：中国港澳台以及日本客人一桌，我与冯其庸以及汪观清全家等人一桌，故宫博物院专家学者一桌。晚宴即将开始之际，汪庆正突然间宣布，今晚既是为嘉宾接风洗尘，也是为我90岁和另一位先生65岁庆祝寿诞，接着将写有"九秩大寿"字样的蛋糕端到我们桌上，着实让我惊喜一番。

晚饭后与汪观清一家以及运天等人齐至延安饭店，观清专门绘制画像一幅赠送，令我感愧不安。

晚餐中与日本富田淳、高岛义彦等人见了面，请他们代向铃木敬、今井凌雪致意。香港中文大学林业强也在席间相见，请向利荣森庚兄问好。

2003年9月22日
上海

上午9时，"《淳化阁帖》与'二王'书法艺术学术鉴赏会"宣布开会，大会由我和故宫副院长肖燕翼主持。我先讲了几句，对这个会议召开以及这个特展举办表示祝贺，随即向与会者解释说由于我的四川口音太重，还是请肖燕翼全权负责会序为好。

11时半休会，大家共进午餐。席间我向汪庆正提出，请李蓉蓉赴沈协助设计辽博新馆陈列，汪答复没有问题。陈佩秋从韩国汉城归来，我们吃饭时见面并且聊了一会，她说在汉城见到姜福堂的几幅作品，画风有变。

晚上上博在浦东一家大酒店宴请。晚宴结束后隔江而望外滩夜景，极美！观赏美景之时与李蓉蓉相见，于是又提起请她赴沈之事，汪庆正当即决定派王运天陪同前往。

接受中央电视台记者采访，我对上博购回《淳化阁帖》非常认可，并说实际上国家在50年代就已经开始重视文物回归了。

上博《淳化阁帖》最善本研讨会结束仪式
冯其庸　陈佩秋　杨仁恺　周慧珺　等

2003年9月23日
上海

上午整个半天进行学术研讨。下午研讨会开至3时半，会务组组织大家参观"《淳化阁帖》最善本特展"，同时向与会者半价销售《淳化阁帖》最善本。此书一套4册，定价6000元，据运天说当天卖出300多套。

下午4时举行"《淳化阁帖》鉴赏会"闭幕式。以舞蹈演出开始，之后上海市一位副市长、上博陈燮君馆长、文化部一位副部长讲话，最后故宫郑欣淼院长代表国家图书馆接受赠书。此次会议结束仪式比较特别，不同以往。

晚上7时在浦东香格里拉大酒店举行宴会。我与香港几位先生、东京几位学者、文物出版社苏士澍、国家文物局外事处王立梅、北京故宫郑欣淼诸人同席。据王立梅告知，她已退休，但仍负责文物的对外交流工作。我希望她多多费心，今后有机会也让辽博参与引进、输出大型文物展览。我介绍郑欣淼与陈佩秋结识、交流，郑说他不日赴美，今后故宫与上博、辽博一定加强联系，密切合作。

2003年9月26日
无锡—宜兴

上午7时40分前往灵山景区，参加"无锡灵山太子像开光千僧大法会"。全国各地大和尚数千人云集于此，场面十分壮观。我没有与邱嘉伦居士会面，与赵朴初老夫人陈邦织亦只是远远相望，没有交流。

一个多钟头后开光仪式结束，我们驱车离开，直奔宜兴，午前到达，用餐后到所住旅馆小睡。

下午3时到马乐平家，为其看画写字。有一幅山水，款虽署"至正三年""梅花道人墨戏"，但不好肯定其为吴镇之作。乐平友人藏何香凝1928年在香港画的花鸟4大页，连工带写，殊佳。为乐平写4尺宣纸多张。

2003年9月27日
宜兴—上海

晨起为马乐平友人写字几幅，随即早餐，餐后起程返沪。

路过无锡时与事先约好的邱嘉伦居士以及灵山大佛管理处老总见上一面，彼此寒暄一番。邱为昨日未能陪同深表歉意，我则表示不用客气，心到佛知。

2003年10月15日
北京

昨晚乘54次特快进京，今晨7时半抵达，8时前到了入住的翠明庄宾馆。

用完早点后即赶赴故宫，与美国、英国、日本、加拿大等国家以及中国大陆、台湾、香港、澳门等地的旧友相见，共同出席"中国宫廷绘画国际学术研讨会暨中国宫廷绘画特展"开幕式。仪式结束后代表们参观故宫所藏历代宫廷绘画57件。11时半午餐，12时回宾馆休息。

小健明天到京，其友人张世乐、杨东临

北京故宫绘画馆展厅
郑欣淼　杨仁恺　汪庆正

下午来见，正逢刘蔷在我房间，介绍他们相互认识、交谈。

2003年10月16日
北京

早餐时见到高居翰夫人曹星原。她昨日夜里刚刚抵京，据告现已移居温哥华，高居翰亦将前往那里居住。

上午9时半，刘蔷与昨晚由东京回来的张锚同来宾馆。五六年不见，没想到张锚头发已经花白，看来人生易老啊。与刘、张随苏士澍一起乘车到北师大启功宿舍，适汪庆正、王立梅亦在。启已体力不济，行走困难，但头脑清晰，说话可以，我们在一起聊了好长时间。

告别启功，离开师大，张锚、刘蔷在一家饭店请吃午饭，我与汪庆正、苏士澍、王立梅等边吃边聊，饭后回宾馆休息。

下午小健与张世乐以及尹吉男先后而至，接着一友人携苏东坡字卷来宾馆求鉴。所谓苏轼之作实乃清人临摹之品，尹吉男与我意见相同。

晚上故宫邀请部分与会者在一家酒店聚会，约十人参加。自开幕式结束后院长郑欣淼因有外事活动一直没有参加会议，此次聚会仍由几位副手负责召集，他们起草了一个"故宫博物院古书画研究中心"设想方案，广泛征求大家意见。

2003年10月17日
北京

今天本拟出席会议听听专家的学术报告，但由于约会较多，我决定还是在宾馆房间等待来访者为好。

上午张锚、刘蔷夫妇先到，之后文物出版社的苏士澍、崔陟、王洋同来，再之后王维忠等飞来北京相见，大家一起午餐。

文物出版社带来《中国文博名家画传——王世襄》一本送我，苏士澍说请王海萍参照此书为我编一部画传。关于《明沈周赠华尚古山水画卷》，苏告知劳继雄本月由美返沪，待彼此见面办好出版手续后再印。就劳继雄所藏此卷原件，我曾与王雁南交换过意见，王表示愿意由中国嘉德经手拍卖。王洋建议，辽博新馆开馆所征集的学术文章应尽早将定稿交付文物出版社，时间充裕才能保证质量。王洋又告知，《书法丛刊》明年由季刊改为双月刊，计划出版一期现代名人书法专辑。

明天南京博物院举行建院70周年庆典，汪庆正已于昨日提前飞去，苏士澍则今晚启程。

午后2时，小健、李经国先后来见。小健与张锚谈筹建国际美术馆之事，我则与李经国交流其编辑的《名人信札丛书》事宜。

学术研讨会宣布结束，与会者晚上聚餐，总百人左右出席。我与故宫两位副院长以及傅申、姜斐德、高居翰、金维诺等人同桌。晚宴丰盛，气氛热烈。

2003年10月18日
北京

上午张锚来晤。与会者皆去故宫参观，我则在宾馆与张锚聊天，中午一同进餐。

下午1时过，王琦、小健先后而至。得悉小健已将李经国计划编辑出版我的信札之事转告了小军，小军已与李经国通话，本月底前将由深圳到京与李经国面谈。

入晚与王琦、小健以及小健朋友杨东临同在一家重庆馆子用餐。饭后动身前往车站，乘53次特快翌日晨7时过回到沈阳。

2003年10月27日
徐州

乘火车前往徐州，晚6时50分抵达，屈兆田等人来接。

此次是来参加屈总朋友戴道田之"戴氏藏石馆"开馆庆典的，其馆名是我去年在北京屈总处题写的。戴先生痴迷石头，每遇喜欢之石便不惜重金买下，多年积累下来终于颇具规模，如今建成专馆办展，明日开幕。

2003年10月28日
徐州

上午9时半，"戴氏藏石馆"举行开馆仪式。出席者中仅见司法部前部长邹瑜，未见其他市政领导。现场观众特多，嘉宾主要是

徐州所住宾馆
戴道田　杨仁恺

国内藏石界的知名人士。徐州电视台现场直播一个多小时，产生影响不小。

接受中国教育电视台记者采访时我谈了自己的观点：石文化源远流长，历代都有喜爱奇石的文人，如北宋米元章拜石的典故，明吴彬即为画石名家，画家米万钟更是爱石成癖。今天正在步入小康社会，人们对自然奇石欣赏已经开始。

2003年10月29日
徐州—北京

上午先去葬有刘注夫妇的龟山汉墓游览，随即前往徐州博物馆参观。徐州博物馆是在乾隆南巡行宫旧址上建立起来的，陈列之金、银、铜缕玉衣全国独有。临近中午，我们到李可染旧居看看，一位姓王的女士出面接待。

下午在宾馆为大家写字不少，还题了若干汉画拓片。

晚9时与邹瑜夫妇一同乘上火车，告别徐州，前往北京。

2003年10月30日
北京

上午9时抵京，杨武来接，入住亚洲大酒店。与邹瑜约好，下午同往李可染家先见其夫人邹佩珠，然后再到邹瑜家去看看。

下午3时，我与邹瑜夫妇应约来到三里河李可染家，见到其夫人邹佩珠和中央美院人事处原处长周玉兰。家中的陈设依旧，仍保持可染生前原样。邹佩珠虽已83岁，但思维清晰，记忆超群，特别健谈。我们聊起抗战时期常书鸿、秦宣夫、吕斯百诸人在重庆的往事，仿佛瞬间回到了20世纪40年代。

邹瑜说晚上请客，让我们先到家里看看，于是我们来到其所住宿舍。满屋石头，中外俱有，颇为精奇，说这里是一个小型美石博物馆毫不为过。

2003年10月31日
北京

上午前往首都师大欧阳中石家，相见颇欢。谈及要我作序的《齐子如画集》，欧阳告知荣宝斋已同意出版。提起荣宝斋，我说我们13人的"传统魅力书法展"近日将结集出

首都师大欧阳中石家
相国军　欧阳中石　杨仁恺　邹瑜

版，请他留意。

下午文物出版社苏士澍、崔陟等人来酒店面谈。告知明年《书法丛刊》计划出版的现代名人专号，目前已有作品数量不够，必须下大气力征集才能如期出版。关于石鲁画册编辑出版一事，我请他们先有一个设计方案，之后开列费用清单，最后拟订合同草稿与郑州方面达成共识。辽博新馆开馆，计划编辑一部《清宫散佚国宝特集》画册，苏士澍建议由文物出版社与日本合作出版为好。

晚间李经国与小军夫妇同来，就编辑出版我手中信札之事我们做了简单交流。

2003年11月1日
北京

上午10时，中贸圣佳拍卖会在亚洲大酒

店正式开始。拍卖大厅买家云集，拍卖师按图录顺序依次叫卖。现场节奏紧凑、气氛活跃，当拍到傅抱石《毛主席诗意册页》时达到了高潮，该册页8开，最后竟以1800万元落槌成交，全场轰动。

下午1时30分，书法专场开拍。刘亭亭坐在主席台，我则与她的代理人以及陈云峰诸人在第三排就座，最终刘亭亭如愿以偿，拍到了几件作品。

许礼平约我下午4时同去看望王世襄，因夫人袁荃猷病故后王悲痛不已，理当前往慰问。先是李小可夫人驾车来接到小可画室看其作品，发现小可山水多源于现实生活，有其父之风又极具个性，确实与众不同，当予以重视。离开小可画室，我与许礼平步行至王世襄家。王似有孤独之感，我劝他保重身体为要。王将荷兰克劳斯亲王所奖10万欧元全部捐献给了"希望工程"。

亚洲大酒店客房
杨仁恺　何流

回到酒店，何流夫妇及其长女哈娜夫妇来访，相见甚欢，之后两家共进晚餐。吃饭时与傅二石等电视台拍《傅抱石传》诸人偶遇，于是欢声笑语不断，又是气氛热烈一阵。

2003年11月2日
北京

今天中贸圣佳继续拍卖书画。其中齐白石两个画册将拍卖气氛推至高潮，一件落槌价1400多万元，另一件以1600多万元成交，全场热烈鼓掌。至于其他作品，亦多高价落槌（如谢稚柳《仿宋人山水花鸟册》240多万元成交，吴冠中《群虎图》也拍到100万元以上）。恽寿平与王翚作品价格居高不下，陈云峰原拟竞买的恽南田画册、王石谷山水册，因买家竞价已达数百万元，只好选择放弃。

此次中贸圣佳书画拍卖成交额1.4亿多元，超越历次拍卖结果。分析其中主要原因，我想应有二个：第一是国家提供的政策与环境很好，第二是文化艺术的价值日趋被人们看重。

文秀上午由蓉裳陪同游览颐和园，下午回酒店休息，晚间则由小军夫妇陪伴。

许礼平为友人求字，俟返沈写好后寄去。陈云峰求题之字写毕，今晨已经面交。

2003年11月23日—24日
沈阳—葫芦岛

辽宁省博物馆与中华航天博物馆签订协

议，将于12月12日在辽博新馆共同举办"中国载人航天之路特别展"。这个展览上海已先行一步，轰动一方。趁杨利伟于23日、24日两天荣返故里（葫芦岛市绥中县）之机，我们决定前往面见航天英雄，邀请其出席展览开幕仪式或为展览题字。

24日晚8时与航天英雄杨利伟得以见面。我为杨利伟书"航天英雄"四字以赠，杨为辽博展览题写祝愿语词。能与英雄见面并得到展览题字，过程复杂，结局圆满。

2003年11月27日
北京

上午到故宫与文化部副部长郑欣淼交谈辽博新馆展览陈列事宜。辽博乃展示历史艺术之博物馆，然新馆开馆辽宁省政府却要在二楼举办辽宁50年成就特展，我们觉得很不合适，希望国家文化部有个明确表态。

下午在招待所与萧平、傅二石、和芝圃会面，和先生将去年11月在扬州八怪国际讨论会期间拍的照片送我。

晚上郑欣淼院长请我和汪庆正在故宫餐厅吃饭，其间汪介绍了近日李长春与孙家正视察上博的有关情况。

守歧介绍的烟台中国文化艺术城主任赵燮来见，他为鉴定香港陆海天所有原徐伯郊旧藏而来，询问何时可以启程。当即与香港陆先生通话，约定12月下旬前往香港。

2003年11月28日
北京

上午9时半开会，就组建艺术品评估委员会一事与会者各抒己见，无果而终。文化部部长孙家正在沪未归，党组成员兼国家文物局局长单霁翔持否定意见，这个会只能宣告不了了之。

下午李经国来饭店见面，我将张珩手札送给他，希望所藏600封书札早日出版。

晚上苏士澍来请吃饭，我把为吉隆坡郑浩千写的字交他转寄，内附书签一个。

电话现在上海的刘蕾，告知题签已经写好，约定当面交她本人。

2003年11月29日
北京

上午8时半，乘王兴龙所开之车前往中华世纪坛参加"林散之书画展暨林散之书画艺术研讨会"。我第一次来中华世纪坛，其在中国人民革命军事博物馆西侧，南与北京西客站相望，建筑大体可观。下月7日，《荣宝斋》杂志主办的"传统魅力书法展"将在这里举办，展示我与启功等13人的作品。

这次林氏书画展与研讨会是由文物出版社联手江苏南京、安徽马鞍山合办的，我与两省的一些负责人以及文化部副部长郑欣淼、国家文物局单霁翔等出席了开幕式并参与剪彩。展厅陈列林氏书画近200件，我应邀为江苏电视台进行了义务讲解。因中午要与杨武见面，故提前离开，没有参加研讨会。

先到世纪画廊，为王兴龙写字多幅。杨武应约而来，一同午餐。杨武将赴台北征集作品，我为之写信给李敖。

下午王公正来见，我面交为其撰写的序文。晚上与杨武、王兴龙、王公正一起吃饭之时约好明晚与文化部艺术司诸人一起进餐。

已与陈复澄约定，明天上午到政协礼堂参加马学鹏画展开幕式暨画册首发式。

2003年11月30日
北京

上午陈复澄与马学鹏朋友、中央电视台庄友连同时来接，一起到全国政协礼堂出席"马学鹏山水画展"开幕式暨《中国当代名家画集·马学鹏》首发式。

下午先去医院看望生病住院的冯其庸，之后到王公正陶然亭附近工地参观，最后到中国嘉德去取他们的拍卖图录7本。据告中国嘉德举办了王世襄、袁荃猷所藏艺术品专场拍卖，藏品全部成交，总成交额8000多万元。

2003年12月26日
沈阳—深圳

烟台中国文化艺术城主任赵燮受香港藏家陆海天之托，陪我和文秀前往香港过目陆氏藏品。

上午11时过登上飞机，4个小时后抵达深圳。小军来接，到其新购置的住房休息。房子距市区较远，空气清新，环境安静，由小健、王琦来此照顾我与文秀。

孟序赶回纽约计划与杨树同过圣诞，实则孩子早已由其舅舅接去不在家里。江江原拟节日去纽约与杨树一聚，因杨树不在家只好改往圣地亚哥游玩。小健在电视上播放了江江过生日时的视频，我们又看了一些外国同学与他在一起的照片，感觉江江成熟了很多。

2003年12月27日
深圳—香港

上午与赵燮约定，请通知香港陆海天下午2时来接。为方便起见，我们届时在福田区上海宾馆等候。

与常万义通话，告知我的行程。常万义听说我时间安排颇紧，当即驾车来见。同时凤凰卫视高广志一家三口也来相见，高家与小军家同在一个社区。

下午陆海天亲自开车准时来接，4时前抵达香港一家旅馆住下。6时过，前往陆海天松园阁参观。我匆匆看了几件大千山水立轴，又翻阅了一大册书画照片，准备明天逐件过眼。

2003年12月28日
香港

全天在陆海天松园阁看画题字。上午所

香港松园阁鉴定题跋
赵燮　杨仁恺　陆海天

见皆为徐伯郊遗留的张大千卷轴，大都是20世纪五六十年代迁居于印度、阿根廷、巴西时期的山水人物作品，画上自题，多抒发怀念故国之情的诗句、语词。下午题识、钤印。

中午电话翰墨轩，店中人说许礼平今夜由台返港。

又电话沈阳家中，由烟台回来的小琼接的，告以李宁昨日离沈，现家中只她在，若有电话她会记录下来。

2003年12月29日
香港

全天都在陆海天松园阁，为各种不同形式的大千之作题字，少量作品钤盖印章。另，有李可染、傅抱石画册各一，皆佳，为之题跋。

已与许礼平通话，约好明日上午9时来接。

2004年

2004年1月5日
沈阳—上海

上博举办《淳化阁帖》杯"二王"系列书法大赛，发动全世界热爱书法者投稿。总计收到作品逾万件，初评已经结束，定于元月6日最后评定奖次。我被聘为评委，应邀前往。今日下午与刘玉莹由沈飞沪，入暮到达，在延安饭店住下（总经理贾恩玉、政委徐金潮已经见面，他们正在联欢，去年虽遇"非典"，仍然超额完成任务，可喜可贺）。

与柳菁通话，其已到沪，现在赵渤处，约定明早8时延安饭店来见。

与王运天通话，告知此次行程，说好明日上午上博见面。

2004年1月6日
上海

上午8时，柳菁、赵渤同来延安饭店相见。

上午9时，王运天等陪我前往上博的会议室，组委会主任宋超（中共上海市委宣传部副部长）、陈燮君、汪庆正两位馆长以及陈佩秋、周慧珺等评委全部到场。先是宋超简短讲话，之后评委开始工作。上午评判海外来稿，下午给国内之作打分。

柳菁在延安饭店午餐后即返浦东赵渤住处，说是明天要飞往昆明。农历正月初八她来沈开会，届时能回家看看。

2004年1月7日
上海

上午10时到上博参加评选工作。作者按年龄分成老、中、青、少四组，作品依据评委分数划分特、一、二、三四个奖级，中午12时前评选工作全部结束。

午饭后回到延安饭店，与王运天、汪大刚交谈辽博《清宫散佚国宝特集》编辑出版一事，大刚决定本月10日赴沈拍照，运天11日前往，我则16日回去。

下午祝君波来求写对联4副、小方2件，答应回沈写好寄沪。

为谢定琨创办之艺术杂志《大美术》撰稿。

2004年1月8日
上海—宜兴

早起为贾恩玉写对联一副，还为同来的几位书写了横幅，离沪时已是9时半了。

小雨初晴，天高气爽。车走高速公路，2个半小时到达宜兴。马乐平夫妇迎接，一起午餐。

下午在乐平家翻看其友人所藏近现代名家吴大澂、杨沂孙、叶圣陶等人诗词文稿，总计夹装数十本，看了足足3个小时。据说这些东西是从一位老先生家买来的，老先生去世后，老夫人将家藏分给了4个儿子，后来又将所分之物集中卖出。此外还过目两轴旧画，也是从老先生家买来的，因看不清楚不能给出意见。

2004年1月9日
宜兴

上午为马乐平等人题字，半天写了不少。

沈明权中午来见，同进午餐后即返回杭州。约定11日上虞杜金康由北京过南京来接我，之后同车赴杭。

下午乐平陪同参观徐悲鸿纪念馆。回乐平家为朋友藏近现代名人诗词文稿题字。

2004年1月10日
宜兴—南京

上午9时出发，乘马乐平所开之车前往南京。天降小雨，道路湿滑，车行近3个小时才抵达隶属于南京军区的华东饭店。饭店负责人宋先生出面接待，为我们安排好入住的房间。

中午时分，小雨转雪，雪花很大，落地即化，想必是地表温度偏高所致。这是我人生第一次在南方遇到如此大雪。

华东饭店宋先生一位朋友从徐州驾车赶来求鉴藏品。其中沈尹默《竹石图》横披，应友人之嘱而作，自题五言长句，如此大幅实属罕见。又郑板桥《墨竹图》立轴，虽残破，有补笔，但为真迹无疑，属于应酬之作。

按照约定，汪大刚今日由沪飞沈，王运天明天前往，已电话通知馆里予以接待。

2004年1月11日
南京—宜兴

上午为华东饭店一些负责人写字、题画。

11时左右，绍兴上虞古越轩杜金康来接，共进午餐后出发奔赴宜兴。雪过天晴，公路畅通，车行2个小时就到了马乐平家。杜总去选购太湖石，我则在乐平家看画写字。宜兴中国陶瓷艺术大师谭泉海先生来访，赠送他和他的女儿联手制作的茶壶一把，确实精美，请托乐平邮寄沈阳家中。

晚上吃的是地方饭菜，入睡前与杜总约定：明日上午同赴绍兴上虞，住一日再去杭州，14日返回上海。

2004年1月14日
上海

晚7时许，罗启蒙来接至静安寺附近一处公寓，这是他平时与其母亲居住之所。据告，纽约一华人藏有《落水兰亭五字未损本》，藏家同意转让，启蒙有意收购，已预付了40万元押金。我看了原大彩色印件，确为稀世之品，比上博新购之四本《淳化阁帖》还要重要许多。难得！

2004年1月15日
上海

上午为贾恩玉拿来的清蒋廷锡《花卉图》

轴题识。此轴应为旧作，字和画都有可议之处，程十发审定章真。还为庞沐兰、贾恩玉写字多幅。

一周前祝君波向我求字，答应回沈写好后寄来。担心回去写后再寄，时间久了可能会耽误他作为礼物送人，于是赶紧写对联4副、小方2件。

下午前往新世纪公司参观拍卖预展。其中所谓北宋女画家艳艳《草虫花蝶图》绢本重彩卷，有吴湖帆诸现代名家题跋及收藏印不少，应是元明之间作品。

晚6时，去西郊宾馆参加由《大美术》举办的春节联欢会。晚会名流云集，诸多票友各显其能，是难得的盛会，非常成功。当然，这其中陈佩秋个人的影响力是主要原因。见到了汪庆正，其脑血管最近有点问题，劝他好好休养一段时间。

2004年3月15日
沈阳

2月25日，突患重感冒，急送沈阳军区总医院医治。这是我10多年来第一次住院，病情凶猛，惊动各方。经过半个多月的输液、用药，今日终于可以出院了。

离沈之际，王海萍就已经完成了的《中国文博名家画传——杨仁恺》文稿征求我的意见。我直言不讳，告诉她有些地方必须彻底修改，尽量实事求是介绍，少用吹嘘之词，语言朴实为好。之后黄伟利、赵晓华来谈《清

宫散佚国宝特集》撰稿事宜，一个负责法书，一个负责绘画，我要求两者风格必须统一，至于文字量多少，当以实际需要而定。

2004年3月16日
沈阳—大连

下午2时，晓青夫妇留下负责家中全部事务，我则与文秀、蓉裳、小宁由刘玉莹以及沈阳军区总医院医生陪同乘火车前往大连，刘慎思、郭兴文前来送行。

杨武电话问候，告之已经出院，即将前往大连疗养。

2004年3月17日
大连

生病之前，自己总以为身体很好，没有什么毛病。可是半个多月住院期间，经过医院各种检测化验才发现，原来浑身是病，有冠心病、高血压……其实想开了有病也很正常，我已是90岁老人了，若是身体器官仍然毫无老化迹象，也不符合自然规律。于是我心底释然了，也不在乎一切了。

2004年3月18日
大连

来此疗养，一切遵照医生嘱咐。这两天工作不想，事情不做，偶尔听听小宁念报，

看看电视，上下午各睡一觉。

今天咀嚼食物，已经开始有了味觉，看来身体在逐渐变好。不着急，慢慢来。

2004年3月24日
大连

下午3时，陈佩秋、庞沐兰与我们在黑石礁干休所话别，之后前往机场飞返上海。沐兰携走姜福堂所赠画作两幅，《长白山天池图》俟在大连拍成反转片后寄去。陈佩秋的评论已经录音，回去整理出来后一并交给《大美术》刊发。

下午6时过，姜福堂来我房间晤谈，告知今天作了一天报告，明天将去海岛检查工作，一再劝我安心静养。

林声夫妇打来电话问候。

2004年3月25日
大连

今日空气清爽。上午到老虎滩公园、黑石礁海岸走走看看，所见风景着实很美。

中央电视台记者打来电话，说是过几天到沈拍片。我请他们同时与王海萍深入交谈一次，因为她正为我撰写画传，关于伪满佚失国宝情况以及其他有关的人物与事件，海萍可以提供不少资料。据央视记者告知，他们已经采访了琉璃厂的几位老人，多少知道了一些历史真相，若想完全还原历史，困难

确实不小。

身体逐渐好转，唯希望尽快康复，早日回沈。

2004年3月26日
大连

这几日天朗气清，精神状态见好，食欲也在渐长。

上午小军由北京打来电话，告知北京事情谈得颇为顺利，计划后天返回深圳。李经国已经见面，小军将协助他完成我的信札编辑工作。又告知吴志攀的母亲今春逝世，吴方为之悲伤不已。我为之感到惊讶，此前只知道她在北大医院住院，没想到竟然离去。我要小军向吴方、吴志攀父子转达我的悼念之意，但小军说吴方现在前门西大街老地方独居，概不见客。

2004年3月27日
大连

上午，刘玉莹、蓉裳陪文秀到夏家河子海滨公园、星海广场等处景点游玩半天，回来情绪转好。

下午中央电视台李炳打来电话说，王海萍电话未能打通，又通过陆宏找到了赵晓华。看来中央电视台采访了很多有关人员，他们的活动范围不小，可能会发现新的线索。

2004年3月28日
大连

接到小军自北京李经国处打来的电话，告知晚上飞回深圳，一个月后再返北京。他们正在开拓国内数据库市场业务。李经国一直惦记着徐伯郊遗留的信札，我劝他先将我的600多封信札编辑出版，至于他人之物以后可陆续整理推出。李经国又问我何时到京，说有事要与我当面谈谈。我又向其了解一下王世襄身体近况，他说还不错。

大连贝壳博物馆
杨仁恺　刘文秀　杨蓉裳　李宁　等

2004年3月29日
大连

今天参观了大连去年7月落成开放的贝壳博物馆。此博物馆建筑外形有如一个静卧的贝壳，里面陈列面积很大，展示贝壳标本近万种，是世界展品数量最多的贝壳博物馆。许多贝壳过去闻所未闻，大开眼界。整个展览主题鲜明，极具特色，引人入胜。

2004年3月30日
大连

上午乘车到滨海路走走。这条路全长30多公里，沿途景色美不胜收。我一直没有下车，文秀、蓉裳等人在几处景点下去看了一眼就返回车里。汽车转了一圈回到住所。

下午前往距住处仅200步之遥的自然博物馆参观。全部标本10多万件浏览一过，展厅光线偏暗，展览设计不如贝壳博物馆夺人眼球。

一晃儿在大连疗养了半个月，身体已基本康复。通知晓青包好饺子，明天我们和刘主任、李医生一起回家晚饭。

2004年6月16日
北京

晨7时30分，列车正点到达北京站。杨武车站迎接。据杨武告知，吴悦石赴台湾与李敖办理周越《题王著千字文跋》卷交款取件手续，今日回到香港，来电称事情已经办妥。这是一个大好消息。

早餐后由杨武陪同前往通州冯其庸家，研究中央电视台人物访谈节目《大家》拍摄事宜。冯告知他已经安排妥当，本月22日中央电视台摄制组到沈阳拍摄片子，对我专访。

与宽堂夫妇共进午餐后回饭店休息。杨武送中贸圣佳春拍图录一套，据告拍卖结果甚好，仅中国书画一项就成交了2.8亿元。

下午冯鹏生来见，告知中央美院潘公凯院长邀约进餐，请代为辞谢。又说其与尹吉男在中央美院为文物系统代培研究生，请我前往讲学，我认为培养青年人才非常重要，此事可以答应。

2004年8月31日
沈阳—深圳—香港

中午与文化厅的张春雨与吴炎亮、博物馆的赵晓华、香港《文汇报》记者王宏伟在桃仙机场聚齐，同机飞往深圳，下午5时30分抵达。《文汇报》记者杨小红、雅昌副总裁王岩迎接。

大家就雅昌印制的《清宫散佚国宝特集》、到香港搞辽博新馆宣传推介活动，大家充分发表意见，有如学术交流，气氛非常热烈。

晚9时前往香港。

2004年9月1日
香港

上午9时整，《文汇报》派车来接往浅水湾葛师科府上。向葛先生一一介绍我的同人，将有我签字的"辽宁省博物馆特别顾问"聘书以及《曹娥诔辞》复制品当面赠送，还送了一片河南汝窑瓷片。葛师科非常高兴，邀请我们参观了他家珍藏的元明清瓷器，其中精品很多。葛氏所藏青花瓷器全球私家排名第一，公私所藏大榜排行则为世界第三！

中午赶到梁洁华家与其一起吃饭。梁刚刚由京回港，我与之交往有年，友谊深厚。梁乐善好施，为人真诚，坦然直率，席间告知1999年在我家吃四川夹沙肉至今未忘。她主动提出辽博新馆开馆捐款100万元，我们当场决定书画馆以梁的名字命名，并填写"辽宁省博物馆特别顾问"聘书，诚请其以顾问身份出席10月18日在香港召开的辽博新馆推介会以及11月12日在沈阳举办的辽博新馆开馆仪式。

2004年9月2日
香港

上午9时过同去香港中文大学文物馆与林业强馆长见面。我们致送礼物和"辽宁省博物馆特聘研究员"聘书，林馆长陪同我们游览学校各个学院及校园景观。与北山堂主人利荣森庚兄通话，告之前往家里拜访心愿，答复说近日身体欠佳，概不见客，我们只好将携来之物（包括"特别顾问"聘书、捐赠港币50万元证明、以利荣森命名的碑刻馆牌匾）委托林先生收转。林馆长转告了利先生意见，捐赠请以北山堂落款，不要提及自己的名字，我们回去改正。

中午赶到董建平家，将顾问聘书以及礼物面交，董请在家里共进午餐。饭后与《文汇报》张国良社长等人散步，到董建平父母纪念馆看看。此地4年前我来过一次，依山傍海，景色宜人，印象深刻。董要我为祭堂题字，我表态回沈之后写好奉上。

下午随张国良前往文汇报社参观，浏览一过。

2004年9月3日
香港

用过早餐之后前往香港中文大学饶宗颐工作室与之会晤，相见甚欢。饶患有轻微脑溢血，最近很少与外界往来，我们是旧相识，破例接待。当场填写"特别顾问"聘书致送，饶为辽博新馆开馆题一横幅以贺。

中午《文汇报》张国良社长招待午饭，大家边吃边聊。张社长为新华社老人，原籍江苏苏州，对中国历史文物考古很感兴趣，我们邀请其来辽博参观馆藏。

下午3时后去香港艺术馆，与总馆长朱锦鸾、虚白斋馆长司徒元杰见面。彼此交流了今后合作意向，我们介绍了10月18日在香港召开辽博新馆推介会、11月12日在沈阳举办辽博新馆开馆仪式的计划，诚请他们届时参加。

与许礼平通话，告知今天赴澳门参加故宫、上博联办的四僧书画展，约好下月香港再见。

香港中文大学饶宗颐工作室相互赠书

杨仁恺　饶宗颐

2004年9月4日
香港—深圳—沈阳

早餐后起程离开香港，由杨小红随车送我们至深圳雅昌，10时左右到达。雅昌项飞负责接待，随即开始工作，逐页校改《清宫散佚国宝特集》图册。临近中午，初审结束，约定本月底前由雅昌打印成品样书再审。

小健、小康来接往华为公司午餐，饭后乘车参观这个工厂。这是国内规模最大的一家硬软件生产企业，据说每年向国家交税10多个亿。

飞机下午4时起飞，晚8时前到达桃仙机场。

已与林声通过电话，徐萍明晨搭他的车赶赴铁岭，我则与文秀乘刘慎思的车前往。吴在炎夫人及其子怡龙已于今日由新加坡抵沈阳转至铁岭，"第十二届全国指画邀请展"明日9时在该市举行开幕仪式。

2004年9月17日
沈阳—成都—遂宁

晨5时还是电闪雷鸣、风雨交加的天气，所幸很快转晴，为之愉悦。

用过早餐之后，与文秀、晓青、李正茂同车前往桃仙机场，开启了四川故地重游之旅。飞机准时起飞，下午1时半抵达成都双流机场。

我们前往遂宁市博物馆参观了10多年前发掘出土的宋瓷。此博物馆为新建，沱牌集团为之资助了1000多万元。展品以浙江龙泉窑瓷器为主，1000件左右，其中一级品近100件。南宋江西景德镇窑、河北定窑、陕西耀州窑、四川彭州窑瓷器也有，不全。

晚10时半在房间看凤凰卫视《李敖有话说》节目，讲傅斯年和胡适一些往事，颇为有趣。

2004年9月18日
遂宁

昨晚因看《李敖有话说》入睡较晚，今早8时才起床。匆忙中写了日记、吃了早餐后起程去沱牌酿酒工业生态园参观。

来此之前，我以为沱牌只是一般意义上的酿酒厂，参观后方知这是一个规模宏大的现代企业。工业园区设施设备一应俱全，从粮食保管、加工到造酒发酵、制作、质检、包装完全自动化。厂房、宿舍林立于山林之中，清洁卫生，一尘不染。一家资产几十亿的上市公司红红火火，带动了射洪全县的经济发展。

为李家顺董事长写唐人陈子昂五律一首以赠。陈子昂，射洪人也。

2004年9月19日
遂宁

上午参观射洪金华山。这里是道教全真派的圣地，山上有陈子昂少年时代读书台。杜甫晚年曾来此吊念，有诗两首，抒发心中感慨，诗文被刻于台上。山上古柏森森，山下涪水环绕，道教庙宇隐约于树林之中，此地美景值得一游。

中午得暇，将参观有感草草撰七绝三首：

（一）青山绿水好风光，唐代诗雄传四方。宝剑千金慷慨购，金华胜迹振八荒。

（二）有幸初到胜地来，同登子昂读书台。参天古柏高千尺，人杰地灵天地开。

（三）少陵往昔来凭吊，撰句吟诗忆哲人。谁说深山不毛地，芜蔓自古出贤臣。

以上三首为未定之稿，待回去仔细斟酌。

下午到射洪城外涪江岸边一游。江上过去曾有舟行驶，现已人工建成电厂。

射洪一县有三家上市公司，人均收入过万，百姓生活已是小康。由此看来，若想富裕必须拥有现代企业，单靠农业生产，较难发展。

2004年9月20日
遂宁—广安

早餐后离开沱牌大酒店，先到酒厂与李董事长等人合影留念，然后握别，乘车由射洪驶往广安。

上午10时过抵达广安一家酒店，休息片刻即到城南思源广场去看看。广场建于开发区内，靠近渠江，以水为主题，以宝鼎为中心。宝鼎以青铜铸造，重40多吨，高10米，巍峨耸立。整个广场刚刚落成不久，颇具规模。

午饭后到邓小平故里广安区协兴镇牌坊村游览。先参观邓小平故居陈列馆。陈列以图片、实物、文献为主，配有影像资料。之

广安岳池县
杨仁恺向73岁老人询问昔日龢溪公园所在

后前往邓小平铜像广场。广场很大，三面环山。最后参观的是邓小平故居。这是个传统农家三合院，已经重新修缮，周围绿化可观。

下午4时过乘车离开广安，半个多小时即到了我的故乡岳池。整个县城面貌已变，旧日街道景色全然改观，杨家老宅已无踪影，记忆中的龢溪公园亦是无处可寻。我询问了几位70岁以上老人，他们皆浑然不知。九妹曾经有过故乡之行，想打电话问问，结果电话一直未能打通，只好明天再说了。

2004年9月21日
广安—重庆

上午为岳池县政府、县文化局、县文管所几位负责同志题字留念。

下午2时离开岳池奔赴重庆，走高速公路，4时前到达渝北，九妹在约定之地迎接我们。过去由岳池到重庆步行需要两天半，如今乘车走高速只需不到两个小时，社会的发展真是超乎人的想象啊。

与九妹及陈春夫妇、陈军夫妇一起晚饭，边吃边聊一些家庭琐事。陈孟雅80岁去世，78岁的九妹现与陈军同住，居住条件不错，精神状态还好。陈春的女儿很有志气，高中念完之后自主决定通过托福考试赴英国某个大学读的本科，现在是伦敦大学法律系硕士，半工半读，即将毕业。

回岳池既没寻着老宅，也未见到亲人，在重庆与九妹一家团聚，想说的话自然很多，

一时间无法收住，以至于很晚才得以入睡。

2004年9月22日
重庆

花园酒店早餐，9时过到九妹处，陈春夫妇先我们而至，继续聊些家常。

中午时分，九妹全家设宴招待同行的李正茂以及沱牌集团的同志，以示谢意。这是一家贵州黑竹香鸡店，所食之物风味独特。

下午1时过前往渝中的重庆解放碑、上清寺、捍卫新村、张家花园、化龙桥以及沙坪坝之瓷器口走走看看。这几年变化太大了，很多地方已经面目全非。瓷器口古镇由于受到政府的保护，一些旧的建筑保存完好。文秀读书的原四川省立教育学院老楼还在，平房已拆，现为一个中学之地。凤凰山之凤凰寺新修了一些寺庙，现已成为一处重要景点。

游览结束，回酒店休息。晚6时左右到九妹家，与从乐山专程赶来的四妹仁芳及其丈夫老王、女儿、女婿相见。四妹已经84岁，相貌已非从前，若在他处肯定不敢相认。老王86岁，1982年我到成都参加中国书协一届二次理事会时我们在乐山见过一面，还有印象。大家欢聚一堂，皆兴奋异常，其乐无比。

原江北县现已改为渝北区，近几年变化很大，与上海浦东有相似之处。

2004年9月23日
重庆

昨晚仁芳、老王在九妹家住宿，他们的女儿、女婿住在亚洲酒店，我们约好上午9时前到九妹处相聚。9时后汪家姐姐、妹妹、弟弟来此，随即陈春夫妇、陈军夫妇回来，母亲萧家的亲戚范氏夫妇也来此见面。中午在附近一家饭店摆席两桌，总共有20位左右亲友共聚午餐。这次聚会非常难得，欢声笑语处处，与10多年前八妹回来那次情形近似，那时二姐尚在，现在二姐已成古人了。

仁芳女婿杨勇出示一轴倪瓒《容膝斋图》求鉴。纸本，水墨，为乡人仁仲医师所作，写于壬子七月，甲寅三月补题诗文。可能为真，俟查阅资料后再给明确意见。

2004年9月24日
成都

上午前往三星堆博物馆参观。此馆地处广汉城西鸭子河畔，距成都仅40公里路程，车行近一个小时即到。博物馆派了一位讲解员为我们进行专业介绍。先看的是综合馆，出土之玉器、石器、陶器等分类陈列。接着参观青铜器馆，展示的青铜雕像以及青铜重器确实让人震撼。据说还发现一处三星堆遗址，正在发掘清理中，外人不能参观。买了三张光盘和一本书，回去细细了解研究。

原籍遂宁的天友集团老板白燕川、刘天

广汉三星堆博物馆
杨仁恺　刘文秀　杨晓青

艳夫妇，现年30多岁，大学文化，企业经营得不错，热心支持艺术事业。原籍射洪的画家敬庭尧，现年50多岁，曾在沈阳军区服役20多年，从赵华胜和蒋振华学画。下午我们应邀前往敬庭尧画室看看，我为白燕川、刘天艳以及相关人员各写字一幅，为敬庭尧单独写了两张，敬回赠一小幅画给我留作纪念。

2004年9月25日
成都

　　早上8时，与刘慎思一起到街上一家小店吃四川特色早点，套餐，味道不太纯正。

　　上午9时过赴都江堰，参观李冰父子组织修建的水利工程。这里与三星堆一样，已被列入世界文化遗产名录。1982年5月与全国书协一届理事会理事在成都开会之时曾来过此地一次，当时我与广东秦咢生等人同走安澜索桥，秦之精力尚佳，如今则早已作古。1989年鉴定组在成都工作，正值学生游行，哪儿都没去。时隔20多年再次来此游览，印象极好。中午树荫之下吃饭，同时欣赏宝瓶口瑰丽景观，急流有声，颇有诗意。离开时购买了中央电视台制作的光盘，拿回家有空放映细看。

　　下午3时到都江堰市西南的青城山游览。此地从未来过，然山高路远，上去确实困难，只好在山麓清幽处静坐，观往来游人百态，也算不虚此行。

2004年10月5日
沈阳—深圳

　　由于深圳雅昌承印的《清宫散佚国宝特集》没有如期完工，迫使我们不得不将原计划在18日举行的辽博新馆推介会暨《清宫散佚国宝特集》香港首发式时间后延至27日。为了时间与质量上的保证需要，应厂方之邀，我必须亲自前往定夺一切。黄伟利随我而行，小健同机返回深圳。这几天客人已陆续离去，小军也已于两日前回到了深圳。

2004年10月6日
深圳

上午9时过去雅昌翻阅打印纸样，先看绘画一册。逐页审查，凡不理想之处提出明确修改意见。王鹏说底片质量没有问题，将来的图书质量也肯定完美。而我觉得既要重质量，又要抢时间。

中午雅昌董事长万捷由北京回到深圳请我们吃饭，王岩因接待欧洲国家客人没有参加。

下午3时过去雅昌继续审阅绘画部分，结束后提交有关人员马上修改。剩点时间翻看了部分书法纸样，明天继续严格把关，凡存在色差的必须改正。

博物馆打来电话，说《文汇报》杨小红所租香港会场价格过高。我请王鹏介入，向港方咨询有关情况。

晚间小军请大家食用杭州特色小吃。洋洋也来见面，他在电脑上创作漫画已经有了一些成果，我要他加强外语学习。

2004年10月7日
深圳

上午9时半被接往雅昌工作，午饭前对这个企业进行参观。整个公司部门设置齐全，工作运行井然有序。三楼有一个小型美术馆，陈列的大都是油画，韩美林赠送的几件大型雕塑作品也摆在此馆。制版车间的工作人员正在用电脑依据我们的意见对图书逐页修改，

比较耗时费力，看来解决问题不仅仅依靠技术水平高超，还需要占用大量时间。

下个月将宣告北京雅昌大厦落成、雅昌艺术馆开馆，上午万捷董事长匆匆忙忙又飞赴北京。

下午由副总裁王岩主持，各部门负责人参加，雅昌为我搞了一个高级艺术顾问聘任仪式。过程简单，但很正式。之后研究《清宫散佚国宝特集》外包装的材料工艺问题，大家充分发表意见，最后商定了一个切实可行的方案。

与八妹、炎昌通话。他们仍住在淡水养老所，炎昌依旧不能走动。我劝他们晚年身心都要健康，不妨坐轮椅回中国大陆看看。好久未通电话，再次将家里的电话号码告诉他们。

电话常万义和汪浩，通知他们可以旅馆相见。

2004年10月8日
深圳

上午8时半，由小军接往某酒店去见一位姓张的北京医生。张医生是金针高手，与小健朋友熟识。望闻问切之后，他认为我的身体还可以，今后一定要每天规律排便，至于高血压药服用，当逐渐减少，直至不服。

与王岩等人商议图书定价一事，他们认为12000元一套价格偏高。回旅馆给博物馆打电话了解情况，据说这个定价是雅昌营销人员的建议，若要下调，可定为10000元两本一

套。此事明天再议。

下午4时，香港雷先生夫妇来见，拿出饶宗颐和杨善深袖珍书画各一卷求题。

已经决定10日下午飞回沈阳，行前将印样看完，剩下的问题交王鹏全权负责予以解决。

2004年10月9日
深圳

上午汪浩父子旅馆来见，因去雅昌工作暂别，约定下午5时再来晤谈。

上午10时到雅昌审阅新打彩样，明显好转，基本合格。王鹏自昨日一直工作到今日凌晨4时，待绘画一册改定之后才回去小睡一会儿。

下午再去雅昌审校书法纸样。其间与在北京的万捷电话交谈一次。就定价等问题与负责人吕石明沟通后约定13日沈阳详谈，达成共识之后彼此共同遵守。

入夜常万义来接共进晚餐。同席者崔光明先生，清华大学建筑系毕业，正在着手收集古今字画。饭后到万义家里看看，生活条件较以前大有改善，可喜可贺。据告女儿英国硕士毕业，近日已入香港中文大学在攻读博士学位。

我们所住旅馆的4楼有一名"一格画廊"的公司，为黄伟利过去在深圳文物店工作时的同事开办。女经理叫钟雯哲，湖南人。据告其从事此行纯属个人爱好，虽然生意艰难，但已经坚持了3年之久。

2004年10月10日
深圳

上午在雅昌审校书法纸样。中午与杨医生、刘先生等人同餐。饭后回雅昌将校样审完。

2004年10月16日
北京

应北京华采博古文化公司总经理赵晓明之邀，决定出席明日在中华世纪坛举办的"圆明园盛时景观展"开幕式。

上午7时过抵达北京站，赵晓明的四弟来接，直接奔赴展场。我把书写的贺词交给会务组，与国家文物局罗哲文、中国人大王道成以及团中央中少事业发展中心负责人等见面。罗哲文许久未见，彼此谈话很多。罗告知，其即将前往贵阳出席朱启钤先生学术研讨会，之后赴美国波士顿出访。王道成是四川高县人，20世纪50年代中期开始就在中国人大教书直至今日，现为清史研究专家。

晚间冯鹏生来见，我将《中国文博名家画传——杨仁恺》送他一本留作纪念。

2004年10月17日
北京

上午出席"圆明园盛时景观展"开幕式，团中央几位领导、北京一位教授以及一位退休将军现场发言。仪式结束，王兴龙陪我观看了展品。

饭后到世纪画廊听王兴龙介绍拍卖公司筹办计划。设想很好，有人投资，关键是如何操作。

晚乘95次火车11时后离开北京，翌日9时后可抵沈阳。

2004年10月25日
沈阳—深圳—香港

下午2时过，与辽宁省文化厅两位厅长以及辽宁省博物馆的人同机飞往深圳，《辽宁日报》女记者杨竞随行，6时过抵达。雅昌来人接至一家饭店晚餐，饭后到公司验收《清宫散佚国宝特集》样书以及部分古代书画复制品，质量完全合格，大家为之兴奋不已。

《文汇报》杨小红来深圳接我们过关。由于携带的印刷品过多、偏重，海关检查了两次才得以通过，我们抵达预订的香港旅馆之时已经接近半夜12时了。

2004年10月26日
香港

上午先去半岛酒店实地察看一下辽博新馆推介会现场。之后到《文汇报》与张国良社长、刘永碧副社长见面，听取杨小红女士详细介绍明日推介会安排情况。再之后一起午饭。

晚上在半岛酒店与李兆基、林高演、刘智强、董建平、张国良、梁洁华等人会晤并

香港半岛酒店
林高演　李兆基　杨仁恺　董建平

共进晚餐。散席后梁洁华最后一个离去，分手时我转达了闻世震书记对梁博士的敬意，同时将有关材料先行交她阅览，其他人明日会上再送。

2004年10月27日
香港

上午9时过，"辽宁省博物馆新馆推介会暨《清宫散佚国宝特集》首发式"在半岛酒店正式召开。庄世平先生、梁洁华女士、董建平女士、许礼平先生等社会名流皆来参加，现场各界人士及新闻媒体总计百余人，可谓盛况空前。梁洁华发表香港各界致词，我则对香港各界给予辽博的关注、支持表示感谢。我们的讲话反响很好，现场掌声不断。

下午2时回到住处休息。6时《文汇报》

总经理仇学忠先生招待晚宴，大家愉快交谈，一致认为今天的推介会开得非常成功。据告订购《清宫散佚国宝特集》者不少，我们决定梁洁华、利荣森、饶宗颐各赠送一套，由深圳雅昌送至香港，请杨小红代转。

2004年10月28日
香港

早上常万义来见，一起早点后离去。

上午9时过，我们乘董建平所派之车去中文大学拜访饶宗颐。将上次照片以及这次携带的资料面交，观赏完饶先生书写的《泰山金刚经》之后告辞，前往浅水湾董宅一起午餐。

下午先到一家代办展览的出版社商谈合作事宜。之后去佳士得拍卖行与利荣森等人见面，一同观看预展。晚6时与利荣森分手，嘱咐他养好身体，赠送的《清宫散佚国宝特集》日后派人送交，他表示愉快接受。

晚上《大公报》在一家上海菜馆请客，我和赵晓华应约前往。就如何合作办展一事我们边吃边谈，约好来沈细谈。

2004年10月29日
香港

今天由《文汇报》公关部刘小姐与一家旅行社郭小姐负责，为我们安排了香港风光一日游。

多次来港，每次都是来去匆匆。此次工作已经结束，难得放松一天。白天大家乘车游览香港各个景点，晚上乘船观赏海湾夜景。郭小姐很专业，也很敬业，旅游过程大家都很愉快。

晚8时返回住处，敏求精舍李大鹏来见，告知敏求精舍有20多位会员预订《清宫散佚国宝特集》画册、下个月赴沈出席辽博新馆的开馆仪式。

2004年11月7日—9日
沈阳—北京—沈阳

"北京雅昌大厦落成典礼暨雅昌艺术馆开馆仪式"于本月8日上午10时半举行，我应邀前往祝贺。

7日晚黄伟利陪我乘54次列车离沈，8日晨7时半抵站。

用过早餐，稍事休息，即去雅昌与万捷董事长等人见面，之后参观整个厂区，看看这个我国印刷界第一家专业艺术馆的展品。其间吕石明先生出示几张以印刷工艺复制的古画，视觉效果不错。他们计划印制一部分对外销售，应该拥有市场需求。

8日上午10时过仪式开始，应邀而来的各界名流不少，有石宗源、史树青、耿宝昌、杨伯达、冯其庸、范曾、韩美林……现场总计能有五六百人，我与史树青、耿宝昌、杨伯达为他们的艺术馆开馆揭幕。

下午到中国嘉德与寇勤、胡妍妍见面，了解今年秋拍情况。其间接到正在北京的许礼平打来的电话，告知其与一位美国教授11日飞至沈阳参观辽博新馆开馆特展。

王鹏已经到京，他将于11日与雅昌诸位同飞沈阳参加辽博新馆的开馆仪式。

苏士澍携来文物出版社出版的《中国文博名家画传——杨仁恺》10册，当即赠送给冯其庸等友人。

8日晚乘53次离京，9日晨7时过回到沈阳。

2004年11月12日—14日
沈阳

"辽宁省博物馆新馆开幕仪式"于12日下午2时半举行。来宾不少，总计能有千人左右。仪式隆重而热烈。馆名"辽宁省博物馆"这6个字各方坚持一定要我书写，再三推辞不过，只好从命。

新馆开馆的同时举办"中国古代书画艺术国际学术研讨会"，国内外著名专家学者300多人参加。因发言者偏多，报告只能择要宣讲，最后由会务组将全部文章结集印刷出版。研讨会开了两天半，我负责主持，由始至终。

2004年12月7日—8日
沈阳—北京

应中贸圣佳邀请前往北京出席其秋季拍卖大会，昨晚乘车离沈，今晨抵京，杨武来接。

上午参观书画拍卖预展。此次所拍古今书画总计2000余件，印制图录10本，已通知馆里来人将之带回沈阳。

在展室见到了《中国书画》张公者，告之第10期宋徽宗《蔡行敕》卷拖尾伪黄山谷跋不应刊发。还有，我的作品发表事先没有征求我的意见，所选之作很不理想。

下午王兴龙来见，约定明早来接，先去中国美术馆，再去世纪画廊。

晚上张公者来送《中国书画》第12期杂志，交谈得知冯远外出不在北京。于是我与中国美术馆马书林副馆长通话，提出12月10日辽博之《清宫散佚国宝特集》拟在中国美术馆展销之想法。马说馆长不在，他可向书记转达我们的意愿。

2004年12月9日
北京

上午王兴龙开车来接往中国美术馆，与冯远馆长（刚刚自澳大利亚归来）、马书林副馆长见面。明天是"第十届全国美展获奖作品展"开幕及颁奖的日子，届时美术界大小人物都会云集于此，我们想将《清宫散佚国宝特集》在中国美术馆门口进行展示。两位馆长表示同意，皆认为无论公家还是个人，可能都会购买。

剩下的事情让辽博杨红、李成具体操办，我则随兴龙前往世纪画廊看画题字，为此前所写字幅以及书画题跋补钤印记。所见书画中有一李可染《九牛图》，自题不少，心中疑惑，拟请邹佩珠过目后再下结论。

午饭后休息至2时半，王公正派车来接到他的公司，请我鉴定出土的所谓东汉建武年间帛书、绢画。他对此深信不疑，但我觉得应深入研究后才能得出结论。晚上王公正请客吃饭，天津美院何家英同餐，刘大为未能出席（明天美展开幕，忙甚）。

晚间在酒店与雅昌吕先生谈《清宫散佚国宝特集》上海展销之事，与杨武等人交谈书画拍卖事宜。

陈云峰打来电话，告知明日到京。

2004年12月10日
北京

上午与杨桂贞通话，约定今晚8时她来酒店送半年前我们在京相会的照片。唯明日飞往宁波的机票已经订好，只能以后找机会再聚了。

为鉴定李可染《九牛图》及山水小幅之真伪，由兴龙请客约邹佩珠在工人体育馆附近一家饭店共进午餐。邹之意见和我一致，果然为伪。今晚邹佩珠一家将赴沈阳与张氏帅府博物馆联手在12月12日举办"李可染抗战宣传画展"，我不能回去参加，今日将题字写好面交，以表我一番心意。

晚8时，杨桂贞送来照片，交杨红、李成回沈转刘慎思、李树基收。同时分别与刘慎思、李树基通话，简单说明情况，并告知他

们我将于20日左右自上海返回沈阳。此次照片为专家拍摄，水平颇高。

2004年12月12日
宁波

上午10时，"旅美画家劳继雄画展"在天一阁云在楼宣布开幕。仪式简单而郑重，整个过程不到一个小时，我与宁波市的有关领导以及陈仁凤参与了剪彩。

开幕式结束，前往展厅参观展品。所有作品陈列于两个楼层，均装框悬挂，看着整齐，不过由于玻璃反光严重，反而影响观赏效果。

2004年12月13日
宁波—杭州

上午9时，乘马乐平所开之车离开宁波。车走高速公路，所经之地皆为平原，农村小楼处处，已不见旧日民居，看来此地农民真正富裕起来了。

中午到达杭州。

2004年12月14日
杭州—宜兴

早餐后先到沈明权画室参观，所见作品较上次来此增加不少。随后去浙江富阳华宝斋再次访问。创始人蒋放年已于去年初离世，企业由儿女继承经营，发展势头不减。

我在华宝斋看了《二十世纪十大书家遗墨》部分样书，其中沈尹默册由我作序，原文写了近7000字，后按出版要求缩减为2000余字。蒋放年之子蒋山为现任董事长，女婿张金鸿出任总经理一职，大家为这个事业团结一心，故前途一片光明。

下午4时抵宜兴。

2004年12月15日
宜兴

今天为马乐平及其友人看画题字。其中有一件山水绢画，上有伪沈周一题，而画却为南宋人之作。写了几幅大字，比较满意。

杨红打来电话，告知照片已交给李树基本人。

与陈云峰通话，得知中贸圣佳秋拍结束，总成交额3亿多元。由此看来，艺术品价格近两年确实在不断抬升，且速度较快。

2004年12月16日
宜兴—芜湖

上午冯善义驾车来接，午饭后出发。一路车速极快，两个小时即由宜兴抵达芜湖。

下午稍事休息，即随冯善义去了热爱家具收藏的唐先生家。据告，唐先生自上个世纪80年代就开始收购明清家具，只买不卖，两层楼摆放家具不少，都是黄梨木、红木等制作的精品。善义请我为之题"唐氏明清家具馆"匾额，又撰写丈二匹七言对联"古今文化存真绩，明清工艺留精华"以赠。

2004年12月17日
芜湖—宜兴

上午由冯善义陪同游览芜湖重要景观天门山。此地之所以闻名天下，主要是由于李白来过并留下了《望天门山》一诗。

下午庞沐兰打来电话，告知18、19日陪陈佩秋在福州，约定20日上海见面。

赵晓华电话询问何时回沈，说辽宁电视台等着我回去拍片子。

芜湖画家黄叶村女儿携其父亲遗作来宾馆求题，理当遂其心愿。

马乐平夫妇开车来接，告别冯善义，随其二人又回到了宜兴。

2004年12月18日
宜兴—上海

早上高姓朋友携来一些藏品求鉴。其中罗振玉篆书《论语》三册，殊佳。沈雁冰20世纪所录报刊新闻，唯字体与晚期之作大不相同，应属早年书写。胡适的《百家姓注解》稿，待研究。溥心畬行草诗四幅小条，乌丝栏，早年所写，亦佳。至于沈钧儒题的何香凝花卉大写意，暂时不好评价。

上午9时半出发，经无锡奔上海，12时过到达延安饭店。

下午与陈燮君馆长通话，告知明晨赴京开会，不能陪伴，但会安排车子来接我去医院看望汪庆正、何惠鉴。之后陈云峰来接，到其家看所藏字画，其中黄道周小字《倪元璐传》、任薰画册、明中前期解缙大草特好，又一卷明人书作曾在洛杉矶为之题跋。

晚上云峰请客，上海画家徐龙森夫妇在座。

2004年12月19日
上海

早上赵渤、李兰来延安饭店看我，同进早餐。

上午由上博吴小姐陪我同去医院看望何惠鉴、汪庆正。何的病情已基本平稳，转危为安，但不能言谈，彼此举手互致问候。其子女返美，夫人留下陪护未见。汪则能坐起来说话，夫人就在身边，据告明日理疗，身体有望逐渐好转。

上午10时半返回延安饭店。赵渤因有工作先走，李兰留下一起午饭，边吃边谈。据告单国霖的儿子、儿媳都在上海美院读书，与李兰是同学关系。关于明年拟读博士一事，李兰已有所准备，我一再嘱咐要把外语学好，自觉进取。

2004年12月20日
上海

与王运天早餐后同赴上博，参观正在布置的"周秦汉唐文明大展"，见到了设计师李蓉蓉。他们都在忙着，工作已经完成了3/4，尚有法门寺展品没有陈列。

运天将刚刚编印出版的《周秦汉唐文明特集》图录四册中之两册送来翻阅，确实很有分量，据告每套重达70多斤。与汪大刚、王运天谈今年年初来沈拍照《清宫散佚国宝特集》之书画一事，他们表示所有数码文件全部无偿交给辽博。

中午与陈佩秋等一起用餐，饭后去其新居看看。她正在整理古画，其中有一北宋《九成宫图》，钤宣和以下历代公私藏印，双拼立轴，极有研究价值。

晚间应邀参加丁先生为纪念周信芳诞辰110周年暨其公子周少麟著述《海派父子》一书出版而搞的聚会。周信芳是京剧麒派创始人，周少麟之作对研究艺术的历史有一定价值。

晚10时左右，运天、大刚以及义乌朱友土先后来饭店交谈。上海古籍出版社编辑来谈书稿事宜，由黄伟利负责接待。

2004年12月21日
上海—沈阳

上午与劳继雄简短话别，之后赶到上海美术馆浏览一过"法国印象派绘画珍品展"，买一本图册回去细看。

飞机中午12时起飞，下午2时半抵沈，李华清开车来接。

2005年

2005年1月7日
沈阳—澳门

为庆祝澳门回归5周年，澳门基金会特举办"梁洁华人物画展"，我与文化厅、博物馆同仁应邀前往出席开幕仪式。所乘飞机中午12时离沈，下午1时过落至北京，然后办理转机手续，下午3时过飞往澳门，晚7时过抵达目的地。

中央美院潘公凯与我们同机而行，机上没有碰面，机场出口相会，晤谈颇欢。

澳门基金会人员负责接待，共进晚餐者还有西安电影制片厂三位客人。

2005年1月8日
澳门

上午由基金会谈女士陪我们参观大炮台与大三巴牌坊。大炮台现为澳门博物馆之一部分，博物馆根据山势地形而建，总计3层，配合电气设备陈列，澳门历史、文化、艺术皆有展示。大三巴牌坊已有300多年历史，其与大炮台同为世界文化遗产，现为澳门重要旅游之地，来此拍照者为数不少。

下午潘公凯去访友人，我们则继续由谈女士陪伴游览妈阁庙。此乃澳门最著名名胜古迹之一，香火较旺。之后又去一条步行街走走，人多拥挤。

2005年1月9日
澳门

上午到展厅参观梁洁华画作。中午梁博士请我们在一家葡萄牙餐厅用餐，所食之物实在乏味，勉强咽下。下午2时回到酒店休息。

晚6时半抵达"梁洁华人物画展"开幕式现场，金融界、企业界、艺术界以及梁氏家乡之人等出席者不少。与澳门特首何厚铧见面，并一同剪彩。晚上梁洁华举办酒宴，答谢各方来客。

晚10时，姚守一来酒店商谈今年6月在辽博新馆举办梁洁华画展之事，具体细节待与梁博士沟通后再定。

与澳门艺术博物馆中国书画馆陈浩星馆长电话约在明天上午9时见面。澳门书协主席在酒会上已经相见。

2005年1月10日
澳门

上午9时去澳门艺术博物馆与总馆长吴卫鸣以及中国书画馆馆长陈浩星晤谈，彼此就合作事宜坦诚交换了意见。他们谈了建馆经验，可取之处不少。两位馆长都很年轻，吴卫鸣还是一位教师、画家。由两位馆长陪同，我们参观了一处耶稣会会院，这也是数百年前葡萄牙所建。

中午休息后到东望洋山游览，这里是澳门的最高处。接着又去望厦村参观一家佛教寺庙，

葡萄牙餐厅午餐
潘公凯　梁洁华　杨仁恺

澳门艺术博物馆户外
张春雨　杨仁恺　吴卫鸣

香火颇旺，尚存有《望厦条约》签字石桌。

　　入暮到基金会，由梁洁华介绍认识吴志良博士。吴今年41岁，对澳门历史颇有研究。他与杨一墨熟识，杨曾将我写的字转送他一件。

2005年1月25日
北京

　　乘54次列车今晨到京，收藏家杂志社派人站台迎接，之后驱车到东城区交道口东方文化交流酒店住下。

　　早餐后即回房间接待有关人员。先是故宫魏同志来，交其所写杜诗一幅，并告知下个月故宫80周年庆典筹备会议不能参加，有事请电话联系。接着世纪画廊王兴龙来见，告知拍卖筹备正在进行之中，图录尚未付印。再之后冯鹏生、张公者先后而至，与同住此

酒店的马乐平夫妇共进午餐。杨武现在香港，正在与朱光之子联系看郭熙《山水》一事。

　　晚上与冯其庸、苏士澍等晚餐。士澍告知，启元白已入医院，进食困难。据宽堂说，王世襄已大门不出，与人少有往来。

2005年1月26日
北京

　　上午10时30分，收藏家杂志社为纪念刊行百期举办的茶话会正式开始。北京市文物局局长梅宁华致开幕词，史树青发表讲话。与会者人数不少，能有200位左右，王世襄、郑珉中、耿宝昌、杨伯达、金维诺、史树青、薛永年、单国强等在京人物大都到场，北京翰海、中国嘉德、中贸圣佳等拍卖机构负责人也都来此座谈。茶话会期间，我接受了中央电视台记

者的采访，按照记者提问说了几句。

昨日冯其庸说王世襄曾滑倒一次，现在基本不外出参加社会活动，今天却来此与我同坐一席，真是幸会。

2005年4月27日
北京

由中国美术家协会、中国美术馆、清华大学承办的"张仃艺术成就展"于今日上午10时开幕，我应邀参加，昨晚10时乘54次火车赴京。

前天柳菁由烟台来沈邀请全家五一假期去她那儿聚会一周，晓青不能请假，小康因学校有会无法脱身，蓉裳在南京不能成行，只有小健、小军答应由深圳前往。于是柳菁只好与小宁一起陪伴文秀昨日飞往烟台。我则因为必须出席幺喜龙4月30日在中国美术馆的开幕仪式，只能5月1日飞赴烟台与他们相聚了。

7时40分到达北京站，喜龙来接，入住紧邻中国美术馆的内蒙古宾馆。

早点后9时半，我们行至中国美术馆。见到冯远、马书林两位馆长，王运天、李经国由冯其庸处赶来会面。与张仃夫妇以及邹佩珠相见寒暄。开幕式上，冯远致词颇佳，讲得全面得体，才华尽显。仪式之后的座谈会我没有参加，回宾馆休息。

下午3时过，王兴龙和杨武应约而至。我将证书交给兴龙，兴龙告知5月1日飞往烟台

的机票已经订好。

2005年4月28日
北京

上午《中华英才》派车来接到社里参观，开会座谈。该社近日会同国家博物馆、中国美术馆、中央电视台、荣宝斋、雅昌艺术网计划联合举办"首届当代百名书画艺术英才作品展"。总编辑亲自负责接待，送我一些文件材料等，我欣然接受，表示感谢。

下午2时半，张仃派车接到其门头沟的家做客。谈到作品捐献一事，告知已被中国美术馆全部取走，奖金已发。因为辽博一直没给回音，张仃以为我方无意接受，于是捐赠对象选择了中国美术馆。后其全家研究之后决定把所有留下的书画连同重要文献等捐赠给辽博。张仃当即责成公子一人以及自己助手负责办理此事。张仃夫人理召态度特别积极，表示争取捐出二三十件，俟准备好后在沈阳举行一个捐献仪式。

晚9时回宾馆先与内蒙古自治区政协主席王占相会。数年不见，欢喜之至。接着与在此等候的刘传铭以及上海古籍出版社总编辑助理等人交谈，直到晚11时过分手。

2005年4月29日
北京

上午王兴龙来接往世纪画廊，为同仁堂

题写牌匾，还为他人写字几张。二十一世纪饭店老总换人，我们见了一面，也为之书写唐诗一首。

下午3时，王雁南来接至中国嘉德，过目公司从台北征集来的一私人收藏之中国古代缂丝刺绣，其中精品不多。

李正茂来见，明早返沈，我将手边的图册以及《中华英才》赠送的古筝等10余件物品托其带回。张仃捐献书画一事已告知博物馆，请做好准备工作。

由沈来京参加幺喜龙书展者不少。晚间和徐萍等人见面并交谈。

2005年4月30日
北京

上午8时过到中国美术馆出席"幺喜龙书法艺术展"开幕式。仪式结束后是座谈会，我没有参加。

10时过，杨桂贞派车来接到西山住所，与李树基夫妇在此见面。中午梁夫人请吃湖北饭菜，很有特色。餐后我回内蒙古宾馆休息，树基夫妇则回京西宾馆（明日飞沈）。

晚上苏士澍请冯其庸和我同餐于王府井饭店。据告文物出版社搬家已定，不久将离开北大红楼；启功病情严重，约定明日下午前往探望。

2005年5月1日
北京—烟台

今天是五一国际劳动节。

上午10时，王公正来宾馆接往李可染家与其夫人邹佩珠、妹妹李畹见面。据告，中国美术馆"李可染山水画展"5月9日开幕，"李小可作品展"5月11日开始。又悉，可染前妻及其四个子女对遗产提出分割要求，拟于5月4日召开家庭会议商量解决办法。邹一直认为国家迟迟未建李可染艺术馆，致使作品不能全部捐献，只好开会研究如何处理这些文化遗产。但无论结果如何，邹都坚持要保留绝大部分作品，这样对后人从事研究有利。她的想法非常正确。

中午王公正请吃午饭，餐后到其建设工地去看看。已有一定规模，六七月可望工程

北京李可染家
邹佩珠 李畹 杨仁恺 王公正 王成

结束。据告已从川、贵、鲁等地购买了大批石刻，在此建一石刻馆。想法很好。

按照昨日约定，下午3时前往北大医院看望住院的启功。已经病危，也许这是生前所见最后一面。

晚8时30分乘机飞往烟台，抵达后守歧、小健、小军来接，安排在胜利油田疗养院住下。与文秀、柳菁见面，午夜前就寝。

2005年5月2日
烟台

早饭后与家人一起游览芝罘岛。这里自然景观可以，整体规划不好，这是经营管理上的失策。有的单位所建避暑场所已无人居住，任其荒芜、破败。

下午安排去经济技术开发区参观，只有小健、小军前往看看，回来说招商环境不错，开发潜力很大，不仅需要资金注入，更需要人才引进。

已与潍坊李洪文通话，约定4日下午前往。是日小健飞京，小军回深，赵渤返沪，家人烟台欢聚暂时告一段落。

2005年5月3日
烟台

上午依计划驱车前往威海刘公岛参观游览。抵达时发现车辆与游人实在过多，于是路线改变，车沿海岸行走，观赏几处威海海岸景观后返回疗养院午餐。

下午到烟台市博物馆参观"马少波先生捐赠书画展"。所捐书画皆为现代人之作（包括一些本人作品），不够艺术品级。

随后到福山区王懿荣纪念馆参观。此馆存在于古建筑群里，三进院落，比烟台市博物馆干净一些，陈列也不错。

2005年5月4日
烟台—潍坊

上午无事，到街上逛逛。

下午3时，乘潍坊来接之车离开烟台，两个多小时抵达李洪文郊区新居。院子整洁宽敞，房舍乡间风格。过目其所藏书画，许多作品不真。

在李家附近一个餐馆晚饭。总体感觉，潍坊自然环境佳，又历史文化底蕴深厚，整个城市确实魅力独具。

2005年5月5日
潍坊—青岛

早餐后驱车离开潍坊，两个多小时抵达青岛开发区宾馆住下。

下午应邀前往掇英斋公司看看。面积很大，可以举办各种展览。总经理刘卫志拿出部分书画求鉴，没有佳品可言。为刘先生写了不少字幅，其中用两张丈二匹宣纸大字书写了李白五言《静夜思》一首，这是我生平第一次大字书写。

2005年7月7日
北京

启功遗体告别仪式定于7月7日上午10时在八宝山革命公墓举行。我与文秀昨夜乘火车赴京。

参加遗体告别的人很多，数以千计，大家排队移动，直至中午仪式才告结束。张继刚将我们送至内蒙古宾馆，未吃午饭就回北京大学去了。

2005年7月8日
北京

上午与刘蕾通话，得知张锚已经返沪。昨日他们4人也去了八宝山，我们未能见面。

高虹与夫人、妻弟同来宾馆，张继刚随后而至，大家宾馆内共用午餐，饭后而别。

下午冯鹏生、王兴龙、杨武前后来见，一一交谈，相继离去。冯鹏生送来恽南田仿大痴绢本水墨山水卷求鉴，据说见于著录，但总觉得不似恽氏之笔。

2005年7月9日
北京

上午高虹夫妇来接至海淀家中看看。满屋墙壁挂画，有不少作品我曾题过。

高虹有筹办文化企业之意。据告他有一件张大千之作，香港苏富比计划为之拍卖，底价2000万元，如能顺利成交，就以此款组建一个公司。此想法比较实际，资金不足必须懂得周转，只有经济实力特别雄厚者才会只买不卖。

2005年7月10日
北京—呼和浩特

早餐后为内蒙古的朋友写字，总计10幅左右。

下午4时半飞机起飞离京，一个多小时后抵达呼市机场。听说文物出版社苏士澍诸人参加"全国首届碑帖学术研讨会"的情况，据告会议已经结束。

杨鲁安已经约好，明日下午见面。

2005年7月11日
呼和浩特

上午前往大召寺参观。这是一个明万历年间修建的喇嘛教寺院，也是一处闻名中外的旅游胜地，康熙皇帝曾在此住过几日，现如今游客极多。此寺院大殿庄严华丽，金碧辉煌，盘龙柱极尽工匠之能事。

下午参观杨鲁安藏珍馆。杨共捐献个人藏品8000多件，包括书画、碑帖、古印、货币、陶器、铜器，陈列有200件左右。其中碑拓最精，其次是钱币（战国货币特佳，辽币亦很

呼和浩特杨鲁安藏珍馆
杨鲁安　杨仁恺

难得）。

晚上杨鲁安携字画来宾馆求题，只书观款答之。

王占夫妇携几件小卷字画求鉴，其中一卷不真，余三卷尚可，为之题跋。

2005年7月12日
呼和浩特

早餐后出发，驱车前往100多公里外的乌兰察布去看蒙古大草原。今年天旱，草生长得不好，景色并不美观，我们只在风力发电厂附近拍了几张照片留作纪念。

下午5时后回返至呼市，到内蒙古考古所参观近几年的出土文物。他们从元代集宁路古城遗址发掘出数以千计的金朝、元朝瓷器，种类之多，器物之美，前所未见。

2005年7月13日
呼和浩特

王占主席非常热情，执意送行至内蒙古机场。杨鲁安等人亦赶到机场告别，赠送一枚相当珍贵的辽代钱币"开泰通宝"给辽博收藏。杨鲁安是内蒙古著名收藏家，已捐献大小文物8000多件，其中各种碑拓、历代钱币价值很大。7月6日至10日，"全国首届碑帖学术研讨会"在呼市召开，各方反应殊佳，惜我晚到未能与会，甚憾！

2005年7月28日
北京

"中贸圣佳十周年庆典"活动将在北京亚洲大酒店举办。我接受邀请，决定出席。

昨日与博物馆一行同乘54次列车离沈，今晨7时25分抵京。

上午10时，冯其庸应约而来，一起参观十周年庆典拍卖会书画拍品。遇到熟人很多，所见佳作不少。据告拍品总量接近2000件，成交金额将会在5亿元以上。冯先生由于昨天有人半夜电话请他撰写启功悼文，致使整晚睡眠质量不高，没看多久就略显疲倦，于是早早回去调整身体去了。

11时过高虹夫妇来见，介绍与杨武相识，一起午餐而别。

下午故宫单国强与上博钟银兰来酒店晤谈，晚间应文物学会吴先生之请同吃素餐。

2005年7月29日
北京

上午在酒店与苏士澍通话。他已从日本回来，现在厦门开会，约好31日盘锦见面。

晚6时半，"中贸圣佳十周年庆典"宣布开始。庆典由董事长刘亭亭主持，约500人出席，我与耿宝昌、傅熹年、张宗宪、黄君寔、钟银兰、滕芳、许礼平等人同桌。

2005年7月30日
北京—沈阳—盘锦

早饭后去世纪画廊为王兴龙写了几幅大字。

上午9时回亚洲大酒店与高虹面晤，10时彼此告别。

电话杨武，告知冯鹏生今天飞沈转赴盘锦。

高虹的弟弟去香港，我们的班机飞沈阳，飞机起飞时间相差半小时，于是由高虹夫人刘馨遥开车送行同到机场，各自登机而别。

下午5时到家，王海萍与盘锦小高正在家中等我。小梅告知林声因病取消了去盘锦的计划，于是我与海萍同往，抵达时7时已过。与先来的孙主席以及台湾10位书家见面，大家合影留念。

明天上午9时，"海峡两岸书法作品展"正式开幕，全部展品百幅左右。

2005年9月18日
北京

上午与王兴龙、屈兆田夫妇同往冯其庸通州住处。世纪画廊聘冯为顾问，告知拍卖公司装修已经结束，拍品正在征集之中，计划11月印制拍卖图录。

下午与高虹夫妇、屈兆田夫妇同去高虹的养犬基地看看。之后前往亚运村附近的都王烤鸭店共度中秋之夜，王公正以及高虹的内弟也赶来一起聚餐。

2005年9月19日
北京

早上与邹佩珠通话，得知其上午9时出席北京画院美术馆（齐白石纪念馆）开馆仪式，约好北京画院相见。

上午9时如约抵达北京画院，院长王明明门口迎候，随即一起参观四个展厅的展品。展览分专题陈列，白石老人的作品独立为馆，同时办有"北京画院院史图片展""北京画院藏精品展"。齐白石纪念馆展览名曰"齐白石笔下的草虫世界"，展出齐白石草虫作品100余件，每幅画下有一放大镜可用，借此可以欣赏白石非凡的艺术功力，纤毫毕现。

李小可因有他事要办，匆匆一见即去。中午王公正请客，我们与邹佩珠、周秘书、李畹、王明明等人共餐。席间就李可染艺术馆组建一事，我一再建议要抓紧时间，不能等靠，美国的博物馆都是私人办的。

晚上与天津美院白庚延教授一同进餐。其赠送在联合国总部大厦举办的"白庚延山水画展"画册，殊佳。

李敖晚6时飞抵北京，入住钓鱼台国宾馆。原与李敖约定，抵达后即与吴悦石通话，唯至半夜仍无消息。电话悦石，明晨再联系。

2005年10月9日
北京

10月10日是故宫博物院建院80周年华诞之日，故宫要在这一天举行"古书画研究中心""古陶瓷研究中心"挂牌仪式，同时举办相应的国际学术研讨会。这是个重大事件，邀请我出席，于是我偕同戴立强昨晚乘54次列车离沈，今晨抵京。

早餐后同去冯其庸家，负责中国人民大学国学院筹建的工作人员正在冯宅开会，我们一起合影留念。国学院本月16日举行开学典礼暨揭牌仪式，他们发文聘我为该院专家委员会委员，请我是日必须到场。我在冯家为国学院成立题字以贺，将字幅带回宾馆，让王兴龙送印泥来钤盖印章。

2005年10月10日
北京

上午7时半到故宫延禧宫出席两个中心挂牌仪式，海内外许多老朋友在此相见，如高

故宫延禧宫
傅申　杨仁恺　高居翰

居翰、曹星原、傅申、金维诺、钟银兰……仪式结束之后集体合影，再之后参观"十年入藏书画精品展""中国古代窑址标本展"，11时半返回宾馆午餐。

下午2时，"《清明上河图》及宋代风俗画国际学术研讨会"在中苑宾馆召开，发言者大多为海外专家，无高见可言。与会者每人一件《清明上河图》复制品，印刷质量不佳。

晚上6时，故宫举办建院80周年庆典酒会。邹佩珠现场捐献给故宫李可染佳作一件。就餐之时还见到了张春雨、陈燮君、吴志攀等人。我问志攀他父亲的情况，他说吴方现在不与他人往来，要我等他电话通知，约好时间后再一起前往看望。

2005年10月11日
北京

上午继续书画研讨会议。国内外专家六位发言，听会者现场发问，各抒己见。

下午研讨进行到4时半时郑欣淼院长会上讲话一个多小时，颇有新意。他对故宫自己的专家予以表扬，同时强调必须借助故宫之外专家的力量。

孙旭东和芝加哥钢铁公司唐总今日来京，下午会议结束后我们一起晚餐。许久未见，甚欢。

刘玉莹已到北京，电话王兴龙明晨7时半见面，把刘玉莹所带来的大千荷花轴交与王兴龙拍卖。

晚间与冯其庸通话，告知明晚返沈，15日由郭延奎陪同再来出席中国人民大学国学院揭牌仪式。

中国人民大学国学院会客室
冯其庸　叶嘉莹　杨仁恺

2005年10月12日—13日
北京—沈阳

上午参与古书画研究中心工作规划的研讨，12时结束。

13日上午抵沈，陆宏等人来接送至家中。11时过赶到馆里，与四川省博物馆和陕西历史博物馆负责人见面。

2005年10月16日
北京

由郭延奎、孙熙春陪同乘54次列车今晨抵京，中国人民大学负责接站。

上午与冯鹏生、高虹、苏士澍等人通话。高虹夫妇、冯其庸先后来酒店见面，一同午餐。

下午2时，"中国人民大学国学院开学典礼暨揭牌仪式"隆重举行。各方人士出席者不少，有全国人大常委会副委员长许嘉璐、国家教育部副部长袁贵仁、国家图书馆原馆长任继愈、中国人民大学校长纪宝成等，清华、北大、北师大、南开等许多高校的专家学者到场，可谓盛况空前。仪式晚7时结束，之后是招待晚宴。

2005年10月17日
北京

早餐后高虹夫妇来接到家里写字，其间冯鹏生和曹大澄分别打来电话催促，于是由高家奔往冯宅，与鹏生及大澄夫妇会面。

在鹏生处过眼黄宾虹山水两卷、丁云鹏罗汉图一卷、唐寅行楷诗一卷、董其昌书画一卷（册页改装）、恽寿平绢本水墨山水一卷（恽寿平楷书款，少见）。

午饭后稍稍休息一会儿，下午前往中国嘉德了解秋拍情况。据胡妍妍、刘凯告知，此次拍卖设有"白石自珍专题"，由家属提交白石之作36件，索价2000万元，手续费另算。白石家人收藏之作皆为珍品，如能请香港梁洁华出资收购，之后转赠辽博，则结局最为理想。拟与之商榷。

晚间与苏士澍夫妇、高虹夫妇一起进餐。苏对复制书画一直热心，有志于此。

2005年10月18日
北京—沈阳

与清史编纂委员会朱诚如通话，了解《皇太极本纪》撰写情况。

上午无事，在酒店为王兴龙、高虹写字，介绍二人相互认识，同时将徐志夫人赵老师北京电话号码告知，让兴龙自己直接联系。午餐后二人离去。

下午李经国来见，介绍我所收藏的信札编辑情况。

晚10时半乘火车离京，软卧上铺。同一房间刘先生是熟人的朋友，很友善地将下铺让给了我。一觉醒来，回到了沈阳。

2005年10月24日
沈阳—大连

"张利德古代书画复制品展"明天在大连八七疗养院开幕，我应邀参加。

晚上随张继刚到其家里看看。新房刚刚装修完毕。继刚出示一件李可染作品过目，真迹，特精。又看了一张法国华侨收藏的古画照片，说是本月底即可见到原件。

2005年10月25日
大连

"张利德古代书画复制品展"在八七疗养院俱乐部举行开幕仪式，贺旻副市长以及一位人大常委会副主任等出席，参加者以部队人员居多。

杜培礼、史大昭以及大连文物店一些老员工来见。

2005年11月23日
沈阳—大连

这几天主要事情就是搬家。昨天上午，董宝厚将第一批图书装了80箱，用车运往新居，下午再由宝厚将这批图书分类上架或送至阁楼。

今日上午，前往大连参加《道德经》巨书巡展"启动仪式。行前为他们写字不少，午饭后直驶大连，晚6时抵达沙河口三合大厦

28楼住下。

赵国联夫妇等人忙于开幕式的准备工作，大厦经理郑先生忙于接待黑龙江的10位新闻记者，我则于是日晚10时早早入睡。

2005年11月24日
大连

上午9时，"《道德经》巨书巡展"启动仪式在大连现代博物馆举行。中共大连市委副书记董文杰以及市委统战部部长、有关单位负责人等出席，还有媒体记者数十人，现场人员五六百。这是"巨书巡展"第一站，我与董书记等人为之揭幕。下一站是哈尔滨，全国巡展计划历时两年结束。

下午回住处休息，但来访的人甚多，应接不暇。

2005年11月25日
大连

上午在三合大厦接待来访客人、藏家。

下午与张继刚同往黑石礁沈阳军区干休所。与姜福堂见面，观赏其最新作品，其中人物仕女很有特点。

下午5时过，谢定琨陪其母亲陈佩秋到达。彼此相见，甚悦。我们同住一楼，新建的，有客厅，有画室，条件优越。

晚餐时，天津美院孙教授女婿老聂也在座，他是沈阳军区画家，虽然我们同在沈阳，但彼此难得一见。酒席之上，陈佩秋介绍了在昆明居住的环境以及这几年上海的变化，她认为今日上海已经成为了国际大都市。

2005年11月26日
大连

上午到旅顺蟠龙寺参观。蟠龙寺为上海龙华寺方丈照诚于两年前募资修建的，整体建筑为盛唐风格，规模很大，颇有气势。大雄宝殿、天王殿、观音殿等基本完工，周围阶栏正在修造之中。

中午在寺庙食用素餐，饭后继续参观，晚上回到黑石礁干休所。

2005年11月27日
大连

下午为《大连日报》题字。对方赠送邮票两套，陈佩秋与我各一，上面有我两人题字。与陈佩秋同时过目书画几件，其中刘岩松送来的谢稚柳青绿山水横披乃佩秋代笔，我过去题时有疑，今始释然。冯大中藏品中仅谢稚柳荷花可观，至于其他如张大千、林风眠、谢稚柳诸作则皆为赝本。

庞沐兰上午10时飞来大连，谢定琨午饭后飞回上海。

2005年12月3日
徐州

　　"中国首届李可染艺术节"于12月4日在徐州开幕，我应邀前往。

　　昨日富燕以及沈阳铁路局赵主任陪同乘沈阳至上海的列车启程，今日上午10时到达徐州，与邹佩珠见面并共进午餐。

　　邹佩珠、喻继高以及江苏省文化厅、徐州市文化局等有关单位负责人参加晚宴。邹佩珠席上讲述了她与李可染相识过程，颇有故事情节。

2005年12月4日
徐州

　　该来的客人都已报到。见到了中国文联主席周巍峙、中央美院院长潘公凯、李可染的妹妹李畹、李可染的大女儿李玉琴等。据说在日本的二儿子李庚也回来了，但未能谋面。

　　上午到徐州博物馆参观"李可染作品展"，我与潘公凯等人同行，并一起午餐。

　　下午会务组安排参观李可染旧居以及汉墓，各地嘉宾前往，我则留在迎宾馆休息。

2005年12月5日—6日
徐州—沈阳

　　上午9时，出席"李可染艺术馆扩建工程奠基仪式"。我以铁锹铲土，算是参加了奠基

工作。之后前去参观李可染生平照片展，再之后到火车站踏上返沈火车。翌日上午7时40分到达沈阳，回家早餐。

　　此次徐州之行日程安排紧凑，幸有沈阳铁路局赵主任一路关照，颇为顺畅。

2005年12月24日
沈阳—南京—宜兴

　　故宫与上博两家合计拿出100余件珍品，要在上海举办"故宫博物院、上海博物馆中国古代书画藏品展"，同时召开"书画经典国际学术研讨会"。会议28日开始，展览29日开幕。他们发来邀请，我答应出席。

　　今日下午与蓉裳同机飞至南京，马乐平开车来接。先随蓉裳去看看她的新居（颇好），并与学海、畅畅、欢欢以及他们的孩子欢谈一段时间。天黑前离开南京，走高速公路，两个小时左右到达入住的宜兴宾馆。一路顺利，餐后休息。

2005年12月25日
宜兴

　　全天在宾馆房间为大家写字，究竟写了多少，不能统计。因离沈匆忙，忘了携带印章，由乐平请当地人刻了三方，不甚理想，应付使用尚可。

　　又看了几件私人藏品。徐悲鸿1941年所摹蒙娜丽莎像，可能为真迹。沈周、陈老莲

之画作，伪。刘墉仿董其昌六条屏，真。

2005年12月27日
宜兴—上海

上午10时，乘马乐平所驾之车离开宜兴奔赴上海。走高速公路，两个小时后到金门大酒店报到。

下午休息。晚6时半上博陈燮君宴请，我与敦煌研究院樊锦诗、中央美院金维诺、北京故宫李文儒等人同桌。

晚饭后回到酒店，来访者接踵而至，未曾间断。赵渤、李兰过来看我，10时过离去。

2005年12月28日
上海

"书画经典国际学术研讨会"今天上午正式开始，我与傅申在台上负责主持。我先发表了几句简短声明：嗓子难受，说话不便，有劳傅申全权代劳。台下鼓掌，表示认可。中外同行都有文章提交，上台报告者皆时间很短，简明扼要。

下午研讨会继续，由中央美院金维诺和伦敦大学韦陀负责主持。发言者各抒己见，其中傅申语惊四座，他说经过考证，《自叙帖》非怀素真迹，而是出自北宋人之手。

原拟会议期间全体合影，因雨改为明天。

晚间在顺峰大酒店宴会，李兰随我与陈燮君馆长、韦陀夫妇等人一桌。饭后和陈燮君、马乐平、贾恩玉同去看望陈佩秋。陈有腰病，行动不便。

陈燮君对辽博的《清宫散佚国宝特集》赞美不已。

2005年12月29日
上海

上午与会者进行学术座谈。下午1时半合影留念，我因回酒店吃药，未能参加拍照。

下午2时去展厅参观两家藏品，在贵宾室与一些朋友会面。

下午3时由王运天陪同看望汪庆正夫人薛惠君，表达我的追念之意。汪夫人是苏州评弹名家，儿女各一，皆在美国工作生活。儿子近由美国公司派回上海，工作甚忙。

下午4时举行"故宫博物院·上海博物馆中国古代书画藏品展"开幕仪式，上海市一位姓杨的副市长以及北京故宫两位副院长都发表了贺词、讲话，我参与了剪彩。

晚间在浦东一座新建的大酒店聚餐，非常气派。晚宴时间较长，回到酒店已近10时，很快入睡。

2006年

2006年3月12日
沈阳—上海

上博举办"中日书法珍品展",同时召开"中日书法国际学术研讨会",我接受邀请,于今日上午偕董宝厚乘机赴沪。11时到达浦东机场,王运天来接至金门大酒店报到、休息。

下午先到上博展厅参观"中日书法珍品展"展品,日方66件,上博36件。之后出席下午4时举行的开幕典礼,与各方友人拍照留念。晚6时宴会开始,席间与日本、美国以及中国香港许多朋友见面寒暄。

与赵渤通话,得知柳菁已经到沪。晚8时过,他们应约而来酒店小坐一会儿。

劳继雄现在上海,与之电话约定后天上午去他新居看看。

2006年3月13日
上海

上午"中日书法国际学术研讨会"宣布开会。发言者大都围绕展品阐述自己的学术见解,也有个别人讲话跑题。午饭前合影。

下午研讨会继续,由我与薛永年负责主持会议。

晚宴时我与东京国立博物馆副馆长西冈康宏、《朝日新闻》副社长等人同在主桌就座,我表示欢迎日本友人到辽博参观走访。

晚8时,劳继雄、丁先生同来邀请出去泡脚。其间继雄告知两肘很不舒服,我劝他必

上海博物馆展厅
董长剡 茅子良 杨仁恺 马乐平

须注意休息,否则不利于书画创作。我们约定,明日上午大家到继雄新居会面。

2006年3月14日
上海—宜兴

早上柳菁母子和圆圆应约而来,之后与马乐平同往劳继雄上海新居,10时到达,继雄和妻子丹丹门口迎接。祝君波、董长剡先到,美国夏铃偕复旦大学学生徐某同来,柳菁40年前两位女同学也在此相见。

下午随乐平驱车离开上海,两个多小时后抵达宜兴。

邹瑜自北京打来电话,告知15日飞来上海,约定18日我返沪时彼此见面。

蓉裳电话告知,明天下午自南京过来看我。

2006年3月15日
宜兴

上午为两位银行的同志看画题字。其中明谢时臣山水轴，画上有文壁61岁楷书长题，文氏40岁以后改徵明，以字行。此画尚可，题款有误。

2006年3月16日
宜兴

今天继续在酒店为大家看画题字。

邹瑜秘书相国军介绍的王靖携来一些书画求鉴。其中吴昌硕《瓜果图》，75岁作，曾藏日本，画虽简单但真迹无疑，为之题识于日本裱工下部。又为其书写"春华秋实"四字横披以赠。王与我们共进午餐别去，经南京返回北京。

已通知运天，请给辽博邮寄一本《中日古代书法珍品集》图册，书款由我18日到沪时交付。

2006年3月18日
南京—上海

马乐平也由宜兴同时赶到，一起过眼丁蔚文送来的书画。其中沈周书《江南春词》仇英补图书画合卷，后有文徵明父子等人题跋，为庞莱臣、顾文彬旧物。丁蔚文的博士论文对此卷做了专题研究，不过其论述重点放在了仇英之图上，而把沈周之作视为附跋，主次未明，殊不合理。

下午5时抵上海。

2006年3月19日
上海

上午一起去陈佩秋家观赏其自己留存的作品，姜福堂政委则携带许多新作请我们过眼。

下午3时与姜政委、陈佩秋、庞沐兰同去龙华寺，住持照诚热情接待。龙华寺为陈佩秋设有画室，我们参观结束后在那里一起创作。陈佩秋画一《蕉石图》，我与姜政委则写字多幅。入晚在寺内素餐自助，品种很多，味道不错，各取所需，皆大欢喜。据告此素斋馆对外经营，颇有声誉，慕名而来的食客不少。

陈佩秋次子谢定玮已举家由洛杉矶回到上海，我们曾在美国谋面。他协助上海书画出版社编印的《谢稚柳画集》颇好，送我一册。

2006年3月20日
上海

中午静安区政协派车来接，与美国陈香梅、静安区陈振鸿书记、陈佩秋等人共同出席"香梅画苑"挂牌仪式。到场的艺术家不少，相见颇欢。

上海静安区政协"香梅画苑"挂牌仪式
杨仁恺　陈香梅

杭州西湖
徐德源　杨仁恺　林声　孙恩同　彭定安

2006年4月14日
杭州

　　早饭后乘汽车赴安吉参观吴昌硕纪念馆。纪念馆坐落于公园之内，展厅规模尚可，不过原作不多，附带陈列一些其学生之作。纪念馆旁边为其故居，布置一般。

2006年4月15日
杭州

　　浙江有名的画家很多，本想前往为他们而建的纪念馆去看看，但大都关门，只能作罢。好在西湖不错，漫步景区之中，心情颇佳。其次是安吉大竹海，此乃中国东南最大的竹文化生态园，留下印象深刻。还有就是潘天寿纪念馆，其以潘天寿旧居为核心扩建

而成，两幢青砖楼房很有特色，陈列的作品也很好。

编辑后记

这几年辽宁省博物馆连续举办的"又见大唐""山高水长""和合中国"等展览有如精神上的饕餮盛宴，一时间来自世界各地的观者云集于沈，驻足于辽博展厅流连忘返。这些特展之展品皆为唐宋宝物，耀眼夺目，观众在享用这道文化大餐之时无不惊喜、震撼，进而赞叹不已、感慨万千！

按常人的理解，唐代之宝应集中于陕西西安，宋朝之物当多在河南开封以及浙江杭州，辽沈大地只会有些清代文物而已，然事实上辽宁省博物馆确实藏有大量始于隋唐、截至明清的历代书画国宝。这些国家宝藏存在辽宁，辽宁文化软实力举世瞩目，这和原辽宁省博物馆终身名誉馆长杨仁恺先生不无关系。其为"享誉海内外的博物馆学家、书画鉴赏大师、书画大家、美术史家，是新中国文博事业的拓荒者，贡献卓绝，居功至伟，堪称彪炳一代的鉴定宗师"。自1950年受聘于东北人民政府文化部直至仙逝，杨仁恺先生为辽博征集了大量古今书画艺术品，致使今日辽博能够名扬宇内！

言及历史，必讲人物与事件；说到日记，人物与事件则构成了其全部内涵。本书主要展现的内容即为1983年以及1991年至2006年间与杨仁恺先生有关的人物与事件。当然，读者若想全面深入了解杨仁恺先生，读读《国宝沉浮录》《中国书画鉴定学稿》《中国古代书画鉴定笔记》《中国古代书画过眼录》等作品，有益无害。

1991年，中国古代书画鉴定组历时八载，行程数万里，盘点了中国大陆保存的古代书画基本家底，完成了国家赋予的神圣使命。杨仁恺先生作为小组成员由始至终全程参与完巡回鉴定之后，诸多学术会议、艺术展览、文化考察、书画鉴定邀请之函纷至沓来，于是乎一个个极具色彩的文化场景出现于杨仁恺先生的日记之中，诸如纳尔逊艺术博物馆"董其昌国际学术研讨会"、阿姆斯特丹国家博物馆"高其佩指画艺术展"、上海虹桥宾馆"刘海粟百岁华诞庆典"、故宫博物院"安思远先生收藏碑帖珍品展"、人民大会堂"中国文联第六次全国代表大会"、上海博物馆"晋唐宋元书画国宝展"……日记所记之事不胜枚举，其中许多皆属于中国文化艺术领域的重大事件。有事件必须有人物，而人物中往往"谈笑有鸿儒"，诸如冯其庸、高居翰、葛士翘、何惠鉴、侯恺、黄苗子、黄胄、江兆申、金维诺、今井凌雪、李敖、铃木敬、刘九庵、罗继祖、启功、饶宗颐、汪庆正、王己千、王世襄、翁万戈、谢稚柳、徐邦达、张仃、钟敬文……"往来无白丁"，诸如陈复澄、单国霖、单国强、钟银兰、董晓萍、冯鹏生、葛师科、韩美林、劳继雄、马未都、吴志攀、许礼平、薛永年、俞精忠、张子宁、赵华胜……数以百千计的学界大师以及各界精英，他们的逸闻轶事、鲜活形象或可在这部日记中得见。

作为中国古代书画鉴定大师，杨仁恺先生应邀赴世界各地过眼公私所藏书画乃人生常态，其过程日记多有记载，相信热爱书画的读者会受益匪浅。作为一代书画大家，杨仁恺先生无论是居于家中还是出访外地，向其征求作品者甚多，若干作品的存世踪迹在本书之中也不难看到。作为有着"国眼"之誉的"人民鉴赏家"，杨仁恺先生一生情系祖国，无私奉献，每每发现好的书画，无论古今，皆想方设法将之入藏辽博、归国所有，其家国情怀在日记中也可见一斑……总之，本书内容丰富多彩，每篇日记似乎都在讲述一个文化故事，告知读者一个历史事件，读之确实回味无穷。

杨仁恺出版研究中心

2024年12月